पूर्णावतार

(बांग्ला उपन्यास का रूपान्तर)

पूर्णावतार

प्रमथनाथ बिशी

रूपान्तर

हंसकुमार तिवारी

भारतीय ज्ञानपीठ

पहला संस्करण : 1973
दूसरा संस्करण : 1980
तीसरा संस्करण : 1986
चौथा संस्करण : 1991
पाँचवाँ संस्करण : 2003
छठा संस्करण : 2006
सातवाँ संस्करण : 2022

भारतीय ज्ञानपीठ
लोकोदय ग्रन्थमाला : ग्रन्थांक 348

प्रकाशक

वाणी प्रकाशन ग्रुप
4695, 21-ए, दरियागंज, नयी दिल्ली-110 002
फ़ोन : 011-23273167, 23275710
ईमेल : sales@vaniprakashan.in

ISBN : 978-93-5518-475-7

पूर्णावतार
(बांग्ला उपन्यास)
प्रमथनाथ बिशी

POORNAVATAR
(Bangla Novel)
by Pramathanath Bishi

मुद्रक : आर. टेक ऑफ़सेट प्रिंटर्स, दिल्ली-110 032

आवरण : अशोक भौमिक

Price : INR. 600

प्रमथनाथ बिशी
संक्षिप्त परिचय

प्रमथनाथ बिशी का जन्म 11 जून, 1901 को राजशाही (अब बांग्ला देश) में हुआ। उनकी माता का नाम था सरोजवासिनी और पिता का नाम नलिनीनाथ। अपने बारह भाई-बहनों में प्रमथनाथ तीसरी सन्तान थे। उनका बचपन देवघर (बिहार) में बीता और उनकी आरम्भिक पढ़ाई-लिखाई, शान्तिनिकेतन (विश्वभारती) में हुई। वे यहाँ लगभग सत्रह वर्ष (1910-27) तक रहे। यही कारण था कि सर्जनात्मक तौर पर रवीन्द्रनाथ के भाव-बोध और उनकी रचना में व्याप्त विश्वचेतना को समझने का उन्हें अवसर प्राप्त हुआ। 'शिशु' और 'बुधवार' जैसी बाल-पत्रिकाओं का उन्होंने प्रकाशन किया।

श्री बिशी ने आरम्भ में छोटी-बड़ी कविताओं से अपना लेखन-कार्य आरम्भ किया। इनमें से कुछ चतुर्दश पदियाँ (सानेट्स) थीं। इनका प्रकाशन तत्कालीन लोकप्रिय पत्रिका 'बंगश्री' में हुआ था। बाद में इनका संकलन उनकी तीन परवर्ती काव्य-कृतियों यथा–'प्राचीन आसामी हइते' (1934), 'विद्या सुन्दर' (1934) और 'प्राचीन गीतिका हइते' (1937) में हुआ। 'प्राचीन आसामी हइते' सबसे पहले विश्वभारती पत्रिका में प्रकाशित हुई थी। वे 1928 में आरम्भ होने वाली महत्त्वपूर्ण पत्रिका की सम्पादक मण्डली में थे। उनकी पढ़ाई का क्रम टूट-टूट कर जारी रहा। शान्तिनिकेतन कलकत्ता, और राजशाही से उन्होंने अपनी पढ़ाई पूरी की। 1932 में बांग्ला में, एम. ए. की परीक्षा में वे प्रथम श्रेणी से उत्तीर्ण हुए। 1936 में वे कोलकाता के रिपन कॉलेज (सम्प्रति सुरेन्द्रनाथ बनर्जी कॉलेज) में अध्यापक नियुक्त हुए। इसके साथ ही वे आनन्द बाज़ार प्रकाशन समूह में सह-सम्पादक पद पर भी कार्य करते रहे। उन्होंने कमलाकान्त शर्मा के छद्मनाम से भी पत्र-पत्रिकाओं में लिखा। कलकत्ता विश्वविद्यालय ने उन्हें रवीन्द्र-अध्यापक पद पर नियुक्त कर सम्मानित किया था। वे टैगोर रिसर्च इन्स्टीच्यूट के संस्थापक अध्यक्ष तथा रवीन्द्र चर्चा भवन के आजीवन अध्यक्ष रहे।

बिशी की परवर्ती रचनाएँ उनके प्रौढ़ व्यक्तित्व, नयी ओज और नयी आस्था से अनुप्राणित हैं। इनमें एक प्रकार की गहरी छानबीन और आधुनिक मानवमन की विडम्बना का निर्लिप्त चित्रण है। लेकिन ये कविताएँ उन्हें अपने समकालीन कवियों से इसलिए अलग करती हैं कि इनमें अनावश्यक भावुकता या गीतिपरकता का सहारा नहीं लिया गया है। और इसलिए ये अपने स्वर में अपनी सफलता और विफलता दोनों से दीप्ति-मुखर हैं। इनमें से कुछ महत्त्वपूर्ण संकलनों के नाम हैं–'अकुन्तला' (1946), 'जुक्तवेणी' (1948), 'हंसमिथुन' (1951) 'किंशुकवह्नि' (1951), और 'उत्तर मेघ' (1953)।

प्रमथनाथ की प्रथम काव्य-कृति का नाम था 'देयालि'–जिसका नामकरण स्वयं रवीन्द्रनाथ ने किया था। 'वसन्त सेना' उनका दूसरा काव्य-संकलन था। उनकी रोमानी वृत्ति इन कविताओं में मुखर है। प्रेयसी नायिका या नारी आकर्षण के विभिन्न उपादानों और आयामों–उसके रूप, रस, स्पर्श और सौरभ से वह अपने मनःप्राण और जीवन को सार्थक और जीवन्त बनाने का आग्रही है।

कविता के क्षेत्र में अपनी उल्लेखनीय उपस्थिति बनाये रखते हुए श्री बिशी ने गद्य-लेखन, विशेषकर कथा-साहित्य के क्षेत्र में भरपूर योगदान किया। उन्होंने अपने आसपास के समाज और जीवन को केन्द्र में रखकर कुछ ऐसे उपन्यास लिखे जो इतिवृत्तात्मक तो थे लेकिन पीढ़ियों के भटकाव और बिखराव का इनमें बड़ा ही अंतरंग चित्र मिलता है। ये चित्र बंगाल के नवाबी शासन, ईस्ट इण्डिया कम्पनी के अन्तर्गत इसके विकास और विस्तार तथा महानगर कोलकाता के जीवन के इर्द-गिर्द उकेरे गये हैं। उनके आरम्भिक उपन्यास 'पद्मा' और 'कोपवती' जैसे कवि की लेखनी से फूटे हैं। 'पद्मा' राजशाही अंचल के मनोरम माधुर्य से सिक्त कृति है। अपनी अगली महत्त्वपूर्ण औपन्यासिक रचना 'जोड़ा दीघिर उदयास्त' उत्तरबंग की बृहत्तर पृष्ठभूमि में वहाँ के ज़मींदारों, साहूकारों, किसानों, खेतिहर मज़दूरों, कामगारों और कलाकारों की गाथा है। इसी क्रम में उन्होंने 'अशतत्थरे अभिशाप' और 'चलन बिल' जैसी कृतियों का प्रणयन किया जो भाव, कथ्य और शैली की दृष्टि से सर्वथा अलग थीं। इन तीनों उपन्यासों से रचनाकार के अपने परिवेश, समय, समाज और सरोकार का–आत्मीय और अन्तरंग परिचय मिलता है। उनके अन्य दो उपन्यासों 'केरी साहबेर मुंशी' और 'लाल केल्ला' ('केरी साहब का मुंशी' और 'लाल क़िला') ने उन्हें बांग्ला का अप्रतिम काव्य-शिल्पी बना दिया। ये उपन्यास मात्र ऐतिहासिक रोमांस के आख्यान नहीं बल्कि दुर्दम्य जीवन की गतिशील अनिवार्यता के प्रतिमान हैं। इनमें भारतीय नवजागरण के पैरों की आहट सुनी जा सकती है। इसी तरह 'लाल क़िला' अपने कथ्य में ऐतिहासिक और राजनीतिक होता हुआ भी आम आदमी की भूमिका, विशेषकर मध्यवर्ग की आशा-आकांक्षाओं, को व्यंजित करता है। प्रमथनाथ

बिशी की विशेषता यह है कि बांग्ला में लिखते हुए भी उनके विषय बृहत्तर भारत के पाठकों की अपेक्षा को स्वर देते रहे। किसी ऐतिहासिक निर्णय या सामाजिक उथल-पुथल के कारण साधारण मनुष्य के सुख-दुख, ताप-अनुताप, आशा-आकांक्षा और जातिगत संकल्प-विकल्प की तरह आहत या प्रभावित होते हैं—यही उनके लेखन की मूल प्रेरणा रही है। अपने परवर्ती उपन्यासों—'पूर्णावतार' (1934), बंगभंग (1939) और 'पनरोई आगस्ट' (पन्द्रह अगस्त, 1954) में भी वे व्यक्ति-परिवार-समाज और देश के अविच्छिन्न ताने-बाने से अपने सरोकार को रेखांकित करते हैं। कहना न होगा, उनके निधन के बाद बांग्ला में सामाजिक और राजनीतिक कथा-परिक्रमा के इतने बड़े परिपथ को पूरा करनेवाला दूसरा कथा-साहित्यकार नहीं हुआ।

प्रमथनाथ ने जीवनी साहित्य को भी नया उत्कर्ष प्रदान किया। उनका 'माईकेल मधुसूदन' ग्रन्थ कवि माइकेल के अन्तःबाह्य संघर्षों का मुखर दस्तावेज़ है। इसी के साथ उनके अन्य ग्रन्थ 'चित्र चरित्र' का उल्लेख भी किया जा सकता है—जिसमें उन्होंने उन्नीसवीं सदी के मनीषियों एवं रचनाकारों का संक्षिप्त लेकिन उपयोगी परिचय प्रस्तुत किया है।

बिशी ने उपन्यासों के साथ-साथ कहानी (श्री कान्तेर पंचम पर्व, अशरीरी, गल्पेर मत, डाकिनी, ब्रह्मार हासि) तथा नाटकों (ऋणं कृत्वा घृतं पिवेत्, परमिट, भूतपूर्व स्वामी, मौचाके ढिल, परिहास विजल्पितम्) तथा रवीन्द्र-साहित्य-चर्चा (रवीन्द्र काव्य-प्रवाह, रवीन्द्रनाथ ओ शान्तिनिकेतन, रवीन्द्र काव्य निर्झर, रवीन्द्र-विचित्रा, रवीन्द्र सरणी आदि) तथा ललित साहित्य या रम्य रचना के क्षेत्र में भी महत्त्वपूर्ण कार्य किया। वे अपनी रचनाओं के द्वारा व्यापक पाठक-वर्ग की उन अपेक्षाओं को भी पूरा करते रहे, जिनकी उन्हें बिशी से विशेष आशा थी या जिस-जिस विधा का अभाव उन्हें दीखा और जिसे केवल वही पूरा कर सकते थे। बिशी अपने जीवन-काल में अपने साहित्यिक योगदान के लिए चर्चित एवं सम्मानित भी हुए। उन्हें सरोजिनी बसु स्वर्णपदक (1961), रवीन्द्र पुरस्कार (1961), विद्यासागर पुरस्कार (1982) तथा जगत्तारिणी पुरस्कार (1983) प्राप्त हुए।

उनका निधन 1985 में हुआ।

पूर्णावतार

पहला खण्ड

आख़िर एक हिरन मिला। चूँकि झाड़ियों की आड़ में है इसलिए पूरा दीख तो नहीं रहा है, लेकिन देखने से जैसा लग रहा है, हिरन ही है, इसमें कोई शुबहा नहीं। और फिर बच्चा नहीं, ख़ासा बड़ा हिरन। सो रहा है, या आराम कर रहा है? न, यह सोने का समय नहीं। और फिर हिरन स्वभाव से डरपोक होते हैं, ऐसी खुली जगह में नहीं सोते। हिरन कहाँ सोते हैं, यह कोई नहीं जानता। वे जंगल की ऐसी गहनता में घुस पड़ते हैं जहाँ न तो शिकारी के क़दम बढ़ सकते हैं, न ही पड़ सकती है बाघ की निगाह। इसके शिकार से चूकने से नहीं चलने का—एक ही तीर में आर-पार कर देना होगा। उसके बाद इसे लत्तर से ख़ूब कसकर बाँध करके पीठ पर लटकाकर घर ले जाने से जरती की ख़ुशी का क्या कहना! और कहीं ख़ाली हाथ लौटा तो! तो कैसी ख़ौफ़नाक स्थिति जो होगी, सोची भी नहीं जा सकती। कल ख़ाली हाथ लौटने पर जो दुर्भोग भोगना पड़ा, वह कभी भूला जा सकता है भला! पहले तो जरती की ज़ुबान की क़ैंची चल पड़ी, उसके बाद उसने बड़ी-सी एक लकड़ी उठाकर दे मारी। ग़नीमत कि वह झट बैठ गया, खोपड़ी की ख़ैर रही, नहीं तो आज शिकार को निकलने की नौबत नहीं आती। अच्छा ही होता, दईमारी भूखी मरती। हुं : पति को निशाना बनाकर लकड़ी मारना! ख़ैर, आज दिखा दूँगा कि शिकार की खोज करनेवाली पैनी नज़र अभी है और निशाना भी वैसा ही अचूक है।

उसे याद आ गया, जरती ने फटकार बतायी थी—हिरन अब मिले भी तो कैसे? नज़र जंगल की ओर थोड़े ही है, नज़र तो अब सिर्फ़ टोले की छोरियों की तरफ़ है! काश, ये भी हिरनी होतीं! सबकी सब सूअर-जैसी : वैसी ही काली, वैसी ही दँतैल! आज मुँहजली को दिखाकर ही रहूँगा कि मेरी नज़र में हिरन भी आता है। पीठ पर से मरे हिरन को उतारते हुए कहूँगा—अरी ओ भलेमानस की धी, ज़रा देख तो जा, मैं महज़ सूअरों को ही नहीं, हिरन को भी घायल कर सकता हूँ और वह हिरन तेरे जैसा है। अहा, वैसी ही पतली कमर, वैसी ही आँखें, वैसा ही रंग। बढ़ती में इसके सींग हैं, जो कि तेरे नहीं हैं। ले-ले, जल्दी से छाल उतारकर इसे झुलसा दे, बड़ी भूख लगी है।

मन ही मन वह ज़ोर से हँसा कि तभी याद आ गया हँसने से कहीं हिरन हाथ से निकल गया, तो नसीब में फिर वही रोना रह जाएगा। आखिर फेंकी हुई लकड़ी का वार रोज़ थोड़े ही ख़ाली जाएगा।

न, क़िस्मत अच्छी है। हिरन ठीक वैसी ही स्थिति में है, खिसक नहीं पड़ा है। अब और आगे बढ़ना ठीक नहीं होगा। पैरों की आहट भाँप लेने में ये उस्ताद होते हैं। पत्तों की मामूली खसखसाहट भी उनके कानों में पड़ जाने से नहीं बच सकती। उसने तीर-धनुष सँभाला। कमज़ोर है, सिर चकरा रहा है, मगर निशाने की चूक करने से नहीं चलेगा। बेचारे शरीर और दिमाग़ का भी क्या दोष? सवेरे से ही भूखा है, जंगल की ख़ाक छानकर हैरान होना पड़ा है। हिरन और सूअर की बात तो दूर, कोई नेवला, साहिल, सियार तक नज़र नहीं आया। आख़िर ये कमबख़्त चले कहाँ गये? वही जो तड़के थोड़ा-सा बासी भात खाकर निकला है, तब से फिर तालाब के पानी के सिवा पेट में कुछ पड़ा ही नहीं! पानी से कहीं भूख की आग बुझती है! बल्कि और ज़्यादा लहक उठती है। बिल्कुल निराश होकर जब लौट पड़ने को था कि एक ही साथ जरती के हाथ की लकड़ी और यह झाड़ी आँखों में नाच गयी। सोचा, इस झाड़ी को एक बार देख ही क्यों न लूँ! यहाँ भी हताशा ही हाथ लगे तो माथे पर मोटी-सी पगड़ी बाँधकर घर लौटूँगा। आख़िर जरती की लकड़ी से सिर को तो बचाना ही होगा। तभी झाड़ी की ओट में हिरन दिख गया। और ज़रा-सी ही देर में वह लौटने के लिए 'जय माँ' चीख़ने को ही था! फिर तो हो गया था! हिरन आवाज़ पाते ही हवा हो जाता है।

मगर, ऐसा सुबोध हिरन भी तो नहीं होता! व्याधगिरी करते तीस साल बीते, कभी किसी हिरन को एक जगह इतनी देर तक स्थिर रहते नहीं देखा। लगता है, जरती से भी ज़्यादा कोई खूँख़ार है! उसी के चैले के डर से यह यों सिकुड़ा-सिमटा पड़ा है। बस, ज़रा देर और इसी तरह बैठे रहो मेरे यार, चैले का ख़ौफ़ तुम्हारा चिरकाल के लिए ख़त्म किये देता हूँ! अजी, चैले की रोज़-रोज़ की मार खाने से एक ही मार में मर जाना कहीं बेहतर है! जरती के वैसे खूँख़ारपने से वह ख़ुद भी ऐसा ही सोचता रहा है, एक ही दिन में काम तमाम हो जाए। उसके बाद वह दईमारी रो-रोकर देती रहे जान। कोई चिमटे से भी नहीं छुएगा, तब बात समझ में आएगी कि चैले से पति की खोपड़ी फोड़ने से अपना कपाल भी फूट सकता है! हाहा! वैसे में दईमारी को अच्छा सबक़ मिलता!

वह घुटने गाड़कर बैठ गया। धनुष के एक छोर को माटी से भिड़ाकर प्रत्यंचा को खींचकर दायें हाथ को अपने कान तक ले आया। दोनों आँखें तीर की नोक पर एकाग्र हो गयीं। हाँ, तीर की नोक और हिरन का नज़र आता हिस्सा अब ठीक आमने-सामने हो गया। अब क्या था, देवों को सुमरकर साँस रोके उसने तीर को

छोड़ दिया। झाड़ी के पत्तों को कँपाता, कुछ पतिंगों को उड़ाता हुआ तीर झाड़ी में धँस गया। व्याध के अनुभव ने बताया, तीर लगा—एकबारगी आर-पार हो गया। निशाना चूकता तो अब तक जन्तु जान लेकर भागता नज़र आता। और तीर इस पार-उस पार नहीं हो गया होता तो वह चीखता। एक ही तीर में ख़ातमा हो गया, मुँह से चूँ तक करने की नौबत नहीं आयी। शाबाश रे हरा, व्याध का बेटा जरा। बाप का बेटा है तू! वह धनुष को सिर से ऊपर घुमाते हुए मारे ख़ुशी के झाड़ी में घुस पड़ा। और घुसा कि जीता-जागता वह ख़ुशी से बेहाल आदमी बिलकुल पत्थर की मूरत बन गया! हाय राम! मारे अचरज के उसके दोनों होठ खुले के खुले रह गये, आँखें बड़ी-बड़ी हो गयीं, हाथ ढीले पड़ गये, धनुष छूटकर गिर पड़ा, शरीर काँपने लगा, कपाल पर पसीने की बूँदें आ गयीं, दम अटक-सा गया। यह क्या! कौन है यह? कौन? और ज़रा देर में वह पत्थर की मूरत माटी पर गिर पड़ी।

2

यह तो हिरन नहीं, आदमी है! ख़ासा एक आदमी, लम्बा-चौड़ा एक आदमी। घास पर सीधा लेटा पड़ा एक बड़ा-सा आदमी! साढ़े तीन हाथ का नहीं, यह तो गोया देही देह से भी बाहर तक फैला हुआ है। इस आदमी को पहले तो कभी नहीं देखा, यह भी एहसास न था कि ऐसा भी आदमी हो सकता है! है कौन यह? कहाँ से आया? देवता जैसे ऐसे शरीर में तीर भी बिंध सकता है, यह बात उसके मन में धँसी ही नहीं। लेकिन है आदमी किस क़िस्म का यह! यह वास्तव में आदमी है कि शापभ्रष्ट कोई देवता है! उफ़, बदन का रंग कैसा! केले का नया पत्ता जब तने के पेट से निकलता है, उस समय उसका जैसा रंग होता है, वैसा रंग। वह रंग हरा भी नहीं, श्याम भी नहीं; एक तूलिका कम पड़ी होती तो पीला हो सकता था, एक कहीं ज़्यादा पड़ जाती तो हरा हो जा सकता था—इस हरे-पीले के बीच-बीच का उज्ज्वल रंग। पहनावे में पीला वसन, कन्धे पर अस्त-व्यस्त पीला चादर। सोने की बारीक-सी ज़ंजीर में झूलता छाती पर दमकता एक रत्न! देह की आभा, रत्न की प्रभा और वस्त्र की विभा ने मिलकर एक दिव्य विभूति की सृष्टि की है, जिसे भेदकर आदमी के बदन पर नज़र नहीं पड़ा चाहती। कुछ-कुछ खुली आँखों में जीवन की अन्तिम चन्द्रकला, लाल होठों के सम्पुट में जीवन की अन्तिम व्यंजना, चौड़ी, विशाल छाती की धड़कन में प्रशान्त मानस-सरोवर की स्मृति! और सुन्दर तथा मज़बूत दो पाँव—अरे! यह क्या! पाँवों से लहू क्यों बह रहा है? यहाँ किसने तीर मारा? पाँव को छेदता हुआ

तीर घुटने तक निकल गया है। हाय रे अभागा जरा, यही तेरा हिरन है! इस स्वर्गीय शरीर में तूने तीर मारा है? कैसा सत्यानाश! अचरज से भय हुआ, भय से आतंक। और वह झट भाग चला, जैसे तीर खाकर हिरन भागता हो—तीर, धनुष, तूणीर पड़ा रह गया।

कुटिया के बाहर बैठी जरती कटारी से लकड़ी चीर रही थी—जरा ने दूर से ही देखा। और दिन होता, तो ख़ाली हाथ लौटने पर पहले से ही होशियार हो जाता, शायद हो कि आगे ही नहीं बढ़ता, आज लेकिन वह बात मन में आयी ही नहीं, दौड़ कर वह जरती के पास जा खड़ा हुआ।

पैरों की आहट पाकर जरती ने मुँह उठाकर ताका। बोली—देख रही हूँ, कुछ मिला नहीं। बिलकुल ख़ाली हाथ हो। तो फिर ख़ाली पेट ही रहो आज रात।

जरा बिलकुल चुप। ऐसा शायद ही कभी होता है। कोई न कोई बहाना ज़बान पर ज़रूर रहता है। उसकी ऐसी चुप्पी से जरती का माथा ठनका। उसने ग़ौर से उसके चेहरे की ओर देखकर कहा—अरे! क्या हो गया तुम्हें? चेहरा सूख गया है, शरीर काँप रहा है! बात क्या है! तीर धनुष कहाँ है तुम्हारा? तूणीर कहाँ गया? बात क्या है, बताओ।

फिर भी जरा के मुँह में कोई जवाब नहीं। अब जरती उठी। हाथ पकड़कर उसे झकझोरती हुई बोली—हुआ क्या है, जल्दी बताओ!

अबकी जरा के मुँह से बोली फूटी। बोला—मैंने एक आदमी को मार डाला है री!

जरती कुछ निश्चिन्त-सी होकर बोली—ओ, यह बात है! तो क्या इससे पहले कभी तुमने आदमी नहीं मारा है? अभी-अभी उसी दिन तो शराब पीकर तुमने उस टोले के तरणी का ख़ून कर दिया!

—अरे, सो तो शराब के नशे में।

—आज बग़ैर नशे के ही सही।

—नहीं, री, नहीं। तू नहीं समझेगी।

—तो फिर समझाकर ही कहो।

—यह वैसा आदमी नहीं है।

—और कैसा? आख़िर आदमी कितने प्रकार का होता है?

—यह बहुत बड़ा आदमी था!

—बहुत बड़ा! राजा-महाराजा कि लम्बाई-चौड़ाई में बड़ा?

—कैसे समझाऊँ तुझे!

—समझने की ज़रूरत भी नहीं मुझे। मगर मारा कैसे? वह तुम्हें मारने आया था?

—वैसा होता, तब तो कोई बात ही नहीं थी। वह आदमी झाड़ी में छिपा हुआ था। दूर से देखकर मैंने हिरन समझा और ऐसा तीर मारा कि आर-पार हो गया।

—तुमने जब आदमी को हिरन समझा, तो हो न हो, नशे में चूर रहे होगे। फिर शायद सूँडी टोले में गये थे? इधर देखो, यह जो जलावन का चैला पड़ा है, इसी से तुम्हारा पैर तोड़ दूँगी। मैंने मना किया था न!

ऐसा कहने की प्रतिक्रिया क्या होगी, यह जरती की अजानी नहीं थी। उसने आँचल से फेंटा कस लिया। लेकिन जो उम्मीद थी, आज वह प्रतिक्रिया नहीं हुई। बल्कि उसका ठीक उलटा हुआ। जरा आँगन में बैठ गया। अब जरती के लिए सचमुच ही चिन्ता की बात हो गयी। वह उसके क़रीब जाकर बैठ गयी। बोली—हुआ क्या है तुम्हें? किसे मारा है? राजा के यहाँ का तो कोई नहीं है न!

जरा के मुँह से बोली ही नहीं निकली।

—अरे, रो क्यों रहे हो?

—पता नहीं, आँसू रुक नहीं रहे हैं।

—ख़ैर। बात फिर सुनूँगी। उठो। हाथ-मुँह धोकर खा लो।

—नहीं री, मेरे खाने-पीने का बारह बज गया।

—तीर-धनुष क्या कर दिया?

—वहीं पड़ा है।

—क्यों?

—डर के मारे।

—मरे आदमी से इतना डर! अच्छा, चलो तो सही, देखूँ मैं कि वह आदमी कैसा है। उठो।

उठने के बदले जरा लेट गया।

—क्या हो गया?

—मैं वहाँ नहीं जाऊँगा।

—क्यों ?

—डर लगता है।

—मैं जो साथ चल रही हूँ?

—तुम अकेली ही जाओ।

—मैं कैसे समझूँगी, कहाँ है। साथ तो चलो।

जरा हिलने को नहीं और जरती छोड़ने को नहीं। उसके कौतूहल की मात्रा जरा के आतंक से बढ़ गयी। आख़िर जरा को साथ जाना ही पड़ा। कौतूहलवाली स्त्री अजेय होती है।

थोड़ी ही देर में दोनों घटनास्थल पर पहुँच गये। तीर बिंधा शरीर वैसा ही पड़ा

था। उस शरीर को देखते ही जरती फुक्का फाड़कर रो पड़ी—हाय रे, जरा, यह क्या किया है! सर्वनाश! यह किसे मारा तूने?

—और वह मृत के पैरों पर लोटकर माटी पर सिर पटकने लगी।

—हे देवता, हम लोगों ने घोर अन्याय किया है। वह तुम्हारा नादान लड़का है देवता, अनजाने यह महापाप कर बैठा है। हमें माफ़ करो।

जरा के आश्चर्य का अन्त नहीं रहा। उसका अन्दाज़ तब तो ग़लत नहीं है। यह कोई मामूली आदमी नहीं, ज़रूर कोई राजा होगा।

जरती माथा पीटती रही और जरा एकटक उस दिव्य देह को देखता रहा। देह का रंग और भी पीला हो आया था, आँखों की नज़र और भी बुझ आयी थी। जख़्म से निकली हुई ख़ून की धार ने साँप का आकार धारण कर लिया था। फिर भी तन में जान बाक़ी थी—छाती पर का वह रत्न हलका-हलका हिल रहा था।

जरती की आर्त पुकार शायद दिव्यदेही के हृदय तक पहुँची। उसने एक बार अभय मुद्रा में अपने हाथ को उठाया। उसके बाद सब ख़त्म। जरती मूर्च्छित होकर पैरों पर गिर पड़ी। घबराये हुए जरा का चेतना-शून्य शरीर सूखे पेड़ के तने-सा खड़ा रह गया।

तब तक आकाश और समुद्र में ज्वार जागा। पूनम की चाँदनी कूल-उपकूल नहीं मान रही थी, चराचर के हर छेद को वह जोत से भरे दे रही थी। नीचे समुद्र भी आज बेसब्र। उसके किनारे-किनारे देश-देश में जितने भी गुहा-गह्वर थे, वह सबको भर देने पर आमादा था। अभी तो फिर भी महज़ साँझ ही थी। आसमान में पपीहा ऊँची तान की डोरी से सपनों के बेड़े को खींचे लिये जा रहा था। और, समुद्र में सिन्धु-शकुनों का झुण्ड उसी की बिसात छीन लेने के लिए कर्कश स्वर में चीख रहा था। चाँदनी ने आसमान के सितारों को ढँक दिया था, जैसे ज्वार से उपकूल के पत्थर ढँक गये थे। किसी और ही पौराणिक जगत् के उपकूल से लगातार एक दीर्घ निःश्वास छूटता आ रहा था—झाऊ और सरपत के जंगल डोल रहे थे और डोल रहे थे उस पीपल के हज़ारों-लाखों पत्ते, जिसके नीचे वह महादेही योगनिद्रा में सोया हुआ था!

3

—वासुदेव, वासुदेव! किसका बेटा बताया?

—वसुदेव का बेटा वासुदेव। अजीब आफ़त है, एक ही बात कितनी बार

बताऊँ? तुम्हारा दिमाग़ ख़राब हो गया है क्या?

—शायद वही हुआ है, जरती! सब गोलमाल हो गया है। कुछ भी समझ नहीं पा रहा हूँ।

—तो फिर चुपचाप बैठे रहो।

—बैठे रहकर क्या होगा? चलो, घर चलें।

—नहीं, मैं नहीं जाती। मैं यहीं रहूँगी।

—सदा के लिए?

—हाँ, जब तक मर नहीं जाती।

—क्यों?

—क्यों समझ नहीं रहे हो? जो पाप तुमने किया है, उसका प्रायश्चित्त मुझे करना पड़ेगा।

—मैंने आदमी तो इससे पहले भी मारा है जरती, लेकिन तुममें ऐसा व्यतिक्रम तो कभी नहीं देखा!

—तुम एक महामूर्ख हो, जरा! वह सब आदमी और यह आदमी! और यह क्या आदमी है कोई? यह तो देवता है।

—देवता! अभी-अभी तूने कहा वसुदेव का बेटा। अब देवता बता रही है!

—तुम्हें समझाने से रही मैं। लेकिन इतना जान लो कि जिसे तुमने जान से मारा है, वह देवता है।

—देवता तो स्वर्ग में रहते हैं, वे द्वारका में क्यों आने लगे?

—यह बात तुम कहाँ से जानोगे? जन्तु के शिकार के लिए जंगलों में भटकते-भटकते तुम्हारी अक़्ल भी जानवर की हो गयी है। राजभवन में जाकर कभी कथा-पोथी सुनी होती, तो जानते कि देवता बीच-बीच में धरती पर जन्म लिया करते हैं।

—क्यों जन्म लेते हैं भला?

—उनकी मरज़ी।

—सुना है, देवता अमर होते हैं। तो इन्होंने मेरे तीर से जान क्यों गँवायी?

—इस आशा से कि स्वर्ग के देवता स्वर्ग को लौट जाएँगे।

—अच्छा, यह वसुदेव कौन है?

—लो, सातों काण्ड रामायण पढ़ गये; अब सीता किसकी बहू? अजी, द्वारका के राजा।

—द्वारका के राजा तो उग्रसेन हैं, वसुदेव तो नहीं हैं!

—अजी, जिसके घर भगवान जन्म लेते हैं, वह राजाओं का भी राजा है।

—तो चलो, भाग चलें। राजदरबार का कोई आ जाएगा, तो हमें मार डालेगा।

—वह डर हो तो भाग जाओ।

—भागने का जी चाहता है, पर पैर नहीं उठते। सारी देह वैसे ही भारी हो गयी है!

—फिर तो बैठकर भगवान को पुकारो।

—जरती, भगवान को कभी देखा तो नहीं है। उन्हें कैसे पुकारा जाता है, यह मुझे नहीं मालूम। बता दो।

—अरे मूरख, औरों को पुकारने के लिए सिखाना पड़ता है। भगवान को तुम चाहे जैसे भी पुकारो, वे सुनेंगे।

—सुनेंगे!

—बेशक! बच्चा माँ को तुतलाकर, अस्पष्ट रूप से पुकारता है। माँ क्या जवाब नहीं देती?

—हाथ जोड़ना पड़ता है?

—हाथ जोड़ना, आँखें मूँदना, यह सब मनमाने की बात है। असली बात है जी से सच्चा होना।

—तुम सच्ची हुई हो जरती?

—कोशिश तो करूँ।

—तो मैं भी कोशिश करूँगा।...अच्छा जरती, आज क्या 'गरहन' है? चाँद काला क्यों होता जा रहा है?

—चाँद काला क्यों होने लगा! आईने सा तो है गोल चाँद।

—नहीं री, तू ग़लत देख रही है। वह देख न, उस कोने में काला-सा हो आया है।

—आँखों का सिर खा लिया है, और क्या! जो कर रहे थे, वही करो, भगवान को पुकारो।

—हाय राम ! धरती क्यों काँप रही है? भूकम्प? चल, भाग चलें।

—कहाँ काँप रही है धरती! तुम्हारा नशा अभी टूटा नहीं!

—देखो-देखो, मेरी छाती पर हाथ रखकर देखो, कैसी काँप रही है।

—पाप किया है, कलेजा नहीं काँपेगा!

—वह देखो, दो बड़े-बड़े तारे टूट रहे हैं। 'लच्छन' अच्छा नहीं है। भागो।

—तारे कहाँ टूटे?

—नहीं टूटे? कान लगाकर सुनो। वहाँ तब रो कौन रहा है?

—वह रुलाई नहीं है। झाऊ के वन में हवा की आवाज़ है वह।

—हाँ-हाँ, झाऊ वन में हवा ही है। जरती, आज मेरी आँखें, मेरे कान, मेरा मन—सब भूल दिखा रही हैं, भूल सुना रहे हैं, भूल समझा रहे हैं।

—वसुदेव का बेटा वासुदेव, देवताओं के देवता, साक्षात् ईश्वर हैं।

—कैसे जाना कि भगवान हैं?

—सभी जानते हैं, सभी मानते हैं, सभी समझते हैं।

—तो, भगवान को पुकारें। वह देख, गरहन लगा है। वह देख, धरती काँप रही है, वह सुन रोना। इससे तो पागल हो जाना अच्छा है, अरी इससे तो पागल हो जाना अच्छा है।...भगवान, मैंने तुम्हें कभी नहीं पुकारा; कैसे पुकारना चाहिए, क्या कहना चाहिए, नहीं जानता।...नहीं री, जरती, मेरा गला सूखता जा रहा है, मेरी ओर से तू पुकार।...सुन न, कौन तो हँस रहा है, मेरा मज़ाक़ उड़ा रहा है।

—वह हँसी नहीं है, उल्लू बोल रहा है। तुम ज़रा चुप तो होओ।

—वह ले, राजदरबार का सिपाही मुझे पकड़ने को आ रहा है। भाग चल। जल्दी।

जरती ने देखा, वह भाग गया। अच्छा ही हुआ। यहाँ रहता तो चैन नहीं मिलता। जरती वासुदेव के दोनों पैर गोदी में उठाकर बैठी रही, एकटक मुँह की ओर देखती रही। पीपल के पेड़ की फाँक से चाँदनी के टुकड़े मणि-माणिक से उसके सर्वांग पर झर रहे थे—सबसे ज़्यादा चमकता टुकड़ा उसकी छाती के उस रत्न पर था—वह जैसे विधाता की अपलक आँख-सा जल रहा था। वह इस तरह से क्यों बैठी है, कब तक बैठी रहेगी, कुछ नहीं जानती। सुलझाकर समझने की शक्ति उसकी जाती रही, बिखरी-बिखरी जाने कितनी ही बातें मन में आने लगीं। कुटिया के छप्पर पर बीच-बीच में दो कौए आकर बैठते; कद्दू के मचान पर जाने कहाँ से झिंगी की एक लत्तर चढ़ आयी है; झिंगी और कद्दू दोनों अगल-बग़ल झूल रहे हैं। इमली के पेड़ पर अचानक चील बोल उठती है। सुबह राह की धूल पर ओस की बूँदों के दाग़, अँगने की दूबें ओस से सफ़ेद हुई-सी, जैसी सफ़ेद कि वासुदेव की दूब-श्याम देह हो आयी थी। तुच्छ बातों का इशारा उसे बुला ले जाता।

वासुदेव को उसने नगर के राजपथ पर रथ पर बैठे बहुत बार देखा है। रथ चंचल और रथी शान्त। दोनों आँखें जाने किस सुदूर की ओर टिकीं—सामने से कौन जा-आ रहा है, इसका ख़याल ही नहीं। एक दिन की बात तो कभी भूलने की ही नहीं। सूखी लकड़ी-काठी बीनने के लिए इधर आयी थी—देखा, बलभद्र और वासुदेव दोनों भाई गंगा-यमुना के प्रवाह की तरह अगल-बग़ल समुद्र की ओर जा रहे हैं। वह ठिठक गयी। इस तरह से, इतने पास-पास उन्हें देखने का कभी मौक़ा नहीं मिला। दोनों भाई समुद्र के जल की रेखा के पास जाकर खड़े हुए। समुद्र के अन्तिम छोर पर उस समय सूरज डूब रहा था। दोनों भाइयों की जुड़ी हुई छाया लम्बी होकर उसके पैरों के पास आ रही । सम्मान के साथ वह हट गयी और छाया को प्रणाम किया। वे दोनों खड़े ही रहे—सूरज डूब गया, छाया खो गयी। और एक बार प्रणाम करके जरती लौट आयी।

कई दिन पहले उसने सुना था, बलराम योग से देह रखेंगे। यक़ीन नहीं आया। फिर सुना, अब वासुदेव भी देह छोड़ेंगे। विश्वास नहीं हुआ। लेकिन यह कौन जानता था कि इस तरह से विश्वास करना होगा।

—जरती, मुझे बचा, बचा, वे लोग पकड़ने को आ रहे हैं। जरती ने उठकर देखा, जरा उसके पैरों के पास लुढ़का पड़ा है।

—अरे, हो क्या गया? कौन पकड़ने आ रहा है?

—कैसे बताऊँ। सादी पगड़ी वाले हज़ारों लोग। राजा के सिपाही हों शायद।

जरती समझ गयी कि जरा विभीषिका देख रहा है। बोली—हज़ारों लोग आ रहे हैं और मैं देख नहीं पा रही हूँ!

—वह देखो, इधर ही आ रहे हैं।

—हज़ारों लोग आते होते तो आवाज़ होती।

—क्यों, सुनाई नहीं पड़ रही है? वह!

जरती ने कान लगाया। समुद्र की आवाज़ के सिवा कुछ भी नहीं सुनाई पड़ा। बोली—कहीं कुछ नहीं है, न आवाज़, न आदमी।

—यक़ीन नहीं हो रहा है तो आओ देखो।—हाथ पकड़कर खींचते हुए वह उसे समुद्र के किनारे ले गया—वह देखो!

जरती चौंक उठी। सादी पगड़ीवाले लोगों की एक पूरी क़तार ही गरजती हुई दौड़ती आ रही थी। लेकिन लमहे के लिए। दूसरे ही क्षण वह समझ गयी, ज्वार के फेन से भरी लहरें हैं।

जरा को ढाढस देने के लिए कहा है, वह सब सिर नहीं, लहरें हैं।

विश्वास नहीं करने का कोई उपाय नहीं था। जरती की बात ख़त्म होते न होते लहरों की पछाड़ ने उसे भिगो दिया।

—ख़ैर। मुझे लगा, सिपाही हैं। शायद वे ढूँढ़ नहीं पाएँगे।

—वे कौन?

—राजा के लोग!

—इतनी बड़ी घटना भला छिपी रहेगी?

—सो तो नहीं रहेगी मगर यह कैसे पता चलेगा कि मेरे तीर से—क्या तो नाम कहा—वासुदेव ! हाँ-हाँ, वसुदेव का बेटा वासुदेव मारा गया!

—न भी जाने शायद। परन्तु राजा के दण्ड के सिवा और दण्ड नहीं है क्या?

—और किसका दण्ड?

—क्यों, विधाता का।

—विधाता का? अच्छा, अनजाने मारने से भी पाप होता है।

—तुमने अनजाने तो नहीं मारा, मारा है ख़ासा निशाना लगाकर।

—वह तो हिरन के धोखे से।

—तुम इतने पुराने शिकारी हो। ऐसी चूक तो तुमसे नहीं होनी चाहिए।

—यह सब फ़ुजूल की बातें हैं। राजा के दण्ड के सिवा मैं किसी और से नहीं डरता।

—तो फिर आँखों से ग़लत क्यों देख रहे हो, कानों से भूल क्यों सुन रहे हो, मन में ग़लत क्यों समझ रहे हो? आदमी तो तुमने कितने मारे हैं, मगर ऐसा कभी हुआ है क्या?

—तेरी भी बात! अरी, वह आदमी और यह आदमी!

—फ़र्क़ आख़िर क्या है। उसके भी चार हाथ-पाँव, इसके भी वही।

—बजा है। वह देखो, 'गरहन' लगा है। चाँद का कोना काला हो गया। उधर देखो, एक-एक करके सारे सितारे गिरते जा रहे हैं। भूकम्प हो रहा है, धरती डोल रही है।

—अरे, यह सब कुछ नहीं है। घर जाकर सो रहो। सब ठीक हो जाएगा।

—तुम भी चलो।

—नहीं, मैं यहीं रहूँगी।

—कब तक?

—जब तक कोई आ नहीं जाता।

—तो फिर मैं भी रहता हूँ।

—तुम किसलिए रहोगे?

—यह बात तो मेरी भी समझ में नहीं आती। मैं छोड़कर जा भी नहीं पा रहा हूँ और रह भी नहीं पा रहा हूँ। मन के अन्दर कैसी तो उथल-पुथल हो रही है। एक बार जी में यह हो आता है कि समन्दर में कूदकर जान दे दूँ, सारी बला ही चुक जाए। लेकिन तभी ख़याल हो आता है, यमदूत मुझे खींचकर नरक में ले जाएँगे, तपे डण्डे की मार मारेंगे। तब यह लगता है कि उससे तो यही अच्छा है। अच्छा जरती, तू तो बता रही थी, भगवान को पुकारने से मन में शान्ति मिलती है।

—हाँ। मिलती है।

—तो मेरी ओर से तू उन्हें पुकार। मेरा तो गला सूख गया है।

—ख़ैर, पुकारती हूँ। तुम शान्त होकर बैठो।

—जरा ज़रा देर चुप बैठा और सहसा वह चिल्लाते हुए उछल पड़ा—मेरा कलेजा जल रहा है—वह देखो, विधाता की आँखें धक्-धक् जल रही हैं—

यह कहकर वह उधर दौड़ पड़ा, जिधर वासुदेव की देह पड़ी थी। लाचार जरती भी पीछे-पीछे दौड़ी।

—अरे, इसकी छाती पर जो रत्न झूल रहा था, वह कहाँ गया? जरती ने देखा,

सच ही वह रत्न ग़ायब था।

—देख जरती, यहाँ ज़रूर कोई आया था। वही ले भागा।

—तुम्हारी भी बात! उस दिव्य देह में हाथ लगाए, यह मजाल किसकी है?

—मुझे कोई काली छाया-सी भागती दीखी।

—वह तुम्हारी नज़र की भूल है। वह कौस्तुभ मणि था। बैकुण्ठ से आया था। अब वासुदेव की लीला ख़त्म हुई, वह भी बैकुण्ठ चला गया।

—वहाँ फिर उनके गले में झूलेगा?

—बेशक, तुम अब घर जाओ जरा।

—तुम भी चलो। मुझे डर लग रहा है।

4

जरती के कहने से वह अकेला ही घर की ओर चला। घर के पास पहुँचते ही उसका पालतू कुत्ता भौं-भौं कर उस पर टूट पड़ा। जरा हैरान रह गया। कुत्ते की यह कैसी हरकत! बहुत दिनों का पाला हुआ है, बड़ा प्यारा। मालिक के पैरों की आहट पाते ही पैरों से लिपटकर दुम हिलाया करता है, हाथ चाटता है। आज इसे क्या हो गया? वह बोला—बग्घा, ओ बग्घा, मैं हूँ मैं, पहचान नहीं रहा है? कुत्ता और भी बिगड़कर ज़ोर-ज़ोर से उसके पैरों को नोचने लगा। बग्घा ऐसा कैसे पगला गया? बग्घा के भूँकने से टोले के दूसरे कुत्ते भी दौड़े आये और उसे नोचने-काटने लगे। वह जितना ही उन्हें खेदने लगा, कुत्ते उतना ही ज़्यादा हमला करने लगे। उन सबकी देखादेखी घर के दूसरे पालतू जानवर भी उस पर हमला कर बैठे। व्याध के घर पालतू जानवरों की कमी नहीं होती। तिस पर जरा को तरह-तरह के पशु-पंछी पालने का शौक़ था। बिल्ली, नेवला, साहिल, गोह—बहुत कुछ था। सबने अजीब ढंग से चीखकर उसे घेर लिया। कोई नोचने लगा, कोई काटने लगा—गोह तो बदन पर थूकने लगा। ओसारे पर पिंजड़े में मैना थी, सुग्गा था। सब जाग पड़े। किचमिच करने लगे। मैना तो रट लगा बैठी—'चोर है, डकैत है, ख़ूनी है—पकड़ो!' ये बोल जरा ने संकट की घड़ी के लिए उसे खुद सिखाये थे। आज वही बोल उस पर पड़ने लगे—'चोर है, डकैत है, ख़ूनी है—पकड़ो।' परेशान हाल जरा ने हारकर आख़िर एक लाठी उठायी और कुत्तों को उससे मारने लगा। लेकिन वह अकेला था और कुत्ते बहुत थे। मार खाकर एक भागता तो दूसरे पाँच उस पर हमला करने लगते। जरा का शरीर क्षत-विक्षत हो गया। मारे गुस्से के वह आख़िर उन बेबस चिड़ियों पर टूट पड़ा। वह सब कर्कश स्वर में

चिल्ला उठीं—'चोर है, डकैत है, ख़ूनी है—पकड़ो!'

—अभी मजा चखाता हूँ! मेरा ही खाकर, मेरे ही यहाँ रहकर, मुझी को चोर, डकैत, ख़ूनी कह रही हैं!

वह बेहिसाब लाठी चलाने लगा। पिंजड़े टूट गये। कुछ चिड़ियाँ उड़ भागीं, कुछ मरीं, कुछ अधमरी हो गयीं। सुग्गा उसके सिर पर चढ़कर ठोकर मारने लगा। और एक ओर कुत्ते, साहिल, नेवले, गोह तो थे ही। चौतरफ़ा हमला। करे तो क्या करे! सारे बदन से ख़ून बहने लगा। पीड़ा और जलन के मारे वह पागल हो उठा। अब तो सचमुच ही उसके दिमाग़ पर ख़ून सवार हो गया। —अच्छा, मौज़ से तुम लोगों का घर में रहना मैं अभी निकाल देता हूँ।

चूल्हे में आग थी। वही आग निकालकर उसने छप्पर में लगा दी। पूरा का पूरा छप्पर धू-धू करके जलने लगा।

बोला—लो, घर का रहना गया। जंगल के जीव, जंगल में जाओ।

मगर जानवरों ने और भी खूँख़ार होकर उस पर धावा किया। कोई उपाय न देखकर जरा भागा।

घर के चारों तरफ़ जंगल था। आग की उठती लपटें देखकर जंगल के पशु-पंछी चौंककर चिल्लाने लगे। उल्लू उसके सिर पर मँडराने लगे। चें-चें। उफ़्, कैसी अजीब चीख़! असमय में जगे हुए पंछी लम्बी तान में बोलने लगे। हज़ारों कौओं ने काँव-काँव करते हुए उड़कर पूर्णिमा के आकाश को मेघ से ढँक दिया मानो। इससे जरा और भी तेज़ी से भागा। ऐसे में जाने कहाँ से आकर एक विषैले नाग ने फन खोलकर उसकी राह रोक ली। वह बायें भागे तो उधर भी हमलावर, दायें भागे तो उधर भी हमलावर। आख़िर उसके मुँह से अनायास ही निकल पड़ा, हे भगवान, बचाओ! कि चारों ओर से अचानक हँसी की विकट आवाज़ उठी, तीखी, ऊँची, रूखी आवाज़। जरा आपे में होता तो समझता कि खट्टास की आवाज़ है। उसे लगा, पालतू पशु-पंछी से लेकर सारे चराचर आज उसके बैरी हो उठे हैं। उसने आसमान की ओर ताका, वहाँ भी कोई दिलासा नहीं। टूटी हुई उल्काएँ झपट्टा मारने के लिए उसकी ओर लपकती आ रही थीं। उस एक ही मौत से मानो निखिल की नियम-शृंखला ढीली पड़ गयी। आख़िर क्यों? ऐसा कौन-सा अन्याय किया उसने? एक आदमी को मार डाला है, बस, इतना ही तो ! इससे पहले तो जान-सुनकर उसने कितनों को मारा है। कहाँ, उस समय तो सबके सब चुप रहे। तो फिर आज ऐसा क्यों, भगवान है कि खाक! वसुदेव का बेटा वासुदेव। आदमी का बेटा कहीं भगवान होता है! फ़ुज़ूल की बात। उसके मन की यह दशा हो गयी कि यदि वासुदेव के दस प्राण होते, तो वह दस बार उनकी हत्या करता। वह जी-जान से भागा। हमलावर पीछे रह गये थे, मगर पीछा नहीं छोड़ा था।

अब उसका सारा गुस्सा जरती पर जा पड़ा। वही मुँहजली इन सारे अनर्थों की जड़ है। उसी की करतूत है यह। भगवान! हुँः। भगवान था तो आदमी के हाथों क्यों मरा? जो अपने आपको नहीं बचा सकता, वह क्या तो दुनिया के लोगों की रक्षा करता है! दईमारी की गरदन मरोड़ दूँगा। देखता हूँ कि कैसे उसका भगवान उसे बचाता है!

—और, वसुदेव का बेटा अगर सचमुच ही भगवान है, तो भगवान मर गया। और भगवान मर गया तो डर फिर किसका? पाप-पुण्य, धर्म-अधर्म सब उस कमबख़्त भगवान के साथ गया। अब डर काहे का!—यह कहकर उसने चराचर को गर्व के साथ अपने दोनों अँगूठे दिखा दिये!

वह दौड़ता जा रहा था और सोच रहा था—ठहर, आज इस दईमारी को भी उसके भगवान के साथ ही भेजता हूँ। दोनों एक ही चिता में जलें!

—अरे, तुम फिर लौट आये जरा? तुम्हारे पीछे इतने जीव-जन्तु क्यों?

—ये सब तेरे भगवान के चेले-चामुण्डे हैं।

—लेकिन तुम फिर लौट क्यों आये?

—थोड़ा-सा काम बाक़ी रह गया।

—कौन-सा काम...।

जरती को अपनी बात पूरी करने का मौक़ा नहीं मिला। जरा उस पर कूद पड़ा। उसका टिटुआ दबाया और दम घोंटकर उसे मारकर फेंक दिया। बोला—जा, अब अपने भगवान के पास।

जरती का शरीर वासुदेव के पाँवों पर लुढ़क गया। जरा नगर की तरफ़ भागा। कुछ दूर जाकर उसने पलटकर देखा। देखा कि सारी चिड़ियाँ वासुदेव की देह के ऊपर छाते की तरह मँडरा रही हैं और पशुओं ने चक्राकार में देह को घेर रखा है। जरा ज़ोर से बोल उठा—कम्बख़्तो, आज भगवान का मांस खाकर अपने जीवन को धन्य कर लो, अगले जन्म में देवता होकर पैदा होगे!

5

—मदिरा! दरवाज़ा खोल। खोल दरवाज़ा!

मदिरा ने दरवाज़ा खोल दिया। बोली—दरवाज़ा तो तोड़ देंगे।

—यदि यह ख़ौफ़ हो तो फिर बन्द ही करने की ज़रूरत नहीं।

—आख़िर दरवाज़ा ख़र्च करके बनवाया क्यों जाता है?

—न बनवाया जाए, तो दरवाज़ा खोलने का सुख कैसे मिले?

—तभी तो देख रही हूँ, तुम्हारे सुख की सीमा नहीं है। ख़ैर ! इतनी रात गये किस इरादे से?

—तुम्हारी दुनिया तो रात ही की है। और तुम्हारे यहाँ भी क्या समय देखकर आना पड़ेगा?

—ख़ैर। आ ही गये हो तो बैठो।

कमरे के एक कोने में दीपदान पर रेंड़ी के तेल का दीया जल रहा था। पास ही फ़र्श बिछा था—उस पर एक ओर मृदंग, वीणा, बाँसुरी आदि बाजे पड़े थे। अब रोशनी में जरा को अच्छी तरह से देखकर मदिरा ने कहा—हाय राम, यह क्या! तुम्हारा तो सारा शरीर छिल-जल गया है! बात क्या है। तुमने क्या भालू से लड़ाई की थी?

—तुमने बिलकुल झूठ नहीं कहा है, मदिरा। लेकिन सिर्फ़ भालू ही नहीं—बनैले कुत्ते, वनबिलाव, भेड़िये, और-और जानवर भी थे।

—वही कहो। सप्तरथी ने अभिमन्यु को घेर लिया था। मगर उस व्यूह से निकले कैसे?

—नसीब के ज़ोर से।

—इस्, सारा बदन लहू-लुहान हो गया है! ठहरो, कुछ लगा दूँ।

मदिरा ने ताख पर से महुआ का तेल उतारा और एक साफ़ कपड़े से जख़्मों पर जतन से लगाने लगी।

—वाह, बड़ा आराम लग रहा है। जानती है मदिरा, मैंने आदमी को मारा है।

नक़ली ख़ुशी दिखाकर मदिरा बोल उठी—शाबाश! बेशक बहादुर हो। तुम्हारी एक मूर्ति बनवाकर चौक पर खड़ी कर देने को जी चाहता है।

—अरी एक आदमी नहीं, दो। एक मर्द, एक औरत।

—फिर तो देखती हूँ, दो मूर्तियाँ बनवानी पड़ेंगी!

—मज़ाक़ नहीं रे!

—मज़ाक़ कौन कर रहा है! देखते नहीं हो, वीर-पुरुषों की मूर्तियों से चौक इस क़दर भर गया है कि क़दम रखने की भी जगह नहीं है। सात्यकी, भीम, अर्जुन, नकुल, सहदेव यहाँ तक कि शिखण्डी की भी। सभी कुरुक्षेत्र के वीर पुरुष।

—लगता है, तू चकित हो गयी।

—बिलकुल नहीं। आज तक जीव-जन्तुओं को मारकर हाथ साध रहे थे, अब आदमी पर आजमाना शुरू किया—यही तो वीर का काम है!

—मखौल की तारीफ़ है?

—जैसा समझो।

—ख़ैर, मज़ाक़ भी रहे और तारीफ़ भी। शराब निकाल।

—शराब? शराब कहाँ से लाऊँ? जानते नहीं, शराब चुआने की मनाही है!

—देश में राजा है क्या! है, यही तो भरोसा है।

—सो क्या?

—नहीं तो इतने चोर-डाकू कहाँ से आते हैं?

—ख़ुद को देखकर समझो।

—अरे, हम सबको तो सभी जानते हैं। चोरी पर जो बटमारी करते हैं, मैं उन राजपुरुषों की कह रहा हूँ।

—और मुझे क्या उन राजपुरुषों का डर नहीं है?

—यह कह कि भरोसा नहीं है! राजा की मनाही से शराब बनना बन्द नहीं होता, सिर्फ़ दाम बढ़ता है। ले, निकाल।

मदिरा ने शराब ला दी। जरा आराम से पीने लगा।

—देख मदिरा, दुनिया में कभी कोई शराब बनाना बन्द नहीं कर सकेगा।

—अहा-हा, उम्मीद की कितनी अच्छी बात सुनायी!

—लेकिन हाँ, नाम बदल सकता है। बस।

—सो क्या?

—देवता इसे अमृत कहकर पीते हैं, ऋषि-मुनि सोमरस कहकर; राजा पीते हैं सुरा, पशु-पंछी असली मधु पीते हैं। और उन सबके दासों का दास यह जरा ठर्रा पीता है।

—आख़िरकार यह जरा भी पण्डित हो गया! इतना सीखा कहाँ?

—टोल के पण्डित जी को मधु दिया करता हूँ। छात्रों को एक दिन वह पाठ पढ़ा रहे थे। मैंने खड़ा-खड़ा सुना।

—टोल में ऐसा पाठ पढ़ाया जाता है, जानती होती तो भरती हो जाती मैं! तो गुरुदक्षिणा में शायद उन्हीं का काम तमाम किया।

जरा ने एकाएक शराब के चुक्कड़ को पटक दिया। उछलकर खड़ा होते हुए कहा—जल्दी बाहर निकल, धरती डोल रही है, सिर पर घर गिर पड़ेगा।

—पागल हो गये क्या? या कि ज़रा ज़्यादा चढ़ा ली!

कौन किसकी सुने। मदिरा का हाथ पकड़कर खिड़की के पास खींचकर ले गया। कहा—वह देख, चाँद का कोना काला हो गया है। 'गरहन' लगने लगा।

—क्या बकवास कर रहे हो!

—देख न, तारों के झुण्ड टूटकर गिर रहे हैं।

मदिरा ने समझा, जरा नशे में चूर है। उसने पकड़कर उसे ज़बरदस्ती बिस्तर पर सुला दिया।

जरा ने उसका हाथ नहीं छोड़ा। कहा—मेरे पास ही सो।

—नहीं-नहीं। आज वह सब नहीं।

—अरी, मैं वह नहीं कह रहा हूँ। मुझे बड़ा डर लग रहा है।

—डर कैसा? यहाँ क्या पहले कभी रहे नहीं?

—उस समय आदमी तो नहीं मारा था न!

—फ़ुज़ूल की बात छोड़ो तो। मैं तुम्हें बरसों से देखती आयी हूँ। इस बीच तुमने बीस-पच्चीस आदमी को मारा है।

—मगर यह आदमी और ही है।

—आदमी आदमी है। इसमें और फिर क्या?

लाख किये कुछ न हुआ। जरा ने ज़ोरों से रोना शुरू कर दिया। मदिरा दिलासा देते हुए समझाने लगी—अरे पागल, एक-दो आदमी को मारकर तुम्हें इतना पछतावा हो रहा है और राजदरबार के इतने लोग जो आपस में कट-मर गये उनका क्या हुआ?

—सब मर गये?

—सब। बूढ़े राजा और बलराम-वासुदेव को छोड़कर सब! सुना, दो दिन पहले योग से बलराम ने भी देह रख दी।

—और वासुदेव?

—वह अभी हैं।

—मदिरा, शराब दे। शराब। जल्दी।

—अभी-अभी तो एक चुक्कड़ भकोसी, और कितनी?

—ला-ला, मेरा गला सूखकर काठ हो गया है।

गट-गट करके बहुत-सी शराब पीकर बोला—तो वसुदेव का बेटा वासुदेव अभी मरा नहीं है?

—वही तो अन्तिम आसरा है।

—क्यों?

—यह भी नहीं समझते? घर के बड़े पाये के गिर जाने से, दालान की नींव हिल जाने से क्या होता है?

—तो कमबख़्त वासुदेव ऐसा बड़ा आदमी है!

—अजी, आदमी क्या कहते हो?

—तो क्या देवता?

—देवताओं के देवता। स्वयं भगवान।

—तो उनके मरने से क्या होगा?

—भूकम्प होने लगेगा, तारे टूट गिरेंगे, चाँद-सूरज में ग्रहण लगेगा, समुद्र बढ़कर चराचर को लील लेगा। आदमी आदमी नहीं रह जाएगा। खूँख़ार जानवर बनकर यह उसे खा जाएगा।

—तो फिर तुम यक़ीन क्यों नहीं कर रही हो कि 'गरहन' लगा है? भूकम्प शुरू हो गया है, तारे टूट रहे हैं।

—तुम शराब के नशे में विभीषिका देख रहे हो। वासुदेव अभी ज़िन्दा हैं।

—ज़िन्दा हैं। तो फिर यह 'हर-हर' शोर कैसा है? सचमुच ही समुद्र सब कुछ को निगल जाने के लिए बढ़ता आ रहा है। कान लगाकर आवाज़ सुनो।

मदिरा अपने कान पर अविश्वास नहीं कर सकी। कान लगाकर ध्यान से सुना और ज़ोर से खींचकर जरा को खड़ा कर दिया। बोली—जान बचाना चाहते हो, तो फौरन भाग निकलो।

—क्यों? क्या हो गया?

—बस, पल की भी देर न करो। चल दो।

—किधर जाऊँ?

—उस जंगल की ओर।

—और तुम?

—मुझे कोई ख़तरा नहीं।

—औरत होकर तुम्हें कोई ख़ौफ़ नहीं और मैं मर्द, मुझे है?

—अभी जो डर है वह मर्दों को ही है। भाग पड़ो। सुनो, वह 'हर-हर' आवाज़ नज़दीक आ रही है।

—समुद्र की आवाज़।

—नहीं। यह आवाज़ नगर की ओर से आ रही है।

—जंगल की तरफ़ भागूँ? कुछ समझ में नहीं आ रहा है।

—कल आना। समझा दूँगी।

जरा चलने को तैयार हुआ तो मदिरा बोली—सुनो, अपना कपड़ा उतारकर यह घाघरा और चोली पहन लो।

हैरान जरा को ज़बरदस्ती नारी का पहनावा पहनाकर अन्दर से बाहर ढकेलती हुई मदिरा बोली—जंगल की ओर भाग जाओ।

—कुछ समझ नहीं रहा हूँ।—कहकर जरा जंगल की ओर भागा।

ज़ोरों का कोलाहल क़रीब आ पहुँचा।

6

जरा जब जंगल की ओर ओझल हो गया, तो मदिरा अपनी छत पर गयी। वहाँ उसने जो दृश्य देखा, उसके लिए वह नया तो बिलकुल नहीं था, कई रातों से ही वह इसे देखती आयी है, फिर भी उसका नयापन जैसे मलिन नहीं हुआ। राजपुरी के सिंहद्वार को खोलकर पिघले धातु-प्रवाह की तरह एक विराट भीड़ मशालों की जगमगाती जोत में निकली चली आ रही थी। कोलाहल उसी का था।

पहली बार रात को जिस उग्र और अस्वाभाविक कोलाहल से उसकी नींद खुल गयी थी, तो पहले तो वह समझ नहीं सकी कि माजरा क्या है। उसके बाद छत पर गयी। देखा, ठीक वही नज़ारा। जैसा आज देख रही थी। उसका घर है तो राजभवन के उपकण्ठ में ही, फिर भी बीच में पाव कोस की दूरी है। उस उमड़ते हुए जन-प्रवाह को देखकर उसे पिघले धातु का प्रवाह ही लगा था। धातु-प्रवाह जैसी ही उत्कट ध्वनि, पिघले धातु-सा ही दमकता हुआ भयंकर सुन्दर। वह भीड़ जब और क़रीब आयी तो उसने देखा, साफ़ दिखाई पड़ रहा था, वह चलता हुआ जनपिण्ड सैकड़ों सुन्दरियों के समूह के सिवा दूसरा कुछ नहीं था। बहुत से हाथों में जलती हुई मशालें। उन मशालों की रोशनी में हरेक के चेहरे, आँखें, मुँह, अंग-प्रत्यंग, फटी चोली की फाँक से पुष्ट स्तन, फटे घाघरे की आड़ से सुडौल जंघाएँ आदि बहुत कुछ साफ़ नज़र आ रहा था। एक ही साथ वे सब कोई जैसे नारा लगा रही थीं, कोई माँग हो मानो, मगर समझ में नहीं आ रहा था। वे सब जब बहुत निकट आ गयीं तो उनके चेहरों के भाव से मदिरा चकित रह गयी, डर गयी। उसके लिए यह अजानी रहने की बात नहीं। काम-व्यवसायिनी सुन्दरी युवती के नाते इस भाव से उसका घनिष्ठ परिचय था। लेकिन ये सब हैं कौन? कहाँ जा रही हैं, किनकी खोज में? कुछ भी समझ नहीं सकी। अचानक ही बड़े मर्मान्तक भाव से सारा कुछ साफ़ हो गया। उसके दरवाज़े पर धक्का पड़ा।

वह झट नीचे उतरी। खिड़की पर से पूछा—क्या चाहिए तुम्हें?

एक साथ बहुत से गलों की आवाज़ आयी—तुझसे कोई वास्ता नहीं। तेरे घर में कौन मर्द है, वह मर्द चाहिए।

उस रात उसके यहाँ काम का अतिथि था एक परदेसी वणिक्। बेचारा थका-माँदा सो रहा था।

—खोल-खोल, जल्दी से दरवाज़ा खोल।

—मेरे यहाँ आज कोई नहीं है।

—है या नहीं, हम देखेंगी। तू दरवाज़ा खोल।

—दरवाज़ा नहीं खोलूँगी। यहाँ से जाओ।

ज़ोरों के धक्के पड़े। दरवाज़ा टूट गया। एक साथ ही चालीस-पचास युवतियाँ अन्दर पिल पड़ीं और एक साथ उल्लास से चीखीं—वह रहा!

वणिक् की आँखें अचानक खुल गयीं। वह कुछ समझे, इससे पहले ही बीस-पचीस युवतियाँ उस पर टूट पड़ीं। सभी उसे पहले दख़ल करना चाह रही थीं। मदिरा ने रोकना चाहा कि एक ने उसे पान का डब्बा फेंक कर मारा। उसका कपाल फट गया। लहू से आँख-मुँह रँग गया। वह बाहर गयी। आँख-मुँह धोया। लौटकर देखा, सब उस बेचारे वणिक् के अंग-प्रत्यंग पर क़ब्ज़ा जमाने में जुट गयी थीं।

—जान गयी, जान गयी। मर गया!

कौन तो सुनती है! पहली ही खींचातानी में उसकी धोती और अँगरखे की चिन्दियाँ उड़ गयीं। अब उसके नंगे बदन पर जुल्मो-सितम ढाया जा रहा था। कोई भी अपना दावा छोड़ने को तैयार नहीं। यही नहीं, दूसरे को ज़बरदस्ती हटाने के लिए आपस में खींचातानी, हाथापाई चलने लगी।

—बहन, तुमने मेरे क़ब्ज़े के हाथ पर हाथ क्यों लगाया?

—अरी, भाड़ में जा छोरी, हाथ जैसे तेरा ही है!

जो उस वणिक् की देह के पास तक नहीं पहुँच पायी थीं, वे सब आगे वाली स्त्रियों पर हमला कर रही थीं। ऐसे में दो दलों में लड़ाई ठन गयी। कमरे की सतह गिरी हुई नारी-देहों से पट गयी। बदन पर वस्त्र और आभूषण नहीं रहे। बाल बिखरे, गाल, होठ, स्तन, जाँघ में नाखूनों और दाँतों के ख़ून भरे घाव। उधर बीस-पच्चीस युवतियों के चुम्बन-आलिंगन से वणिक् की दुर्गत, पीड़न और दंशन से वह अधमरा-सा हो गया। फिर भी कोई क़ब्ज़ा किये उसके अंग को छोड़ने को तैयार नहीं। आख़िर कई बार हिचकियाँ लेकर वणिक् ने कब जो आख़िरी साँस ली, किसी को ख़ाक भी ख़बर नहीं। तबतक भी काम से उन्मादिनी स्त्रियाँ उसके शरीर की खींचातानी ही कर रही थीं। कामार्त नारी, क्षुधार्त द्वीपी।

घण्टे भर बाद उन लोगों ने समझा कि यह आदमी मर गया है। तब उस देह के बहते हुए लहू से अपने आँचल, चोली, अंग-प्रत्यंग को रँगाकर वे सब जैसे अचानक आयी थीं, वैसे ही अचानक चली गयीं।—चल-चल, दूसरे घरों में देखें।

दूसरे दिन सवेरे उस वारांगना टोले के घर-घर से दले-मले से, पिण्ड से बने पुरुष-शरीर निकलने लगे। उन वारांगनाओं ने मिलकर श्मशान में उन सबका संस्कार किया। तीसरे पहर मदिरा के यहाँ वारांगनाओं की एक बैठक हुई। सभानेत्री ख़ुद मदिरा बनी।

7

राजपुरी के बाहर दक्खिन वारांगनाओं का बहुत-बड़ा टोला। टोले के बीच में मदिरा का घर। कुलीनता में सबसे श्रेष्ठ न होते हुए भी रूप और धन में मदिरा सबसे बढ़ी चढ़ी थी। उसके बुलावे को कोई मना न कर सकी। आफ़त सब पर एक ही-सी आयी थी। मदिरा की बगिया के पम्पा सरोवर के चौतरे पर आकर सभी बैठीं। गरमी के दिन और तीसरे पहर का समय। लेकिन समुद्री हवा से ऐसी उलट-पुलट हो रही थी कि धूप वहाँ दाँत नहीं गड़ा सकी थी। चारों ओर फूलों के पौधे; ख़ुशबू से महमह।

मौजूद स्त्रियों में चौदह-पन्द्रह साल की उम्र से लेकर तीस-पैंतीस साल की स्त्रियाँ थीं। कोई अभी-अभी आयी है, कोई अब जानेवाली। ये सब एक-दूसरे की बहन, नाते में एक ही। उमर के फ़र्क़ को ये वैसा महत्त्व नहीं देतीं। इसके बावजूद दो जने की ख़ातिर ज़्यादा। एक तो मदिरा, दूसरी टोले और राजपुरी में सबके सामने बड़ी बहन नाम से परिचित।

ज़रा ही देर पहले चर्चा शुरू हुई। भूमिका की ज़रूरत नहीं पड़ी। सब पर समान संकट और उस संकट के कारण से सभी वाक़िफ़ थीं।

मदिरा कह रही थी—हम लोग इस तरह से अपने यहाँ आनेवाले लोगों की मौत का कारण नहीं बन सकतीं। बेचारे सुख की उम्मीद में आते हैं और अपनी जान गँवाते हैं। मेरे यहाँ इस तरह एक-एक करके तीन जने मारे गये।

—बहन, तब तो यह कहना होगा कि तुम्हारी तक़दीर अच्छी है। महज़ तीन जने मारे गये। मेरे यहाँ अब तक पाँच जने को मौत के घाट उतारा जा चुका है।—चन्दना नाम की एक युवती ने कहा। इस पर बहुत-से कण्ठ एक साथ बोल उठे—मेरे यहाँ चार।

—मेरे यहाँ सात।

—मेरे यहाँ भी सात जने।

—इन पापों का हिस्सा क्या हम पर नहीं पड़ेगा?

यह सुनकर सबको रोकते हुए बड़ी बहन ने कहा—ऐसा हो क्यों रहा है, यह जानने के लिए मैं तीन दिन पहले राजपुरी में गयी थी। यादवों की एक बहू से मैंने कहा—बहूरानी, यह जो रवैया चल रहा है, यह क्या अच्छा है? मैं जानती थी कि वह भी उसी जमात में है, मगर कुछ इस भाव से कहा, मानो वह इस मामले में नहीं है। मैंने कहा—बहूरानी, आपको तो बड़े घर की बेटी ही जानती हूँ मैं, और यहाँ तो राजकुल की बहू हो—लेकिन दस-पाँच स्त्रियों के चलते आप सब लोगों की जो बदनामी हो रही है!

बहू ने पहले इधर-उधर देखा। फिर बोलने जो लगी—सो जाने किधर से तो

आठ-दस बहुएँ आकर हाज़िर हो गयीं। उन लोगों ने मुझे देखकर भी नहीं देखा। बोलीं—क्यों री, अभी तक बैठी ही है। तैयार हो जा। निकलने का समय हो आया न!

बहू बेचारी कुछ शरमायी। मेरे सामने पोल खुल गयी न कि वह भी उन्हीं लोगों की जमात में है। उन लोगों से कहा—बड़ी बहन आयी हैं, इनसे दो बातें कर लूँ।

कहना था कि दो-चार उनमें से बोल उठीं—ओ, समझ गयी। राय-मशविरा चल रहा है। हम लोगों को चकमा देकर उसके घर के आदमी को हथियाने का इरादा है! मगर सो होने-हवाने का नहीं। सब साथ ही निकलेंगी। जिसकी क़िस्मत में जो जुटे।

इस पर मुझे अपना रूप धारण करना पड़ा। मैंने कहा—देखो, तुम सब राजवंश की बहुएँ हो। तुम लोग अगर इस तरह से नरहत्या करती रहोगी, तो हमें भी उसके प्रतिकार में लग जाना पड़ेगा।

—क्या प्रतिकार सोच रही हो?

—हम लोग अपने यहाँ किसी को आने ही नहीं देंगी।

—तो रोटी कैसे चलेगी?

—रोटी न नसीब हो चाहे, पाप की आँच से बच जाएँगी।

बहुत-सी बहुएँ एक साथ हँस उठीं। बोलीं—काम तो कर रही हो वेश्या का और उधर पाप-पुण्य का उतना विचार!

मैंने कहा—नरहत्या तो वेश्यावृत्ति का अंग नहीं है न!

—उससे कम ही क्या है!

बैठक में एक कम उमरवाली लड़की खिजलाकर बोली—तो उससे यह क्यों नहीं कहा, बड़ी बहन, मर्द की इतनी ही ख़्वाहिश है, तो हमारे टोले में आकर क्यों नहीं रह जाती! मज़ा तो देखो ज़रा! उधर तो राजमहल में घूँघट काढ़कर सतीपना का स्वाँग और इधर रोज़ परपुरुष के बिना काम नहीं चलता!

इस लड़की के बग़ल से कल एक युवक को छीनकर आठ-दस युवतियों ने छीना-झपटी करके मार डाला था! उसकी अतृप्त काम-वासना उसके आँख-मुँह, जीभ पर शतमुख होकर निकल पड़ी।

बड़ी बहन ने कहा—यह बात मैंने उठायी नहीं, ऐसी बात नहीं। सुनकर उन लोगों ने कहा—तुम छोटी जात की हो, तुम्हारे जात-जनम का ठीक-ठिकाना नहीं, तुम लोग वेश्यावृत्ति कर सकती हो। हम लोग तो यदुवंश की बहुएँ हैं।

मैंने कहा—तो फिर उसी तरह से रहो। तुम लोग जो रवैया कर रही हो, इससे काशी, काँची, पांचाल, कोसल, तमाम देशों में तुम लोगों की बदनामी फैल जाएगी।

एक ने कहा—अजी ओ गुरुआनी जी, ज़रा खोज-पूछ करके देखो, द्वारका से प्रागूज्योतिष तक यही हाल है। अठारह दिन में अठारह अक्षौहिणी क्षत्रिय मारे गये,

उनकी पत्नियाँ क्या करेंगी? इधर तीन दिन में यदुवंश की सारी मर्द सूरतें आपस में मार-काट मचाकर चल बसीं—उनकी पत्नियाँ क्या करें? गुरुआनी जी, तुम होतीं तो ऐसे में क्या करतीं?

—और चाहे जो भी करती, ऐसा हरगिज़ नहीं करती।

—फिर भी सुनूँ तो ज़रा कि क्या करतीं?

मुझे जवाब देने का मौक़ा नहीं दिया। एक-एक अपनी-अपनी बात बोल उठीं।

—चूड़ी-सिन्दूर पहने हविषान्न खाते-खाते फूलकर यों कुप्पा हो जाती।

—सादी कोर की साड़ी पहने रात-दिन रो-रोकर सूखकर छुहारा हो जाती।

—शंख-ध्वनि और फूलों की वर्षा के साथ पति की चिता पर सती हो जाती।

ऐसी कितनी ही बातें। चुपचाप सुनने के सिवा और क्या करती! आख़िर एक छोकरी की बात सुनकर धीरज नहीं रख सकी।

उसने क्या कहा—बड़ी बहन?

—उसने कहा—नहीं जी नहीं, पति के मरने पर जेठ-देवर को, जिसको भी हाथ के पास पाती, खींचकर सतीत्व को बचाती। एक दरवाज़ा बन्द होने से ही दस दरवाज़े खुल जाते।

मैंने कहा—जैसा कि तुम लोगों का खुल गया है! कहा—देखो, तुम लोग बड़े घर की बहुएँ हो। यह रास्ता तुम लोग छोड़ दो।

—उससे तो अच्छा है, यह कहो कि खाना-पीना छोड़ दो!

—यह दोनों क्या एक ही बात हुई?

—एक बात बेशक नहीं हुई। भोजन से भी ज़्यादा ज़रूरी है पुरुष का संग। पहले काम, तब भूख!

मैंने कहा—तुम लोग असल में राजपरिवार की हो। भूख की जलन क्या होती है, पता नहीं चला है। तभी ऐसा कह रही हो।

—तुम लोगों ने शायद उसी जलन से वेश्यावृति अपनायी है?

—बात बिलकुल ग़लत नहीं है। भूख की जलन नहीं होती तो बहुतेरी गिरस्ती में लौट जातीं।

—बहुतेरी? सभी नहीं?

—लेकिन तुममें तो देख रही हूँ, सब एक ही पन्थ पर हो।

इस पर एक ने कहा—देखो, बड़ी बहन, हम तुम्हें भली ही समझती रही हैं। तुम आयी क्यों थीं, नहीं जानतीं। लेकिन अगर यह सोचकर आयी हो कि हमारी मति-गति पलट दोगी, तो जान लो, उसकी बिलकुल उम्मीद नहीं।

—क्यों?

—इसलिए कि प्यास के मारे जिसकी छाती जली जा रही हो, उसके सामने

शीतल जल हो, तो वह क्यों न पिए? भूख से जिसके अंग-अंग अवश हो आये हैं और उसके सामने भोजन-पानी हो तो वह क्यों नहीं खाए-पिएगी? इनसे भी ज़बरदस्त, हज़ारगुना ज़बरदस्त निदारुण काम की पीड़ा से जिसका तन-बदन आग जैसा जल रहा हो, उसके लिए धर्म, नीति, विवेक, समाज, संसार, भलमनसाहत झूठ से भी झूठ है। तुम तत्त्व की बातें सुनाने किसे आयी हो। नदी से क्यों नहीं कहतीं, ढलान की ओर न बहो, आग से क्यों नहीं कहतीं, ऊपर की ओर न उठो, बाढ़ के ज्वार को क्यों नहीं कहतीं कि आगे न बढ़ो। क्या ख़याल है?

मैंने कहा—यह सब तो प्राकृतिक नियम है।

—काम भी प्राकृतिक नियम है; अनादि-अनन्त-आदिमतम नियम।

वह जोश में कहती ही चली गयी—पहले ऐसा था कि रोज़ पति के साथ सोये बिना मुझे नींद नहीं आती थी। पर यह तो कमबख़्त कुरुक्षेत्र की लड़ाई शुरू हुई, तब से मैं पतिसंग से वंचित हूँ, उनींदी हूँ। उसके बाद जब पति लौट आये तो मानो हाथ में आकाश का चाँद मिल गया। लेकिन किसे यह पता था कि चाँद ऐसा ठण्डा है, ऐसा मरा हुआ, ऐसा जड़पिण्ड! बस, वीरता की ही कहानी! भीष्म, भीम, अर्जुन, कर्ण, अश्वत्थामा, अभिमन्यु! इसने ऐसा किया, तो उसने वैसा किया। इसने जयद्रथ को मारा, तो उसने अभिमन्यु को घेर लिया। कमबख़्त क़िस्सा ख़त्म ही नहीं होने का। मगर वीरता से मेरा क्या होना! और जब यह क़िस्सा ख़त्म हुआ तो एक दिन पागलपन शुरू हो गया। शुरू हो गयी मार-काट। सब समाप्त हो गया। यदुवंश ही ध्वंस हो गया। भूख की आग से लोग दूसरों की चीज़ छीन-छोर लेते हैं। राजपुरी में ऐसा एक भी पुरुष नहीं रहा कि उसे हथिया लूँ। जो बच रहे हैं, सो लाचार बूढ़े हैं या निरे शिशु। ज़रा देखो, मेरी सारी देह तपे बालू भरी हाँडी हो रही है, धान डालो तो लावा हो जाए। लोग कहते हैं, बुख़ार है! बुख़ार ही है, मगर सन्निपात नहीं, काम का बुख़ार, जिससे बढ़कर दूसरा ताप नहीं होता, पाप नहीं, शाप नहीं होता!

इतना कहकर उसने मेरा हाथ खींचकर अपनी छाती पर रखा। सच ही, अन्दर अजीब लहक—गोया लहू टगबग उबल रहा हो।

उसने मेरा हाथ नहीं छोड़ा। अपनी छाती पर ही रखकर कहने लगी—नारी-देह की यह कैसी जलन है, कैसा अभिशाप! पुरुष प्यार करता है सिर्फ़ मन से, नारी का प्यार है सर्वांग देकर। नारी-देह के लाह के घर में आग लगी है, जल मरी, झुलस मरी कहते-कहते टूटती हुई उलका-जैसी वह दौड़कर चली गयी।

मैंने ताककर देखा। देखा कि सैकड़ों स्त्रियाँ आग की लपटों जैसी दौड़ रही हैं। अब तक जिससे बात कर रही थी, वह राजवधू रत्ना भी उन्हीं लोगों से जा मिली—वहाँ कोई कहीं नहीं रह गयी। सूने चौतरे पर खड़ी रहकर करती भी क्या, वहाँ से निकलकर समुद्र की ओर चली। सोचा, नहाती चलूँ, शरीर की ग्लानि दूर होगी,

शायद मन की भी।

नहाकर पानी से बाहर निकली। देखा, सामने सूर्यास्त के बिन्दु की ओर ताकते हुए दो जने खड़े हैं, जैसे अगल-बग़ल अमावस्या और पूर्णिमा हों।

वारांगनाओं में से किसी एक ने पूछा, किसने पूछा, समझ में नहीं आया। अँधेरा हो आया था। पूछा कि कौन हैं ये?

बड़ी बहन ने कहा—पूछने पर उसने हाथ को माथे से लगाया, कहा—वासुदेव और बलभद्र। मैं क़रीब गयी, माटी में माथा झुकाकर प्रणाम किया। कहा—राजा, यह किस स्थिति में हमें डाला आपने?

वासुदेव ने कहा—अब राजा के राजा को पुकारो।

मैंने कहा—मैं तो पापी-तापी हूँ राजा, उतने बड़े तत्त्व की बात तो नहीं जानती। आप लोगों के सिवा दूसरे को जानती ही नहीं।

उन्होंने कहा—करना क्या है, बिटिया, सभी राजाओं से ऊपर काल है।

—क्यों बाबा, एक समय तो आपने कालिया नाग को नाथा था, आज ऐसी बात क्यों कर रहे हैं?

—यह तो महाकाल है।

—आप भी तो महाराजा हैं बाबा। यह तो पाँवों तले की धरती टलमल कर रही है।

—वासुकी का माथा हिलेगा, तो धरती तो काँपेगी ही।

—ऐसा हुआ क्यों?

—बीच-बीच में संसार चोला बदलता है, वासुकी उसी की सूचना देने के लिए सिर हिलाता है।

—दुनिया तो मज़े में ही चल रही थी।

—फिर भी कभी-कभी उलझकर सँवारने की ज़रूरत पड़ती है। उसी को मन्वन्तर कहते हैं, इन्द्रपात कहते हैं, विप्लव कहते हैं—जिसकी जैसी दृष्टि!

—इसकी क्या आवश्यकता थी?

—नहीं तो आदमी बड़ा एकबग्गा हो जाता है। वैसे में उसे पलटने के लिए उलटी ओर झटका देना पड़ता है।

—लेकिन यह तो रसातल की ओर जा रही है।

—तभी तो उम्मीद है कि धरती ऊपर को उठेगी। पहाड़ की चढ़ाई-उतराई नहीं देखी है?

—लेकिन आपके रहते वासुकी पर यह भार देने की क्या पड़ी थी!

—आख़िर तुम लोगों की तरह मैं भी तो उसी के माथे पर खड़ा हूँ!

जीभ काटकर मैं बोली—यह क्या कहते हैं, आप तो देवता हैं। इसका वे क्या

जवाब देते, नहीं जानती। तब बलभद्र बोल उठे—चलो वासुदेव, सन्ध्या-आह्निक का समय हो गया।

उदयगिरि और अस्तगिरि जैसे वे दोनों राजपुरी की ओर चले गये—जब तक आँखों से ओझल नहीं हो गये, मैं देखती रही।

बड़ी बहन चुप हो गयी। उसके ऐसा कहने की प्रतिक्रिया से सभा में ऐसा सन्नाटा छा गया कि मधुमाछी का गुन-गुन भी सुनाई पड़ने लगा।

सभी सोचने लगीं, क्या कहें। इतने में मल्लिका नाम की वह किशोरी बोल उठी—सब कुछ तो सुना। अमावस्या-पूर्णिमा, उदयगिरि-अस्तगिरि कुछ भी तो बाक़ी नहीं रहा। मगर मेरी छाती से छीनकर जिस युवक को उन बाघिनों ने मार डाला, उसका क्या कर रही हो!

यह शिकायत तो सभी के मन में थी, लेकिन मल्लिका की कुछ ज़्यादा तीखी थी। और सबने अभ्यासवश नशे को व्यवसाय कर लिया है, मल्लिका का अभी नशा ही है। वह उस युवक के साथ घर से निकल आयी थी। शायद हो कि और कुछ दिनों के बाद ये पेशा हो जाता। लेकिन इससे पहले ही उसकी गोदी से लोग उसके प्रेमी को छीन ले गयीं। वही भयंकर अतृप्ति प्रतिहिंसा का फन खोलकर खड़ी हो गयी थी। पूछ रही थी कि उसका कोई प्रतिकार नहीं है क्या?

मदिरा ने कहा—मौत का प्रतिकार ही क्या है, बहन!

—क्यों, देश में राजा नहीं है क्या?

—राजा की बात तो अभी ही सुनी। और फिर परसों ही तो बलभद्र ने शरीर छोड़ दिया।

—तो फिर चलो, हम सभी अमावस्या महाराज के पास चलें। वह तो कौरव पाण्डव, सभी का काम तमाम करके आये हैं—इसका कोई किनारा नहीं कर सकेंगे वह?

उसकी बात सुनकर बड़ी बहन और मदिरा, टोले की मुख्य तो यही थीं, बोल उठीं—मल्लिका का कहना बेजा नहीं है; चलो, हम सब वासुदेव के पैरों रोकर लौट पड़ें।

यही तय पाया। सभा समाप्त हो रही थी कि इतने में दौड़ता हुआ भजनदास आया। आदमी वह मामूली-सा है, पर इन लोगों के लिए असाधारण। निःस्वार्थ भाव से इन लोगों की वह देखभाल करता है। सबको वह बहन कहता है, सभी उसे भैया कहती हैं।

—बहन, सर्वनाश हो गया!

—क्यों, क्या हो गया, भैया?

सिर पीटते हुए, बाल नोचते हुए भजनदास ने कहा—सर्वनाश हो गया!

मन्वन्तर, इन्द्रपात। वासुदेव ने देह रख दी।

सारी सभा एक साथ ही बोल उठी—नामुमकिन है यह!

—मैं अपनी आँखों से देख आया। सागर-तट पर चिता पर पड़े हैं वह। बड़ी बहन ने कहा कि लगता है, उन्होंने भी बलभद्र की ही तरह योग से शरीर त्याग दिया।

—नहीं बहन। कल रात किसी व्याध ने उन्हें तीर से मार डाला।

ऐसी बुरी ख़बर के लिए कोई तैयार नहीं थी। वास्तव में सबका यह विश्वास था कि वासुदेव देवता हैं, जरा और मृत्यु से परे। अचरज जताने की भाषा किसी को ढूँढ़े नहीं मिली।

कुछ देर में मल्लिका ने वह सन्नाटा तोड़ा। बोली—देवता नहीं ख़ाक, जो एक तीर की चोट नहीं झेल सकते, हम लोग उन्हीं के पास प्रतिकार की उम्मीद में जा रही थीं।

सब चुप। वह बोली—क्यों, सभी सुन्न घसीट गयीं क्यों?

—क्या किया जाए, यही सोच रही हैं।

—तो तुम लोग बैठी सोचती रहो, मैं चली!

—कहाँ?

—जहाँ ये दो आँखें ले जाएँ!—और, ज़्यादा भूमिका नहीं बढ़ाकर वह अन्धकार में खो गयी।

8

पिछली रात की बात। घाघरा, चोली और दुपट्टा ओढ़े जरा जंगल की ओर दौड़ा। दरवाज़े पर खड़ी होकर मदिरा ने बता दिया था कि किधर जाना होगा। जरा को अगर होशोहवास होता तो अपनी इस नयी वेशभूषा और आचरण से वह अचरज करता या कि वह पोशाक बिलकुल पहनता ही नहीं। लेकिन उसके मन की दशा स्वाभाविक नहीं थी। तीसरे पहर के बाद से अप्रत्याशित घटनाओं की एक के बाद दूसरी जो लहर उसके मन पर धक्का मारती रही, उनसे किसी के लिए भी स्वाभाविक रहना सम्भव नहीं था। लिहाज़ा वह मूढ़ की नाईं मदिरा की बतायी राह पर दौड़ पड़ा। दौड़ने की वजह भी थी। पीछे—बहुत दूर पर नहीं, फिर भी उसकी नज़र से बाहर ज़ोरों की एक हलचल-सी सुनाई पड़ रही थी। जैसी हलचल कि उसने इसके पहले कभी नहीं सुनी थी।

जंगलों में घूमने का वह आदी था। जानवरों की गरज उसने सुनी है, घायल पशु की चीख़ सुनी है, क्रोधित भीड़ का हो-हल्ला सुना है, मेघ की गरज, गाज की आवाज़, पहाड़ की चट्टान खिसकने का भैरव-रव, दावानल की हुंकार, समुद्र-ज्वार की शंख-ध्वनि—सब उसकी सुनी-सुनायी है। लेकिन अभी जो आवाज़ उसे सुनाई दे रही थी, उससे उसके किसी भी अनुभव का मेल नहीं था। हज़ारों-हज़ार लोगों के गले से हज़ार-हज़ार भूखे भेड़ियों की आर्त आकांक्षा आवाज़ होकर निकले तो इस आवाज़ से कुछ मिले। जरा को जंगली ही कहा जा सकता है। जिसे जंगल से कोई ख़ौफ़ ख़तरा नहीं, वह आज बस्ती से डरा और जंगल को उसने माँ की गोद-सा समझा। वह जंगल की ही ओर भागा। वह उत्कट आवाज़ जैसे-जैसे और-और नज़दीक आने लगी, वैसे ही वैसे उसकी चाल भी तेज़ होती गयी। आख़िर आवाज़ से गति हार मान गयी। शब्द से अन्दाज़ा लगा, शब्द का हेतु उसकी पीठ के पास आ पहुँचा है। अब तक उसकी नज़र सीधे सामने की ओर थी। अब उसने पीछे मुड़कर देखा। मुड़कर जो देखा, वह दृश्य ऐसा अनोखा था कि थोड़ी देर के लिए वह डरना भी भूल गया।

देखा, उससे महज़ तीन-चार रस्सी पीछे एक विराट जनपिण्ड दौड़ा आ रहा है। वह आदमी भी है, आदमी नहीं भी है। कोई हज़ार आदमी बिलकुल सटकर, गुँथकर पिण्ड से हो गये हैं; वे मानो जुदा-जुदा नहीं, उनका मन, व्यक्तित्व, चाहना—सब कुछ एक हो गया है। ऐसा दृश्य जीवन में कभी देखने को नहीं मिला। मेले में उसने भीड़ देखी है। बदन से बदन सटे होने के बावजूद वे सब अलग होते हैं—ये एक हैं। आश्चर्य के घटते ही जी में डर घुस गया। और डर के घुसते ही उसे मदिरा की सलाह याद आयी कि कोई उपाय न दीखे तो बचाव के लिए पेड़ पर चढ़ जाना, क्योंकि कहीं उनके हाथ लग गये तो मौत निश्चित है। किनके हाथों मौत, किसलिए मौत—हड़बड़ी में वह यह पूछना भूल गया था। सामने ही एक सेमल का पेड़ था। वह झट उस पर चढ़ गया और घने पत्तों की आड़ में छिप गया। तब तक वह एकीभूत भीड़ पेड़ तले आ पहुँची थी।

जरा को सुध-बुध होता तो वह समझता कि जनपिण्ड जितना ही बड़ा हो चाहे, अँधेरी रात में देख सकना सम्भव न था। हाँ, जो कुछ देख रहा था, मशाल की रोशनी में। लेकिन समझ सकने-जैसी हालत मन की नहीं थी। पेड़ के ऊपर-से छिपे-छिपे उसने जो कुछ देखा, उससे भय और विस्मय दोनों ने उसके मन में समान आसन जमाया। चूँकि बहुत ही निकट आ पड़ा, इसलिए उस पिण्ड को अब अलग-अलग देखना सम्भव हो रहा था। कोई हज़ार लोग। लेकिन मर्द नहीं, औरत। उसमें से हरेक के हाथ में जलती मशाल, उनके आँख-मुँह में तेज़ चमक, खुले बाल गोया उसी का धुआँ हो। वह देखने लगा—उनके दुपट्टे उड़ गये हैं, चोली खुल गयी है, घाघरे सँवरे-सँभले नहीं हैं। उस बिखरे, अस्त-व्यस्त बाने में उनके शरीर की पसीने से धुली

कनककान्ति पर मशाल की रोशनी दुगुनी प्रतिफलित हो रही है। जो आवाज़ अब तक दूर से आ रही थी—अब वह समझ में आने लगी। उन हज़ार कण्ठों में एक ही आकांक्षा की ध्वनि—मर्द कहाँ है? मर्द कहाँ है? यदुवंश की रमणियाँ पुरुषों की खोज में निकली हैं—अभिसार को नहीं, शिकार को।

आपस में ही मार-काट करके यदुवंश के पुरुष समाप्त हो गये। जो बचे, वे लाग़र, ज़ईफ़ और नन्हे नादान शिशु, और रह गयीं युवती-पुरनारियाँ। यदुवंश के पुरुष जैसे वीर थे, वैसे ही शराबी, लिहाज़ा स्त्रियों की ओर ध्यान देने के समय की उन्हें कमी थी। अब, जब वे सभी मरे-मारे गये, तो राजपुरी में हाहाकार उठा। शोक का उच्छ्वास दबते ही उन्हें अपनी बेबसी महसूस हो गयी। शुरू में कुछ दिनों तक तो वे संयम के दायरे में रहीं, क्योंकि कृष्ण-बलराम जीवित थे। वे नाम के राजा न सही, काम के थे। उनकी अदृश्य विभूति से डरे बिना उपाय नहीं था। ऐसे में पता चला, बलराम ने शरीर रख दिया। उन स्त्रियों के कलेजे पर से एक पत्थर का बोझ उतर गया, फिर भी एक पत्थर रही गया और वही ज़्यादा वज़नी था। वासुदेव ज़िन्दा थे। उनसे न डरे, ऐसी कौन थी? बलराम का डर तो महज़ वासुदेव के ही चलते था। लेकिन वासुदेव का डर वास्तविक डर था। जीतने योग्य नहीं। सो बहुतों ने मन ही मन उनके मरने की कामना करना शुरू कर दी।

दिन को तो रमणियाँ संयत होकर राजपुरी में रहती थीं, पर साँझ होते ही उनकी गति-मति पलट जाती। पहले तो होता साज-सिंगार, फिर सब सुरा-पान करतीं और तब हाथों में मशाल लिये सब पुरुषों के शिकार को इधर-उधर निकल पड़तीं।

राजपुरी से बाहर ठीक दक्षिण की ओर वीरांगनाओं का टोला। पहले सभी उसी ओर जातीं। कई दिनों की होड़ के बाद वह सब तीन-चार दलों में बँट गयीं। उत्तर की तरफ़ घना वन था। उस ओर को जो जाती थीं, उनकी मुखिया थी रत्ना।

वन में डाल-पत्तों के छौने डालकर लकड़हारे रहा करते, कोई स्थायी रूप से, कोई अस्थायी तौर पर। स्थायी झोंपड़ों के आस-पास साग-भाजी की हरियाली थी, दो-चार गाय-बकरी और स्थायी-अस्थायी दोनों ही तरह के झोंपड़ों में बड़े-बड़े पालतू कुत्ते। ये कुत्ते ही उनके दिन-रात के पहरेदार थे, ख़ासकर रात के। दिन-भर की करारी मेहनत के बाद लकड़हारे साँझ होते न होते ही सो जाते। दीया-बाती की कौड़ी उनके पल्ले नहीं होती। कभी कोई लकड़हारा रात को जंगल में भटक जाता तो जानवरों का शिकार हो जाता। या कि घायल हालत में बहुत रात गये घर लौटता। लकड़हारों की इस बस्ती को जरा जानता था।

पेड़ के ऊपर से जरा ने देखा, स्त्रियों का झुण्ड उसी बस्ती की ओर जा रहा है। क्यों जा रहा है, समझ नहीं सका। चोरी-डकैती के लिए बेशक नहीं। मशाल की रोशनी में एकाएक दिख गया, पेड़ के नीचे एक भेड़िया दुबका बैठा है। उसे लगा,

वह फ़ौरन ही शिकार की गर्दन पर चढ़ बैठेगा। शिकार पास ही था। एक स्त्री दल से अलग भेड़िये की दौड़ के दायरे में थी। जरा ने सोचा, चिल्लाकर उस स्त्री को सतर्क कर दे। लेकिन चिल्लाने से पहले ही एक अनसोची घटना घट गयी। भेड़िया और वह स्त्री ठीक आमने-सामने हो गये। भेड़िया शिकार पर टूटने की ख़ुशी में अपनी पूँछ पटकने लगा। उसकी आँखों में, चेहरे पर कैसा हिंसक उल्लास! मशाल की जोत में सब साफ़ झलक रहा था।

एकाएक भेड़िये ने पूँछ समेट ली और बेतहाशा जंगल की ओर भाग खड़ा हुआ। जरा ने सोचा, अरे! यह क्या! यह कैसे सम्भव हुआ? ख़ाली हाथ और अकेले शिकार को छोड़कर भागने का स्वभाव तो भेड़िये का नहीं है! एक बार सोचा, मशाल की रोशनी से भेड़िया भड़क गया। लेकिन उसके दिमाग़ में यह बात ही नहीं आयी कि मशाल की रोशनी में उस औरत का मुँह देखकर भेड़िया डर सकता है! काम-पीड़ित स्त्री के चेहरे पर भूख की भीषण छाप देखकर श्वापद भी डर सकते हैं, यह जरा कैसे समझे!

बाघ के भागने से जब वह चकित हो रहा था, तो लकड़हारों के टोले से ज़ोरों का शोर-गुल उठा। नारियों का हो-हल्ला एकतरफ़ा था, अब दोतरफ़ा शुरू हुआ। मामला क्या है? ग़ौर करके देखा, स्त्रियों की उस भीड़ ने लकड़हारों के झोंपड़ों पर धावा बोल दिया है। उनका पहनावा आदि देखकर जरा को लगा था कि वह सब बड़े घर की स्त्रियाँ हैं—तो? उन लोगों ने इन बेचारे ग़रीबों पर क्यों चढ़ाई कर दी? बेवक़ूफ़ जरा भला यह क्या समझे कि इन ग़रीबों के झोंपड़ों में भी ऐसा कुछ रह सकता है, जो राजरानियों को चाहिए।

बाघ-जैसे ख़ौफ़नाक कुत्ते उन स्त्रियों पर टूटे, परन्तु उन्हें उसकी कोई परवा नहीं। झोंपड़े का दरवाज़ा तोड़कर वे सब अन्दर से सोये-अधजगे लकड़हारों को खींच-खींचकर बाहर निकालने लगीं। लकड़हारों की औरतें लाठियों से बेहिचक पीटने लगीं। कुत्ते दाँतों से उनका मांस नोचने लगे, मगर उन बेहया औरतों को कोई होश ही नहीं। पाँच-सात स्त्रियाँ मिलकर एक पुरुष को खींच लाने लगीं और तुरन्त आपस में ही छीना-झपटी मच गयी। जिन्हें कोई मर्द मिला ही नहीं, वे भी आ जुटीं और तब छीना-झपटी और ज़ोरदार हो गयी। मशाल की जोत में जरा ने देखा, दूसरी स्त्रियों की असावधानी का फ़ायदा उठाकर एक स्त्री एक लकड़हारे को कुछ दूर ले जाकर उसके साथ सो पड़ी। तब तक बीस-पच्चीस स्त्रियाँ उस तरफ़ दौड़ पड़ीं। सबने मिलकर उस स्त्री को खींचकर हटा दिया। फिर उस मर्द पर टूट पड़ीं। ऐसी हालत में आपस में बँटवारा नहीं होता, कोई भी अपना हिस्सा छोड़ना नहीं चाहती। इसलिए इतनों की खींच-तान में उस मर्द के अंग-अंग अलग हो गये और वह मर गया। जिसके हाथ जो हिस्सा लग गया, उसी को लेकर उनकी ख़ुशी का ठिकाना

नहीं! इधर कुत्ते मांस नोचे चले जा रहे हैं, लकड़हारिनें लाठी से सिर फोड़े दे रही हैं, सिर से लहू बह रहा है, शरीर से लहू बह रहा है, फिर भी किसी के हाथ से लूटा हुआ शरीर का अंग छूटकर गिर नहीं रहा है—भागने की बात दिमाग़ में ही नहीं आ रही है! लहूलुहान शरीर से उन उन्मादिनियों का कैसा काम-नृत्य!

अब जरा ने समझा कि मदिरा ने उसे स्त्री के वेश में जाने की तथा जंगल की ओर भागने की क्यों सलाह दी थी। उसे लगा, पुरुषों की खोज में ये अकुलायी औरतें मदिरा के यहाँ ज़रूर ही धावा बोलती हैं। लेकिन ये लोग जंगल की ओर भी आती हैं, यह शायद मदिरा को मालूम नहीं था, नहीं तो वह उसे जंगल की ओर आने की राय क्यों देती? बस्तियों में मुसीबत आती है तो लोग जंगल की ओर भागते हैं। अब पता चला, जंगल में भी कुछ कम आफ़त नहीं है। फिर तो भागने की कोई जगह नहीं रह गयी! अब तक प्रत्यक्ष घटना की भयानकता से उसके सोचने की शक्ति जाती रही थी, अब आतंक के मारे शरीर अवश हो आया। वह किसी प्रकार से पेड़ की डाल थामे रहा और लकड़हारों की बस्ती की ओर ताकता रहा—नया देखता भी क्या उसी की पुनरावृत्ति।

एक ओर कामोन्मत्त स्त्रियाँ, दूसरी ओर लकड़हारिनें और कुत्ते। पुरुष? हैं क्यों नहीं! कुछ के तो टुकड़े-टुकड़े हो गये थे, कुछ मर गये थे, कुछ अधमरे और कुछ भाग गये थे। भागते हुए किसी को देख लेतीं तो सौ से भी ज़्यादा स्त्रियाँ दौड़कर उसे पकड़ लेतीं, कुछ ही देर में उसके छिन्न-भिन्न अंग-प्रत्यंग अतृप्त काम-चेष्टा की घोषणा करते। और फिर वह सब दूसरे किसी भागते हुए पुरुष के पीछे दौड़ पड़तीं। यह निष्ठुर घटना कब तक चलती रही, पता नहीं रहा। एकाएक एक समय उसने देखा कि लकड़हारों की बस्ती जल रही है। स्त्रियों का शिकार करना समाप्त हो गया। लौटते हुए उन्होंने घरों में आग लगा दी। लकड़ी-पत्ते के झोंपड़े—देखते ही देखते जलकर ढेर हो गये। वे औरतें नगर की ओर लौट पड़ीं। लकड़हारिनें बच्चों का हाथ थामे जंगल की ओर गहराई में चली गयीं।

जरा गाछ पर उसी तरह देर तक बैठा रहा। जब उसने देखा कि अब कोई कहीं नहीं है, न ही अब किसी के आने की सम्भावना है, तो वह धीरे-धीरे पेड़ पर से उतरा। सोचा, चलकर देख ही लूँ, कितने मरे, कितने अधमरे हुए। जरा कुछ दूर ही बढ़ा था कि वह चौंक उठा। इस निर्जन वन में, इतनी रात गये, श्मशान बनी जगह में हँस कौन रहा है!

कठोर और कर्कश हँसी की आरी अँधेरे के आबनूस को चीर रही थी। अँधेरा भी अडिग था और वह हँसी भी नहीं थम रही थी। जंगल की आबहवा जरा के लिए अजानी नहीं—उसे सुध आयी। समझ गया, वह कोई हँसी नहीं, खट्टास की आवाज़ है। मन ही मन बोला—ओ हो, खट्टास।

आख़िरी शब्द को वह ज़ोर से बोला था, कि अँधेरे में से उसने सुना। ठीक ही समझा है तुमने! खट्टास ही है। मेरा वही नाम हो गया है।

अब जरा सचमुच ही डर गया। सूखे गले से पूछा—तुम?

फिर वही आरे से लकड़ी चीरने-जैसी आवाज़। जरा ने सोचा, उफ़, कैसी रूखी, कैसी कठोर आवाज़! पूछा—कौन हो तुम?

—अभी-अभी तुमने ख़ुद ही तो कहा, खट्टास।

—यह तो हुआ नाम। परिचय क्या है?

—इस घने अँधेरे में परिचय कैसे दूँ। रोशनी होती, तो परिचय देता।

—मेरा परिचय तो तुमने अँधेरे में ही पाया।

—नहीं, उस समय पूरा अँधेरा नहीं हुआ था। तुम जिस वक़्त मदिरा के घर से निकले, मैं तभी से तुम्हारे पीछे-पीछे हूँ।

—आख़िर क्यों?

—तुम्हारी बड़ी ज़रूरत है।

—मेरी ज़रूरत? ऐसी बात तो मैंने यहीं पहली बार सुनी?

—अभी तो तुमने कुछ भी नहीं सुना।

—तो फिर खोलकर ही बताओ। मगर इससे पहले यह बताओ कि यह क्या वाक़िया हो गया!

—इसमें कहने की क्या बात है? अपनी आँखों ही तो देखा!

—देखा तो सही, समझ नहीं सका।

—नहीं समझा तो पेड़ पर क्यों चढ़े थे? घाघरा चोली क्यों पहनी थी?

—नहीं तो जान से हाथ जो धोना पड़ता!

—फिर समझने में बाक़ी क्या रहा?

—सब कुछ। ये कौन थीं? इनके घर में क्या मर्द नहीं हैं, इन्हें हया-शर्म नहीं है, दया-माया नहीं है? इन पर शासन करनेवाला क्या कोई नहीं है?

—तुमने तो सवालों की झड़ी लगा दी। किसका उत्तर दूँ?

—सबका। एक-एक करके।

—ठीक है। ये सब यदुवंश की स्त्रियाँ हैं।

—यानी राजकुल की बहुएँ!

—चौंके क्यों? उनमें बहुएँ हैं, बेटियाँ हैं—सब तरह की हैं।

—पति-पूत तो हैं!

—थे। अब नहीं हैं।

—मतलब?

—सिर्फ़ पशुओं का शिकार ही करते फिरते हो, इन बातों की ख़बर नहीं रखते

हो कुछ भी! यदुवंश के सारे पुरुष आपस में मार-काट मचाकर मर गये। रहने को रह गये हैं उग्रसेन, वसुदेव-जैसे कुछ बूढ़े; सत्यभामा और रुक्मिणी-जैसी कुछ बूढ़ियाँ और फिर घुड़कने वाले शिशु। समर्थ पुरुष कहने को यदुवंश में कोई नहीं रहा।

—तो क्या हुआ! ऐसा व्यवहार करेंगी ये?

—अरे बाबा, जब समर्थ पुरुष नहीं रहे, तो समर्थ स्त्रियों का कैसे चले?

—छिः, छिः! यह तो पशुओं-जैसा काम है!

—अरे मूरख, एक बात में पशु और राजवंश की स्त्रियाँ समान हैं। सुना नहीं है, नीतिवागीस लोग बलात्कार को घुमा करके पाशविक अत्याचार कहते हैं।

—ऐं?

—वही तो, तुम कैसे जानोगे?

—जो हो? लेकिन यह हरकत! वन में रहकर भी आदमी को चैन नहीं!

—ऐ मेरे मूर्खों के सरताज, आदमी जब पशु की भूमिका लेता है, तो वह जंगल छोड़कर और कहाँ जाएगा?

—लगता है, अब जंगल छोड़ना पड़ेगा।

—जंगल छोड़कर कहाँ जाओगे, सुनूँ ज़रा। मदिरा के टोले में तो गये थे, भाग क्यों आये?

—अब देश ही छोड़ दूँगा।

—किस देश को जाओगे? सारे में यही चल रहा है। सुना नहीं कि कुरुक्षेत्र में अठारह अक्षौहिणी पुरुष मारे गये, उन अठारह अक्षौहिणी की स्त्रियाँ क्या कर रही हैं? जो हाल यदुवंश का है, वही हाल कुरुवंश का। कांची, काशी, मद्र, पांचाल, अंग, बंग, प्राग्ज्योतिष—सब जगह की एक ही स्थिति है। सारा देश ही अकाल वैधव्य की कामना के ताप से रेती की तरह जल रहा है। जाओ तो सही, जलकर तुम्हारे पाँव लावा हो जाएँगे।

—भाई खट्टास, तुमने इतनी बातें कैसे जानीं। तुम्हें तो मैंने शिरोमणिजी के टोले में कभी नहीं देखा!

लकड़ी चीरने जैसी हँसी। जरा चौंक उठा। अब भी वह इस हँसी का आदी नहीं हुआ। बोला—अपनी यह हँसी बन्द करो तुम। यह तो लकड़ी चीरने की आवाज़-जैसी लगती है।

—उससे तुम्हें क्या डर! तुम्हारी छाती तो लकड़ी की नहीं है।

—ऐसी हँसी तो मैंने आदमी को हँसते नहीं सुनी।

—मैं आदमी हूँ, तुमने यह कैसे जाना? ज़रा अँधेरे को फीका होने दो, फिर व्याख्या की ज़रूरत नहीं पड़ेगी।

—तब तक तुम पहली बात का जवाब दो। तुम तो मेरी तरह मूढ़-मूरख नहीं

लगते। तुमने इतनी बात कहाँ सीखीं।

—सब बताऊँगा, सब। गुठली तोड़कर गूदा तक बताऊँगा, कुछ भी बाक़ी नहीं रखूँगा। लेकिन तुम्हें छोड़ने का नहीं।

—मेरी ऐसी क्या ज़रूरत है? देख ही तो रहे हो, मैं तुम-जैसा पण्डित नहीं।

—तो तुम टोले में मुझे नहीं देखने की बात कैसे कह रहे थे?

—टोल में क्या सिर्फ़ पढ़नेवाले ही जाते हैं? मैं वहाँ मधु देने जाता हूँ।

—मधु या मदिरा? वही मधु पीकर टोलेवाले टलमला जाते हैं!

अपनी रसिकता पर खट्टास खेक्-खेक् करके हँस पड़ा।

जरा से वह हँसी बर्दाश्त नहीं होती। सोचा, इस आदमी को काम में नहीं लगाये रहने से हँसता ही रहेगा। इसलिए उसने प्रस्ताव किया—चलो न, आगे बढ़कर देखें कि लकड़हारों की क्या दशा हुई!

—वह मेरी देखी हुई है। तुम जाकर देखो।

—कब देखी?

—रोज़ ही रात-दिन देख रहा हूँ।

—अरे!—चौंककर जरा ने पूछा—वह सब तुम्हें देख नहीं पाती हैं?

—ख़ूब देखती हैं!

—तो ? तुम्हें पकड़ती क्यों नहीं हैं?

—इस गुड़ में बालू है, बालू!—कहकर खट्टास हँस पड़ा।

—भाई खट्टास, अपनी हँसी घटाकर बात की मात्रा नहीं बढ़ा सकते? खोलकर कहो न, क्या कहना चाहते हो?

—वह सब जानती हैं कि मुझसे उनका काम नहीं चलने का, वरना छोड़ सकती थीं भला!

—इसका मतलब?

—इसका मतलब बहुत साफ़ है। मैं हिजड़ा हूँ। खेक्-खेक्-खेक्।

—क्या कहा?

—कहा कि मैं हिजड़ा हूँ, हिजड़ा। समझ गये?

—आप ही क़बूल कर लिया? तुम आदमी हो?

—उस गुण के नहीं रहने से यदि आदमी नहीं हुआ जा सकता, तो आदमी नहीं हूँ।

—इससे क्या, ख़ुद ही इस बात का ढिंढोरा पीटते फिरोगे?

—ढिंढोरा पीटे बिना उपाय क्या है! हाट में ही जो हाँडी फूट गयी है। देखो न, यदुवंश की औरतों को देखकर पुरुष राह छोड़कर भाग जाते हैं, और ये ही औरतें मुझे सामने देखकर असगुन समझकर राह छोड़ देती हैं। इसलिए उनके आस-पास रहते

हुए भी मैं बचा हुआ हूँ। तुम्हें देख लेतीं तो ख़ैर नहीं थी।

—सो तो है भैया, मेरा बदन कैसा तो घिन-घिन कर रहा है। मैं चलता हूँ।

—जाओगे कहाँ बच्चू! इतनी देर तक तुमसे जो इतना मज़ा किया, सो क्या जाने देने के लिए? और, वहीं साँझ से तुम्हारे पीछे लगा आ रहा हूँ, तुमसे दो बातें करने के लिए।

—क्यों, ज़रूरत क्या है मेरी?

—ज़रूरत? अरे राम कहो? तुमने जो काम किया है, वह भीष्म, द्रोण, अर्जुन, कर्ण—किसी ने नहीं किया। तुम्हारा नाम तो पोथी में सोने के अक्षरों में लिखा रहेगा।

—ख़्वाहमख़्वाह फ़ुज़ूल की बातें बक रहे हो!

—अब तक वास्तव में फ़ुजूल ही बकवास कर रहा था। अब असली बात पर पाऊँ।

यह कहकर खट्टास ने अपनी टेंट से एक पत्थर निकाला। रात बीतते के अँधेरे में भी उसकी जोत किसी की नज़र से छिपी न रही।

जरा चौंक उठा। उसने पूछा—यह पत्थर कहाँ मिला तुम्हें?

—सोच देखो, मैंने सही आदमी को पकड़ा है या नहीं। यों ही खोजता फिर रहा था तुम्हें!

जरा ने गरजकर पूछा—कहाँ मिला यह पत्थर?

निर्विकार की नाईं खट्टास ने कहा—वहीं, जहाँ तुमने देखा था।

—मैंने कहीं नहीं देखा।

—ख़ूब कही! फिर तुम चौंक क्यों उठे?

—सीधे-सीधे कहो न कि कहाँ मिला?

—तुमने जिसका ख़ून किया, उसके गले में मिला।

ग़लती इनकार करने के ढंग से जरा बोला—मैंने किसका ख़ून किया?

—वासुदेव का। हो गया अब? कि और कहूँ? वासुदेव का ख़ून करने के बाद समझ नहीं सके कि आदमी वह कौन है? इसलिए अपनी घरनी को बुलाने गये थे। अजी, जो अक़्ल के लिए बीवी का मुँह जोहता है, वह तो हिजड़े से भी गया बीता है।

—वह सब छोड़ो, जो कह रहे थे वही कहो।—बेंग जैसे मन्त्रमुग्ध होकर साँप की ओर ताकता है, वैसे ही असहाय-सी जरा की आँखें खट्टास पर टिक गयीं।

—उस समय तुम जरती को बुलाने गये हुए थे। मैंने आकर देखा—अरे वाह, यह करिश्मा किस वीर पुरुष ने किया! पहले मैं समझ नहीं सका। सोचा, वासुदेव मटका मारकर पड़ा है। उसके तो बेहिसाब ढोंग हैं न! लेकिन नहीं, कमबख़्त मर चुका था। एड़ी-चोटी मर चुका था। एड़ी से लेकर सिर के ब्रह्मताल तक मर चुका

है, इसमें सन्देह नहीं। बाप रे, जान में जान आयी। उस दिन गोरा गया, आज काला। वाह! मगर यह काम किस बाप के सपूत बेटे ने किया! मैं यही सब सोच रहा था कि उसकी छाती पर यह पत्थर चमक उठा। मैंने झट उस पत्थर को अपनी टेंट के हवाले किया। कमबख़्त के मरने की निशानी रख ली। इतने में धीरे-धीरे तुम दो जने वहाँ आ पहुँचे। क्यों यार, याद आ रहा है?

—देखो-देखो, माटी काँप रही है। भूकम्प शुरू हो गया। और, वह देख नहीं रहे हो, चाँद के उस कोने में 'गरहन' लगा है?

—डरो मत, वह भूकम्प नहीं, ग्रहण की छाया भी नहीं है, मन का डर है।

—मन का डर?

—और क्या! पाप करते ही वैसा होता है। मेरे भी हुआ है। कुछ और आगे बढ़ जाने पर ठीक उलटा लगेगा।

—उलटा कैसा?

—उलटा यह कि ग्रहण लगा चाँद पूर्णिमा का चाँद लगेगा, डोलती हुई धरती अचल-अटल लगेगी।

खट्टास की बात से जरा को ज़रा भी दिलासा न हुई बल्कि उसका त्रास जैसे और भी बढ़ गया। वह एकाएक उछल पड़ा—अरे भागो, भागो। सुन नहीं रहे हो, गरज हो रही है! हज़ारों-हज़ार डाकिनियाँ पीछा कर रही हैं।

उसने दौड़ने की कोशिश की। लेकिन उससे पहले ही खट्टास ने उसका हाथ पकड़ लिया—ठहरो-ठहरो, तुम्हारी सख़्त ज़रूरत है मुझे।

—मुझसे इस दुनिया में किसी को कोई ज़रूरत नहीं। मैं एक मूरख व्याध का बेटा हूँ, मुझे छोड़ दो।

—तो फिर एक बात सुन लो, तुम व्याध के बेटे नहीं, राजकुमार हो।

—मज़ाक़ अभी अच्छा नहीं लग रहा है।

—मज़ाक़ नहीं जरा, या मज़ाक़ ही समझो—तुम व्याध के बेटे नहीं, राजकुमार हो।

—किसका कुमार कहा?

—राजा का। जैसा राजकुमार वासुदेव था, बलराम था, तुम वैसे ही राजकुमार हो।

जरा के मुँह की ओर देखकर खट्टास बोल उठा—क्यों, यक़ीन नहीं हो रहा है? यक़ीन नहीं होने जैसी बात ही है। मैं सब कुछ खोलकर बताता हूँ तुम्हें। चलो, मेरे यहाँ चलो। भोर हो आयी।

9

बीस साल पहले की घटना।

राजभवन के मणि कुट्टिम प्रासाद के अलिन्द में सन्ध्या समय अफ़ीम के नशे में चूर वसुदेव अकेले बैठे थे। अकेले थे, फिर भी अकेले नहीं, क्योंकि नशे की लहर में अकेले ही पूर्वपक्ष और उत्तरपक्ष कर रहे थे। युक्ति में कहीं कोई चूक नहीं थी, पर बीच-बीच में वाक्य में जो फाँक पड़ रही थी, सो अफ़ीम की कृपा से।

शराब पीना बेहद बुरा है। इसीलिए तो राजा की मनाही है। धन्य, राजा धन्य! (झूमने लगे) लेकिन अफ़ीम पर राजा की नज़र नहीं पड़ी, यही ख़ैर है (फिर झूमने लगे) सृष्टि में सबसे पहले समुद्र, फिर पृथ्वी। पहले मद्य, उसके बाद–अरे, तुम कौन?

वसुदेव चौंक उठे। चौंकने की वजह यह थी कि उस समय उनके पास आने का आदेश किसी को नहीं था। किसी के होने से अफ़ीम का नशा टूट जाता है। अफ़ीमची सदा संगीहीन होते हैं।

–कौन? कौन हो तुम?

–मैं हूँ–तारा।

–तारा तो सत्ताईस हैं। उनमें से तुम कौन हो?

–मैं आकाश का तारा नहीं हूँ।

–तो ? उदारा, मुदारा, तारा?

–हुँह। वह तारा भी नहीं।

–फिर कौन तारा? झटपट कह डालो। समय मत बरबाद करो।

–एक दिन था, मैं आती थी तो समय आपका नष्ट नहीं होता था।

–उस समय तो अफ़ीम शुरू नहीं की थी न। नाहक़ ही बहुत समय इसीलिए नष्ट किया। जल्दी से कह डालो, कौन हो तुम?

–पहचाना ही नहीं, तो कहने से क्या लाभ?–कहनेवाली की आवाज़ भर्रायी-सी।

–देखो भैया, सच बताऊँ, यह ऐसा समय है, जब मैं किसी का नहीं, और न ही कोई मेरा है।

–और समय तो पहरेदार आने ही नहीं देता है।

–अभी कैसे आयीं?

–पहरेदार भी अफ़ीम के नशे में झूम रहा है।

–ख़ूब! पहरेदार की तनख़ा बढ़ा देनी होगी। ख़ैर, जब तुम आ ही गयीं और मेरे नशे को फ़ीका ही कर दिया, तो कह डालो, क्या बात है!

–पहचान ही न पाये तो क्या कहूँ। एक बार ज़रा आँख खोलकर देख लेने में

क्या हर्ज़ है?

अब वसुदेव ने अपनी ज्ञान की आँखों को खोलकर देखा। देखकर बोल उठे—ओ, तुम तारा हो। तो, अब तक बताया क्यों नहीं? बैठो, बैठो।

—न, बैठूँगी नहीं। जो कहने आयी हूँ, खड़ी-खड़ी ही कह जाऊँ।

—हो क्या गया?

—नया कुछ नहीं हुआ है। जो होना था, वह बहुत पहले ही हो चुका है।

—फिर भी?

—मेरे जरा के लिए तुमने क्या किया?

—बच्चे का नाम जरा रखा है? क्या उमर हुई उसकी?

—अबकी अगहन में चार साल पूरा हो जाएगा।

—अरे, इसी बीच चार साल हो गये, ऐं!

—और नहीं तो! उमर तो बढ़ती ही है घटती नहीं है।

—अपने साथ उसे ले क्यों नहीं आयीं।

—आपने ही तो लाने को मना कर दिया था।

—हाँ, हाँ। सारी बातें मुझे याद नहीं रहतीं।

—तो वह राजा का बेटा होकर भी वन-वन भटकता फिरेगा?

—अरी, राजा के बेटे ही तो वन-वन भटकते हैं। तुमने सुना नहीं है, पाण्डु राजा के बेटे बारह-बारह, चौबीस बरस तक जंगलों की ख़ाक छानते रहे, राजगी तो आज मिली है।

—उन सबके बारे में लोगों को मालूम था कि ये राजा के लड़के हैं, इसलिए जंगलों में भी उनकी इज़्ज़त थी। लेकिन मेरे जरा को तो लोग कंगले का लड़का समझते हैं।

—समय होने दो, जानेंगे लोग। राजा का लड़का नहीं बल्कि राजा ही जानेंगे एकबारगी। वह निषादों का राजा होगा।

—यानी व्याध बेचारों का राजा। यह भी कोई इन्साफ़ हुआ भला! जरा भी तो वासुदेव की ही तरह आपका बेटा है, फिर दोनों में ऐसा भेद क्यों?[1]

तारा बड़ी उम्मीद लेकर आयी थी। अभी यहाँ वसुदेव का जो थोथा दिलासा सुना सो वह सिर थामकर बैठ गयी। आज उसकी सारी आशाओं की समाधि हो गयी। जरा के भविष्य का आग्रह लेकर वह बहुत बार वसुदेव के पास आयी। हर बार वह होगा-होगा, हो जाएगा ही सुनती रही। आज वह भरोसा भी जाता रहा।

युवती तारा राजमहल में दासी थी। शूद्राणी थी। उसी के गर्भ से वसुदेव के एक लड़का हुआ। उसके चार साल हो गये। इसलिए जरा वासुदेव का सौतेला भाई था।

---

1. शूद्राणी के गर्भ से वसुदेव के औरस से जरा का जन्म हुआ। —हरिवंश 2/103/27

उसके जन्म के बाद वसुदेव ने तारा को समझाया, तुम्हारा अब राजमहल में न रहना ही ठीक है।। लोग तुम्हें दासी समझेंगे गो कि तुम राजपुत्र की माँ हो। और यह लड़का बड़ा होगा, तो लोग इसे दासी का बेटा समझेंगे, यद्यपि यह वासुदेव का सौतेला भाई है। अबोध स्त्री बेचारी ने इस नेक सलाह पर यक़ीन कर लिया। उसे आत्मसम्मान का ख़ास ख़याल था। इसलिए इस तरह से राजभवन में रहना उसे नहीं जँचा। वह नगर के बाहर जंगल के किनारे कुटिया बनाकर रहने लगी।

वह बीच-बीच में आकर वसुदेव से मिला करती थी और अपने बेटे के लिए किसी एक गाँव की भीख माँगा करती थी। राजाओं का जैसा तौर-तरीक़ा होता है, एक के बदले उसे पाँच गाँव देने का वचन वसुदेव से मिलता था। जैसे-जैसे दिन बीतने लगे, तारा का आशा-भरोसा क्षीण होने लगा। आज वह कोई न कोई किनारा ही कर लेने का इरादा करके आयी थी। लेकिन जो जवाब मिला, उससे सिर थामकर बैठ जाने के सिवा कोई चारा नहीं था।

वसुदेव का भरोसा छोड़कर तारा अपनी शक्ति के अनुसार जरा का पालन करने लगी। शक्ति से मतलब जंगल से लकड़ी-काठी चुनकर बेचना और साग-भाज़ी से पेट भरना। लेकिन उसने एक काम किया। छुटपन से ही वह जरा को तीर-धनुष चलाने के लिए प्रेरित करती रही। सोचा, और कुछ न हो चाहे, व्याध-वृत्ति से अपनी जीविका चला सकेगा। व्याधों के लड़कों के साथ धीरे-धीरे शिकार में उसका हाथ पक्का हो गया।

बीच-बीच में जरा पूछा करता—माँ, मेरे पिता कहाँ हैं?

माँ ऊपर को हाथ उठाकर आसमान की ओर दिखा देती। बेटा उससे क्या समझता, पता नहीं। माँ आसमान की तरफ़ हाथ उठाकर क्यों दिखाया करती, यह भी नहीं मालूम। शायद तब गगनचुम्बी अट्टालिका की याद आ जाती हो उसे।

आज राजमहल से लौटी, तो सोच लिया, वसुदेव की उम्मीद छोड़ देना ही ठीक है। सो उसने जरा को निपुण व्याध बनाने की ओर ध्यान दिया। हो सकता है, अनजाने में ही वसुदेव की उक्ति ने उसके मन को प्रभावित किया था कि जरा निषादों का राजा होगा। तो फिर उसे उसी राजागिरी की दीक्षा क्यों न दी जाए?

पन्द्रह-सोलह साल की ही उमर में जरा पक्का तीरन्दाज़ बन गया। बाघ, भालू, सूअर को वह एक ही तीर में मार गिराता। उसकी वीरता की बड़ाई चारों ओर ऐसी फैली कि राज्य-भर के व्याध-बालकों ने आ-आकर उसके नेतृत्व को क़बूल कर लिया। तारा कभी-कभी सोचती, वसुदेव का कहा ही शायद सच होने को आया, समय पर जरा व्याधों का राजा बनेगा। इसी समय तारा ने एक शूद्राणी से जरा का ब्याह कर दिया। जरा के ब्याह के कुछ ही दिन बाद तारा चल बसी। जरा ख़ूब रोया। माँ का दाह-संस्कार किया और फिर दलबल के साथ शिकार को निकल पड़ा।

10

—क्यों, सिर थामे बैठ क्यों गये?

जरा चुप रहा।

—क्या हो गया? बोलते क्यों नहीं हो। इतना बड़ा एक सुसमाचार सुना दिया, व्याध के बेटे से एकबारगी राजपुत्र बन गये—बजाय ख़ुश होने के लगता है, शूली की सज़ा सुन ली! लो, उठो।—खट्टास ने जरा का हाथ पकड़कर खींचा।

जरा ने उठने की कोई कोशिश नहीं की।

—तो तुम बैठे रहो, मैं चला।

इस बार जरा ने मुँह उठाया। उस धुँधलके में उसका चेहरा दीख नहीं पड़ा, नहीं तो नज़र आता, एक ही पल में उसके चेहरे पर से एक युग निकल गया, पक्की इमारत धँस गयी।

—ख़बर भी क्या सुनायी! आख़िर मैंने अपने भाई की हत्या की!

यह सुनकर खट्टास और भी कुछ कहने जा रहा था। लेकिन उसे बोलने का मौक़ा नहीं मिला। जरा कहता गया—वासुदेव मेरा भाई, मैं वासुदेव का भाई, और मैंने उसका ख़ून कर दिया!—यह कहकर जरा अपना सिर पीटने लगा।

—तो इसमें हर्ज़ ही क्या हुआ? यदुवंश का उदाहरण आँखों के सामने है, फिर भी तुम पछतावा कर रहे हो?

—कौन-सा उदाहरण?

—कौन-सा उदाहरण पूछते हो? भाई ने भाई को मारा, पिता ने पुत्र को मारा, अपने सगों ने अपने सगे की हत्या की। लहू की धारा बहकर नीले समुद्र में जा मिली। और भी सुनना चाहते हो? कुरुक्षेत्र की लड़ाई में जो अठारह अक्षौहिणी लोग सुरलोक सिधारे, उन लोगों ने क्या भाई-बन्द का विचार किया था? और जिस वासुदेव को मारने का दुख तुम्हारे मन पर इस तरह से सवार हो गया है, वही वासुदेव ही तो इस हत्याकाण्ड के प्रेरक थे।

—वासुदेव हत्याकाण्ड के प्रेरक थे!

—जी हाँ। वासुदेव कहो तो वासुदेव, कृष्ण कहो तो कृष्ण। भक्ति की मात्रा के एक परदा को और चढ़ाकर कहना चाहो, तो कहो श्रीकृष्ण। वही कमबख़्त तो सारे अनर्थों की जड़ है।

जरा कुछ समझ नहीं पाकर 'हाँ' करता रहा।

—अर्जुन का सारथी बनकर वसुदेव के बेटे ने जब कुरु सेना के सामने ले जाकर रथ को खड़ा किया तो अर्जुन बोल उठा—मुझे इन सबों से लड़ना है, इन सबों को मारना है! ये सबके सब तो भाई बन्द हैं, सगे-सम्बन्धी हैं, अपने हैं। नहीं, वासुदेव,

मुझसे यह काम हरगिज़ नहीं होने का। इस पर वासुदेव ने क्या कहा, पता है।

जरा ने मूढ़ की नाईं पूछा—क्या कहा?

—कहा, कर्तव्य के नाते, धर्म के तक़ाजे से लड़ाई लड़ो। मरने से कोई ग्लानि नहीं। ऐसी लड़ाई लड़ना ही धर्म है, नहीं लड़ना ही पाप। समझे?

—नहीं। नहीं समझा। वह तो हुई लड़ाई और यह हुआ चोर की तरह छिपकर मारना। जीव-जन्तु समझकर मारना। यह हुआ...।

—ठहरो, पहले तुम्हारी उन दो बातों का जवाब दे लूँ। मैं पूछता हूँ—अक्षौहिणी सेना आमने-सामने न हो, तो लड़ाई नहीं होती? तो फिर द्वैरथ लड़ाई क्या है? और कह रहे हो, चोर की तरह छिपकर मारना, जयद्रथ को कैसे मारा गया था? भीष्म, द्रोण, कर्ण को किस तरह से मारा गया था? अश्वत्थामा ने सोते हुए बच्चों का ही काम तमाम कर दिया था...यह सब क्या है? भाई जरा, कुरुक्षेत्र की लड़ाई का आदि से अन्त तक जान लेने पर किसी भी हत्या के लिए मन में ग्लानि नहीं होती।

—सब तो समझा, लेकिन मन जो नहीं मानता।

—तो समझना होगा कि तुम्हारा मन तुम्हारे वश में नहीं है। इससे पहले क्या तुमने किसी आदमी को नहीं मारा है?

—क्यों नहीं!

—फिर?

—वे सब भाई तो नहीं थे न!

—फिर वही भाई! सुन तो लिया, भाई का मारना ही सब मारने से श्रेष्ठ है। अपने भाई को न मारकर दूसरे के भाई को मारना वीरता होती, क्यों? छिः, छिः, यह तो व्याध वग़ैरह का काम है!

—मैं व्याध नहीं तो क्या हूँ?

—इतनी देर तक आख़िर मैं तुम्हें सुनाता क्या रहा? तुम व्याध नहीं, राजकुमार हो। वसुदेव के बेटे, वासुदेव के भाई हो। ख़ानदान में, लहू में, जाति में, इस सारे भारत में तुम्हारा सानी नहीं।

—लेकिन धरती जो डोल रही थी, चाँद में जो 'गरहन' लगा था, समुद्र जो गरज उठा था?

—वह सब कुछ भी नहीं हुआ था, सिर्फ़ डर ने तुम्हारे मन पर झपट्टा मारा था।

—वैसा ही क्यों होगा?

—अब जिसमें वैसा न हो, उसी का इन्तज़ाम करने के लिए तो तुम्हें पकड़ा है।

—मुझसे क्या करोगे?

—बहुत काम है, बहुत बड़ा काम।

—मैं बहुत बड़ा काम करूँगा!

—हाँ, तुम करोगे, तुम्हीं करोगे। तुम्हारे सिवा और किसी से वह काम नहीं होगा।

—मैं अकेले?

—अकेले नहीं, हज़ारों-हज़ार आदमी हैं।

—हज़ारों-हज़ार हैं तो फिर मुझे क्यों?

—तुम्हें इसलिए कि तुम्हारे कपाल पर राजटीका है, तुम्हारे शरीर में राजरक्त है, तुम राजपुत्र हो। चलो, देर न करो।

—इससे पहले एक काम कर आना होगा।

—ऐसा कौन-सा काम आ पड़ा?

—मेरी स्त्री मरी हुई पड़ी है!

—कहाँ?

—वासुदेव के पैरों के पास।

—उसे किसने मारा?

यन्त्रचालित-सा जरा बोला—उसे मैंने ही मारा है।

—शाबाश! वाह!—खट्टास उछल पड़ा। जो काम यदुवंश से नहीं हो सका, जो काम कौरव-पाण्डव नहीं कर पाये, तुमने वही काम किया है। तुम्हें अब छोड़ा हरगिज़ नहीं जा सकता।

उसके बाद गले को कई परदा उतारकर पूछा—वह शायद वासुदेव को बचाने के लिए गयी थी?

—नहीं। वासुदेव पहले ही मारे जा चुके थे। जरती ने मुझे धिक्कारा था।

—तुम्हें धिक्कारा था! ऐसी स्त्री को मार डालना ही धर्म है, नहीं मारना ही पाप। लेकिन वह क्या अभी तक वहाँ पड़ी ही होगी—सियार-कुत्ते लाश को खींचकर ले गये होंगे।

स्त्री को मार डालने में जिसका हाथ नहीं काँपा, वही जरा यह सुनकर सिहर उठा कि स्त्री को सियार-कुत्ते घसीट ले गये। बोल उठा—नहीं-नहीं, ऐसा क्या हो सकता है!

पत्नी के शरीर पर पति का एकाधिकार है, उस देह पर सियारों-कुत्तों का हाथ लगाना जरा जैसे पाषण्ड के लिए भी दुस्सह था।

खट्टास ने कहा—तो जाओ, जल्दी लौट आओ।

रवाना होते-होते जरा ने खट्टास के मुँह की ओर ताका। सुबह की रोशनी फैल गयी थी, इससे साफ़ दिखाई दे रहा था। जरा ने जो मुँह देखा, वह बड़ा ही भयंकर था। दोनों आँखें तरेरी-सी, बायीं ओर का जबड़ा बड़ा टेढ़ा, कुछ दाँत हैं, कुछ नहीं। सारा चेहरा मानो भूकम्प से बरबाद हो गया हो, सिर्फ़ ऊँची नाक और मज़बूत

ठोड़ी—यही दो जैसे अपने को बचाकर नाज़ के साथ खड़े थे। पाँव का रंग ज़ंग लगे लोहे जैसा, देखने से नज़र फेर लेने को जी चाहता है। और हँसी? जरा के अचरज को देखकर वह एक बार हँसा था—बड़ा ही ख़ौफ़नाक। उस क्रूर हँसी से सारा चेहरा बड़ा ही भयंकर हो उठा था।

जरा ने झटपट आँखें फेर लीं और दौड़कर चला गया। वहाँ पहुँचकर देखा, जरती की लाश का कहीं पता नहीं है। और, वासुदेव की देह का अन्तिम चिह्न जली लकड़ी और बुझे अंगारों में तरंगित समुद्र के फेन और लहरों में लहरा रहा था।

11

वासुदेव के मरने की ख़बर लोगों की ज़बानी राजपुरी में पहुँची। राजपुरुष और अमात्यगण आये। बूढ़े, शिशु और स्त्रियों के सिवा यदुवंश में कोई ज़िन्दा ही न था। यथासाध्य सबने मिलकर अन्त्येष्टि की। वासुदेव की स्त्रियों में से रुक्मिणी और जाम्बवती चिता में जलकर पति के साथ ही गयीं—सत्यभामा प्रव्रज्या लेकर वन चली गयी। ये सारी बातें पुरानी हैं, इसलिए हमारी ज़रूरत से परे हैं। अन्त्येष्टि होते-होते रात ख़त्म हो आयी। सब सागर में स्नान करके लौट गये। मरी हुई-सी पड़ी जरती को किसी ने नहीं देखा।

उषा काल में जब समुद्र की संजीवनी हवा बहने लगी, तो जरती की चेतना लौटने लगी। चेतनता की धूपछाँही कहिए, न पूरा होश, न पूरी बेहोशी। ऐसी हालत। हठात् उसे महसूस हुआ, कोई मानो उसके पास आकर खड़ा हुआ। क्यों आया, यह समझने की क्षमता उसे नहीं थी, वह जैसी बेबस-सी पड़ी थी, वैसी ही पड़ी रही।

सुबह-सुबह स्नान करके एक लम्बा प्रौढ़-सा आदमी उसके पास आकर खड़ा हुआ। वह आदमी वासुदेव के दाह-संस्कार में शामिल होने के लिए आया था। दाह-क्रिया समाप्त हो गयी, बुझती चिता में एक अँजुरी पानी डालकर जब वह लौटने को था तो झाड़ी में लगभग छिपी-सी जरती की देह पर उसकी नज़र पड़ी। पहले तो कौतूहल हुआ, यह दूसरी लाश किसकी है? फिर शंका हुई, सचमुच ही क्या यह मरी हुई है? फिर दया-सी आयी, यदि इसमें जान बाक़ी हो, तो सेवा-शुश्रूषा की ज़रूरत है। इन भावों से प्रेरित होकर उसने झुककर उस शरीर को देखा। देखा—नहीं, मरी तो नहीं है, मरने-मरने को है। यदि तुरत इसका कोई उपाय नहीं किया गया, तो मर ही जाएगी। इसलिए उसने अपनी चादर भिगोकर उस स्त्री के माथे पर पानी निचोड़ा। बग़ल से कोई जंगली जड़ी-बूटी लाया। चूरकर उसकी नाक और कान में

उस औषधि का रस डाला। जरती को यों ही होश होता आ रहा था। अब, सिर पर पानी और नाक-कान में दवा पड़ जाने से उसे पूरी चेतना हो आयी। उसने उठ बैठने की कोशिश की, तो उस आदमी ने कहा—बिटिया, कुछ और ठीक हो लो, तो उठना।

जरती ने कहा—प्रभु, आपकी दया से मैं अब बिलकुल ठीक हो गयी हूँ।—यह कहकर उसने उसे प्रणाम किया।

वह आदमी बोला—चलो। मैं तुम्हें घर तक छोड़ आऊँ। ऐसा नहीं लगता कि तुम अकेली जा सकोगी।

जरती ने कहा—मेरे तो कोई घर नहीं है।

वह आदमी अवाक्-सा हुआ, बोला—तुम तो सधवा-सी लगती हो। तुम्हारा पति कहाँ है?

—देवता, मैं बड़ी अभागिन हूँ। मेरे पति होते हुए भी नहीं हैं।

—तुम्हारा घर भी नहीं है, पति भी नहीं। आख़िर तुम यहाँ कैसे आयीं, ऐसी मरी-सी कैसे पड़ी थीं? ख़ैर, यह सारी बातें फिर सुनूँगा। अभी तुम मेरे यहाँ चलो।

—आप तो संन्यासी हैं, प्रभु!

—यह कैसे समझा? ओ, समझ गया। मेरा गेरुआ कपड़ा देखकर! असल में सादा कपड़ा समुद्र के पानी में जल्दी मैला हो जाता है, इसलिए नहाते समय गेरुआ पहन लेता हूँ।

उसके बाद ज़रा हँसकर बोला—यह गेरुआ दुनिया की बहुत-सी गन्दगी ढकता है। मैं गृहस्थ हूँ बिटिया, मेरे स्त्री है। चलो, तुम्हें उसके पास पहुँचा दूँ। मुझ-सा ही निश्चिन्त रहोगी।

—लेकिन प्रभु...

—इसमें लेकिन कुछ नहीं है, बिटिया।

—मैं जो नीच जात की हूँ।

—जात-वात तो मैं जानना नहीं चाहता। और फिर वैतरणी पार होने पर इस पार का सारा कुछ बह जाता है। मौत के अनुभव में से तुम तो वैतरणी पार हो आयी हो।

ये सब बातें पूरी तरह से समझने की जुर्रत जरती में नहीं थी। उसने इतना ही समझा, आदमी ये चाहे जो भी हों, इनका दरवाज़ा मेरे लिए खुला है।

इस बार जरती थोड़ी दुविधा से बोली—आपका परिचय तो मैं नहीं जानती, यदि अनुमति दें तो आपको मैं प्रभु ही कहा करूँ।

—और कहोगी भी क्या। मुझे सभी प्रभु ही कहते हैं। मेरा नाम प्रभुदयाल है।

उसके बाद वह हँसकर बोले—देखो जरा, मेरे माँ-बाप की कृपा। उन्होंने मेरा नाम ऐसा रखा कि किसी पर प्रभुत्व किये बिना भी मैं सबका प्रभु हूँ।

बातें करते हुए दोनों आगे बढ़ रहे थे। आगे-आगे प्रभुदयाल, पीछे जरती। जरती ग़ौर कर रही थी, कैसा लम्बा-तगड़ा शरीर, बिलकुल सीधा, कहीं भी ज़रा झुका नहीं। माथे के लम्बे घने केशों में कहीं-कहीं सफ़ेद लकीरों-सी। गोया बुढ़ापे ने अपना परवाना दरवाज़े पर लटका दिया है, पर अभी भी उसे अन्दर दाख़िल होने की हिम्मत नहीं पड़ रही है।

—वह जो पहाड़ दिखाई दे रहा है, बिटिया, उसी के पास कुछ घर की आबादी है। ज़्यादातर मछुए हैं। वहीं मेरा घर है।

—मुझे मालूम है। कभी-कभी खरगोश के शिकार में वहाँ आयी हूँ मैं।

—शाबाश! शिकार करना भी जानती हो! लेकिन एक बात कहूँ, खरगोश बड़े बेचारे जीव हैं। उनके शिकार में आनन्द नहीं है।

जरती की ज़बान पर लगभग आ ही गया था कि वह बाघ-भालू का शिकार भी जानती है। लेकिन सोचा, नहीं। यह कह देने से असली परिचय ज़ाहिर हो जाने में क्या देर लगेगी। उसके बदले वह बोली—अनजान में मैं आपको प्रभु कहकर पुकारने लगी थी। अब जब जान गयी, तब तो नाम लेकर आपको नहीं पुकार सकती।

—क्या हर्ज़ है, एक 'जी' लगा दो। 'प्रभुजी' कहो, बहुत-से यही कहते हैं।

धीरे-धीरे वे पहाड़ के नीचे आ पहुँचे। समुद्र का किनारा यहाँ पर धनुष की तरह टेढ़ा हो गया है। एक छोर पर यह पहाड़ की तराई, दूसरे छोर पर जरती की कुटिया। उस ओर ताककर जरती के कलेजे की गुफ़ा में एक लम्बा निःश्वास घुमड़कर रह गया।

जरती को लेकर झोंपड़े में पहुँचने पर प्रभुदयाल की स्त्री ज़रा भी हैरान नहीं हुई। वह बड़े ही स्वाभाविक ढंग से बोली—आओ बिटिया!—गोया उसी के इन्तज़ार में थी।

जरती को अचरज हुआ, ये कैसे जानती थीं कि मैं आऊँगी? बिना पूछे वह रह न सकी—आप कैसे जानती थीं कि मैं आऊँगी?

—अनहोना क्या हुआ? रोज़ ही तो ऐसा होता है। इसीलिए जानती थी कि कोई आएगी।

—क्या, रोज़ ही ऐसा होता है?

—और क्या बिटिया! बेचारे-बेसहारे स्त्री-पुरुष, बच्चों को राह से उठाकर ले आते हैं। कुत्ता-बिल्ली भी नहीं छूटते। कहाँ तक बताऊँ बिटिया, एक दिन तो एक लँगड़े बाघ को ले आये। मेरे तो प्राण-पखेरू उड़ने को ही हो गये!

प्रभुदयाल ने कहा—वह लम्बी सूची फिर बताना। अभी जरती बिटिया को कुछ खाने को दो। देखती नहीं, मुँह सूख गया है।

वह जरती को लेकर कुटिया के अन्दर जाने लगी, तो जरती ने पूछा—आपको क्या कहूँगी मैं, माँ जी?

—काश्यप की माँ कहना। सब लोग यही कहते हैं।

जरती ने एक बार सोचा कि पूछे—काश्यप कहाँ है। उसके बाद जी में आया, शायद हो कि मर-मरा गया हो, पूछने से नाहक़ ही तकलीफ़ होगी।

उसके चेहरे के भाव से प्रभुदयाल ताड़ गये, बोले—दरअसल काश्यप कोई है नहीं। हमें कोई बाल-बच्चा नहीं है।

नहीं चाहते हुए भी जरती के मुँह से निकल पड़ा—तो!

—इस 'तो' का तो कोई जवाब नहीं दे सकता। बहुत दिन पहले की बात है, जाने क्यों तो मछुआ टोले के लोग इसी नाम से पुकारने लगे। तब से यही नाम रह गया।

—यों ही कहने लगे, क्यों! अरे, वह जो उस बार जिसे बिल्ली का बच्चा समझकर ले आये थे, बाद में पता चला, वह बाघ का बच्चा है—उसी का तो नाम रखा गया था काश्यप। मैं उसी समय से काश्यप की माँ हो गयी।

—वह बाघ कहाँ है, माँ जी?

प्रभुदयाल ने कहा—जंगल का बाघ जंगल में चला गया। यह मगर तभी से काश्यप की माँ रह गयी।

काश्यप की माँ के साथ जरती कुटिया में गयी, देखा—हाँ। कुटिया तो कुटिया ही है। उसकी कुटिया भी इसके आगे कुछ नहीं। अहा, छप्पर की छौनी में कैसी कारीगरी है! सूरज नज़र आता है, मगर अन्दर पानी नहीं चूता। और सामानों की यही विशेषता कि लगभग कुछ भी नहीं था। दो-एक बरतन भाँडा! बस। हाँ, सारी कमियों को प्रभुदयाल की स्त्री की मूर्ति ने पूरा कर दिया है! सारस की छाती पर के पखनों का रंग, न सादा, न काला। स्निग्ध नाम का कोई रंग होता, तो वही रंग। देखते ही उसे माँ कहकर लिपट जाने को जी चाहता है। गले में तुलसी की माला, लम्बे लटकते बालों में एक गाँठ पड़ी, पहनावे में एक मोटा कपड़ा, कलाई में लोहे की एक चूड़ी के सिवा और कोई गहना नहीं।

जरती ने खाया। दोनों कुटिया से बाहर निकलीं, तो प्रभुदयाल ने कहा—जरती बिटिया ज़रूर सोच रही होगी, यह तो इनकी दशा है! तिस पर मुझे ले आये! अब तीनों को भूखों मरना होगा।

जरती ने जीभ काटकर कहा—ऐसी बात मेरे मन में ही नहीं आयी बाबू जी। आप ने मुझे नया जीवन दिया, पनाह दी और मैं ऐसा सोचूँ! मैं पापिन हूँ बाबा, मगर पाषण्ड नहीं हूँ।

—नहीं बिटिया, तुम क्यों सोचने लगीं! बहुत-से लोग लेकिन सोचते हैं न! यहाँ तक कि मेरी बातों पर उठने-बैठनेवाले बहुतेरे मछुए भी सोचते हैं। उस दिन बूढ़े जगन्नाथ ने कहा—इतना कष्ट क्यों करते हो बाबा? तुम्हें तो हमारे राजा बहुत मानते

हैं, कुछ ब्रह्मोत्तर ज़मीन क्यों नहीं माँग लेते?

जरती ने कहा—जगन्नाथ ने कुछ ग़लत तो नहीं कहा है बाबा। थोड़ी-सी ज़मीन होती तो इतना कष्ट तो नहीं होता!

—कष्ट काहे का बिटिया, खाने-पहनने का ही तो! हम लोगों को देखकर ही तो समझ सकती हो, हम भूखों नहीं मर रहे हैं और हमारे बदन पर कपड़ा भी है। सुनो बिटिया, जीने के लिए जितने की ज़रूरत है, उतना जुटाने में तकलीफ़ नहीं होती। उससे ज़्यादा की ख़्वाहिश होने से ही गोलमाल होता है। दुनिया में इतनी जो मार-काट, छीना-झपटी है, वह सिर्फ़ ज़रूरत से ज़्यादा की ख़्वाहिश की ही वजह से है। इतना बड़ा यह जो कुरुक्षेत्र मच गया, उसकी जड़ में भी ज़रूरत से ज़्यादा की ख़्वाहिश ही थी।

जरती ने कहा—आपकी बात पर चलने से तो दुनिया में ग़रीब ही न रहें।

—मैं कहनेवाला कौन होता हूँ, और मेरी बात पर लोग चलेंगे भी क्यों? हाँ, इतना याद रखो, कुछ ग़रीब दुनिया में सदा रहेंगे। लेकिन यह न सोचो, वह सब टूटे झोंपड़े के रहनेवाले होंगे, सोने के मन्दिरों में ही ग़रीबों की संख्या ज़्यादा है।

—यह कैसे बाबा?

—तो सुनो—फिर उधर मुँह करके बोले—काश्यप की माँ, तुम तो यह भाषण बहुत सुन चुकी हो। तुम घर का काम-काज कर लो।

जरती ने सोचा, घर ही क्या है कि काम!

काश्यप की माँ ने कहा—ठीक ही कहा। ये सब बातें सुनते-सुनते मेरे कान के कीड़े मर गये।

—अरी ब्राह्मणी, मर नहीं गये, कान के कीड़े दिमाग़ में जा रहे।

इन दोनों प्राणियों की बात सुनकर जरती का कलेजा मरोड़ उठा। अहा, हम दोनों में भी तो ऐसा ही हँसी-मज़ाक़ चलता था। कल भी नेवली के चाल-चलन पर दोनों में खूब मज़ाक़ चला था। उसके बाद ही क्या हो गया यह, सब समाप्त हो गया। आज जरा कहाँ है और वह कहाँ है!

—हाँ, तो कह रहा था—प्रभुदयाल ने फिर शुरू किया—मैं बीच-बीच में राजा उग्रसेन से मिलने जाता हूँ। राजा मेरा बड़ा आदर करते हैं। कहते हैं, प्रभु बाबा, आपके आने से बड़ी खुशी होती है। इसलिए कि आप कभी भी कुछ नहीं माँगते। और लोग तरह-तरह की माँग लेकर आते हैं। मैं उनसे बहुत डरता हूँ।

मैंने कहा—महाराज, आपके हैं। आप तो दान करेंगे ही। डरने से आपका काम चल सकता है भला!

उन्होंने कहा—प्रभु जी, दान की जितनी चादर है, उतना पैर तो फैलाता हूँ, पर पार नहीं पाता। ख़र्च ऐसा बेहिसाब बढ़ गया है कि रोज़ ही अभाव रहता है, रोज़

ही रोना। इसलिए, जो कुछ नहीं माँगता, वह अपना आदमी-सा लगता है।

इतना कहकर प्रभुदयाल कुछ रुका। उसके बाद बोला–तो देखा न बिटिया, सोने के सिंहासन पर बैठकर राजा उग्रसेन ग़रीब हैं। और पत्तों की झोंपड़ी में रहते हुए भी मुझे कोई कमी नहीं है। अभाव का धन अभाव ही है।

–अजी, बहुत हो चुका। उठो। खाना नहीं खाना है?

भोजन के लिए प्रभुदयाल उठ खड़ा हुआ।

जरती की रात काटे नहीं कट रही थी। कुटिया के भीतर अगल-बग़ल तीनों जने लेटे। वे दोनों बहुत देर हो चुकी, सो गये। नींद सुख का कबूतर है–सुखी के पास आती है, दुखिया से उसे बड़ा डर लगता है।

जरा का क्या हुआ? कहाँ गया वह! पल-भर में सब समाप्त। उसके भी तो ज़िन्दा रहने की बात नहीं थी। जरा ने गला घोंट दिया था, बेहोश हो गयी थी। लेकिन फिर से होश में आयी ही क्यों? क्या सिर्फ़ सारी ज़िन्दगी पीड़ा भोगने के लिए? कुटिया भी साबित नहीं बची। दूर से ही उसे उसने जलते देखा था। अजाने ही गले पर हाथ चला गया। वहाँ अभी तक जरा की उँगलियों के वज्रस्पर्श का दाग़ था। आज तमाम दिन वह उसे आँचल से छिपाये रहने की कोशिश करती रही। प्रभुदयाल की निगाह नहीं पड़ी, पर काश्यप की माँ की नज़र से वह नहीं बच सकी। उसने मुँह से कुछ पूछा ज़रूर नहीं, लेकिन उसकी आँखों ने बार-बार पूछा–वह दाग़ काहे का है? उसने भी आँखों ही आँखों में जवाब दिया–वह कुछ नहीं है। लेकिन कहीं पूछ ही बैठे तो क्या जवाब देगी! उसी जवाब में तो सारा इतिहास निकल पड़ेगा। आज दिन में उसने बहुत बार सोचा कि प्रभुजी से सब खोलकर कह देगी, लेकिन मन नहीं माना। पति की दुर्गत का बखान कौन स्त्री करना चाहती है? और, उसमें पति के लिए मुसीबत है। वासुदेव की हत्या–वासुदेव तो साक्षात् भगवान हैं।

मौक़ा पाकर एक बार उसने प्रभुजी के सामने बात उठायी थी–बाबा, भगवान वासुदेव ने आख़िर देह रख दी!

प्रभुजी ने कहा–बिटिया, भगवान के भी जरा-मृत्यु है भला?

–तो वह चले क्यों गये?

–अरी बिटिया, जिनकी इच्छा के बिना पेड़ का पत्ता तक नहीं डोलता, वह क्यों गये, यह हम कैसे समझें? यह तो केवल वही जानते हैं।

–लेकिन बाबा, जिसने उन्हें मारा, उसका क्या होगा?

–राजा का राज है। क्या होगा, सो राजा जाने। लेकिन इतना ज़रूर है कि भगवान के विधान के मुताबिक़ दण्ड ही नहीं होगा।

–क्यों?

–इसलिए कि उसने भगवान की इच्छा से प्रेरित होकर ही मारा।

—बाबा, वासुदेव इतने बड़े वीर, आख़िर एक निहायत मामूली आदमी के हाथों मारे गये!

—यही तो स्वाभाविक है बिटिया। भारतवर्ष में उन जैसा इतना बड़ा वीर कौन है? मैंने कहा न, मामूली कुश की नोक की चोट ही उनके लिए काफ़ी है। देह वह रखेंगे ही, सिर्फ़ एक उपलक्ष्य की ज़रूरत है। व्याध का तीर वह उपलक्ष्य बन गया। जो शंख-चक्र गदाधारी हैं, उन्हें हथियार की कमी थी—फिर कुरुक्षेत्र की लड़ाई में वह रथचक्र क्यों उठाने गये?

—क्यों भला?

—उनके लिए सभी अस्त्र समान हैं। सब आदमी उनके लिए बराबर हैं, सारे चराचर उनके इच्छाधीन हैं।

तर्क में जरती पार नहीं पाती। चुप हो रही।

—क्यों बिटिया, चुप क्यों हो गयी? मन उदास क्यों?—प्रभुदयाल ने पूछा।

—वासुदेव को अब इन आँखों देख तो नहीं पाऊँगी।—जरती बोली।

—ओ, यह बात! आँखों नहीं देख पाओगी? तो दिखा दूँगा।

जरती को यह बात और भी दुर्बोध्य सी लगी। वह प्रश्नभरी आँखों से प्रभुजी को ताकने लगी।

जरती इन्हीं प्रश्नोत्तरों की माला जपती रही, आख़िर जाने कब सो गयी।

जरती को जागने में देर हो गयी। जागी, तो देखा—वे दोनों पति-पत्नी बिस्तर पर नहीं हैं। वह बाहर निकली। प्रभुदयाल से पूछा—माँ जी कहाँ गयीं?

—वह देखो वहाँ जाकर, समुद्र के किनारे।

वह समुद्र की ओर चल पड़ी। ज़्यादा दूर जाना नहीं पड़ा। पास ही देखा—काश्यप की माँ टोकरी में कुछ चुन रही है।

—क्या कर रही हैं, माँ जी?

—आओ बिटिया, थोड़ी मदद कर दो।

समुद्र की लहरों ने झटके से घोंघा, सीपी, कौड़ी के ढेर किनारे पर फेंक दिये थे। काश्यप की माँ चुन-चुनकर उन्हीं में से कुछ बीन रही थी। वह भी चुनने लगी। ज़रा ही देर में टोकरी भर गयी।

—इनका क्या होगा, माँ जी?

—बस, अभी ही देख लेना, क्या होगा।

इतने में तीन नूलिया आ पहुँचे। लकड़ी के जिस टुकड़े पर सवार होकर वे समन्दर में मछलियाँ मारने जाते हैं, उसी जैसा रंग था उनके बदन का। पहनावे में कपड़े का एक टुकड़ा, सिर पर तिकोनी एक टोपी। उन सबको देखकर काश्यप की माँ ने कहा—आज इतनी देर क्यों हुई बेटे जगन्नाथ?

—आज बड़ी दूर जा निकला था, माँ जी।

—काफ़ी मछलियाँ मिलीं, क्यों?

—हाँ, मिलीं तो कुछ ज़रूर। आपने भी तो बहुत पाया है, टोकरी भर गयी है। तो ले जाऊँ?

—हाँ ले जाओ।

—क्या दे जाऊँगा आपको?

—आज कुछ आटा और चावल दे जाना। और हाँ, एक साड़ी चाहिए। इससे अगर न हो सके, तो साड़ी छोड़ देना।

—लगता है इसी में हो जाएगा।

जगन्नाथ ज़रा रुका। फिर पूछा—और यह स्त्री?

—यह मेरी लड़की है।

उसकी बात सुनकर तीनों जने हँस पड़े—माँ जी के यहाँ जो भी आ जाए, वही लड़की होती है या लड़का। हम लोग ही उस दायरे में नहीं आते।

—तुम लोग दायरे के बाहर क्यों बेटे! तुम्हीं लोग तो खिला-पहना रहे हो।

—आपको खिला-पहना सकूँ, यह मज़ाल हमारी कहाँ! जो हम लोगों को खिलाता-पहनाता है, वही आपको भी खिलाता है। हम लोगों का बाप यही है, समुद्र।

—यह बात तो बिलकुल सही है, बेटे। उसी का नमक खाकर सब जीते हैं।

नूलिया लोग टोकरी उठाकर चले गये। काश्यप की माँ बोली—अब चलो बिटिया, घर चलें।

यह सारी चीज़ें जरती की समझ से परे थीं। काश्यप की माँ यह भाँप गयी। बोली—नहीं समझी? यही हमारी जीविका का उपाय है। मैं टोकरी में शंख-सीपी बटोरती हूँ, ये ले जाकर दुकान से हमारी ज़रूरत के सामान ला देते हैं।

फिर बोली—हमें आख़िर ज़रूरत ही कितनी है!

जरती ने कहा—मैंने तो आकर ज़रूरत बढ़ा दी।

—इसीलिए तो कुछ मुट्ठी ज़्यादा बटोरी। इसमें किसी का नुकसान नहीं हुआ—न मेरा, न तुम्हारा, न समुद्र का। उसका नाम रत्नाकर भी है न!

पहाड़ की तराई के जिस हिस्से में प्रभुदयाल का झोंपड़ा है, उसका एक हिस्सा समुद्र की ओर झुक पड़ा है। वहाँ से कूदने से गहरे पानी में जाया जा सकता है। जरती ने देखा—तीसरे पहर प्रभुदयाल वहाँ एक पत्थर पर बैठकर समुद्र की ओर ताक रहा है। बड़े ध्यान से। वह चुपचाप पीछे जा खड़ी हुई। समझ नहीं सकी कि वह देख रहे हैं या ध्यान कर रहे हैं। समय-विशेष में ये दोनों ही चीज़ें जो एक ही हैं, यह जरती कैसे जाने!

समुद्र उनका अजाना नहीं लेकिन उसे इस तरह मुग्ध होकर देखने का क्या है, यह वह नहीं समझ सकी। आसमान पर झुण्ड के झुण्ड चिड़ियाँ किनारे की ओर आ रही थीं, समुद्र में नूलियों की नावों की क़तार आ रही थी; चिड़ियों के बिन्दु धीरे-धीरे साफ़ दीखने लगे, नावों की रेखाएँ स्पष्ट हो उठने लगीं। पश्चिम क्षितिज डूबते सूरज की आभा से दमक रहा था, इसलिए बारीक रेखा, नन्हा बिन्दु कुछ भी अस्पष्ट नहीं था। लहरविहीन सागर का पानी हलका-हलका काँप रहा था। ये सारे दृश्य उसने कितने ही दिन देखे हैं। घरनी तो व्याध की है, पर समन्दर का ऋण उस पर कुछ कम नहीं। जिस दिन कोई शिकार हाथ नहीं लगता, उस दिन समन्दर से मछली मारकर काम चलाना पड़ता है। उसके लिए नूलियों की तरह नाव लेकर निकलना ज़रूर सम्भव नहीं, ज़रूरत भी नहीं होती। लहरों का झोंका मछलियों को किनारे पर फेंक देता है, पानी के उतार के साथ उतर पड़ने के पहले ही झट पकड़ लो, बस। इस काम में वह बड़ी कुशल है।

—क्या देख रही हो बिटिया?

जरती चौंकी। सोचने लगी—प्रभु जी ने कैसे जान लिया? सो उसने ही पूछा—आपने कैसे जाना बाबा कि मैं आयी हूँ? मैं तो ख़ूब सावधानी से पाँव दबा-दबाकर आयी थी कि आप न जान सकें।

—नहीं बिटिया, पैरों की आहट नहीं मिली।

—फिर कैसे जान लिया?

—अनुभव से। ख़ैर, बैठो।—यह कहकर एक पत्थर की ओर इशारा किया।

—नहीं बाबा, मैं खड़ी ही रहूँ।

—खड़ी रहने से नहीं चलेगा, काम है।

—मुझसे क्या काम है बाबा?

—तुमने कहा था, वासुदेव ने शरीर छोड़ दिया। उन्हें अब नहीं देख सकोगी।

—शरीर छोड़ देने से कैसे देखा जा सकेगा?

—मैं तो अब तक उन्हीं को देख रहा था।

अविश्वास और अचरज से अकुलाकर पूछा—कहाँ हैं वह?

—यहीं तो, तुम्हारे सामने।

जरती कुछ समझ नहीं सकी। पूछा—कहाँ?

—वहीं तो, सामने

—वह तो समुद्र है।

—वासुदेव क्यों नहीं?

फिर भी कुछ समझ नहीं सकी। बोली—मैं अबोध हूँ, बाबा।

प्रभुदयाल कहने लगा—समुद्र के नीलेपन में उनके तन की नीलिमा देखो; समुद्र

के उदार विस्तार में उनका विशाल वक्षःस्थल, वह देखो, उनकी छाती हलके निःश्वास के ताल पर काँप रही है। और सूर्यास्त की जो दमक है, वह उनकी छाती का कौस्तुभ मणि है बिटिया, पुरनियों ने कल्पना की थी कि सृष्टि के आरम्भ में नारायण समुद्र में लेटे हुए थे—आज भी वह उसी तरह से लेटे हुए हैं। बस, देखने भर की देर है।

—यह देखने की आँखें क्या सबको होती हैं, बाबा?

—शुरू में किसी के नहीं होतीं। मेरी ही आँखें ख़ाक पूरी खुल पायी हैं!

—वो आँखें क्या करने से मिल सकती हैं?

—और चाहे जैसे भी मिलें, आँखें बन्द किये रहने से नहीं मिलतीं। आँखें खोलकर रहते-रहते ही एकाएक एक दिन नज़र खुल जाती है।

बातें जितनी ही अविश्वसनीय हों, जरती के लिए बोलनेवाला विश्वासभाजन था। सोचा, कोशिश करने से एक दिन समझ सकूँगी।

इतने में जगन्नाथ आया।

—क्यों जगन्नाथ, क्या ख़बर है?

—ख़बर ख़ास कुछ नहीं है बाबा। माँ जी को बदले की चीज़ें देने आया था, सोचा, बाबा को भी प्रमाण करता चलूँ।

—अच्छा! बैठो।

—आपके सामने बैठ सकता हूँ कहीं!

प्रभुदयाल ने कहा—तो फिर खड़े-खड़े ही जवाब दो। नगर की तरफ़ तो जाया-आया करते हो, राजभवन के क्या समाचार हैं?

—राजा ही नहीं, तो राजभवन!

—अरे, ऐसा क्या! महाराजा उग्रसेन तो हैं!

—सो तो हैं। वह तो नाम के ही राजा हैं। सब लेकिन यह जानते हैं कि राजा थे बाबा वासुदेव।

—ऐसा काम किसने किया जी?

—क्या पता, बाबा! लेकिन सुना, एक व्याध पकड़ा गया है। शायद यह करतूत उसी ने की है। यह भी सुना कि कल उसे शूली पर चढ़ा दिया जाएगा।

किसी ने भी यह ख़याल नहीं किया कि जगन्नाथ की बात सुनकर जरती माटी पर बैठ गयी।

—अच्छा! एकबारगी साबित हो गया!

—जी, सो तो नहीं मालूम, लेकिन यह फ़ैसला हो गया है कि उस आदमी को शूली होगी।

—ठीक ही है। मेरी ही ग़लती थी। पहले विचार, उसके बाद प्रमाण—यही आजकल की रीति है। मगर यह कुछ मालूम हुआ कि उस आदमी ने ऐसा नीच काम क्यों किया?

सबकी नज़र बचाकर जरती कुटिया के अन्दर गयी और माटी पर लोट गयी।

रात को वह प्रभुदयाल के पैरों पर माथा पटकने लगी—प्रभु, उस अभागे को, जिसने वासुदेव की हत्या की है, बचाओ। उससे भी बड़ी अभागिन एक और है, जो उस हत्यारे को बचाने की विनती कर रही है। मैं जानती हूँ प्रभु, मुझे नरक में भी जगह नहीं मिलेगी, फिर भी मैं यह विनती किये बिना नहीं रह सकती—वह मेरा पति है।

जरती सिर पटकती हुई इसी तरह से कहती जाने लगी—न तो सिर पीटने का विराम था न रोने का और न ही था आँखों से बहती धारा का विराम।

जरती की बिखरी-बिखरी बातों से प्रभुदयाल और उसकी स्त्री ने जाना कि उसी के पति के तीर से वासुदेव मारे गये हैं। उसने अनजान में ही तीर मारा था, यह बात सहज ही विश्वास करने योग्य थी। क्योंकि वासुदेव को मारने में उसका कोई स्वार्थ नहीं था, यद्यपि वासुदेव को वह पहचानता नहीं था। जरती ने घटनास्थल पर जाकर पति को इसके लिए धिक्कारा था, जिसके लिए गुस्से के मारे इसका गला घोंटकर वह चला गया। उसका सबूत था कि प्रभुदयाल को जरती प्रायः मरी हुई-सी मिली थी। एक सबूत और भी था कि जरती के गले में पाँच उँगलियों का नीला पड़ा-सा निशान था। दिन में जरती के गले की वह छाप बहुत बार काश्यप की माँ की नज़र में पड़ी थी। स्त्रियों की निगाहों से यह चिह्न सहज ही नहीं बचते, गो कि प्रभुदयाल की नज़र उस पर नहीं पड़ी थी। स्त्रियों की नज़र निकट की छोटी-मोटी बातें देखती हैं, पुरुषों की आँखें दूर की बड़ी वस्तुएँ। स्त्रियों की आँखें अनुवीक्षण होती हैं, पुरुषों की दूरवीक्षण।

काश्यप की माँ ने बहुत बार सोचा कि जरती से पूछे, गले में नीली कण्ठी-सी वह छाप कैसे पड़ी, पर मौक़ा नहीं मिला। ख़ैर, अब उस रहस्य का पता चल गया।

प्रभुदयाल मूढ की नाईं बैठा था। उसके पाँव भीग कर हिम हो गये थे। किंकर्तव्यविमूढ़ हो गया था वह। जरती ने जब यह बात क़बूल कर ली, तो एक बार तो उसके जी में आया कि इस बदनसीब औरत को अपनी कुटिया से निकाल दे। लेकिन तुरत ख़याल आया, इसका क्या क़सूर है? मौत माँगने से इसका प्रायश्चित्त तो हो चुका है। लेकिन उस पातकी को क्यों बचाए, बचाने का उपाय भी क्या है और उसकी क्षमता ही प्रभुदयाल को कहाँ है।

इतने में काश्यप की माँ बोल उठी—देखो, तुम तो चाहने से ही बचा सकते हो।

—कह क्या रही हो, अदिति, मैं बचाऊँ?

संकटकाल में स्त्री का असली नाम मुँह से निकल पड़ा।—कहती क्या हो अदिति, जिसे राजदण्ड मिला है, उस अपराधी को मैं कैसे बचाऊँगा?

—क्यों, मुश्किल क्या है? राजा तुम्हें मानते हैं। तुमने उनसे आज तक कभी

कुछ नहीं माँगा, आज इस आदमी की जान की भीख माँग लो।

प्रभुदयाल ने सोचा, यही तो स्त्री-बुद्धि है! कठिन काम में सरल रास्ता का आविष्कार! वह बोला–कुछ माँगने से छोटा बन जाना पड़ता है। ख़ुद भगवान ही जब बलिराजा के दरबार में माँगने के लिए गये थे, तो उन्हें वामन बनना पड़ा था।

अदिति, पिण्ड छोड़नेवाली पात्री नहीं थी। बोली–जब स्वयं भगवान ने ही वामन रूप धारण किया, तो तुम वैसा बनोगे तो क्या बिगड़ेगा? दो जने की जान तो बचेगी।

–दो जने की जान कहाँ से आ गयी काश्यप की माँ?

–आख़िर तुम सोच क्या रहे हो, पति के मरने से यह औरत ज़िन्दा रहेगी? तुमने तो कितनी ही बार समझाया है कि भगवान को कोई मार नहीं सकता, वह अपना काम करने आये थे, काम करके चले गये। वह आदमी तो मात्र एक निमित्त है। कुरुक्षेत्र की लड़ाई में अर्जुन जैसे निमित्त हुए थे, यहाँ यह आदमी भी वैसा ही नहीं है क्या?

प्रभुदयाल को इस तर्क का जवाब नहीं मिला। यह सारी युक्ति तो उसकी अपनी ही थी, उसी ने स्त्री और जरती को समझाया था।

कुटिया के अन्दर के इन तीन प्राणियों के निःश्वास से ताल मिलाते हुए समुद्र गरज रहा था। जो समुद्र अभी-अभी शान्त था, वह अब उद्दाम हो गया। दो लहरों की उठान और गिरावट के बीच में निशाचर पंछी का कर्कश स्वर सुनाई दे रहा था। गोया दो तरह के शब्दों के भेद को पतले धागे से गूँथने की कोशिश हो। शब्दों का तोरण क्रमशः ऊँचे से और ऊँचा होकर शिखर-सा बनाते हुए गिर पड़ता और साँप-जैसी लहरें कलकल करती हुई उपकूल से आगे निकल जातीं।

जरती ने प्रभुदयाल का पाँव नहीं छोड़ा था। वह ऐसी चुप हो गयी थी कि उसके सो जाने का भ्रम होता बशर्ते कि वह बीच-बीच में फफक नहीं उठती। प्रभुदयाल के मन में आत्मसम्मान और अनुकम्पा का द्वन्द्व चल रहा था–कौन जीते, कौन हारे! और, अदिति के मन में दया की अडिग लाठी पर कौतूहल की एक सुनहली लत्तर चढ़ रही थी। शूली से मौत, जाने यह मृत्यु का कौन-सा अभिनव उपाय है!

एकाएक प्रभुदयाल बदन झाड़कर उठ खड़ा हुआ, बोला–अदिति, मैं अब अपने आत्मसम्मान की नहीं सोचूँगा, कल सवेरे मैं राजा के पास जाकर जरा के प्राणों की भीख माँगूँगा।

अब तक निराशा की लहरों के थपेड़े खाने के बावजूद, शायद उसी लिए जरती का होश खो नहीं गया था, अब आशा के उपकूल पर आँखें पड़ते ही वह बेहोश होकर लोट गयी।

द्वारकापुरी के दक्षिण श्मशान में आज लोगों की अपार भीड़ थी। समुद्र और नगर के प्राचीर के बीच काफ़ी दूर तक खुली जगह—समुद्र की तरफ़ बालू का चौंर, ऊपर की तरफ़ सूखी परती। आस-पास कहीं भी पेड़-पौधा नहीं। इसी स्थान पर राजा से दण्ड मिले लोगों को सज़ा दी जाती है। शूली, क़त्ल, हाथ काटना—जिसे जैसी सज़ा का आदेश। पास ही समुद्र के किनारे शव के दाह की व्यवस्था—यह व्यवस्था सरकारी ख़र्च से होती, यही जो लाभ!

बहुत दिनों से किसी को मौत की सज़ा नहीं मिली थी। वासुदेव के प्रभाव से राज्य का शासन ठीक चल रहा था, दुष्ट-बदमाश शान्त थे। जो ख़ूनी लोग थे उनमें से बहुतेरे कुरुक्षेत्र के युद्ध में काम आ चुके थे। बाक़ी लोगों का शौक़ उस महायुद्ध में आदमी की हत्या करके पूरा हो चुका था। मृत्युदण्ड की बात लोग एक प्रकार से भूल ही गये थे। दक्षिण के श्मशान की याद भर रह गयी थी। इतने दिनों के बाद आज वहाँ किसी को शूली का दण्ड दिया जाएगा, यह सुनकर दल-के-दल लोग वहाँ आ पहुँचे। दिन के पहले पहर का घण्टा बजते ही उस आदमी को शूली पर चढ़ा दिया जाएगा। पिछले दिन डौंडी पिटवाकर नगर में यह बात ऐलान कर दी गयी थी। कौतूहल और उत्साह से लोगों को रात नींद नहीं आयी। सुबह होने से पहले ही लोग शमशान की ओर चल पड़े। जिन्हें बहुत ज़्यादा उत्साह था, यानी जो इसे अच्छी तरह से देखना चाहते थे, वे लोग रात रहते ही शूली के निकट जगह दख़ल किये बैठ गये थे। जो बाद में आये, वे धक्कम-मुक्की करके आगे बढ़ना चाह रहे थे; आपस में धक्का-मुक्की, फिर मार-पीट शुरू हो गयी।

भीड़ में से एक बोल उठा—अरे भाई, इस ख़ून-ख़राबी को कल के लिए रख छोड़ो, आज यही एक काफ़ी है।

दूसरे किसी ने कहा—जब तक शूली पर वह चढ़ाया नहीं जाता, तब तक चले न! मुझे लाठी से सिर फटने की आवाज़ सुनना बड़ा अच्छा लगता है!

तीसरे ने कहा—दूसरे का सिर फटता है तो अच्छा ही लगता है!

पहलेवाले आदमी ने कहा—तुमने ख़ास कुछ ग़लत नहीं कहा। अपना सिर फटने से सुनने-जैसी हालत मन की नहीं रह जाती।

—क्यों, आख़िर हम लोग किस लिए हैं?

इतने में 'आ गया, आ गया' का शोर उठा।

—अरे, कौन आया?

—तुम्हारा साला।

—सो तो तुम बहुत पहले से ही मौजूद हो!

—वह देखो न, वह! ले आ रहा है।

सबने गरदन उठायी। कुछ नज़र नहीं आया। इसलिए फिर से आगे बढ़ने के

लिए धक्का-मुक्की शुरू हो गयी। उधर राजा के सन्तरी और कोतवाल लाठी उठाकर 'हटो-हटो' करने लगे।

बीच में थोड़ी-सी खुली जगह। वहाँ पर आदमक़द एक शूली गड़ी थी लोहे की। एक जल्लाद उसपर रेंडी का तेल मल रहा था। पास ही कुछ कुत्ते अन्तिम अंक की उम्मीद में दुम हिलाकर सारी प्रक्रिया का समर्थन कर रहे थे।

—ये लूले लोग यहाँ को मरने क्यों आये?—एक ने कहा।

एक दूसरे ने उसका अनुसरण करके कहा—सिर्फ़ लूले ही! देखो न! काने, लँगड़े, कोढ़ी—बाप रे बाप! हज़ारों!

—क्यों, उन्हें क्या देखने का शौक़ नहीं है?

—लेकिन अन्धे क्यों? वे कैसे देखेंगे?

—न देखें, सुनेंगे तो। वही तो अभी कोई कह रहा था, सिर फटने की आवाज़ सुनना अच्छा लगता है।

—लेकिन ये कमबख़्त आये कैसे?

—क्यों, देख नहीं रहे हो नावें हैं।

—अरे हाँ, बहुत सारी नावें जमा हुई हैं!

एक ने लटका सुना दिया।—

देखो इनका शौक ज़रा,
नाव लिये सब पहुँचे आ।

एक दूसरे ने दो और पंक्तियाँ पढ़ दीं—

अन्धा देखे बहरा सुने
गूँगा आख़िर नाखून गिने!

बहुत से लोग बोल उठे—मज़ा देख लो! चल नहीं पाता है, तो भी लाठी टेके लँगड़ाता चला आ रहा है।

—और, इन कोढ़ियों को देखो! हाथ-पाँव में लत्ते लिपटे हैं, कमबख़्तों ने लाठी कैसे पकड़ी है।

—क्या करें, लाठी ही उनका सहारा है।

—ख़ैर, उधर मत जाना। उनकी हवा लगने से भी बीमारी होगी।

—अरे भाई, हम लोग थोड़े ही जा रहे हैं, वे ही लोग तो आ रहे हैं।

आपस में ऐसी ही बातें चलती रहीं।

लोगों का कहना ग़लत भी न था। श्मशान के दक्खिन चौंर पर समुद्र के किनारे दो हज़ार के लगभग अन्धे-काने, लँगड़े-लूले, कुबड़े-कोढ़ी भर गये थे। सबके हाथों अंगहीनों का अन्तिम आसरा लाठी। समुद्र में छोटी-छोटी नावें, डोंगियाँ, नूलियों की मछली मारनेवाली लकड़ियाँ। उन्हें नाव नहीं ही कहना चाहिए। इन सबकी तादाद

भी कुछ कम नहीं। ख़ूब समझ में आ रहा था कि वह सब नाव पर आये हैं। भीड़ में दूसरी तरफ़ शोरगुल हो रहा था, सिर्फ़ ये ही लोग शान्त और स्थिर थे। जनता भरसक इन लोगों से अलग-अलग खड़ी थी। बहुतेरे विचारों पर बीच-बीच में ताने कस रहे थे, धिक्कार दे रहे थे; लेकिन ये लोग सुनकर भी वह सब नहीं सुन रहे थे। सब शूली की ओर ताकते हुए इन्तज़ार कर रहे थे।

एक ओर औरतों का जमघट भी कम नहीं था। उन्हीं लोगों का उत्साह ज़्यादा था। यह शूली पर चढ़ाने वाली घटना ने एकांगी जीवन में एक नया स्वाद ला दिया था। सुबह जो जागीं तो घर के काम-काज चुका लेने की भी उन्होंने परवा न की, ज़रूरत भी नहीं थी, क्योंकि पति-पुत्र आदि भी चले ही आये थे। गोदी के बच्चों को लिये वह सब भी आ पहुँचीं। एक छोटे से बच्चे ने पूछा—उस लोहे के डण्डे का क्या होगा, माँ?

—अरे, होगा क्या बेवक़ूफ़ लड़के, उसी पर आदमी को बैठाया जाएगा। लड़के ने ज़िद पकड़ी—उसपर मैं बैठूँगा, माँ।

—जैसा ख़ुराफ़ाती तू हुआ है कि किसी दिन बैठना ही पड़ेगा।

—न, न, मैं आज ही बैठूँगा।

उसकी बात सुनकर अगल-बग़ल की स्त्रियाँ हँस पड़ीं।

एक ने कहा—अहा मौसी, बेचारे ने ज़िद पकड़ी है, बैठा दो।

लड़के की माँ ने कहा—इसे नहीं, इसका बाप मिलता तो बैठा देती।

—बड़ा ही अच्छा होता मौसी, एक दूसरी गिरस्ती का मौक़ा मिलता।

—जैसा मौक़ा तुझे मिला है।

—जितना बड़ा मुँह नहीं, उतनी बड़ी बात!

—और क्या, मौसी, हर समय तो बड़ी बात कहने का मौक़ा नहीं मिलता।

लड़के माँ से रूठने-मचलने लगे थे। कोई कहने लगा—चने ख़रीद दो।

कोई बोला—रामदाने का लड्डू।

फेरीवाले तरह-तरह की चीज़ें बेच रहे थे। मिट्टी के खिलौनों से लेकर खाने की चटपटी चीज़ें, छूटी कुछ भी नहीं थीं।

कोई फेरीवाला कहने लगा—मुन्ने, रामदाने का लड्डू ले लो।

कोई कहने लगा—रथ ले लो, नन्हे! देखो न, रथ पर कृष्ण और अर्जुन हैं।

वासुदेव की मृत्यु से लोग-बाग़ दुखी हुए थे, क्योंकि वह सुख-दुख में लोगों का साथ देते थे, बच्चों के खेलकूद में शामिल हो जाया करते थे; कभी उनसे मल्लयुद्ध करते थे। उन लोगों ने जब सुना कि वासुदेव मारे गये तो उन्हें सचमुच ही दुख हुआ और मारनेवाले पर वे बहुत बिगड़ उठे। लेकिन इस समय वे लोग उस हत्यारे के प्रति एक प्रकार की कृतज्ञता का अनुभव कर रहे थे कि उसी की वजह से आज ऐसा

मेला जुड़ सका। जाने कितने दिनों से ऐसा मेला नहीं लग सका है। मौक़ा पाकर फ़ेरीवाले दो पैसे कमा ले रहे हैं। आख़िर वासुदेव तो अब लौटने के नहीं, दो पैसे कमाने का अवसर हाथ से निकल जाने देने में क्या लाभ है!

ऐसे में राजपुरी की ओर से नक़्क़ारे की आवाज़ आयी। सारी जनता जय-जयकार कर उठी—जय जगन्नाथ! आ रहा है अब, आ रहा है।

सच ही आ रहा था। बीसेक हथियारबन्द सन्तरियों के पहरे में जरा सच ही आ रहा था। लेकिन उसे पैदल आने का कष्ट नहीं उठाना पड़ा। वह गधे की पीठ पर उलटा बैठा था, उसका सिर मुँड़ाकर उस पर मठा डाल दिया गया था—मठे की धार अब भी उसके सर्वांग में दिखाई दे रही थी। दोनों हाथ उलटकर पीठ से बाँध दिये गये थे। पैर दोनों खुले थे, नहीं तो गधे पर सवार कराने का अध्याय छोड़ देना पड़ता। उसके आगे-पीछे नक़्क़ारे बज रहे थे। सिर मुँड़ाकर उस पर मठा डालकर गधे की पीठ पर चढ़ाने की बात शूली के असामी के लिए बदन पर चिकोटी काटने जैसी तुच्छ थी, पर दर्शकों के लिए यह बहुत ज़रूरी था। मल्लयुद्ध की भूमि में जैसी बतकही होती है, यह भी बहुत-कुछ वैसी ही। शूली पर चढ़ा देने से ही राजा के फ़ैसले की सीमा समाप्त हो गयी! इसलिए इससे पहले उस आदमी की जितनी दुर्गत सम्भव हो सके, कर ली जाए। शारीरिक दण्ड की भूमिका, मानसिक लांछना। मनुष्यत्व के बोध को पीसकर पिसान बना दिये बिना आदमी की न्यायबुद्धि को शान्ति नहीं मिलती।

बाँध तोड़कर जनता दौड़ पड़ी। सन्तरी लोग बेतहाशा लाठी मारने लगे, बहुतों के सिर फूटे, ख़ून बहने लगा, फिर भी किसी को ख़याल नहीं। फूटा सिर तो ठीक हो जाएगा, मगर ऐसा जुलूस देखना तो नसीब नहीं होगा। जनता का कुछ ऐसा भाव कि मामूली माथे की परवा करने से कैसे चलेगा!

आख़िर भीड़ को ठेल-ठूलकर जरा का गधा शूली के डण्डे के पास आकर खड़ा हुआ। नगरपाल ने गरदनिया देकर जरा को गधे से नीचे गिरा दिया। बँधे हाथों वह नीचे गिर पड़ा। कहने से ही वह उतर जाता, लेकिन राज-विचार की मर्यादा के लिए वह शायद काफ़ी नहीं होता। वह जैसे ही गिरा कि दो सन्तरियों ने आकर उसके पैरों को कसकर बाँध दिया। वह बेचारा बेबस होकर पड़ा रहा। इधर पीठ जो हलकी हो गयी तो शायद बेचारे गधे ने भी अपने को असहाय समझा, सो अपनी पूँछ उठाकर उदात्त-अनुदात्त स्वर से विरोध जताते हुए जनता को चीरते हुए जान लेकर दौड़ पड़ा। सामने से हट जाओ—काट खाएगा; पीछे से हटो, दुलत्ती मारेगा—यह शोर मचाते हुए लड़के उसके पीछे दौड़े।

इधर जनता के दबाव से जरा के दम घुटकर मरने की नौबत! एक सयाने आदमी ने कहा—अरे भाई, यह आदमी तो मर जाएगा, फिर शूली पर किसे चढ़ाओगे।

किसी और ने कहा—मर जाएगा तो मर जाएगा, शरीर लेकर तो नहीं जाएगा!

पहलेवाले विज्ञ व्यक्ति ने कहा—मरे को शूली पर चढ़ाने का क्या लाभ! असली मज़ा ही तो जाता रहेगा!

कहीं असली मज़ा ही किरकिरा हो जाये, कहीं मौत की पीड़ा और मरनेवाले का कुँहरना ही जाता रहे, तो सिर्फ़ शरीर को शूली पर चढ़ाकर क्या होगा? आदमी के जीवन में शरीर तो नाचीज़ है, असल तो है आत्मा—इन सब गूढ़ बातों पर विचार करके जनता हट गयी। जरा को साँस लेने का मौक़ा मिला। जो लोग यह कहते हैं कि जनता को विचार नहीं होता, वे मूर्ख हैं।

इतने में भीड़ में से तरह-तरह की आवाज़कशी शुरू हुई—क्यों जी, कब होगा?

—अब तो रुकना मुश्किल है। एकादशी का पारण है आज, भूख के मारे पेट जलने लगा।

—तो फिर मरने को आयी थी क्यों यहाँ?

—हाय, मरी दईमारी! मरने नहीं, मरते को देखने। तू मर, तेरे चौदह पुरखे़ मरें।

—हाय-हाय, रो-रोकर बच्चा जो मर गया। अरे, मुँह में स्तन दो!

—इतने छोटे बच्चे को लाने की ही क्या पड़ी थी?

—रख किसके पास आती? और यह भी सोचा, यही क्यों वंचित रह जाए, देख ले, शरीर में पुण्य होगा।

—वह क्या समझेगा भला!

—समझेगा बाबा, समझेगा। इस दुनिया में नासमझ कोई नहीं है। इसके बाप की जब झाड़ू से ख़बर लेती हूँ, तो देखकर यह हँसता है।

—बाप रे बाप, यह लड़का ज़िन्दा रहा, तो जानें क्या होगा!

—होगा और क्या, माँ की ख़बर लेगा लाठी से।

—नः बाबा। इन्तज़ार का अब सब्र नहीं है। आज सवेरे सूद चुकाने के लिए ग्वाले के आने की बात है। मैं चली।

—जाओ। सूद के लोभ में यह आसन गँवाओगी।

चलें-चलें तो बहुतेरे कर रहे थे, मगर हिल कोई नहीं रहा था। देरी हो, यही सबकी अगोचर इच्छा थी, क्योंकि कहीं हो गया तो लुत्फ़ ही ख़त्म। इसलिए उम्मीद के धागे को जितना लम्बा किया जा सके हाथ-पाँव बँधी हालत में केवल चित होकर पड़ा रहा जा सकता है। सो जरा चित ही पड़ा रहा। सुलझाकर सोचने की शक्ति उसकी बहुत पहले ही ख़त्म हो चुकी थी—लेकिन सोचे बिना रहना भी कठिन। इसलिए तरह-तरह की चिन्ता के उड़ते तिनके उसके मन में प्रवेश कर रहे थे। उन्हें वह अच्छी तरह से देखे, इससे पहले ही बाद में आनेवाले तिनकों की राह छोड़कर वे भाग जाते। आसमान की ओर ताकते रहने के सिवा उसके लिए दूसरा चारा नहीं

था। अचानक उसे नज़र आया, आकाश में थोड़ी ही ऊँचाई पर दो गिद्ध उड़ रहे हैं। वे भी जनता की तरह ही उम्मीद लिये आये थे, मगर उनकी उम्मीद थी मांस की। जरा ने इतना नहीं समझा। मौत इतनी क़रीब है, आदमी यह समझकर भी समझना नहीं चाहता। उसने सोचा, काश हाथ में तीर-धनुष होता तो एक ही तीर में दोनों को मार गिराता। उसे याद आया, जरती से बाज़ी बदकर एक बार उसने एक ही तीर से तीन सुग्गों को गूँथ दिया था। सुग्गा कितना छोटा होता है और गिद्ध कितना बड़ा! बेशक़ मार गिराता। यहीं पहली बार उसे जरती की याद आयी। नहीं-नहीं एक बार और याद आयी थी, जब उसके घुटे सिर पर मठा डाला गया था और उसकी एक धारा लुढ़ककर उसके मुँह में आ गयी थी। मठे के उस ज़रा से लोने स्वाद ने उसे अपने गृहस्थ जीवन और गृहिणी के स्वाद की याद दिला दी थी। मठा उसका बड़ा प्यारा पेय है। जरती इसलिए अकसर मठा बनाया करती थी और वह लुभाई आँखों बैठा-बैठा वह प्रक्रिया देखा करता था। सोचता, काफ़ी तो हो चुका, और ज़्यादा मथना क्या! बस अब दे दे, तो एक ही साँस में पूरा कटोरा पी जाऊँ! जरती कहती—अजी, इतनी जल्दबाज़ी से भी होता है! देख नहीं रहे हो, अभी पूरा मक्खन निकला नहीं है।

वह कहता—रहने दो अपना मक्खन। उतना भी चट कर जाऊँ!

—बड़े लोभी हो तुम!

—और तुम! पत्थर का एक पूरा कटोरा इमली की झोल का उड़ा जाती हो।

—तुम नहीं खाते, इसीलिए मुझे खाना पड़ता है, नहीं तो नष्ट होगा।

—लो, अब बहुत हो चुका, लाओ।

जो लोग मठा उसके सिर पर डाल रहे थे, उनमें से एक ने कहा—इसे प्यास लगी है। मुँह में थोड़ा-सा मठा और दो।

एक आदमी कटोरे से मठा दे रहा था। पहले आदमी ने कहा—नहीं, नहीं, सिर पर डालो, लुढ़ककर उसके मुँह में जाए।

वही किया गया। लेकिन अबकी जरा ने पिया नहीं। हाथ से पोंछ दिया। उस समय तक हाथ खुले थे।

एकाएक भीड़ का शोर कानों में पहुँचते ही—अब तक उसे जनता की उपस्थिति का ख़याल ही न था—ये सब कौन हैं? इतने सवेरे यहाँ क्यों? किसी तरह से सिर घुमाकर उसने चारों ओर भीड़ की दीवार देखी। अब उनकी बात और बात का अर्थ जरा की समझ में आने लगा।

एक ने कहा—अब नाहक ही विलम्ब क्यों? चढ़ा दो उसे, उधर हाट की वेला जो बीत रही है।

यह सुनकर एक ने कहा—आज अब हाट क्या लगेगी, सब लोग तो यहीं हैं।

—तो यहीं हाट बैठा देना था, लौटने की हड़बड़ी नहीं होती।

जवाब में एक दूसरे ने कहा—ठीक ही कहा भैया, रथ देखना और केला बेचना, दोनों एक ही साथ होता।

—रथ तो रथ, रथ के ऊपर हनुमान तक को देखना हो जाता।

इन बातों में सबको याद आ गया, अभी तो असली काम ही बाक़ी पड़ा है। उस आदमी को अभी तक शूली पर चढ़ाया नहीं गया।

इतने में एक लड़का जो बड़ों का सवाल-जवाब सुनकर अब तक वह ज्ञानी हो उठा था, लाठी की ठोकर मारकर जरा से बोला—अब ऐ जंगली, देख रहा है वह?—यह कहकर उसने लाठी से शूली का डण्डा दिखा दिया।

जरा को शूली का डण्डा अब दिखाई पड़ा। वही तो, वह तीखी नोकवाला लोहे का डण्डा किसलिए? वह यन्त्रचालित जैसा-बोल उठा—वह किसलिए है?

एक ने कहा—किसलिए है, यह तुरत समझोगे बच्चू!

एक रसिया ने कहा—समझ तो ज़रूर लेगा, लेकिन समझा सकेगा कि नहीं, यही सन्देह है।

सभी हो-हो करके हँस पड़े।

वह रसिया अपनी रसिकता की प्रतिक्रिया से ख़ुश होकर तान उठाकर गा उठा—

रस सागर में लगा के डुबकी,
कोई उतराये, कोई डूब मरे रे!

उसके बाद उसने व्याख्या शुरू की—शूल असल में तीन तरह का होता है भैया। पित्त शूल, अम्ल शूल और लौह शूल। मैं पहले दोनों शूलों को भोगकर अभी तक ज़िन्दा हूँ, यह कमबख़्त लौह शूल पर चढ़कर मरेगा।

—कमबख़्त की जान कछुए की है। लगता नहीं कि आसानी से मरेगा।

इतनी देर के बाद एक को होश आया। बोला—इस कमबख़्त ने किया क्या है।

पता चला कि अधिकतर लोगों को ही नहीं मालूम है कि उसका क़ुसूर क्या है! मालूम होने की ज़रूरत भी नहीं थी, क्योंकि कोई क़ुसूर तो ज़रूर किया है, नहीं तो राजा सज़ा ही क्यों देंगे।

—लो भैया, यह सब किचपिच छोड़ो, जिस उम्मीद से हम लोग आये हैं, अब वह काम हो ही जाए।

लोगों की बातचीत और रंगढंग से जरा ने समझा कि यह इतनी सारी तैयारी उसी के लिए है। उसे ही उस शूली पर चढ़ाया जाएगा। बदन सिहर उठा। लेकिन तुरत याद आया, खट्टास ने उसे दिलासा दिया था, भाई जरा, अभी मारपीट करने से कोई फ़ायदा नहीं। अभी ये लोग बहुत हैं। अभी तुम इन सबके साथ जाओ। लेकिन निश्चिन्त रहो, ऐन वक़्त पर मैं अपनी जमात के साथ जाकर तुम्हें बचा लूँगा। मगर

कहाँ है खट्टास, उसकी जमात ही कहाँ है? चारों ओर ताककर उसने खट्टास को कहीं नहीं देखा।

जरती की देह को वहाँ नहीं देखकर जरा खट्टास के पास आकर बैठा, तो वह बोला—ख़ैर, देर नहीं हुई। बैठो। क्या करना है सो बताता हूँ।

इतने में घर की दीवार पर कुछ परछाइयाँ पड़ीं। और छाया के साथ ही साथ कायाधारियों का प्रवेश हुआ—नगरपाल और चार सन्तरी।

जरा उनके आने का कारण नहीं समझ सका, मगर खट्टास न समझे, ऐसी बात न थी। बहुत बार वह राजा के लोगों द्वारा पकड़ा गया है और हर बार छूट गया है। उसने जरा के कानों में कहा—ये तुम्हें ले जाने को आये हैं। अभी इन्हें रोकना सम्भव नहीं है। ये संख्या में पाँच हैं और हथियारों से लैस हैं। तुम अभी जाओ। समय पर तुम्हें छुड़ा लाऊँगा। डरने की बात नहीं।

राजा के लोग घबराये जरा को पकड़कर ले गये और खट्टास अपनी जमात जुटाने के लिए निकल पड़ा।

वासुदेव के मारे जाने की ख़बर पाते ही राजा उग्रसेन ने नगरपाल को बुलाकर कहा—जैसे भी हो, हत्यारे को पकड़ना ही होगा।

नगरपाल वासुदेव के शव के पास गया। जाकर देखा—उनके पाँव में एक तीर बिंधा हुआ है। तीर को देखते ही वह समझ गया, यह ज़रूर ही किसी तीरन्दाज़ का काम है। नगरपाल की बुद्धि बड़ी सूक्ष्म थी। राजपुरुषों की बुद्धि सदा ही सूक्ष्म होती है। उसके बाद न्यायशास्त्र के अनिवार्य नियम के सूत्र के अनुसार समझा कि तीरन्दाज़ एक शिकारी है। इस पर उसने राजा के अन्य लोगों के परामर्श से खट्टास के अड्डे पर छापा मारा। वहाँ खट्टास को देखा। उसे पहचानता था, इसलिए जान गया, यह शिकारी नहीं है। लिहाज़ा दूसरा जो आदमी है, वह ज़रूर शिकारी है। उसे गिरफ़्तार करके अपनी चातुरी के नाज़ से मूँछ पर ताव देकर उसने संगियों की ओर ताका। उनकी आँखों में वह सार्थक गौरव की दमक देख पाया। सबने मिलकर जरा को गिरफ़्तार किया और बाँधकर ले चले। न्यायशास्त्र के नियम और सूक्ष्म बुद्धि से क्या सम्भव नहीं है।

राज-दरबार में अपराधी का विचार होता है, जरा को यह मालूम था, पर दण्ड की प्रकृति के सम्बन्ध में उसे ख़ास जानकारी नहीं थी। अब उसने नस-नस से यह अनुभव किया कि राजदण्ड कोई काल्पनिक चीज़ नहीं, ठोस सत्य है और उसकी प्रतिक्रिया पीड़ा पहुँचानेवाला शारीरिक व्यापार है। राजदण्ड की पहली प्रतिक्रिया के अन्त में जब वह निढाल-सा हो पड़ा, तो सन्तरियों में से एक ने लात मारकर उसे गिराते हुए कहा—अब यों ही पड़ा रह कमबख़्त। रात-भर में अगर मर नहीं गया तो कल सवेरे शूली पर चढ़कर स्वर्ग जाने के सुख का अनुभव करना। विचार तो उसके

पकड़े जाने के बाद ही हो चुका था, पर इतना सोच-विचार करके देखने योग्य मन की अवस्था नहीं थी उसकी। बदन के दर्द और मन की थकान से वह जल्दी ही तन्द्रा से आच्छन्न हो गया।

जरा स्वप्न देखने लगा। वह सपना ऐसा ही जीता-जागता था कि जागने के बाद भी उसका सन्देह नहीं जाने लगा—यह सपना भी है या नहीं, या कि सचमुच ही एक आविर्भाव हो गया है। उसने देखा, वह एक अँधेरी गुफ़ा में घुसा है। वहाँ अँधेरा इतना गाढ़ा है कि हाथ को हाथ नहीं सूझता, महज़ श्वास-निःश्वास से ही अपने अस्तित्व का पता चलता है। वह चला जा रहा है, सो जा ही रहा है—कहाँ, क्यों, कुछ भी पता नहीं। सहसा वह चौंका। यह कैसी कर्कश आवाज़! खट्टास की हँसी है क्या? नहीं-नहीं, गुफ़ा से एक चट्टान लुढ़कती हुई गिरी। अँधेरे का कहीं अन्त नहीं। यह वास्तव में कोई गुफ़ा है कि किसी अजगर के पेट में घुस पड़ा है वह! वही हो शायद। आख़िर सारे शरीर की शक्ति बटोरकर वह घबराकर चीख़ उठा—वासुदेव! वासुदेव, दया करो। मैं पापी हूँ, महापापी। फिर वही कर्कश आवाज़। हो न हो, यह तो खट्टास की ही हँसी है! नहीं-नहीं, फिर पत्थर लुढ़का।

अचानक उसे लगा, उसका सारा शरीर पसीने से नहा गया है। तन-बदन हिम हो आया है। लगा, उसकी अन्तिम घड़ी आ पहुँची। सोचा, आख़िर जब मरना ही है तो जी भरकर एक बार वासुदेव को पुकार ले। 'वासुदेव-वासुदेव' पुकारते-चिल्लाते हुए उसका गला बैठ गया। लेकिन उसे कोई जवाब नहीं मिला! जरती से उसने सुना था, वासुदेव दयामय हैं; भक्त की पुकार कर वह हरगिज़ चुप नहीं बैठते। लेकिन हाँ, पुकार सिर्फ़ मुँह की न हो, उसमें आन्तरिकता होनी चाहिए।

उसमें वह आन्तरिकता कहाँ है। आख़िर वह वासुदेव-वासुदेव कहकर पत्थर से सिर पीटने लगा। दीवार चूँकि पत्थर की थी। इसलिए हिली नहीं। कपाल से धारा फूट पड़ी। हाथ लगाकर उसने जाना कि यह लहू है—पसीना इतना गाढ़ा नहीं होता।

लहू बहते रहने से जब वह थक-थकाकर बैठ गया, तो वह बिलकुल हताश हो चुका था। पूरी हताशा मौत से भी ठोस होती है। उसे लगा, यह अँधेरा किसी गुफ़ा का नहीं, अजगर के पेट का भी नहीं, यह उस जगत् का अँधेरा है, जहाँ चाँद और सूरज में चिरन्तन ग्रहण लगा है। अब वह रो पड़ा। इस रोने में सचमुच ही आन्तरिकता थी। यह रुलाई पाप से मुक्ति पाने की आशा की नहीं, निराशा से छुटकारा पाने की इच्छा की थी। पाप जीवन का अंग है। निराशा जीवन की अस्वीकृति। वह स्थिति पाप से भी भयानक होती है।

ऐसे में वह दूर, बहुत दूर में रोशनी का एक बिन्दु-सा देख पाया—जुनून से ज़्यादा बड़ा नहीं। वह बिन्दु बढ़ रहा था, उसकी ओर दौड़ता आ रहा था। जितना ही वह बढ़ता आ रहा था, आकार में बड़ा और आभा में और उज्ज्वल होता आ रहा

था। अब उस गोलाकार प्रकाश ने एक चक्र का रूप ले लिया। उसके मन में सहसा यह बात कौंध गयी, यह वही सुदर्शन चक्र है क्या, जिसके बारे में सुनता रहा है! तो यह शायद उसे मार डालने के लिए ही आ रहा है! एक पल पहले जिसने हज़ार बार अपनी मौत माँगी थी, उसी का मन भय से विह्वल हो उठा। उसे उसी क्षण ख़याल हो आया, अगर यह चक्र है, तो ज़रूर ही चक्रधारी भी साथ हैं। डर में से आनन्द की बिजली चमक उठी। मेघ और बिजली अविच्छेद्य हैं, भय और आनन्द भी वैसे ही नहीं हैं क्या?

कौन है यह? उसके सामने यह कौन! यह दिव्यदेही कौन है? वह पहचाने भी तो कैसे, ऐसा उसने कभी देखा तो नहीं। हाँ, इतना ज़रूर समझा कि जिसके प्रकाश से अँधेरा जल उठा है, छुटकारा देना उसके लिए असम्भव नहीं है। पाँव पकड़ने की इच्छा से वह झुका। झुकते ही देखा, बायें पाँव में लहू का निशान है। मूर्च्छित हो पड़ने से पहले उसके मन में आया, हो न हो, यह तो वासुदेव ही हैं! लेकिन क्यों? दण्ड देने के लिए कि छुटकारा देने के लिए—क्या इरादा है उनका? जो ऐसे उज्ज्वल, प्रोज्ज्वल, समुज्ज्वल हैं, जो ऐसे एकान्त सुन्दर हैं, वह क्या मुक्ति छोड़कर दण्ड दे सकते हैं! जरा मूर्च्छित हो गया।

सुबह होने के पहले ही सन्तरी ने कारागार का दरवाज़ा खोला और ठोकर मारकर उसे जगा दिया। जरा के सपने का नशा तब भी फटा नहीं था। वह बोल उठा—आख़िर आप आये दयामय!

—हुँह, कमबख़्त एक ही रात में इतना बड़ा धर्मात्मा बन गया।

सन्तरी ने यह कहकर और एक ठोकर लगायी।

जरा ने समझा, यह आदमी जो भी हो चाहे, दया-माया इसका गुण नहीं।

—चल कमबख़्त।

जरा ने पूछा—कहाँ?

अजीब-सा चेहरा बनाकर सन्तरी ने कहा—और कहाँ! तुझे बैकुण्ठ लिये जा रहा हूँ, चल।

जरा ने सोचा—वासुदेव तो बैकुण्ठ में ही रहते हैं।

उसके बाद ज़रा ही देर में जो-जो घटनाएँ घटीं, उस अनुभव से उसे बैकुण्ठ प्राप्ति की सूचना नहीं लगी। नाई आया। उसने उसका माथा मूँड़ दिया। दो जनों ने ज़बरदस्ती उठाकर उसे गधे की पीठ पर उलटा बिठा दिया, एक ने उसके ऊपर एक घड़ा उँड़ेल दिया। उसके बाद जनता के धिक्कारों से गुज़रता हुआ दक्षिण के श्मशान में पहुँच गया। यहाँ वह बेबस-सा पड़ा वासुदेव को नहीं, खट्टास को स्मरण करने लगा। वासुदेव का आविर्भाव माया हो सकता है, खट्टास का आना कभी झूठा नहीं हो सकता। विदाई के वक़्त खट्टास ने उसे जो भरोसा दिया था, वही उसके कानों

में गूँजने लगा। उसने पूछा था—बचा तो लोगे भाई! जवाब में खट्टास ने कहा था—पुण्यात्मा लोग पापियों से बचकर चलते हैं, इसलिए पापी एक-दूसरे की रक्षा करते हैं। पाप की डोरी में पापी गुँथे हैं, उस डोरी की गाँठ बड़ी मज़बूत होती है।

जरा जिस समय यह सब सोच रहा था, जनता जब देरी होने की वजह से ऊब रही थी—जरती उस समय भीड़ के एकान्त में बैठी रो रही थी। भीड़ को चीरकर आगे आने की सामर्थ्य उसे नहीं हुई, हिम्मत भी नहीं थी। जाने क्या देखते क्या देखे! वह जरा का मृत्युदण्ड देखने नहीं आयी थी, वह इस आशा से आयी थी कि प्रभुदयाल उसके छुटकारे का आदेश लेकर आएगा, जरा छूट जाएगा, और तब वह उसे साथ ले जाएगी। लेकिन इस भीड़ में प्रभुदयाल कहाँ! राजा क्या उसकी विनती सुनेंगे? नहीं तो जरा को शूली दी जाएगी। आशा-आकांक्षा में आकांक्षा का हिस्सा ज़्यादा था। वह काँप रही थी।

एक बुज़ुर्ग स्त्री ने उससे पूछा—रो क्यों रही हो बहू?

क्या जवाब दे, सोच नहीं सकी। उस स्त्री ने फिर पूछा—हुआ क्या है?

अबकी जरती ने कहा—माँ जी, मैं बड़ी दुखियारी हूँ।

—इस दुनिया में दुखी कौन नहीं है, बहू! उसके लिए रोओ तो रोते-रोते ही जनम कट जाए!

—दुख कहाँ माँ जी! सभी तो हँस रहे हैं, सभी शोरगुल मचा रहे हैं।

—वह सब रोने का ही दूसरा रूप है बहू! बर्फ़ में जमकर पानी सख़्त हो जाता है, नहीं देखा है? यह रुलाई का ही रूपान्तर है। तुम्हें अगर मेरा दुख मालूम होता—

लेकिन उसके दुख का इतिहास सुनाना सम्भव नहीं हो सका, ज़ोरों से दमामा बज उठा। जनता में हलचल हुई—लो नगरपाल आ रहा है। अब शूली पड़ेगी।

सचमुच ही नगरपाल आकर शूली के पास खड़ा हो गया। रह-रहकर दमामे की आवाज़ लोगों को दिलासा देने लगी कि अपराधी को अब शूली पर चढ़ाया जाएगा। आशा का किनारा देखकर भीड़ शान्त हो गयी।

एक लम्बे आदमी का माथा सबसे ऊपर दीख रहा था। जो लोग देख नहीं पा रहे थे, उन्हें ख़ास तरह से जता रहा था वह। जरती पास ही बैठी थी। वह सारी बातें सुन रही थी।

वह लम्बा आदमी कहता जा रहा था, अब चार सन्तरी मिलकर मुजरिम के हाथ-पाँव खोल रहे हैं। खोलना ख़त्म हो चुका। उसे सन्तरियों ने खड़ा कर दिया। अहा, उसकी क्या अदा है! सिर घुटा हुआ है, मठा डालने की वजह से जगह-जगह सफ़ेद दाग़। देखो ज़रा, मुजरिम को डर का नाम भी नहीं। वह टुकुर-टुकुर ताक रहा है! लो, सब कोई ठीक से देख लो, देखने का यहीं सदा के लिए अन्त हो जाएगा।

जरती सुन रही थी और रो रही थी।

वह लम्बा आदमी कह रहा था, अब सब मिलकर उसे शूली के पास ले जा रहे हैं। अब उसे शूली पर चढ़ा देंगे। उस समय तुम सभी लोग देख सकोगे।

सबने मिलकर उस आदमी को ऊँचा उठाया।

वह और भी कुछ कहने जा रहा था, पर कह नहीं पाया।

भीड़ के दक्षिण ओर अचानक कुछ हलचल-सी हुई। हो क्या रहा है, अरे, क्या हो रहा है! अरे बाबा, चुप भी रहो। अन्त में मज़ा किरकिरा मत करो।—भीड़ में से इस तरह की बहुत आवाज़ें आने लगीं। जो लोग भीड़ के पीछे खड़े थे, उन लोगों ने देखा कि अचानक वे विकलांग लोग खड़े हो गये हैं। देखा, वे जो लूले-लँगड़े, काने-कोढ़ी थे, उनमें अजीब परिवर्तन हो गया है। देखकर सभी दंग रह गये कि वे सबके सब तन्दुरुस्त हैं, उनकी पेशियों से बिजली-सी कौंध रही है। उनके हाथ-पाँव और माथे की पट्टियाँ खुलकर जानें कहाँ गिर गयीं, जिन लाठियों को टेक-टेक कर वे लोग आये थे, वे लाठियाँ अजीब कुशलता से उनके हाथों घूमने लगीं। वे शिक्षित सैनिकों की नाईं व्यूह बनाकर आगे बढ़ रहे थे। उन सबके आगे था खट्टास। यह देखकर जनता की हैरानी का भाव जाता रहा—भागो-भागो का हल्ला मचा। शोर के साथ क़दम बढ़े। जिससे जिधर बना, भागा। सबसे पहले भागे नगरपाल और सन्तरी। देखते ही देखते दक्षिण मशान का मैदान सूना हो गया। खट्टास के नेतृत्व में आने वाली सेना ने विमूढ़ हुए-से जरा को कन्धे पर उठाकर जय-जयकार की। जय-जयकार हुई कि खट्टास का गला गूँजा—चलो, आज हम लोग राजमहल को लूटेंगे। और फिर वही लकड़ी चीरने-जैसी हँसी! जिसे सुनने से नसों का लहू जम जाता है। खट्टास का कहना सुनकर जनता फिर जय बोल उठी और बाँध टूटे प्रवाह की तरह वह भीड़ नगर की ओर दौड़ पड़ी।

ऐन इसी वक़्त राजा का क्षमापत्र लेकर प्रभुदयाल पहुँचा। देखा, श्मशान-भूमि खाली पड़ी है। केवल एक स्त्री मूर्च्छित है! निकट जाकर देखा। जरती थी। उसे होश में लाकर प्रभुदयाल घर ले आया। बात क्या हुई, वह जान नहीं पाया। जरती ने इतना ही जाना कि जरा ज़िन्दा है।

सभासदों से ख़ाली सभाभवन में एक दीप और मात्र एक छाया से राजा उग्रसेन सिंहासन पर आसीन। दिन-भर उनका इसी तरह बीता। बीच-बीच में आर्त नगर के कोलाहल की तुमुल ध्वनि तीर पर पछाड़ खाती समुद्र-लहरों की तरह बूढ़े राजा के कानों पर चोट करती रही। करने को कुछ नहीं था। राजा के हाथ-पाँव तो अनुचर-परिचर होते हैं—वे सबके सब चम्पत हो गये थे या कि लुटेरों से मिलकर लूटने में लगे थे। अरक्षित नगर के असहाय राजा!

यदुवंश के सारे लोग मर चुके थे। अब जो भी हैं, सबके सब तनख़ादार हैं। एक ही दिन में महीने-भर के वेतन से ज़्यादा मिल जाएगा, यह सोचकर वे लोग

लुटेरों में जा मिले थे। अमात्य सभी बूढ़े लाचार। महिषियाँ तो बहुतेरी बलराम और वासुदेव के साथ ही मर चुकी थीं। जो थीं, वह सब अन्तःपुर में रो रही थीं। और राजपुर नारियाँ? उग्रसेन उनके बारे में सोचना नहीं चाहते—कुछ दिनों से उनके कारनामे राजा के कानों में पहुँच रहे थे। कुछ भी करने-कराने का उपाय नहीं था।

इतने में पैरों की आहट से उग्रसेन चौंके—कौन?

—महाराज, मैं कंचुकी हूँ।

—नगर की क्या ख़बर है?

—लुटेरे नगर से चले गये।

—यानी नगर में लूटने लायक़ कुछ नहीं रहा। सन्तरी सब कहाँ हैं?

—महाराज, बहुतेरे तो लुटेरों द्वारा मारे गये और बहुतेरे उनसे मिल गये।

—और, राजपुर नारियाँ?

कंचुकी ने कोई जवाब नहीं दिया।

—जवाब क्यों नहीं दे रहे हो कंचुकी? ख़ैर, तुम्हारा मौन ही उत्तर है।

—अर्जुन को लाने के लिए आहूक कब रवाना हो रहा है?

—जी, उसे गये तो कई दिन हो गये।

—अभी भी नहीं लौटा? द्वारका से हस्तिनापुर कितना योजन है?

—आने-जाने में कई सौ योजन महाराज।

लम्बा निःश्वास छोड़कर उग्रसेन ने कहा—जाने-आने में कई सौ योजन! यह मैं भूल ही गया था।

कुछ देर चुप रहकर बोले—ख़ैर! तुम अभी जाओ।

कंचुकी चुपचाप चला गया।

यदुवंश के प्रबल प्रतापी रक्षक राजा उग्रसेन माथे पर हाथ रखकर अकेले बैठे रहे। संसार की यह राजागिरी! अट्टहास-सा हुआ। कौन हँस रहा है? नहीं-नहीं, सूने कक्ष के कुछ अँधेरे, कुछ प्रकाश में कुछ चमगादड़ उड़ रहे थे, यह उन्हीं के पंखों की आवाज़ थी।

दूसरा खण्ड

कुरुक्षेत्र का महायुद्ध समाप्त हो जाने पर देश-भर में सन्नाटे का परदा खिंच गया। ऐसा सन्नाटा भी शायद किसी देश में कभी नहीं दिखाई दिया, ऐसा रोना भी नहीं सुनाई पड़ा। ख़ाली सन्नाटा हो तो शायद बरदाश्त से बाहर न हो लेकिन उसके साथ कहीं रुलाई भी ज़ोरों की हो, तो वह बड़े से बड़े कठोर व्यक्ति के लिए भी सहने की सीमा से बाहर हो जाती है। मेघ घिरी अमावस की रात का भयानक अँधेरा जैसे दीये की नन्ही लौ की जोत से दिखकर जी को भय से संकुचित कर देता है, यह भी बहुत कुछ वैसा ही। बहुत हद तक, पूर्णतया नहीं। अमावस्या तो प्रकृति का नियम है, लेकिन यह महायुद्ध किस प्रकृति के नियम की देन है? और महज़ अठारह ही दिनों में इतनी बड़ी यह घटना घट जाने से मानो अकस्मात् की चोंच और नाख़ून लमहे में सारे देश के हृदय को औचक ही छीन ले गया। क्या बीता, यह सोचने के लिए भी समय चाहिए, यहाँ तो उसका भी अवसर न रहा। जो दुख धीरे-धीरे आता है, उसका तीखापन उतना ज़्यादा चोट नहीं करता। आकस्मिक दुख ही दुख है।

प्राग्ज्योतिष से प्रभास, कश्मीर से कुमारिका यवनिका से ढक गयी। कुल जनसंख्या के अठारह अक्षौहिणी आदमी जीवलोक से निकल गये। जीते और हारे हुए में ख़ास कोई फ़र्क़ नहीं रह गया—सबके घर में एक ही रुदन का रोल, एक ही हाहाकार। जिधर देखो, उधर ही घर सूने, जहाँ भी जाओ, नाबालिग़, नारी, और लाचार लोग। वैशाख के तूफ़ान से पल में आम की मंजरियाँ झड़कर बग़ीचा जैसे ख़ाली हो जाता है, इस महाकाल वैशाखी में पुरनारियों की शंख की चूड़ियाँ, कंकन, केयूर सब उतर गये। कुमेरु और उत्तर कुमेरु में एक रात के हिमपात से सारी दिशाएँ जैसे सफ़ेद हो जाती हैं—वैसे ही यहाँ भी विधवाओं के श्वेतवसन भर गये। सिंहासन पर आसीन होने के लिए ऐसा अनेक रोना, ऐसा अनेक दुख, ऐसा अनेक रक्तप्रवाह पार करना पड़ता है। सिंहासन पर सवार होना क्या कोई मामूली काम है! न जानें इस सिंहासन को किसने बनाया था! पद्मासन विधाता की रचना है, सिंहासन शैतान की!

भारत के उस हृदय-विदारक रोने की मात्र अंजुरी-भर ही लोर महाभारत के स्त्री-पर्व ने रखा है, सारे आँसू समेट सके, ऐसा महाकाव्य और महाकवि सम्भव नहीं।

जो लोग लड़ाई के जबड़े से बच गये थे, उन पर अब महामारी ने पंजा मारा। दुर्भिक्ष ने महामारी के रास्ते को साफ़ कर दिया। कौन पहले और कौन पीछे, यह विचार बेमानी है—ये दोनों शैतान की जुड़वाँ सन्तान हैं। हज़ारों-हज़ार मरे, लाखों-लाख मरे—कौन इसका लेखा रखता है! कोई रोग से मरा, कोई भूख से मरा और कोई दोनों से। महाभारतकार ने इसका हिसाब नहीं रखा, जन-साधारण के दुख ने उन्हें विचलित नहीं किया—वह जन-असाधारण में ही मशगूल रहे। लेकिन शायद नहीं, लगता है मैंने अन्याय किया—जिस दुख की तेज धारा में उतरने से वह तिनके की तरह बह जाते, महाभारत लिखना सम्भव नहीं होता, हम लोग जो भी थोड़ा-बहुत जान सके, यह भी जानना नसीब नहीं होता। आँसू के उसी एक गण्डूष को देखकर आँसू के समुद्र की कल्पना कर लेना असम्भव नहीं है। महाकवि लोग दीया जलाते हैं—चराचर दीखते हैं। अकविजन दावानल जलाते हैं, सब जल मरते हैं—स्वयं भी।

महाभारत की लड़ाई में क्षात्र-शक्ति जड़ सहित नष्ट हो गयी, यह उक्ति बड़ी अधूरी है। यदुवंश क्षत्रियों का था, वे लोग और भी छत्तीस वर्षों तक जीवित थे। और फिर केवल क्षत्रिय लोग ही युद्ध करते थे, ऐसी बात भी नहीं। द्रोण, कृप, अश्वत्थामा आदि ब्राह्मण थे—ये सब भी वीर थे। और क्षत्रिय होते हुए भी राजर्षि जनक खेती करते थे। ये सारे उदाहरण यह बताते हैं कि वर्णभेद के बावजूद कर्म का भेद नहीं था। यद्यपि मोटे तौर पर भेद की रेखा थी। लिहाज़ा यह समझना चाहिए कि कुरुक्षेत्र के मैदान में खेत रहे अठारह अक्षौहिणी लोगों में से ज़्यादातर क्षत्रिय ज़रूर थे, पर दूसरी जाति के लोगों की भी कमी नहीं थी। ब्राह्मण, वैश्य, शूद्र (यदि घटोत्कच को वह कहा जाए) भी मरनेवालों में से थे। केवल एक बात सही थी। भारत के सारे ही राजे इसमें काम आये—वे सब क्षत्रिय थे। इसका नतीजा बड़ा भयंकर हुआ। वह फिर बताऊँगा। अभी दूसरी बात।

देश की रियाया का बहुत बड़ा हिस्सा एकाएक जो ख़त्म हो गया, सो एक बहुत बड़ी शून्यता की सृष्टि हुई। उससे वाणिज्य-व्यापार, खेती-बारी आदि का भार साम्य जाता रहा। मुख्य-मुख्य नगर जनशून्य हो गये, गाँवों में भी लोगों की कमी हो गयी—अनजोते खेत कँटीली झाड़ियों से भर गये। और दो-एक साल के अन्दर नगर और जनपद जंगल होकर जानवरों की वासभूमि बन गये। धरती की माटी पर उद्‌भिद् और श्वापदों का मौलिक अधिकार है। अपने उस अधिकार को उन लोगों ने वापस पाया। प्रजा में से जो लोग भूख और महामारी के चंगुल से बच गये थे, वे जानवरों के पेट में गये। ऐसी स्थिति में, महाशून्यता, महास्तब्धता और महाविषाद में पाण्डवगण निःसपत्न थे। राज्य मिला—युधिष्ठिर गद्दी पर बैठे। दुनिया में ऐसा महाप्रहसन कभी हुआ है या नहीं, सन्देह है।

भारत की इस राष्ट्रीय दुर्बलता की बात बाहर फैलने में देर नहीं लगी। उत्तर-पूर्व

में मेरु, बाह्लीक, गान्धार आदि सरहद के बाहर तथा सरहद के अन्दर के राज्य अब मांसलोलुप भेड़िये की तरह अकुला उठे। पाण्डव-कौरवों के सम्मिलित बाहुबल से अभी तक वे दबे हुए थे। मरते हुए वीर से भी लोग डरते हैं, मरे हुए वीर के पास बढ़ने में भी हिचक होती है। भारत को कमज़ोर, क्षात्र-शक्तिशून्य जानकर भी वे लोग ताक में बैठे रहे। उसके बाद महाभारत की लड़ाई के छत्तीस वर्ष बाद सब प्रकार से खोखले हुए राजा वैराग्य के बहाने नाबालिग़ पोते के कन्धे पर राज्य का भार लादकर स्वास्थ्यकर जलवायु के लिए हिमालय की ओर चल पड़े, तो बाहरी शक्तियों को दुविधा और हिचक भी नहीं रही। हमलावरों द्वारा भारत पर चढ़ाई शुरू हो गयी। महाभारत से पहले भारत कभी बाहरी शक्ति के अधीन नहीं हुआ। उसके बाद से ही आततायियों के लगातार हमले होते रहे, भाई-भाई की लड़ाई का यही चरम परिणाम निकला। इतनी बातें कहने का कारण ठीक जगह पर समझ में आएगा।

2

उस दिन दक्षिण मसान से लौटकर जरती ने खाट पकड़ी। घटनाओं को उसने जाने कितनी बार सिलसिले से पिरोने की कोशिश की, पर कामयाब न हुई। कुछ दूर आगे बढ़ते ही माला टूटकर घटनाएँ बिखर पड़तीं। फिर उन्हें चुनने लगी कि चुनने से पहले ही जाने कब सो गयी। जागकर फिर वही बेकार की कोशिश। बीच-बीच में नींद नहीं आने से सारा मन अवश होकर दुख को अनुभव करने की शक्ति भी जाती रहती। तो क्या दुख की अनुभूति की भूमिका के रूप में ही भगवान ने नींद की सृष्टि की है!

काश्यप की माँ जितनी भी बार आकर पुकार गयी—बिटिया जरती, उठो। मुँह-हाथ धोकर थोड़ा-सा दूध पी लो।

जरती अबोध की नाईं ताकती रही, अर्थ ही उसके दिमाग़ में नहीं आया।

काश्यप की माँ के काम बहुत हैं, उनमें से प्रधान है, सागर-तट से शंख-सीपी बीनकर लाना। उन्हीं से उसकी गिरस्ती चलती है। सो वह बैठी नहीं रह सकी। लौटकर आयी तो भी देखा, जरती वैसी ही विह्वल-सी पड़ी है। नींद और जागरण के बीच जो लावारिस ज़मीन है, उसका मन वहीं चल रहा है।

दक्षिण श्मशान की घटना कैसे-क्या हुई, वह समझ नहीं पायी। ज़रा देर के लिए ही उसने एक बार जरा को देखा था, उसकी वह शक्ल भुलाये नहीं भूलती। तन्दुरुस्त, हट्टा-कट्टा, नीरोग—काले पत्थर का कुन्दा हुआ-सा बदन। सिर पर काले घुँघराले

बालों की कैसी बहार! खिंची हुई आँखें, ठोड़ी के बीच में ज़रा-सा गढ़ा, लोहे के सब्बल-जैसी बाँहें और उनमें शक्ति कैसी! कुल मिलाकर गोरा काले की एक स्थिर घूर्णी। टोले की स्त्रियाँ टकटकी लगाये रहतीं। जरती मन ही मन हँसती—बस, देख-भर लो, पास फटकने की जुर्रत नहीं, वह मेरा है। और, उसकी वह क्या शक्ल देखी उस दिन! इन्हीं दो दिनों में काले में मानों जंग लग गयी है! सिर के वह बाल कहाँ चले गये? वे सफ़ेद-सफ़ेद क्या हैं! अनबूझ नारी क्या समझे कि वह मठे का दाग़ है! दण्ड के तरीके से वह क़तई अनजान जो है! शायद हो कि और कुछ देर तक देखती, लेकिन बीच ही में आँखों में आँसू का परदा आ गया। जल की सृष्टि प्रतिबिम्ब के ही लिए है। पानी की प्रवृत्ति स्वतन्त्र है। वह सब कुछ को छाप लेता है। वह सोचने लगी, यह कैसी मूर्ति! इससे तो नहीं देखना ही बेहतर था! सुन्दर में ऐसा बीभत्स कहाँ छिपा था। लेकिन ज़्यादा सोचने का मौक़ा नहीं मिला। अचानक एक ज़ोरों का हो-हल्ला हुआ और सब गुड़-गोबर हो गया। ज़रा देर के लिए वह शायद सुध-बुध खो बैठी थी। होश आया तो देखा, बग़ल में प्रभुजी खड़े हैं—और सारा मैदान ख़ाली हो गया है।

प्रभुजी ने कहा—उठो बिटिया।

वह बोली—जरा के बिना मैं नहीं उठती।

—जरा को ज़रूर पाओगी। लेकिन आज या कुछ दिन बाद, नहीं कह सकता।

—तो क्या...

—नहीं-नहीं, वह मरा नहीं है।

—तो?

—उसे लोग छुड़ा ले गये हैं।

—कौन लोग?

—ठीक नहीं कह सकता। फिर खोज करूँगा। अभी घर चलो।

प्रभुजी के साथ वह घर लौट आयी।

प्रभुजी ने आवाज़ दी—जाग गयी, बिटिया?

हड़बड़ाकर जरती बोल उठी—जी, मैं जाग गयी हूँ।

बात दरअसल सत्य नहीं थी। जो तमाम रात जागती रही, वह जगे कैसे! जरती बाहर निकली। प्रभुजी को प्रणाम किया। यह उसकी आदत-सी हो गयी है।

प्रभुजी ने हँसकर कहा—बिटिया के प्रातः प्रणाम से मेरा दिन शुरू होता है।

शरमाकर जरती बोली—फिर तो मेरा मंगल ही होगा बाबा।

मन ही मन वह अपने बदले जरा का मंगल कहती। आधा संन्यासी होते हुए

भी प्रभुजी मर्म समझते हैं। वह उस मधुर छलना को समझ गये, बोले—मंगल तो होगा ही बिटिया, मगर मेरे आशीर्वाद से नहीं, तुम्हारे पुण्य से।

—मेरे पुण्य से। जरती अवाक् हो गयी।

—अवाक् क्यों हो गयी, बिटिया?

—मैं एक मामूली व्याध की स्त्री हूँ।

—जिन्होंने गान्धारी, कुन्ती आदि को बनाया है, उन्होंने ही क्या व्याध की स्त्री को नहीं बनाया है? यह जो यहाँ पर गड्ढे में पानी भरा हुआ है, और वह जो महासमुद्र है, दोनों क्या एक ही कारीगर का बनाया हुआ नहीं है?

बातें करते हुए वे समुद्र के पास पहुँच गये थे। उस समय ज्वार की लहरें एक के बाद दूसरी आकर पछाड़ खा रही थीं और बालू पर तरह-तरह के शंख-सीपी-घोंघा बिखरे पड़े थे।

जरती ने कहा—मैं कुछ बीन लूँ बाबा, माँ जी को दूँगी।

—आज का बीनना उसका हो चुका है।

—तो क्या हुआ, कल काम आयेगा।

—क्यों बिटिया, कल क्या इतना बड़ा समुन्दर नहीं रहेगा! कल का काम कल, आज का काम आज।

—जरती इन दोनों को समझ नहीं पाती। इन कई दिनों में भी नहीं समझी।

—सुनो बिटिया, बताऊँ—प्रभुजी ने कहा—शंख-सीपियों के बदले हम दाल चावल लेते हैं, यहीं नहीं, सोच देखो, आज की भूख को खींचकर अगर कल तक ले जाना सम्भव न हो, तो कल के लिए आज क्यों जोड़ें?

जरती ने कहा—लेकिन सब तो यही करते हैं, बाबा।

—कैसे? प्रभुजी ने पूछा।

—खेतिहर अगले साल के लिए धान-चावल जमा रखता है, गृहस्थ भी जिससे जैसा बनता है, रखता है।

—अरी पगली, वे लोग तो खेती पर निर्भर करते हैं। और खेती वर्षा पर निर्भर करती है। जो कि देवता के ख़याल पर है। हमारा समुद्र तो सूखने का नहीं। लेकिन हाँ, बशर्ते कि इस बीच अगस्त्य मुनि की कृपा न हो!—यह कहकर हँस उठे।

जरती को उसकी हँसी बड़ी भली लगती। आँखें और चेहरा ही नहीं, सारा आदमी ही जैसे हँसता रहता है। उस हँसी का हिस्सेदार देह, मन, वाक्य—सभी होता है। सर्वात्मक हँसी में पूरे आदमी का प्रकाश होता है, उसमें फाँकी नहीं चल सकती।

उसके बाद बात बन्द। दोनों समुद्र की ओर बढ़ गये। जरती चुप थी, पर प्रभुजी को उसके मन की बात समझने में असुविधा नहीं थी। कहा—जरा की खोज अभी नहीं मिली है, मगर मैंने उम्मीद भी नहीं छोड़ी है। आदमी लगा रखा है। ढूँढ़ निकालेगा।

—जरती के मुँह से एक कुण्ठित-सा 'किन्तु' निकल पड़ा।

—इसमें किन्तु कुछ नहीं है बिटिया। वह ज़िन्दा है, इसमें मुझे शक नहीं है।

—तो फिर क्यों—

उसकी बात पूरी होने से पहले ही प्रभुजी ने कहा—इसलिए कि पृथ्वी छोटी नहीं है और पृथ्वी में लोगों की संख्या भी असंख्य है।

—उससे क्या हुआ?

—नहीं समझी बिटिया, वह अभी छिपकर रहना चाहता है। कुछ लोग उसे बचाकर ले ज़रूर गये हैं, लेकिन राजा की सज़ा से तो रिहाई नहीं मिली है। छिपकर तो रहना ही होगा।

—तो क्या सदा छिपकर ही रहना होगा?

—राजदण्ड तो सदा का लेखा नहीं रखता।

—सदा का लेखा फिर किसका है बाबा?

—जो राजा के राजा हैं, उनका। भगवान का।

—वासुदेव ?

—वासुदेव कह सकती हो। हर्ज़ नहीं है।

—तो उनकी कहो। सुनने में बड़ा अच्छा लगता है।

—इसके बाद वे घर की ओर लौटे।

—प्रभुजी ने बढ़ा-चढ़ाकर नहीं कहा। जरा की खोज में उसने जगन्नाथ को लगा रखा है। जगन्नाथ की गति तमाम है। उसका मिलना-जुलना सबसे है। वह ज़रूर ही जरा को ढूँढ़ निकालेगा। जरा ज़िन्दा है, इस विषय में सचमुच ही प्रभु जी को कोई सन्देह नहीं था।

3

शाम को कुटिया के बाहर बरगद के नीचे तीनों जने बैठे—प्रभुदयाल, अदिति, जरती। तरह-तरह की चर्चा। शास्त्र-पुरान, कौरव-पाण्डव, वासुदेव—कितने ही विषयों की बात। जरती अवाक् होकर सोचने लगी—दुनिया में इतनी बातें हैं! कहाँ, वह तो कुछ भी नहीं जानती! बात करते-करते साँझ ढल गयी, रात के एक के बाद दूसरे पहर निकले, आसमान में तारों की संख्या बढ़ने लगी। ऐसा ही चलता। अँजोरिया पाख होता तो आकाश में चाँद चमक उठता, अँधरिया पाख में लहरों के माथे पर हज़ार माणिक जल उठते।

प्रभुदयाल ने पूछा—जरती बिटिया, अनन्त नाग के हज़ार फन की बात सुनी है न, आज अपनी आँखों देख लो।

—कहाँ बाबा?—जरती सचेतन-सी हो उठी—कहाँ?

अब तक उसका ध्यान और तरफ़ था, यद्यपि हवा में अर्थ खोकर शब्द उसके कानों में पहुँच रहे थे। अब उसने कौतूहल से पूछा—कहाँ बाबा?

—वह...समुद्र में।

जरती ने सुन रखा था, समुद्र में ही कहीं अनन्तनाग रहता है।

—कहाँ?

—वह ! हज़ार लहरों के फन, लहर-लहर पर खद्योत-से जलते माणिक।

जरती की आशा टूट गयी। यही अनन्तनाग है! यह तो अँधेरी रात में वह सदा देखती रही है।

प्रभुदयाल उसकी आशा टूट जाने को ताड़ गये। कहा—बेटी, शास्त्रकार मामूली-सी चीज़ को देखकर असाधारण कल्पना करते हैं—इससे बड़ी शक्ति तो दूसरी नहीं है। इसलिए तो वे नमस्य हैं।

जरती ने पूछा—शास्त्रकार क्या सब कुछ जानते हैं?

—ज़रा पगली की बात सुनो! सभी बातें जान सकते हैं भला! पर बहुतों से ज़्यादा जानते हैं।

—एक बात पूछूँ बाबा, बिना जाने पाप करने का भी फल भोगना पड़ता है? शास्त्रकार तो यह ज़रूर जानते होंगे?

—तो तुम्हें बता ही दूँ, शास्त्रकारों का अन्तिम निष्कर्ष है—निश्चयता नाम की कोई चीज़ नहीं है।

जरती ने ज़ोर देकर पूछा—जाने बिना पाप किये का फल क्यों भोगना होगा।

—नन्हा बच्चा आग का स्वभाव नहीं जानता, मगर हाथ तो उसका जलता है।

जरती को इसका ठीक जवाब ढूँढ़े नहीं मिला।

कितनी ही बार उसने मन में सोचा, जरा ने जान-बूझकर तो वासुदेव को नहीं मारा, तब फिर उसकी ऐसी दुर्गत क्यों? प्रभुदयाल के यहाँ पनाह लेकर एक दिन वह छिपकर अपना घर देखने गयी थी। सब ख़ाक हो चुका था!

प्रभुजी ने कहा—बिटिया, जरा ने बिना जाने वासुदेव को मारा लेकिन तुम्हारा घर क्यों जल गया?

जरती अवाक् हो गयी—प्रभुजी ने कैसे जाना।

—इतना समझने में प्रभुजी को कोई कठिनाई नहीं। अरी बिटिया, घर की माया और बरगद की छाया मन को ज़रूर खींचती हैं। मैं जानता था कि तुम ज़रूर जाओगी। तुम्हारा चेहरा देखकर मैं समझ गया कि तुम्हारा घर-द्वार नहीं रहा। हमारी

दुनिया तो देख ही रही हो, सिर के ऊपर एक छप्पर है, पकाने-चुकाने को एक चूल्हा। फिर भी जब यहाँ आता हूँ, जी शान्त होता है। होता है न काश्यप की माँ!

काश्यप की माँ ताड़ के पत्ते की चटाई बुन रही थी। उस काम में उसका हाथ इतना मँज गया है कि वह अँधेरे में भी मज़े में बुनती चली जाती है। प्रभु ने मज़ाक़ किया—सोते में भी बुन सकती है!

काश्यप की माँ के जवाब देने के पहले ही प्रभु जी ने सामने की ओर देखकर पूछा—क्यों जगन्नाथ, कुछ सुराग़ मिला?

जगन्नाथ जाने कब उपछाया-सा आकर खड़ा हो गया था।

उसने प्रणाम करके कहा—चारों ओर आदमी भेजा है। मैं ख़ुद भी खोज रहा हूँ। दो-एक दिन में कोई किनारा पाऊँ शायद।

जरती उत्कण्ठित हो उठी।

जगन्नाथ ने कहा—अब तक ख़बर मिल जाती, लेकिन राजधानी की जो हालत है बाबा, सब कुछ बेख़बर, लापता।

—सुनता हूँ सब। बैठो।

जगन्नाथ ने कहा—नगर अब नाम को ही राजधानी है। बाज़ार में गया, तो सुना, वासुदेव शायद योग से देह रेखेंगे, सभी रानी माँएँ चिता में जलकर स्वर्ग जाएँगी।

—और महाराज?

—वह अर्जुन का इन्तजार कर रहे हैं। यदुवंश के स्त्री-बच्चों को उन्हीं के हाथों सौंपकर महाराजा भी योग से मरेंगे।

और क्या सुना?

—बात तो बहुत-बहुत सुनी। सुना कि यदुवंश की स्त्रियों के नगर से जाते ही समुद्र आकर नगर को निगल जाएगा।

—लोग-बाग की मति-गति कुछ समझ पाये?

—बहुतेरे लोग बाल-बच्चों का हाथ थामकर गाँवों की तरफ़ चल दिये हैं। रोज ही जा रहे हैं।

—क्यों भला? यह समुद्र के नगर-ग्रास की बात उनके कानों गयी है क्या?

—सो नहीं कह सकता। कानों गयी भी होती तो वे यक़ीन नहीं करते।

—तो

—यहाँ आख़िर रहेंगे कैसे? चावल-दाल, कपड़ा, साग-सब्ज़ी का दाम दस गुना बढ़ गया है।

महँगाई एकाएक इतनी बढ़ क्यों गयी? सामान सब चुक गये?

—नहीं बाबा, गोदामों में माल छिपाकर लोग कहते हैं, माल नहीं है। कभी कहते हैं, महाजन ने क़ीमत बढ़ा दी, तो हम क्या करें? राजा के नहीं रहने से जो होता

है, वही। और क्या!

—क्यों, महाराज तो अभी जीवित हैं!

—बाबा, राजा तो आख़िर दस आदमी को लेकर राजा है। मन्त्री, सन्तरी, फ़ौज-पलटन सब ग़ायब हों तो अकेले राजा क्या?

—तब तो बड़ी चिन्ता की बात हो गयी।

—यह भी सुना कि अब शायद किंजल्क ठाकुर के लोग शासन करेंगे।

—किंजल्क! प्रभुदयाल चौंक उठा।

दोनों जने के बहुत वर्षों का कूड़ा-कतवार साफ़ होकर जवानी की शुरुआत की बातें आँखों में नाच गयीं। उसकी और सहयोगी अनन्त की। अध्ययन के अन्तिम अध्याय के रूप में वेदान्त का पाठ लेने के लिए समन्तपुर के वेदान्तिक अध्यापक महानन्द स्वामी की चतुष्पाठी में गये थे। वहाँ उसे सहपाठी मिला अनन्त। दोनों तरुण, दोनों ही शास्त्रज्ञ और दोनों ही देदीप्यमान। लेकिन अनन्त जैसे सवाया हो। उसके चेहरे पर, आँख-मुँह में जैसे उस्तरे की तेज़ धार चमकती हो। उसकी ओर देखे बिना रहा नहीं जा सकता, गो कि ज़्यादा देर ताकना कठिन। दोनों में प्रायः होड़-सी होती। लेकिन यहाँ हुआ उलटा—दोनों गहरे दोस्त हो गये। आचार्य ने नाम दिया अनन्त और सान्त।

कुछ दिनों के बाद अनन्त ने प्रस्ताव किया—भाई प्रभु, गुरु के यहाँ रहना कुछ दिन बाद, अभी सहपाठी के यहाँ चलो।

अनन्त कुछ साल पहले विवाहित संसारी हो चुका था, प्रभुदयाल अनब्याहा था। गुरु की अनुमति लेकर सब कुछ समेटकर प्रभुदयाल अनन्त के यहाँ चला आया। अनन्त के स्त्री थी, एक बच्चा था। आनुष्ठानिक रूप से कोई नाम नहीं रखा गया था, इसलिए लोग उसे जो चाहे जिस नाम से पुकारा करते। कोई कहता चटक, कोई कपोत तो कोई और कुछ। जब जो जी में आ गया। अनन्त यदि हीरे का ढेला था तो उसका बच्चा हीरे का टुकड़ा। हर वक़्त झकमक। प्रभुदयाल के दिन मज़े में बीत रहे थे। अध्ययन करके जो भी समय बचता, वह बाप-बेटे में बँट जाता। ज़्यादा शायद बेटे के ही हिस्से आता।

अनन्त ने कहा—प्रभु, बच्चे का कोई ज़ोरदार नाम चुनकर रख दो कि सदा टिका रहे।

प्रभु ने कहा—अरे भैया, नाम का टिकना देनेवाले पर नहीं, लेनेवाले पर निर्भर करता है। देखो न, वासुदेव ऐसा क्या ज़ोरदार नाम है, लेकिन सदा के लिए रह जाएगा।

—अरे भाई, उन देवता-अवतारों की छोड़कर आदमी पर आओ।

—ख़ैर, जोरदार न सही, ऐसा कुछ असाधारण-सा रखो कि जो रहेगा ही।

प्रभु ने कहा—हाँ, यह एक बात हुई। ठहरो, ज़रा अमरकोश को पलटकर देख लूँ।

दूसरे दिन सवेरे प्रभु ने कहा—अनन्त, मैंने तुम्हारे लड़के का नाम ठीक कर लिया।

—सपने में मिल गया क्या?

—क़रीब-क़रीब वही समझो। किंजल्क नाम कैसा रहेगा?

सुनते ही अनन्त को जँच गया। बोला—बिलकुल असाधारणता में असाधारण। सुनने के बाद भुलाया नहीं जा सकता और अर्थ भी कोमल।

—और, सबसे बड़ी विशेषता यह है कि इससे पहले किसी आदमी का यह नाम नहीं रखा गया।

अनन्त ने कहा—इसके बाद भी कोई नहीं रखेगा।

—क्योंकि ऐसा भीम-साहस और किसी बेटे के बाप का नहीं होगा।

अनन्त ने कहा—पिता को हो भी तो माँ के डर से उस साहस से बाज़ आना पड़ेगा।

प्रभु ने हँसकर कहा—इस मामले में भी वही होगा क्या? फिर तो इतना अच्छा नाम पानी में ही गया!

—डरने की बात नहीं। पत्नी को मैं राज़ी कर लूँगा। असाधारणता की ओर उसका बड़ा झुकाव है।

उसके बाद हँसकर बोला—तुमसे ही शुरू हुआ है क्या?

प्रभु ने फिर कहा—देखो भाई अनन्त, बहुत दिनों के बाद कहीं तुम्हारे बेटे से भेंट होगी, तो पहचानने का उपाय नहीं रहेगा। यह नाम ही एक सहारा रहेगा।

उसके बाद कुछ सोचकर बोला—देख लेना, तुम्हारा यह लड़का विद्या, बुद्धि, मनीषा में तुम्हें पीछे छोड़ जाएगा।

—और नाम की उस ज़ोरदारी से असाधारणता को भी, क्यों प्रभु?

जो भी हो, नाम आख़िर रह गया। अब सब किंजल्क कहकर ही पुकारते हैं। अच्छे से अनोखे की तरफ़ आदमी का आकर्षण ज़्यादा होता है। कामधेनु से ज़्यादा भीड़ पाँच टाँगोंवाली गाय के पास जमती है।

—खाने का समय जो हो गया।—अदिति ने कहा।

खाकर प्रभुदयाल लेटा, मगर नींद नहीं आयी। जगन्नाथ ने जिसका ज़िक्र किया, वह किंजल्क ठाकुर कौन है? जो नाम और किसी का नहीं होगा, यह सोचकर उसने अनन्त के बेटे का नामकरण किया था, वही अजीबो-ग़रीब नाम और भी किसी का है! या जगन्नाथ का किंजल्क ठाकुर वही लड़का है? जगन्नाथ ने यह भी कहा था, ऐसा कोई काम नहीं जो किंजल्क और उसकी जमात के लोग नहीं कर सकते। उस

दिन राजधानी को उन्हीं लोगों ने लूटा था। इस हलके में राहजनी, लूटपाट, ख़ून की जितनी भी घटनाएँ होती हैं, सब उन्हीं लोगों की करतूत है। जगन्नाथ ने बताया उनकी ये हरक़तें बहुत दिनों से जारी हैं, पर जब तक वासुदेव रहे, ज़रा छिप-छिपाकर होती रहीं, अब खुलेआम चलने लगी हैं।

प्रभुदयाल ने पूछा—क्यों, राजा?

—राजा को उन लोगों ने कभी कुछ नहीं लगाया। अब तो वह नाम के ही राजा हैं। यह ज़िक्र ही छोड़िए बाबा।

उनींदा प्रभुदयाल सोचने लगा, उस दिन का वह सीधा-सादा और निष्पाप किंजल्क ही क्या आज के समाज-विरोधियों का नेता है! नहीं! यह हरगिज़ नहीं हो सकता।

और, तुरत उसे अनन्त की उद्वेग-भरी बात याद आ गयी। उसने कहा था—भाई प्रभु, तुम सज्जन और पण्डित हो, मेरे मित्र हो, तुम्हारा आशीर्वाद कभी बेकार नहीं जा सकता। वह शायद दिग्विजयी पण्डित होगा। लेकिन—

—तुम्हारे मन में यह लेकिन क्यों अनन्त?

—इसका वाजिब कारण है।

—कौन-सा कारण, खोलकर ही कहो न!

अनन्त ने कहा—हमारे ख़ानदान में या तो दिग्विजयी पण्डित होता है, या खूँख़ार समाजद्रोही।

—यह तुम क्या कह रहे हो, अनन्त?

सच ही कह रहा हूँ। अपने ख़ानदान की कोई निन्दा भी करता है! मेरे पिता दिग्विजयी चारों वेदों के ज्ञाता पण्डित थे, परन्तु मेरे दादा और परदादा ख़ूनी लुटेरे थे। इसी जुर्म में उन दोनों को शूली की सज़ा दी गयी। लेकिन चूँकि ब्राह्मण थे, इसलिए प्राणदण्ड तो नहीं हुआ, दोनों को पहाड़ी प्रदेशों में निर्वासित किया गया। उस इलाक़े में अभी भी उनके नाम से लोग थर-थर काँपते हैं।

—पुरानी बातें छोड़ो। तुम तो साधु व्यक्ति हो, पण्डित हो। अपने बेटे के बारे में तुम ऐसी आशंका क्यों कर रहे हो ? मेरा तो ख़याल है, पहले जो भी हुआ हो, अशिक्षा और बुरी संगति से हुआ होगा, पर तुम्हारे बेटे के बारे में ऐसी आशंका की कोई वजह नहीं है।

—तुम्हारा आशीर्वाद सत्य हो, पर दूसरी ओर कठोर नियति जो है।

—यह तो पहेली-सी लग रही है अनन्त, खोलकर बताओ, यह दूसरी ओर क्या है?

अनन्त ने कहा—लहू का प्रभाव। हमारे वंश के लहू में प्रतिभा का बीज है। उसमें कभी अमृत फल फलता है, कभी विष-फल। पाण्डित्य और दस्युपना एक ही

शक्ति का रूपान्तर है। हम लोगों के लहू में एक ही साथ आशीर्वाद और अभिशाप है। हमारे वंश के किसी को भी इससे छुटकारा नहीं।

—आख़िर तुम कहना क्या चाहते हो कि हम सब ख़ून के प्रभाव से चलने को मज़बूर हैं? स्वाधीन इच्छा नाम की हमारी कोई सत्ता ही नहीं?

—संक्षेप में इसका उत्तर—है और नहीं है।

प्रभुदयाल ने कहा—विस्तार से ही कहो।

—किसी धनी के यहाँ नाच की महफिल में ज़रूर ही देखा होगा कि सभा में ठसाठस भीड़ है। न स्थानं तिलधारणं। लेकिन बीच में ख़ासी थोड़ी-सी जगह खाली रहती है। आख़िर क्यों भला, उतनी ही जगह ख़ाली क्यों? अरे, वहाँ पर नाच जो होगा। हम लोगों के जीवन का ढाँचा मोटामोटी लहू के प्रभाव से निर्दिष्ट होता है। वहाँ ज़रा भी स्वाधीनता नहीं; हाँ, बीच में थोड़ी-सी ख़ाली जगह होती है। वहीं पर आज़ाद ख़याल का खेल होता है। भाई प्रभु, मैं जो बना, वह मेरे पुरखों के लहू के शासन का नतीजा है—अच्छा और बुरा, दोनों। अब समझ गये कि किंजल्क के लिए मुझे चिन्ता क्यों है?

बहुत पहले की बात है। हाँ, लगभग तीस साल पहले की होगी। प्रभुदयाल को याद आ गयी। स्वाभाविकतया मन चंचल हो उठा। नींद न आए तो नींद को दोष नहीं दिया जा सकता। उस अजीब नाम की याद ने बहुत-बहुत पहले की राख दबी स्मृति को उकसाकर जगा दिया। अनन्त का घर और समन्तपुर की चतुष्पाठी को छोड़ने के बाद अनन्त से फिर कभी उसकी भेंट नहीं हुई। मगर उससे क्या जाता आता है, मन ही में तो ब्रह्माण्ड है! पुरखों से लेकर आगे आनेवाले सभी लोग—सब कुछ तो स्मृति और आशा रूप में मन के ब्रह्माण्ड में मौजूद है।

सारी रात उसके मन में अन्धे चमगादड़ की तरह यह बात चक्कर काटती रही—यह किंजल्क कौन है! जो राजा की जगह अपना शासन क़ायम करना चाहता है! जगन्नाथ से उसने सुना कि वह आदमी ऐसा ज़बरदस्त है, उसकी जमात इतनी बड़ी और बेरहम है कि वह सहज ही शासन परिमण्डल गढ़ सकता है। किंजल्क के बारे में उसे कौतूहल तो था, पर असली जिज्ञासा उसे जरा की थी। जगन्नाथ को उसकी खोज-ख़बर के लिए कहा था। प्रभु का ख़याल था, जरा ज़िन्दा है! और उसी क्षण उसके जी में यह बात गड़-सी गयी, कहीं वह वास्तव में किंजल्क की जमात में हो! वैसे किसी दुस्साहसी दल के सिवा उस दिन उसे छुड़ाकर कौन ले जा सकता था!

प्रभु ने यद्यपि जरा की उम्मीद नहीं छोड़ी थी लेकिन जरती ने उसके जीवित होने की आशा मन के भीतर से निकाल दी थी, केवल मन के ऊपर-ऊपर आशा कुछ

रह गयी थी। जो नाव पूरी की पूरी नदी में डूब गयी, उसके मस्तूल का निशान अभी भी आशा की हवा में हिल रहा था।

4

उस दिन साँझ को जरती ने कहा—बाबा, आज कुछ वासुदेव की बात बताइए।

प्रभुदयाल ने ऐसे ही प्रश्न की उम्मीद की थी, लेकिन जरती पूछे, इस इन्तज़ार में था। बहुत दिनों के अनुभव से उसने देखा है, मन में किसी विषय का उत्थापन प्रश्न जगे बिना और खाना भूख के बिना—किसी का नतीजा अच्छा नहीं होता। यद्यपि वह जानता था कि जरा जीवित है, मगर दैव की बात कही नहीं जा सकती। जरती का मन अगर भगवद्मुखी हो तो यह अच्छा ही है।

प्रभु ने कहा—वासुदेव की कथा का क्या अन्त है बिटिया, सोचता हूँ, कहाँ से शुरू करूँ?

जरती ने कहा—तत्त्व कथा की मैं क्या जानूँ बाबा! जो बातें मेरी समझ में आएँ, वही कहिए।

—अच्छी कही बिटिया। तत्त्वों की मैं ही क्या जानूँ।

यह कहकर उसने आरम्भ किया—वासुदेव की मुझपर बड़ी कृपा थी। कुरुक्षेत्र की लड़ाई में जाने के पहले बोले—प्रभुदयाल, तुम साथ चलो।

मैंने कहा—प्रभो, आप जब कह रहे हैं, तो मैं जाऊँगा। आपका अनुरोध, आदेश है। लेकिन भगवन्, वहाँ जाकर मैं करूँगा क्या, लड़ाई-वड़ाई का तो मैं कुछ भी नहीं जानता। मैं तो एक निरीह ब्राह्मण हूँ।

मेरी बात सुनकर वासुदेव हँसकर बोले—ओह! हँसी कैसी वह, पल में मन के अन्दर रोशनी जल उठी, बोले—द्रोणाचार्य, कृपाचार्य, अश्वत्थामा ये भी तो ब्राह्मण हैं, लेकिन हाँ, तुम्हारी तरह निरीह नहीं हैं। डरो मत, प्रभुदयाल, तुम्हें हथियार नहीं पकड़ना होगा, युद्धभूमि में भी नहीं जाना होगा, तुम उपप्लव्य नगर में रहना, वहाँ पाण्डव रमणियाँ रहती हैं।

इसके बाद क्या कहूँ, चला वासुदेव के साथ। समय पर उपप्लव्य नगर में पहुँचा। वासुदेव की कृपा से मुझे किसी तरह की असुविधा नहीं हुई।

जरती को इस महायुद्ध का विवरण सुनने की बड़ी उत्सुकता थी। पूछा—कभी युद्धक्षेत्र में गये थे क्या बाबा?

—क्यों नहीं! मगर सिर्फ़ दो दिन। एक दिन युद्ध शुरू होने के पहले और एक

दिन युद्ध ख़त्म हो जाने पर। वासुदेव ने कहा—प्रभुदयाल, युद्ध नहीं किया, न सही, लेकिन एक बार युद्धभूमि को देख आने में क्या हर्ज़ है!

उसके बाद उसने शुरू किया—क्या बताऊँ बिटिया, वर्णन करने की भाषा नहीं है। कुरुक्षेत्र के मैदान का ओर-छोर नहीं है। बहुत पहले एक बार तीरथ के लिए वहाँ गया था। उस दिन जाकर देखा, उस मैदान की शक्ल ही बदल गयी। दोनों तरफ़ बड़े-बड़े सफ़ेद तम्बू, हाथी, घोड़ा, रथ, पैदल सिपाही गिसगिस कर रहे हैं। और कितने क़िस्म के हथियार, पूछो मत। देखना तो दूर, उनके नाम तक नहीं जानता। मैं तो मारे डर के बिटिया, दूर ही दूर रहा, क्या पता, कब कौन-सा आकर लग जाये! सब्बल, कुल्हाड़ी, कुदाल, हल के होते हुए आदमी हथियार क्यों बनाता है, मैं नहीं समझता। और तुमसे क्या कहूँ, योद्धाओं की साज-पोशाक कैसी! सिर से पाँव तक वर्म-चर्म से ढका। उस पर धूप पड़ने से सब झकमक। देखना मुश्किल। मैं तो दूर से ही नमस्कार करके सही-सलामत लौट आया।

जरती ने पूछा—और लड़ाई ख़त्म होने पर एक दिन गये थे?

एक लम्बा निःश्वास छोड़कर प्रभुदयाल ने धीरे-धीरे शुरू किया—उस दिन नहीं गया होता, वही अच्छा होता। लेकिन न करने की गुंजाइश कहाँ थी, वासुदेव का आदेश। क्या देखा था और क्या देखा! समझ गया, सब वासुदेव की लीला है। आँखों में उँगली डालकर उन्होंने युद्ध की सूचना और उसका नतीजा दिखा दिया। सवेरे ही वासुदेव ने कहा—चलो प्रभुदयाल, आज एक बार रणक्षेत्र देख आओ। उस दिन देखा था, आज भी एक बार देख लो।

प्रभुदयाल कहता गया—वासुदेव के साथ रथ पर चला। जब कुरुक्षेत्र के पास पहुँचा कि कानों में विलाप करने की ध्वनि आयी। वह रोना जैसे धरती के गर्भ से विराट एक जलस्तम्भ की नाईं आसमान की ओर उठ रहा था—न तो उसकी जड़ देख पा रहा था, न ही देख पा रहा था उसकी फुनगी। बाद में समझा, जलस्तम्भ ही है! जितने कौरव वीर खेत रहे थे, उनकी स्त्रियों, माताओं, बहनों के जमा आँसू भाप के स्तम्भ-सा आकाश की ओर उठकर सिर कूट रहा था।

—किसके पैरों जी?—यहीं अदिति पहली बार बोली, अब तक वह चुप थी।

—किसके पैरों, सो कैसे कहूँ, उस पार क्या है क्या पता!

यह भयंकर कहानी सुनने के लिए न सिर्फ़ दो स्त्रियाँ, बल्कि आसमान के सारे सितारों ने भी संयत होकर आसन लगाया, भाटे के समुद्र ने अपना कल्लोल बन्द कर दिया। कहाँ तक कहें, चराचर व्यापी निस्तब्धता साँस रोके उत्कण्ठित हो रही।

प्रभुदयाल कहता रहा—राजमाता गान्धारी का विलाप बहुत पहले ही सुना था, वह आँसू से आज भी मन में अंकित है। पानी-जैसा पैना और कुछ है क्या, बिटिया! उसके कोमल स्पर्श से संगमरमर का पहाड़ फट जाता है। इस दुनिया में जो कुछ भी जितना कोमल है, उतना ही कठिन है।

गान्धारी ने दूर से दिव्य चक्षु से उस भीषण रणभूमि को देखा। उन्होंने कृष्ण से कहा—देखो, ग्यारह अक्षौहिणी के मालिक दुर्योधन गदा को गले लगाकर लहूलुहान शरीर लिये पड़ा है। मेरे बेटे की मौत से भी मेरे लिए दुखदायी यह है कि नारियाँ मरे हुए पतियों की परिचर्या कर रही हैं। लक्ष्मण की माता दुर्योधन की पत्नी माथा पीटकर पति की छाती पर लोट रही है। मेरी पति-पुत्रविहीना बहुएँ बिखरे केशों रणभूमि की ओर दौड़ी जा रही हैं। माथारहित देह और देहरहित माथा देखकर बहुतेरी मूर्च्छित होकर गिर पड़ी हैं। उधर देखो, मेरे पुत्र विकर्ण की जवान स्त्री मांस लोभी गिद्धों को भगाना चाह रही है, पर भगाते बन नहीं रहा है। तुम स्त्रियों के रोदन का निदान सुनो, कृष्ण! जानवरों ने मेरे बेटे दुर्मुख के मुँह को आधा खा लिया है। केशव, लोग जिन्हें अर्जुन या तुमसे डेढ़ गुना ज़्यादा शौर्यशाली समझते थे, वह अभिमन्यु भी मारे गये। विराट-कन्या छोटी-सी उत्तरा शोकाकुल होकर पति के बदन पर हाथ फेर रही है।

उत्तरा विलाप कर रही है—वीर, हमारे मिलन के कुल छः ही महीने बाद तुम मारे गये। वह देखो, मत्स्यराग कुल ललनाएँ उत्तरा को वहाँ से हटा ले जा रही हैं। हाय, कर्ण की पत्नी बेहोश होकर ज़मीन पर पछाड़ खा गयी है—जानवरों ने कर्ण के शरीर को बहुत थोड़ा-सा ही बचा रहने दिया है। गिद्धों और सियारों ने सिन्धु-सौवीरराज जयद्रथ के शरीर को खा लिया है। मेरी पुत्री दुःशला आत्महत्या करने की कोशिश कर रही है और पाण्डवों को गालियाँ दे रही है। अहा, वह देखो, अपने पति के मस्तक को न पाकर दुःशला चारों ओर दौड़ती फिर रही है। वहाँ पर ऊर्ध्वरेता सत्यप्रतिज्ञ भीष्म तीरों की सेज पर सोये हुए हैं। द्रोणपत्नी कृपी विह्वल होकर पति की सेवा कर रही हैं—जटाधारी ब्राह्मणगण द्रोण की चिता तैयार कर रहे हैं। कृष्ण, वह देखो, शकुनि को गिद्धों ने घेर लिया है। यह दुर्मति भी चूँकि हथियार से मारे गये इसलिए स्वर्ग जाएँगे।

उसके बाद गान्धारी बोलीं—मधुसूदन, तुमने यह लड़ाई होनें क्यों दी? तुम्हें सामर्थ्य है। तुम्हारे पास विराट सेना है। दोनों ही तरफ़ के लोग तुम्हारी बात मानते। फिर भी तुमने कुरुकुल के विनाश की परवा नहीं की, इसका फल तुम्हें भोगना पड़ेगा। पति की सेवा करके मैंने जो तपोबल पाया है, उससे मैं तुम्हें अभिशाप दे रही हूँ, तुमने जब कौरव-पाण्डवों के विनाश की कोई चिन्ता नहीं की, तो अपने सगे-सम्बन्धियों का भी तुम विनाश करोगे। छत्तीस साल के बाद तुम सगे-सम्बन्धी विहीन, पुत्रहीन और वनचारी होकर निकृष्ट उपाय से मारे जाओगे। आज भरतवंश की नारियाँ जिस तरह से ज़मीन पर लोट रही हैं, इसी तरह से तुम लोगों की स्त्रियाँ भी लोटेंगी।

महामना वासुदेव ज़रा हँसकर बोले—देवी, आप जो कह रही हैं, मैं जानता हूँ।

जो अवश्यम्भावी है, आपने उसी के लिए अभिशाप दिया है। वृष्णिवंश का संहार करनेवाला मेरे सिवा और कोई नहीं। यादवगण आदमी और देव-दानवों के अवध्य हैं, वह आपस में ही मरेंगे-मारेंगे। कृष्ण की यह उक्ति सुनकर पाण्डवगण बेचैन और जीवन के सम्बन्ध में निराश हुए।[1]

प्रभुदयाल बहुत पहले ही रुक गये पर श्रोताओं का आग्रह नहीं रुक सका। उन्हें लग रहा था, कथा अभी बाक़ी है। जो कथा ख़त्म होकर भी ख़त्म हुई नहीं लगती है, काव्य उसी पर होता है। सारा आकाश उस निर्दयी दुख और वेदना से दुख रहा था। और, समुद्र के हलके हलकोरों में वह अतल रोदन घुमड़-घुमड़ उठता था। तो क्या समुद्र आँसुओं का बना है। हो भी सकता है। दोनों का ही स्वाद लोना है।

ऐसे समय जगन्नाथ आकर कुछ दूर पर खड़ा हो गया। उसे देखकर प्रभुदयाल उठ गया। दोनों और कुछ दूर जाकर खड़े हुए। पूछा–क्या ख़बर है, जगन्नाथ?

जगन्नाथ ने कहा–आज मैं सारी ख़बर ले आया हूँ बाबा। राजधानी के पश्चिम की ओर जो लाटू पहाड़ है, उसी की गुफ़ा में आज ही रात किंजल्क ठाकुर के लोग जरा को राजतिलक देंगे।

–राजतिलक किसलिए?

–वे लोग शायद उसी को राजा बनाएँगे।

–महाराजा उग्रसेन के रहते!

–वे कहते हैं, महाराजा की राजागिरी गयी, अब वह हाथ-पाँव कटे आदमी हैं।

प्रभुदयाल ने पूछा–उनके दल में कितने लोग हैं?

–लोगों की क्या कमी है बाबा! राज्य के सारे शोहदे-बदमाश उसी के दल में हैं। हज़ारों-हज़ार होंगे।

प्रभुदयाल ने पूछा--यानी तुम कहते हो, उनका सरदार किंजल्क है?

–हाँ बाबा, सभी लोग यही जानते हैं।

–उस आदमी को तुमने देखा है?

–सबने देखा है। आपने जो देखा है।

–देखा है।–प्रभुदयाल चौंक उठा। लेकिन यह अजीब नाम कभी सुना है, ऐसा तो ख़याल नहीं आता!

जगन्नाथ ने कहा–इस नाम से बहुत कम ही लोग उसे जानते हैं। वह सबके लिए खट्टास नाम से परिचित है।

गज़ब है!–प्रभुदयाल फिर चौंका। अपने तईं ही बोला–किंजल्क ही खट्टास है। तब तो अनन्त की आशंका झूठ नहीं हुई! उसके बाद जगन्नाथ से पूछा–तो वह खट्टास के चंगुल में पड़ गया है! फिर तो ख़ैर नहीं है।

---

1. महाभारत –सारानुवाद–राजशेखर बसु।

जगन्नाथ ने कहा—और चाहे जो कीजिए बाबा, आप कहीं वहाँ अकेले न पहुँच जाइए। वे लोग ऐसे हैं कि ऐसा कोई काम नहीं, जो नहीं कर सकते।

कुछ देर चुप रहकर प्रभुदयाल ने कहा—मेरी फ़िक्र न करो। अभी तुम जाओ। कल शाम को एक बार भेंट कर लेना।

5

—तुमने तो बेहद परेशान किया! न-न-न।

—नहीं खट्टास भाई, मैंने अपराध किया है।

—अपराध नहीं, जो किया है, वह अहमक़पना है। अभी भी कर रहे हो।

—कह क्या रहे हो! मैंने क्या नर-हत्या नहीं की है? देवता को नहीं मारा है?

—देख लो, फिर से वही अहमक़पना शुरू हो गया।

—क्यों?

—क्यों क्या? न्याय शास्त्र पढ़ा होता, तो समझते कि दो परस्पर विरोधी सत्य सही नहीं होते। अच्छा ही किया, बहुत समय बच गया। न्याय, सांख्य, वेद-वेदान्त सबको घोलकर पी जाने के बाद समझा है कि यह विश्व-ब्रह्माण्ड और कुछ नहीं, अँगूठा है।

—कहते क्या हो भाई, आख़िर लोग टोल में पढ़ने क्यों जाते हैं?

—जाने के कारण हैं। काम नहीं है, इसलिए जाते हैं, बाप की बकझक से जाते हैं।

उसे पूरा मौक़ा कहने का न देकर जरा ने पूछा—तुम क्यों गये थे?

—मेरे पिता बहुत बड़े पण्डित थे। मुझे भी पण्डित बनाने की कामना थी। इसलिए कान पकड़कर मुझे टोल के पण्डित जी के पास लिवा गये। नतीजा उल्टा निकला। दूसरे लोग वहाँ से पण्डित होकर निकलकर विश्व-ब्रह्माण्ड में वराभय मुद्रा देख पाते हैं। और मैंने देखा अँगूठा दिखाने की मुद्रा—यह कहकर वह हँस उठा। वही लकड़ी चीरने-जैसी हँसी।

—भैया, अपनी यह हँसी बन्द करो।

फिर हँसकर वह बोला—क्यों, मीठी नहीं लगती है, क्यों! ख़ैर मैं हँसी बन्द करता हूँ, मगर तुम भी अहमक़ी बन्द करो।

—मेरी अहमक़ी कहाँ देखी तुमने?

उलटी-पुलटी बातें जो कर रहे हो—नर-हत्या और देव-हत्या!

—ख़ैर समझा दो।

—इतना तो समझते हो कि एक ही साथ एक आदमी आदमी और देवता दोनों नहीं हो सकता है। अगर तुमने आदमी को मारा है, तो देवता को नहीं मारा; और, देवता को तो ख़ैर मारा ही नहीं जा सकता। सुना नहीं है, देवता अमर होते हैं!

—भैया वासुदेव तो देवताओं के देवता, स्वयं भगवान हैं।

—सुन लो बात! आदमी गया, देवता गया, अब आ गया भगवान! अच्छा तो मैं साबित किये देता हूँ कि यह आदमी भगवान नहीं था। इतना तो जानते हो कि भगवान का जन्म नहीं होता, मृत्यु भी नहीं होती। तो, यह जब वसुदेव के घर पैदा हुआ और तुम्हारे तीर से मारा गया, तो साफ़ साबित हो गया कि यह भगवान हो ही नहीं सकता।

—मान लिया भगवान न सही, आदमी तो है।

खट्टास हँसा—आदमी है तो क्या हुआ? आदमी को मारना अपराध है?

—अरे, ऐसा-वैसा आदमी नहीं।

—फिर कैसा आदमी? ज़रूर वनमानुस होगा, जबकि वन में मिला।

तर्क से हार मानकर भी जरा हार नहीं मानता। वह चीख़ उठा—भगवान, भगवान! वह तो भगवान है।

—तुम्हारा बुद्धूपना फिर शुरू हो गया। यदि वसुदेव के घर में पैदा होने से ही कोई भगवान होता है, तो तुम भी भगवान हो। न, तुमसे तो मैं परेशान हो गया।

उसके बाद वह कुछ-कुछ अपने आप ही बकने लगा—बच्चों के बड़े होते ही टोल में दाख़िल कर देना माँ-बाप का कर्तव्य है। तत्त्वज्ञान प्राप्त करने और ज्ञान की दृष्टि पाने की वैसी और कोई जगह ही नहीं। लिखना-पढ़ना सीखने पर ही न समझ में आता है, कि लिखने-पढ़ने की क़ीमत फूटी-कौड़ी बराबर भी नहीं। षड्दर्शन का सार है कि सब कुछ धोखा है, सब फ़रेब है, यह ब्रह्माण्ड जो है, घोड़े का अण्डा है!

—यह सब क्या कह रहे हो!

—कह नहीं रहा हूँ। आज आधी रात को तुम्हें राजतिलक दिया जाएगा।

—क्यों?

—अरे बाबा, राजतिलक के बिना राजा कैसे होगे? सहज बात तो है!

—लेकिन मैं अगर राजा बनना न चाहूँ?

—हाय रे मेरे सोना! राजा नहीं बनना चाहते। राजा बनाये बिना तुम्हारी जान कौन छोड़ रहा है?

—तुम लोग और किसी को राजा बनाओ न, दल में लोगों की कमी थोड़े है!

इस बार ऊँची आवाज़ में खट्टास डाँट-सा उठा।

—तुम-जैसा बदअक़्ल तो मैंने नहीं देखा! अक़्ल न हो न सही—राजा को जितनी ही कम अक़्ल होगी, राजपुरुषों को उतनी ही सुविधा है। मगर तुमको जो मैंने मौत के मुँह से निकाला, उसका क्या यही प्रतिदान है? हम लोगों ने तुम्हें न बचाया होता तो अब तक तो तुम्हें गिद्ध-सियार फाड़ खाये होते।

जरा उसी तरह से बोल उठा—वासुदेव बचाते।

—जो एक तीर से अपने आप को नहीं बचा सकता, वह दूसरे को बचाएगा! सच-सच बताओ तो जरा, टोल में तुमने कभी पढ़ा था? नहीं तो ऐसे मूर्ख कैसे हुए।

—भैया तुम तो मूर्ख नहीं हो! तुमने तो टोल में शिक्षा पायी थी!

—मैं समझा दूँ तुम्हें। वह गीत सुना है न? 'रस-सागर में लगा के डुबकी, कोई उतराये कोई डूब मरे रे!' टोल में दाख़िल होकर अधिकतर पण्डित डूब ही मरते हैं, मुझ-जैसे दो-एक जने उतरा आते हैं। वे लोग समझ जाते हैं, ब्रह्माण्ड घोड़े का अण्डा है, चराचर ठेंग है और नीति धर्म सत्य विवेक सुचतुर शास्त्र-व्यवसायियों का, धनी-धोरियों का चकमा है। समझे?

—नहीं।

—समझने की ज़रूरत भी नहीं। राजतिलक तुम्हें लगाना ही होगा। नहीं तो तुमसे हमारा अभीष्ट सिद्ध नहीं होगा। क्यों, चुप क्यों हो?

—सोच रहा हूँ।

—ठीक है, सोचो। कोई हर्ज़ नहीं। तक तक मेरे लोग-बाग आ जाते हैं।

जरा ने पूछा—तुम्हारे ये लोग-बाग कौन हैं?

—तुम अहमक ही नहीं अहसानफ़रामोश भी हो। वे लोग, जिन्होंने उस दिन तुम्हें मौत के मुँह से छीन लाये।

—ओ!

—लो, इस पत्थर पर बैठकर सोचो। मैं गुफ़ा के अन्दर जाकर देख आऊँ कि अभिषेक की तैयारी कहाँ तक हुई। मगर तुम्हें चेताये देता हूँ, ख़बरदार, भागने की कोशिश मत करना! मेरे पास ढाई सौ शिकारी कुत्ते हैं। जहाँ भी भागोगे, पकड़ लाएँगे। भागोगे अकेले, लौटोगे ढाई सौ होकर!

यह कहकर खट्टास लाटू पहाड़ की गुफ़ा में घुस गया। उस चट्टान पर बैठकर जरा सोचने की कोशिश करने लगा। सोचे क्या खाक, सोचने की शक्ति भी शायद उसकी जाती रही थी। उसे इसका दोष नहीं दिया जा सकता, पिछले पाँच-छः दिनों से उस पर घटनाओं की जैसी बाढ़-सी आती जा रही थी, उसमें एक ऐरावत भी बह जाये, तो वह तो आख़िर एक मूर्ख व्याध ही ठहरा! बातों में कहते हैं चिन्ता का सूत्र। सूत्र के दो छोर होते हैं। एक से शुरू करना पड़ता है। लेकिन उसके मन में वह सूता ऐसा उलझ गया था कि शुरू करने का छोर ही नहीं मिल रहा था। अँधेरी गली

में आदमी जैसे सिर ठोंककर मरता है, वैसे ही घटनाएँ सिर ठोंकने लगीं। फिर भी निकलने का रास्ता नज़र नहीं आया। एकाएक जरती की याद आ गयी। उस दिन के बाद यही पहली बार। याद आते ही उस पर बेहद गुस्सा हो आया। लगा सारे अनर्थों का मूल वही है। उसने धीरे सुस्ते मीठे शब्दों में समझा क्यों नहीं दिया? कोई बात ही नहीं और वह लाश देखकर ही माथा ठोंककर ढाढें मारने लगी। हाय-हाय, यह क्या किया जरा, किसे मारने में किसे मार दिया! हाय राम ! अरे, मैंने क्या जान-बूझकर मारा! हिरन समझकर मार दिया। कितनी बार तो आदमी मारने में वह हिरन को मार बैठा, उस समय तो कोई बात नहीं उठी।

वह घटना उसे ख़ूब याद है! पड़ोस के गाँव के एक व्याध से उसकी बड़ी अदावत थी। होड़ थी कि किसका निशाना ज़्यादा अच्छा है। दोनों की अपनी-अपनी जमात थी। दोनों दल के लोग सोचते, उसी के सरदार का हाथ पक्का है। एक दिन की घटना है, ढाई पहर के वन में (उस वन को पार करने में ढाई पहर लगता था) दोनों ने एक हिरन का पीछा किया। वह आगे था, जरा पीछे। एकाएक जरा के दिमाग़ में एक सूझ कौंध गयी, इसे ही मार डालें तो इस झगड़े का ही अन्त हो जाए। जो सोचा वही किया। उसने उसी को निशाना बनाकर तीर मारा। इत्तेफ़ाक की बात, ऐन उसी वक़्त वह हिरन इस क़दर मुड़ा कि तीर उस आदमी को न लगकर हिरन को ही बेध गया। वह व्याध उलटकर खड़ा हो गया। बोला—इससे तो अच्छा था, मुझे ही मार डालते।

जरा ने कहा—चाहा तो वही था। चूक गया, तो मैं क्या करूँ?

हिरन को उसने कन्धे पर उठाया। जरती के सामने लाकर धप्प से उसे नाज़ के साथ गिराकर बोला—क्या गुजरा। लेकिन कहाँ, उस समय तो उसने कोई लानत-मलामत नहीं की। यह नहीं कहा कि आदमी को मारने की कोशिश क्यों की? और अभी हिरन के धोखे आदमी को मार डालना किस क़दर रोने का कारण बन गया? कभी कहा, राजा। कभी कहा, भगवान। कभी बोली—तुम्हें नरक में भी जगह नहीं मिलेगी। हरामज़ादी कहीं की! जा दईमारी, बैकुण्ठ ही जा। अब तक वह ज़रूर बैकुण्ठ पहुँचकर भगवान के पाँवों दवा लगा रही होगी! हरामज़ादी नीच की बेटी!

जरा को यह दृढ़ विश्वास हो गया कि उस दिन के बाद से जो कुछ भी बीत रहा है, सबकुछ की ज़िम्मेदार यह जरती ही है। अजीब युक्ति से उसके मन में यह भी हुआ कि वासुदेव की मौत की ज़िम्मेदार भी वही है। क्यों? क्यों फिर क्या! हिरन न ले जाओ तो जलमुँही वह उछलकूद करती है कि उसे डर हो आता है। वह तो ख़ाली हाथ लौटने को ही तैयार था कि उसकी वह ख़ूँख़ार सूरत याद आ गयी और उसने फिर से जो खोजा-ढूँढ़ा तो यह वाक़िया हो गया! दईमारी ने जैसे भगवान को मारा है। भगवान ने वैसी ही सज़ा दी है उसे। अब दोनों ही एक रथ पर सवार होकर

बैकुण्ठ जा पहुँचे हैं।

इस दृश्य की कल्पना करते ही उसे हँसी आ गयी—जरती को लेकर बैकुण्ठ में हाजिर होते ही लक्ष्मी देवी ने गले का काँसा बजाकर कहा—सुना है, धरती पर तो सोलह हज़ार छिनाल औरतों के साथ लीला करते रहे, फिर भी शौक पूरा नहीं हुआ! देख रही हूँ, परोसा में एक को बाँधकर लिवा लाये हो! ठहरो, खातिर करती हूँ।—यह कहकर वह झाड़ू की खोज में निकल गयी। हः हः हः।

—वाह, होठों से हँसी फूट निकली! यही तो चाहिए।

जरा ने देखा, खट्टास जाने कब सामने आ खड़ा हुआ है। वह अप्रतिभ हुआ।

—रुक क्यों गये भाई, शर्म किस बात की? इस दुनिया में राजागिरी के लिए ही तो जितना हँसना-रोना है। यह जो इतना बड़ा कुरुक्षेत्र मच गया, इसके पीछे तो राजपाट का ही लोभ था। पाण्डु का बेटा राजा होगा कि धृतराष्ट्र का! मगर तुम्हें तो भैया लड़ाई नहीं लड़नी पड़ेगी; तुम्हारे लिए तो हँसी ही हँसी है, रोने की नामगन्ध भी नहीं!

जरा ने मूढ़ की नाईं कहा—नहीं-नहीं, मैं वह सोचकर नहीं हँसा।

कारणों का विचार न करके खट्टास ने कहा—रुको तो सही, ज़रा मेरे दलबल को आने दो। उसके बाद सब मिलकर तुम्हें राजा सजाएँगे—देखना कि राजा किसे कहते हैं!

पता नहीं, फिर कौन-सा हंगामा हो, यह सोचकर जरा ने कहा—अरे, साज-पोशाक की क्या पड़ी है, ठीक ही तो हूँ।

—ऐसा भी होता है कहीं! पहले साज-पोशाक, उसके बाद कपाल में राजतिलक—ऐसा सब नहीं होने से सब लोग राजा मानेंगे क्यों? बस, थोड़ा-सा धीरज और धरो, लोग आ ही चले।—यह कहकर वह फिर गुफ़ा में घुस गया।

गाल पर हाथ रखकर जरा फिर सोचने लगा—दल-बल मतलब कौन-से लोग? उनसे खट्टास का क्या नाता? वे सब क्या वैतनिक सेवक हैं या यों ही उसके आज्ञाकारी? उसके चिन्ता-स्रोत में सवालों के ऐसे कितने ही तिनके बहने लगे। तो क्या वही लोग उस रोज़ उसे छुड़ा लाये थे? वही हों शायद, लेकिन ये लोग उसे क्यों बचाने गये? ठीक बात, याद आ रहा है, राजा के सेवकों ने जब उसे गिरफ़्तार किया, तो खट्टास ने दिलासा दिया, अभी ये लोग तादाद में ज़्यादा हैं, ऐसे में अभी कुछ करना सम्भव नहीं है, पर ठीक समय पर तुम्हें छुड़ा लाएँगे। डरो मत, जाओ। खट्टास ने अपना वचन निबाहा।

जरा को यह भी याद आया, शूली की ओर ताकता हुआ वह पड़ा है। बेबस-सा। चारों ओर भीड़ और शोर। वह सब कुछ भी उसके आँख-कान में घुस नहीं रहा था। सब कुछ उसे समझ से परे लग रहा था। इतने में दो सन्तरियों ने आकर उसके

हाथ-पाँव का बन्धन खोल दिया और खींचकर उसे खड़ा कर दिया। तब तक ज़ोरों की हलचल मची। वह आपे में आया। लाठी, बरछा-भाला लिये वे कौन लोग इधर को आ रहे हैं? अरे, सब सिर पर पैर रखकर भागने क्यों लगे? काहे का हंगामा हुआ? अच्छा, राजा के लोग भी भागने लगे! हाय राम, ग़रज कि ज़रूरत होने पर राजा के लोग भी भागते हैं! उसका ख़याल था कि राजा के लोग अजेय होते हैं।

अरे...रे, यह क्या! मुझे फिर पकड़ क्यों रहे हो भैया! राजा के सेवकों से बचाकर अब तुम लोग मुझे मारोगे? किसी ने लेकिन कोई जवाब नहीं दिया। सबने मिलकर उसे उठा लिया। लाकर नाव पर रख दिया। और डाँडों की मार से नाव तीर की तरह तेज़ भागने लगी। कुछ देर के बाद घस् की आवाज़ के साथ नाव बालू के चौंर से लगी। नाव का लगना था कि कुछ लोगों ने उसे उठाकर एक आदमी के पैरों के पास डाल दिया। कहा--यह लो सरदार!

जरा ने नज़र उठाकर देखा, खट्टास था!

खट्टास ने हँसकर कहा—देख लिया। ज़बान दी थी, बचा लिया कि नहीं?

उसके बाद व्याख्या-सी की—राजा के लोग वचन देते हैं, बचाते नहीं हैं। साधु लोग जो होते हैं, वे वचन भी नहीं देते, बचाते भी नहीं। लेकिन खट्टास का यह दल, जिसे मैं किम्पुरुष कहता हूँ, ये बात देते हैं और बचाते हैं। इसके सबूत तुम ख़ुद हो!

मूढ़ की नाईं जरा ने कहा--लेकिन बचाने की क्या पड़ी थी?

—यह बात पहले एक बार बता चुका हूँ। सन्तरियों की ठोकरें खाकर भुला बैठे हो। ख़ैर फिर से बता दूँगा। अभी चलो, खा-पीकर आराम करो।

जरा को साथ लेकर आगे बढ़ते हुए कहा—कमबख़्तों ने कुछ खाने को भी दिया था कि मठा पिलाकर ही फ़र्ज़ पूरा कर दिया?

खट्टास गुप्तचरों के ज़रिये सारी बातों का पता रखता था।

बोला—ठीक है। उन्होंने मठा पिलाया, हम तुम्हें दही, चूड़ा, गुड़ खिलाएँगे। भरपेट, जितना चाहो उतना।

जरा रुककर बोला—अच्छा, एक बात का जवाब दो, दही और मठा में फर्क क्या है? जरा ने कहा—यही कि दही पेट में डालता है, मठा सिर पर ढालता है।

—ख़ूब, ख़ूब कही! मैं और एक जवाब दूँ! तशर के कीड़े का कोया देखा है? मजे में जमा हुआ-सा। दही तशर का वही कोया है, हिलना नहीं चाहता। तो अब बताओ, मठा क्या है? नहीं कह सके। तो मैं ही कह दूँ, मठा तशर के उसी कोये से निकली तितली है—उड़ती-फिरती है। मठा उड़ता नहीं, ढुलकता है।

—इतनी बातें तुमने सीखीं कहाँ, भैया?

—समन्तपुर के आचार्य के टोल में। पूरे चार साल पढ़ा है।

—तो छोड़ क्यों दिया? सुना है टोल की पढ़ाई में बारह साल लगते हैं।

—जिन्हें लगता होगा, लगता होगा। चार ही साल में उनकी विद्या की पूँजी चुक गयी। छोड़ नहीं देता तो क्या करता!

—क्या सीखा?

—जो सीखा, सो तो पहले ही बता दिया तुम्हें। सीखा यही कि यह ब्रह्माण्ड घोड़े का अण्डा है और चराचर है ठेंगा। और भी सीखा, वह यह कि कुछ मतलबी ब्राह्मणों ने मिलकर अपने तरफ़दार क्षत्रिय राजाओं की प्रेरणा से आदमी की सहज बुद्धि को बहकाकर ज्ञान नाम के कुछ धोखों की सृष्टि की है। लो, हम आ पहुँचे।

बातें करते-करते वे गुफ़ा के द्वार पर आ पहुँचे। कहा—यह हम लोगों का राजमहल है। फ़िलहाल इसी से सन्तोष करना होगा। बाद में तुम्हें एकबारगी उग्रसेन के राजमहल में ले जाकर बिठाऊँगा।

खट्टास ने इसके बाद आवाज़ दी—मघा।

पहलवान-से एक ख़ूबसूरत जवान ने आकर बन्दगी की।

जरा को दिखाकर खट्टास ने कहा—यह है राजकुमार जरा। परसों इसका अभिषेक होगा। अभी इसे साथ ले जाओ। नहाने-खाने का इन्तज़ाम कर दो। जाओ भाई जरा—यह कहकर वह चला गया।

जरा उस आदमी के साथ गुफ़ा के अन्दर गया। यह घटना दो दिन पहले की है।

आज उस चट्टान पर बैठकर जरा को वे बातें याद आयीं। लगा, जैसे बहुत दिन पहले के देखे धुँधले सपने हों।

—लो, उठो।

चौंककर जरा ने सामने खट्टास को खड़ा देखा। पूछा—क्यों, क्या करना है?

—तुम्हें अभी तक होश नहीं हुआ। आज हो क्या गया है तुम्हें?

—आज नहीं, कई दिनों से।

—वही, उस वसुदेव के बेटे को मारने के बाद से। अजी, वसुदेव का एक बेटा मरा, एक बेटा है। आज वह राजा होगा। अहा, वसुदेव की भी क्या खुशक़िस्मती है, बड़ा बेटा तो राजा नहीं हो सका, अब आँखों देख जाए कि छोटे का अभिषेक हो रहा है!

—नहीं भैया, मुझे राजा नहीं होना, राज से मुझे काम नहीं। अभिषेक से कोई मतलब नहीं, मेरी जान बख्शो—यह कहकर वह समुद्र की ओर दौड़ा।

—मघा, पातक, अंकुश—पकड़ो उसे।

ख़ुद भी उसके पीछे-पीछे दौड़ा।

उनमें से एक ने कहा—लगता है इसका दिमाग़ ख़राब हो गया है।

—अरे, यही तो आशा की बात है। दिमाग़ दुरुस्त आदमी से अपना काम नहीं चलने का। तब तक लपककर मघा ने जरा को पकड़ लिया। हाथ छुड़ाने के लिए जरा ज़ोर करने लगा, आरज़ू-मिन्नत करने लगा।

—क्यों, तुम्हें हुआ क्या है, सो तो कहो?

—कितनी बार तो कह चुका, मैंने आदमी का ख़ून किया है!

—यह बात। मघा, तुमने कितना ख़ून किया है?

—इसका हिसाब किसने रखा है, सरदार?

—सुन लिया न? अब भले आदमी की तरह भले मन से चलो तो!

—मुझे राजा बनने से मतलब नहीं।

—तुम्हें मतलब न हो, हमें है। तभी तो ग़रज है।

—तुम्हीं लोग कोई राजा क्यों नहीं हो जाते?

—वह सम्भव होता तो फिर तुम्हारी ख़ुशामद क्यों करता? चलो, झटपट चलो। सब लोग तुम्हारा इन्तज़ार कर रहे हैं।

बोलते-बोलते वे लोग गुफा के मुँह पर आ पहुँचे।

—ठहरो, अन्दर मत जाओ।

—अजीब बात है। अभी कहा, जल्दी चलो। अभी कह रहे हो अन्दर मत जाओ।

—अरे, जाना तो है ही। उसके पहले बाना नहीं बना लेना है?

—बाने से क्या होगा?

—हाय गज़ब, अरे मरदूद, बाने से ही तो आदमी राजा होता है। नहीं तो संन्यासी और राजा में अन्तर क्या है? देखते नहीं, गले के केसर से ही तो सिंह पशुओं का राजा है। उसके केसर काट डालो, सिंह सियार हो जाएगा। सुनो भाई जरा, ऐसे ही कुछ साज-सिंगार, साज-पोशाक, आचार-आचरण और संस्कार की समष्टि ही मनुष्य का समाज है। चूँकि यह सब नहीं है, इसलिए जंगल के पशुओं को पशु समाज नहीं कहते।

आश्चर्य से जरा बोल उठा—तुम इतना कुछ जानते हो? हज़ार हो, टोल में पढ़ा है न!

—सच पूछो तो टोल में कुछ भी नहीं सीखा। जो कुछ भी सीखा है, टोल छोड़ने के बाद ही सीखा है। चलो, उस तरफ़ दूसरी एक छोटी गुफ़ा है। वहीं तुम्हारा राजवेश होगा।

उस गुफ़ा में प्रवेश करते समय खट्टास ने लोगों को इशारा कर दिया—इस पर नज़र रखना। अन्त में भाग खड़ा हो तो सब माटी हो जाएगा।

पल दो-एक के बाद जरा को लेकर खट्टास बाहर निकल आया। बोला—चलो, अब राजसभा में चलें।

जरा यन्त्रचालित-सा चला।

—ऊँ हुँ, यह नहीं हुआ। तुम हमारे आगे-आगे चलो। अब तुम राजा हो, हम सब तुम्हारी प्रजा हैं, फ़रमाबरदार। फिर बोला—अच्छा, इन सबों से तुम्हारा परिचय करा दूँ। यह है मघा, यह पातक है, यह अंकुश, यह तक्षक। क्यों, ये नाम कैसे लग रहे हैं, न! ये सारे नाम मेरे रखे हुए हैं। माँ-बाप ने अवश्य दूसरा नाम रखा था। हमारा काम जैसा है, नाम भी तो वैसा ही होना चाहिए न!

उसके बाद बोला—माँ-बाप ने मेरा नाम रखा था किंजल्क। मैंने सुना है, यह नाम पिताजी के टोल के एक सहपाठी ने रखा था। कैसा है, बड़ा मीठा नाम, नहीं? माने भी बड़ा मीठा है—कमल या ऐसा ही कुछ। अरे दुर्, ऐसा मधुर नाम मेरे चेहरे से क्यों मिले भला! ख़ास करके मेरी हँसी के साथ। इसीलिए मैंने बदलकर खट्टास कर दिया।

अन्दर जाने पर जरा ने देखा—आकार-प्रकार में गुफ़ा छोटी नहीं है। रेंड़ी के तेल में लत्ता भिगोकर बहुत-सी मशालें तैयार हुई हैं। वे सब जगह-जगह खड़ी की गयी हैं। उनकी रोशनी और धुएँ से गुफ़ा में धूप-छाँह-सी है। पाँच-छः सौ आदमी अब तक सिमटे बैठे थे, अब खड़े हो गये। जरा ने देखा, उनमें से प्रत्येक मघा जैसा तन्दुरुस्त है। किसी के भी पहनावे में कपड़ा है, बदन पर कपड़ा नहीं। सबके गले में काले धागे में बँधे छोटे-छोटे तावीज़। सिर के बाल जूड़े-जैसे बँधे। उसे एक बार ख़याल आया, यही लोग उसे उस रोज़ वहाँ से बचा लाये हैं। गुफ़ा की छत से जगह-जगह झूलते पत्थर रोशनी के फैलाव में बाधा डाल रहे थे। सबकी नज़र उसी ओर।

सबने देखा—हाँ, राजा होने-जैसा आदमी है। सुडौल शरीर, हृष्ट-पुष्ट लम्बा। लेकिन इससे ज़्यादा समझने का उपाय नहीं था। रेशमी पोशाक से बदन ढँका। गले में निष्क का हार। दोनों हाथों में अंगद, कानों में कुण्डल। कमर के कटिबन्ध में तलवार, एक आदमी उसके सिर पर छाता ताने हुआ था।

भीड़ में से एक बोल उठा—अरे रे, सिर जो ख़ाली पड़ा है। एक मुकुट होता, तो सोहता।

सुनकर खट्टास ने कहा—वह भी होगा। अभिषेक का वही तो असली उपकरण है।

रेशमी कपड़े से ढँके एक पत्थर को दिखाते हुए खट्टास ने कहा—बैठो।

जरा बैठा। खट्टास ने इकट्ठे लोगों को सम्बोधन करके कहा—भाइयो, यही हमारे राजा हैं। अब तक हमें सब कुछ था, कमी थी तो एक राजा की। जिस-तिस को तो आख़िर राजा नहीं बनाया जा सकता। तभी खोज थी उसकी, इतने दिनों में मिला है।

बिलकुल सन्नाटा-सा था। तिल भी गिरे तो उसकी आवाज़ सुनाई पड़े। उपलक्ष्य बड़ा भयानक था और खट्टास से सभी डरते थे। उसके लिए असाध्य कुछ भी नहीं। लिहाज़ा उसके ख़िलाफ़ चूँ करने की भी किसी को हिम्मत नहीं। वह ज़रा हुक्म कर दे तो वह मघा या पातक, किसी की भी गरदन उतार ले सकता है। कितनों को ही ऐसे अपनी आँखों के सामने मरते देखा है उन्होंने।

खट्टास कहने लगा—हमारा यह राजा जंगल-झाड़ी से उठाकर नहीं लाया गया है। यह वास्तव में राजवंश का है। यह वसुदेव का औरसजात है यानी वासुदेव का सौतेला भाई है, जिसे इसने अपने एक ही तीर से ठिकाने लगाकर यदुवंश ध्वंस के काम को पूरा किया है। अब धर्म से, न्याय से यह यदुवंश का राजा है—राज्य और राजधानी का एकमात्र उत्तराधिकारी। लिहाज़ा सोच देखो, मैंने योग्य व्यक्ति को उपस्थित किया है या नहीं! अब अभिषेक करके उसके कपाल पर तिलक करो, माथे पर मुकुट पहनाओ।

लोगों ने उमंग से 'राजा की जय' की ध्वनि की। सबसे पहले खट्टास ने अपनी उँगली काटकर उस खून से उसके कपाल पर टीका लगाया। उसके बाद एक-एक करके सबने उँगली काटकर रक्ततिलक लगाया। पाँच-छः सौ लोगों के लहू से जरा का कपाल बिलकुल लाल हो गया, उसकी साज-सज्जा तक भीग गयी।

तिलक लगाये जा चुकने के बाद खट्टास ने उसे एक सोने का मुकुट पहना दिया। और सोने के हार में वही कौस्तुभ मणि उसके गले में डाल दी। सबको बता दिया, यह मणि वसुदेव का बेटा पहना करता था, अब इसे उसका दूसरा बेटा पहन रहा है। सबने फिर नारा लगाया—राजा की जय।

खट्टास ने कहा—हमारे राजा का नाम 'जरा' है। इस शब्द के अक्षरों को उलट देने से ही 'राज' होता है। जरा को उलटने से राज, राज को उलट देने से जरा। ख़ानदान से ही नहीं, नाम तक राजा है।

इतना कहकर अपनी रसिकता पर वह वही आरे से लकड़ी चीरे जाने-जैसी हँसी हँस उठा। उसके साथ भीड़ भी वैसी ही हँसी हँस उठी। उन लोगों ने सरदार की हँसी उतार ली है।

इतनी देर के बाद अब जरा बोला—आख़िर यह राजा कैसा! बिना रानी के भी राजा सोहता है कहीं!

कुछ लोग बोल उठे—भई, बात तो वाजिब है।

पर इस आधी रात को रानी कहाँ से मिले! इस पर किसी ने कुछ सोचा नहीं था, इसलिए सब चुप रह गये।

इतने में लोगों ने देखा, भीड़ को चीरते हुए कोई आ रहा है। अरे, यह तो औरत है! यह अचानक कहाँ से आ पहुँची?

वह औरत जरा के पास जा खड़ी हुई, बोली—मैं रानी बनने को तैयार हूँ। मगर ख़बरदार, रात को मेरे पास आए तो नाक काट लूँगी।

जरा ने असहाय की नाईं खट्टास की ओर ताका। पूछा—सरदार, यह किस क़िस्म की रानी है! मैं क्या रात को राजा नहीं हूँ? मैं रात को भी राजा हूँ, दिन में भी। क्या ख़याल है सरदार?

वह औरत बोली—तो फिर रही तुम्हारी राजगिरी।

—अरे...रे, यह क्या, यह क्या—कहकर जरा ने उसका हाथ पकड़ लिया और उसके मुँह की ओर देखकर बोला—बुरी नहीं है।

—बुरी होती तो रानी होने को आती?

इस आकस्मिक प्रश्न के लिए कोई तैयार नहीं था। क्या जवाब दे, कुछ सोच न पाकर सब चुप हो रहे, खट्टास भी।

यह स्त्री मल्लिका थी, जिसके बग़ल से वारांगना टोले में प्रेमी को छीन लिया गया था और उसी का बदला लेने की ताक में वह वहाँ से निकल पड़ी थी।

उसे यह धारणा नहीं थी कि कहाँ जाएगी, किसके पास जाएगी। बिना कुछ सोचे-समझे ही उसके पाँव राजभवन की ओर बढ़ गये। अवचेतन का यही इशारा था कि राजा के पास सभी शिकायतों का प्रतिकार होता है। राजभवन की ड्योढ़ी पर आज उसे किसी ने टोका-रोका नहीं। कौन रोके? सन्तरी-सिपाही नदारद। अन्दर जाकर देखा, चारों तरफ़ सूना और सन्नाटा। जीव कहने को कई दुबले कुत्ते धूल सूँघते फिर रहे थे। और ज़ंजीर में बँधा एक पालतू बाघ निस्तेज़ पड़ा था, शायद कई दिनों से उसे खाना नहीं मिला था।

वह सीधे राजा उग्रसेन के कक्ष में चली गयी। हाय राम! कहीं कोई नहीं। उतना बड़ा कमरा, नियति के बाये हुए मुँह-सा लगा। फ़ानूस की कुछ बत्तियाँ तब भी जल रही थीं। उन्हें बुझाने का किसी को ख़याल ही नहीं आया। आख़िर नज़र आया, दूर पर सिंहासन पर कोई सोया हुआ है—एक किनारे। वह पाँव दबाये वहाँ गयी। देखा—अरे, यह तो राजा उग्रसेन हैं! छत्र-चँवर और बिजना डुलानेवालों से रहित अकेले और असहाय राजा सिंहासन पर बेचारे-से सोये हुए हैं! कहीं उनकी नींद न टूट जाए, इसलिए साँस रोककर उसने ग़ौर करके देखा, उनकी दोनों आँखों से आँसू बह रहे हैं—आसुँओं के दाग़ साफ़ हैं। महज़ इसी एक दृश्य से राजा और राजधानी की हालत उसकी आँखों में चमक-सी गयी। यहाँ उसकी फ़रियाद सुनेगा भी कौन। ख़ुद राजा ही तो शिकायत लिये सोये पड़े हैं।

वह पाँव दबाये जैसे गयी थी, वैसे ही वहाँ से लौट चली। इस बार वह रानी रुक्मिणी के पास चली। आज सबका दरवाज़ा सबके लिए खुला था। कहीं कोई रोकथाम नहीं। रोकनेवाला आदमी ही कहाँ था? रुक्मिणी को वह पहचानती थी। बड़ी

बहन के साथ दो-एक बार आयी थी। उनके कमरे में गयी तो देखा, एक फटी कथरी बिछाकर वह उस पर लेटी थीं। मल्लिका को देखकर उठीं। पूछा—क्या चाहिए बिटिया?

मल्लिका समझ गयी, यह स्त्री आज उससे भी बेचारी है। इनके पास अपना दुखड़ा रोकर इन्हें क्या दुखी करना!

—कुछ नहीं माँ जी, यों ही मिलने आ गयी थी।

—क्या मिलोगी!—यह कहकर वे उदास-सी ताकने लगीं। आँखों की पुतलियों में बाहरी दुनिया की कोई परछाईं नहीं।

लम्बा निःश्वास छोड़कर मल्लिका लौट चली। उसे लगा, शायद श्मशान भी इससे सजीव है। यदि श्मशान से भी आज कुछ ज़्यादा करुण है, तो यह राजभवन! एक बार जी में आया, राजभवन की बहुओं के कमरों में जाकर एक बार धिक्कार दे जाए उन्हें, पर उनकी सोचते ही बदन घृणा से री-री कर उठा। वह राजभवन से बाहर निकल आयी और जिधर को दोनों आँखें चलीं, उसी ओर को चल पड़ी। कुछ ही देर में उसने देखा कि वह बाज़ार में आ निकली है। देखा, बाज़ार में ख़रीदने बेचनेवाले नहीं के बराबर हैं। ज़्यादातर दुकानें बन्द पड़ी हैं जो खुली थीं, उनके मालिक अपना बोरिया-बसना बाँधकर बैलगाड़ी पर लाद रहे हैं। सोचने लगी, हो क्या गया! यह तो एक ही साथ राजा, राज, राजधानी सब समेटा जा रहा है, बात क्या है।

इतने में उसे देखकर भजनदास उसके पास आया। पूछा—क्यों बिटिया, कहाँ गयी थी?

मल्लिका ने सब बताया। भजनदास ने अपना नसीब पीटकर कहा—अरे, अब राजा का राज थोड़े ही है कि तुम्हारी कोई सुनवाई होगी! अब जिसका राज है, उसके पास जाओ। जाकर खट्टास ठाकुर को पकड़ो। वहाँ कुछ हो भी सकता है!

—वह कौन है?—मल्लिका ने पूछा।

—इस समय वही सर्वेसर्वा है।

—वह कहाँ मिलेगा?

—लाटू पहाड़ की ओर जाओ।

आगे नाहक़ की बातें न करके वह लाटू पहाड़ की ओर चल दी।

पानी के ऊपर तेल पड़ने से जैसे चारों ओर फैल जाता है, दुख का भी स्वभाव ऐसा ही है। एक जगह का दुख धीरे-धीरे चारों ओर का हो जाता है। राजा के नाश से प्रजा का विनाश और प्रजा के विनाश से सर्वनाश!

मल्लिका को मालूम था, यह खट्टास आदमी अच्छा नहीं है। उसके लोग-बाग भी तथैव च हैं। वह समझ गयी, भले का ज़माना लद गया, अब बुरों से ही काम

चलाना पड़ेगा। समय पर ज़हर ही महौषध होता है। उसने सोच लिया, वह खट्टास की अनुगता होगी, तब यदि कहीं वह राजमहल की इन हरामज़ादियों को सबक़ सिखा सके। यही सब सोचते-विचारते हुए वह जब लाटू पहाड़ के पास गुफा में आकर दाख़िल हुई, तो जमायत जम चुकी थी। वह सोच ही रही थी कि अपने आपको यहाँ कैसे जाहिर किया जाए कि तब तक रानीवाली बात आ पड़ी। बस, क्या था। मौक़ा मिल गया। भीड़ को ठेल-ढकेलकर वह सामने आ गयी। उसके बाद जो हुआ मालूम ही हो चुका।

खट्टास ने कहा—लो, राजा और रानी—दोनों ही हो गये। कोई कमी नहीं रही। अब भोज की व्यवस्था करो।

अनुचरों ने फ़ौरन ताड़ की चटाइयाँ बिछा दीं और झुलसाये हुए कुछ हिरन तथा शराब लाकर रख दी।

—लो जरा, शुरू करो।—खट्टास ने कहा।

जरा को केवल वही नाम लेकर पुकारता था, बाक़ी लोग राजा कहने लगे थे।

जरा ने जैसे ही शराब का चुक्कड़ उठाया कि सभी भोजन और शराब पर जुट गये। सिर्फ़ खट्टास ही नहीं आया। वह अकेले में खड़ा होकर सबकुछ देख-सुनकर कौतूहल का अनुभव कर रहा था। ये सारी तैयारियाँ किसलिए हैं, यह जमायत जुटाने की क्या ज़रूरत है, राजा खोजकर उसका अभिषेक ही क्यों किया गया—यह सब रहस्य उसने किसी के सामने खोला नहीं—अपने मन में ही रखा था।

शराब के नशे में आकर जरा ने पूछा—तुम्हारा नाम क्या है, भाई?

मल्लिका बिगड़कर बोली—औरत भाई कैसे हो सकती है?

—तो क्या बहन?

—वही क्यों नहीं सोचते?

—अरी, तुम रानी जो हो!

—सिर्फ़ दिखावे की रानी। भूल मत जाना, नहीं तो नाक से हाथ धो बैठोगे!

उनका प्रेमालाप कोई सुन नहीं रहा था। सब खाने-पीने में मस्त थे। इतने में कोई खट्टास को एकान्त में बुला ले गया और उसके कानों में जाने क्या तो कहा। वह कुछ देर तक दम साधे रहा, उसके बाद पातक को बुलाकर बोला—मैं चला। तुम लोग खाओ-पियो। और हाँ, राजा-रानी के कोहबर पर सतर्क निगाह रखना, नहीं तो नकटा राजा लेकर यह राज चलाना पड़ेगा।

खट्टास मघा को साथ लेकर चला गया। ठीक उसी वक़्त जरा की नज़र उसके चेहरे पर पड़ी—शराब की भाप से भरी धूप-छाँही-सी में। जरा ने देखा—बड़ा भयंकर है वह चेहरा।

6

गुफ़ा से निकलकर खट्टास बाज़ार में पहुँचा। दरअसल उसे जाना राजभवन था, मगर जाना बाज़ार होकर पड़ता था। देखा—उतनी रात गये भी बाज़ार में चहल-पहल है। लोग-बाग आ-जा रहे हैं। ग़रज यह कि गाड़ियाँ लादी जा रही हैं। बहुत-सी दुकाने बेशक बन्द थीं। सोचने लगा, मामला क्या है।

एक दुकानदार से पूछा—क्यों भैया, बात क्या है?

गाड़ी पर एक बोरा लादते हुए उसने कहा—बात? गाँव जा रहे हैं।

—अचानक गाँव क्यों चल दिये। वहाँ व्यापार चलेगा?

—व्यापार ख़ाक चलेगा। अजी, यहाँ तो सब डूब-डुबा जाएगा!

हैरान होकर खट्टास ने कहा—डूब-डुबा जाएगा! खोलकर कहो!

—मेरे पास वक़्त नहीं है, ठाकुर! आप आगे बढ़कर पूछिए।—यह कहकर वह रस्सी से गाड़ी के असबाबों को बाँधने लगा। ज़्यादा बोलने-बतियाने का वक़्त नहीं था उसे। दो-एक दुकान पार करके उसने चीन्हे-जाने एक दुकानदार से पूछा—क्यों भाई छदाम, इतनी रात गये असबाब की ढुलाई क्यों?

खट्टास को वह पहचानता था। बोला—अरे रे, ठाकुर। प्रातः प्रणाम।

—आधी रात को ये प्रातः प्रणाम! पागल हो गये क्या?

वह बोला—ब्राह्मण से जब भेंट हो जाए, तभी सवेरा। और अगर पागल होने की कहते हैं, तो कहूँ, पागल होने को बाक़ी क्या रहा?

—अरे भाई, खोलकर ही बताओ न! हुआ क्या है?

—सुना नहीं आपने, पाण्डव जो आ पहुँचे!

यही समाचार पाकर खट्टास एकाएक गुफ़ा से निकल पड़ा था। फिर भी समाचार को ज़रा विस्तार से सुनने की ग़रज से कहा—पाण्डु के पाँच बेटे हैं। उनमें से कौन सा आया है?

—वही, जो बहुत बड़ा वीर है।

—इतना बड़ा वीर है और उसका नाम नहीं जानते!

—मैं चावल-धान का व्यापारी ठहरा, राजा-वाजा के नाम से क्या वास्ता? अजी, वही—अपनी सुभद्रा जी का दूल्हा!

—वही कहो न, धनंजय।

—नहीं-नहीं ठाकुर, वैसा विकट नाम नहीं, अर्जुन या क्या तो कहा!

—तुमने ग़लत नहीं सुना! अर्जुन, पार्थ, धनंजय—सब उसी का नाम है।

अचरज से हाथ का माल रखकर उसने कहा—बाप रे, इतना नाम?

—होना ही पड़ेगा। ठग-फ़रेबी का एक नाम से काम नहीं चलता।

—कहते क्या हैं आप, इतना बड़ा वीर और वह ठग-फ़रेबी!

—ठग-फ़रेबी नहीं! उसकी सारी वीरता ही ठगी है। भीष्म, द्रोण, कर्ण, जयद्रथ—सबको उसने ठगी से मारा है।

वह दुकानदार महाभारत की लड़ाई का कुछ-कुछ जानता था। बोला—उसके सारथी तो स्वयं वासुदेव थे!

खट्टास ने कहा—वह कमबख़्त तो ठगों का शिरोमणि था। उसके तो नाम भी एक-सौ-आठ थे।

दुकानदार ने कान पर हाथ रखकर कहा—जी, ऐसा नहीं कहते। वह भगवान के साक्षात् अवतार थे।

—इसीलिए एक व्याध के तीर से अपनी जान गँवायी।

—वह तो उनकी लीला है!

—लीला तो लीला, छोड़ो। यह कहो, तुम लोग भाग क्यों रहे हो?

—आप इतने बड़े पण्डित हैं ठाकुर, और इतनी मामूली-सी बात नहीं जानते! राजमहल के ज्योतिषी जी ने कह दिया है, राजमहल की स्त्रियों को लेकर जैसे ही अर्जुन यहाँ से निकल पड़ेंगे, समुद्र आकर इस नगर को डुबा देगा।

अबकी खट्टास सचमुच ही अवाक् हो गया। यह तो उसने नहीं सुना। लेकिन उसे इस पर जरा भी यक़ीन नहीं आया।

—भैया छदाम, तुम्हारी बात से लगता है, तुमने और राजज्योतिषी ने गाँजे का ख़ूब दम लगाया है!

—उससे क्या हुआ देवता। लेकिन गँजेड़ी के बाप के दिमाग़ में भी कभी यह बात नहीं आने की। ज्योतिषी जो बता गये, यह सब क्या तो शास्त्र में लिखा है।

—अब लगता है, सिर्फ़ गाँजा नहीं, तुम दोनों ने गाँजा, भंग, चरस, शराब—सब साथ ही चढ़ायी है।

—ठाकुर, जो लोग यह सब पीते हैं, वे वहाँ हैं। ज़रा आगे बढ़कर देखिए।

खट्टास ने उधर देखा। देखा कि एक दुकान में बड़ा शोरगुल हो रहा है, बहुत से लोग इकट्ठे हैं। माजरा क्या है ? कौतूहल से खट्टास उधर को बढ़ा।

वहाँ जाकर देखा, दो सौ मज़े हैं। सूँड़ी की दुकान है। वहाँ शराब, गाँजा, भंग, चरस—सब कुछ है। पर अभी नहीं के ही बराबर। दुकान के लोग सब कुछ को गाड़ी पर चढ़ाने की कोशिश कर रहे हैं। और कोई दो सौ आदमी सामानों को खींचकर उतार लेने को उतारू हैं। दो दलों में असबाबों के लिए जोरों की खींचातानी चल रही है। एकाएक शराब का एक मटका उलट गया। सारी शराब माटी पर गिर गयी। दुकानदार हाय-हाय कर उठा। यह न तो देवाय गया, न धर्माय। खट्टास ने देखा, दुकानदार ने कुछ भूल की है। क्योंकि शराब की एक बूँद भी बेकार नहीं गयी। कोई

बीस-पच्चीस आदमी तुरत औंधे पड़ गये और पल में ज़मीन को वैसा ही सुखा दिया, जैसी सूखी वह पहले थी। खट्टास को पुराण-कथाओं पर विश्वास नहीं है। लेकिन अगस्त्य मुनि का समुद्र सोख लेना जो ग़लत नहीं है, इसका सबूत तो उसे हाथों-हाथ मिल गया।

खट्टास ने दुकानदार से पूछा—क्या हो रहा है?

—हो रहा है मेरा सिर! सामान को गाड़ी पर लादने का उपाय नहीं!

—सामान गाड़ी में क्यों लादोगे?

—गाँव की तरफ़ रवाना होना है।

—आख़िर क्यों?

दुकानदार ने कहा—अजी ठाकुर जी, सारी दुनिया जान गयी और आप नहीं जानते? राजमहल की धी-बहुएँ जैसे ही यहाँ से चल देंगी, समुद्र आकर सब कुछ को लील लेगा।

एक नशेबाज़ ने कहा—तुम्हें जान की पड़ी है, तो तुम जाओ। हम लोग टस से मस नहीं होने के और तुम्हें ये मटके भी नहीं ले जाने दूँगा। भरपूर पीकर नारायण की नाईं समुद्र में तैरते रहेंगे।

खट्टास ने दुकानदार से कहा—तुमको चण्डूख़ाने की ऐसी गप्प में विश्वास है?

पास ही बैठे कुछ गँजेड़ी बड़े ध्यान से अपनी लगन में लगे थे। वे लोग एक ही साथ अजीब स्वर में बोल उठे—चण्डूख़ाने की गप्प झूठी है! अफ़सोस कि अभी हाथ के पास पुराण की पोथियाँ नहीं हैं, नहीं तो फ़ौरन दिखा देता कि पितामह ब्रह्मा ने आदि युग में गाँजे के नशे में ही ब्रह्माण्ड को बनाया था!

उसके बाद फिर से एक बार दम लगाकर दुकानदार से कहा—तुम जहाँ जी चाहे, जाओ, मगर ये थैलियाँ नहीं ले जा सकते।

खट्टास ने देखा—यह मामला आसानी से सुलझनेवाला नहीं है। उसने मघा से कहा—लगता है, मुझे यहाँ कुछ देर होगी। तुम यहाँ से सीधे राजभवन में जाओ। वहाँ जाकर ख़बर लो कि सचमुच ही अर्जुन आया है या नहीं और आया है, तो सबने रवाना होने की तैयारी शुरू कर दी है या नहीं। लौटने पर मैं तुम्हें यहीं बाज़ार में ही मिलूँगा। रात भी ख़त्म हो आयी।

मघा राजभवन की ओर चल पड़ा।

खट्टास जब तक मघा से अकेले में बातें कर रहा था, उतनी ही देर में नशेबाज़ लोग अपनी-अपनी चीज़ लेकर अलग-अलग बैठ गये थे। और, बेचारा दुकानदार ख़ाली दुकान पर थाल पर हाथ धरे बैठा था। खट्टास को देखकर उसने कहा—देख ली ठाकुर, इनकी करतूतें! मेरा रोज़गार तो चौपट हो ही गया, कुछ देर और बैठा रहा तो परिवार सहित समुद्र की बाढ़ में जान भी जाएगी।

खट्टास ने कहा—करोगे क्या भैया! जो समय-काल पड़ा है, इसमें जान बचाना ही दूभर है। मगर मैं क्या सोच रहा हूँ, पता है? तुम लोग तो चले गये, मान लिया। लेकिन ये जो लोग नशे में चूर पड़े रह गये, ये तो सारे के सारे डूब मरेंगे।

दुकानदार करुण हँसी हँसकर बोला—यदि एकान्त ही डूब मरेगा, तो बिलकुल ही मरने के बाद समझ पाएगा। यह कुछ बुरा नहीं है ठाकुर। दुनिया में सबसे बड़ा डर मरने का ही है।

खट्टास ने कहा—तुम्हें तो ख़ासा तत्त्वज्ञान है।

—उसके बिना उपाय है? हर रोज़ शाम को यहाँ कोई एक सौ नशाख़ोर जमा होते हैं। उनकी बातें सुनने से, मैं तो एक निहायत नाचीज़-सा आदमी हूँ, भगवान वेदव्यास तक को तत्त्व का ज्ञान होता।

खट्टास ने कहा—आख़िर करना क्या है! आफ़त के समय आधा छोड़ने की सलाह पण्डितों ने दी है। लिहाज़ा जान लेकर चम्पत हो जाओ।

—दुकानदार ने पूछा—आप नहीं जाएँगे ठाकुर?

—मैं गाँजाख़ोरी की बातों पर बिल्कुल विश्वास नहीं करता।—यह कहकर वह आगे बढ़ गया। जिधर ही नज़र जाने लगी, देखा—लोग गाँव की ओर भाग रहे हैं। कोई गाड़ी से, कोई पाँव-प्यादे और किसी के सिर पर गठरी-मोटरी। क़तारें ही क़तारें, अनगिनती लोग। तब एक बार उसके जी में आया, आख़िर सभी लोग क्या एक अफ़वाह पर ही जा रहे हैं? और यह अफ़वाह फैली कैसे? सोचा, इसकी जड़ में कुछ सच्चाई हो भी सकती है। लेकिन तुरन्त ख़याल हो आया—न, यह बात कुछ ख़ास लोगों ने नगर को लूटने के इरादे से उड़ायी है। लेकिन उसने इतना ज़रूर समझा—इन भागते हुए लोगों को वापस लौटाना मुश्किल है। तमाम रात जागते बीती थी। ज़रा आराम करने के ख़याल से एक पेड़ से टिककर जैसे ही बैठा कि कब जो सो गया, पता ही न रहा।

काफ़ी कुछ सो लेने के बाद खट्टास ने जैसे ही आँखें खोलीं, देखा—सामने प्रभुदयाल बैठा है। बोला—आज सुबह-सुबह ही तुम्हारा मुँह देखा, न जाने दिन कैसा बीतेगा!

प्रभुजी ने कहा—कम-से-कम मेरा दिन तो अच्छा ही बीतेगा।

दोनों में देखादेखी का परिचय था।

—बेशक अच्छा बीतेगा। ऐसा मुखड़ा दूसरा नहीं देख पाओगे।

—क्यों भैया, तुम्हारा मुखड़ा ऐसा बुरा क्या है?

—और नहीं तो क्या! भूकम्प से हिली इमारत का सिर टेढ़ा हो गया है और आँखों की पुतलियों ने होड़ लगाकर एक-दूसरे का मुँह देखना बन्द कर दिया है। ऐसा मुँह इस राज्य में दूसरा देखने को नहीं मिलेगा। एक बार देख लो तो फिर भूलने

का उपाय क्या है?

—चेहरा तो मनुष्य के अपने वश की बात नहीं। भगवान ने जिसे जैसा दिया है!

—सो तो है, पर मुझ पर उनकी ख़ास मेहरबानी है। अच्छा ठाकुर, तुम्हारे भगवाने तो सर्वशक्तिमान हैं। ऐसा और कोई मुँह वह बना सकते हैं?

—यह बात छोड़ो—

टोककर खट्टास ने कहा—छोड़ें क्यों? टोले की छोटी लड़कियाँ मेरा मुँह देखकर भाग जाती हैं और युवतियाँ समझती हैं, यात्रा बिगड़ गयी।

—क्यों भला?

—तुम्हारे धर्मात्माओं ने जिस सुख को ब्रह्मानन्द स्वाद सहोदर कहा है, तुम्हारे भगवान ने उस सुख के मुख पर राख डाल दी है। उन्होंने मुझे हिजड़ा बनाकर रख दिया है।

आन्तरिक दुख के साथ प्रभुजी ने कहा—कहाँ, बचपन में तो ऐसा समझने में नहीं आया।

—वह तो थोड़ी-सी उमर हुए बिना समझ में आता नहीं है, ठाकुर!

—बचपन में तो तुम्हारा चेहरा भी सुन्दर था।

—तुमने इतना इतिहास कैसे जाना? बचपन में तो मुझे देखा नहीं था।

—किसने कहा कि नहीं देखा। तुम्हारा किंजल्क नाम तो मैंने ही रखा था।

—ओ, यह सत्यानाश तुमने ही किया था! बार-बार उस नाम का उच्चारण करने में ही चारेक दाँत टूट गिरे। यह देखो—कहकर उसने हाँ करके दिखा दिया।

ढूँढ़कर कोई जवाब नहीं मिला, इसलिए प्रभु जी चुप रह गया।

खट्टास कहने लगा—हाँ, अब सब याद आ रहा है। पिताजी से सुना था, यह नाम उसके एक सहपाठी ने रखा था। मगर ठाकुर, मेरा ऐसा सर्वनाश करने के लिए आप इतनी जगह के होते समन्तपुर मरने को क्यों गये थे?

—मेरा पुश्तैनी निवास तो समन्तपुर के पास ही है।

—ख़ैर ! तो आज फिर कौन-सा सत्यानाश की सोचकर अगले सुबह ही दर्शन दिया?

प्रभुदयाल अब असली बात पर आया। कहा—मैंने सुना, तुमने जरा को अपनी जमात में भरती कर लिया है। वह एक मामूली व्याध का बेटा है। उसे छोड़ क्यों नहीं देते!

—अहा-हा, प्राण को बिलकुल पानी कर दिया ठाकुर!

—क्यों भैया!

—ठहरो, एक-एक करके बताता हूँ। व्याध का लड़का है, इसीलिए वह मामूली

है, ऐसा क्यों सोचते हो? भारतवर्ष के काव्य के इतिहास में दो व्याध अमर रहेंगे। तुम्हारे आदिकवि वाल्मीकि ने एक व्याध के व्याधोचित काम को देखकर 'मा निषाद' उच्चारण करके शाप दिया था, कहा था—चिरजीवी नहीं होओगे। लेकिन देख लो, आदि श्लोक के नाते वह आदमी आज भी स्मरणीय है। क्यों, सच कह रहा हूँ, या नहीं?

—उसे क्या रहना कहते हैं भैया, यह तो घृणा से स्मरणीय रहना है।

—घृणा से क्या कह रहे हो ठाकुर, ऐन मौक़े पर बाण से चिड़िया को नहीं मारने से रामायण लिखी जाती क्या? रामायण और उस निषाद की बराबर परमायु है। अब महाभारत पर आओ। जरा ने अगर तीर मारकर वसुदेव के बेटे की हत्या नहीं की होती तो महाभारत समाप्त होता? रामायण का श्रीगणेश हुआ एक व्याध के बाण से और महाभारत का अन्त हुआ एक दूसरे व्याध के बाण से। ज़रा सोच देखो।

—प्रभुदयाल यह अनोखी व्याख्या अवाक् होकर सुनता रहा।

—बात और भी है ठाकुर! जरा मामूली आदमी नहीं है। वह वासुदेव का सौतेला भाई है।

—यह पागल-जैसी क्या बात कर रहे हो किंजल्क !

—दया करके वह नाम तो छोड़ो ठाकुर! खट्टास कहो।

—खैर, वह देखा जाएगा। मगर यह प्रलाप क्या बक रहे हो। मैं वसुदेव की सारी पत्नियों को तो जानता हूँ, जरा उनमें से किसी के पेट का नहीं है।

—दिन-भर तो माला ठकठकाते फिरते हो ठाकुर, पत्नी क्या हर समय घर पर होती है?

—तो?

—तो क्या? देश-देश में हाय-तौबा नहीं सुनी। मौक़ा मिले तो घर की नौकरानी, जंगल की राक्षसी, नागकन्या—सभी सामयिक तौर पर पत्नियाँ हो सकती हैं। ख़ास करके राजाओं की!

मूढ़ की नाईं प्रभुदयाल ने कहा—राजाओं की!

—केवल राजाओं की ही नहीं, उनके साथ-साथ मुनि-ऋषियों को भी गिनना होगा। ज़रा सूक्ष्मता से ग़ौर किया जाए, तो हम सब या तो राजकुमार है या ऋषिकुमार।

जुगुप्सा से प्रभुदयाल बोल उठा—इस पाप आलोचना को धिक्कार है।

—यह पाप आलोचना है? शकुन्तला की जन्म-कथा क्या है? और भरत के जन्म की कहानी? ठाकुर, पुराणों को पढ़ने से मेरी यह धारणा हो गयी है कि धार्मिक पुरुषों का ध्यान भंग करने में एक पल का समय पर्याप्त है। ज़रा-सा दामन की हवा, ज़रा पायल की झंकार—और बस ध्यान में लीन तपस्वी आसन छोड़कर उठ बैठे। राजाओं

की बाबत इतने भी बहाने की ज़रूरत नहीं। जो जितना धार्मिक है, वह उतना ही लम्पट है। ज़रा शकुनि का ध्यान तोड़ दे तो देखूँ और मेरे मघा और पातक का। मुझे ज़्यादा उकसाओ मत ठाकुर, समन्तपुर की चतुष्पाठी में ही मेरी भी शिक्षा हुई है। सो, यह मान लो कि जरा राजपुत्र है और व्याध होते हुए भी वह मामूली व्याध नहीं है।

—ख़ैर। मान लिया। अब मेरा कहा मानो, उसे छोड़ दो।

—क्या ख़ासा आवेदन किया है! महज़ कल रात ही में तो उसे राजतिलक दिया है और आज सवेरे ही उसे छोड़ देना पड़ेगा!

—उससे तुम्हारी कौन-सी ज़रूरत पूरी होगी?

—यह समझाने में बहुत कुछ समझाना होगा।

—हर्ज़ क्या है, कहो। मुझे कोई जल्दी नहीं है।

—तो फिर सुनो, उसे हम अपना राजा बनाएँगे।

7

खट्टास कहता गया, वह हमारा राजा होगा।

प्रभुदयाल ने कहा—एक राजा से क्या मुराद पूरी नहीं हुई? और फिर राजा होने का क्या नतीजा होता है, यह तो कुरुक्षेत्र के युद्ध में देखा। तिस पर भी राजा!

—वह सब राजा राज करने के लिए होते हैं।

—और तुम्हारा राजा ?—प्रभुदयाल ने पूछा।

—तुम लोगों के राजाओं को तबाह करने के लिए।

—तब तो फिर से कुरुक्षेत्र हुआ।

—इस बार एकतरफ़ा कुरुक्षेत्र होगा।

—न-न, किंजल्क! तुम धीरे-धीरे दुर्बोध होते जा रहे हो। मैंने मान लिया कि जरा तुम लोगों का राजा हुआ। तुम लोगों ने उसका अभिषेक किया—लेकिन उसकी प्रजा, उसका राज कहाँ है?

—प्रजा की क्या कमी पड़ी है! यह तो रहे—मघा, पातक, नरक, आतंक।

—यही पाँच-सात जने?

पाँच-सात नहीं, हज़ार-दो हज़ार हैं। उस दिन शूली से किन लोगों ने जरा को बचाया था, देखते तो समझ पाते।

प्रभुदयाल ने देखा था। लेकिन वह सब खट्टास के आदमी हैं, यह नहीं समझा

था और डूबकर मतलब को भी समझने की कोशिश नहीं की थी। उसने अभी भी यह नहीं बताया कि देखा था।

बोला—ठीक है। सब कुछ समझा। लेकिन उसे क्यों? दल के पण्डे तो तुम्हीं हो। तुम्हीं क्यों राजा नहीं हो जाते?

खट्टास ने कहा—कार्यतः राजा मैं ही हूँ, पर ज़ाहिर नहीं चल सकता।

—क्यों?

—यह तो आसान बात है। सोने का टुकड़ा कितना भी महँगा (भारी) क्यों न हो, उसे मुद्रा कहकर नहीं चलाया जा सकता। उसके ऊपर एक मुहर की ज़रूरत होती है। उस पर वह मुहर है। वह राजवंश का है। सबने उसे आसानी से मान लिया है। एक बात और। राजा होने के बजाय सिंहासन की आड़ में रहकर सूता खींचते हुए राजा का उठाना-नचाना और भी कठिन काम है।

प्रभुदयाल ने कहा—समझ गया। क्षमता है, उत्तरदायित्व नहीं। यही न?

—बहुत हद तक।

—लेकिन आफ़त आएगी, तो मरेगा तो वही निर्दोष बेचारा।

—किया क्या जाये! राजा न होने पर भी तो चिरंजीवी नहीं होगा।

—जरा और खोलकर कहो।

ये जो मघा, आतंक, नरक हैं, ये उसे क्यों मानेंगे?

—उसे आगे रखकर दुनिया के राजाओं को शासित करेगा!

—यही हज़ार-दो हज़ार आदमी! कुरुक्षेत्र की लड़ाई में अठारह अक्षौहिणी की ज़रूरत पड़ी थी!

—यहाँ भी पड़ेगी। आज दो हज़ार हैं, समय पर दो सौ हज़ार होंगे। नदी आगे बढ़ते-बढ़ते गहरी और चौड़ी होती जाती है।

—लेकिन उन्हें लाभ क्या है?

—नुकसान ही क्या है?

—नुकसान यही कि मरना होगा, तो वही मरेंगे।

—घर बैठा रहेगा, तो भी ज़िन्दा ही नहीं रहेगा। उनका भविष्य सोचा है?

—तुम उन्हें जिस रास्ते ले जा रहे हो, उससे भविष्य तो दूर, वर्तमान ही जानमारू है।

—इस बात से इनकार करने की गुंजाइश नहीं। लेकिन इतना जान लो कि उनका भूत, भविष्य, वर्तमान—कोई भी सुख का नहीं है।

प्रभुदयाल ने कहा—इसी भरोसे उन्हें खींचे लिये आ रहे हो?

—नहीं-नहीं। उसी खिंचाव से वे खुद पकड़ाई दिये हैं। मघा दस साल तक राजा के क़ैदखाने में था। उसके बाद पकड़ाया तो उसे शूली की सज़ा सुनायी गयी। तब

वह भाग आया।

प्रभुदयाल ने पूछा—राजा के लोगों को पता नहीं है?

—वह पड़ोस के राज्य की प्रजा है। देश में बहुतेरे राजाओं के होने का यही लाभ है। एक राज्य में अपराध करके दूसरे राज्य में भागकर जान बचायी जा सकती है। मेरा एक अनुचर है—पातक। उसकी स्थिति अच्छी थी। पुरखों के किसी कर्ज़ के चलते उसकी ज़मीन-ज़िरात, घर-द्वार सब निहायत कम दाम में बिक गया। उसी के साथ ही उसका भूत, भविष्य, वर्तमान गया। और जिसका नाम नरक है, उसका किस्सा सुनो तो अपराधी को नहीं, ख़ुद को धिक्कार देने का जी चाहता है। गाँव का एक प्रधान उसकी बहन को घर से उठा ले जाने को आया था। नरक ने जाकर उस आदमी का ख़ून कर दिया। इसलिए ख़ून के जुर्म में उसे विचारक के सामने खड़ा होना पड़ा। बहुत-बहुत तर्क़ और युक्ति के बाद विचारक ने यह निष्कर्ष निकाला कि यह नरक बड़ा ही बुरा आदमी है। अपनी बहन पर बलात्कार करने में जिस आदमी ने उसे रुकावट डाली, उसका उसने ख़ून कर दिया।

प्रभुदयाल ने पूछा—कोई गवाह नहीं था?

—क्यों नहीं! लेकिन विचक्षण विचारक ने यह सोच निकाला कि भाई को बचाने की नीयत से वह उलटा बता रही है।

प्रभुदयाल ने पूछा—नरक को क्या सज़ा हुई?

उसका फ़ैसला यह हुआ कि उसके दोनों हाथ काट दिये जाएँ। ऐसी हालत में एक ही काम, जो किया जा सकता था, नरक ने वही किया। उसने जल्लाद के हाथ से खड्ग छीन लिया और उसी से उसके दो टुकड़े कर दिये। दूसरे जो लोग सामने आये, उन्हें वह उसी खड्ग से खेदता हुआ भाग आया।

प्रभुदयाल ने पूछा—तुम्हारे सभी लोगों का इतिहास क्या ऐसा ही है?

—नहीं। ये सब निरे अपवाद हैं। ज़्यादा से ज़्यादा लोग अभावों के थपेड़े खा-खाकर आये हैं। बचपन में इन्हें स्नेह नहीं मिला, शिक्षा नहीं मिली। जवानी में जीविका नहीं मिली—ऐसी हालत में वे क्या करें, उपाय बता सकते हो?

प्रभुदयाल को चुप देखकर खट्टास कहता गया—प्रभुजी, तुम्हारे शास्त्रों में काम, क्रोध, लोभ आदि छः रिपुओं का ज़िक्र है। वह सब निरा शौक़िया मामला है। बाघ जैसे जंगल के जीवों को खदेड़ चलता है, वैसे ही भूख सभी चराचर को खेदे लिये चल रही है। अभागे आदमियों के पाँव तो दो ही हैं, सो ये बेचारे पीछे पड़ गये हैं और यही मारे जा रहे हैं। इतर प्राणी एक-दूसरे को मारकर खा सकते हैं, आदमी को विधाता ने यह मौक़ा भी नहीं दिया है। लेकिन हाँ, और प्रकार से आदमी भी आदमी का खाद्य है। कमज़ोर को बलवान मारते हैं, ग़रीब को धनी मारते हैं और प्रजा को राजा मारते हैं। यह जो मारों की एक कड़ी-सी जुड़ी है—यही तो तुम्हारा समाज है।

जान के डर से भागकर संगठित होकर जब वे किसी योग्य नेता की शरण लेते हैं, तो तुम लोग कहते हो, यह समाज-विरोधी काम है। लेकिन कोई यह नहीं देखता कि इस विरोध की बुनियाद कहाँ है ! नदी जब पानी की अधिकता से उन्मत्त होकर जनपद को बहा देती है, लोग हाहाकार कर उठते हैं। लेकिन उसका उद्गम किस दुर्गम गिरि-शिखर के क्षुद्र झरने में है, कोई इसकी भी खोज रखता है? नदी की बाढ़ को अगर रोकना चाहते हो, तो उसका आरम्भ पहाड़ के झरने को बाँधकर करो। नहीं तो नदी भी रोक नहीं मानेगी, ये भी नहीं मानेंगे।

खट्टास की बातें सुनकर प्रभुदयाल सचमुच ही चिन्तित हो गया था। ये बातें उसकी करायी जानी हुई नहीं थीं, ऐसी बात नहीं, लेकिन उसने इस गहराई से उनको सोच नहीं देखा था। वह ख़ुद अभावों को सहकर धनी है, अभावों को पालने से जो क्या दुरवस्था होती है, यह जानने का उसे मौक़ा नहीं मिला। एकाएक वह समझ पाया कि खट्टास, बहुत देर हुई, चुप हो गया है। उसने पूछा—तो तुम लोग क्या करना चाहते हो।

खट्टास ने कहा—हम सारी दुनिया पर छायी हुई इस भूख का गला घोंट देना चाहते हैं। जब तक इस दुनिया में ऊँच-नीच, छोटे-बड़े हैं, तब तक भूख की शान्ति नहीं है। इसीलिए हम लोग मौज़ूदा हालत को हटाने के लिए सब कुछ तोड़-फोड़कर समतल बनाते हुए उलट-पुलट कर देना चाहते हैं।

प्रभुदयाल ने कहा—इसी से मामले का हल कैसे निकलता है? सब उलट-पुलट हो जाने पर धनी नीचे आ जाएँगे, ग़रीब ऊपर चले जाएँगे! जो असमानता थी, वही रहेगी, प्रकार भेद से, इसे सोचकर देखा है?

खट्टास ने कहा—सोचने लायक़ मनःस्थिति हमारी नहीं है। हम लोग बस सब तोड़-फोड़कर, जला-जलूकर समतल कर देना चाहते हैं।

—भैया, सोचने-जैसी मनःस्थिति तुम्हारी नहीं है, यह तो तुम्हारी बात से ही समझ में आती है। अभी-अभी तुमने कहा कि तुम सब उलट-पुलट कर देना चाहते हो और अभी कहते हो, समतल करना चाहते हो। समतल में जगह-जगह पर पानी जमा हो जाता है। वह बँधा पानी बीमारी का घर होता है। बँधे पानी की तरह जमा धन भी समाज की अस्वस्थता का कारण होता है।

—ठाकुर, तुम्हारे बदन को आँच नहीं लगी है, तभी तुम हिसाबी आदमी-जैसी बातें करते हो। हम लोगों की बात जुदा है, इसलिए हमारे बात करने का ढंग भी अलग है। उलट-पुलट हो जाने के बाद क्या दशा होगी, यह सोचने बैठ जाओ तो उलट-पुलट करना सम्भव नहीं। लेकिन मन में यह भरोसा है कि किसी न किसी प्रकार से इतिहास की गति और अच्छी हो जाएगी।

—यह महज़ तुम्हारी आशा है। इसमें कोई युक्ति भी है या नहीं, यह तुम क़तई

नहीं जानते।

खट्टास ने कहा—ठीक तो है। वैसा कुछ हो, तो तुम भी तो कह सकते हो।

—मैं क्या सर्वज्ञ हूँ!

—सर्वज्ञ न सही, सोचने लायक़ अवस्था तुम्हारी है। तुम्हारे बदन को आँच नहीं लगी है।

ज़रा देर चुप रहकर प्रभुदयाल ने कहा—नहीं कह सकता कि तुम्हारे मन से मिलेगा या नहीं, मगर जब पूछ रहे हो, तो कहता हूँ। सुनो, किंजल्क ! सरोवर में चाँद की छाया पड़ती है, परन्तु ज्वार-भाटा नहीं होता। उसके लिए महासागर का विस्तार चाहिए। समाज में एक छोटे-से अंश की अभिज्ञता पर निर्भर करके सब कुछ का अनुमान करना ठीक नहीं। तुम चूँकि अपने सँकरे अनुभव के प्रति मोहग्रस्त हो, इसलिए तुम्हारी नज़र सब कुछ को नहीं देख पाती है। तुम जिसे उलट-पुलट कहते हो, उसका नाम सामाजिक क्रान्ति है। इसी सामाजिक क्रान्ति के सत्य पर हम लोगों के समाज की प्रतिष्ठा है। मैं वही तत्त्व तुम्हें समझाकर कहना चाहता हूँ, देखो, तुम्हें कैसा लगता है। किंजल्क, मैं पण्डित नहीं हूँ। शास्त्रों की भी वैसी चर्चा नहीं की है। मेरी जो भी जानकारी है, वह सारी की सारी वासुदेव से मिली है। उनकी मुझ पर बड़ी कृपा थी। इसीलिए कभी-कभी उनके पास जाकर बैठा करता था, कभी-कभी वह भी बुलवा पठाते थे।

खट्टास ने कहा—यही कहो न कि तुम उसके चेले हो।

—अरे भैया, चेला तो उनके सभी हैं, कोई जान-सुनकर और कोई अनजानते। जो उनकी पूजा करता है वह भी और जो उनपर चोट करता है, वह भी। सुनो, उस बार वह जो बहुत बड़ा भूकम्प हुआ न, उसके दूसरे दिन मैं उनके पास गया था।

उन्होंने पूछा—प्रभुदयाल, भूकम्प के समय तुम कहाँ थे?

मैंने कहा—प्रभु, मैं अपनी कुटिया में था।

उन्होंने कहा—फिर तो तुम निश्चिन्त थे। मेरे जी में आया, पूछूँ, प्रभु, आप कहाँ थे? इच्छामय ने मेरे मन के प्रश्न को स्वयं समझकर कहा—मैं मनोमय नाम के प्रासाद पर था, झटपट उतर आना पड़ा।

मैंने कहा—प्रभु, फिर तो आपके महल से मेरी कुटिया कहीं ज़्यादा आराम की है! दो-चार बार हिल उठी। लेकिन गिरे क्या, सब तो यों ही हिलता-डोलता है। सो जैसा था, वैसा ही बैठा रह गया।

उन्होंने कहा—एक बार जाकर देख आओ, वह मनोमय प्रासाद घटोत्कच की तरह भहराकर गिर पड़ा है। और ज़रा होता कि मेरा महल मुझे ही दबा देता, पक्षपात नहीं करता।

मैंने पूछा—बीच-बीच में ऐसा भूकम्प क्यों होता है प्रभु!

—वासुकी अपना सिर जो हिलाते हैं।

—यह तो जानता हूँ प्रभु, लेकिन बीच-बीच में वह यों सिर क्यों हिलाने लगते हैं? उन्हें क्या पता नहीं है कि इससे नुक़सान हो सकता है।

वासुदेव ने कहा—शायद जानते हैं, इसलिए ऐसा करते हैं।

मैं समझ नहीं सका। पूछा—यह क्या बात हुई?

—नहीं समझा! आदमी बड़ा अड़ियल होता है। जहाँ बैठ गया, वहाँ से हिलना नहीं चाहता। उनको सजग करने के लिए ही वह सिर हिलाया करते हैं।

मैं समझ नहीं पाया, यह अनुमान करके वह बोले—देखो न, इस मनोमय प्रासाद को तोड़कर बनाने की इच्छा अरसे से थी, हो नहीं पा रहा था। औरों की तरह मेरा भी स्वभाव वहीं गड़कर रह जाने-जैसा है। अब उसे बनाये बिना कोई उपाय नहीं रहा।

—प्रभो, मुझे तो कुटिया बनाने की इच्छा नहीं। यदि टूट जाती, तो बनाने की जुर्रत भी नहीं

—अजी, इसलिए तो वह नहीं टूटी!

मैंने नहीं समझा, यह अनुमान करके बोले—वासुकी का सिर हिलना बीच-बीच में यह याद दिलाता है कि पक्की इमारत बनाकर यह सोचने जैसा भ्रम और कुछ भी नहीं है कि यह चिरस्थायी है। सब कुछ को फिर-फिर चुनना है, जोड़ना है, इसी में आदमी की मुक्ति है, इसी में उसके जीवन की सार्थकता है। तुम्हारा पत्ते का झोंपड़ा हवा में हिलता है, आँधी में डोलता है, इसलिए भूकम्प में उसके ज़मींदोज़ होने की ज़रूरत नहीं है।

अब तक खट्टास चुपचाप सुन रहा था। किसी की बात चुपचाप सुनने की उसकी आदत नहीं। अब वह बोला—ठाकुर, तुम्हारा यह भूकम्प तत्त्व ख़ाक मेरी समझ में नहीं आया। मेरी क्या धारणा है, जानते हो? तुम्हारे उस लीलामय ने लीला के छल से तुम्हारे पत्ते के झोंपड़े का मखौल उड़ाया। उन्होंने यह बता दिया कि मनोरम महल में रहते हैं और तुम रहते हो मामूली से पत्तों के झोंपड़े में।

—भैया मेरे, यह बात तो सभी जानते हैं। नये सिरे से यह बताने का हेतु क्या हो सकता है? पहले सारी बात सुन लो, फिर अपनी कहना।

उन्होंने कहा—प्रभुदयाल, जो सब समाज इमारत की नाईं अचल-अटल-सा बना है, उसे धूलिसात् करने के लिए सामाजिक क्रान्ति की ज़रूरत है। नाम के फेर से उसी को मन्वन्तर, इन्द्रपात, युगपरिवर्तन कहते हैं।

खट्टास ने कहा—मन्वन्तर मैं ख़ूब जानता हूँ। उस बार चौदह लाख आदमी भूख से मर गये! और लगता है, वासुदेव-जैसे आदमी की मौत को ही तुम लोग इन्द्रपात कहते हो! यह भी सुन रहा हूँ, शायद द्वापर युग का भी अन्त हो आया। इसके बाद कलियुग का आरम्भ है। वह न जाने क्या होगा!

—किंजल्क, तुम जानते सभी हो, पर अर्थ ग्रहण नहीं कर सकते।

—शायद ऐसी ही अवस्था को तुम लोग ज्ञानपापी कहते हो।

—नहीं, यह अवस्था अज्ञानपापी की है। अज्ञान से बढ़कर दूसरा पाप नहीं।

—नहीं, ठाकुर नहीं, तुम्हारे थोथे शास्त्रीय ज्ञान की मुझे ज़रूरत नहीं, अपना महाभारत जल्दी पूरा कर लो, मेरे लोग-बाग आ पड़ेंगे।

—ठीक है। और समाज की बात जो हो, वहाँ शायद बाहर से क्रान्ति लाने की ज़रूरत भी हो सकती है, लेकिन हमारे समाज में उसकी आवश्यकता नहीं है।

—क्यों?

—क्यों की तो मैंने पहले ही कही। हमारा समाज क्रान्ति के सत्य को स्वीकार करके ही बना है। मन्वन्तर, इन्द्रपात, युगपरिवर्तन—सब कुछ इस समाज-व्यवस्था का अंगीभूत है। पत्ते का झोंपड़ा इसका प्रतीक है, जैसा प्रतीक कि वासुकी का सिर हिलाना नित्य विप्लव का है।

—लेकिन यह तो कहिए, यह क्रान्ति करेगा कौन?

—कोई नहीं। यह होगी, सदा ही अपने नियम से होती आयी है। फल जब पक जाता है तो अपने नियम से ही टपक जाता है।

खट्टास ने कहा—यह भी तो हो सकता है, किसी कारण से नहीं टपका।

—ऐसे में उसे तोड़ने के लिए अवतार की ज़रूरत होती है।

—यह भी एक शास्त्रीय चकमा है—अवतार!

—अरे बाबा, मानते ख़ूब हो इसे, मानते नहीं हो सिर्फ़ इस शब्द को। ख़ैर उस शब्द को छोड़ देता हूँ। यह क्यों नहीं समझते, अवतार माने शक्तिमान पुरुष।

—हाँ, ठीक रास्ते पर आओ। यह मानने को मैं तैयार हूँ।

—ज़रूरत आ पड़ने पर धर्म की ग्लानि को दूर करने के लिए शक्तिमान् पुरुष का आविर्भाव होता है।

—यह धर्म शब्द जो है, यह मुझे लगता है कि कान में गरम शलाखा गड़ा दी हो। इसे गौण करना होगा।

—वह भी सही। यह क्यों न मानो कि जब राजनीतिक, आर्थिक, सामाजिक दुर्दशा चरम पर पहुँच गयी हो, तो जंग लगा जो चक्का चलना नहीं चाहता, उसे घुमाकर बुरे दिनों को हटाकर नये समय की सूचना कर देने के लिए एक महापुरुष आता है!

—तुम्हारी राय में वासुदेव शायद वैसे ही एक महापुरुष थे!

—अब तुमने ठीक समझा है। उनके समान क्रान्तिकारी और कौन है? ऐसा कोई पहले भी नहीं हुआ, भविष्य में होगा भी नहीं।

—भविष्य में नहीं होगा, यह कैसे जाना?

—अगर होगा, तो मानना होगा कि नाम बदलकर वही आये हैं। वासुदेव क्रान्ति-पुरुष हैं।

खट्टास ध्यान से सुन रहा था। सहसा प्रसंग बदलकर प्रभुदयाल बोल उठा—किंजल्क, हम सबको यह आशा थी कि तुम दिग्विजयी पण्डित होगे, सज्जन होगे। तुम्हारा वंश पण्डितों का है, साधु-सज्जनों का है। तुम्हें आज इस हालत में देखकर मुझे बड़ा दुख हो रहा है।

खट्टास ने यों एकाएक प्रसंग बदलने की उम्मीद नहीं की थी। पहले वह अकचकाया तो, परन्तु सँभल गया। बोला—प्रभुजी, मेरे साधु-सज्जन होने का उपाय क्या है? हमारे वंश में या तो साधु-सज्जन होता है, या फिर ख़ूँख़ार पाखण्ड होता है। इन दो से बाहर जाने का रास्ता बन्द है।

—ठीक तो है। तुमने अपने लिए दूसरा रास्ता क्यों चुना?

—मैंने नहीं चुना, उस रास्ते ने मुझे चुन लिया। पिताजी से यह बात ज़रूर ही सुनी होगी कि एकाध पुश्त के हेर-फेर में हमारे वंश में एकाध ऐसे ख़ूँख़ार आदमी पैदा होते हैं। मेरे प्रपितामह थे प्रकाण्ड दिग्विजयी पण्डित, पर उनके परदादा थे भयंकर दस्यु। आदमी का ख़ून, ब्राह्मण की हत्या, स्त्रियों से दुराचार, नन्हे शिशु की हत्या, लूट, घर में आग लगाना—ऐसा कोई पाप ही नहीं, जो उन्होंने नहीं किया। मेरे दादा तो शायद और भी नराधम थे। मैंने ख़ून, लूट, गृहदाह, ब्रह्महत्या, नारीहत्या—सब कुछ बेझिझक किया है। लेकिन मुझे नपुंसक बनाकर विधाता ने हज़ारों स्त्रियों की जो आबरू बचायी है, कह नहीं सकता। रास्ता बन्द है, बन्द है—भला बनने का रास्ता सदा के लिए बन्द है। यह मेरे लहू की प्रेरणा है। सच बताऊँ ठाकुर, तुम्हें देखने के बाद बहुत बार जी में आया, हाथ लिस-पिस करता रहा कि तुम्हारी गरदन मरोड़ दूँ—अच्छे लोग मेरी नज़र के काँटे हैं। तुम भाग जाओ ठाकुर, फ़ौरन नौ-दो-ग्यारह हो जाओ। मेरी हर नस को दुर्दम लहू हबक रहा है, ज़हर से मेरा शरीर जर्जर हो गया। जल्दी भागो।

प्रभुदयाल ने देखा—खट्टास का विकृत चेहरा और भी भयंकर हो उठा है। दोनों आँखें लाल-पीली हो गयी हैं, मुखमण्डल की सारी मांसपेशियाँ कैसी तो घूम-सी रही हैं। देखकर डर लग जाने-जैसा चेहरा। लेकिन ज़रा भी डरे बिना प्रभुदयाल ने कहा—अभी तुम्हारा मन अशान्त है, मैं चलता हूँ। लेकिन जाने से पहले जरा से मेरी एक बार भेंट नहीं हो सकती?

—नहीं-नहीं। हरग़िज नहीं। कमज़ोर दिल का वह आदमी तुम्हारे भाषण के वेग को किसी भी तरह से सह नहीं सकेगा। तुमने तो मुझे ही लगभग वश में कर लिया था। मुझे तो मेरे रक्त की प्रेरणा ने बचा लिया। ठाकुर, मैं अपनी आज़ाद इच्छा के अधीन नहीं हूँ, रक्त का अंकुश ही मेरा महामात्य है।

और वह अचानक चीख़ उठा—भागो, भागो! जल्दी भागो!

प्रभुदयाल को लगा, खट्टास उस पर तुरत कूद ही पड़ेगा। इतने में उसने देखा—दो आदमी दौड़े आ रहे हैं। खट्टास के पास आकर उन्होंने बहुत ही धीमे से कुछ कहा, जिसमें 'जरा' शब्द प्रभुदयाल को सुनाई पड़ा।

उनकी बात सुनकर खट्टास चिल्ला पड़ा—चौपट! सब गुड़-गोबर हुआ चाहता है! अनुचरों से उसने कहा—तुम लोग मेरे पीछे-पीछे आओ!—यह कहकर वह तीर की गति से समुद्र की ओर दौड़ा।

प्रभुदयाल ने देखा—खड़े रहने से अब कोई लाभ नहीं। लाचार वह घर लौट आया। वह समझ गया कि किंजल्क के विचार को बदलना देवता के भी वश की बात नहीं। ज्ञान की आग से जलकर लोग खरे हो उठते हैं। ऐसे पण्डित को कहते हैं विदग्ध। लेकिन यह आदमी जलकर एकबारगी झामा हो गया है। इससे कुछ बन नहीं सकता। लेकिन हाँ, इसे फेंककर मारो, तो आदमी घायल हो सकता है। खट्टास अभी वही कर रहा है। धीरे-धीरे चलते हुए वह हुई बातचीत की परम्परा सोचने लगा। खट्टास ने पूछा था—ठाकुर तुम्हारे इस तालाब और समुद्र की तुलना, मैंने नहीं समझी।

प्रभु ने कहा था—यह तो सहज-सी बात है। तालाब पर चाँद की छाया पड़ने से वह अगर सोचे कि उसमें भी ज्वार-भाटा खेलेगा, तो यह तो होने का नहीं। नहीं समझे; तुम्हारे-मेरे-जैसा मामूली आदमी तालाब है, कभी-कभी उसपर भी बड़े भाव की छाया पड़ सकती है। लेकिन लहरों को जगाने के लिए विराट व्यक्तित्व चाहिए। जिसकी सीमा युग की परिधि को छुए। ऐसे विराट व्यक्तित्ववाले पुरुष युग-युगान्तर में एकाध बार आते हैं। इस युग में आये थे—वासुदेव। भारतव्यापी भाव-समुद्र उनकी प्रतीक्षा कर रहा था। उन्होंने ज्वार को उत्ताल कर दिया, चारों ओर की संकीर्ण सीमा-परिसीमा डूबकर एकाकार हो गयी। उसी का चरम प्रकाश है—महाभारत का युद्ध। तुम्हारे-मेरे-जैसे तुच्छ लोग विद्रोही हैं, और लोकोत्तर पुरुष वासुदेव हैं विप्लवी। दिनों की जमी काई को हटाकर वह वर्तमान के अकलंक पट पर भविष्य की भूमिका रच गये।

जिस समय ऐसी बातें हो रही थीं, अचानक कौन-सी ख़बर पाकर वह अनुचरों के साथ दौड़कर चला गया। प्रभुदयाल समझ गया, उसको सुधारना उसके बूते के बाहर है। पापी के उद्धार की आशा है, ज्ञानपापी उद्धार से परे है।

घर लौटने पर स्त्री को अकेले में बुलाकर कहा—जरा से भेंट तो नहीं हो सकी, पर यह पता कर आया कि अभी उसे ले आ सकना असम्भव है। वह कुसंगत में पड़ गया है। वे लोग उसे नहीं छोड़ेंगे।

अदिति ने पूछा—तो जरती से क्या कहूँगी?

—ख़ास कुछ कहने की ज़रूरत नहीं है। इतना ही कहना कि वह सही-सलामत

है। शायद कुछ दिनों के बाद उससे भेंट हो। मैं कोशिश में हूँ।

—राजभवन का कुछ समाचार मिला?

प्रभु ने कहा—नहीं। उधर जाने का मौक़ा नहीं मिला। लेकिन आज ही एक बार उधर जाने का इरादा है।

उसके बाद लम्बा निःश्वास छोड़ते हुए कहा—समाचार अच्छा भी क्या होगा। चिराग़ गुल हो जाने के बाद तो अँधेरा ही अँधेरा।

8

वे दौड़ते-दौड़ते ही बातें कर रहे थे।

खट्टास ने पूछा—तुम्हें पता कब चला कि वह ग़ायब है?

नरक ने कहा—कल रात भोज के बाद सोने में काफ़ी देर हो गयी। जागने में भी देरी हुई। जाने कौन तो बोल उठा—अरे, राजा तो देखता हूँ सबसे पहले जाग गया है। निश्चिन्त ही था। बड़ी देर के बाद पता चला कि राजा तो लापता है।

—रानी क्या कर रही थी?

—वह तब भी पड़ी सो रही थी। जगाकर उससे पूछा—राजा कहाँ है?

वह झुँझला उठी, बोली—मैं क्या जानूँ! तुम लोगों का राजा है, तुम लोग खोजो। नाहक़ ही सवेरे-सवेरे नींद तोड़ दी। बड़े दिनों के बाद आराम से सोयी थी।

मल्लिका का कहना झूठ नहीं था। वह वही जो बदला लेने की नीयत से वारांगना टोले से निकली थी, तब से कई दिन, कई रात न तो उसने खाया था, न ही वह सोयी थी। पिछली रात उसे बदला चुका सकने की सम्भावना जो दीखी, सो वह निश्चिन्त हो सोयी। उसने समझा—इन्हीं दस्युओं की मदद से वह यदुवंश की स्त्रियों को सबक़ सिखा सकती है। यह बात न तो खट्टास के दल के लोगों की जानने की थी, न खट्टास की ही। इसीलिए वे लोग यह समझ नहीं सके कि एकाएक यह औरत आ कहाँ से गयी, आयी भी क्यों और अपनी इच्छा से ही उसने रानी क्यों बनना चाहा! दरअसल, वे लोग ख़ुश हो गये कि रानी के लोभ से राजा को रोक रखने में कठिनाई नहीं होगी।

अंकुश ने कहा—जाना कि चारों ओर खोजो-खोजो की हलचल मच गयी। मैं और नरक भाई आपको ख़बर देने के लिए आये।

फिर पूछा—तो खोजने के लिए किधर चलोगे, सरदार?

—वह जिधर को गया है।—मुख़्तसर में खट्टास ने कहा।

उसे पक्का विश्वास हो गया, हो न हो वह समन्दर के किनारे उसी महानीम पेड़ के नीचे गया है, जहाँ वासुदेव मारे गये। सोचा, क्या पता वह कमबख़्त क्या कर बैठे! पानी में डूब मरेगा कि फाँसी लगा लेगा! जो भी हो, वह अगर बेहाथ हो गया, तो इस राज का उसे राजा बनाने की आशा तो बिलकुल ही गयी। अभी तक उसने अपने मन की गहरी योजना किसी को नहीं बतायी थी। धनंजय आकर जैसे ही यदुवंश की स्त्रियों को लेकर चला जाएगा कि जरा को आगे करके वह राज्य और राजधानी पर क़ब्ज़ा करके उसे गद्दी पर बैठा देगा। लोगों को यह बात समझाने में कठिनाई नहीं होगी कि यह वासुदेव का क्योंकि सौतेला भाई है इसलिए राज्य का यही वाजिब हक़दार है। ऐसे में यदि यह आदमी अब मर जाए या कहीं ग़ायब हो जाए तो सारा किया-कराया बण्टाढार ! कल से एक आशंका यह उसके मन में ज़रूर झाँक-झाँक उठी—यदुवंश की स्त्रियों के चले जाने से क्या तो समुद्र नगर को ग्रास कर लेगा। मगर उसने मन से इस आशंका को झाड़ फेंका। यह सब गँजेड़ियों की बातें हैं। जितना बड़ा मुँह नहीं, उतनी बड़ी बात! नहीं, जैसे भी हो, जरा का मिलना ज़रूरी है। कि वह चिल्ला पड़ा—अंकुश, नरक। जल्दी, वह देखो, वह गाछ की उस डाल पर है।

तीनों ने ही देखा, उस विशाल नीम की एक डाल पर जरा रस्सी बाँध रहा है।

—तुम लोग उसे खींचकर ऊपर से उतारो। देखना, कहीं गले में फन्दा न डाल ले, नहीं तो सब माटी हो जाएगा।

वे दोनों दौड़े। पेड़ पर चढ़कर जरा को नीचे उतारा। काठ के मारे जरा के मुँह से सिर्फ़ इतना ही निकला—अरे वाह, यह तो खूब मज़ा है!

कैसे क्या हो गया, इन्हें पता कैसे चल गया और खींचकर उसे उतार ही क्यों रहे हैं, वह कुछ भी समझ नहीं सका। यह अगर मज़ा नहीं है तो मज़ा और किसे कहेंगे!

आधी रात तो किसी ने मानो धक्का देकर जरा को जगा दिया—अरे, अभी तक पड़े सो ही रहे हो! जरा ने समझा, यह काम रानी का है। ताककर देखा, रानी बेख़बर सो रही है। वह जागी भी थी, इसका कोई भी लक्षण दिखाई नहीं दिया।

वह बार-बार यही सुनने लगा—उठो-उठो, बाहर चलो, उठो-उठो, बाहर चलो। मन में नहीं बिलकुल कान से सुनता रहा। और वह कहना ऐसे आदेश-जैसा था कि उसे न माने, यह क्या मजाल! वह बाहर निकला, जैसे स्वप्न के ऐसे रोगी निकल पड़ते हैं। अब उसे सुनाई पड़ा, वह हज़ारों गले की हलचल नहीं सुन रहे हो, उधर चलो।

जरा ने कान लगाकर सुना। सच ही तो! कुछ ही दूर पर ज़ोरों का शोरगुल हो रहा था। उसी आवाज़ को ध्यान में रखकर वह समन्दर के किनारे पहुँचा। यह है

कोलाहल! किंकर्तव्यविमूढ़-सा वह चुप खड़ा रहा समुद्र की ओर ताकते हुए। सोचा, मेरे कानों में बोल कौन रहा था? अब चुप क्यों? पता नहीं कितनी देर के बाद उसे होश-सा आया। लगा, भोर की आभा फूट रही है। लेकिन यहाँ पर अँधेरा इतना गाढ़ा क्यों है? क्या यह पेड़ की छाया है? ऊपर नज़र उठायी। देखा, विशाल पेड़। नीचे ताका। अंगारे पर पाँव पड़ने से आदमी जैसे उछल पड़ता है, वैसे ही वह उछल पड़ा। देखा, यह तो वही जगह है! नहीं भूल हरगिज़ नहीं हो सकती। चारों ओर झाड़ियाँ, बीच में फाँक—और, वह ठीक उसी जगह पर आ पहुँचा! एकाएक वह वहीं पर लेट गया। दोनों हाथों में माटी को पकड़कर ज़ोर से रो पड़ा। वासुदेव, वासुदेव! मुझे बचाओ! वह रोता ही रहा। ज़मीन गीली हो गयी। आदमी की आँखों में इतना पानी कहाँ रहता है!

क्या कर रहा है वह, क्यों कर रहा है—ठीक से यह समझने के पहले ही वह उस महानीम के पेड़ पर चढ़ गया। एक मोटी-सी डाल पर बैठा। पास की ही डाल पर जंगली लत्तर लिपटी दिखाई दी। हाथ छूकर देखा, नरम थी और रस्सी-जैसी मुड़नेवाली। खींचकर एक ही बार में काफ़ी लत्तर तोड़ ली। और जिस डाल पर बैठा था, उससे उसे कसकर बाँधा। इतना सब तो वह एक ही साँस में कर गया, तब तक नज़र आया कि डाल से ढेले के रंग के कुछ फूल झूल रहे हैं। इतनी खींचतान के बाद भी वे टूट नहीं गिरे। मामूली जंगली फूल का जीवन, वह भी कितना नहीं मरनेवाला। उन फूलों को देखने में उसे बड़ा मज़ा आ रहा था। कैसे झूल रहे हैं—दो मधुमाछी उन पर बैठना चाह रही थीं, लेकिन क्यों तो मानो हिम्मत नहीं हो रही थी। उसने सोचा, बैठे या न बैठे, उसका क्या? इतने में बहुत-से लोगों के शोरगुल से उसे चेत हुआ, उधर ताककर देखा, कौन लोग तो दौड़े आ रहे थे। उसने सोच लिया—बस, अब पल-भर की भी देर नहीं करनी चाहिए। लेकिन तब तक तो दो-तीन जने पेड़ पर चढ़ गये और खींचकर उसे नीचे उतार लिया। अब इसने समझा, ये उसी सरदार के आदमी हैं!

खट्टास गरज उठा—अबे कमबख़्त, हमने तुम्हें राजा बनाया है गले में फाँसी लगाने के लिए! इतनी जल्दी काहे की है? हम लोगों का काम बन जाने दो, फिर तो हम खुद ही तुम्हें इसके लिए रस्सी जुटा देंगे—कष्ट करके तुम्हें नहीं खोजनी होगी। कमबख़्त कहीं का! अनड्वान!

खट्टास की टोल की पढ़ाई बेकार नहीं गयी। बीच-बीच में मुँह से संस्कृत का भारी-भरकम शब्द निकल पड़ता। जमात के लोग दंग रह जाते—अपने सरदार उधर भी हैं! पण्डित समाज में पण्डित का आदर नहीं है पर मूर्खों के समाज में अभी भी है।

जरा मूढ़ की नाईं खड़ा रहा। सरदार ने अपने दल के लोगों की ओर ताककर

कहा—रानी, राजा तुम्हारे ज़िम्मे रहा। अपनी रानीगिरी बरक़रार रखना चाहती हो तो राजा को बचाये रखना। यह निपट गँवार है नराधम!

ख़बर मिली तो गुफा से सब लोग आ पड़े।

नरक ने कहा—सरदार, इस लत्तर को खोल ही देना चाहिए। न जाने राजा फिर कब झूल पड़े।

—झूलने का अगर उसे इतना ही शौक़ है, तो वह अधूरा क्यों रहे? कोई एक आदमी ऊपर चढ़ जाओ और उस लत्तर का झूला बना दो। सरदार के आदेश का मतलब न समझते हुए भी प्रतिवाद करने का साहस किसी को नहीं था। एक आदमी ने पेड़ पर चढ़कर झूला बना दिया।

—लो, अब राजा-रानी को उस पर कसकर झुला दो। कमबख़्त अकेले झूलना चाह रहा था, अब दोनों झूलें।

उसके बाद समझाकर कहा—वृन्दावन में वासुदेव ने बहुत पेंगें खायी हैं, अब उसका भाई खाए! वह भी वहाँ, जहाँ, वासुदेव की हत्या हुई। वाह रे, वाह!

खट्टास का अन्तिम उच्छ्वास राजा और रानी के लिए था।

—मघा होता, तो वह मानो ख़ुश होता।

किसी ने कहा—वह आ ही तो रहा है।

—क्यों रे मघा, क्या ख़बर है?

—वही ख़बर है। जैसी आशा थी। कल अर्जुन आ गये हैं। कल सबको लेकर वह हस्तिनापुर की ओर रवाना होंगे।

—बड़ी अच्छी ख़बर है। वे लोग मथुरा द्वार से निकलेंगे और उसी वक़्त सिन्धु द्वार से घुसकर नगर पर क़ब्ज़ा करना होगा। दल-बल के साथ तुम लोग ठीक जगह और ठीक समय पर तैयार रहना।

मल्लिका झूले पर बैठी सब सुन रही थी। उसने देखा—यह तो सारा किया-कराया चौपट होने को है। नगर पर क़ब्ज़ा होने की उसे क्या ख़ुशी है! राजत्व से उसे क्या सुख! वह तो यदुवंश की बेहया औरतों की दुर्गत चाहती है। ख़ास करके रत्ना और कामना नाम की दो बहुओं की। उन्हीं लोगों ने उसके बग़ल के आदमी को छीन लिया था। बेशक भोग करना नसीब नहीं हुआ। दस स्त्रियों की खींचातानी से उसके अंग-अंग अलग हो गये और वह मर गया।

वह झूले पर से उतर पड़ी। बोली—सरदार, मेरी एक विनती है।

सरदार का मिज़ाज ख़ुश था, बोला—विनती क्या कहती हो, आदेश कहो। रानी कभी विनती करती है भला!

—आदेश कहने से ख़ुश होओ, तो वही समझो।

—क्या चाहिए?

—राजमहल की दो बहुओं को मैं दासी बनाकर रखना चाहती हूँ।

—बहुत ख़ूब! मगर महज़ दो को? दो सौ क्यों नहीं! दासियों के बिना रानी रानी क्या! लेकिन बात क्या है, जानती हो? राजमहल से उन्हें छीनकर लाना कठिन है। जब वह वहाँ से निकलकर मैदान में पहुँच जाएँगी, तो पकड़ लाया जाएगा। तुम उनके नाम बता देना।

—नाम कह देने से कैसे पहचानोगे? मैं ख़ुद साथ चलूँगी।

मघा की ओर प्रशंसा-भरी निगाह से ताकते हुए खट्टास ने कहा—कैसी लड़ाकू रानी जुटा ली है। अच्छा, वैसा ही होगा रानी।

उसके बाद मघा, तारक, असुर, अंजन, पातक आदि प्रधानों से कहा—देखो, मैंने जैसा करने को कहा है, वैसा करने में भूल मत करना। जाओ, बुलाकर सबको इकट्ठा कर लो, ज़्यादा समय नहीं है, आठ पहर की बात।

फिर उसने मल्लिका से कहा—रानीगिरी का ख़याल हो तो राजा पर नज़र रखना।

मल्लिका बोली—रानीगिरी के लोभ से न सही, दासी बनाने के लोभ से इस बुड्ढ़ को मैं नज़रबन्द रखूँगी, सरदार, तुम फ़िक्र न करो।

खट्टास ने कहा—मैं अभी जाता हूँ। मुझे आराम करने की सख़्त ज़रूरत है।

9

दूसरे दिन। प्रभुदयाल अपनी कुटिया के पास समुद्र के किनारे बैठा था। उसका वास एक टीले पर है। उसके नीचे शान्त समुद्र। तीसरा पहर नहीं हुआ था।

उसका मन उदास था। उसने कल ही सुना था कि हस्तिनापुर से अर्जुन आये हैं, दूसरे ही दिन सबको साथ लेकर रवाना हो जाएँगे। सवेरे उठकर वह राजधानी गया था। उसे लगा, यह तो उठी हुई हाट है। उस दिन के बाद, जिस दिन वह जरा के लिए क्षमापत्र लाने गया था, दिन ही कितने हुए, तब से यहाँ अकेला नहीं आया। मगर इन्हीं कतिपय दिनों में किस क़दर रद्दोबदल हो गयी। चारों ओर तैयारी की चहलपहल। रथ, गज, घोड़ा और तरह-तरह की गाड़ियों से राजभवन का विशाल प्रांगण भरा हुआ। किसी तरह से भीड़ को ठेलकर वह वसुदेव के कमरे में गया। पहले ही वसुदेव के पैरों के पास बैठे अर्जुन पर नज़र पड़ी। पहचानकर चौंक उठा। पहचान सका, इसीलिए चौंका। कृष्ण के साथ जब वह इन्द्रप्रस्थ गया था तो पाँचों पाण्डव भाइयों से उसकी भेंट हुई थी। आज के इस चौंकने की वजह वही याद थी। उसे पाँचों भाइयों का चेहरा याद आया। युधिष्ठिर लम्बे, दुबले, गोरे; भीमसेन ऊँचाई में उनसे

कुछ कम, मगर चौड़ाई में वह कमी पूरी कर ली थी। मूर्तिमान एक गदा हो जैसे। नकुल-सहदेव लम्बाई में एक-से, अच्छे-ख़ासे, सुन्दर—लेकिन वह सौन्दर्य विलासी का। और अर्जुन ऊँचाई में युधिष्ठिर के बराबर, कुछ और लम्बे होते तो दुबले दीखते। अंग-प्रत्यंगों में ऐसा उपयुक्त अनुपात कि ख़ास कोई अंग विशेष रूप से नज़र को नहीं खींचता—एक साथ ही समूचा दिखाई पड़ जाता। नये निकले केले के पत्ते का रंग, आँखें ध्यानी की—हर घड़ी गोया औरों की निगाह में अलक्षित वस्तु को देख पाते हों। अर्जुन की याद आते ही उसने बहुत बार सोचा, भगवान ने गीता के अमृत को योग्य पात्र में ही रखा है। उस दिन की याद ने आज के दृश्य पर जैसे चाबुक की चोट की। यह क्या वही आदमी है! इसमें शक नहीं कि आदमी वही है—लेकिन सब कैसा तो अप्रसन्न, उदास, अवसाद भरा। देह जैसे प्रत्यंचा ढीला हुआ धनुष। सोचा, ऐसा परिवर्तन, इतना परिवर्तन क्यों! लेकिन तुरत ख़याल आया, इसके बीच में महायुद्ध का अनुभव हुआ और फिर छत्तीस साल निकल गये। महायुद्ध ने जीते हुए, हारे हुए, ज़िन्दा, मरे हुए सबको अपने जबड़े में लिया है। और महाकाल भी चुप नहीं बैठे हैं, उन्होंने भी सबके बदन पर पंजे की छाप छोड़ी है। एक ही साथ महायुद्ध और महाकाल के आघात से आदमी का अस्तित्व डाँवाडोल है। यह तो जैसे एक महान मन्दिर गिर पड़ने को है।

प्रभुदयाल ने और आगे बढ़कर भेंट नहीं की। टूटते हुए-से मन्दिर के पास जाकर वह खड़ा हुआ। एक आदमी से पूछकर जान लिया कि वसुदेव दोपहर को योगस्थ होकर देह रखेंगे। देवकी, मदिरा, रोहिणी और भद्रा उनकी चिता पर जल जाएँगी। कृष्ण की स्त्री सत्यभामा हिमालय जाएँगी, बाक़ी सब तो पहले ही चिता में जल चुकी थीं।

प्रभुदयाल ने पूछा—अर्जुन के साथ जाएँगे कौन?

—इससे तो ठाकुर यह पूछिए—रहेंगे कौन?

—ख़ैर, वही बताओ।

—न कोई आदमी, न आदमज़ाद। सभी जाएँगे।

—क्यों?

—क्यों क्या पूछते हैं देवता, यदुवंश की रमणियों को लेकर अर्जुन जैसे ही जाएँगे कि समुद्र बढ़कर इस पापपुरी को निगल लेगा।

—यह किसने कहा?

—अब तक यह बात ज्योतिषियों के नाम पर चल रही थी, इसलिए लोग निश्चिन्त थे कि वे जो कहते हैं, ठीक उसका उलटा होता है। आज अर्जुन और वसुदेव दोनों ने कहा। मैंने तो रहने की सोची थी, अब मैं भी जाऊँगा। सुनिए, ठाकुर, भला चाहते हैं तो आप भी खिसक पड़िए।

नगर से बाहर निकलने के लिए प्रभुदयाल मथुरा द्वार की ओर गया। किन्तु जाकर देखा कि और ज़्यादा आगे बढ़ सकना असम्भव है। जानेवालों की सूचीभेद्य भीड़ है। लिहाजा उलटी तरफ़ समुद्र की ओर जो सिन्धु द्वार है, वह उसी से निकला। वह निरा अपने आप में डूब गया था, नहीं तो उसे नज़र आता कि दीवार के बाहर कुछ लोगों की भीड़ है। लेकिन उन लोगों को देखकर ऐसा लक्षण नहीं लगता कि वे जानेवाले हैं। इतना ग़ौर करने-जैसी मन की स्थिति भी नहीं थी उसकी। वह सीधे घर लौट आया। स्त्री को थोड़े में नगर की स्थिति बतायी। और खाने के बाद स्थिर होकर सब सोच देखने के लिए वह समुद्र की ओर एक चट्टान पर बैठ गया। पैरों के नीचे शान्त समुद्र सोया था।

10

समुद्र अजीब शान्त-सा, वायुमण्डल अस्वाभाविक रूप से सन्न; नभ की और समुद्र की नीलिमा परस्पर उपमास्थल। पेड़ों के पत्ते नहीं हिल रहे थे, लहरें सोयी-सी थीं और आकाश-बतास, समुद्र में अस्वाभाविक ताप। ख़ूब ग़ौर करने पर देखने में आ रहा था, तमाम बहुत ही बारीक परत-सी भाप की फैली हुई थी। कुहासा नहीं, तपे चराचर का ताप। स्वभाव से जो चंचल है, उसका अस्वाभाविक शान्त भाव संकट की सूचना है। मगर यह सब देखे कौन? समुद्र की ओर जहाँ तक नज़र जाती थी, कहीं भी कोई जन-प्राणी नहीं। समुद्र में नूलियों की डोंगियाँ नहीं, नहीं था किसी समुद्रचर नाव का पाल। और शिला पर बैठा प्रभुदयाल अपने आप में इस क़दर डूबा था कि उसकी आँखें खुली होते हुए भी वह इन बातों की ओर सचेतन नहीं था, अथवा किसी दृश्य की परछाईं आ पड़ी हो, तो उस समय वह उसका मतलब समझने में असमर्थ था।

वह अगर सजग सचेत होता तो देख पाता कि जहाँ पर समुद्र और आसमान के छोर मिल गये हैं, वहाँ दक्षिण से उत्तर तक मेघों का सिर धीरे-धीरे झाँक रहा था। देख पाता, साँझ से बहुत पहले ही समुद्रचारी पंछी लौटने लगे थे। और दिनों की तरह व्यूह-सा बनाकर नहीं, बिखरे-बिखरे, उनकी गति शंका से तेज़ थी।

मेघों का वह समूह अब काफ़ी ऊपर उठ आया। यह मेघ तो नहीं, यह जैसे कसौटी के पत्थर की चोटी हो—वैसा ही गहरा काला, वैसा ही चिकना, वैसा ही ठोस। मेघों के उठने के साथ ही साथ सुमद्र का रंग बदलने लगा। घना नीलापन धीरे-धीरे घने कालेपन में बदलने लगा था। लेकिन उस समय तक वायुमण्डल में प्रतिक्रिया नहीं दिखाई पड़ी थी। वह वैसा ही निढाल, निस्पन्द था। मेघमाला ने अब आकाश

की उच्चतम ऊँचाई को छू लिया, समुद्र का रंग महिषासुर का हो गया। मेघमाला अब धीरे-धीरे पूरब क्षितिज की ओर झुकने लगी, गोकि पश्चिम क्षितिज पर उसका निचला हिस्सा अभी भी झलक नहीं रहा था। अब समुद्र का रंग गाढ़ा काला हो गया। उसकी उपमा मनुष्य की भाषा में नहीं। समुद्र अभी भी निश्चल था; वायुमण्डल निर्जीव। मदोन्मत्त सिंहनी पहले कुछ क्षण जैसे सिंह से बचती चलती है, आसमान से समुद्र का वैसा ही रवैया। आख़िर सिंह की आर्तपुकार से संयम को ठुकराकर सिंहनी सिंह को पकड़ाई दे देती है। समुद्र ने भी पकड़ाई दी, मेघ ने आर्तगर्जन किया। आकाश की उच्चतम ऊँचाई से एक आर्त, कठोर कर्कश, क्रुद्ध गर्जन के होते ही उसकी प्रतिध्वनि हुई। एक गर्जन हज़ार होकर आकाश-वातास में उथल-पुथल मचाने लगा। आसमान में हवा जागी, समुद्र में लहरें जागीं, चराचर में पंचभूत जग उठा। यह गोया शब्द नहीं, विकार का आक्षेप हो जैसे। अब प्रभुदयाल को चेत हुआ।

असम्भव के इस आघात से क्या करना चाहिए, यह समझ नहीं पाकर वह उठ खड़ा हुआ। समझ नहीं सका कि सूरज डूब गया है या नहीं, रात आ गयी है या नहीं, यह प्रलय की सूचना है या नहीं है। उसे लगा, ज्योतिषियों की भविष्यवाणी शायद सच है, यह प्रलय चाहे न हो, खण्ड प्रलय तो ज़रूर ही है। वह बैठ पड़ा। खड़ा रहना असम्भव हो गया।

प्रभुदयाल ने देखा, एकाएक सारा समुद्र ज्योतिर्मय हो उठा। हर लहर का शिखर, हर दो लहर के बीच की उपत्यका, प्रत्येक तरंग की रेखा ज्योति से देदीप्यमान है। यह आलोक अचानक कहाँ से आ गया? प्रभुदयाल ने सोचा, इसी को क्या बडवानल कहते हैं! यदि अनल है तो दाह कहाँ है? ईंधन क्या है उसका? यह तो पानी ही पानी है। मगर सब प्रकाशमय। यह तो मानो अँधेरे में आग लग गयी है। आग लेकिन ताप नहीं, अनल पर शीतल! यह मानो मरी हुई आग की प्रेतात्मा हो, शरीरहीन अवास्तव, इसीलिए जोत है, आँच नहीं है। दमक है, दाह नहीं है। दृश्य है देह नहीं है। मूढ-सा वह उस दृश्यमान अन्धकार की ओर देखता रह गया। कुछ देर पहले के अन्धकार से दीखता हुआ यह पट और भी अधिक आतंक का है। उसने देखा, हज़ारों-हज़ार आग सी जलती मछलियाँ, मगर घड़ियाल, हंगर, सोंस, कूर्म, कछुआ, तिमि और जिनका नाम नहीं मालूम, कभी जिनकी कल्पना भी नहीं की, ऐस-ऐसे अजीबोग़रीब जलचर जीव तेज़ी से किनारे की ओर आ रहे हैं। ये सब शायद समुद्र के हमले की अगली पंक्ति है। समुद्र के इस प्रकाशमान अभियान से ताल मिलाते हुए आकाश में बिजलियाँ कौंधने लगीं। उफ़् कैसी बिजली! किस अतल, तलातल, रसातल से अनन्तनाग बाहर निकल पड़ा है—उसके फैले हज़ारों फन, हज़ारों चमकती-छिटकती बिजलियों में उसकी लपलपाती जीभ, और इसी बीच जो भयंकर आँधी उठी, वही शायद उसकी हिस-हिस आवाज़ हो। अब सिंहनी ने पूरी

तरह सिंह के हाथों अपने को सौंप दिया।

और यह कैसी भयंकर आँधी! चराचर की दस दिशाओं में फैली हुई जो वायु सोयी हुई थी, शान्त थी। उसने जागकर आज एक साथ ही हमला बोल दिया है। सुदूर उत्तर और दक्षिण मेरु की ठण्डी वायु, विषुवत् रेखा की आग बरसानेवाली वायु, महेन्द्र पर्वत की शीतोष्ण वायु, हिमालय की देवदारु की खुशबूदार वायु, मत्स्यदेश की रेतीली वायु, ब्रह्मावर्त की पवित्र वायु, प्राग्ज्योतिष की गन्धमय वायु, दर्शनादेश की कंकरीली वायु, गान्धार की गम्भीर शब्दमय वायु, कम्बोज की कुंकुमवासित वायु, लाक्षाद्वीप की लायची-सुपारी वायु, लंकाद्वीप की तालतमाल वीजित वायु, चराचर की समस्त वायु ने आज प्रभंजन बनकर कुरुक्षेत्र की लड़ाई में जुटे हुए अक्षौहिणी समूह की नाईं इस भौतिक कुरुक्षेत्र के महाहव में साथ दिया है। समुद्र और आकाश आज एकाकार हो गये हैं। दोनों के द्वन्द्व से कल्पनातीत शब्द उठ रहा था, उनका बहुत थोड़ा ही लोगों के कानों आ रहा था। मनुष्य के पंचेन्द्रिय जिन वस्तुओं की धारणा के लिए दिये गये हैं, यह सब उनसे कहीं परे हैं, कहीं जुदा! आदमी की यह खुशनसीबी है कि पंचभूतों की लीला का अधिकांश ही उसकी धारणा से परे है, नहीं तो क्या वह एक पल भी जीवित रह सकता था!

इतने में प्रभुदयाल को नज़र आया, उस दृश्यमान अँधेरे में देखने की कोई बाधा नहीं थी। उसने देखा, पाँच-सात विशालकाय डाकिनियाँ बेहद उल्लास और बड़ी तेज़ी से नाचते-नाचते, घूमते-घूमते आसमान और समन्दर के मजीरे से जो रुद्र ताल बज रही थी, उसी के अनुसार बढ़ रही हैं—उनका माथा आसमान को चूम रहा है, उनके पाँव समुद्र में डूबे हुए हैं—गोया वे आसमान को थामने के दो विशाल पाये हों! धूसर, धुमैले, पिंगल, चंचल, विह्वल पानी के पाये। समुद्र की तरंगें उत्ताल, बड़ा भयानक और विकराल रूप। धरती क्षण-क्षण डोल रही है। प्रभुदयाल से और बरदाश्त नहीं हुआ। वह मूर्च्छित होकर गिर पड़ा।

सुबह की ठण्डी बयार से जब उसकी मूर्च्छा टूटी, उसने आँखें खोलकर देखा। अरे, चारों ओर शान्त और सन्नाटा! कल सवेरे जैसा था, सागर, आकाश, चराचर—सब वैसा ही स्वाभाविक। तो क्या वह तमाम रात दुःस्वप्न देखता रहा! वह उठा। खड़ा होकर देखा, तो नगर की दशा देखकर समझ गया, सब कठोर सत्य है। राजधानी की जो सबसे ऊँची अट्टालिका थी, उसकी सबसे ऊँची चोटी तक पानी में डूब गयी है। जहाँ तक नज़र जाती थी, समुद्र का पानी पीला-सा फैला था, ज़मीन का कहीं नामोनिशान नहीं । केवल वही बच गये थे, इसलिए कि पहाड़ पर थे। और निकट ही जिस महानीम के नीचे वासुदेव ने अन्तिम साँस ली थी, वह पेड़ चूँकि एक टीले पर था, इसलिए वह पेड़ और टीला नहीं डूबा। और, नगर के उत्तर की ओर लाटू पहाड़ की चोटी दिखाई दे रही थी।

कुटिया को लौटते हुए देखा, देखकर हँसा कि इस खण्ड प्रलय में उनकी कुटिया सही-सलामत है। समझ गया कि इस निहत्थे, निरीह पैदल सेनानी को निरी अनुकम्पा से ही महारथियों ने नहीं छूआ।

11

खट्टास की सारी बनी-बनायी योजना ठप्प हो गयी, उसकी जान जो बच गयी, सो उसकी उपस्थित बुद्धि का नतीजा कहिए। मथुरा द्वार से अर्जुन के पीछे-पीछे जब यदुवंशी लोग निकल रहे थे, तो खट्टास अपना दल-बल लिये समुद्र तट के दरवाज़े पर इन्तज़ार कर रहा था। सबसे उसने कहा—इन लोगों को निकल जाने दो, उसके बाद नगर में दाख़िल होकर दख़ल करने से ही काम चल जाएगा। हड़बड़ाकर ख़ामख़ा लोगों की जान जाने देने से क्या लाभ!

यदुवंशियों की वाहिनी कुछ छोटी नहीं थी, अन्तिम आदमी को द्वार से बाहर आने तक में शाम हो गयी। उसके बाद जरा को सबसे आगे रखकर खट्टास के लोग नगर में दाख़िल हुए।

खट्टास ने कहा—तुम लोग अब लूटपाट मत मचाना। क्योंकि यह लूट अपने ही माल की होगी। वहाँ अब जो भी है, तुम लोगों का ही है।

लुभाये आदमी ऐसे सामूहिक धनलाभ के आश्वासन से सन्तुष्ट नहीं होते। मघा, नरक, असुर आदि कई विश्वासी लोगों को छोड़कर बाक़ी सब लोग लूट की आशा में इधर-उधर बिखर गये। किसी ने घर की दीवार खोदनी शुरू कर दी, तो कोई-कोई दूसरे की लूटी हुई चीज़ का हिस्सा लेने के लिए आपस में लड़ने लगे।

जरा को एक जगह पर बिठा दिया गया था। वह जड़ की नाईं वहीं बैठा रहा। लेकिन मल्लिका के अफ़सोस की हद नहीं रही। उसका रानीपना स्वीकार करना, नगर पर अधिकार करना—सबकुछ तो सिर्फ़ इसलिए था कि बेहया यदुवंशी नारियों, ख़ासकर के रत्ना और कामना से बदला चुकाया जाएगा। जब वही शिकार हाथ से निकल गये तो राजपाट, नगर पर अधिकार से क्या लेना-देना! वह सिर थामकर बैठ गयी।

इतने में दौड़ते हुए कई अनुचर आये। उन्होंने पूछा—सरदार कहाँ है?

—क्यों भैया, क्या हुआ?—मल्लिका ने पूछा।

—गज़ब हो गया रानी, समुंद्र बढ़ता चला आ रहा है।

—वह कुछ नहीं है, ज्वार आया है।

—ज्वार क्या हम लोगों ने देखा नहीं है, रानी! यह पानी तो ज्वार की सीमा पार कर गया है। उसके साथ ही उठी है ज़ोरों की आँधी।

एक तो नगर के प्राचीर की आड़ थी, दूसरे वह सब लूटपाट में लगे हुए थे, इसलिए उन्हें ख़ाक भी ख़बर नहीं थी कि बाहर समुद्र में क्या हो रहा है! इतने में सरदार आया। कहा, चलो तो देखें।

प्राचीर के ऊपर समुद्र के रूप को देखकर खट्टास समझ गया कि आज अब खण्ड प्रलय होकर ही रहेगा। सोचा, यानी ज्योतिषियों का कहना सब झूठा नहीं है। प्राचीर पर से उतरकर उसने कहा—अगर जान बचानी हो तो फ़ौरन सब लाटू पहाड़ की ओर भागो, एकबारगी उसकी चोटी पर चढ़ जाओ।

जान लिये सब लाटू पहाड़ की ओर दौड़े। सबके पीछे-पीछे मल्लिका और जरा भी। सिर्फ अनन्त नाम का एक आदमी लूट के माल का लोभ नहीं सँभाल पाकर वहीं रह गया। तीन दिन के बाद उसकी लाश निकली, वह आभूषणों की पेटी को तब भी दोनों हाथों से जकड़े हुए था। मर गया, मगर माल को नहीं छोड़ा। लोभ में भी एक प्रकार का आदर्शवाद है।

दूसरे दिन सबने देखा, जहाँ तक नज़र जाती है, पानी ही पानी। दूर पर सिर्फ़ एक पेड़ और पहाड़तली नाम का पहाड़ दीख रहा था, नगर का नाम-निशान नहीं। खट्टास ने सबको समझाया, यह पानी ज़्यादा दिनों तक नहीं ठहरेगा। इसके उतरते ही नगर पर क़ब्ज़ा कर लेंगे। सरदार ने चूँकि समझाया, इसलिए सबने समझा। समझा नहीं सिर्फ़ मल्लिका ने।

उसने कहा—सरदार, मान लिया कि नगर पर क़ब्ज़ा कर लोगे, मगर हाथ क्या लगेगा? टोकरियों शंख-सीपियाँ और ढेरों सड़ी हुई मछलियाँ मिलेंगी। और, देखोगे कि कीचड़ से घरों का आधा भर गया है। इन सारी गन्दगियों को साफ़ करना हम पाँच हज़ार आदमियों के बूते की बात नहीं। फिर इतने लोगों का भोजन कहाँ है? तिस पर तुरन्त शुरू हो जाएगी महामारी। भूख से, रोग से आधे लोग यों ही मर जाएँगे। बाक़ी भाग खड़े होंगे। राज क्या ख़ाक करोगे?

खट्टास बोला—रानी, तुम रानी ही जैसी बात कर रही हो, इसमें कोई सन्देह नहीं। लेकिन कोई प्रतिकार तो दिखाई नहीं देता।

—प्रतिकार तो बड़ा आसान है। यदुवंश के लोग एक ही रात में आख़िर कितनी दूर जाएँगे? चलो, हम सब मिलकर कुछ लोगों को पकड़ लाएँ। वही लोग इन कचरों की सफ़ाई करेंगे, बहुएँ दासी का काम करेंगी। उनसे दासी और सेवादासी, दोनों का काम चलेगा।

—लेकिन, रानी, उनके रक्षक महावीर धनंजय हैं। हमें मारने में उन्हें कितनी देर लगेगी?

—यहाँ भी महावीर महामारी है। मारने के काम में उसका हाथ भी कम मँजा हुआ नहीं है।

सरदार ने प्रधान अनुचरों को बुलाकर मल्लिका की बात बतायी। सबकी राय हो गयी—आगे बढ़कर हमला करें। कुछ दास-दासी ले आएँ। सूनी नगरी पर राज नहीं किया जा सकता।

ये लोग इधर जब यह सब बातें कर रहे थे, जरा अकेले में बैठा सिर उठाये खड़ा उस अकेले पेड़ की ओर एकटक देख रहा था।

मल्लिका उसके पास गयी, बोली—उठो, क्या देख रहे हो?

जरा ने उँगली से उस पेड़ की ओर दिखा दिया।

मल्लिका झनझना-सी उठी—ओ, पेड़ क्या नहीं देखा है कभी?

—नहीं रानी, यह वही पेड़ है।

—समझ गयी, जिस पेड़ में फाँसी लगाकर तुम मरने गये थे! ख़ैर, मरना चाहते हो, तो पेड़ों की कमी नहीं होगी। अभी चलो।

—कहाँ?

—हाय राम! खाना नहीं है?

मल्लिका की बात और व्यवहार में साध्वी स्त्री का लक्षण दिखाई देने लगा है। तो भी तो ब्याहता स्त्री नहीं है।

ख़ुशक़िस्मती से गुफा के अन्दर पानी नहीं घुसा था। रात का बचा हुआ भोजन काफ़ी था। चलने से पहले इसलिए उन्हें भोजन की कमी नहीं हुई।

12

प्रभुदयाल को आते देखकर काश्यप की माँ और जरती की जान में जान आयी। उनकी सारी रात बड़ी फ़िक्र में गुज़री थी। बहुत बार उन लोगों ने बाहर निकलकर खोजने की कोशिश की। लेकिन तूफ़ान की वजह से आगे नहीं बढ़ पायीं। आख़िर निराश होकर लेट गयी थीं। कहना फ़ुजूल है, नींद नहीं आयी।

काश्यप की माँ ने पूछा—सारी रात कहाँ रहे? हम तो मारे डर के मर गये।

प्रभु ने पूछा—पहले यह कहो कि तुम लोग कैसी रहीं?

—तुम्हारी चिन्ता के सिवा और कोई असुविधा नहीं हुई। अपनी कहो।

—मैंने उस चट्टान को पकड़कर किसी तरह से जान बचायी।

—आये क्यों नहीं?

—काश्यप की माँ, जो दृश्य जीवन में एक बार के अलावा देखना नसीब नहीं होगा, उसे छोड़कर कैसे आता!

प्रसंग बदलकर अदिति बोली—सब तो जलमय हो गया। नगर की नींव कहाँ गयी?

—जिस समुद्र से सबकुछ की सृष्टि हुई, उसी समुद्र में।

—लेकिन घर में तो एक भी दाना नहीं है, चलेगा कैसे?

—चलाने का भार जिन पर छोड़ दिया है, वही चलाएँगे। नहीं तो अचल।

इसी बीच नाव लेकर जगन्नाथ आ पहुँचा।

उसे देखकर प्रभुदयाल खुश हो गया—अरे, जगन्नाथ? कुशल तो है?

—बाबा के आशीर्वाद से एक प्रकार से कुशल ही है।

—सब तो डूब गया। तुम्हारा टोला भी डूब गया होगा? बच कैसे गये?

—बाबा, हम सब समुद्र के बच्चे हैं। कल उनका हाव-भाव देखकर समझ गया कि समुद्र बिगड़ उठे हैं। यह सबको निगलेंगे। सो हम लोग सबको लेकर पूरब की ओर जो वैतरक पहाड़ है, उसी पर चले गये।

—वाह! मगर इतना सवेरे किस इरादे से?

—सोचा, ज़रा बाबा का कुशल-क्षेम पूछ आऊँ।

उसके बाद काश्यप की माँ की ओर देखकर बोला—माँ जी, कुछ दाल-चावल ले आया हूँ, रख लो।

—लेकिन बेटे, आज तो मैं घोंघा-सीपी बीन नहीं पायी हूँ।

—माँ जी, चुनतीं भी, तो वह सब लेने वाला आदमी कहाँ है?

—तो फिर तुम्हारा ऋण मैं चुकाऊँगी कैसे?

जगन्नाथ ने जीभ काटकर कहा—यह क्या कहती हो माँ जी, सन्तान का दिया क्या क़र्ज़ होता है? छिः, बड़ी लज्जा दी माँ जी!

—ख़ैर, दे जाओ बेटे। घर में एक दाना नहीं था।

—वह क्या पता नहीं है माँ जी। दे तो मैं ही जाया करता हूँ। जभी तो सवेरे ही सवेरे आ गया।

प्रभुदयाल ने कहा—बैठो जगन्नाथ। तुमने कहाँ तक क्या देखा?

जगन्नाथ उनके पैरों के पास बैठा, बोला—समुद्र का हाव-भाव देखकर सबको समझा-बुझाकर पहाड़ की ओर ले गया। वहाँ सबको रखकर राजधानी की ओर आया। देखा, क़तार के क़तार लोग नगर छोड़कर मथुरा द्वार से चले जा रहे हैं।

टोककर प्रभुदयाल ने पूछा—अच्छा, उन अभागिनों का क्या हुआ, मालूम है?

—मालूम क्यों नहीं है बाबा। सभी जगह तो मछली बेचने जाया करता हूँ। उनमें से बहुतेरी पहले ही अपने-अपने गाँव चली गयी थीं।

—क्यों?

उस शर्मनाक बात को आप से क्या कहूँ? राजमहल की धी-बहुओं के अत्याचार से।

—हाँ, सुना है। फिर?

—जो रह गयी थीं, वह सब भी राजपुरी के लोगों के साथ चल दीं। इसलिए जान से सब बच गयीं।

—और, बाज़ार के लोग-बाग?

—उनमें से बहुतेरे तो दूसरे नगर की ओर चले गये। कुछ लोग यदुवंशियों के साथ अपनी बिसात लेकर जा रहे हैं। शायद धनंजय ने ऐसा ही आदेश दिया। रास्ते में रसद की ज़रूरत होगी न!

—और, खट्टास की जमात?

—जिससे यम भी डरता हो, उसकी चिन्ता मत करो बाबा।

—फिर भी सुनूँ तो!

—राजधानी के ख़ाली होते ही वे लोग पिल पड़े। लूटना शुरू कर दिया। उसके बाद समुद्र को उमड़ते देखकर सब लाटू पहाड़ की ओर लपके। वहाँ जाने से डरने की बात नहीं। लेकिन वे पहुँचे कि नहीं, पता नहीं। समुद्र को बढ़ते देखकर मैं वैतरक की ओर चला आया।

प्रभुदयाल ने कहा—जगन्नाथ, एक बार पता कर सकते हो कि उन लोगों का क्या हुआ?

—यह कौन-सा कठिन काम है, बाबा, मैं अभी ही जाता हूँ। पहले तो बहुत घूम-घामकर जाना पड़ता था, अब तो जिधर से चाहो, नाव चला दो।

जगन्नाथ नाव लेकर रवाना हो गया।

समुद्र की इस बाढ़ में जरा डूबकर मर गया होगा, इस सोच से जरती कल रात से ही रो रही है। इसलिए उसके सुरक्षित रहने की ख़बर पाना ज़रूरी है। एक पहर के अन्दर ही आकर जगन्नाथ ने बताया—वह सब कोई भी पहाड़ पर नहीं है, बाबा! दो-एक आदमी जो मिले, उनसे पूछने पर पता चला कि खट्टास ठाकुर के लोग बहुत तड़के ही चल दिये हैं। किधर गये, यह पूछने पर वे निश्चित रूप से तो कुछ बता नहीं सके, लेकिन बहुत सम्भव है, वे लोग भी धनंजय के साथ हस्तिना की ओर ही गये होंगे।

जगन्नाथ चला गया, तो प्रभुदयाल ने जरती को समझाकर कहा—जरा को कुछ हुआ नहीं है। वह दलबल के साथ हस्तिना की ओर रवाना हो गया है। हस्तिना बहुत बड़ा नगर है। वहाँ वह मज़े में ही रहेगा। तुम चिन्ता मत करो। जाओ, नहाओ-खाओ।

प्रभुजी का वाक्य जरती के लिए गुरुवाक्य है। लिहाज़ा वह आश्वस्त-सी तो हुई,

पर मन से भरोसा नहीं हुआ। प्रभु जी ने समझ लिया था, समाज के अन्याय और शारीरिक विकलता के कारण खट्टास ने विश्व-विधान की मंगलमयता पर आस्था खो दी है। और, ज्ञान की जिस आग में तपकर आदमी खरा होता है, उसमें जलकर वह राख हो गया है। ज्ञान एक ही साथ स्वामी भी है, दास भी। जिसने उसे स्वामी समझा, वह जी गया; जिसके लिए ज्ञान दास है, वह दास की उस शक्ति को स्वार्थ-साधन में लगाता है। खट्टास की अवस्था यह दूसरी वाली है। जागे हुए को जगाना मुश्किल है। ज्ञान के नाते जागा हुआ आदमी दूसरों को कपट-नींद की दीक्षा देता है। खट्टास के दल के लोगों को वही दीक्षा मिली है। अपनी व्यक्तिगत क्षय-क्षति को खट्टास विश्वविधान का अंग मानकर उसका विचार करते हुए उस पर अविचार कर रहा है। प्रभुदयाल इतना तो निश्चित समझ रहा था कि वह यदुवंश वाहिनी के साथ हस्तिना नहीं जाएगा।

दूसरे दिन जब जगन्नाथ आया, तो प्रभुदयाल ने कहा—जगन्नाथ, अपने यहाँ से दो-एक ऐसे आदमी को भेज दो न, जो घोड़े पर चढ़ना जानता हो। वह ज़रा जल्दी से आगे बढ़कर देख आए कि यदुवंश के लोग सुरक्षित रूप में आगे बढ़ रहे हैं या नहीं। प्रभुदयाल का असली मतलब था, जरा का सुराग़ लेना। लेकिन उसने जरा और खट्टास की जमात की बात का ख़ास तरह से ज़िक्र नहीं किया।

जगन्नाथ ने कहा—मैं आज कन्हाई और बलाई को भेज दूँगा। वे दोनों अच्छे घुड़सवार हैं। कुछ पता चला, तो आकर बता जाऊँगा।

13

कई कोस का रास्ता छेंककर यदुवंश वाहिनी चली जा रही थी। उनमें से सबके सब यदुवंश के ही थे, यह नहीं। लेकिन हाँ, सारे लोग यदुवंश की राजधानी के ही थे। सबसे आगे रथ पर धनंजय, उसके बाद पालकी पर सत्यभामा, रुक्मिणी आदि, उसके बाद हाथी पर बहुत दिनों का जमा हुआ धन-रत्न। उसके बाद रथ और पालकी पर यदुवंश की कुलवधुएँ, उनके साथ लाचार बूढ़े, बच्चे-बच्चियाँ और सबसे अन्त में असंख्य नौकर-चाकर और बहुत से लोग।

यह लम्बी क़तार दिन भर तो चलती, शाम के बाद किसी पड़ाव पर डेरा डाल देती। द्वारका से हस्तिना सैकड़ों योजन की राह। शुरू की तरफ़ जनपद, फिर बीच-बीच में छोटे-बड़े मझोले पड़ाव। वहाँ के बाज़ारों में खाने-पीने की चीज़ें मिल

जाती हैं। राजधानी के बाज़ार से जो व्यवसायी साथ आये थे, उनमें से अनेक किसी न किसी चट्टी पर बैठ गये, दूर देश को जाने को वे राजी नहीं। कई दिनों के बाद वे पंचनद प्रदेश में पहुँचे।

खट्टास भी अपने हज़ार दो-एक आदमी लिये उस मूल वाहिनी से कुछ दूर-दूर चल रहा था, गोया वे भी राहगीर हों। लेकिन किसी ने उनका परिचय नहीं पूछा। परिचय पूछे भी कौन? सारे देश में अराजकता। अब सिर्फ़ दो ही वर्ग रह गये थे—एक अत्याचारी, दूसरा उत्पीड़ित।

खट्टास को सलाह देनेवाली अब मुख्य थी मल्लिका। वह समझ रही थी, अभी हम राजधानी के आसपास हैं, यहाँ राहज़नी करने से लोगों में बात फैल जाएगी, क्योंकि स्थानीय लोगों में यदुवंश और खट्टास के लोगों को लोग जानते थे। लिहाज़ा इस इलाक़े से बाहर निकल जाने से पहले धावा बोलना ठीक नहीं। मल्लिका की सलाह की क़ीमत खट्टास ने समझी। जब वे पंचनद प्रदेश में पहुँच गये तो मल्लिका ने समझाया—सरदार, अब हमला किया जा सकता है। हम अब दूर आ निकले हैं। खट्टास ने मघा, असुर, नरक आदि प्रधानों को बताया, श्रीगणेश करने का मौक़ा आ गया है। तैयार रहो। काम करने को राजभवन की कुछ धी-बहुओं को पकड़ ले जाना था—वे नये रानी-राजा के महल में दासी का काम करेंगी।

जगन्नाथ के भेजे कन्हाई-बलाई—दो पक्के घुड़सवार खट्टास के पीछे-पीछे चल रहे थे। उन पर पता लगा ले जाने का भार था।

ऐसे में एक ऐसी घटना घटी, जो इतिहास और पुराण की सामग्री है, इसलिए कहानीकार के लिए उसका मूल्य कुछ ख़ास भी नहीं। लेकिन मुख़्तसर में कहे बिना काम भी नहीं चलने का।

दिल की क्रिया शिथिल पड़ जाती है तो रक्त का वेग शरीर के दूसरे अंगों में नहीं पहुँच पाता या पहुँचता भी है तो वह इतना धीमा होता है कि अंग-प्रत्यंग अपना काम करने में समर्थ नहीं होते। जीव-देह का यह नियम राजदेह के लिए भी लागू है। हृद्‌पिण्ड स्वरूप केन्द्रीय शासन ढीला पड़ जाने से राज्य के सारे इलाक़ों में केन्द्रीय शासन की धाक नहीं रह जाती। यह नियम सभी देश, सभी राज्यों के लिए समान रूप से सत्य है। कुरुक्षेत्र की लड़ाई के फलस्वरूप केन्द्रीय शासन कमज़ोर ही नहीं, बिलकुल टूट पड़ा था, इसलिए सीमान्त के जो सब राजे अब तक भय और भक्ति से इन्द्रप्रस्थ को मानकर चलते थे, अब वे सब स्वतन्त्र हो उठने की चेष्टा करने लगे। गो कि अभी भी वे दिन का काम 'इन्द्रप्रस्थेश्वरो वा जगदीश्वरो' मन्त्र के उच्चारण के साथ करते हैं, अभी भी वे नियम से इन्द्रप्रस्थ की पताका को अभिवादन करते हैं, अभी भी वे पाण्डवों के नाम से शपथ लिया करते हैं, मुसीबत में पड़ने पर पाण्डवों की दुहाई देते हैं—यह सबकुछ पहले जैसा ही है, ठाट वही है, मगर आन्तरिकता नहीं

है। पहले इन्द्रप्रस्थ ही एकमात्र निर्भर था, अब वह अनचाही बाधा है। यह अगर सीमान्त के राज्यों का मनोभाव हो, तो सीमान्त के बाहर के विदेशी राष्ट्र उत्तर कुरु (तिब्बत का उत्तर-पश्चिमी देश या साइबेरिया), बाह्लीक (बलूख), गान्धार (अफ़गानिस्तान), मेरु-सुमेरु (चीन-तुर्किस्तान, सम्भवतः हिन्दुस्तान पर्वत) आदि देश आँखें गड़ाये हुए थे। उखड़ती हुई साँसों से राष्ट्र के शरीर के अन्त की सूचना हो रही थी। केन्द्रीय शासन का भय और उसी के साथ भक्ति भी जाती रही, रह गया सिर्फ़ ज्ञान। अब वह भी जाता रहा।

आभीरों का एक दल आकर अर्जुन का रास्ता रोककर खड़ा हो गया। भीष्म, द्रोण, कर्ण नहीं—मामूली गँवार लुटेरे। अर्जुन की वीरता का पतन दिखाने के लिए इतना ही बहुत है—उसके बाद गाण्डीव की प्रत्यंचा चढ़ा सके या नहीं, उतने दिनों के जाने-चीन्हे अस्त्रों की याद आयी कि नहीं—विस्तार से उसका विवरण देना बेकार है। महाकवि से हमारी विनीत शिकायत यह है कि यह बात कहे बिना भी समझ में आती कि अर्जुन और उसके साथ इन्द्रप्रस्थ की राजशक्ति का पतन हो चुका।

आभीरों को लोभ धन-रत्न का था। वे लोग धनरत्न लेकर जानेवाले हाथियों को हँका ले गये। कोई-कोई हाथी डरकर पीठ का बोझा गिराकर अन्धकार में भाग गये। कुल मिलाकर बड़ा हो-हल्ला, बड़ी हाय-तौबा मची।

इस वाहिनी के अन्त में राजमहल की बहुएँ थीं। चाहे घटनाक्रम से हों चाहे स्वेच्छा से, एक पालकी पर रत्ना और कामना नाम की दो बहुएँ थीं। इन्हें हम पहले से जानते हैं। रत्ना कह रही थी—हम यह जा कहाँ रहे हैं बहन?

कामना ने कहा—और कहाँ? इन्द्रप्रस्थ।

—जाने से लाभ?

—नहीं जाने से तो डूबकर मरना होता—कामना ने कहा।

उन लोगों ने सुना था कि यदुवंश की राजधानी को समुद्र डुबो देगा। पीछे से जो लोग आये, उनकी ज़बानी महाप्लावन के बारे में सुना।

रत्ना ने कहा—उससे नुक़सान क्या था?

—यही कि जान जाती।

—हर पल जल-जलकर मरते रहने से वह अच्छा नहीं था क्या—यह तो कलेजा जल गया।

कामना ने व्यंग्य से कहा—वह आशा झूठी न थी, सागर का जल शीतल है।

रत्ना ने मज़ाक़ को नहीं समझा। वह बोल उठी—वह जल अब शीतल नहीं रहता, कलेजे की आग से गरम हो जाता है।

कामना ने कहा—कलेजा ठण्डा करने का उपाय इन्द्रप्रस्थ में मिलेगा।

—गुड़ में बालू!—रत्ना झनककर बोली।

—क्यों?

—क्यों क्या? यदुपुरी से पाण्डवपुरी की दशा और भी शोचनीय है। वहाँ पुरुषों में लाचार बूढ़े और नाबालिग़ लड़के हैं। इस कमबख़्त लड़ाई में समर्थ पुरुष कोई बचा भी।

—बचे कैसे? युद्ध में प्राण देना क्षत्रियों का धर्म जो है।

—तुम्हारी यही एक बहुत बड़ी भूल है कामना। इस युद्ध में केवल क्षत्रिय ही नहीं मरे, ब्राह्मण, वैश्य, शूद्र, जन्तु, जानवर, यहाँ तक कि घटोत्कच राक्षस—सभी मरे। अब महाकवि लोग इस घटना पर काव्य लिखेंगे। लिखेंगे कि मरे केवल क्षत्रिय देख लेना, मैं कहे देती हूँ।

—लेकिन तब तो न मैं रहूँगी, न तुम।

कामना की बात पर रत्ना ने ध्यान नहीं दिया। अपने आवेग में वह कहती गयी—उस अनागत काव्य में गाल भरे बहुत श्लोक रहेंगे; बहुत वीरता, बहुत महत्त्व, बहुतेरी अलौकिकता—रहेगी नहीं केवल हमारे कलेजे की यह जलन। अठारह अक्षौहिणी पत्नियों की छाती की जलन से यह देश जो धू-धू जल रहा है। इसे समेट सके, ऐसा महाकाव्य कहाँ है? यह आग कहीं हिमालय के माथे पर गिरती तो अनादिकाल के तुषार गले बाढ़ से भू-भारत डूब जाता, समुद्र में यह आग गिरे तो बड़वानल से सातों समुद्र सूख जाएँगे। सूखा नहीं केवल हमारी आँखों का पानी।—कहते-कहते एक ही साथ उसकी आँखों से आँसू की धारा और मुँह से हँसी की फुहार छूटी। कामना समझ गयी, रत्ना घोर विकारग्रस्त है। सब विकार से बड़ा है काम-विकार।

दिलासा देने की ग़रज से वह बोली—देखो बहन, बीच-बीच में अदृष्ट को मान लेना चाहिए। उससे शान्ति मिलती है।

—तुम्हें मिली है शान्ति? तुमने मान लिया है अदृष्ट को? मैंने क्या लगातार रातों में राजमहल के सूने कमरों में उपच्छाया में घूमते हुए नहीं देखा है? मैंने क्या एक के बाद दूसरी, इस तरह से रातों सूनी सेज पर जलते भुजा-तकियों में करवटें बदलते नहीं देखा है? और कितनी बार जो हम दोनों ने वारांगना टोले में जाकर छोरियों की गोद से पुरुष को छीनकर खींचा-तानी करके उस अभागे आदमी को मार डाला है।—किसी ने दूसरे के भोग के लिए उसे छोड़ा नहीं। और आज तुम एकाएक साधु बाबा बन गयीं! वाह, ख़ूब!—यह कहकर वह उत्कट हँसी हँस उठी।

कामना ने कहा—सब जब जानती ही हो, तो फिर आयी क्यों? और कहीं भाग जा सकती थी।

—भागने के लिए ही आयी हूँ बहन—मैंने बूढ़ों-लाचारों के इन्द्रप्रस्थ में जाने के लिए यह सफ़र नहीं किया है।

उसका मनसूबा सुनकर कामना चौंक गयी। पूछा, कहाँ भागोगी?

—रास्ते में जहाँ मर्द जैसा मर्द दिखाई देगा, वहीं।

—याद रखो रत्ना, तुम राजमहल की बहू हो?

—वारांगना टोले में जाकर मर्दों को लूटने के समय यह बात याद रखी थी? तो फिर सुन लो, कामना, बताऊँ—राजपुरी, राज, वधूपना—यह सब आदमी का गढ़ा हुआ संस्कार है। मैंने सुना है, द्रौपदी यज्ञ की अग्नि-शिखा से निकली थी—यह नारियों के उद्‌भव का चिरन्तन रूपक है। प्रत्येक नारी जलती हुई काम की अग्नि-शिखा से निकली है—इसी के लिए उसके शरीर के प्रत्येक लोमकूप में, तन्तु-तन्तु में, शिरा, धमनी, रक्त, मज्जा में काम की आग बिजली के वेग से दौड़ती है।

कामना को बोलने के लिए कुछ नहीं मिला। बोली—चुप-चुप!

—चुप ही हूँ, मगर आँखें मूँदे नहीं। मेरी नज़र शिकार की टोह में है। ऐन इसी वक़्त शोर मचा—पकड़ो-पकड़ो, मारो; अरे बाप रे, कौन आ गया! शोर का बवण्डर उठा। सबसे पहले फ़ौरन ही पालकी उतारकर पैरों का सदुपयोग कहारों ने किया। विधाता ने दो पाँव विपत्ति की घड़ी में भागने के लिए दिये हैं!

मल्लिका के इशारे पर खट्टास के हुक्म से उसके लोगों ने यदुवंश की स्त्रियों पर हमला बोल दिया। इस बीच वे लोग अँधेरे का लाभ उठाकर उनके समानान्तर ही चल रहे थे।

खट्टास जितना ही अक़्लमन्द क्यों न हो, मल्लिका के कूट मनसूबे को नहीं समझ सका था। उसने सोचा था, राजमहल के लिए दासी जुटाने का ही मतलब है। उधर मल्लिका यह समझ रही थी कि दल के लोग एक बार राजमहल की ख़ूबसूरत बहुओं को पा लेंगे तो फिर आसानी से छोड़ेंगे नहीं। उसने सोचा था, अच्छा ही होगा, दईमारी बहुओं को अच्छा सबक़ मिलेगा। सोचा, सो वे जो चाहें, मगर रत्ना और कामना उसे चाहिए ही। वे मिल जाएँ तो किस पर क्या बीता, इससे उसे क्या मतलब?

बहुओं के बचाव के लिए कोई आ नहीं पाया। क्योंकि जो लोग आ सकते थे। वे आभीरों के आक्रमण से की जूझ रहे थे। खट्टास के दल ने यह नहीं सोचा था कि इतना अच्छा मौक़ा मिलेगा। इसके सिवा और भीं कुछ अप्रत्याशित घटना हुई। राजमहल की अधिकांश बहुएँ ही भागी नहीं, बाधा भी नहीं दी उन्होंने। उन लोगों ने हँसते हुए आगे बढ़कर आततायियों के हाथों आत्मसमर्पण किया।

एक ने कहा—अरी ओ बहन, यह तो दूर की गंगा ही पास आ गयी।

जवाब मिला—तो फिर पूछना क्या, लगाओ डुबकी। डूब मरोगी तो स्वर्ग मिलेगा, उबर आओगी तो पुण्य होगा। यह तो आख़िर कोई ऐसी-वैसी नदी नहीं है, है बिलकुल पतित पावनी।

—नहीं बहन, मज़ाक़ नहीं। इन्द्रप्रस्थ में ऐसा जवान मर्द एक भी नहीं है। मैं तो इसके साथ चली। देख नहीं रही हो, इसके हाथ की पेशियाँ कितनी पुष्ट और मज़बूत हैं!

—वही तो सोच रही हूँ, इतने दिनों से ये लोग थे कहाँ?

कोई स्त्री पकड़ी नहीं गयी तो आगे बढ़कर बोली—अजी, ओ जी, मुझे क्यों नहीं पकड़ रहे हो?

किसी ने कहा—दुर् मर, मैं जैसे नज़र में ही नहीं आयी। अजी, उस सोंठ-सी औरत के लिए ऐसी क्या पड़ी है?

यह कहकर कमज़ोर को ढकेलकर उसने उसकी जगह ले ली। कुछ ही देर में दल के दो हज़ार आदमी दो हज़ार स्त्रियों को लेकर अँधेरे में खो गये। रत्ना और कामना कहाँ गयीं, मल्लिका को पता नहीं चला। इस बीच यदुवंश वाहिनी आगे निकल गयी। इधर कन्हाई-बलाई ने मारपीट की जो तैयारी देखी तो घोड़े का मुँह फेरकर वे राजधानी की ओर चल दिये। जगन्नाथ ने जो बड़ाई की थी, उसमें अत्युक्ति नहीं थी। कोई सन्देह नहीं कि वे बड़े कुशल घुड़सवार थे! प्रभुदयाल के पास जाकर उन्होंने एक उपन्यास ही पढ़ दिया—हज़ारों-हज़ार घुड़सवारों ने आकर मरुभूमि में यदुवंशियों पर धावा बोल दिया। दोनों दलों में जमकर लड़ाई हुई। उन दोनों ने भी कई का काम तमाम कर दिया। लेकिन दुश्मनों के घोड़े उतने तेज़ नहीं थे, इसलिए वे पार नहीं पा सके। कहा—हम लोगों की और भी लड़ने की इच्छा थी, लेकिन यह ख़बर क्योंकि शीघ्र ही पहुँचानी थी, इसलिए लौट आया। युद्ध का क्या ठिकाना, कहीं काम आ गये, तो ठाकुर को ख़बर नहीं दे पाता।

उनकी वीरता और फ़र्ज़अदायगी की तारीफ़ करते हुए प्रभुदयाल ने पूछा—खट्टास की जमात में जरा नाम के किसी को देखा।

कन्हाई ने कहा—मन तो लड़ाई में लगा था। आदमी चीन्हने का अवकाश था भला!

बलाई ने कहा—ठाकुर की आज्ञा हो तो फिर से पता लगा आऊँ?

प्रभुदयाल सब समझ गया था। हँसकर बोला—कोई ज़रूरत नहीं। तुम लोग जाओ।

कन्हाई-बलाई को दोष नहीं दिया जा सकता। एक तो अँधेरा, फिर उथल-पुथल। और ये जरा को पहचानते भी नहीं। ऐसे में ये चाहते भी तो जरा का पता नहीं लगा सकते।

सच ही यह सम्भव नहीं था दल के लोगों ने जब यदुवंश की स्त्रियों पर चढ़ाई कर दी थी तो खट्टास और जरा एक पत्थर पर बैठे थे।

खट्टास ने कहा—राजा, तुम नहीं गये?

जरा ने कहा—तुम कहो तो मैं जाऊँ।

—नहीं कोई ज़रूरत नहीं। वे लोग तुरत लौट आएँगे।

इसके बाद दोनों चुप हो गये। खट्टास सोच रहा था, स्त्रियों को लेकर ये लोग आ जाएँ तो रातोंरात राजधानी लौट चलेंगे। अभी तक अगर उतर नहीं गया हो, तो दो ही चार दिन के अन्दर पानी हट जाएगा। राज क़ायम करने की इच्छा उसे बहुत दिनों से थी। उस राज्य में पुराने संस्कार और आदमी-आदमी में ऊँच-नीच का भेद भाव नहीं रहेगा। सबकुछ तै-तमाम था, सिर्फ़ राजा की कमी थी। अब वह राजा भी मिल गया। अब दल-बल के साथ लौट जाने भर की देर है।

जरा की चिन्ता का प्रवाह दूसरे दो किनारों के बीच बह रहा था। वास्तव में उसे प्रवाह कहना ही उचित नहीं है। वह तो मानो चिन्ता की बहुत बड़ी एक झील हो। उसमें पानी है, गति नहीं है, तल है, किनारा नहीं है; घने सेंवार से पद-पद पर रास्ते की रुकावट। नाविक की इच्छा की उपेक्षा कर के नाव वहाँ हवा के ख़याल पर चलती है। वह गोया प्रकृति की एक अराजकता हो। जरा चिन्ता की अराजकता में पड़ा था।

उस दिन की वह घटना। वासुदेव की मृत्यु को वह शब्द में उच्चारण नहीं करता, कहता है—उस दिन की वह घटना। तब से अतर्क, असम्भव, अप्रत्याशित घटना के धक्के ने उसे विमूढ़ और विह्वल बना दिया है। जरा अभी भी जराग्रस्त है। देह वैसी ही तन्दुरुस्त और मज़बूत है, मगर चिन्ता से जराग्रस्त। जितना ही पतंग उड़ाता, धागा टूटकर पतंग जाने कहाँ चला जाती। कितनी ही बार उसने मरने की सोची, लेकिन खट्टास की आँखों-आँखों है। मरने का रास्ता बन्द। अहा, कोई गला घोंटकर उसे मार डालता! जरती ही सुखी है। जरती की याद आते ही दोनों आँखों से आँसू बहने लगा—आँसू की उस धारा से उसका समूचा कलेजा, सारा शरीर जुड़ा गया। कौन कहता है, आँखों का पानी गरम है!

इतने में मल्लिका आयी, बोली—सरदार, बड़ी आफ़त हो गयी।

खट्टास ने पूछा—क्यों, क्या हो गया?

—तुम्हारे सारे लोग औरतों को लेकर जिसकी जहाँ सीक समायी, चला गया।

निर्विकार की नाईं खट्टास ने कहा—तो हरज क्या हुआ?

—वे क्या अब लौटेंगे?

—भूख मिटते ही लौटेंगे? बहुत दिनों से भूखे हैं न!

उसके बाद दीर्घ निःश्वास फेंककर कहा—उपाय रहता तो एक को लेकर मैं भी अँधेरे में गुम हो जाता। लेकिन साले भगवान ने पहले से ही जो रेड़ मार रखी है।

—सरदार, भगवान को लेकर हँसी-मज़ाक़ करना ठीक नहीं।

—ठीक क्यों नहीं है? भगवान से मेरा मज़ाक़ का रिश्ता जो है! कितने लोग

उसे कितने रूप में भजते हैं, मैं साले के रूप में भजता हूँ।—यह कहकर हँसी के आरे से अन्धकार के आबनूस को वह चीरने लगा।

मल्लिका ने वह हँसी पहले नहीं सुनी। उसका सारा अस्तित्व ही सिहर उठा। वह झटपट वहाँ से खिसक पड़ी—एक पल भी बरबाद करने का समय नहीं था उसे।

गयी कहाँ रत्ना? वह भागी नहीं है, किसी पुरुष के हाथों अपने को सौंप दिया है, इस विषय में तो वह निस्सन्देह थी। लेकिन है कहाँ वह? सारा अँधेरा मैदान नर-नारियों की जोड़ियों से भर गया था। किसी ने छोटी-सी किसी झाड़ी या चट्टान की ओट खोज ली थी। किसी को उसकी भी ज़रूरत नहीं हुई। अजीब नज़ारा!

एक मशाल जलाकर वह खोजने लगी। एकाएक रोशनी जल जाने से भी किसी को चेत नहीं हुआ। मल्लिका को भी मानो चेत नहीं, उसकी नज़र किसी की खोज में लगी थी। आख़िर बहुत खोजते-ढूँढ़ते एक चट्टान की ओट में उसने रत्ना को देखा। उसने मर्द के बदन पर मशाल रखी। आँच लगते ही वह बाप-बाप करके भागा। रत्ना और मल्लिका आमने-सामने खड़ी हुईं।

—तुमने मेरे मर्द को भगा क्यों दिया?

—बग़ल के मर्द को हटा लेने से कैसा लगता है, यही स्वाद जताने के लिए।—मल्लिका ने धीर होकर उत्तर दिया।

एक ओर घायल बाघ, दूसरी ओर निर्विकार शिकारी।

—मैं कौन हूँ, जानती हो?

—क्यों नहीं, राजमहल की कुलटा बहू।

—रत्ना गरज़ उठी—कुलटा!

—दूसरे क्या कहते हैं यह तो नहीं जानती हूँ।

—तुम भी तो कुछ सधुआनी जी नहीं हो, तो फिर ऐसा क्यों? मेरे जो जी में आएगा करूँगी।—रत्ना ने कहा।

—तुमने सच ही कहा है। मैं सधुआनी जी नहीं हूँ और मेरा यह काम भी औचक नहीं है। एक दिन तुमने मेरे बग़ल से पुरुष को छीन लिया था, आज उसी का बदला चुकाया।

—तुम्हारे बग़ल के पुरुष को!—रत्ना सोच नहीं सकी। बोली—अच्छा ज़रा रोशनी तो उठाओ, तुम्हारी सूरत देखूँ।

मल्लिका ने मशाल उठायी। दोनों के चेहरे पर पूरी रोशनी पड़ी। अब रत्ना की याददाश्त खलबलायी और परिचय निकल आया। विद्रूप-व्यंग्य। धिक्कार-घृणा, लांछना-उपेक्षा—सब एक साथ मिलाकर बोल उठी—ओ, वही तो, यह तो हमारी मल्लिका है!

ठीक उसी ढंग से मल्लिका बोल उठी—हाँ जी हाँ, रत्ना!

रत्ना उछलकर मल्लिका पर आ रही। हाथ की मशाल फेंककर मल्लिका ने रत्ना को हाथों से जकड़ लिया। दोनों ज़मीन पर गिर पड़ीं।

दूसरे दिन सवेरे देखा गया, क्षत-विक्षत, दो नारी-देह मांसपिण्ड-सी बनी एक-दूसरे को जकड़े पड़ी हैं। नारी करुणामयी!

दल के लोग सवेरे लौटेंगे, खट्टास इसी उम्मीद में बैठा था। जब कोई नहीं आया तो वह उन्हें ढूँढ़ने के लिए निकला। ज़्यादा दूर नहीं जाना पड़ा। सब आस ही पास थे। बहुतेरे रात के परिश्रम से थककर सो रहे थे। बहुतेरे रात की संगिनी से बातें कर रहे थे। जिस सरदार से पहले वे सब बाघ की तरह डरते थे, आज उन्होंने उसे देखकर भी नहीं देखा। सरदार ने आवाज़ दी, तो बहुतों ने जवाब ही नहीं दिया। और जिन्होंने जवाब भी दिया, वह तो और भी निराशाजनक था।

खट्टास ने कहा—नरक, बहुत हो चुका। अब इन दासियों को लेकर राजधानी लौटने की तैयारी करो।

बड़ी ही उपेक्षा से नरक ने कहा—अभी रुको भी ठाकुर, पहले अच्छी तरह से राजरानी को समझ लें, उसके बाद राजधानी की सोचेंगे।

मघा, असुर, अंकुश, पातक—सभी प्रधानों का जवाब लगभग ऐसा ही था। नयी दौलत को पाकर कोई भी कहीं जाने को तैयार नहीं था। खट्टास ने हैरान होकर सोचा—गज़ब है! एक ही रात में उसका भयकारी प्रभाव मन्त्रबल से फुर्र हो गया। कैसा मन्त्र? खट्टास अगर स्वाभाविक आदमी होता, तो वह समझ पाता कि जिस मन्त्र से चराचर में प्राण का प्रवाह स्पन्दित हो रहा है, यह वही मन्त्र है। सभी मन्त्रों से बड़ा। मघा उसका प्रधान चेला था। उसने कह दिया—इस रस को ग्रहण करने की क्षमता होती, तो तुम भी हमारी ही तरह जवाब देते सरदार। ख़ैर, जो भी हो, तुम जाकर अपना राज्य क़ायम करो। हम लोग चल दिये—जिधर दोनों आँखें जाएँ। खट्टास ने देखा, सच ही लोगों की जोड़ियाँ, जिनकी जिधर इच्छा, चली गयीं। हताश होकर वह लौटा। जरा के पास पत्थर पर बैठते ही जरा ने कहा—सरदार, वह देखो, रानी वहाँ मरी पड़ी है। बला गयी, कहकर वह माथे पर हाथ रखकर सोचने लगा।

उसे प्रभुदयाल की वह बात याद आयी जो उसने उसे सचेत करते हुए कहा था—किंजल्क, डाबर में बहुत ज़ोर तो चाँद की छाया पड़ सकती है, ज्वार-भाटा के लिए तो समुद्र का विस्तार चाहिए। उसके बाद समझाते हुए कहा था—तुम्हारे ये अनुचर अपनी-अपनी शिकायतों से आये हैं ऊब कर—ये विद्रोह के धातु के बने हुए नहीं हैं।

—क्यों, सारी व्यक्तिगत शिकायतें मिलकर क्या विद्रोह नहीं मचा सकतीं?

खट्टास को याद आया, प्रभुदयाल ने कहा था—यदि यह सम्भव होता, तो पाँच आदमी की आँखें इकट्ठी करने से हज़ार आँखों की दिव्यदृष्टि मिलती। लेकिन ऐसा

होता नहीं है किंजल्क। तुम तालाब को समुद्र मानकर मन ही मन उसमें नावों का बेड़ा बहा रहे हो।

खट्टास ने विचारकर देखा, प्रभुदयाल का कहा सच ही निकला। एक औरत मिल गयी और सभी अपनी-अपनी शिकायत भुला बैठे। उसके मुँह से अनजाने ही निकल गया—हा ईश्वर!

अपनी ही बात से वह आप चौंक उठा—अरे, यह क्या? यह तो अपना भी पतन हो रहा है। आख़िर को वह शब्द मेरे मुँह से भी निकल पड़ा! अन्त में उसे लगा—नहीं, यह उसकी सचेतनता का फल नहीं है—यह पूर्व जन्म के जो सब संस्कार उसकी मज्जा में पड़े हैं, उन्हीं का एक आकस्मिक प्रकाश है।

जरा फिर बोल उठा—सरदार, रानी जो मर गयी।

कोई जवाब नहीं मिला। इसीलिए फिर से पूछा—राजधानी लौटने का क्या हुआ?

अब की जवाब मिला—दो दिन इन्तज़ार करो, सभी लौटेंगे।

लेकिन दो दिन इन्तज़ार करने का मौक़ा नहीं मिला। उसी समय दूर पर घोड़ों की टापों की आवाज़ सुनाई पड़ी—बहुत से घोड़े। खट्टास ने ताककर देखा, बहुत से मँजे घुड़सवार एक क़तार में तेज़ी से आगे बढ़ते आ रहे हैं। वह समझ गया, ये लोग और चाहे जो हों, मित्र नहीं हैं। जरा और एक बार अपनी मरी हुई रानी को देखने गया था कि सचमुच ही मरी है या नहीं। इसी बीच खट्टास वहाँ से खिसका। पास के एक विशाल पेड़ के पत्तों की आड़ से ग़ौर करने लगा कि मामला क्या है। तब तक घुड़सवारों का दल पास आ पहुँचा।

खट्टास ने देखा, ये लोग जो भी हों, पिछली रात वाले गँवार आभीर लुटेरे नहीं हैं। ये सब सुशिक्षित, सुसज्जित, वर्म-चर्म-उष्णीष और तीर-धनुष-भाला वाले आदमी हैं। सैनिक। ऐसी शक्ल वाले लोग उसने पहले नहीं देखे। किंजल्क को दिव्यदृष्टि होती तो वह जान जाता कि कुरुक्षेत्र की लड़ाई के बाद से ही नियमित प्रवाह से जो सब विदेशी लुटेरे देश में आते रहे हैं, ये घुड़सवार उन्हीं का अगला दल है। इनका लक्ष्य है लूट। इसके बाद जो आएँगे, उनका लक्ष्य होगा राज्य क़ायम करना। खट्टास ने देखा, आततायी लोग घोड़े से उतरे। उनके जो अनुचर सामने मिल गये, बिना किसी भूमिका के उन्हें बाँधकर घोड़े की पीठ पर लाद लिया। उन क़ैदियों में कुछ औरतें भी थीं। वे लोग जैसे ही लौटने को हुए कि उनकी नज़र जरा पर पड़ गयी। उसे भी बाँधकर उन लोगों ने घोड़े की पीठ पर लाद लिया। उसने एक बार यों ही पुकारकर कहा—सरदार, इन लोगों ने तो मुझे क़ैद कर लिया! खट्टास ने मन ही मन कहा—राजा होने से बीच-बीच में क़ैदी बनना पड़ता है। उसके बाद सब घुड़सवार घोड़े की पीठ पर बैठे। हर घोड़े पर दो-एक बन्दी। उन्होंने घोड़े का मुँह फेरकर एड़ लगायी। कुछ ही देर में वे लोग आँखों से ओझल हो गये। खट्टास ने समझा, एक

अध्याय का अन्त हुआ। लेकिन हाँ, खुद बच गया, इसलिए सम्भावना में सब रहा। भावावेग में जान देना वीरों का धर्म हो सकता है, लेकिन वह वीर निर्बोध होता है। खट्टास और चाहे जो हो, निर्बोध नहीं है।

14

जाने कितने नदी-नाले, छोटे-बड़े जनपद को पार करते हुए वे चले जा रहे थे। शाम को किसी सुरक्षित स्थान में पड़ाव, सवेरे फिर सफ़र। खाने को कभी पकाया हुआ भुट्टा, कभी बाजरे की रोटी, कभी नसीब हुआ अधपका मांस—आततायी और बन्दी सभी का वही भोजन। स्त्री-पुरुष मिलाकर बन्दियों की संख्या सौ से ऊपर थी।

इस तरह कई दिनों तक चलते रहने के बाद एक बड़े जनपद में उन लुटेरों ने बीस-पचीस ऊँट ख़रीद लिये। यहाँ एक-एक ऊँट पर चार-पाँच बन्दियों को चढ़ा दिया। ऊँटों के दोनों किनारे घुड़सवार लोग चले। बन्दियों को हिदायत कर दी, भागने की कोशिश मत करना। देख रहे हो न, हाथ में तीर-धनुष है! बन्दियों के हाथ बाँध दिये गये थे। पैर अवश्य खुले थे।

जरा की शाही पोशाक लोगों ने छीन ली थी, पर गले के कौस्तुभ मणि पर उनकी नज़र नहीं पड़ी थी। उसने उसे पहले ही उतार कर कपड़ें में खोंस लिया था। वह देखता था और देखकर हैरान रह जाता था कि बन्दियों के चेहरे पर ख़ुशी है। ऐसा नहीं लगता कि उनके मन में कोई कष्ट है। घटनाचक्र से उसी के ऊँट पर नरक, असुर, पातक तीनों प्रधान भी थे। उन्हीं से उसने सुना कि मघा ग़ायब है। सरदार का उन्हें पता नहीं, शायद वह भी भाग गया है।

जरा ने पूछा—हम लोगों को ये ले कहाँ जा रहे हैं?

उनमें से एक ने कहा—यह मैंने कई बार पूछा।

—क्या जवाब दिया?

—यह देखो—कहकर नरक ने पीठ पर चाबुक का निशान दिखा दिया।

—अरे बाप रे, पूछताछ करने पर ये लोग मारते हैं।

—इतना ही नहीं, बात-बात पर मारते हैं। इसलिए, भाई मेरे, उन लोगों से बोलने की कोशिश मत करो।

जरा ने सलाह मान ली। वह बोलता नहीं, न तो उन लुटेरों से, न ही अपने संगी-साथियों से। वह चुपचाप ही रहता। बोल रहा था तो एक़ प्रकार का था, अब बोलना बन्द कर दिया तो मन अन्दर चला गया। वहाँ, जहाँ अन्तहीन क्यों की माला

का जप चल रहा था। क्यों वह हिरन समझकर वासुदेव को मारने गया? ऐसा तो कभी नहीं हुआ था! जब भी आदमी को मारा, जान-सुनकर ही मारा; तब न तो उसने ग्लानि का अनुभव किया, न किसी ने उसे धिक्कारा। वासुदेव को मारने के बाद ही जरती की हत्या। उस समय उसके मन की हालत यह थी कि जो भी सामने मिलता, उसी को मार डालता। हठात् भूकम्प क्यों हुआ? चाँद में ग्रहण क्यों लगा? तारे टूट-टूटकर गिरने क्यों लगे? उसके पाले हुए जन्तुओं ने ही उस पर हमला क्यों किया? और सबसे बड़ी बात यह कि वह खट्टास के पल्ले क्यों पड़ा? तब से तो उसे एक पल के लिए भी निश्चिन्त होकर बैठने का मौक़ा नहीं मिला। यह सब क्यों, क्यों, क्यों? इन असंख्य क्यों का उत्तर कौन दे?

चिन्ताओं की ऐसी ही भाषा जपते-जपते हठात् ऊँट सब खड़े हो गये। उतरने का हुक्म हुआ। सामने ही एक बड़ा-सा जलाशय था। नहाने-पीने के लिए सब उतर पड़े। उसके बाद बाजरे की दो रोटियाँ मिलीं। जरा सोचने लगा, रोटियाँ ऐसी जल क्यों जाती हैं? इतनी सख़्त क्यों हैं? जरती जो रोटियाँ पकाती थी, वह तो इस तरह से जलती नहीं थीं, और नरम कितनी होती थीं! नहीं, जरती और वह बड़े आराम से थे। वह तो ज़बान के दोष से मरी। वासुदेव को भगवान और जरा को उसने पापी क्यों कहा? भगवान तो क्या, ख़ाक! और आदमी को मारना किस जनम में पाप रहा! अच्छा किया, मार दिया उसे! इन रोटियों से जीभ छिल जाती है और वे रोटियाँ मुँह में मक्खन की तरह गल जाती थीं। वह कहती थी, बाजरे के आटे को भिगोकर एक पहर रखना पड़ता है। कहा था—आदमी का मन और आटा एक तरह का होता है! पानी देकर वश में कर लेना चाहिए—ज़ोर-ज़बरदस्ती से कुछ नहीं होता! उँह, मेरी गुरुआनी जी, और क्या! दो रोटियाँ खिलाएँगी, तिस पर उपदेश कितना! अच्छा हुआ कि दईमारी मर गयी। बाप रे, यह कैसी रोटी! लगता है, पत्थर के चूरे की बनी है। फिर कूच करने का हुक्म।

आखिर एक पखवाड़े के बाद वे लोग एक बहुत बड़े नगर में पहुँचे। नाम—तक्षशिला। रास्ते कितने चौड़े, मकान कितने ऊँचे-ऊँचे! और लोगों की भीड़ कितनी! और आदमी भी कैसे अजीब-अजीब तरह के! किसी के बदन का रंग धौला, किसी का बर्फ़ जैसा सफ़ेद, किसी का हल्दी की आभा-सा, किसी का ताँबे जैसा, किसी का लाली लिये गोरा। काले, छोटे-छोटे खड़े बाल। किसी के बालों का जूड़ा बँधा, किसी का सिर घुटा हुआ। किसी की आँखें छोटी-छोटी, किसी की नाक चपटी, किसी के गाल की हड्डी ऊँची। और पोशाक भी कितनी क़िस्म की! ऊँचे से उन्हें उतार कर दीवार घिरी एक खुली जगह में उन लोगों को आराम करने के लिए छोड़ दिया।

दूसरे दिन सवेरे उन्हें क़तार में खड़ा कराया गया। एक क़तार में मर्द, दूसरी

में औरतें। बहुतेरी अली-गली पार करके हाट जैसी एक खुली जगह में वे लाये गये। जरा ने देखा, हाट जैसी तो है, पर दुकान नहीं। उनके बदले रास्ते के दोनों ओर माटी की छोटी-छोटी वेदियाँ बनी हैं। उन्हीं वेदियों पर वे सब बैठे। यहाँ भी स्त्री पुरुष की अलग-अलग पाँत। जरा के एक ओर नरक, दूसरी ओर असुर। जरा ने पूछा—हमें यहाँ क्यों लाया गया? यहाँ क्या होगा हमारा?

नरक ने कहा—ख़रीद-फ़रोख़्त होगी।

जरा समझ नहीं पाया। पूछा—ख़रीद-फरोख़्त क्या?

—अरे गँवार, हम लोग बेचे-ख़रीदे जाएँगे।

—यह भी होता है क्या?

—बेशक। रोज़ होता है। यक़ीन न हो तो अभी ही देख लेना।

—तुमने कैसे जाना?

नरक ने कहा—भैया असुर, यह कमबख़्त तो कुछ भी नहीं जानता है। जानेगा भी कैसे? जंगलों में जीव-जन्तुओं को मारता-फिरता है। दुनिया का रंग-रवैया कहाँ से जानेगा?

असुर ने कहा—समझा दो न उसे।

नरक ने कहा—अरे गँवार, सुन। इसे लेकर मैं यह तीसरी बार बेचा-ख़रीदा जा रहा हूँ। आख़िरी बार सरदार ने मुझे और असुर को पुरुष-पत्तन की हाट से ख़रीदा था। जभी तो हम द्वारका पहुँचे थे।

—ऐं! फिर तुम लोगों का घर कहाँ है?—जरा ने पूछा।

—क्या पता! पाँच साल से तो इस हाथ उस हाथ हो रहा हूँ।

—तुम दोनों ही?

—हाँ। साथ में मघा भी था। वह कहाँ जो चला गया, क्या जानें।

असुर ने कहा—शायद उस दिन की लड़ाई में मारा गया।

—मारा गया कि ज़िन्दा है?

जरा ने पूछा—दो बार कैसे ख़रीद-फ़रोख़्त हुई? किसने ख़रीदा, कितने दाम पर ख़रीदा—बताओ न भाई।

—अच्छा तो सुनो—यह कहकर वह कहने ही जा रहा था कि उनके वर्तमान मालिक वे लुटेरे चिल्ला पड़े—सब चुपचाप रहो। हिलो-डुलो मत! ख़रीदार आ रहे हैं।

जरा ने देखा, दोनों तरफ़ बिकनेवालों की लम्बी पाँत। एक तरफ़ पुरुष, दूसरी ओर स्त्रियाँ। वही, राजभवन की धी-बहुएँ। पाँत के दूसरे छोर पर कुछ लोग—वे बीच से दोनों पक्तियों को देखते हुए बढ़ते आ रहे थे।

इस बहुत बड़े बाज़ार के बहुत छोटे से हिस्से पर ही ज़रा की नज़र पड़ी थी। सब पर नज़र गयी होती तो वह देखता कि हर उमर के लोग हैं—दस-बीस आदमी

नहीं, सैकड़ों। चालान ज़्यादा आने पर हज़ारों हो जाते हैं। चालान की कमी-बेशी पर दाम की तेज़ी-मन्दी होती है। आज आमदनी ज़्यादा नहीं थी, इसलिए दाम चढ़ा हुआ था।

इस पण्य में पाँच-छः साल के बच्चे से लेकर प्रौढ़, बूढ़े तक सभी उमर की पुरुष नारियाँ थीं। शिशु और बालकों की क़ीमत कम थी। उनको बहुत दिनों तक खिला-पिलाकर तैयार करना पड़ेगा न। बूढ़ों का भी दाम नाम का। युवक-युवतियों का दाम ज़्यादा। सेहत और ख़ूबसूरती के हिसाब से क़ीमत और भी बढ़ती है। आज राजमहल की स्त्रियाँ रूप की छटा बिखेर रही थीं। आज मालिक अच्छा दाँव मारेंगे।

—वह क्या कर रहा है भाई। जंगली हैं क्या ये? छिः, छिः।

नरक ने कहा—माल ख़रीदेंगे, ज़रा देख-सुनकर नहीं ख़रीदेंगे?

—लेकिन तो क्या राजमहल की बहुओं को! वह भी एक हाट लोगों के बीच?

—ज़रा बात सुनो इसकी। भगवान ने बनाया है स्त्री और पुरुष। राजा और ग़रीब की सृष्टि तो आदमी की है। राजमहल की और ग़रीब की बहुओं में भेद करने से कैसे चलेगा?

—ऐसी कुलच्छन की बातें कहाँ सीखीं?

—सरदार से। तुम भी सीखते, मगर बीच ही में सब गोलमाल हो गया।

—महल की बहुएँ किस काम आएँगी? उन्होंने क्या कभी काम किया है?

—इसमें डरना क्या है भाई, भगवान ने सबके लायक़ काम बना रखा है।

इतने में कई सम्पन्न से आदमी इधर आ पहुँचे। एक ख़ूबसूरत से युवक ने आकर जरा से पूछा—अबे जंगली, तू क्या काम कर सकता है?

उसके जवाब देने से पहले ही जो मालिक पीछे खड़ा था, वह बोल उठा—वह सब काम जानता है हुजूर! घुड़सवारी, शिकार—चोरी-डकैती तक।

—उसी को कहने दो, तुम चुप रहो।—ख़रीदार ने कहा। शिकार कर सकता है? क्या शिकार?

जरा ने कहा—बाघ, भालू, सूअर सब।

—बाप रे! यह तो बहुत बड़ा वीर है। अच्छा, वह जो बत्तख उड़ती जा रही है उसे मार सकता है?

उत्साह के साथ जरा ने कहा—बख़ूबी।

—अच्छा, मार तो देखूँ।

—तीर-धनुष दो।

कहते ही एक ने तीर-धनुष ला दिया। एक बार उसकी जाँच करके जरा ने तीर मारा। उससे पहले ही बत्तख उड़कर और दूर चली गयी थी। मगर उससे क्या हुआ! जरा का अचूक तीर उसके पेट में धँस गया और पलभर शून्य में स्थिर रह कर दोनों

डैनों के भारसाम्य से वह धीरे-धीरे माटी की ओर गिरने लगी और कुछ ही लमहों में बाज़ार के किनारे एक पेड़ पर गिरकर अटक गयी।

—शाबाश! बहादुर है।

—मुझे एक अच्छे तीरअन्दाज़ की ज़रूरत है। क्या दाम चाहिए जी?

चाह देखकर मालिक ने दाम बढ़ाकर कहा—जी, दस माशे की उम्मीद करता हूँ। माशा यानी उड़द के दाने भर सोना।

दस माशा मालिक को देकर ख़रीदार ने जरा से कहा—चल। अब से तू मेरा अंगरक्षक है। लेकिन ख़बरदार, भागने की कोशिश मत करना। फिर देख लेना, तीर-धनुष पर मेरा हाथ भी कुछ कम सधा हुआ नहीं है।

जरा ने एक बार करुण आँखों संगियों की ओर ताका और नये मालिक के पीछे-पीछे रवाना हुआ।

नरक ने कहा—देखने में तो जरा का मालिक दयालु ही लगता है।

असुर ने कहा—मालिक लोग तो दयालु होते ही हैं। गड़बड़ी करती हैं ज़्यादा दयालु होकर उनकी बीवियाँ। मेरी सारी दुर्दशाओं की जड़ थी मेरे मालिक की वह स्त्री—

वह और भी कुछ कहने जा रहा था, नरक ने बाधा दी—रहने दे वे पुरानी गप्पें। वह देख, जरा किस तरह से घोड़े पर चढ़ा। वाह, वह तो पक्का घुड़सवार है, देख रहा हूँ।

—अरे भाई, यह सब गुण देखे बिना ही क्या सरदार ने राजा बनाया था!

उसके बाद दुख के साथ बोला—पता नहीं, सरदार का क्या हुआ!

—और चाहे जो हो, वह मरनेवाला आदमी नहीं है। वह फिर दल खड़ा कर लेगा, देख लेना।

उन लोगों में जब तक ये बातें हो रही थीं, तब तक नये मालिक के पीछे-पीछे जरा ने तक्षशिला छोड़कर पहाड़ की राह ले ली थी। पहाड़ पर से सँकरा रास्ता। हर जगह अगल-बग़ल दो घोड़े भी नहीं जा सकते। धीरे-धीरे चढ़ते-चढ़ते वे पहाड़ की चोटी पर चढ़ गये। वहाँ पत्थरों की दीवारों से घिरा एक नगर था। दिन के समय उसका सिंहद्वार खुला रहता है। अभी खुला ही था। अपने मालिक के पीछे-पीछे जरा नगर में दाखिल हुआ।

मालिक ने कहा—यह मेरी राजधानी है। इस नगर का नाम है खपुर।

तीसरा खण्ड

संसार में दुख जैसा शिक्षक शायद दूसरा नहीं। बदक़िस्मती डाकू रत्नाकर की तरह अचानक लाठी मारकर गिरा देती है। और दुख का षण्डमार्क मुनि कान पकड़कर पाठशाला में ले जाकर बिठाता है और तब दुख का पाठ देना शुरू करता है। पाठशाला छोड़ने के बाद कनैठी की याद जैसे-जैसे मिटती जाती है, वैसे ही वैसे दुख के रत्न दमकते दिखाई देने लगते हैं। इस पाठशाला में किसी के चालीस बरस कटते हैं, किसी के चार ही दिन। राजकुमार सिद्धार्थ को चार ही दिन के पाठ में तत्त्वज्ञान प्राप्त हुआ था। जरा इस पाठशाला में वासुदेव की हत्या के बाद भरती हुआ है। अभी-अभी उस दिन तो उसके हाथ में खड़िया पड़ी है। पाठ अभी बहुत बाक़ी है।

जरा के दिन तो किसी तरह कट जाते, रात नहीं कटना चाहती। जब वह जंगल झाड़ियों में घूमा करता था, तब उसे नींद के लिए कभी साधना नहीं करनी पड़ी। वह समय पर आप ही आ जाती। लेकिन आज विलास-व्यसन के बीच कोशिशों के बावजूद वह नहीं आती। नींद कभी तो साध्वी पत्नी की तरह अपने आप आती है और कभी अभिमानिनी उपपत्नी की तरह साधना से भी नहीं। रात को सुख की सेज पर करवटें बदलते हुए कितनी ही बातें याद आती हैं। दिन को नाहक़ की इन बातों को सोचने का समय ही उसे कहाँ—वह जीवन ही और होता है, जरा उस समय और ही जरा होता है।

जरा के मौजूदा मालिक का नाम है सुमन्तराज, जो उसे तक्षशिला के दासों के बाज़ार से ख़रीदकर ले आये हैं। कभी सवेरे, कभी दोपहर को खाने के बाद वह जरा को साथ लेकर निकल पड़ते हैं। पहले उनके साथ दस-बारह अनुचर रहा करते थे, अब अकेले जरा ही काफ़ी है।—कहा करते हैं सुमन्तराज। सुमन्तराज का लड़ाई का बाना—हथियारों में तूणीर-धनुष और तलवार। घोड़ा तेज़। सफ़ेद रंग का। सुमन्तराज का रंग भी गोरा। जरा की पोशाक भी लगभग वैसी ही, मगर उतनी क़ीमती नहीं। उसका घोड़ा काला है, जरा के रंग से उसका रंग मज़े में मिल जाता है। जिस दिन सुमन्तराज अकेले जरा को ही लेकर निकलने को हुए तो सभासदों ने कहा—महाराज, बिलकुल अकेले चले!

सुमन्तराज ने कहा—अकेले कहाँ? जरा है न, वह अकेले ही एक सौ है।

राजा की उस पर ऐसी कृपा देखकर लोग उस पर जी से जलने लगे। कमबख़्त जरा, उड़कर आया और जुड़कर बैठ गया।

प्रासाद के प्रांगण से बाहर निकलकर वे दोनों जैसे ही राजपथ पर पहुँचे, वैसे ही महल के अलिन्द से राजा के साथ जरा को देखकर रानी सीमन्तिनी ने नयी आयी हुई परिचारिका से पूछा—महाराज के साथ का यह आदमी तो नया है। कौन है, पहचानती है तू?

नयी परिचारिका क्या जवाब दे, सोच नहीं पायी। बोली—रानी माँ, मैं तो नयी हूँ, यहाँ के सब लोगों को पहचानती नहीं हूँ।

रानी बोली—मैं तो यहाँ के सब लोगों को देखती रहती हूँ—यह तो यहाँ का नहीं लगता।

परिचारिका ने जवाब नहीं दिया। फ़िलहाल यह प्रसंग यहीं रह गया। रानी ने देखा, अनुचर के साथ सुमन्तराज नगर के उत्तरी सिंहद्वार से निकलकर प्राचीर की आड़ में ओझल हो गये।

सुमन्तराज ऐसे कोई ख़ास बड़े राजा नहीं। लेकिन सभासदों के चलते सभी राज चक्रवर्ती और ससागरा पृथ्वी के अधीश्वर होते हैं। दरअसल सुमन्तराज एक दुर्ग के मालिक हैं। इस दुर्ग से बाहर उन्हें राज्य नाम की कोई चीज नहीं है। नहीं भी है, और है भी। उनके धनुष से छोड़ा हुआ तीर जहाँ तक जाता है, वहाँ तक उनके राज्य की सीमा है। इसीलिए जरा के तीर छोड़ने की कुशलता देखकर उन्होंने उसे काफ़ी दाम देकर ख़रीद लिया था।

तक्षशिला के उत्तर और पश्चिम पहाड़ी प्रदेश है। हर पहाड़ की चोटी पर क़िला है, क़िले के मालिक हैं। उन सबों में आपस में लड़ाई-झगड़ा लगा ही रहता है। राजकोष में जब अर्थ का अभाव होता है, तो बग़ल के क़िले को लूट लिया जाता है। उनकी राजागिरी का यही रहस्य है। सुमन्तराज की तरह दूसरे दुर्गाधिपति भी निकलते हैं—हर कोई दूसरे की सूराख़ खोजते फिरते हैं। पहाड़ के नीचे तलहटी में गेहूँ, अरहर आदि की खेती होती है। खेतिहर आधी फ़सल राजधानी में जमा कर जाते हैं—दूसरे राजा के हमले से बचाने के मूल्य-स्वरूप।

सुमन्तराज और जरा आगे-पीछे चल रहे थे। पहाड़ काटकर बना रास्ता, घूमते हुए नये-नये दृश्य दिखाई दे रहे थे। दूर-दूर के पहाड़ों पर दीवारों से घिरे नगर। जरा ने पहाड़ देखा ज़रूर है—जैसे, लाटू पहाड़, वैतरक पहाड़। लेकिन उन पहाड़ों से इन पहाड़ों में बड़ा भेद है। उसके देखे हुए वे दो पहाड़ गोया तुतली धरती के मुँह की बात हों—हठात् आकर समतल हो गये हैं। यहाँ के पहाड़ लेकिन ओर-छोरहीन हैं—जहाँ तक नज़र जाती, लहर पर लहर। पेड़-पौधों से रहित, दुर्धर्ष, दुर्जय—गरमी

के मौसम में इन्हें मानो ज़्यादा देर तक ताककर नहीं देखा जा सकता। रास्ते का जहाँ मोड़ घूमा, उसके क़रीब ही पहाड़ की चोटी पर दीवार-घिरा एक नगर। वह नगर पहाड़ की चोटी पर झूल रहा हो जैसे। इधर के सारे नगर ऐसे ही हैं।

सुमन्तराज ने कहा—जरा, उस नगर का नाम है नरेन्द्रनगर। यहाँ के जितने भी नगर हैं, राजाओं के नाम पर हैं। वहाँ के राजा हैं नरेन्द्रराज। मेरे नाम पर मेरी राजधानी का नाम है सुमन्तनगर।

जरा ने पूछा—महाराज (मन ही मन सोचा, कई दिन पहले लोग उसे महाराज़ कहते थे, अब वही दूसरे को उस नाम से पुकार रहा है) उस नगर में कभी गये हैं?

—गया नहीं हूँ, पर बहुत दिनों से जाने की इच्छा है।

जरा ने पूछा—जाने में रुकावट क्या है?

सुमन्तराज ने कहा—नगर का सिंहद्वार काफ़ी चौड़ा नहीं है।

जरा समझ नहीं सका, अवाक् होकर ताकता रहा।

—नहीं समझा? नरेन्द्रनगर की दीवारों को तोड़ गिराने के बाद मेरे जाने योग्य रास्ता बनेगा।

जरा ने समझा—राजा लोग आम लोगों की तरह दरवाज़ा से नहीं जाते, दीवार तोड़कर घुसते हैं।

सुमन्तराज ने कहा—नरेन्द्रनारायण साक्षात् कलि है। प्रजा को सताने वाला ऐसा राजा और नहीं। यह कमबख़्त अगर दुर्योधन की तरह घुटना तुड़ाकर बैठ जाए, तो इसकी उचित सज़ा हो।

जरा ने समझा—इसी बीच कुरुक्षेत्र के युद्ध की कहानी इतनी दूर आ पहुँची है। बोला—तो सभी राजा मिलकर उसे हरा क्यों नहीं देते?

—सब को आख़िर मिलाए कौन? कौरव के खिलाफ़ दूसरे सभी राजाओं को वासुदेव ने एक किया था, कृपा करके अगर वह दर्शन दें, तो इसकी तरक़ीब निकल सकती है।

अनजानते एक गहरी खाई के पास पहुँच गया था जरा। उसने सोचा—वासुदेव के मरने की ख़बर अभी यहाँ नहीं पहुँची है। जरा ने सोचा—कुछ कहना चाहिए, मगर क्या कहते क्या कह बैठे, शायद हो कि पाँव फ़िसलकर खन्दक़ में गिर पड़े।

सुमन्तराज ने उसे बोलने का मौक़ा नहीं दिया। बोले—कभी-कभी यह सोचता हूँ कि अपने मित्र राजाओं को लेकर वासुदेव की शरण गहूँ और जाकर कहूँ—प्रभो, यहाँ एक दूसरा कुरुक्षेत्र मचाकर दुष्टों को दण्ड दीजिए।

जरा को यह कैसी नरक-यन्त्रणा!

—हाँ जी! तुमने तो उसी दिन कहा था, तुम्हारा घर द्वारका की तरफ़ है!

जिरह में जरा बोल ज़रूर गया था, बोलने की इच्छा नहीं थी, पर और किसी

देश का नाम नहीं जानने से वही नाम बोल गया था।

—महापुरुष को कभी देखा है?

ऐसे आदमी से ऐसा सवाल! जरा ने कहा—हम निहायत मामूली आदमी हैं महाराज!

—अजी मामूली को मिलाकर बाटते हुए रस्सी बनाना ही तो असाधारण आदमी का काम है। बहुत दिनों से उनके दर्शन की इच्छा है। अच्छा ही हुआ, तुम मिल गये। अब तुम्हीं को मार्गदर्शक बनाकर वहाँ जाऊँगा। क्यों, साथ जाओगे न? दोनों को भगवान का दर्शन हो जाएगा। वह देखो—

यह कहकर उन्होंने एक उड़ती चिड़िया का इशारा किया।

—देखा?

जरा उस शोचनीय प्रसंग से बच गया। बोला—जी महाराज।

—उसे मारकर गिरा सकते हो?

—लेकिन वह तो किसी का पाला हुआ कबूतर लगता है!

—पाला हुआ होगा तो नरेन्द्रनगर का ही होगा, शायद हो कि स्वयं नरेन्द्रनारायण का। ख़ूब है! मारो।

—लेकिन महाराज, वह तो ठीक नगर पर उड़ रहा है। गिरेगा तो वहीं गिरेगा।

—वह तो और अच्छा होगा। बिलकुल राजा की गोद में गिरा सको, तो समझूँ। वह कमबख़्त पिछली बार मेरी प्रजा के सौ बीघे का गेहूँ काट ले गया था। तुम सोचते होगे—मेरे रहते ऐसा कैसे हुआ? अजी, मैं रहा होता तो क्या वैसी हिमाक़त कर सकता था। मैं शिकार के लिए गान्धार राज्य के पहाड़ों में गया था। लौटकर देखा, बाज़ार की प्रजा सिर पीटकर रो रही है। लो, चिड़िया को मार गिराओ।

जरा ने निशाना ठीक करके तीर मारा। चिड़िया के पेट में लगा। वह पत्थर के एक छोटे से ढेले की तरह नगर में गिर गयी।

राजा नरेन्द्रनारायण राजमहल के आँगन में कबूतरों को गेहूँ चुगा रहे थे। ऐसे में तीर बिंधा कबूतर ठीक उनके पैरों के पास आकर गिरा। नरेन्द्रनारायण चौंके। वह चौंक जब टूटी, तो बोले—यह क्या? यह तो मेरा पाला-पोसा कबूतर है। किसने इसे मारा?

सभी सभासद बोल उठे—वही तो। इतनी हिम्मत किसे हुई कि महाराज के पोसे हुए कबूतर पर तीर चलाया?

किसी ने कहा—यह क़ुसूर हरगिज़ माफ़ करने लायक़ नहीं है।

किसी ने कहा—किसके कन्धे पर कई सिर हैं?

किसी-किसी ने कहा—इसका उचित प्रतिकार किये बिना तो देश में टिकना भार हो जाएगा! आज कबूतर पर बीता, कल किसी आदमी का सिर जाने में क्या

लगता है!

सेनापति की बुलाहट हुई। उसने आकर देखा। कहा—महाराज, यह तो पक्के तीरन्दाज़ का काम है। इस इलाक़े में ऐसा कोई तीरन्दाज़ मेरे जानते तो नहीं है।

राजा ने सुमन्तनगर का इशारा करते हुए कहा—उधर?

सभासद और सेनापति का विवाद चिरन्तन है। सेनापति की बात सुनकर एक सभासद बोल उठा—यह कोई पेड़ है कि रातों रात उग आये!

सभासद के सिर की ओर ताककर सेनापति ने कहा—वैसी खाद मिले तो रातों-रात उग तो सकता ही है!

उसके बाद राजा की तरफ देखकर बोला—महाराज, सुमन्तनगर की सेना की सूझ-बूझ कहाँ तक है, इसका तो पता है। बैठी चिड़िया को तो उनके सैनिक मार ही नहीं सकते, यह तो उड़ती चिड़िया है। तिस पर मारा भी बहुत दूर से है।

—तो फिर एकाएक ऐसा तीरन्दाज़ आ कहाँ से गया?

—मुझे लगता है, तक्षशिला के बाज़ार से नया आदमी ख़रीदकर लाया गया है।

—मैं भी तो उस दिन कई को ख़रीद लाया हूँ। बुलाओ उन्हें।

ज़रा देर में दो ख़रीदे हुए दास आकर खड़े हो गये। उन्हें देखकर नरेन्द्रनारायण बोल उठे—वाह! बिलकुल युगल-मूर्ति! क्यों भई, नाम क्या है? कन्हाई-बलाई या कृष्णार्जुन?

उनमें से एक ने कहा—जी, मेरा नाम नरक है, उसका असुर।

—बहुत ख़ूब! दोनों मिलकर नरकासुर हुआ। बिलकुल द्वन्द्व समास। मगर ये नाम माँ-बाप ने रखे थे या कि रास्ते से बीन लिये थे?

असुर ने कहा—महाराज, लगभग वैसा ही।

—ख़ैर। तुम्हारे नाम के इतिहास की मुझे ज़रूरत नहीं। करते क्या हो यहाँ?

—जी, नीचे से पत्थर काटकर सिर पर ऊपर लाया करते हैं।

—ठीक है। खाना तो मिलता है न! ये लोग घनघोर चोर हैं। मेरे घोड़े का दाना चुराकर खा-खाकर के एक-एक आदमी फूल कैसा उठा है, देखो न!—यह कहकर उन्होंने सभासदों की ओर ताका।

इस बार नरक ने ज़बान खोली। बोला—महाराज, आदमी और घोड़े का वज़न औसत में ठीक है।

—ख़ूब कही! तुम्हारा नाम नरक है न! यह नारकीय उक्ति याद रखने लायक़ है। अब काम की बात पर आओ। उस चिड़िया को देख रहे हो?

दोनों ने एक साथ ही कहा—जी। उसके पेट में तीर बिंधा है।

—मैं उस तीर के ही बारे में कह रहा हूँ। उड़ती चिड़िया को मारकर गिरा सके, मेरी सेना में ऐसा कोई नहीं है। ये तो सामने बँधे बकरे को भी नहीं मार सकते।

सुमन्तराज की सेना की भी दौड़ कहाँ तक है, मुझे मालूम है। अब बात यों है कि वहाँ ऐसा कोई नया आदमी आया है, जिसने यह करतूत की है। जिस दिन मैंने तक्षशिला के बाज़ार में तुम लोगों को ख़रीदा था, उस दिन सुमन्तराज वहाँ गया था। उसने भी किसी को ख़रीदा था या नहीं, या कई जनों को ख़रीदा था—नहीं जानता हूँ। तुम लोग तो एक ही बाज़ार में आये थे, कुछ बता सकते हो।

नरक और असुर ने सिर झुकाकर आपस में धीमे से कुछ बातें कीं और कहा—अगर छुट्टी मिले महाराज, तो वहाँ जाकर पता लगा सकते हैं। लगता है, यह हरकत किसी जाने-चीन्हे आदमी की है।

उनकी बात सुनकर नरेन्द्रनारायण ने हँसकर कहा—तुम लोगों ने मुझे कितना बड़ा गधा समझा है! छुट्टी दें और तुम लोग चलते बनो अपने देश।

नरक ने कहा—महाराज, और चाहे जहाँ जाएँ, अपने देश को तो नहीं जाएँगे।

—क्यों, वहाँ कोई ख़ून-ख़राबा है?

—वह तो मामूली सी बात है, महाराज, बस दो-चार। और कुछ कर पाता तो लोग वीर कहते। सो नहीं, हमारा देश पानी में बिलकुल डूब गया है।

—बला गयी। अब यह कहो, जिसने तीर मारा है, उसे पहचाना कि नहीं?

—महाराज सुमन्तपुर के राजा ने जरा नाम के एक आदमी को ख़रीदा था, यह काम उसी का लगता है। तीर में उसके जैसा निशाना हमने नहीं देखा।

नरेन्द्रनारायण ने अब सेनापति की ओर देखकर कहा—देखा, मेरा अन्दाज़ सही निकला कि नहीं?

सेनापति कभी सभासद् था। बोला—अन्दाज़ ग़लत कब हुआ है महाराज?

—तुम जाकर सेना को तैयार कर लो। सुमन्तपुर के क़िले के एक भी पत्थर को आज साबित नहीं रहने दूँगा। इतनी बड़ी हिमाक़त। मेरे पाले पक्षी को मारा और वह भी आकर गिरा मेरे बिलकुल सामने। कूटबुद्धि में यह तो शकुनि को भी मात करता है—उसी जैसी हालत होगी। जाओ और देखो, ये दोनों न भागें। ये पूरे काइयाँ हैं। मौक़ा मिलते ही फ़ुर्र हो जाएँगे।

यह कहकर चिड़िया को हाथ में लेकर उदास खड़े रहे। नरेन्द्रनारायण का पक्षी-प्रेम वास्तव में अनुकरणीय है। एक चिड़िया के मरने का बदला चुकाने के लिए सैकड़ों आदमी को मार डालने में भी झिझक नहीं। जंगली कबूतर होता तो बेशक़ आपत्ति नहीं होती, विधाता ने तो उन्हें तीर-धनुष के निशाने के लिए ही बनाया है।

2

दुख की पाठशाला के गुरुजी दोपहर की गरमी में बीच-बीच में ऊँघने लगते हैं। उनके हाथ से छूटकर बेंत की छड़ी गिर पड़ती है। ऐसे में पढ़ने वालों की बड़ी मौज़ हो जाती है। चुपचाप सब निकलकर आम के बग़ीचे में जाकर उछल-कूद शुरू कर देते हैं। कभी-कभी कम या ज़्यादा नहीं पढ़ने की भी बारी आती है, वैसे में वह मौज़ ऐसा लगातार होता है कि पाठशाला का डर निरी-माया सा लगता है। लगता है, यही आनन्द शायद छात्र-जीवन का नित्यरूप है।

जरा की अभी वही स्थिति चल रही है। वासुदेव को तीर मारने के बाद से ही शुरू हुआ था, उसका दुख की पाठशाला का जीवन—झोंटा पकड़कर गुरुजी ने उसे दूसरे छात्रों के साथ बिठा दिया था। जरा ने समझा था, ज़िन्दगी ऐसे ही गुज़रेगी। लेकिन इसी बीच अनसोचे ही नहीं पढ़ने का समय आ गया। वह राजा का प्रियपात्र बन गया। सुख-मौज में जब वह राज-कृपा का भागी बन बैठा, तो स्वभावतया जी में आया, पाठशाला, गुरुजी, पाठशाला का अनुभव यह सब क्षण एक का दुःस्वप्न था। इसी के साथ और भी एक परिवर्तन हुआ। खट्टास का उपदेश और परामर्श उसके मन में चमककर झाँक गया। वासुदेव को मारकर उसने ऐसा कौन-सा क़ुसूर किया है! मानिए, वासुदेव अगर सचमुच ही देवता हों (यह कभी सम्भव नहीं। आदमी देवता कैसे हो सकता है?) तो भी क्या हरज है? यदुवंश के ध्वंस में उनका भी तो हाथ था, बहुतेरे यादव वीरों को उन्होंने अपने हाथ से मारा—उसमें अगर कोई दोष नहीं हुआ हो, तो जरा के लिए ही क्यों दोष होगा? यदुवंश का ऐसे ही ध्वंस होना यदि विधाता का लिखा हो, तो इसी ने विधाता का निर्दिष्ट काम कैसे नहीं किया है! वह ख़ुद भी यादव वासुदेव का सौतेला भाई है। बल्कि वह यह सोचकर हँसा कि नाहक़ ही वह आज तक भ्रम में पड़कर दुखी रहता आया है। हँसी शायद ज़रा ज़ोर से ही निकल पड़ी होगी।

--इतना हँस क्यों रहे हो? हँसने की क्या बात आ पड़ी?

जरा चौंका। कमरा अँधेरा। किसी को देख नहीं पाकर उसने डरते हुए पूछा—तुम कौन हो?

—इतने ज़ोर से मत बोलो। अब थोड़े ही पहचान सकोगे? तुम अब राजा के दुलरुआ हो। वह एक समय था, जब दरवाज़ा खोलने में क्षण की देरी होने से नाराज़ होकर चले जाते थे।

चीन्ही-सुनी-सी आवाज़। फिर भी यक़ीन का भरोसा नहीं होता। वह तो बहुत दूर की है! यहाँ कैसे आ सकती है।

जरा ने कहा—रुको। बत्ती जला लूँ।

—यह काम भी मत करो। फिर तो दोनों ही मारे जाएँगे।

अँधेरा कमरा। गहरी रात। एक रोशनदान से दो-एक तारे झाँक रहे थे। जो ठण्डी हवा, सुबह का सन्देशा देती है, वह अभी नहीं जागी।

—तुम जो भी हो, इतनी रात को क्यों आयीं?

—दिन में आने का उपाय होता, तो दिन में ही आती। और फिर कुछ लोग होते हैं, जो रात को ही आते-जाते हैं।

—ऐसे लोग तो चोर होते हैं।

—क्यों, मन का चोर होने में क्या रोक है?

जरा को सहसा ख़याल हो आया। बोल उठा—ओ, समझ गया, मदिरा!

—ग़नीमत कि किसी से शिनाख़्त नहीं करानी पड़ी। हाँ, मदिरा ही हूँ।

—तुम यहाँ कैसे आ गयीं?

—जैसे तुम आये। मदिरा ने कहा।

—मुझे तो तक्षशिला के बाज़ार से ख़रीद लाया है।

—मुझे भी वहीं से।

जरा ने कहा—शुरू से सारी बात खोलकर कहो।

—इतना ही जब आग्रह है तो सुनो। यहाँ यह याद दिला देना ज़रूरी है कि मदिरा यादव राजधानी के वारांगना टोले की वही स्त्री है, जहाँ जाकर जरा ने वासुदेव को मारने के बाद पनाह ली थी और जिसने स्त्री के वेश में उसे जंगल की ओर भाग जाने की सलाह दी थी।

मदिरा ने कहा—बड़ी बहन आकर बोली—यदुवंशी लोग जैसे ही इन्द्रप्रस्थ की ओर रवाना होंगे, पूरी राजधानी समन्दर में डूब जाएगी। सुनकर मारे डर के हमारा तो बुरा हाल। जिनके गाँव में घर-द्वार था, वह तो वहाँ चली गयीं। हम कइयों को यह बला बहुत दिनों से नहीं थी—बड़ी बहन को भी नहीं। हम दोनों ने तय किया कि हम यदुवंशियों के ही साथ चलेंगी। उसके बाद नसीब में जो हो।

उसके बाद अपने आप बोल उठी (स्वगत-सी)—नसीब में यह भी था!

—फिर क्या हुआ?

—फिर जानते ही हो! मारपीट-ख़ून-खराबा। डकैत यदुवंश की बहुतेरी स्त्रियों को लूटकर ले गये। हाथ पकड़कर मुझे भी खींचा था। मैं एक झाड़ी की आड़ में जा छिपी। सुबह की किरण छिटकते ही देखा—हाय राम, उसी झाड़ी की आड़ में हमारी मल्लिका और राजपुरी की बहू रत्ना मरी पड़ी हैं।

—उनको किसने मारा?

आपस में ही मारपीट करके मर गयीं दोनों।

—यों अचानक?

—अचानक नहीं। वजह थी उसकी। वह फिर कभी सुनना। उसके बाद दिन को कुछ घुड़सवार आये। चोरी पर बटमारी करके उन लोगों ने हमें छीन लिया। कई दिनों के बाद तक्षशिला के बाज़ार में गयी। सुमन्तराज मुझे ख़रीद लाये और रानी को उपहार दिया। जभी न कह उठी थी, इतना भी था नसीब में! लेकिन तुम यहाँ कैसे आये जरा।

राजधानी डूब गयी, तो हम यदुवंशियों के पीछे-पीछे चले।

—हम यानी तुम सब कौन?

—हम सब बहुतेरे। तुम उन्हें नहीं पहचानोगी। हम सब खट्टास के दल में थे।

—ग़ज़ब! तुम क्या खट्टास के चंगुल में पड़ गये हो?

—पड़ा था। अब तो यहाँ के महाराजा का अनुचर हूँ।

—जरा, अभी-अभी मैंने अपने नसीब की कही थी। अब सोचती हूँ तुम जैसा नसीब जिसमें बड़े से बड़े दुश्मन का भी न हो।

—क्यों?

—क्यों! एक-एक करके सुनना चाहते हो? साक्षात् भगवान वासुदेव को मारा; उसके बाद साक्षात् कलि खट्टास के चपेटे में आये और अब सुमन्तराज के पल्ले पड़े हो।

—महाराज तो मुझ पर बड़ी कृपा रखते हैं, मदिरा!

—अजी, वही तो काल है। तुम्हारे लिए विपदा मुँह बाये खड़ी है। तुम्हें वही बताने के लिए छिप-छिपाकर आज आयी हूँ।

—विपदा काहे की! कई दिन पहले महाराजा को ख़ूब ख़ुश कर दिया है। नरेन्द्र नगर के राजा का एक कबूतर उड़ रहा था। पोसा हुआ कबूतर। उसे मारकर नरेन्द्र नगर में गिरा दिया।

—तब तो विपदा और भी बढ़ा ली है, देख रही हूँ। सो जो हो, साँड-साँड की लड़ाई होगी, जान डाल-पत्ते की जाएगी। इस बात को नये सिरे से क्या सोचूँ!

—तो फिर विपदा कैसी?

—विपदा एक नहीं। दो तरफ़ से आफ़त है।

—ख़ाक भी समझ नहीं रहा हूँ मैं तो।

—कभी भी समझा है क्या? एक तो यों ही ख़ामख़याली आदमी, तिस पर भंग-शराब से चूर। आँख-कान खुले होते तो देर नहीं लगती।

—जानती हो तो खोलकर बताती क्यों नहीं?

—तो सुन लो, तुम एक ही साथ महाराजा के पार्षदों और महारानी की नज़र में पड़ गये हो।

जरा बोल उठा—यह बात है! मैं महाराजा के किसी पार्षद को नहीं पहचानता,

ओर रानी को तो आँखों ही नहीं देखा है।

—तुमने नहीं देखा है, उन्होंने तुमको देखा है।

—उन्होंने कैसे देखा ?

—तुम हर-हमेशा महाराजा के साथ घूमते हो, शिकार में जाते हो—राज्य के सभी देख रहे हैं और महारानी नहीं देखेंगी?

—ख़ैर देखा ही सही। उससे हरज क्या है?

हताश होकर मदिरा बोल उठी—इस बुद्धू का मैं क्या करूँ! आँखों देखने और नज़रों में पड़ने का अन्तर नहीं समझता।

—अरी, मैं भी तो वही सोच रहा हूँ, नज़रों में पड़े बिना आँखें देखेंगी कैसे?

—न, ऐसा बेवक़ूफ़ भी मैंने कहीं नहीं देखा!

अब जरा ने कहा—ख़ैर, वह न हो तो फिर समझूँगा। पहले पार्षद वाली बात समझा दो।

—यह ऐसा टेढ़ा सवाल नहीं। तुम पर महाराजा की इतनी कृपा देखकर वे लोग तुमसे जल-भुन उठे हैं। तुम्हारा ख़ून करने की सोच रहे हैं।

—यह तुमने कैसे जाना?

—आँख-कान खोलकर चलने से बहुत-कुछ जाना जा सकता है। वे लोग तो यह नहीं जानते कि तुमसे मेरा परिचय है! इसलिए बहुत-सी बातें सहज ही मेरे कानों में आ जाती हैं।

—पार्षदों की तो समझी। महारानी भी ख़ून करना चाहती हैं क्या?

—नहीं। वह जो करना चाहती हैं, वह जान लें, तो महाराजा तुम्हें मार डालेंगे।

जरा बोल उठा—अब समझा।

—फिर भी ग़नीमत कि कहने से ही समझ गये, काग़ज़-क़लम से नहीं समझाना पड़ा।

जरा ने मदिरा को अपनी गोद में खींच लिया।

मदिरा ने कहा—अब तुम महारानी के प्यारे हो, मुझ जैसी दासी-बाँदी से क्या अब तुम्हारा जी भरेगा?

—बरतन सोने का हो, चाहे माटी का; शराब का नशा बराबर ही होता है।

—अरे, जरा की भी ज़ुबान से बात फुरने लगी!—कहकर मदिरा ने उसका गाल चूम लिया।

विदा लेते समय मदिरा ने कहा—जो कहा, सो याद रखना। मेरी तुम्हारी जान-पहचान है, यह क़लई खुल गयी तो दोनों पर आफ़त है। अभी मैं महारानी की विश्वासी दासी हूँ। हो सकता है, अब उनकी दूती होकर यहाँ आना पड़े। पुराने लोगों से सब समय यह सब काम नहीं होता। आँख-कान खोले रहना। लो, सो जाओ।

यह कहकर उसने जरा को चूमा और चली गयी।

जरा को नींद नहीं आयी।

3

जरा को नींद नहीं आती, इसलिए चिन्ता रहती है। नींद और चिन्ता में सदा का टण्टा है। वह मन में एक ऐसी प्रसन्नता का अनुभव करने लगा जैसी उसके जीवन में कभी अनुभूत नहीं हुई। जीवन भी नहीं, देह भी हल्की हो गयी। मध्याकर्षण का नियम मानो नागपाश की तरह खुलकर गिर गया। जैसे, वह चाहे तो उन पहाड़ों को एक ही छलाँग में पार कर जा सकता हो। क़दम बढ़ाते ही मानो पूर्णिमा के उस चाँद पर पहुँच जाने में उसे कोई रुकावट नहीं। दो अदेखे पंख मानो फड़फड़ा रहे हों उड़ने के लिए। उसे लगा, राजा की मिली हुई कृपा ही इसका कारण है या एक युग के बाद यह स्त्री-संग ही इसका कारण है। बहुत बारीक़ी से ग़ौर करने की क्षमता उसको नहीं है, नहीं तो वह समझ जाता कि कारण इन दो में से एक भी नहीं है। कभी वह सुनता आता रहा कि वह एक कमीना व्याध है, निरा जंगली, और आज उसने यह जाना कि राजधानी उसे चाहती है। इस अप्रत्याशित गौरव ने ही उसे यह दिव्यता दी है, जो आज तक उसके आवरण में छिपी हुई थी। खान का मणि माटी-कीच में लिपटा था, इसलिए मामूली ढेले-सा लग रहा था, रानी के प्रसाद से वह कीच-माटी धुल जाने से उसकी चमक निखर आयी। जरा व्याध नहीं, कमीना नहीं, जंगली नहीं–वह चिरन्तन पुरुष है, चिरन्तन नारी की कामना का धन। वह अब लेटा नहीं रह सका, झरोखे के सामने जा खड़ा हुआ। उसने ऐसा क्यों किया, नहीं मालूम। झरोखे से इस तरह उसने कभी बाहर नहीं ताका। वह सदा ही लेटता था कि सो जाता था, वह चाहे पत्तों का बिछौना हो, चाहे जरती की बिछायी हुई फटी कथरी! उसकी यही पहली उनींदी रात है।

उसने देखा, आसमान में चाँदनी के फूल बिखर रहे हैं, अनगिनती सफ़ेद-सफ़ेद फूलों की राशि; और चकोर की लगातार ऊँची पुकार की डोरी चाँद की नाव को खींचे लिये जा रही है। दूर-दूर के पहाड़ सादे डैने फैलाकर तैयार हैं–इशारा मिलते ही नाचना शुरू कर देंगे कि उसके कानों एक मधुर, करुण, विह्वल किसी गीत का सुर सुनाई पड़ा। इतनी रात को कौन गा रही है! यह तो राग-रागिनीयुक्त संगीत नहीं, यह तो हृदय की सारी वेदना को निचोड़कर निकाला हुआ निर्यास है! किसे इतनी पीड़ा है? गीत के शब्द समझ में नहीं आये, भाषा उसकी जानी हुई नहीं–लेकिन सुर!

सुर तो पशु भी समझ लेता है, जरा नहीं समझ सकेगा! गीतों के शब्दों की अनदेखी सूखी खूँटियों से सुर की आलोक-लता आसमान की ओर उठ गयी है। परन्तु इतनी रात गये गाती कौन है? आकाश के चाँद तक को अनमना कर दिया है, वह चकोर की तान की डोरी से अब नहीं हिलता। कौन है यह!

कौतूहल से अकुलाकर वह दूसरे झरोखे के सामने जा खड़ा हुआ। देखा, अन्तःपुर की छत के अलिन्द के पास तम्बूरे पर उँगलियाँ चलाती रानी सीमन्तिनी है वह। तन्मयता में उसकी आँखें बाहर की ओर हैं कि मन की ओर, यह समझना मुश्किल है। दो प्रहर रात की वियोगिनी गाती जा रही है। गायक तो है, पर सुनने वाला कहाँ? अबोध जरा यह क्या जाने कि गायक जब अपने को गीत सुनाता है तो उसे बाहरी श्रोता की ज़रूरत नहीं होती। श्रोता तो नदी में पड़ी चट्टान की तरह मन की बाधा है। मूढ़ जरा ने अन्दाज़ लगाया, यह गीत उसी के लिए गाया जा रहा है। लेकिन जरा क्या सच ही मूढ है! यह गीत चिरन्तन पुरुष के लिए चिरन्तन नारी का है। जरा की आँखों में आज वह चिरन्तन पुरुष है और कुछ ही दूर पर सफ़ेद संगमरमर के अलिन्द में बैठी वह नारी चिरन्तन नारी है। अवस्था विशेष में एक नर, एक नारी में ही चराचर पूर्ण हो जाता है, उस समय तीसरे की वहाँ जगह नहीं होती। जरा मुग्ध होकर वह गीत सुनने लगा—जरा और वह बड़ा-सा चाँद।

एकाएक उसके जी में आया, कुछ करना चाहिए। लेकिन क्या करे। यदि छत सिर पर नहीं रही होती तो डैने फैलाकर उड़ जाना असम्भव नहीं था। यदि घर की दीवारें नहीं रही होतीं, तो दस कोसी फलाँग से पल में ओझल हो जाना असम्भव नहीं था; यदि राजभवन के अन्तःपुर का रास्ता मालूम होता, तो गानेवाली के सामने जाकर खड़ा हो जाना असम्भव नहीं था। उस समय उसकी ऐसी ही सुध-बुध हीन हालत थी कि अनजानते ही ये सब बातें उसके मन में कैसे आयीं, उसे नहीं मालूम। वह यह क्या जाने कि प्रेम अकवि को कवि, मूढ़ को भावुक और स्थूल को सूक्ष्म बना देता है।

एकाएक मदिरा से उसे गहरी घृणा हो आयी। यदि कोई तरक़ीब होती तो उसके तत्काल पाये संग-सुख को वह फटे परिच्छेद की भाँति अंग से खोलकर फेंक देता। न, वह और भी दुख उठाने को तैयार है। अपने बदन की खाल तक उधेड़ दे सकता है वह। जो देह उसकी राजरानी की चाह का धन है, वह एक मामूली बाज़ारू स्त्री के संसर्ग से कलुषित हुई! वह कर क्या रहा है, यह ठीक से समझने के पहले ही वह कमरे से बाहर निकल पड़ा, पहाड़ के जिस झरने में वह रोज़ नहाया करता था, जाकर उसी में कूद पड़ा। पल भर नहाया, देह को धोया। मन जब कुछ शान्त हुआ, तो लौटकर कपड़ा बदला और फ़र्श पर लेट गया—उस सेज पर नहीं। देह-मन शीतल हो जाने-से तुरत उसे नींद आ गयी।

सवेरे जगा तो रात की बातें सपने-सी लगीं उसे। आख़िर तक वे सपने ही रह जाते, यदि कमरे के गीले कपड़े गवाही नहीं देते। देर तक वह गाल पर हाथ रखकर बैठा रहा। लेकिन यह विलास ज़्यादा देर तक करने का वक़्त नहीं था, क्योंकि यथासमय राजसभा में उपस्थित रहने की प्रथा थी। वह राजसभा में जाने योग्य कपड़े पहनकर तैयार होने लगा।

एक पहाड़ की चोटी को समतल बनाकर यह सुमन्तनगर बसा था। इधर के सारे नगर ऐसे ही बसे हैं। चारों ओर दीवारों से घिरे, अवस्था विशेष में कहीं तीन सिंह द्वार, कहीं चार। सुमन्तनगर में तीन सिंह द्वार थे, एक ओर इतनी ऊँचाई थी कि उधर दरवाज़ा बनाना सम्भव नहीं था। राजमहल उसी ओर था। राजप्रासाद के किनारे, जहाँ से पहाड़ उपत्यका की ओर उतर गया है, वहीं पर अन्तःपुर था। महल के दोनों ओर छोटे-छोटे मकान,—प्रधान, अमात्य, सेनापति और राजा के प्रियपात्रों का निवास। जरा को इन्हीं में से एक मकान रहने को मिला था। कहना फ़िज़ूल है, राजा के सिवा इससे और कोई ख़ुश नहीं था। (रानी हुई हैं, यह कौन जाने)। जरा से सभी उखड़े हुए, पर राजा के डर से कोई कुछ बोलने की हिम्मत नहीं करता। सबसे ज़्यादा बिगड़े हुए थे आह्लीक और बाह्लीक नाम के दो जने—ये छिप-छिपाकर सदा छेद ढूँढ़ने की ताक में रहते थे।

राजसभा में पहुँचकर प्रणाम करके खड़े होते ही सुमन्तराज बोल उठे—जरा, तुम्हारे कबूतर मारने का फल मिलने लगा है।

आह्लीक को घटना का पता नहीं था। उसने सोचा—राजा शायद नाराज हैं। इसलिए बोल उठा—कबूतर लक्ष्मी है, उसे मारना अन्याय है।

राजा ने कहा—मैंने ही मारने को कहा था।

आह्लीक के मुँह की बात छीनकर बाह्लीक बोला—तब तो नहीं मारना ही अन्याय है।

—तुम लोगों ने तो बिना सुने ही तय कर लिया। पहले सुन तो लो कि हुआ क्या है।—यह कहकर उन्होंने घटना बताते हुए कहा—सुना, नरेन्द्र नारायण ने सेना इकट्ठी करने का आदेश दिया है।

आह्लीक और बाह्लीक बोल उठे—नरेन्द्रनगर लड़ाई लड़ेगा!

—नहीं भी लड़ सकता है। उन्हें पता है न कि तुम लोग हो!

राजा के मज़ाक़ से सभी हँस उठे—आह्लीक और बाह्लीक भी। इतने में एक अनुचर आया, बोला—महाराज, नरेन्द्रनगर के लोग आकर हमारी रियाया के खेत काटने लगे हैं।

—तुमने अपनी आँखों देखा है?

—जी नहीं, महाराज, प्रजाओं से सुनकर दौड़ा आया हूँ।

—दौड़कर इधर न आकर के उधर ही जाते तो जानते कि यह सच है या झूठ।

अनुचर ने कहा—महाराज, दीक्षा देने के समय मेरे गुरुदेव ने कहा था—बेटे, इन्द्रियों में श्रेष्ठ है कान, इसीलिए मन्त्र कान में ही दिया जाता हैं। कान की गवाही पर कभी अविश्वास मत करना। यह कहकर उसने अलक्षित गुरु के लिए हाथ को अपने कपाल से लगाया।

—आह्लीक और बाह्लीक, तुम लोगों ने तो दीक्षा नहीं ली है। ज़रा जाकर देख तो आओ, माजरा क्या है?

आह्लीक ने कहा—साथ में दो-चार सैनिकों को ले जाऊँ? यदि वैसा कुछ देखा, तो उन सबको भगाता आऊँगा।

बाह्लीक ने कहा—जरा को भी ले जाऊँ। यह जरा देख ले कि सुमन्तनगर के लोग कैसे लड़ते हैं।

राजा ने कहा—मैंने तुम लोगों को जो कहा, वही करो। और अगर डर लग रहा हो—

दोनों ने काँपकर कहा—भय! डर!—और वे चले गये।

कुछ देर में दोनों लौटे। एक उपन्यास-सा बनाकर सुनाया। सुमन्तराज ने पूछा—क्यों जी, क्या देखा?

आह्लीक ने कहा—वह एक ग़ज़ब था, महाराज। हमने जाकर देखा, कोई दो सौ आदमी गेहूँ के गाछ उखाड़ रहे हैं, तो मैंने कहा—

बाह्लीक ने टोककर कहा—नहीं महाराज, मैंने कहा—

आह्लीक ने बात मान ली—कहा—हाँ महाराज, कहा उसी ने, पर वह बात मेरे भी मन में थी।

बाह्लीक ने कहा—तुम लोग गेहूँ के खेत में क्यों आये? वे बोले—हमें आँधी उड़ाकर यहाँ ले आयी है। इस पर मैंने पूछा—ख़ैर उड़ा ही लाया गो कि आँधी के आने का कोई चिह्न नहीं है। लेकिन गेहूँ क्यों उखाड़ रहे हो? इस पर वे बोले...

आह्लीक ने कहा—अब रुको भी। इसके बाद तो बातें मुझसे हुईं।

—हाँ, बातें तो तुमसे ही हुईं। ख़ैर, तुम्हीं कहो।

राजा ने देखा, ये दोनों तो ख़ासे जोड़े हैं। पल में विरोध, पल में मेल।

उन लोगों ने कहा—क्या महाराज, कहीं हमें आँधी उड़ा ले जाए, इसलिए हमने गेहूँ को जकड़कर पकड़ लिया। मगर जिसे पकड़ता हूँ वही उखड़ जाता है।

इस पर बाह्लीक ने कहा—ठीक है। मगर अँटियाँ क्यों बाँध रहे हो?

—यही एक ग़लती हो गयी, भाई।

राजा ने देखा—चढ़ाव-उतार में ये मज़े से चला रहे हैं। पूछा—तो तुम लोगों ने

क्या कहा?

राजा की बात से उत्साहित होकर दोनों एक साथ बोल उठे—तब हम दोनों ग़रज उठे—जानते हो, हम महाराजाधिराज सुमन्तराज के सभासद हैं, फ़ौरन तुम लोगों की गरदन उतार लेंगे।

कहना नहीं होगा, ये बातें उन्होंने सभा को गरज से गुँजाकर ही कहीं।

—तो ?

—तो फिर क्या बताऊँ, महाराज का नाम सुनना था कि वे लोग नरेन्द्रनगर की ओर भागे। उनके पीछे-पीछे हम भी दौड़ पड़ते, लेकिन सोचा, पहले महाराज को ख़बर देना ज़रूरी है। उसके बाद ज़रूरत पड़ी, तो पीछा करेंगे।

बाह्लीक ने कहा—यह तो मैंने कहा था भाई।

—हाँ, कहा तो तुमने ही था, मगर मैंने तो विरोध नहीं किया। महाराज, न हो तो किसी को भेजकर दिखवा लें कि हमारी बात सच है कि झूठ।

सुमन्तराज ने कहा—तुम लोगों की बात की जाँच करनी होगी? लेकिन गेहूँ का बोझा कौन ले गया?

आह्लीक ने कहा—वह जुर्रत क्या उन्हें थी महाराज!

—यानी वह सब वहीं है। आदमी भेजकर मँगवा लेना होगा।

बाह्लीक ने कहा—वह बेकार का परिश्रम नहीं करना होगा, महाराज, हम लोगों ने पौधों को ठीक उसी तरह से फिर रोप दिया।

आह्लीक ने कहा—यह निशानी भी नहीं रहने दी कि वहाँ कोई आया था।

—शाबाश! ख़ूब किया! वीर हो तुम। क्या इनाम दूँ, यह सोच रहा हूँ।

राजा की बात से दोनों उत्साहित हुए। दौड़कर उनके चरणों की धूलि ली।

राजा ने कहा—सेनापति, ऐसे दो वीरों के रहते सेना रखना फ़ुज़ूल है।

सेनापति और दूसरे पारिषद हँस पड़े।

आह्लीक और बाह्लीक, दोनों ने अपने को गौरवान्वित समझा। वे चतुर थे कि बेवक़ूफ़? बहुत बार इन दोनों का बाहरी लक्षण एक-सा होता है।

जरा को यह सब दुर्बोध्य लग रहा था। और आज उसका मन भी और कहीं था।

राजा सभा-भंग की सोच रहे थे कि सिंहद्वार पर दुन्दुभी बज उठी।

—फिर क्या हो गया? कोई देख तो आओ जाकर।—राजा ने कहा।

अनुचर ने आकर ख़बर दी।—नरेन्द्रनगर से दूत आया है। द्वारपाल पूछ रहा है, उसे अन्दर आने दिया जाए या नहीं ?

—बेशक आने देना होगा। एक आदमी जाकर ले आओ उसे। देखो कि वह क्या समाचार लाया है।

कुछ ही देर में नरेन्द्रनगर का राजदूत और एक नागरिक आया। राजा को अभिवादन कर दोनों खड़े हो गये।

—क्या समाचार है दूत?

उसने नम्रता के साथ एक मोड़ा हुआ भोजपत्र राजा के हाथ में दिया। नरेन्द्रनगर के राजा का पत्र था। राजा पढ़ने लगे। पढ़ते-पढ़ते उनका चेहरा सुर्ख़ हो उठा। पढ़ चुकने के बाद कुछ देर तक वह सन्न से रहे। सभा में सन्नाटा छा गया। पत्र उन्होंने मन्त्री को दिया। कहा—पढ़ो—सब कोई सुने। शुरू से आख़िर तक पढ़ो। कोई शब्द, कोई अक्षर छूटे नहीं।

मन्त्री पढ़ने लगा। साँस रोककर सभी सुनने लगे—यहाँ तक कि नरेन्द्रनगर का राजदूत भी। वह जानता नहीं था कि पत्र में क्या है!

मन्त्री राजा का पत्र पढ़ने लगा :

सुमन्तनगर के अधीश्वर सुमन्तराज की सेवा में—

परम्परा से सुमन्तनगर और नरेन्द्रनगर में विवाद और कलह होता आया है। यह आशा नहीं कि इसका जल्दी अन्त होगा। भविष्य में भी दोनों राजपरिवार की सन्तानों में यह विवाद चलते रहने की सम्भावना है। युद्ध का क्या नतीजा होता है, कुरुक्षेत्र का महायुद्ध वह शोचनीय दशा खुले-आम बता रहा है। पाण्डव और कौरवों के मुक़ाबले हम दोनों का राज्य निहायत मामूली है, इसे शायद सुमन्तराज क़बूल करेंगे। लिहाज़ा लड़ाई-झगड़ा बिलकुल त्याग देना चाहिए। इसलिए इन दोनों राज्यों में तत्काल एक फ़ैसला हो जाना चाहिए। ऐसी हालत में मेरी ओर से यह प्रस्ताव है कि दोनों राज्य के स्वार्थ की ख़ातिर सैकड़ों-हज़ारों बेक़सूर लोगों को मौत के मुँह में ढकेल देना प्रजापालक राजा का सही कर्तव्य नहीं है। कुरु-पाण्डवों में जो जुएबाज़ी हुई थी, युद्ध की तुलना में वह निर्दोष है। इन दोनों राज्यों में वैसी व्यवस्था होने से कुछ तै-तमाम भी हो जाए और आदमी की जानें भी न जाएँ। इसलिए आइए, हम लोग उसी महान उदाहरण का अनुसरण करें। इस जुए में जो हारेंगे, वह राज-पाट छोड़कर चले जाएँगे। अब प्रश्न यह है कि इस जुए में बाज़ी क्या रहेगी? कहना नहीं होगा कि पुरुष के लिए पत्नी से ज़्यादा प्रिय और कुछ नहीं होता। लिहाज़ा मेरा प्रस्ताव है, दाँव पर सुमन्तपुर की रानी रखी जाएँ। इसमें संकोच की कोई बात नहीं, क्योंकि माननीय पाण्डवों ने भी द्रौपदी को दाँव पर रखा था। ऐसे अनुसरण के प्रमाण के लिए स्वयं भगवान ने कहा है—यद् यदाचरति श्रेष्ठस्तत्तद्देवेतरो जनाः। इससे बड़ी बात और क्या हो सकती है! हम दोनों ही राज्यों के राजा भगवान वासुदेव के परम भक्त हैं। महाराज को ज़रूर ही याद होगा कि किसी दुष्ट के हाथों वासुदेव के मारे जाने की ख़बर से दोनों राज्यों में विषाद की कैसी लहर दौड़ गयी थी। दोनों राज्यों के राजा, रानी, परिवार और पारिषदों ने आठ पहर का उपवास रखा था। इसलिए श्रेष्ठ

व्यक्तियों के अनुसरण का भागवत-उपदेश इस स्थिति में इधर के प्रस्ताव का प्रमाण है। अवश्य इस ओर की पत्नी का भी दाँव लगाया जा सकता था, पर दुख की बात यह है कि कई साल हुए, वह गुज़र गयीं। रानी के अभाव से यह पक्ष एक बारगी निस्संग नहीं हुआ है—सौ से ज़्यादा सुन्दरी और युवती उपपत्नियाँ हैं। उनमें से किसी एक को या दस-बीस को दाँव पर रखा जा सकता था। लेकिन महाराज इस बात को ज़रूर ही मानेंगे कि पत्नी और उपपत्नी की मूल्य-मर्यादा समान नहीं हो सकती। इसलिए इस पक्ष का ख़याल है, सुमन्तराज की रानी सीमन्तिनी देवी दाँव बनकर जीवन-विनाशकारी युद्ध से बचने की सहायता देने से इनकार नहीं करेंगी। महाराज अगर जीत गये, तो उनका सारा कुछ सही-सलामत रह जाएगा, मुनाफ़े में नरेन्द्रनगर का राज्य, राजधानी और सौ से ज़्यादा उपपत्नियाँ हाथ लगेंगी। और कहीं दुर्भाग्य से महाराज की हार हो तो वह सब कुछ छोड़कर प्रव्रज्या ग्रहण करेंगे। उस स्थिति में पत्नी का रहना, न रहना समान है। क्योंकि शास्त्रों की राय में पत्नी साधना की राह का रोड़ा है। लेकिन, सभी बातों में कौरवों का अनुकरण करने की आवश्यकता नहीं है। रजस्वला रानी को राजसभा में नहीं ही लाएँ तो क्या! महारानी से राय-मशविरा करके जुआ खेलने का दिन निश्चित करने की छूट महाराज को रही। यह भी कह दूँ, दुष्ट दुर्योधन की नाईं जुए में जीती हुई रानी की जाँघ का प्रदर्शन कराना, कम से कम भरी सभा में, इस पक्ष की मंशा नहीं है। यथासमय, यथास्थान धीरे-सुस्ते वैसा करने से ही काम चल जाएगा। आशा है, महाराज अपनी स्वाभाविक उदारता से नाहक़ ही युद्ध में लोकक्षय से बचने के इस प्रस्ताव की समीचीनता को समझकर इस प्रस्ताव पर हाँ करेंगे। गहरा आलिंगन और समयोचित प्रेम-सम्भाषण। इति।

नरेन्द्रनगराधिपति।

मन्त्री निहायत ही मन्त्री थे यानी ऐसे एक आदमी, जिन्हें ऐसे अनेक कटु अनुभव के आदी होने के नाते तन में वह तेज़ नहीं रहा है—इसलिए आदि से अन्त तक उस पत्र को पढ़ सके। पत्र ख़त्म हुआ। सारी सभा सन्न। वहाँ जो थे, उनके साँस-निःश्वास की आवाज़ भी नहीं सुनाई दे रही थी। कौन पहले बोले, कौन-सी बात पहले बोले। सभी लोग जब किंकर्तव्य-विमूढ़ होकर सोच रहे थे, तो बक्की आदमियों ने एकाएक सारी समस्याओं का समाधान कर दिया।

आह्लीक और बाह्लीक एक साथ ही चिल्ला उठे—दूत की गरदन उतार लो।

सुमन्तराज ने उन्हें इशारे से रोककर कहा—दूत को मारा नहीं जाता।

—तो?

राजा ने खुद ही मीमांसा कर दी—दूत, तुम्हें जवाब ले जाने का हुक्म है?

झुक कर उसने कहा—जी, महाराज।

—तो तुम्हें अपनी पगड़ी रखकर जाना होगा। वही मेरा उत्तर होगा।

—उससे तो अपना सिर रख जाना अच्छा है, महाराज।

—दूत नहीं होते तो वह भी रख जाना होता।

—महाराज, विनती यह है कि मैं अपने हाथों अपनी पगड़ी उतार, रख कर नहीं जा सकूँगा।

—नहीं। वैसी ज़रूरत नहीं होगी। तुम वहाँ सिंह दरवाज़े के पास जाकर खड़े हो जाओ। भागने की कोशिश मत करना।

—जैसा आदेश। दूत सभा की तरफ़ मुँह किये सिंह दरवाज़े के पास खड़ा हो गया।

—सुमन्तराज ने जरा को आदेश दिया—तुम अपना तीर धनुष ले आओ।

—जरा तीर-धनुष लेकर तैयार हो गया।

—अब तीर से उसके माथे की पगड़ी गिरा दो। गिरा सकोगे न?

जरा ने सिर हिलाकर हाँ करते हुए धनुष पर तीर चढ़ाया।

राजदूत चिल्ला उठा—भाई, पगड़ी के साथ सिर भी उतार दो, तो वासुदेव तुम पर कृपा करेंगे।

सभासदों में से सभी मन में यह सोच रहे थे, यह जीता-जागता आदमी मारा जाएगा। एक ढेले में दो चिड़िया। आदमी का मरना और जरा का नाक़ामयाब होना—उन लोगों के लिए दोनों ही समान आनन्ददायक था।

लेकिन वैसी कोई बात नहीं हुई। जरा ने अपने अचूक निशाने से राजदूत के माथे की पगड़ी माटी पर गिरा दी।

सभासद लोग सुमन्तराज की जय-जयकार करने लगे और नरेन्द्रनगर का दूत नंगे सिर को पीटते हुए सिंह दरवाज़े से निकलकर नरेन्द्रनगर की ओर भागा। सब लोग फिर से सभाभवन में गये। राजा ने जरा को पुरस्कृत किया।

उस दिन की तरह राजसभा टूटने को थी कि रानी की अनुचरी मदिरा सोने की थाली में मुक्ता की एक माला लेकर आयी और राजा को सिर नवाकर खड़ी हो गयी।

राजा ने पूछा—क्या बात है?

मदिरा ने कहा—महाराज, रानी जी ने मुक्ता की यह माला आपके पास भेजी है। उनकी इच्छा है, जिस वीर पुरुष ने आज रानी जी के सम्मान को बचा लिया है, महाराज उसे यह माला देकर पुरस्कृत करें।

राजा ने कहा—जरा, आगे बढ़ आओ।

जरा ने आगे बढ़कर घुटना टेक दिया। राजा ने अपने हाथ से उसके गले में माला पहना दी। जरा ने झुककर राजा को अभिवादन किया। कहना फ़ुज़ूल है, जरा के इस सम्मान से सभासदगण उस पर ख़ुश होने के बदले उसके और भी बैरी बन

गये। आह्लीक और बाह्लीक तो आपस में बोलने लगे—यह कोई वीरता है कि उसका पुरस्कार! यह तो हम भी कर सकते थे। राजा लोग एक नज़र के होते हैं। यह सब...

राजा सिंहासन से उठे। उठने से पहले सेनापति से कहा—लड़ाई अब निश्चित है। सेना जिसमें तैयार रहे।

उस दिन के लिए सभा भंग हुई।

कुरुक्षेत्र की लड़ाई के महत् आदर्श की प्रेरणा से देश में जहाँ-तहाँ छोटे-छोटे संस्करण के कुरुक्षेत्र होने लगे थे। बड़े आदर्शों के अनुकरण करनेवालों की कभी कमी नहीं होती।

4

जरा पिछली रात की तरह झरोखे के सामने जा खड़ा हुआ, शायद गीत सुनाई पड़े! न, आज कोई गा नहीं रही थी। सारी राजपुरी सोयी-सी। बीच-बीच में पहर बतानेवाली निंदाई हाँक सुनाई दे रही थी। और दूर पर, कितनी दूर पर, कौन जाने—रात में दूरी ठीक-ठीक समझ में नहीं आती—पहर घोषणा के दूर प्रसारी जाल को डालना और खींचना। आसमान के तारों में जरा के केवल दो ही चीन्हे हुए हैं—साँझ का तारा और शुकतारा। साँझ का तारा याद दिला देता है कि घर लौटने का समय हो गया और शुकतारा शिकार में जाने का समय बताता है। अभी उन दो में से एक भी आसमान पर नहीं था—आधी रात।

फिर भी नहीं मरनेवाली आशा लिये जरा खड़ा रहा। आदमी बड़ा ही अबोध जीव है, वह सोचता है, बीते दिन का सुख दूसरे दिन भी आएगा; सोचता है पहले दिन का दुख दूसरे दिन भी आएगा। यह केवल एक ख़याल है। सुख-दुख अपने नियम से चलते हैं—रात-दिन के आने-जाने के क्रम से उसका मेल नहीं है। इसीलिए जरा आशा के झरोखे पर खड़ा रहा। खड़ा था और बीच-बीच में गले की मुक्ता माला को कसकर पकड़ लेता था। इस माला को उसने पलभर के लिए गले से अलग नहीं किया, दिन के प्रकाश में, रात की रोशनी में उसे हिलाकर, घुमा-घुमाकर देखा किया, देखा किया मुक्ता के दानों में कितने रंगों का आभास है। वह उन रंगों का नाम नहीं जानता, जानता ही नहीं था कि ये रंग भी होते हैं—तूलिका और रंग की मंजूषा भी मिल जाए, तो रंग खिलाने की क्षमता उसमें नहीं।

कल रात मदिरा बता गयी थी, तुझ पर रानी की नज़र पड़ी है। आज हाथों-हाथ

उसका प्रमाण मिल गया। तो, मदिरा ने झूठ नहीं कहा और इतना बड़ा झूठ वह कहे भी क्यों? आज इस माला ने उसके अंग-अंग में रानी का स्पर्श लगा दिया। फिर से उसने माला को उठाकर चूमा। चूमना ज़रा ज़ोर से ही हो गया।

—क्यों जी, किसे इतने ज़ोर से चूमा। प्रेयसी कौन है, जान सकती हूँ?

पलटकर देखा—मदिरा थी। सपना तोड़ देने के लिए मदिरा पर खीज आयी। चेहरे पर आशा के टूटने की हलकी छाया खेल गयी। लेकिन दूसरे ही क्षण उसे लगा, शायद हो कि वह रानी की दूती बनकर आयी हो। सोचना था कि छाया घिरा मुँह दमक उठा। भाव का यह परिवर्तन प्रेम का व्यापार करने वाली मदिरा की नज़र से बच नहीं सका।

जरा ने पूछा—रानी जी ने कुछ कहा है?

जरा के प्रति रानी की आसक्ति से मदिरा ज़रा भी ख़ुश नहीं थी और जरा जो उसी आसक्ति के जाल में फँसा है, इससे वह बदस्तूर उससे खार खाये बैठी थी। उसने सोचा, इस बेवकूफ़ से ज़रा लुत्फ लिया जाए।

—क्यों मदिरा, चुप क्यों हो गयी?

—कहाँ से शुरू करूँ, यही सोच रही हूँ।

—शुरू से ही शुरू करो न।

—फिर तो सारी रात लग जाएगी।

—लग ही गयी, तो क्या?—जरा ने कहा।

—सोना नहीं है?

—कितनी रात तो जागकर बिता चुकी हो!

—वह तो अपने प्रेम की ख़ातिर जगी हूँ।

—मैं क्या बिराना हूँ? आज मेरे ही लिए यदि जागी!

—अब तक तो तुम बिराने नहीं थे, पर रानी का प्रेमी क्या मेरा अपना है?

—यह क्या कह रही हो मदिरा?—इस बार उसके स्वर में हार्दिकता थी।

इतना समझकर वह बोली—तो आओ, लेटे-लेटे बातें करें।

जरा इतना आगे बढ़ने को तैयार नहीं था। नये प्रेम ने पुराने प्रेम में बाधा खड़ी कर दी थी। बोला—उससे अच्छा है, आओ, झरोखे के पास खड़े होकर चाँद को देखते हुए बातें करें।

—चाँद देख रहे हो या चाँद-बदन? ठीक-ठीक बताओ तो!

मदिरा के आश्चर्य का अन्त नहीं था। यही है वह जरा! जो जंगली और बर्बर था, उसमें ऐसा परिवर्तन कैसे आ गया? कैसे, यह कैसे जानेगी मदिरा! वह तो प्रेम का व्यवसाय करती है, प्रेमी नहीं है। प्रेम जो पल में लोहे को सोना कर देता है, यह उसकी धारणा से परे है।

जरा बिस्तर के पास नहीं आएगा, इसलिए वह बग़ल में जाकर खड़ी हुई।

जरा ने पूछा—रानी ने मेरे लिए मुक्ता का हार क्यों भेजा?

—तुम्हारी वीरता देखकर।

—सिर्फ़ वीरता देखकर?

—नहीं, वीरता के साथ वीर पुरुष को भी देखा और फिर नरेन्द्रनगर के राजा के पत्र का मतलब भी समझा।

आश्चर्य से जरा ने पूछा—राजसभा की बात रानी के कानों तुरत कैसे पहुँच गयी?

—हाय राम, बाहर की बातें हवा से अन्दर पहुँच जाती हैं। उस चिट्ठी से जितनी ही नाराज़ थीं, तुम्हारी वीरता देखकर उतनी ही ख़ुश हुई। बोलीं—मदिरा, फ़ौरन जाकर मुक्ता का यह हार उसे पहना दो।

—तो तुमने हार राजा के हाथों क्यों दिया?

—यही तो राजसभा का तौर है।

जरा ने कहा—मदिरा, मेरी इच्छा हो रही है, रानी को कुछ दूँ।

—तुम्हारे पास ऐसा है क्या कि तुम रानी को दोगे?

—है। यह कहकर वह ताक से सोने की ज़ंजीर में गुथा हुआ कौस्तुभ मणि ले आया।

उसे देखकर मदिरा चौंकी—यह तो वासुदेव के गले का हार है!

—हाँ, वही है।

मदिरा के मुँह से निकल पड़ा—तुमने इसे कैसे पाया?

जरा कुछ बोले, इसके पहले ही वह बोल उठी—समझ गयी। कहना न होगा।

मदिरा में और दोष चाहे जो हो, सोचने में और क्या करना है यह तय करने में वह बहुत तेज़ है। लमहे में उसने भावी कार्यक्रम सोच लिया। कहा--अच्छा होगा। दो।—उसने झट से उस मणि को अपने क़ब्ज़े में किया और मन ही मन बोली—तुम्हारे मारने का हथियार मेरे पास रहा। थोड़ा कमीनापन और किया कि यही हथियार छोड़ूँगी। तुम्हारा प्रेम करना निकल जाएगा।

—इसे कब दोगी रानी को?

—देखो, यह सब रानी की बात है। जल्दबाज़ी यहाँ नहीं चलती। समय समझकर, उनका मिज़ाज समझकर ही दूँगी।

—रानी से एकबार मेरी मुलाक़ात नहीं हो सकती है?

—यह कोई साधारण औरत है कि जब चाहा, भेंट हो गयी।

—रानी तो तुम्हारी मुट्ठी में है। तुम चाहो तो हो सकती है भेंट।

मदिरा ने मन ही मन कहा—चाहूँ तो हो सकती है, मगर मैं चाहने क्यों लगी?

तुम्हें घोड़े को तड़पकर घास खाने की इच्छा हुई है, लेकिन घोड़ा क्यों राजी हो? मुँह से बोली—समझ लो जरा, यह तलवार की धार पर चलना है। जब तक पाँव बराबर रख रहे हो, तब तक तो ठीक है, ज़रा भी चूक हुई कि तुम्हारी-मेरी दोनों की शामत।

—तो उपाय?

—उपाय आख़िर कुछ निकालना ही होगा।

—फिर कब आओगी?

मन ही मन मदिरा बोली, ग़रज़ तो बड़ी देख रही हूँ।

—हार कब दोगी?

—वह भी मौक़ा समझकर ही देना होगा।

—इसमें मौक़ा समझने को क्या है?

—हार देखकर राजा जब पूछेंगे, कहाँ मिला, तो रानी क्या जवाब देंगी?

हताश होकर जरा ने कहा—तब तो कभी भी नहीं दिया जा सकेगा।

—अजी मिलेगा, मौक़ा मिलेगा। राजा कभी-कभी शिकार में दो-एक दिन बाहर भी तो जाते हैं, उसी समय दूँगी।

—और राजा अगर मुझको साथ ले जाना चाहें?

—तुम जाना। हार तो मैं दूँगी!

—क्या कहती हैं, मुझे बताना।

—बेशक! बताये बिना कैसे चलेगा!

—कल रात फिर आओगी?

—देखूँगी, मौक़ा मिलता है कि नहीं। रोज़ रात को आने-जाने से बात खुल जाने में कितनी देर लगती है? फिर तो दोनों पर आफ़त।

—ठीक है, होशियारी से आना; मगर आना ज़रूर।

मदिरा जाने लगी, तो जरा ने उसे जकड़ लिया। बार-बार उसे चूमा। मदिरा समझ गयी, इस प्यार की पात्री वह नहीं है। बोली—यह क्या मेरे बाक़लम से रानी के लिए?

जरा ने जवाब नहीं दिया। क्या जवाब देता! स्त्री-पुरुष का चुम्बन कब जो लक्ष्य को पार करके उपलक्ष्य की ओर जाता है, वह क्या सब समय वही लोग जान पाते हैं!

मदिरा आज दरअसल रानी की दूती के रूप में नहीं आयी, यद्यपि जरा ने वैसा ही समझा था। मदिरा अपनी ग़रज़ से आयी थी। वह ताड़ गयी कि वह खिंचाव ख़त्म हो गया है, समझ गयी, अहसानफ़रामोश जरा की निगाह में अब वह नाचीज़ है। वंचित होनेवाली नारी का क्रोध ज़रा ही देर में विद्वेष बन बैठता है। इस बेहूदे जंगली को वह सबक़ नहीं सिखा सकी, तो उसका नाम मदिरा नहीं। हुँः, अब उसकी अपनी

कोई क़ीमत नहीं रही, जो भी क़ीमत है, सो अब रानी की! और बलिहारी रानी की! देवता के समान पति के होते! तय कर लिया, मेरे क़ब्ज़े में उसका मारणास्त्र कौस्तुभ मणि का हार तो रहा ही। इस हार का नाम भारत में कौन नहीं जानता? तिस पर इस राज्य में सभी वासुदेव के भक्त हैं। राजधानी में तो कोई वासुदेव की पूजा किये बिना अन्न-जल ग्रहण नहीं करता।[1] उसने संकल्प किया, कल ही रात आऊँगी, लेकिन दूसरी भूमिका में। देखूँ किसकी बुद्धि ज़्यादा है—मेरी या जरा की।

5

साँप के केंचुल की तरह पुराने संस्कार को उतार फेंककर जरा ने नया जीवन पाया। राजभोग, राजा का सम्मान, सबसे ज़्यादा रानी के प्यार ने उसे सर्वथा नया आदमी बना दिया है। वासुदेव की हत्या के बाद से वह पाप के भार से दबा हुआ था; चाँद की ओर ताकता, तो लगता कि उतना बड़ा चाँद ग्रहण की छाया से मलिन है; रह-रह कर पाँव के नीचे की ज़मीन काँप उठती, भूकम्प-सा लगता; लगता कि सारे ही लोग उसे नफ़रत की निगाह से देख रहे हैं। सोते-जागते, सपने में—कभी भी एक पल को चैन नहीं मिलता। हर पल ख़ुदकुशी करने को जी चाहता। एक बार तो उसने पेड़ पर फन्दा लगाया भी था। खट्टास के लोगों ने उसे खींचकर उतारा। और इन सारी ही बातों की जड़ में वह कमबख़्त औरत जरती थी। पाप किया है, ज़िन्दगी में चैन नहीं मिलेगा, मरने पर नरक होगा—ऐसा कितना ही शास्त्र-वचन बोल-बोलकर उसने पागल बना छोड़ा था। वह दईमारी मर गयी उसे सही सज़ा मिली। जैसा चेहरा वैसा ही व्यवहार। और वह बदमाश खट्टास, उसके चंगुल में पड़कर उसकी कितनी दुर्गति हुई, अभी न जाने और कितनी होती! वह दईमारा भी ज़रूर मर गया, बला गयी। बेहूदों की एक जमात का राजा बनाकर उसने उसे कृतार्थ कर दिया था, और क्या! अब इस नये परिवेश में आकर उसने समझा कि किस आफ़त में पड़ा था! ख़ूब बच गया। परिस्थिति के हिसाब से कोई पापी, कोई पुण्यात्मा, कोई राजा, कोई रंक होता है। आदमी परिस्थिति के हाथ का खिलौना है।

इस सम्पूर्ण सुख में एक छेद-सी थी मदिरा। वह जब भी आती है, द्वारका की याद लिये आती है। वह जानती है कि वासुदेव का हत्यारा जरा है। उसने सबसे पहले उसी के सामने अपना अपराध क़बूल किया था। मदिरा चाहे, तो एक ही फूँक में

1. महाभारत के ही समय वासुदेव अवतार रूप में माने और पूजे जाने लगे थे। 'महाभारत का समाज'—सुखमय भट्टाचार्य, शास्त्री, सप्ततीर्थ।

उसके सुख की इमारत को धूल में मिला सकती है। लेकिन जरा का सौभाग्यचक्र आज ऐसा अनुकूल घूम रहा है कि उस छेद से भी स्वर्ग का एक टुकड़ा दिखाई देता है।

जरा ने देखा, यहाँ के सभी वासुदेव के भक्त हैं। जानते हैं कि वासुदेव नहीं रहे। लेकिन कहाँ, ये लोग तो रात-दिन छाती पीट-पीट कर हाय-हाय करते हुए मर नहीं रहे हैं! इन्हें सूझ समझ है। आदमी जन्म लेता है और समय होने पर मर जाता है। वासुदेव पैदा हुए थे, आयु ख़त्म हो गयी, मर गये। बात यहीं ख़त्म हो गयी। इसके लिए शोक-ताप, छाती पीटना, नरक का हौवा दिखाना क्या है! एक अजीब युक्ति से जरा ने यह स्थिर किया कि वासुदेव के मरने का ज़िम्मेदार वह नहीं है। यह सच है कि वह उसी के तीर से मरे, पर इसमें उसकी ज़िम्मेदारी क्या है? जंगल में आकर नाहक़ ही कोई आदमी सोया क्यों रहेगा? ख़ासकर जो आदमी जंगली नहीं है, वह झाड़ी में जाकर क्यों सोएगा? उसने तो हिरन समझकर तीर मारा था, वह यदि आदमी को लगा, तो उसका क्या दोष है? ये सारी युक्तियाँ पुरानी हैं, लेकिन अवस्था के महातम से नयी रोशनी में दिखाई दीं। हालत बदल जाने से पुराने केंचुल को उतार कर जरा को नया जीवन मिला है।

जरा सुमन्तराज के पीछे-पीछे चल रहा था। आजकल राजा उसे साथ लेकर ही निकलते हैं। कहते हैं, ऐसा अंगरक्षक कहाँ मिलेगा? देखो न, एक ही तीर में नरेन्द्रनगर में उथल-पुथल मचा दी।

आह्लीक-बाह्लीक ने मन में सोचा, बड़ा तो वीर है! एक पोसे हुए कबूतर को तो मारा है और उसी से नरेन्द्रनगर में उथल-पुथल मच गयी! क्यों आह्लीक, बचपन में हमने कबूतर की ओर कितने तीर मारे हैं!

बाह्लीक ने कहा—मरा लेकिन एक भी नहीं।

—अजी, उससे क्या! मर तो सकता था।

—नहीं भई, कहने को जो कहो, इस आदमी का निशाना है।

—निशाना ख़ाक है। अचानक लग गया।

—यह कहने से कैसे चलेगा? उस दिन तो उस आदमी की पगड़ी उड़ा दी।

—तुम भी जैसे हो आह्लीक, राजा की इच्छा थी, पगड़ी सहित उस आदमी का सिर भी उड़ा दे।

—और, महारानी ने जो उसे हार से पुरस्कृत किया?

—बाह्लीक ने धीमे से कहा—उसके पीछे बहुत बात है।

—अच्छा! मैंने तो भाई नहीं सुनी है।

—सभी जानते हैं और तुम नहीं, यह भी हो सकता है बाह्लीक। अभी नहीं, कभी एकान्त में बताऊँगा। राजमहल के लोगों को कान बिछाकर रहने की आदत होती है।

कृष्ण पक्ष की द्वितीया का थोड़ा-सा कटा चाँद क्षितिज के पर्वत की चोटी से लगा हुआ था। धूप की तेज़ी थोड़ी सी बढ़ने पर ही वह गलकर खो जाएगा। सुमन्तराज की नज़र उधर पड़ते ही उन्होंने पूछा, जरा कभी चन्द्रग्रहण देखा है?

इस प्रश्न से जरा की अन्तरात्मा काँप उठी। यह प्रसंग क्यों! वह तो चुक चुका है। बोला—जी नहीं महाराज, हम जंगली आदमी 'गरहन' कहाँ देखें?

राजा हँस उठे—अरे, चाँद क्या केवल नगर के आकाश में ही उगता है? जंगल क्या चाँद-सूरज के अधिकार से बाहर है?

—वह नहीं महाराज, शायद हो कि मेरी उमर तक में 'गरहन' नहीं लगा।

—अरे, चन्द्रग्रहण तो प्रायः हर साल होता है। किसी-किसी साल एक से भी ज़्यादा बार। हाँ, सूर्यग्रहण कभी-कभी ही होता है। तुम्हारी उमर क्या होगी?

—यह लेखा तो किसी ने रखा नहीं महाराज।

—ख़ैर, मैं अन्दाज़ा लगाता हूँ।

राजा ने उसे एड़ी-चोटी देखा। बोले—तीस के क़रीब। क्या ख़याल है?

—हो सकता है, महाराज।

—तो फिर तुम्हारी उमर में लगभग तीस बार चन्द्रग्रहण हुआ है। लेकिन यह ज़रूर है, सब ग्रहण सब जगह नहीं दिखाई देता।

उसके बाद बोले—चन्द्रग्रहण क्यों होता है, जानते हो?

—हमारे गाँव में जो पाठशाला है, उसके पण्डित जी कहते थे, राहु चाँद को निगल जाता है।

—ग़लत नहीं सुना। लेकिन राहु एकाएक निगलता क्यों है, जानते हो? किसी बहुत बड़े अमंगल की सूचना के लिए।

—जी, होगा वही।

राजा ने कहा—दो महीना पहले चन्द्रग्रहण हुआ था, उसी के बाद वासुदेव गये।

जरा सोचने लगा, यह कैसा शोचनीय प्रसंग! जिस केंचुल को छोड़कर उसने नया कलेवर पाया था, वह केंचुल हवा से उड़कर सहसा मानो उसके पाँवों के पास आ गिरा। साँप का केंचुल बेशक साँप नहीं होता, मगर मन में डर तो जगाता है!

यह प्रसंग कहाँ तक जाता, पता नहीं। उसकी प्रतिक्रिया क्या होती, कौन जाने। इतने में घोड़े की टाप सुनाई दी। चौंककर दोनों ने पीछे मुड़कर देखा। देखा कि एक घुड़सवार तेज़ी से सुमन्तनगर की ओर आ रहा है। ज़रा ही देर में घुड़सवार आ पहुँचा। उतरकर उसने राजा को सादर अभिवादन किया और एक चिट्ठी दी। कहा—मन्त्री की चिट्ठी है।

चिट्ठी पर एक नज़र डाली। तुरन्त घोड़े पर सवार हो घोड़े को नगर की ओर दौड़ाया। पीछे-पीछे घुड़सवार और जरा दौड़ा।

जरा ने पूछा—मामला क्या है?

—कैसे बताऊँ? मन्त्री को तो जानते ही हो, वह टेंट खोलते हैं, मुँह नहीं खोलते। पिटारे से दो सिक्के निकाल देंगे, पर पेट से कोई बात! बाप रे! जैसे मुद्रा से बात की क़ीमत ज़्यादा है।

जरा ने कहा—भैया, मन्त्री होने के नाते ही उनकी बात का दाम ज़्यादा है।

—तो क्या, सवेरे-सवेरे इतना हैरान करेंगे! महाराज की खोज में चारों तरफ़ घुड़सवार दौड़े हैं। मेरे नसीब में था कि भेंट हो गयी, नहीं तो और भी चक्कर काटकर मरना पड़ता।

जरा ने समझा, बात कोई भयंकर है।

सुमन्तराज के पहुँचते ही मन्त्री ने अकेले में कहा—महाराज, नरेन्द्रनगर का गुप्तचर पकड़ा गया है।

राजा ने कहा—यहाँ तो बाहर का आदमी नज़र नहीं आता।

—जी नहीं। भीतर के ही लोग से काम करा रहा है।

—कौन हैं?

—आह्लीक और बाह्लीक, महाराज!

आश्चर्य से राजा ने कहा—आह्लीक और बाह्लीक। कह क्या रहे हो! वे दोनों तो अहमक़ हैं। कोई सबूत मिला है?

—रंगे हाथों। उनके हाथों चिट्ठी पकड़ी गयी है।

—अच्छा, उन्हें बुलाओ।

आह्लीक और बाह्लीक आये। राजा ने कहा—तुम लोग पुराने आदमी हो, इसलिए भीतर के आदमी हो। और तुम्हारी यह हरक़त!

आह्लीक और बाह्लीक अप्रतिभ होने वाले नहीं थे। बोले—महाराज, यह तो बड़ी सहज-सी बात है। ख़बरें अन्दर के आदमी से ही जुटायी जाती हैं। बाहर के आदमी हों तो दिखाई पड़ जाएँगे।

राजा ने गम्भीर होकर कहा—इसकी सज़ा क्या है, जानते हो!

—जानता हूँ महाराज! मगर हमारी जो चिट्ठी मिली है, उसे पढ़कर ही आप समझ सकेंगे कि हम महाराज के उपकारी हैं कि बुरा चाहनेवाले।

—मन्त्री, चिट्ठी में क्या है?

—बहुत बातें हैं महाराज!

आह्लीक ने कहा—मन्त्री जी, बात बहुत है। असल बात भी कुछ है?

—पढ़ो तो।—सुमन्तराज ने कहा।

—मन्त्री ने कहा—सब संक्षेप में है।

—बाह्लीक ने कहा—गुप्तचर का पत्र तो प्रेमपत्र नहीं है। वह संक्षेप में ही लिखा

जाता है।

—क्या है मन्त्री?

—इन लोगों ने लिखा है : जिस आदमी ने महाराज के कबूतर को मारा था, वह आज कई दिनों से लापता है। और लिखा है, सुमन्तराज हमले की आशंका नहीं करते इसलिए सेना नहीं संगठित कर रहे हैं।

राजा ने कहा—ये दोनों ही बातें तो झूठी हैं।

आह्लीक ने कहा—महाराज, इन्हीं झूठी बातों से तो उन्हें भुलाये रखा है। और कोई होता, तो ग़लती से सही ख़बरें दे देता।

—सो तो समझा। लेकिन जो चिट्ठियाँ हाथ नहीं लगीं, उनमें क्या लिखा था यह कैसे जानूँ?

—नरेन्द्रनगर को जीतने पर वे चिट्ठियाँ मिल जाएँगी। तब आप देखेंगे कि हर चिट्ठी में सत्य का गला घोंटा गया है।

राजा ने पूछा—कैसे?

—बहुत तरह से, महाराज।

—जैसे—

—जैसे सुमन्तराज बीमार हैं, सेनापति काम छोड़कर चले गये हैं। मन्त्री जी दाँत के दर्द से परेशान हैं।

मन्त्री ने कहा—यह तो सत्य है।

बाह्लीक ने कहा—इससे युद्ध के नतीजे में क्या हेर-फेर होता?

—तुम लोग ऐसा करने ही क्यों गये?

—सोने के सिक्के के लोभ से कहीं और कोई सच्चा समाचार दे, इसीलिए हम लोग ही पहले तैयार हो गये।

राजा ने कहा—ख़ैर, जाओ। अब ऐसा काम मत करना।

इस पर वे बोले—महाराज, हमें और कुछ निवेदन करना है।—यह कहकर चादर के छोर से बहुत सारे सोने के सिक्के निकालकर राजा के चरणों में रखकर कहा—इनाम के ये सिक्के हम लोगों ने युद्धकोष के लिए जमा कर रखे हैं।

राजा ने कहा—वह सब तुम्हीं लोग रखो।

दोनों ने आधा हाथ लम्बी जीभ निकालकर कहा—पाप का धन नहीं रखना चाहिए, शास्त्र का कहा है।

राजा ने हँसकर कहा—देखता हूँ, शास्त्र भी पढ़े हो।

—नहीं तो यह सूझ कैसे आती? वेद में कहा है—शठे शाठ्यं समाचरेत्।

मन्त्री ने कहा—वेद नहीं बिलकुल वेदान्त...

—वह भी पढ़ा है, मन्त्री जी—अद्य भक्ष्यं धनुर्गुणा।

सभी हँस पड़े। बात यहीं ख़त्म हो गयी।

उसके बाद सेनापति की बुलाहट हुई।

राजा ने कहा—क्यों, सब तैयार है न?

—जी महाराज, हुक्म हो तो हमला करें।

—नहीं। हमला हम पहले नहीं करेंगे। वही हमला करें। और मेरा ख़याल है, उसमें अब देरी नहीं है। सेनापति, जरा से कहना, वह जिसमें हर समय तैयार रहे। मेरी रक्षा का भार उसी पर है।

—जैसी आज्ञा, महाराज।

परामर्श सभा विसर्जित होने से पहले जरा को बुलवाकर राजा ने कहा—लड़ाई छिड़ गयी। अब तुम्हारा काम है मेरी रक्षा करना।

6

दो-तीन रात मदिरा नहीं आयी। काफ़ी रात गये तक इन्तज़ार करके आख़िर जरा सो गया। सोच नहीं पाया कि मदिरा क्यों नहीं आयी। उस दिन भी वह सो गया था इन्तज़ार करके। इतने में झकझोरने से वह जागा। पूछा—कौन, मदिरा?

मदिरा ने कहा—इतने में ही भूल गये! अभी तो रानी से भेंट भी नहीं हुई!

जरा ने कहा—कई रातें तुम्हारे लिए जागकर बितायी हैं। आती क्यों नहीं?

मदिरा ने कहा—रहती हूँ राजा के अन्तःपुर में। चाहने से ही क्या रात को बाहर आ जाना सम्भव है?

—रानी को वह हार दिया था?

—पागल हो गये हो! तुमसे तो पहले ही कहा है, वासुदेव के कौस्तुभमणि की बात सबको मालूम है। रानी जब पूछेंगी कि यह हार मिला कहाँ, तो उन्हें क्या जवाब दूँगी?

—तो फिर ले क्यों गयी!

—होशियारी से रखने के लिए। यहाँ रहने से लोगों की नज़र पड़ते क्या देर लगती है? और कहीं बेहाथ हो जाए, तो कौन सँभाले!

—तो क्या रानी को वह नहीं दोगी?

—दूँगी। मौक़ा समझकर।

—मौक़े से क्या मतलब?

—मतलब यह कि जब समझ लूँगी कि तुम्हारे प्रति रानी की आसक्ति इतनी

प्रबल हो गयी है कि अब पूछने की बात ही नहीं रही, तब।

—यह कैसे समझोगी?

—समझ में आ जाता है जी, आ जाता है। मैंने पहले ही समझ लिया था कि तुम मुझ पर फ़िदा हो। तुम चाहे जिसके भी पास जाओ, लौटकर तुम्हें मेरे पास आना ही पड़ेगा। रानी की वैसी दशा पहले हो ले। वह सब समझना तो हमारे व्यवसाय का अंग है।

मदिरा चाहे जो कहे, जो समझे, इसमें उसने बिलकुल ग़लत समझा था। संसार में सर्वज्ञ नाम का कोई नहीं। जरा को राजा के अंगरक्षक के रूप में पहली बार देखकर रानी ने पूछा था, यह आदमी कौन है? उसके बाद भी दो-एक बार और वैसा आग्रह दिखाया था। मदिरा ने उस कौतूहल को प्रेम की पहली सूचना समझ लिया था। काम-व्यवसायिनी की नज़र एक तरफ़ जितनी तेज़ होती है, दूसरी तरफ़ उतनी ही अन्धी। वे लोग स्त्री-पुरुष के एक ख़ास सम्बन्ध के सिवा और कुछ नहीं समझ सकतीं। उसने उसी धारणा से जरा को रानी के प्रेम की बात बतायी थी। उससे उसने उलटा फल होते देखा, जरा का मन मदिरा से हटकर रानी की ओर चला गया। लेकिन दो-चार दिन में मदिरा की वह भूल दूर हो गयी। रानी के मन में प्रेम के बढ़ने का कोई लक्षण दिखाई नहीं दिया। तो उस दिन रानी ने पुरस्कार स्वरूप जो हार भेजा, वह राजकीय रीति है। मदिरा मन में निश्चिन्त हुई। लेकिन उसने जरा के सामने यह भेद नहीं खोला। आशा टूट जाने से वह बिगड़ सकता है। यह भी सोचा, चकमा देकर इस आदमी को बन्दर की तरह नचाया क्यों न जाए? स्त्रियाँ पुरुषों को ख़ामख़ा उम्मीद का इशारा देकर नचाने में बड़ा आनन्द पाती हैं।

ऐसी स्थिति में जरा ने कौस्तुभमणि का हार निकाला। मदिरा ने इसे पहले नहीं देखा था। महज़ इतना ही जानती थी कि धोखे में उसने वासुदेव को मार डाला है। अब हार को हथियाकर उसने सोचा, अच्छा ही हुआ, यह बेवक़ूफ़ मुट्ठी में रहा। वह हार रानी को देना सम्भव नहीं। देने से उन दोनों पर आफ़त आ सकती है। गरचे उसने जरा को समझाया कि अवसर आते ही वह उसे रानी के गले में डाल देगी। जरा इसी उम्मीद में है, रहे। विधाता ने ही जब उसे बुद्धू बनाया है तो यह दोष क्या मदिरा का है?

बहरहाल मदिरा ने यह देखा कि जरा धीरे-धीरे उसकी ओर से खिंचता जा रहा है। पास आने पर दूर खिसक जाता है। राजपुरी में भेंट हो जाने पर पहले की तरह उसकी आँखों में भाषा नहीं चमक उठती, होठ कैसे तो सख़्त हो आये हैं। यह सब तो ठीक नहीं है। मदिरा को यह समझने में देर नहीं लगी कि रानी के प्रेम की आशा में ही दासी के प्रति यह उपेक्षा है। मदिरा यों थी तो प्रेम की व्यवसायिनी, पर वह जरा को सचमुच ही प्यार करती थी। इस परदेस में वह प्यार और भी गाढ़ा हो आया

था। बीच समुन्दर में बहती लकड़ी पर बैठे महाशत्रु भी बहुत बड़ा मित्र हो जाता है। परदेस में दो प्रेमी और भी क़रीब होंगे, यही तो नियम है। लेकिन उसका उलटा होने लगा। शुरू में यह ग़लती मदिरा ने की थी। उसने रानी के प्रेम के बारे में ग़लत ख़बर दी थी। कौतूहल को उसने प्रेम बताया था। उसके बाद बन्दर नचाने के लिए रोज़ ही ग़लत ख़बर दे जाया करती थी। नतीजा यह निकला कि अब मदिरा ही नाचने लगी।—वह नाच और चाहे जो हो, अनादर नहीं है। उसने तय किया, ठहरो बुद्धू जी, इसकी दवा मुझे मालूम है। वह आज वही दवा लेकर आयी थी।

—जरा, देखती हूँ, बड़ी मुसीबत हो गयी!

—मुसीबत कैसी मदिरा, तुम तो रानी की कृपापात्री हो।

—सो तो थी, अब लगता है, राजा की भी कृपापात्री होना पड़ेगा।

जरा कुछ समझ नहीं सका। पूछा—यह फिर क्या?

—हाल अच्छा नहीं है। शायद राजा की नज़र मुझ पर पड़ी है।

—क्यों भला?

मदिरा ने देखा, आदमी यह महा गँवार है। बोली—मर्द की नज़र जब औरत पर पड़ती है, तब भला क्यों पूछा जाता है?

—शायद हो कि राजा तुम पर कृपा रखते हैं।

—उससे भी ज़्यादा। मुझे अनुगृहीता करना चाहते हैं।

—रानी को मालूम है?

—अभी नहीं मालूम है, पर मालूम हो जाएगा।

—राजा ने मुँह से कुछ कहा है?

—मुँह से जो कहा है, आँखों से उससे कहीं ज़्यादा कहा है। आदमी की दोनों आँखें प्रेम के दो दूत हैं।

—फिर भी, मुँह से कुछ तो कहा होगा?

—क्यों नहीं। एक दिन अकेले में पाकर कहा—मदिरा, तुम बड़ी ख़ूबसूरत हो!

—और कुछ?

—और कहा कि तुम्हें देखकर नशा आ जाता है।

—रानी को पता नहीं चलता?

—कैसे पता चलेगा? रानी के सामने तो वह बिलकुल दूसरे ही आदमी बन जाते हैं। देखकर भी नहीं देखते, चीन्हते हुए भी नहीं चीन्हते।

—तुमने कुछ कहा है?

—मैं क्या कहूँ, मैं तो डर से मरी जा रही हूँ।

—सो क्यों?

—कहीं रानी सुन लें तो क्या करेंगी! और...

—रुक क्यों गयी? और क्या?

—और तुम सुनोगे, तो क्या सोचोगे?

हूँ।—जरा ने और कुछ नहीं कहा, चुप हो गया।

मदिरा समझ गयी, दवा ने काम करना शुरू कर दिया। इसी समय दो-एक ख़ुराक और दे देनी चाहिए। बोली—आज शाम को सूने में पाकर वह बोले—मदिरा, आज आधी रात को मेरी फुलबगिया में आना।

दबी ग़रज-सी करते हुए जरा ने कहा—गयी थी।

—जा रही हूँ। सोचा, जाने से पहले तुम्हें बताती जाऊँ। कोई आफ़त-विपद हो तो...

मदिरा को मुँह की बात पूरी करने का मौक़ा नहीं मिला। जरा ने उछलकर जाकर के दरवाज़े को बन्द कर दिया, कहा—तुम हरगिज़ नहीं जा सकतीं।

—मुझे क्या जाने का शौक़ है। राजा का आदेश जो है!

—राजा नहीं तुम्हारा गुप्त प्रेमी।

—नाराज़ न हो जरा, तुम भी तो रानी से छिपे-छिपे प्रेम कर रहे हो। मन ही मन सही।

वह और ही बात है।—जरा ने कहा।

मदिरा ने मन में सोचा, ये मर्द भी अजीब जीव होते हैं। पेड़ का भी खाएँगे, पेड़ के तले का भी चुनेंगे। मौक़ा मिले तो रानी से प्रेम भी करेगा और मुझको भी बेहाथ होने देने को तैयार नहीं। प्रकट में कहा—पागलपन मत करो जरा! राजा को पता चल जाएगा तो मेरी-तुम्हारी दोनों की गरदन जाएगी।

जरा ने कहा—देखता हूँ, तुम भी यदुवंश की बहुओं-सी हो गयीं।

—कुछ अन्तर है।

—क्या अन्तर है?

—वह उन लोगों का वनभोजन है, और हमारा यह रोज़ का भोजन है।

—तो जाओ, वनभोजन करो।—उसने मदिरा को ढकेलकर दरवाज़े के बाहर किया और कहा—आइन्दा मुझे यह शक्ल न दिखाना।

बाहर जाकर मदिरा हँसी से लोटपोट हो गयी। एक तो इस ख़ुशी से कि दवा ने काम किया, दूसरे इस आनन्द से कि इस बेवक़ूफ़ का मन अभी फिरा नहीं है। उमंग से, गर्व से, जीत की ख़ुशी से सारी देह को लहराते हुए अपने कमरे में लेट गयी। झरोखे से चाँद की किरण आकर उसके चेहरे पर पड़ी। उसने झरोखे को और ज़रा खोल दिया। चाँद हँस रहा था।

झरोखे से चाँद की रोशनी जरा के चेहरे पर आ रही थी। वह चाँद कितने युगों की रुलाई से म्लान है! जरा ने उठकर झरोखे को बन्द कर दिया। चाँद रो रहा है।

एक ही चाँद अवस्था-भेद से रोता-हँसता है।

जरा को नींद नहीं आयी। वह झरोखे से आसमान पर चाँद के संक्रमण को देखकर सोच रहा था, यह नारी-जाति ही असार है। आख़िर क्या तो मदिरा राजा की सेवादासी बनकर फुलबगिया में जाने लगी! मगर उसे ज़रा देर के लिए भी यह याद नहीं आया कि मदिरा सती-साध्वी स्त्री नहीं, देह-व्यवसायिनी है। इस बात को जरा से ज़्यादा और कौन जानता है? मदिरा यदि आज राम-श्याम, यदु-मधु को अपने घर में न बुलाकर सुमन्तनगर के राजा को बुलाए या उनकी फुलबगिया में जाए, तो उसे दोष नहीं दिया जा सकता। ये बातें बड़ी सहज हैं। लेकिन वक़्त पर आदमी का मन ऐसा एकबग्गा हो जाता है कि सामने के सँकरे और काँटों वाले रास्ते को छोड़कर आस-पास के साफ़-सुथरे रास्ते उसे नहीं दिखाई देते। वह मदिरा को दोष दे रहा हैं, गो कि मदिरा की बात पर ही यक़ीन करके उसने रानी सीमन्तिनी को अपनी प्रेमिका के रूप में चाहा था। सतीशिरोमणि सीमन्तिनी राजा की रानी है, राजा की प्रेयसी है, जरा जैसे एक परदेशी बेहूदे को प्रेमी के रूप में पाने की इच्छा करना उसके लिए बिलकुल ग़ैर मुमकिन है—इतना भी समझने की अक़्ल उस बदनसीब को नहीं थी। मदिरा ने यह झूठा प्रलोभन दिखाकर उसे नचाया था, वह भी नाचा था। जरा की यह इच्छा अगर दोष के योग्य नहीं (कम से कम जरा की निगाहों में तो यही था) तो मदिरा जैसी एक औरत राजा के इशारे पर उनकी फुलबगिया में जाकर अपने को धन्य माने, तो इसे असम्भव कैसे माना जाए? और, जरा की यह बात भी झूठी थी। रानी के सिवा सुमन्तराज को और किसी स्त्री पर आसक्ति नहीं थी। राज्य के सभी लोग यह बात जानते हैं कि राजा अपनी पत्नी को जी-जान से चाहते हैं। बल्कि बहुतों को उनकी यह पत्नीप्रियता अति लगती थी। जो भी हो, राजा-रानी दोनों ही निष्कलुष थे, लेकिन मूर्ख जरा को नचाने के लिए मदिरा ने उन्हीं दोनों का सहारा लिया था। मदिरा की चाल चल गयी थी।

आदमी का सुख-दुख जितना भी तीव्र क्यों न हो, अनुभूति की चोटी ज़्यादा देर तक स्थायी नहीं होती। जरा का दुख धीरे-धीरे बुझ आया और वह सो गया। जिस चाँद की कौतुक-उँगली ने मदिरा को जगाये रखा था, उसी चाँद की सान्त्वना उँगली ने जरा को सुला दिया। दो-तीन रात ऐसे ही सोते-जागते बीती। जरा ने सोचा था, इस बीच मदिरा से भेंट होगी। मगर उसके अचरज का ठिकाना न रहा कि रात की बात तो दूर, दिन में भी मदिरा की झाँकी नहीं दिखाई दी। इधर राजभवन के लोगों को यह पता नहीं था कि उन दोनों में पहले से जान-पहचान है। इसलिए किसी से मदिरा के बारे में पूछ-ताछ करने की भी हिम्मत नहीं पड़ी, ख़ास करके जब कि वह राजा की प्रेमिका है। वह सोच नहीं पाता कि उसके गुस्से का असली निशाना कौन है—राजा कि मदिरा, कि रानी सीमन्तिनी। उसे लगा, उसके क्रोध का लक्ष्य तीनों

ही जने हैं। यदि उसमें सूक्ष्मता से विचार करने की जुर्रत होती तो वह समझता कि उसके क्रोध का लक्ष्य दरअसल उसकी नितान्त निजता है। द्वारका में रहते हुए मदिरा से उसकी थोड़ी-बहुत घनिष्ठता थी, इस परदेस में सम्बन्ध का वह पतला धागा ज़रा मज़बूत हो गया। उसका ख़याल था, उस धागे में मदिरा उसके साथ सदा बँधी रहेगी, लेकिन वही मदिरा राजा की फुलबगिया में जाने लगी! धीरे-धीरे उसके मन की हालत ऐसी हो गयी कि एक ही तीर से तीनों को बेधकर अपने जी की जलन जुड़ा ले। हठात् उसे याद आ गया, लड़ाई होने वाली है। राजा ने ख़ास तौर से उसे याद दिला दी थी कि जरा अब ज़रा सतर्क होकर चले। क्योंकि अंगरक्षक के नाते उसकी ज़िम्मेदारी बहुत बढ़ गयी। राजा का यह आदेश याद आते ही वह एक चोट ज़ोर से हँस लिया! अंगरक्षक का काम वह अच्छी तरह से ही करेगा।

दिन में वह राजसभा में अपनी जगह चुपचाप बैठा रहता, पर उसके आँख-कान सजग रहते। वह देख रहा था कि राजपुरी नित्य नये सैनिकों से भरती जा रही थी। दीवार के ऊपर जाने से यह दिखाई देता था कि जिन खेतिहरों के घर-द्वार उपत्यका में थे, वह सब धीरे-धीरे राजपुरी की ओर चले आ रहे हैं। कुछ लोग वहाँ से दूसरे गाँवों की ओर भी जा रहे हैं। हरदम चूँकि राजा के पास रहता था, इसलिए बहुत तरह की ख़बरें उसके कानों पहुँचती थीं। नरेन्द्रनगर में कितनी सेना इकट्ठी हुई, वे लोग कब तक धावा बोल सकते हैं, जरा यह सबकुछ सुनता था। इस बीच एक दिन तीसरे पहर लोगों से पूछते-पाछते वह राजा की फुलबगिया में गया था। वहाँ जाकर उसने देखा, निहायत ही मामूली-सा बग़ीचा। राजा के योग्य तो नहीं ही है, कोई साधारण नागरिक भी उसे अपना बाग़ कहना नहीं चाहेगा। यह भी लगा कि यह घर ज़माने से बन्द पड़ा है, खिड़की दरवाज़ों में मकड़ों ने जाल बुन रखा है। सोचा, अरे! राजा अगर मदिरा को लेकर रात में यहाँ आते हैं, तो क्या दिन भर में ही खिड़की-दरवाज़ों पर मकड़े इतना जाल बुन देते हैं! कुछ भी तय नहीं कर पाने से आदमी बहुत बार जैसे असम्भव को ही एकमात्र उपाय मान लेता है, जरा ने भी वैसा ही किया। सोचा, यहीं छिपकर रहा जाए। रात को जब वे लोग आएँगे, तो एक ही तीर से दोनों के आलिंगन को बेधकर उसे चिर-स्थायी कर देना ही उचित दण्ड देना होगा। बड़ी देर तक वह एक पेड़ के नीचे गाल पर हाथधरे बैठा रहा। कब तक इस तरह से वह बैठा रहता, नहीं कहा जा सकता। अचानक राजभवन में भेरी और दुन्दुभी बज उठी। वह सचेत हो गया। सोचा कि चढ़ाई शायद होने ही वाली है। सो वह राजभवन की ओर दौड़ा। वहाँ जाकर उसने सुना, चढ़ाई तो नहीं हुई है, पर चढ़ाई के समय जिसमें सब लोग ऐसे ही सतर्क हों, यह उसका परीक्षण है। रात हो गयी थी। खा-पीकर वह अपने कमरे में गया।

वह लेटा ही था कि इतने में किसी ने दरवाज़ा खटखटाया। उठकर उसने दरवाज़ा

खोल दिया। देखा सामने मदिरा खड़ी है। व्यंग्य से बोल उठा—क्यों राजरानी जी, रास्ता भूल कर!

मदिरा ने कहा—मुझे इतनी छोटी मत करो, जरा। राजा की उपपत्नी पत्नी से भी दुलारी होती है।

जरा गरज उठा—यह बात बोलने में तुम्हें शर्म नहीं आयी?

—अँधेरे में शर्म की जगह कहाँ है?

उस दिन चाँद चूँकि काफ़ी ऊपर उठ गया था, इसलिए चाँदनी अन्दर नहीं आयी थी। कमरा बेशक अँधेरा था।

—तो रोशनी जलाकर ही ज़रा राजरानी का मुखड़ा देख लूँ।—यह कहकर उसने बत्ती जलायी। जलाते ही फूँककर मदिरा ने बत्ती बुझा दी।

—क्यों, बुझा क्यों दी?

मदिरा ने कहा—राजरानी के मुखड़े पर शर्म के बजाय राजा के प्यार का चिह्न देख पाते। वह अलंकार से भी हिफ़ाज़त करने की चीज़ है, सबको नहीं दिखाना चाहिए।

जरा और भी गुस्से से चिल्लाकर बोला—जानती हो, मैं चाहूँ तो फ़ौरन तुम्हारा गला घोंटकर तुम्हें मार डाल सकता हूँ।

निर्विकार की नाईं मदिरा बोली—भला यह नहीं जानती हूँ मैं! तुमने साक्षात् वासुदेव को मारा है, मैं तो बहुत ही मामूली जीव हूँ!

—तुम मामूली जीव हो! इतने बड़े राजा की सेवादासी! तुम यदि मामूली हो तो दुनिया में असाधारण कोई भी न रहे!

—क्यों नहीं रहेगा! स्वयं वासुदेव के भक्त हैं। राजा और रानी वासुदेव के परम भक्त हैं। तुम्हारी करतूत कह दूँ, तो तुम्हें तुरन्त क्या सज़ा मिलेगी, पता है?

—मैंने वासुदेव को मारा है, इसका सबूत क्या है?

—सबूत है राजा की प्रेयसी का कहना और वासुदेव के गले का वह कौस्तुभ मणि!

—अरी शैतान! इसी मनसूबे से तुमने उसे हथिया कर रखा है!

—और क्या सोचा था, उसे तुम्हारी ओर से मैं रानी को उपहार दूँगी?

कुछ देर दोनों चुप होकर एक-दूसरे को देखते रहे। उसके बाद जरा ने कहा—राजा की फुलबगिया तो वैसी कोई बेहतरीन जगह नहीं है, वहाँ क्या तुम जैसी सुन्दरी सोहती है?

—उसे जाकर देख आये हो शायद। तो फिर खोल कर ही कहूँ, सुनो। सच ही मैं वहाँ नहीं सोहती, इसलिए राजा अब मुझे उस बाग़ में न ले जाकर महल में ही उपभोग करते हैं।

जरा ने हैरान होकर पूछा—रानी जानती हैं?

—अरे मूर्ख, राजभवन में आख़िर एक ही कमरा तो नहीं है। जाने कितने कमरे, कितने अलिन्द, कितनी देहलियाँ हैं। किसी स्त्री के साथ रात बिताने के लिए उनमें से किसी का भी उपयोग किया जा सकता है। रानी कैसे जानेंगी।

—अच्छा!—गरजकर जरा उसका हाथ पकड़ने को लपका।

मदिरा झट हट गयी। दरवाज़े के बाहर जाकर बोली—तुम्हारी इतनी जुर्रत कि राजा की प्रेमिका के बदन पर हाथ लगाओ! मैं सोचती हूँ, इस तरह से करने पर कितने दिन तक तुम्हारे धड़ पर सिर रहेगा!—इतना कहकर हँसी और कटाक्ष से बिजली कौंधाते हुए वह अँधेरे में ओझल हो गयी।

जरा कुछ देर काठ का मारा-सा खड़ा रहा, फिर बिस्तर पर आ बैठा।

मदिरा जाते-जाते सोचने लगी, कमबख़्त पर दवा का असर हो चुका। अब काम बनाना आसान होगा।

मदिरा का सारा कुछ अभिनय ही था। राजा की प्रेमिका बनना, जरा के प्रति रानी का प्रेम—ये सारी ही बातें बनावटी थीं। उसका अभिनय ही इतना सहज हो पड़ा है कि कब जो वह सच बोलती है, कब रटी-रटायी भूमिका बोलती है, यह कोई नहीं समझ पाता। बहुत बार तो ख़ुद उसे ही घपला हो जाता है। उसका असली मतलब तो यह था कि जरा की मदद से जरा को लेकर वह किसी तरह से यहाँ से भाग निकले! भागना तो देश की ओर ही था, पर एक औरत के लिए यह सम्भव नहीं था। इसीलिए साथी की ज़रूरत थी। इस काम में जरा आदर्श साथी है—बहादुर, दुस्साहसी, अबोध। लेकिन खोलकर कहने का साहस नहीं हुआ। जरा अभी राजभोग और राजमहल में ऐसा डूब गया है कि मदिरा के लिए ऐसा प्रस्ताव करना कठिन हो गया है। मदिरा बहुत दिनों से सोचती रही कि जरा को मुट्ठी में कैसे किया जाए? आख़िरकार सोचते-सोचते उसने यह तय किया कि द्वारका के पुराने परिचय और प्रेम की गहरी महिमा दिखाकर उसे इस तरह क़ब्ज़े में कर लेगी कि बेबस जरा को न करने की गुंजाइश नहीं रहेगी। प्रेम का व्यवसाय करनेवाली मदिरा यह खूब जानती है कि मर्दों की मुहब्बत को जगाने के लिए प्रतिद्वन्द्वी की ज़रूरत पड़ती है। वह अगर वास्तविक प्रतिद्वन्द्वी न भी हो तो काल्पनिक से भी काम चल सकता है। यहाँ प्रतिद्वन्द्वी आधा हक़ीक़त आधा काल्पनिक है। राजा वास्तविक है, लेकिन उससे जरा का सम्पर्क पूर्णतया कल्पना है। और राजा ऐसा बेजोड़ प्रतिद्वन्द्वी है कि जरा की मजाल नहीं कि उनके बारे में वह चूँ भी करे। यह सब कुछ उसे घुट-घुटकर सहना पड़ेगा। जी की वही जलन जब चरम पर पहुँचेगी, तब वह आकर उलटा प्रेमाभिनय करके इस मूर्ख को अपनी मुट्ठी में कर लेगी और उसी रात इस राजपुरी से निकल भागेगी। मदिरा ने यह तय कर लिया, लड़ाई छिड़ने के पहले ही वह कल रात को

उसे साथ लेकर यहाँ से भाग खड़ी होगी।

उसने यह तय तो किया, पर तय करने का असली मालिक तो घटनाचक्र है। उस चक्के को मदिरा जब अपने अनुकूल घुमाना चाह रही थी, नियति के नियम से हठात् उलटा घूमकर उसने एक अजीब ही अप्रत्याशित घटना घटा दी।

7

सबने यह समझ लिया कि सुमन्तनगर और नरेन्द्रनगर में लड़ाई छिड़ने ही वाली है। सुमन्तनगर के साधारण लोग, यहाँ तक कि छोटे-मोटे दुकानदार तक अपना बोरिया-बिस्तर समेटकर बाल-बच्चों के साथ नगर छोड़ने लगे। सबकी जुबान पर बस एक ही बात—गाँव की ओर चलो। जहाँ कहीं भी कभी लड़ाई होने को आयी, जिसकी जहाँ सींक समायी, न समायी, उस जगह को छोड़कर चल दिया। कुरुक्षेत्र की लड़ाई शुरू होने के पहले आसपास के सारे लोगों ने वही रट लगायी—गाँव की ओर चलो। सिकन्दर के हमले से लेकर पलासी की लड़ाई तक लोगों ने इस नीति के अनुसरण में भूल नहीं की। सुमन्तनगर को छोड़कर लोग भागने लगे।

एक तरफ़ लोग जैसे भागने लगे, दूसरी तरफ़ वैसे ही आने भी लगे। ये लोग सामयिक तौर पर लड़ने वाले पेशेवर लोग थे। तनख़ादार सैनिक राजा के थोड़े ही थे, लेकिन लड़ाई के समय सेना की कभी कमी नहीं होती थी। सेना की कमी के कारण लड़ाई में हार कम ही हुआ करती। साल भर जो लोग खेती या मज़दूरी करते, लड़ाई की ललकार सुनते ही वे सिर पर पाग बाँधे, हाथ में ढाल-बरछा लिये फ़ौरन आ जुटते। उनकी तनख़ा लूट-पाट में जो मिल जाता। निहायत ही भाग नहीं पाये और मारे गये तो सीधे स्वर्ग—युद्धबाज़ों ने यही फ़तवा दे रखा है। लिहाज़ा अभी सुमन्तनगर की हालत बहुत कुछ हौज़ के पानी की समस्या-सी हो गयी—दो नालों से पानी निकल रहा है, दो से आ रहा है। आमद-ख़र्च बराबर।

मदिरा समझती थी कि ऐसा होगा। क्यों कि महाप्लावन के ख़तरे के समय लोगों ने 'गाँव की ओर चलो' किया था। और विधाता ने यह नीति मानो भारत के लहू में फैला दी है। मदिरा ने सोच रखा था, वह भी जरा को साथ लेकर 'गाँव की ओर प्रस्थान' करेगी। यानी फ़िलहाल सुमन्तनगर से तक्षशिला और फिर वहाँ से द्वारका जाने की कोशिश करेगी। इधर कई दिनों में उसने जरा के जी को ज़हरीला ज़रूर कर दिया था, लेकिन छलनामयी। मदिरा यह जानती थी कि पुरुष स्त्रियों के हाथ का खिलौना है; थोड़ी-सी चालाकी से काम ले तो उसे हाथों से मनमाना लोका

जा सकता है। और, मदिरा में उस चालाकी की कमी कभी नहीं रही। लेकिन वह गँवार है कहाँ?

वह गँवार है, इसमें तो शक ही नहीं। लड़ाई होगी, इससे जरा ख़ुश था। उसके लहू में ही लहू बहाने का लोभ था। अब तक लुक-छिपकर वह आदमी को मारता रहा, अब राजा के हुक्म से खुलेआम मारने की बारी आयी। वीरता की पराकाष्ठा और किसे कहते हैं! यद्यपि राजा के प्रति उसका मन प्रसन्न नहीं था, फिर भी युद्ध की तैयारी ने मन को विशेष प्रसन्न न करने के बावजूद बहुत कुछ अनुकूल कर दिया। उसने अपने मन में निश्चय कर लिया कि लड़ाई में जीत हो या हार, मदिरा को सही सज़ा देकर—राजा उसके शासन से बहुत ऊपर है—जिधर दो आँखें ले जाएँगी, चला जाएगा। इस राज्य में अब नहीं रहने का। सेना के प्रधान लोग जहाँ पर राय-मशविरा कर रहे थे, वह उसी के आसपास रहा। उनकी बातचीत से उसने समझा कि कल तड़के ही नगर पर हमले की आशका है। गुप्तचरों ने नरेन्द्रनगर में जाकर जैसी तैयारी देखी, उसे देखकर यह लगा कि उससे पहले हमले की सम्भावना नहीं है। इसलिए सुमन्तनगर के राजा और सेना के प्रधान लोग उसी हिसाब से तैयार होने लगे। इधर मदिरा घर-बाहर जरा को खोजती फिर रही थी, लेकिन जरा जहाँ था, मदिरा वहाँ जा नहीं सकती थी।

दोपहरी ढली। तीसरा पहर बीता। साँझ धीरे-धीरे रात हो गयी। नरेन्द्रनगर और सुमन्तनगर का आकाश कौतुक भरे तारों से भर गया—उनकी महफ़िल के बीच में खण्ड चन्द्रमा विराजने लगा। चाँद की रोशनी इतनी मद्धिम थी कि उसमें आदमी दीखता तो था, पर पहचान में नहीं आता। हथियार चलाया जा सकता था, किन्तु उसका नतीज़ा क्या निकला, यह समझ में नहीं आता। हाँ, निशाने में हाथ ख़ूब सधा हो, तो लक्ष्यभेद किया जा सकता था। जरा की ज़िम्मेदारी तय थी—राजा के महल के चारों ओर जो दीवार थी, उसके पहरे पर उसे तमाम रात जागना पड़ेगा। तीर-धनुष लिये, तलवार और वर्म से लैस होकर वह उस दीवार पर उत्तर से दक्खिन, पूरब से पच्छिम को जा-आ रहा था। इस जाने-आने का अन्त नहीं था। सुमन्तनगर के उत्तर-पश्चिम की ओर था नरेन्द्रनगर। जरा को हिदायत थी कि उस ओर निगरानी रखे। हमले का ख़तरा समझते ही वह सिंगा फूँक देगा। एक सिंगा उसकी कमर में झूल रहा था। लेकिन कहीं कुछ नहीं था, पेड़ के पत्ते तक नहीं हिल रहे थे। पहर बीतने पर याम की घोषणा होती, आज वह भी नदारद। केवल चाँद पेड़-पौधों, घर-द्वार पर अपनी छाया को बढ़ाते हुए धीरे-धीरे पश्चिम की ओर बढ़ रहा था। ऐसे में रात की निस्तब्धता को भंग करते हुए महल की ड्योढ़ी पर दो पहर का घड़ियाल बजा। उस आवाज़ के रुकते ही राजमहल की चोटी के किसी गढ़े से उल्लू बोल उठा—सन्नाटे से रोंगटे मानो खड़े हो गये। यह उल्लू कहाँ से बोला, यह देखने की

उत्सुकता से जरा की नज़र अन्दर महल के तिमंज़िले के बरामदे पर गयी। देखा उस प्रकाश-अँधेरे की धूप-छाँही में एक विशाल शरीर का आदमी खड़ा है। समझ गया कि यह स्वयं सुमन्तराज है। उनके ठीक सामने कोई और खड़ी थी। दोनों आमने-सामने। इससे ज़्यादा समझने का उपाय नहीं था। वह स्त्री कौन है, इस उद्वेग से जरा के कलेजे का लहू खलभल कर उठा। बेशक मदिरा है।

मदिरा ज़रूर नहीं है, रानी सीमन्तिनी है। राजा और रानी युद्ध में जाने से पहले एक-दूसरे से विदा ले रहे हैं।

राजा कह रहे हैं—सीमन्ती, कल बड़ी ख़तरनाक लड़ाई की आशंका है।

—आशंका क्यों महाराज, युद्ध में निःशंक और शंका की बात तो मैंने आप के मुँह से कभी नहीं सुनी!

—सच ही कहती हो, मैं कभी भी शंकित नहीं हुआ। लेकिन इस बार क्यों जो शंकाकुल हो रहा हूँ, नहीं कह सकता।

रानी ने कहा—नरेन्द्रनगर से ही तो कितनी बार लड़ाई हुई है, हर बार वे लोग हारे हैं।

—युद्ध बड़ा ख़ौफ़नाक होगा, यह भी एक कारण है। जो बार-बार हारता है, वह एक बार भी तो आख़िर जीतने के लिए जी-तोड़ कोशिश करेगा। और जानती हो, आज तक जितनी भी बार लड़ाई हुई है, उसकी प्रेरणा प्रजा की सुविधा-असुविधा रही थी।

रानी ने पूछा—और इस बार?

—इस बार की प्रेरणा है राजा नरेन्द्र का आत्माभिमान। उसके शौक़ से पाले हुए कबूतर को मेरे अनुचर ने तीर मारा, वह मरा हुआ कबूतर सभासदों के सामने ही ठीक उनके पैरों के पास जाकर गिरा। इस बात को कौन राजा सह सकता है।

रानी बोलीं—राजा लोग सचमुच ही अजीब जीव होते हैं, महाराज!

सुमन्तराज ने स्नेह से उनकी ठोढ़ी पकड़ी—और रानी नहीं?

—नहीं महाराज! इस विषय में जीत राजाओं की है। वे लोग एक पाले हुए मामूली कबूतर के लिए सैकड़ों लोगों को मौत के मुँह में झोंक सकते हैं।

सुमन्तराज ने स्निग्ध स्वर से कहा—एक पाले हुए कबूतर की जान की क़ीमत क्या कम होती है! तुमने सुना नहीं है, पुराने ज़माने में राजा शिवि ने एक कबूतर के बदले अपनी छाती का मांस काटकर दिया था!

—उन्होंने अपनी छाती का मांस काटकर दिया था, बेचारी प्रजा के कलेजे पर पंजा नहीं मारा था।

राजा ने इस बात का जवाब नहीं दिया। कुछ देर चुप रहे फिर रानी के गाल को छूकर कहा—अभी यह सब बात रहने दो। रात बीत चली। अब ख़ुशी-ख़ुशी मुझे

विदा दो।

—विदा क्यों, महाराज? कितनी बार तो लड़ाई में गये हैं आप। यह विदा शब्द तो आपके मुँह से नहीं निकला।

राजा ने कहा—मैंने तो पहले ही कहा कि इस बार की लड़ाई बड़ी भयंकर होगी। इसमें कौन बचेगा, कौन लौटेगा—कैसे कहूँ?

—आप क्या सोचते हैं, महाराज, आप पर वैसा कुछ गुजरेगा तो मैं ज़िन्दा रहूँगी?

राजा ने धीमे से हँसकर कहा—तुम भी क्या लड़ाई पर जाओगी?

—जी नहीं। विवाह से पहले हमारे राज ज्योतिषी ने मेरे पिता जी से कहा था कि आपकी बेटी स्वयं मृता होगी। यह सुनकर पिताजी ने उन्हें एक हज़ार स्वर्ण मुद्रा पुरस्कार में दी थी।

—मुझसे उनकी भेंट होती, तो मैं एक हज़ार स्वर्ण मुदाएँ और देता।

सीमन्तिनी को भुजाओं में लपेटकर उसे चूमने के लिए राजा ने मुँह झुकाया। रानी ने आग्रह और आनन्द से अपने अधर बढ़ा दिये। लेकिन दोनों के होठों में जब बाल-भर की दूरी रह गयी तो अचानक एक तीर ने आकर दोनों को बेध दिया। मौत के परस से बालभर का वह व्यवधान दूर हो गया। राजा और रानी का शरीर महज़ एक बार काँपा और ज़मीन पर लुढ़क गया। मौत में उन दोनों का आलिंगन चिरन्तन हो रहा।

8

सुबह होते ही सुमन्तनगर पर हमला हुआ। सुमन्तनगर तैयार तो था, लेकिन अन्त में देखा गया कि चरम अव्यवस्था है। सब के होठों पर एक ही सवाल—सुमन्तराज कहाँ हैं? सेनापति, मन्त्री आदि किसी को भी मालूम नहीं कि सुमन्तराज कहाँ गये। कुल मिलाकर सारांश यह कि राजा नहीं हैं। इस देश में राजा के आहत या निहत होने से लड़ाई उसी समय समाप्त हो जाती है। सेना के पाँव उखड़ जाते हैं। सैनिक जहाँ तहाँ भाग खड़े होते हैं, और प्रजा तो पहले ही 'गाँव की ओर चलो' की नीति अपना चुकी होती है। लिहाज़ा लड़ाई ख़त्म करने के सिवा दूसरा उपाय क्या? बन्दी पोरस जब सिकन्दर के शिविर में ले जाये गये थे, तो सैनिकों या प्रजा में से किसी ने उनकी ओर से उँगली भी नहीं उठायी थी और टूटी जाँघ लिये दुर्योधन जब द्वैपायन ह्रद में छिपा हुआ था, तो कहाँ थी उसकी प्रजा? युगों तक यहाँ हिन्दू, पठान, मुग़ल, अँगरेज़ों ने राज किया, इस नीति में कभी कोई हेर-फेर नहीं हुआ, आज भी नहीं हुआ।

राज्य के प्रधान में से किसी ने सोचा, राजा और रानी कहीं ग़ायब हो गये। किसी ने सोचा, वे भाग गये। किसी-किसी को यह ख़याल हुआ कि रात में वे दोनों दुश्मनों के हाथों मारे गये। किसी के दिमाग़ में यह बात नहीं आयी कि एक बार अन्दर महल में जाकर देख आएँ, कि बात क्या है। सब भागने की ताक. में लगे थे। जब राजा ही नहीं है तो लड़ाई किसके लिए लड़ना! राजा जो भी हों, लगान उन्हीं को देना पड़ेगा और वही राजा के हिसाब से सताएँगे। इसलिए भले-बुरे का विचार करना बेकार है।

उधर नरेन्द्रनगर की सेना दीवार फाँदकर अन्दर घुस गयी और सब तरफ़ के सिंह दरवाज़ों को खोल दिया। इसके बाद अन्दर आने की कोई रोक ही नहीं रही। उन लोगों ने देखा, सब लोग भागने में लगे हैं। इसलिए उन लोगों ने तलवारों को म्यान के हवाले किया, ढाल को पीठ पर झुला लिया और अँगरखे के अन्दर से थैली निकाली। हर सैनिक के हाथ में एक थैली। इस थैली के लिए ही वह सब लड़ाई लड़ने आये थे—छोटा-बड़ा, जो भी जिसकी नज़र में पड़ा, सबको उस थैली में दाख़िल किया। कभी-कभी लूट के माल के बखरा-बँटवारे के लिए दो आदमियों में मारपीट होती, वह फिर तुरन्त थम जाती और देखते ही देखते थैली भर जाती। इसके बाद उन लोगों ने सुमन्तनगर से भागते सैनिकों की थैलियाँ छीननी शुरू कीं—उन सबों ने भी लूट की उम्मीद में अपने पास थैली रखी थी। इस तरह से तीसरे पहर तक एकतरफ़ा लूट चलती रही, सुमन्तनगर में सिर्फ़ नरेन्द्रनगर की ही सेना रह गयी।

आह्लीक और बाह्लीक के बारे में नरेन्द्रनगर के प्रधान सेनापति ने कह रखा था, ये दोनों हमारे गुप्तचर का काम कर रहे हैं। इन दोनों को आदर के साथ यहाँ ले आया जाए। उस आदर का इशारा मिलते ही वे दोनों पैरों में कपड़ा लपेटकर ज़ोर-ज़ोर से रोने लगे। बोले—भैया मेरे, तुम लोगों की ओर से जासूसी का काम करने में हमारे पैरों की दुर्गत हो गयी। हम नरेन्द्रनगर के राजा को अभिवादन करने जाएँ तो कैसे?

प्रधान सेनापति ने कहा—इसके लिए सोचना क्या! तुम्हें हम रथ पर चढ़ा कर ले जाएँगे।

उन लोगों ने कहा—सेनापति जी, दो-एक बार हम लोग राजा के साथ रथ पर सवार हो चुके हैं। देखा, हमारा दिमाग़ बड़ा चकराता है। लगता है, नरेन्द्रनगर के महाराज के दर्शन नसीब नहीं हुए!

सेनापति ने कहा—रथ पर न सही, टोकरी तो है।

सेनापति के हुक्म से दो बलवान सैनिक दो टोकरी ले आये। आह्लीक और बाह्लीक उन टोकरियों में बैठकर सैनिकों के माथे पर नरेन्द्रनगर की ओर चले। बीच में एक जगह पानी पीने के लिए वे दोनों सिपाही जैसे ही टोकरी उतारकर पहाड़ी झरने की खोज में निकले, ये दोनों टोकरी से निकलकर नौ-दो-ग्यारह हो गये।

सैनिक दोनों लौटे, तो देखा, कोई कहीं नहीं! लाचार वे लोग सुमन्तनगर से नरेन्द्रनगर गये। वहाँ जाकर एक कहानी गढ़कर बताया—एकाएक सुमन्तनगर की एक टुकड़ी सेना आयी और उन दोनों को छीनकर ले गयी। हम दोनों ने डटकर मुक़ाबला किया। लेकिन होता क्या, वे लोग कोई दो सौ थे। और, माल जो लूटा था, उसकी छीना-झपटी में जो चोट आयी थी—उसी के निशान उन लागों ने दिखा दिये।

लेकिन जरा का क्या हुआ? पिछली रात वह जानलेवा तीर मारकर मन में एक तरह की चैन का अनुभव कर रहा था। सोचा, अपराधी को उचित सज़ा दी गयी। वह लौटकर अपने कमरे में आया। सैनिक की वर्दी उतारी और थोड़ा आराम करने के ख़याल से बिस्तर पर लेट गया। कई रातों का जगा था। वह बेख़बर सो गया। एकाएक एक ज़ोरों की चपत खाकर उसकी नींद खुली। आँखें खोलकर देखा दुश्मनों के दो सैनिक तलवार ताने खड़े हैं।

एक ने पूछा—अबे, सो क्यों रहा है?

जरा को कोई जवाब नहीं सूझा। वह बोला—रात को तो लोग सोते ही हैं।

इस पर एक सैनिक ने कहा—तो अब उठ जा। काफ़ी देर हो चुकी।

सैनिकों में से एक ने उसके गले में रानी का दिया हुआ मुक्ता का वह हार देखा। 'बन्दर के गले में मुक्ता की माला!'—यह कहकर उसने हार को ज़ोर से खींच लिया। मुक्ता के बहुत से दाने तो उसकी मुट्ठी में आ गये, बहुत-से छितराकर बिखर गये। दोनों सैनिक जब बिखरे दानों को बीनने लगे, तो जरा भागकर बाहर प्रांगण में आ गया। देखा, लड़ाई बहुत पहले ही ख़त्म हो चुकी है। अब लूट के सामानों का बँटवारा हो रहा है। उसने सोचा, अब यहाँ रहने से कोई लाभ नहीं। भाग जाना ही ठीक है। वह इसी ख़याल से पूरब के सिंह दरवाज़े की ओर बढ़ा कि पीछे से किसी ने कहा—पकड़ो, पकड़ो उसे।

जरा ने पीछे मुड़कर देखा, नरेन्द्रनगर का वही राजदूत था वह, जिसकी पगड़ी उसने तीर से उड़ा दी थी।

जरा ने कहा—मुझे क्यों पकड़ते हो? मैंने तो तुम्हारा कोई नुक़सान नहीं किया है!

—नहीं किया है! मेरी पगड़ी किसने उड़ायी थी?

—तुम्हारा सिर भी तो उड़ा दे सकता था मैं!

—वैसे में मैं तुम्हें पकड़ने का हुक्म नहीं देता।

इस बीच बहुतेरे सैनिक आ पहुँचे। सबने मिलकर जरा को बाँध दिया। राजदूत ने कहा—इसे मारो मत। इसे इसी तरह ले जाकर बिलकुल राजा के पैरों के पास डाल दूँगा। यह वही तीरन्दाज़ है, जिसने राजा के कबूतर को मारा था।

जरा बन्दी बनाकर नरेन्द्रनगर ले जाया गया।

सुमन्तनगर पर हमला होते ही मदिरा बाहर निकलकर जरा को खोजने लगी थी। कहीं पता नहीं चला। उसकी इच्छा थी कि इस आफ़त की घड़ी में ज़रा उसकी बात मानेगा और दोनों एक साथ भागेंगे। लेकिन जरा के बदले वह नरेन्द्रनगर के प्रधान सेनापति के ही सामने जा पड़ी। सेनापति के हुक्म से दो सैनिकों ने ज़ाकर मदिरा को रोका। सेनापति ने कहा—लूट के माल के बँटवारे में यह औरत मेरे हिस्से में आयी है। एक अनुचर के साथ उसको तक्षशिला के बाज़ार में भेज दिया गया।

भारत के उत्तर-पश्चिम में दासों की ख़रीद-फ़रोख़्त की सबसे बड़ी मण्डी थी तक्षशिला। भारत तथा भारत के बाहर के विभिन्न देशों से नर-नारियों को बेचने के लिए यहाँ लाया जाता। मदिरा लूट के मालों में एक बार यहाँ आ चुकी थी दोबारा फिर लायी गयी। मथुरा के एक व्यापारी ने उसे ख़रीदा और उसे ले चला। मदिरा के पास तबतक भी वह कौस्तुभमणि वाला हार था।

रात होते ही सूने और सन्नाटे सुमन्तनगर में केवल घायल स्यारों और निशाचर पक्षियों की चीख! मात्र कई पहरों में एक सम्पन्न राजपुरी जो ऐसी श्रीहीन हो जा सकती है, आँखों देखे बिना यक़ीन नहीं आ सकता। आसमान में भी अधूरे चाँद और तारों की जोत के सिवा कोई प्रकाश नहीं। महज़ सवेरे जो जगह एक भीड़ भरी नगरी थी, अभी वह प्रेतपुरी हो गयी! प्रेतपुरी भी शायद ऐसी डरावनी नहीं होती। सबसे बड़े अचरज की बात तो यह थी, कि इतनी उथल-पुथल, उलट-फेर में राजा-रानी का क्या हुआ, यह बात किसी के मन में नहीं आयी। सभी को अपनी जान के लाले पड़े थे, सभी भागने में लगे हुए थे, राजा रानी की खोज भी करे तो कौन! शायद हो कि वे कहीं चल दिये, या कि मारे गये, या घायल हैं। राज्य से वंचित हुए, इसमें तो कोई शुबहा ही नहीं था। उनसे तो अब प्रसाद मिलने की कोई आशा नहीं। लिहाज़ा उनकी खोज-ख़बर की ज़रूरत भी क्या?

अन्दर महल के तिमंज़िले की छत पर जरा के तीर से बिंधे राजा-रानी के शरीर वैसे ही पड़े थे। अब तक लड़ाई का हो-हल्ला मचा था, इसलिए मांसलोभी पशु-पंछी उधर नहीं आये। अब जब साँझ हो गयी, हलचल शान्त हो गयी तो मांस खानेवाले निशाचर पंछी, स्यार, कुत्ते आदि वहाँ आ पहुँचे। लेकिन महज़ आये ही। राजा-रानी की लाश तक बढ़ने की उन्हें हिम्मत नहीं पड़ी। सुमन्तनगर की किसी माँद से सबके अनजानते कब तो सुमन्तनगर का वास्तुसाँप निकल आया। उस साँप की आयु क्या होगी, कोई नहीं जानता। किसी ने उसे देखा नहीं। पूस की संक्रान्ति में धूम-धाम से उसकी पूजी हुआ करती। इससे सबको यह पता था कि सुमन्तनगर के क़िले की रक्षा के लिए वास्तुदेवता हैं। अभी वह साँप गढ़े से निकलकर फन तानकर उन दोनों लाशों की रखवाली कर रहा था। पशु-पंछी में यह मजाल किसे थी कि आगे बढ़े।

9

नरेन्द्रनगर के राजमहल का प्रांगण लूट के माल से भर गया। एक राजमहल में जो भी क़ीमती चीजें हो सकती हैं, वह सब राजभवन में आ पहुँचीं। हीरा, मोती, जवाहरात, सोना, चाँदी आदि धातु से लेकर हाथी दाँत और लकड़ी की कारीगरी के एक-से-एक नमूने। सूती और रेशमी कपड़े। हथियारों में ढाल-तलवार, वर्म-चर्म। इनके सिवा बाहरी महल हाथी, घोड़ा, ऊँट और गायों से भर गया। सब अपनी-अपनी आवाज़ में अपने अस्तित्व की घोषणा कर रहे थे। दूसरा एक महल क़ैदियों से ठसाठस भर गया था। इन क़ैदियों में से बहुतेरों को मज़दूरों के रूप में रखा जाएगा, बाक़ी को तक्षशिला के बाज़ार में बेचने के लिए भेज दिया जाएगा। उसका मुनाफ़ा राजकोष में जाएगा। लूट-पाट का यही ज़ाहिरा ब्यौरा है। और जो कुछ गुप-चुप रह गया, उसका कुछ उदाहरण पहले ही दिया जा चुका है। मदिरा को तक्षशिला के बाज़ार में बेचकर जो मोटा मुनाफ़ा हुआ, वह सेनापति के पेट में गया। इनके अलावा छोटे-बड़े सैनिकों ने जो थैलियाँ भरी थीं, उसका हिसाब राजा तक नहीं पहुँचा।

उधर सुमन्तनगर की राजपुरी और राजधानी कंकाल हुई-सी खड़ी थी। सेना के वहाँ से निकलते ही रहा-सहा जो था, उसे चारों ओर के गँवार आकर लूट ले गये, यहाँ तक कि खिड़की, दरवाज़े के पल्ले तक। ऐसी मूर्ति को कंकाल के सिवा और क्या कहा जाए?

दूसरी ओर नरेन्द्र नगर राजपुरी अप्रत्याशित रूप से ऐसी फूल उठी कि उसकी मांसपेशियाँ देह की सीमा से बाहर हो पड़ीं। टूट गिरने की नौबत! एक स्थान से हरण हुए बिना दूसरी जगह पूरा नहीं होता। इसी हरण-पूरण से ताल मिलाकर दुनिया चलती है।

नरेन्द्रनगर के राजा ने कहा—वह बर्बर कहाँ है?

प्रधान सेनापति ने उँगली के इशारे से बताया—वही तो, महाराज, आपके चरणों के पास।

राजा ने कौतूहल से देखा, तन्दुरुस्त, गठीले बदन का एक काला-सा युवक अधमरी हालत में पड़ा हुआ है।

राजा ने पूछा—यह आदमी ऐसा निर्जीव क्यों है? मर जाएगा क्या?

सेनापति ने कहा—जी, आप ऐसा न सोचें। यह आदमी साक्षात् कलि का चर है। बहाना बनाकर पड़ा है। छोड़ते ही उठकर भाग जाएगा। इसीलिए तो इसके हाथ-पाँव को इतना कसकर बाँधा है।

राजा ने कहा—कलि का चर ही हो या जो हो, आख़िर आदमी को भूख-प्यास तो लगती है। इसके बन्धन खोलकर इसे कुछ खिलाकर ले आओ।

राजा का आदेश सुनकर वहाँ जो लोग थे, अवाक् रह गये। उन्होंने सोच रखा था, इस आदमी की गरदन जाएगी। सो नहीं, इसका तो बराती जैसा आदर होने लगा! सोचा, इन राजाओं की मति-गति ही और होती है!

सेनापति ने हिम्मत बटोरकर कहा—महाराज, इस आदमी की गरदन उतार लेने का हुक्म होना चाहिए।

राजा ने हँसकर कहा—वह हुक्म तो खाने के बाद भी हो सकता है। गरदन जाने पर वह खा तो नहीं सकेगा।

राजा का हुक्म! लाचार उसके बन्धन खोले गये और खिलाने-पिलाने के लिए उसे दूसरी जगह ले जाया गया।

इस बीच राजा खड़े होकर सेनापति तथा अन्य प्रधानों से लड़ाई का विवरण सुनने लगे। पूरा हाल सुन चुकने के बाद राजा ने पूछा—सब तो सुना, मगर सुमन्तराज और रानी की क्या ख़बर है? उनकी बात तो तुम लोग कुछ कह ही नहीं रहे हो!

बोलें तो क्या, उन लोगों ने तो राजा-रानी को देखा ही नहीं। लेकिन कुछ कहे बिना राज-सम्मान की हानि होगी, इसलिए सेनापति ने कहा—युद्ध से पहले ही वे लोग सुरंग की राह निकल भागे।

—तुम लोगों के लिए यह लाज़िम था कि सुरंग के मुँह पर आदमी तैनात कर दो।

—जानता कैसे महाराज! महाराजा की ओर से हमने इतनी तो लड़ाइयाँ लड़ीं, लेकिन युद्ध की सूचना मात्र से किसी राजा को भागते नहीं देखा।

राजा ने कहा—इसका नतीज़ा क्या होगा, जानते हो? युद्ध ख़त्म होने के बावजूद ख़त्म नहीं हुआ। सुमन्तराज लड़ने के लिए फिर आ जाएँगे।

—कहते क्या हैं, महाराज! राजपुरी गयी, राजधानी नहीं रही—लड़ेंगे कैसे?

—तुमने कहा, बहुतेरी लड़ाइयाँ लड़ी हैं, लेकिन लड़ाई का तुमने कुछ भी नहीं सीखा। जिस देश में राजा के जीवन-मरण के ऊपर युद्ध की जीत-हार होती है, उस देश के पराजित राजा अगर देवदारु पेड़ के नीचे खड़े होकर हाँक लगाएँ, तो झुण्ड के झुण्ड प्रजा उन्हें घेरकर खड़ी हो जाएगी। पानी बड़ा कोमल होता है, लेकिन उसी पानी की धारा से धीरे-धीरे पहाड़ कट जाता है। इस देश की राज्यव्यवस्था बड़ी शिथिल है, इसीलिए मज़बूत है। ख़ैर, इतनी लड़ाई फ़तह करके भी जब ये बातें नहीं सीखीं, तो अभी भी सीख सकोगे, ऐसा नहीं लगता।

मौजूद लोगों ने सिर हिलाकर यह मान लिया कि जब महाराज कह रहे हैं, तो हम लोग ज़रूर ही नहीं समझ सकेंगे। राजा के पास सदा नाबालिग़ रहने की बड़ी सुविधा है।

इतने में दो सैनिक जरा को लेकर आये।

—क्यों जी, इन लोगों ने तुम्हें खाने को दिया कि तुम्हारे नाम से भण्डार से सामान लाकर खुद ही खा लिया? ये लोग सबकुछ कर सकते हैं।

जरा ने बताया, महाराज की कृपा से खाने-पीने में कोई कोर-कसर नहीं रही।

अब राजा से जरा की बातचीत शुरू हुई।

—उस दिन तुमने ही मेरे कबूतर को मारकर मेरे पैरों के पास गिराया था?

—जी, महाराज। क़सूर क़बूल करता हूँ। इससे पहले मैंने पाली हुई चिड़िया जानवर को कभी नहीं मारा।

—तो? उस दिन क्यों मारा?

जरा ने इस सवाल का कोई जवाब नहीं दिया।

राजा समझ गये, इसने सुमन्तराज के हुक्म से ही वैसा किया था। यह अपने मालिक पर तोहमत नहीं लगाना चाहता है, इसीलिए चुप है। मन ही मन वह ख़ुश हुए। समझ गये, यह आदमी पत्थर में सोना है, इसे बाहर निकाल लेने से खरे रूप में देखा जा सकेगा। बहरहाल, अपनी उस इच्छा को उन्होंने दबा लिया। पूछा—तुम्हें तीर का इतना सही निशाना कहाँ से आया?

—महाराज, छुटपन से ही तीर-धनुष लिये जंगलों में घूमता फिरा हूँ। जीव-जन्तुओं को मारते-मारते अभ्यास हो गया है।

—जीव-जन्तुओं को मारना तो स्वीकार किया। वैसा सब कोई मारता है। वह तो तीर-धनुष का स्वभाव है। हाथ में आने पर किसी न किसी को मारने की इच्छा होती है। मगर भैया, सच-सच बताना, सबसे श्रेष्ठ जन्तु तुमने कितने मारे हैं?

राजा के इशारे का मतलब न समझकर जरा उनकी ओर ताकने लगा।

—मैं पूछता हूँ आदमी कितने मारे हैं?

इस छोटे से सवाल पर जरा की रीढ़ में बिजली सी दौड़ गयी। जो बात आज एक महीने से सुमन्तनगर में रहते हुए राजभोग के नीचे दब गयी थी, हठात् सूखी उतरंगी हवा से निकलकर उसकी हड्डी भर बची उँगली ने जरा की ओर इशारा किया।

जरा का मुँह सूख गया। उसका बदन काँपने लगा। बैठ पड़े, ऐसी दशा हो गयी उसकी। राजा ने समझा, यह आदमी शिकार करते-करते ही पटु हुआ है, आदमी को कभी नहीं मारा। इसीलिए सुनकर काठ का मारा-सा हो गया है। यह भी समझा कि इस आदमी को काफ़ी आराम की ज़रूरत है। एक अनुचर से उन्होंने कहा—इसके आराम करने का इन्तज़ाम कर दो।

वह जब अनुचर के साथ चलने को हुआ, तो राजा ने पूछा—हाँ जी, तुम्हारा नाम क्या है?

गँवार जरा ने इस बार एक अक्ल का काम किया। कहा—जी, मेरा नाम राजा है।

उसने ख़ालिस झूठ नहीं कहा, खट्टास ने उसे राजा की पदवी दी थी।

राजा ने हँसकर कहा—देखो मन्त्री, किसका कैसा नसीब। तुम पचास साल तक राजा के पास रहे, पर मन्त्री से ज़्यादा कुछ नहीं हो सके और मैं जाने कितनी लड़ाई करके, कितने लोगों के लहू से धरती को रँगाकर तब राजा बना। और यह असहाय-सा आदमी, जो श्रेष्ठ जन्तु मारने के इशारे भर से ही काँपने लगा था, राजा है! भाग्य और किसे कहते हैं! जाओ राजा, अभी आराम करो। अब एक राज्य में दो राजा हुए, आख़िर रानी के बँटैया के लिए पण्डित की शरण न लेनी पड़े!

यह कहकर राजा हँस पड़े। हँसने से राजा की आयु दस-बीस साल कम हो जाती है। हँसने से जिस आदमी की उम्र ज़्यादा लगती हो, ऐसे आदमी का जिसमें कभी कोई एतबार न करे।

जरा ने वही जो उतनी-सी राज-कृपा पायी, वही उसके लिए काल हो गयी। राजा के अनुचर यह हरग़िज नहीं चाहते कि उनके सिवाय राजा की कृपा और किसी को मिले। उन लोगों ने मन में ठान लिया, राजा के तो सिर्फ़ दो आँखें हैं, हम सबकी हज़ार। सहस्राक्ष कहें, तो भी अत्युक्ति न हो। महाराज ने तो हुक्म दे दिया, छुट्टी हो गयी। उस हुक्म का मतलब क्या होता है, यह देखने की ज़िम्मेदारी तो हमारी है। राजा की राजागिरी हम अच्छी तरह से चलाएँगे! जरा को वे लोग वहाँ से ले गये।

उसे वहाँ से अलग ले जाकर कहा—सुन लो जी! हम लोग जो दें, वही खाना; जो कहें, वही करना; जहाँ रखें, वहीं रहना। यह ख़ूब समझ लो, किसी तरह से भी यह बात यदि राजा के कानों पहुँची, तो तुम्हारी ख़ैर नहीं। जान से बच गया, इस ख़ुशी में जरा ने कहा—अभी आप लोग ही मेरे राजा-महाराजा हैं, आप लोगों की इच्छा ही आदेश है, शाम को दो मुट्ठी खाने को मिल जाए, मैं इसी को बहुत समझूँगा।

वे बोले—हाँ, यह हुई भलेमानस जैसी बात। याद रहे, हाँ!

उसके बाद ले जाकर उसे कुछ खाने को दिया और एक कमरे में बन्द करके कहा—अब आराम करो। अनुचरों ने यह भी तय कर लिया था कि अब क्या करना होगा।

नरेन्द्रनगर राजधानी का थोड़ा-सा भौगोलिक परिचय आवश्यक है।

एक पहाड़ के ऊपर काफ़ी जगह को समतल बनाकर पत्थर की दीवारों से घिरी है यह राजधानी। नीचे की सतह से ऊपर जाने के लिए एक आँका-बाँका रास्ता जैसा कि पहाड़ों में हुआ करता है। वह रास्ता सँकरा और खड़ा है। बीच-बीच में तोरण बनाकर पहरे की व्यवस्था है। दुश्मन आना चाहे, तो पहाड़ से आना पड़ेगा। इस रास्ते

से आने का उपाय नहीं है। इस रास्ते से केवल राजा के लोग ही चला करते हैं। पहाड़ के नीचे चारों तरफ़ समतल ज़मीन है, जिसमें गेहूँ और भुट्टे की खेती होती है। दूर-पास में छोटे-बड़े और भी बहुत से पहाड़ हैं, उनके बीच की उपत्यकाएँ फ़सल के हिसाब से रंग बदला करती हैं। जो उपत्यका ज़रा दूर तक फैली है, उसमें एक तेज़ पहाड़ी नदी बहती है। बरसात का पानी आने से नदी किनारे की बहुत-सी जगहों को छाँप लेती है, दूसरे समय नदी में बालू और पानी रहता है, बालू ही ज़्यादा। उस नदी के किनारे छोटा-सा एक गाँव है। लोग उसे पत्थरतोड़ गाँव कहते हैं। नाम ग़लत नहीं है। पहाड़ तोड़कर ही गाँव को बनाया गया है। घर-द्वार में भी दीवारें पत्थर की, पत्थर के ही छोटे-छोटे टाइलों की छौनी। रहने वाले भी पहाड़ के ही बेटी-बेटे हैं। उनके बदन का रंग पत्थर जैसा।

राजधानी में एक नया मन्दिर बन रहा है। मज़दूर लोग उतनी दूर नीचे से पत्थर काट-काट कर ऊपर लाते हैं। ये सारे मज़दूर स्वाधीन हैं, वेतन-भोगी नहीं। बीच-बीच में लड़ाई होने पर जो लोग बन्दी बनाकर लाये जाते हैं, यह कष्टकर काम उन्हीं के ज़िम्मे रहता है। नहीं तो एक-दो पैसा और एक मुट्ठी गेहूँ के लिए इस खड़े पहाड़ पर भारी पत्थर चढ़ाने के लिए कौन आएगा? इन मज़दूरों को दिन में दो बार खाना दिया जाता है और साँझ होने पर पत्थर के एक कमरे में बन्द कर दिया जाता है। पहनावे में एक टुकड़ा कपड़ा, सारे बदन पर और कोई आवरण नहीं; गले में सूते से झूलती हुई एक तख़्ती। लोहे की उस तख़्ती पर एक संख्या खुदी हुई। उसका वही एक परिचय है। कोई मर जाता है, तो वह संख्या ख़ाली हो जाती है, फिर कोई नया आदमी आता है तो वही संख्या भर दी जाती है। उनके पैरों में ढीली बेड़ियाँ पड़ी होती हैं। चल भर सकते हैं, भाग नहीं सकते। ऐसे चार-पाँच सौ मज़दूर सवेरे से काम शुरू करते हैं। उनकी निगरानी के लिए राजा के बीस-पचीस प्यादे रहते हैं। उन सबके हाथ में लम्बा-लम्बा एक-एक चाबुक। यह चाबुक एकाध बार नसीब नहीं हुआ हो, ऐसे मज़दूर शायद ही हों। राजा के अनुचरों ने सोचा, जरा को इन्हीं मज़दूरों में भरती कर दिया जाएगा।

सवेरे तड़के ही जरा को जगाकर पहाड़ की तलहटी में ले जाया गया। उसे मज़दूरों वाली पोशाक पहनायी गयी, गले में लटका दी गयी वह तख़्ती, पाँवों में डाल दी गयीं बेड़ियाँ और हुक्म दिया गया कि जो काम ये लोग कर रहे हैं, तुम भी वही करो। विस्तार से बताने की ज़रूरत नहीं थी। जरा ने देखा, सब लोग सब्बल से पत्थर काटते हैं और माथे पर उठाकर राजधानी की ओर जाते हैं। जरा चुपचाप उसी काम में लग गया। कोई भी मज़दूर पत्थर को बिलकुल राजधानी तक नहीं ले जा सकता था। क्योंकि खड़े पहाड़ से बोझ लेकर किसी एक के लिए राजधानी तक पहुँच सकना सम्भव नहीं था। दो-तीन जने में बोझ बदला जाता था। जरा नीचे ही रहा,

ताकि राजा की नज़रों में पड़ने की सम्भावना ही नहीं रहे। राजा की नयी राजागिरी देखकर अनुचर लोग ख़ुश होकर नगर को लौट आये। उसके पहले जरा पर निगरानी का हिसाब लगाकर इशारे से कह दिया—ज़रा, इस पर नज़र रखना। सुमन्तनगर में राजा का अंगरक्षक था, नरेन्द्रनगर में पत्थर ढोने वाला मज़दूर बना। जरा का नसीब ख़ास बुरा नहीं है।

दुख की पाठशाला में दोपहर की नींद तोड़कर जीवन का गुरुजी फिर जाग गया। वह खोजने लगा कि वह लिक-लिक लम्बी छड़ी कहाँ गयी। न, हाथ के पास ही है। मगर मौक़ा पाकर सारे वाले छात्र आम के बग़ीचे में खेलने-घूमने लगे हैं। गुरुजी का नाक बजना बन्द हुआ कि वह सब भलेमानस की तरह लौट आये। अपनी-अपनी जगह पर बैठकर पोथी पर ध्यान गड़ाया। लेकिन जीवन गुरुजी को फुसलाना इतना आसान नहीं है। दुख की पाठशाला में छात्रों को पढ़ाते हुए उनका जनम बीता।

इस रूपक का अर्थ और कुछ नहीं, जीवन पण्डित के असमय में सो जाने का सुयोग पाकर जरा ने समझा था कि उसकी दुख की पाठशाला की पढ़ाई ख़त्म हो गयी। क़रीब दो महीने वह सुमन्तनगर में था। वहाँ का सामयिक राज-सुख ही उसे चिरन्तन लगा था। वासुदेव को मारने के बाद के कई महीने का दुख और उससे भी पहले व्याध जीवन के लम्बे अभाव और कष्ट की कड़ी—सबकुछ उसे स्वभाव का व्यतिक्रम ही लगा था। सोचा, यह सुमन्तनगर वाला अध्याय ही सत्य और स्थायी है। भविष्य भी जो एक समय है और वह समय सुखदायी नहीं हो सकता है, एक क्षण के लिए भी उसके मन में यह नहीं आया। वर्तमान जब भूत-भविष्य को भुला देता है, तो समझना चाहिए कि दिमाग़ ख़राब होने में कुछ बाक़ी नहीं है। वर्तमान महज़ एक काल्पनिक रेखा है। सब कुछ या तो अतीत होता है या भविष्य। भविष्य चूँकि वर्तमान का मुखौटा पहनकर आता है, इसलिए सब समय उसे पहचाना नहीं जा सकता। जरा भी नहीं समझ सका। जरा के जीवन में दुख का फिर से आरम्भ हुआ। जरा शिकार की टोह में जंगलों की ख़ाक छानता फिरता था, वह ज़िन्दगी भी कोई सुख की ज़िन्दगी नहीं, लेकिन उसमें आज़ादी थी और इस तरह से टन-टन नहीं करती थी। पत्थर का ढोका जब उसके सिर पर लाद देता और निगरानी वाले के इशारे से ज़्यादा भारी वाला ही लाद देता, तो पूरी रीढ़ टन्-टन् करने लगती। फिर पहाड़ की खड़ी चढ़ाई चढ़ने की आदत कहाँ थी उसे? वह ठहरा समतल का रहने वाला। पत्थर का ढोका सिर पर लिये पहाड़ पर चढ़ने में पहले तो उसका दिमाग़ चकरा जाता था। पाँव लड़खड़ाता और ठीक वक़्त पर उसकी पीठ पर कड़े चाबुक की मार पड़ती। उसे अपने ऊपर गुस्सा आता, दुख होता, और उसकी आँखें छलक आतीं। वह आँसू अगर प्यादा देख लेता तो ऊपर से व्यंग्य कसता—हुँः, रोना हो रहा है। अहा-हा, महाराजा ने राजा की आँखों का पानी नहीं देखा। जरा सँभल-सँभल कर

ऊपर चढ़ता रहता। कभी उसे सुनाई पड़ता—महाराजा ने दो मीठी बातें क्या कीं, हज़रत ने समझ लिया, मुट्ठी में आसमान का चाँद आ गया। ले-ले उठ, गिरकर यह ढोका कहीं टूटा तो तेरी खोपड़ी भी साबित नहीं रहेगी।

जीवन पण्डित ने जागकर जरा को दण्ड देना शुरू किया।

एक दिन राजा ने पूछा—क्यों जी, उस राजा को तो नहीं देख रहा हूँ। उसे ज़रा ले आओ। उससे बातें करने में मज़ा आता है। देश-विदेश की ख़बर रखता है वह।

किसी एक ने कहा—महाराज, वह तो साक्षात् कलि का चर था।

राजा ने कहा—वासुदेव के मरने के बाद से कलियुग आरम्भ हो गया है। अब तो हम सभी कलि के चर हैं।

अमात्य ने कहा—महाराज ने बहुत सही कहा। लेकिन वह कमबख़्त भाग गया।

—भाग कैसे जाएगा? राजपुरी से भागना तो सहज नहीं है।

—आख़िर उसे कलि का चर कह क्यों रहे हैं महाराज! हम सबकी आँखों में ध ूल झोंककर वह भाग गया।

राजा ने खीजकर कहा—तब तो तुम सभी अन्धे हो, या आँखें मूँदे हुए थे।

राजा को ख़ुश करने के लिए अमात्य ने कहा—सो क्या महाराज! महाराज ही तो हमारे आँख-कान-मुँह—पंचेन्द्रिय हैं।

—अगर यही हो तो तुम लोगों को रुपया देकर रखना ही बेकार है। या तो उस आदमी को लाकर हाज़िर करो या यह बताओ कि वह किसकी ग़लती से भागा।

अमात्य ने परेशान होते हुए कहा—जी, जी महाराज, मुज़रिम को फ़ौरन लाकर हाज़िर किये देता हूँ।—कहकर वह तेज़ी से चला गया।

कुशल मनोविज्ञानविद् हुए बिना कोई राज-अमात्य नहीं हो सकता। यह उसका विशेषज्ञ था। वह जानता था कि दूसरे दस कामों में राजा इस क़दर व्यस्त हो जाएँगे कि कुछ दिनों तक जरा की उन्हें याद ही नहीं आएगी। फिर जब याद आएगी, तो देखा जाएगा। कुछ भी समझा देने से काम चल जाएगा। बहरहाल, आपस में राय-सलाह की जाय।

10

दुनिया यदि सिर्फ़ दुखों से ही भरी होती, तो कुछ बुरा नहीं था। क्योंकि वैसे में दुख की अनुभूति ही नहीं होती। सुख के बारे में भी यही बात है। यह दुनिया सुख-दुख के ताने-बाने से बुनी हुई है, इसीलिए खेल ऐसा हो उठता है। कोई हँसता है, कोई रोता है, कोई छाती पीटता है और इस दोरुख़े कपड़े को जो बुनते हैं, वह ऊपर से

निर्विकार की नाईं देखते रहते हैं।

जरा का परिश्रम और दुख अटूट था, ऐसा कहें, तो भूल होगी। राजा का जन्मदिन, रानी का जन्मदिन, तरह-तरह के तीज-त्योहार में मज़दूरों का काम बन्द रहता। उस दिन उन्हें छुट्टी थी, लेकिन दौड़कर भागने का उपाय नहीं था। क्योंकि पाँव की बेड़ियाँ किसी भी मौक़े पर खोली नहीं जाती थीं। एक ही सहूलियत थी कि वह हड्डीतोड़ मेहनत से फ़ुरसत मिल जाती और आस-पास घूमने फिरने की सहूलियत रहती। ऐसे ही एक छुट्टी के दिन जरा घूमते-घामते पत्थरतोड़ गाँव के पास जा निकला। समतल पर रहने वालों को कभी ऐसा मकान देखने का मौक़ा नहीं मिला। दीवारें भी पत्थर की और छत भी पतले-पतले पत्थर के टुकड़ों की। झरोखा नाम की कोई चीज़ नहीं। किवाड़ पेड़ों के तख़्ते का। एक से सटा दूसरा मकान। ऐसे बीस-पचीस मकानों का यह गाँव। हर घर के सामने थोड़ी-सी खुली जगह।

घुटने भर पानी वाली उस नदी को पार करके जरा वैसे ही एक मकान के पास जा पहुँचा। उसने देखा, घर के आँगन में पत्थर की ओखली में लकड़ी के मूसल से एक छोटी-सी लड़की गेहूँ कूट रही है। और कोई दो साल का एक बच्चा डगमगाता हुआ आँगन में घूमता फिर रहा है। थक जाता है तो आकर ओखली को पकड़कर अपने को सँभाल लेता है। और माँ की ओर ताककर हँस उठता है। जैसे कोई बड़ा भारी बहादुरी का काम किया हो। माँ उसके मुँह में मकई के कुछ लावा डाल देती है। बच्चा खुशी से फिर डगमगाता हुआ दूसरी ओर चला जाता है।

पत्थर के टुकड़े पर बैठकर जरा ने बड़ी देर तक यह दृश्य देखा कि एकाएक उसके कलेजे से बहुत दिनों का दबा हुआ एक दीर्घ निःश्वास निकल पड़ा । साथ ही आँखों से आँसू की कुछ बूँदें घुटने पर टपक पड़ीं। जरा चौंक उठा। वह बहुत दिनों से, बहुत-बहुत दिनों से नहीं रोया। बहुत-बहुत दिनों से उसने ऐसा दीर्घ निःश्वास नहीं छोड़ा। एकाएक ऐसा क्यों हुआ, वह समझ नहीं सका। उसे यदि अपने मन का विश्लेषण करने की शक्ति होती, तो वह समझ सकता कि सामने के इस दृश्य में एक और भी दृश्य झाँक जाता है—अवश्य यह उस बच्चे के अस्तित्व की सम्भावना में। उसे भी ऐसा ही एक घर था अपना, ऐसा पहाड़ के पार में नहीं, लेकिन इससे भी अच्छा, समुद्र के किनारे। पहाड़ सदा एक-सा रहता है, समुद्र नित्य नया। इस बहू जैसी उसे भी पत्नी थी। जरा जब शिकार के लिए जंगलों में भटका करता तो वह भी इसी तरह से घर के काम-धन्धे किया करती थी। साँझ को वह हिरन या जंगली सूअर लाकर आँगन में पटककर कहता—देखो, जरती! मैं क्या लाया हूँ? जरती मन ही मन ख़ुश होती, मगर चेहरे पर उस भाव को झलकने नहीं देती, कहती—लाया है तो ख़ूब किया है। अब नहाकर आओ, भोजन कर लो। जिस दिन समय होता, समुद्र में नहा आता, नहीं तो घर के पास ही खाड़ी में।

एक दिन की बात उसे साफ़ याद आती है। जरती ने कहा था—रोज़-रोज़ यह हिरन और सूअर अच्छा नहीं लगता, नया कुछ खिला सकते हो?

जरा ने कहा था—ठहर, एक दिन तुझे राजमांस खिलाऊँगा।

राजहंस तो मैं जानती हूँ, यह राजमांस क्या होता है? तुम क्या आख़िर राजा को मारोगे क्या?

—मारा ही, तो हरज क्या है?

—हरज और क्या, शूली पर चढ़ाये जाओगे।

जरा ने कहा—अरे नहीं-नहीं, मैं तुझसे मज़ाक़ कर रहा था।

—मज़ाक़ नहीं जी, शिकार करने में तुम कभी राजा-वाजा को मार डालोगे और हम सबको शूली पर चढ़ना होगा।

जरा ने कहा—दुर्, पगली! राजा भला जंगल में क्यों आने लगा?

—ताज्जुब क्या है। राजाओं की मति-गति ही और होती है।

—राजा अगर महल छोड़कर जंगल में जाकर सोए, तो मरेगा!

नदी की धारा में असहाय नाव-सा उसका मन चिन्ता के स्रोत में जाकर आख़िर छिपे पहाड़ से टकराया। पहले तो लगा, यह आफ़त वैसी कुछ बड़ी नहीं है, पर दूसरे ही क्षण दिखाई दिया, गल्-गल् करके पानी घुस रहा है, ज़्यादा देर तक नाव में इस पानी को आने रोका नहीं जा सकता। नाव पर चढ़ना, रस्सी खोलना, धार में उसे बहा देना, ये सारी बातें उसके अनजानते ही जाने कब घट चुकी थीं। आँखें जब सामने के इस बच्चे और उसकी माँ को देख रही थीं, उसका मन भीतर-ही-भीतर तब दूसरे एक दृश्य का अनुसरण कर रहा था। उसी दृश्य के प्रभाव को ठेलते हुए वह छिपी चट्टान से जा टकराया। अब नाव को कौन सँभाले? आदमी का मन शतरंज के घोड़े जैसा चलता है। यह भी संसार के उसी सुख-दुख के ताने-बाने का एक नमूना है। सुख का नज़ारा एकाएक उसे दुख के अथाह पानी में ले आया। जरा अगर समझदार होता, तो समझता कि जीवन गुरुजी के दुख की पाठशाला का यह भी एक दण्ड है। किसी को छड़ी से सज़ा दी जाती है और किसी को अच्छे लड़कों के मुक़ाबले उसकी तुच्छता समझा दी जाती है। किसी को याद के चाबुक की सज़ा मिलती है, किसी को आँख में उँगली गड़ा कर। जीवन गुरुजी इतने प्रकार का दण्ड देना जानता है।

वह बच्चा उसी तरह लड़खड़ाते हुए आया और जरा के मुँह की ओर ताक कर रो उठा। उसने सोचा था, बाप है। पर, यह तो बिलकुल नया आदमी! उसकी रुलाई से बच्चे की माँ की नज़र जरा पर पड़ी। पूछा—तुम शायद राजा के यहाँ के मज़दूर हो?

—यह कैसे समझा?—जरा ने पूछा।

उस स्त्री ने चुपचाप उसके पाँव की बेड़ियों की ओर इशारा किया।

जानी हुई बेड़ियों को नये सिरे से देखकर जरा शर्मिन्दा हुआ।

वह बोली—रोज़ ही देखा करती हूँ न, पाँवों में बेड़ियाँ डाले वे पत्थर काटा करते हैं। कभी-कभी इधर भी आ जाते हैं। तुम्हें नया देख रही हूँ।

जरा ने कहा—हाँ। मैं यहाँ कुछ ही दिन हुए, आया हूँ।

—समझ गयी। तुम्हें सुमन्तनगर से क़ैद करके लाया है न?

जरा ने कहा—हाँ।

—लेकिन तुम तो हमारी ओर के आदमी नहीं लगते हो?

—यह तुमने कैसे जाना?

—इधर के लोगों का चेहरा, आचार-व्यवहार सब जानती हूँ न।

जरा ने कहा—ठीक कहती हो, मैं इधर का आदमी नहीं हूँ।

—तो तुम्हारा घर कहाँ है, जी?

—वह यहाँ से बहुत दूर है। कहने से भी नहीं जान सकोगी।

वह स्त्री तक्षशिला की हाट में कई बार जा चुकी थी। बहुत दूर...सुनकर बोली—तक्षशिला में क्या?

—नहीं। और भी बहुत दूर दक्खिन। एकबारगी समुद्र के किनारे।

—हाय राम, वह तो बहुत दूर है!—यह कहकर उसने हाथ के मूसल को रख दिया और फिर खड़ी हो गयी। अब तक वह काम करते-करते ही बात कर रही थी।

—हाँ। बहुत दूर ही है।

—तो यहाँ कैसे आ गये?

जरा ने जैसे मन ही मन कहा, बहुत पाप किया था, उसकी सज़ा तो भोगनी पड़ेगी न?

इस स्त्री ने अपने जीवन में ऐसी बात नहीं सुनी थी। पाप ही क्या है और उसकी सज़ा ही क्यों? वह कुछ समझ नहीं पायी, इसलिए जरा की ओर ताकती रह गयी। जरा ने समझा, इसे फिर से बताना चाहिए। बोला—पाप किये की सज़ा भोग रहा हूँ।

उसने पूछा—पाप किसे कहते हैं?

उसकी बात सुनकर अब जरा के अवाक् होने की बारी आयी। क्या जवाब दे, यह सोच नहीं सका। जरा को दोष नहीं दिया जा सकता। जिस सवाल का जवाब सारे शास्त्रों को मथने से भी नहीं मिलता, अबोध जरा उसका क्या उत्तर दे? फिर भी एक बार समझाने की कोशिश करनी चाहिए। बोला—समझो कि किसी ने किसी को मारा। वही पाप है।

—क्यों, यह पाप क्यों होने लगा? ज़रूरत पड़ने पर मैं कभी अपने बच्चे को

पीटती हूँ, पी-पवाकर कभी-कभी मेरा आदमी मुझे मारता है, मेरे गाँव के लोग त्यौहार के दिन ख़ूब पीकर सरफुटौवल करते हैं। यह तो आये दिन होता ही रहता है। इसे तुम्हारे देश में पाप कहते हैं?

जरा ने देखा, नः, मारपीट के उदाहरण से बात नहीं बनेगी। इसलिए इस बार उसने नया उदाहरण लिया। कहा—यों समझो, किसी ने ऐसा कोई काम किया, जिससे तुम्हारे मन में चोट लगी। इसे पाप नहीं कहोगी?

—हाय राम, उसे पाप क्यों कहूँगी? कष्ट कहूँगी।

हताश होकर जरा ने पाप समझाना छोड़ दिया। बोला—अच्छा, फिर किसी दिन आकर तुमसे बात करूँगा। साँझ हो गयी आज, अब चलता हूँ।

वह स्त्री बोल उठी—सो क्या, कुछ खाये बिना ही चले जाओगे?—यह कहकर उसने पत्ते के दोने में थोड़ी-सी भुनी हुई मकई और पत्थर के कटोरे में पीने के लिए पानी ला दिया। राजा के यहाँ के मज़दूर के नाते जो खाना उसे मिलता था, उसके मुक़ाबले यह सूखी मकई जरा को अमृत-सी लगी। उसने बड़े आग्रह से सारी मकई खा ली और एक ही साँस में वह शीतल निर्मल पानी पीकर तृप्ति से 'आः' कर उठा। उसके बाद बोला—मैं तुम्हें पाप नहीं समझा सका। लेकिन इतना जान लो कि पाप का उलटा पुण्य है।

उस स्त्री के कानों यह शब्द और भी अजीब लगा। बोली—वह फिर क्या है?

—तुमने यह जो खाने को दिया, पीने को पानी दिया—यही तो पुण्य है।

पुण्य की यह व्याख्या सुनकर वह स्त्री हँसते-हँसते लोट-पोट हो गयी—तब तो मैं रोज़ टोकरियों पुण्य कमाती हूँ।

जरा ने कहा—उसी तरह से रोज़ टोकरियों पाप भी ज़रूर करती हो। बच्चे को पीटती हो, पति का जी दुखाती हो।

वह फिर से गेहूँ कूटती हुई बोली—नहीं बाबा, तुम्हारा यह पाप-पुण्य समझने की जुर्रत मुझमें नहीं है। उससे कहीं आसान है खेती करना, गेहूँ कूटना और...

उसकी बात अधूरी रह गयी। दोनों ने उत्कण्ठित होकर घोड़े की टापों की खटखट सुनी। दोनों ने ताका, लेकिन वह स्त्री जानती थी कि किधर को ताकना चाहिए। बोली—वही तो...महाराज शिकार करके लौट रहे हैं।

लमहे में नरेन्द्रनगर के राजा का घोड़ा उसके घर के पास आ पहुँचा। राजा ने घोड़े को रोका। कुटिया की ओर ताककर पूछा—सुबाला, समाचार तो सब ठीक हैं न?

उसने छोटा-सा अभिवादन करके कहा—महाराज के अधीन हम लोग सुख से ही हैं।

इतने में राजा की नज़र जरा पर पड़ी। चौंककर पूछा—अरे 'राजा', तुम्हारी ऐसी गत किसने की?

जरा राजा के अनुचरों की चालाकी नहीं जानता था। उसने चुपचाप कपाल पर हाथ रखकर जताना चाहा—यह गत नसीब ने की।

राजा ने कहा—मैं सब समझ गया। अच्छा, मैं सब ठीक किये देता हूँ।—इतना कहकर राजा घोड़ा दौड़ाकर राजधानी की ओर चले गये। जरा कुछ भी समझ नहीं सका। वह अपनी बेड़ियाँ बजाता हुआ क़ैदखाने की ओर चला गया।

11

नरेन्द्रनगर के राजा जरा के साथ सवेरे बनते हुए मन्दिर को देख रहे थे। जरा की वेशभूषा में ग़ज़ब का परिवर्तन हो गया है। माथे पर सफ़ेद कपड़े की पगड़ी। बदन पर बूटेदार अंगरखा। पहनावे में सौम वस्त्र, पैरों में रँगीला राखरंग का जूता और गले तथा बाँह में जैसा चाहिए—अलंकार। कई दिन पहले जिसके पाँवों में बेड़ियाँ थीं, कमर में फटा-पुराना कपड़ा, बदन पर चाबुक के दाग़—यह क्या वही जरा है! इस परिवर्तन से सबसे ज़्यादा अचरज जरा को ही हुआ था। किसलिए, क्यों यह परिवर्तन हुआ, बहुत सोचकर आख़िर उसने सोचना छोड़ दिया। सबसे आश्चर्य की बात तो थी, राजा की इस अप्रत्याशित कृपा का भागी होना।

पत्थरतोड़ गाँव में सुबाला की कुटिया के पास राजा से अचानक भेंट हो जाने से वह डर के मारे घबरा गया था। जाने यहाँ तक आ जाने की वजह से उसे कौन-सी सज़ा मिलेगी। राजा तो चले गये। ज़रा बहुत डरते-डरते लौटा। कुछ ही देर में राजा का आदमी आया। उससे बोला—चलो।

घबराकर जरा ने पूछा—कहाँ?

—महाराज के पास।

—क्यों?

—क्यों का मैं क्या जानूँ। लेकिन लगता है, राजा तुम पर प्रसन्न हुए हैं।

—प्रसन्न हुए हैं!—जरा ने जड़ की नाईं उसी बात को दोहराया।

राजा के नौकर ने विनम्र होकर अभिवादन करके उसे एक घोड़ा दिखाया।

जरा ने धीरे से पाँव की बेड़ियाँ दिखा दीं।

नौकर ने लुहार को बुलाया। बेड़ी खोल दी गयी। जरा घोड़े पर सवार हो गया। अदब के साथ नौकर ने राजपुरी का रास्ता दिखाया। जरा राजपुरी पहुँचा। वहाँ से राजा के पास। घोड़े से उतरकर राजा को झुककर प्रणाम किया।

राजा ने कहा—आओ राजा। अनुचरों ने तुम पर ज़ुल्म किया था। उन्हें किये की सज़ा मिली।

जरा ने कुछ नहीं समझा। उसने फिर से अभिवादन किया।

राजा ने अनुचरों को आदेश दिया था कि राजा (जरा नाम उसका वहाँ अज्ञात था।) को आराम से रखने की व्यवस्था करो। उन्होंने यह भी कहा था कि यह आदमी गुणी है, भविष्य में काम आएगा। लेकिन राजा की वही उतनी-सी कृपा जरा के लिए काल हो गयी। उसके पैरों बेड़ियाँ और पीठ पर कोड़े पड़े। एकाएक वह अगर राजा की निगाहों में नहीं पड़ जाता तो हड्डीतोड़ मेहनत करते-करते, कोड़े खाते-खाते ही वह मर जाता। उसे सुबाला की कुटिया के पास देखते ही राजा पल में सारी बात समझ गये। अनुचरों के मनस्तत्त्व से परिचित रहना राजा के लिए अस्वाभाविक नहीं है।

उन्होंने एक अमात्य को बुलाकर पूछा—क्यों जी, राजा की ऐसी दशा क्यों?

उसने कहा—आप से अर्ज़ क्या करूँ, महाराज! उसे तो आराम से ही रखने का इन्तज़ाम किया था, लेकिन आराम उसकी क़िस्मत में नहीं है। वह आदमी कलि का चर है। भागा जा रहा था। बड़ी-बड़ी कठिनाई से उसे पकड़ा। कहा—अरे बाबा, तुम भाग जाओगे तो हम लोगों की गरदन जाएगी। तुम दया करके राजा जैसे आदर से रहो।

राजा ने पूछा—फिर?

—आपको क्या बताऊँ महाराज, आदमी तो यह बिलकुल गँवार है, जंगली। पकवान-मिठाई देखकर उसे मतली आती है। आटे की रूखी रोटी के सिवा उसे और कुछ नहीं रुचता। तो भी बरदाश्त कर रहा था। जिसकी जो रुचि, वही रहे। लेकिन वह फिर भागा। इसलिए लाचार उसके पैरों में बेड़ियाँ डालनी पड़ीं। लेकिन काम-काज उसे कुछ नहीं दिया गया। उसे जी चाहे जहाँ भी घूमने की छूट थी। जभी तो महाराज ने उसे पत्थरतोड़ गाँव में देखा।

राजकर्मचारियों का स्वभाव होता है, राजा को अबोध सोचना। नहीं तो उन लोगों का जीना दूभर हो जाए। दूसरी ओर, राजाओं का स्वभाव होता है अपने कर्मचारियों को विश्वासी समझना। नहीं तो काम-काज नहीं चल सकता। दोनों ही यह जानते हैं कि बात बिलकुल उलटी है। इसी तरह से आपस में आँखें मिलाकर राजा की दीन दुनिया चलती है। राज-संसार के बदले मानव-संसार की भी कहें, तो भूल न होगी। दुनिया में भी एक के बारे में दूसरे की ऐसी ही धारणा होती है। ज़रा दूर से खड़े होकर देखें, तो दुनिया जैसा दूसरा प्रहसन और कहाँ है?

राजा जानते थे कि यह आदमी गुणी है। उसके बाद उससे बातचीत करने पर जो पता चला, उससे जरा का नया तात्पर्य समझ में आया।

राजा ने पूछा—तुम्हारा देश कहाँ है राजा?

जरा ने कहा—भारतवर्ष में महाराज।

—अहा, भारतवर्ष में तो हम लोग भी रहते हैं। यह इलाक़ा भी तो भारत के बाहर नहीं है। इधर के हम सभी लोग महाराजा युधिष्ठिर के सामन्त हैं। मैं पूछता हूँ, भारतवर्ष में कहाँ? मत्स्य, पांचाल, काशी, कोसल—बहुत से प्रदेश हैं। इनमें से कहाँ?

जरा ने कहा—यह तो नहीं जानता महाराज! मैं रहता था द्वारका में!

द्वारका में?—राजा चौंक उठे। अपने कानों पर उन्हें विश्वास नहीं हुआ। फिर से पूछा—क्या कहा?

—द्वारका में।

—द्वारका में? वासुदेव के देश में?

बिना समझे-बूझे जरा ने फिसलनवाली राह पर तो पाँव नहीं रखा! लेकिन अब तो लौटने का उपाय नहीं था। बोला—जी महाराज।

—तुम वासुदेव के देश के आदमी हो! ग़ज़ब! आज तक तुमने बताया नहीं?

—महाराज पूछे नहीं तो बताऊँ कैसे?

—इसमें पूछना न पूछना क्या! इतनी बड़ी ख़ुशक़िस्मती को भी छिपाकर रखा जाता है। वह मन्दिर जो बनवा रहा हूँ, चलो देख आना, उसमें वासुदेव की मूर्ति स्थापित की जाएगी।

जरा के आश्चर्य की सीमा न रही। सोचने लगा, इतनी दूर—कितने राज्य, पहाड़-पर्वत, जंगल, नदी पार यहाँ भी वासुदेव का नाम आ पहुँचा है! उसे जरती की बात याद आ गयी। हो न हो, आदमी यह ज़बरदस्त था। लेकिन जरती ने जो कहा था, भगवान है, सो नहीं हो सकता। भगवान की यदि मृत्यु हो गयी तो क्या त्रिभवन में अब भगवान नहीं है? यह हरगिज़ नहीं हो सकता। भगवान अगर नहीं है तो चाँद-सूरज कैसे उग रहा है, वर्षा कैसे हो रही है, हवा कैसे बह रही है? छुटपन में उसने अपनी माँ से सुना था, ये जो चाँद-सूरज उगते हैं, वर्षा होती है, हवा चलती है, वह इसलिए कि भगवान हैं। अभी भी तो सारा कुछ पहले जैसा ही चल रहा है। इसीलिए भगवान भी ज़रूर पहले की ही तरह हैं। और ऐसा यदि हो, तो वासुदेव हरगिज़ भगवान नहीं हो सकते।

इतनी बात, इतना विचार और इतनी युक्ति का सूत्र जरा के लिए नयी बात है। कई महीने पहले, जब वह जंगलों में जीव-जन्तु मारता फिरता था, उस समय ऐसा विचार, ऐसा तर्क उसकी धारणा से परे था। इन कई महीनों में भीतर ही भीतर जो उसमें परिवर्तन आया है, इस विचारधारा में उसी का-लक्षण है। वासुदेव को मारने के बाद उसके अनजानते ही जीवन-गुरुजी ने उसे अपनी पाठशाला में दाख़िल कर लिया था। यह पाठशाला एक अजीब ही प्रतिष्ठान है। यहाँ कौन पढ़ाता है, कौन

पढ़ता है, पढ़ाने की प्रणाली ही क्या है, यह निश्चित रूप से कोई बता नहीं सकता। पढ़ने वालों से पूछिए तो वह हँसकर ही टाल देंगे।–वे भला पाठशाला के छात्र हैं! इस पाठशाला में जो तरह-तरह का दण्डविधान है, उसके बारे में थोड़ा-बहुत कहा जा चुका है। यहाँ दुख देकर सिखाया जाता है, सुख देकर सिखाया जाता है और सबसे ज़्यादा सिखाया जाता है जब सुख के रूप में दण्ड आता है।

वासुदेव की हत्या के बाद से ही जरा की दुख की शिक्षा शुरू हुई। वह पाठ सुमन्तनगर पहुँचने तक चलता रहा। सुमन्तनगर में वह जो एक माह से अधिक रहा, उस समय सुख का पाठ चल रहा था। नरेन्द्रनगर पहुँचने पर कई दिनों तक फिर दुख का पाठ। उसके बाद अब आरम्भ हुआ सभी दण्डों से बड़ा दण्ड–सुख के छद्मवेश में दुख।

जरा अब राजा का प्रियपात्र बन गया है। दिनभर राजा उसे साथ रखते हैं। कारीगर लोग मन्दिर बना रहे हैं। जरा को साथ लेकर राजा घूम-घूमकर देखते हैं। समझाते हैं उसे कि कहाँ पर, किस वेदी पर वासुदेव की मूर्ति स्थापित की जाएगी। राजा ने कहा–मेरी इच्छा है कि वासुदेव दक्षिण की ओर मुँह किये खड़े रहेंगे, क्योंकि द्वारका उधर ही है। लेकिन राजपुरोहित कहते हैं, नहीं महाराज! दिशाओं में पूरब ही श्रेष्ठ है, जिधर सूरज उगता है। वासुदेव की प्रतिष्ठा पूरब मुँह होगी। तुम्हारा क्या ख़याल है, राजा?

जरा ने अवाक् होकर कहा–महाराज, मैं मूरख आदमी, मैं क्या कहूँ?

राजा ने कहा–अरे वाह, तुम वासुदेव के देश के आदमी हो, तुमसे ज़्यादा कौन कहे?

राजा ने फिर कहा–देखो, वासुदेव की मूर्ति कैसी हो, इस समस्या से हम सब परेशान हैं। इस देश के किसी ने भी उनको नहीं देखा है। यहाँ तक कि जो मूर्तिकार मूर्ति बनाएगा, उसने भी नहीं। केवल सुनी हुई बात का भरोसा?

आगे पूछ बैठे–तुमने कभी अपनी आँखों देखा था उन्हें?

इस कठिन प्रश्न से जरा का सारा अस्तित्व मरोड़-सा उठा। पा-पा करके वह कैसे भयानक संकट की ओर बढ़ रहा है! इससे तो माथे पर पत्थर ढोना कहीं बेहतर था। वह तो महज़ शारीरिक कष्ट था। बहुत ज़्यादा तकलीफ़ हो तो माथे पर से उतारकर साँस ली जा सकती है। लेकिन यह बोझा तो मानसिक है, इसे उतारने का कोई उपाय नहीं । जरा से सहसा कोई उत्तर देते नहीं बना।

राजा ने पूछा–उन्हें तुमने कभी आँखों न देखा हो, ऐसा भी हो सकता है!

जरा ने कहा–महाराज, मैं मूरख-गँवार आदमी ठहरा।

राजा ने कहा–भगवान के सामने मूरख पण्डित का कोई भेद नहीं है। वह तो साक्षात् भगवान हैं।

जरा ने कोई जवाब नहीं दिया।

अबकी राजा ने दूसरा प्रसंग उठाया, कहा–उनके जीवन का अन्त कैसे हुआ मालूम है? हर आदमी हर प्रकार की कहता है।

जरा का बस वही एक जवाब–महाराज, मैं मूरख आदमी हूँ।

राजा ने कहा–हम लोगों ने इतनी दूर से सुना और तुम उस राज्य में रहते हुए भी नहीं सुन पाये! ऐसा भी हो सकता है?

उसके बाद दोनों ने कुछ देर तक घूम-घूमकर मन्दिर को देखा। राजा ने कहा–मन्दिर की ऊँचाई 120 हाथ की होगी। क्योंकि इसी उम्र में वासुदेव ने देह रखी। उसके बाद बहुत कुछ जैसे अपने तईं ही बोलते गये, कितनों ने कितनी तरह की राय दी। किसी ने कहा–महाराज, मन्दिर श्वेत पत्थर का बनवाइए, किसी ने कहा लाल पत्थर से–देखने में बहुत ही सुन्दर होगा। लेकिन काले पत्थर का मुक़ाबला नहीं। समझते हो राजा, लाल कहो या सादा, समय पर सब मलिन हो जाते हैं। काला ही एक ऐसा रंग है, जिसकी महिमा दिन-दिन बढ़ती रहती है। और फिर वासुदेव का भी रंग काला था। काले की महिमा बताने के लिए जानकर ही उन्होंने वह रंग धारण करके जन्म लिया था।

मन्दिर को घूमते हुए देखते समय हठात् बोल उठे–सुना, एक व्याध के तीर से उनकी जीवन-लीला समाप्त हुई।

जरा ठोकर खाकर गिरने-गिरने को हो गया।

–होशियारी से चलो। पत्थर के टुकड़े बिखरे पड़े हैं।

रात को आराम की सेज पर भी जरा को नींद नहीं। इससे तो मज़दूरों का क़ैदखाना कहीं अच्छा था। झरोखे से आसमान की ओर ताका। तारे उसके अचीन्हे न थे। जंगलों-पहाड़ों में, बियाबान में भटकते रहना जिसकी आदत हो, उसके लिए तारों को नहीं पहचानने से कैसे चले? देश छोड़कर तारों को इस तरह से देखने का मौक़ा नहीं मिला। देखा, कालपुरुष की तलवार झुक आयी है। उसी की तरफ़ क्या? और आसमान के उस कोने में वह जो एक तारा राजा की अँगूठी के लाल पत्थर-सा आँख किये है, वह क्या उसी को देखकर? इन तारों की सोचते-सोचते उसे द्वारका की जंगल-झाड़ियाँ याद आ गयीं। रात को समुद्र की गरज गोया दुगुनी हो जाती, गरमी के दिनों रात को लहर-लहर में हज़ारों जुगनू जलते रहते हैं। इसी सिलसिले में जरती की याद आ जाती। जरती पूछती थी–वह सब क्या है जरा?

इसकी जानकारी दोनों को एक-सी। जरा कहता–साँप के माथे पर मणि होता है, जानती हो न! यह वही मणि है।

–इतने साँप आये कहाँ से?

–कहाँ से फिर क्या? सारे ही साँपों का निवास तो समुद्र में है!

—तो फिर दिन में उन्हें क्यों नहीं देख पाती हूँ?

इसका सही जवाब जरा को नहीं मालूम। वह चुप हो जाता।

देश की, जरती की बातें कब तक सोचता रहा, याद नहीं। जब फिर से आसमान की ओर आँखें गयीं, देखा कालपुरुष की तलवार उसकी ओर और भी ज़्यादा झुक आयी है। जरा को डर लगने लगा, इस तरह से झुकती रही तो कब जाने उसके कलेजे में आकर बिंध जाएगी। लगा, वैसा हो तो बुरा न हो। उसका तीर आख़िर इसी तरह से तो जाकर वासुदेव के पाँव में बिंध गया था! वासुदेव की बात याद आते ही उसने सोचा, उनकी हत्या करके अगर मैंने पाप ही किया है, तो फिर राजा का ऐसा सम्मान क्यों मिल रहा है? तभी उसे ख़याल हुआ, राजा को मालूम तो नहीं है न। भगवान जानते हैं तो भगवान ही राजा से मुझे इतना सम्मान क्यों दिला रहे हैं? ख़ासकर जिस सम्मान का वह हक़दार नहीं, जब वह उसे सम्मान मिल रहा है, तो समझना चाहिए कि वासुदेव को मारने से पाप नहीं लगा है। लेकिन कालपुरुष की तलवार उसकी ओर और भी क्यों झुक आयी? सो पाप, पुण्य, भगवान, वासुदेव—सब-कुछ उसके मन में गिचपिच हो गया। उससे न सोते बन रहा था, न जागते। ताको तो कालपुरुष की तलवार, आँखें बन्द करो तो चिन्ताओं की भूलभुलैया। सुख की सेज उसके लिए असह्य हो उठी। उठकर वह ज़ोर-ज़ोर से कपाल को पीटने लगा।

दिन को राजदरबार का सम्मान और रात को सुख की सेज की यह पीड़ा जरा से सही नहीं जाने लगी। वासुदेव की मृतदेह को देखकर वह जो जरती उस दिन बोल उठी थी न—अरे जरा, तुझे नरक में भी ठाँव नहीं मिलेगी। उसकी उस बात का मतलब अब इतने दिनों के बाद समझ में आ रहा है। लेकिन लगता है, नरक आदर और पीड़ा—दोनों की बराबर मात्रा से बना है। इसलिए वह इतना दुस्सह है। या कि जो सम्मान उसे नहीं मिलना चाहिए, उसी का मुखौटा पहनकर पीड़ा आती है, इसी लिए शायद उसे नरक-यन्त्रणा कहते हैं।

रात को तपे बालू भरी उस सुख की सेज पर बैठकर उसने संकल्प किया कि कल ही राजा को सबकुछ बताकर इस दोरुखी हालत से वह अपने को निकाल लेगा। एक दिन शूली की जिस सज़ा से उसे छुटकारा मिला था, वही सज़ा ख़ुद से माँगकर वह इस यन्त्रणा से पिण्ड छुड़ाएगा। लेकिन दिन होने पर यह कहने की हिम्मत नहीं होती।

कभी-कभी जब बरदाश्त से बिलकुल बाहर हो जाता, तो वह पत्थरतोड़ गाँव की सुबाला के यहाँ जाता। अब उसे कहीं जाने की रोकटोक नहीं थी। उस दिन जब वह वहाँ गया, तो देखा, सुबाला सूखे कुसुम फूल को पानी में घोलकर कपड़ा रँगा रही है।

—यह क्या हो रहा है, सुबाला?

—साड़ी, कपड़ा, बच्चे का कुरता रँगा रही हूँ।

—देखता हूँ, सब कुछ तो रँगा लिया, तो यह घर ही बाक़ी क्यों?

सुबाला हारनेवाली न थी, बोली—उसे भी रँगाऊँगी।

—इसी रंग से?

वह हँस उठी। हँसते समय बहुत से दाँत झलक आये। स्फटिक जैसे सफ़ेद और चमकते हुए। बोली—तुम भी क्या आदमी हो जी? कुसुम फूल से कहीं घर रँगाया जाता है?

—तो?

—गेरू माटी और गोबर से। तुम्हारी तरफ़ क्या करते हैं?

इसका जवाब देने के पहले ही बच्चा आकर जरा का घुटना पकड़कर खड़ा हो गया। कई दिनों से आते-जाते उसने उसे पहचान लिया है। वह उसकी गोदी में चढ़कर पगड़ी खींचने लगा।

सुबाला ने कहा—उतार दो उसे। पगड़ी खोल देगा।

खोलने दो न!—जरा ने कहा। उसे याद आया, उसके एक बच्चा हुआ था। ज़्यादा दिन नहीं रहा। दो साल के लगभग का होते ही चल बसा। वह भी इसी तरह से उसकी पगड़ी को खींचा करता था। गले की माला भी उसने कई बार तोड़ दी थी। जरा ने अपनी पगड़ी उतारकर उसके माथे पर रख दी। पगड़ी से उसका मुँह भी डूब गया। खींचकर उसने उसे उतार फेंका। जरा ही-ही करके हँस उठा। उसके बाद सुबाला से बोला—तो एकाएक कपड़े रँगाने की यह धूम कैसे पड़ गयी?

सुबाला ने कहा—त्यौहार जो आ रहा है।

—फिर कौन-सा तेहवार?

—वाह, तुम राज-दरबार में रहते हो और पता नहीं है?

जरा सचमुच ही कुछ नहीं जानता।

सुबाला समझ गयी, बोली—मन्दिर में वासुदेव की प्रतिष्ठा होगी न!

यहाँ भी वासुदेव ! जरा चौंका। यह आदमी यहाँ भी पीछे लगा आ पहुँचा। कहाँ समुद्रतट की वह द्वारकापुरी और कहाँ यह पाँच-सात कोस का जंगल। पहाड़ी इलाक़ा तिस पर पहाड़ियों की टूटी-फूटी कुटिया! ऐसा दुश्मन भी तो नहीं देखा। उसने सोचा, मौक़ा मिले तो उसे फिर तीर से मारे। हठात् पूछ बैठा—वासुदेव कौन?

साड़ी को निचोड़ते हुए सुबाला ने कहा—वासुदेव! भगवान!

सुबाला फिर दूसरी साड़ी लेकर रँगाने लगी। उसे लगा, उसने चरम उत्तर दे दिया है। विस्तार की ज़रूरत नहीं। लेकिन वह जरा को सन्तुष्ट नहीं कर सकी। उसने पूछा—वासुदेव ने तुम लोगों का क्या किया है?

—करेगा क्या। भगवान तो भगवान हैं। वह क्या बोझा ढोएँगे कि झरने से पानी ला देंगे?

—भगवान क्या आदमी के हाथ से मरते हैं?

—उनकी इच्छा कैसे जान सकती हूँ। जानने की कोशिश भी नहीं करनी चाहिए। लेकिन हाँ, वह आदमी मिल जाए तो उसे देख लूँ।

—क्या करतीं तुम उसका?

—उस पत्थर से उसका माथा चूर-चूर कर देती।

—अच्छा, यह समझ लो कि मैंने ही मारा है?

सुबाला खिलखिलाकर हँस उठी। ऐसी असम्भव बात का हँसी के सिवा और क्या जवाब हो सकता है।

सुबाला के सरल विश्वास ने उस दिन रात को उसका सुख हरण कर लिया। तुरत उसे जरती का ख़याल हो आया। उसे भी ऐसा ही सरल विश्वास था। मूर्ख जरा को पता नहीं कि स्त्रियाँ सरल विश्वास पर निर्भर करके निर्भय हो रास्ते पर चलती हैं; पुरुष ज्ञान का भरोसा करके रास्ता खो बैठते हैं। विश्वास पहाड़ी झरना है। ज्ञान खोदी हुई नहर। वह सोचने लगा, कभी उसे भी तो ऐसा ही सरल विश्वास था। जीवन का रास्ता साफ़-सुथरा था, समतल। उसके बाद जानें किस बुरी साइत में वह तीर चलाया। सबकुछ कैसा तो उलट-पुलट हो गया।

एकाएक उसे खट्टास पर बेहद गुस्सा हो आया। वह कमबख़्त उसे बचाने क्यों गया, मौत की सज़ा ही तो उसे मिलनी चाहिए थी। और अगर बचाया ही, तो ऐसे न छूटनेवाले जाल में क्यों ज़कड़ दिया? उस तीर मारने के दूसरे ही क्षण से उसके सरल जीवन में गाँठ पर गाँठ ही पड़ती चली जा रही है। कब कहाँ इसका अन्त होगा, कौन जाने! जैसे भी हो, जितनी भी जल्दी हो सके, वह बच जाए—अब नहीं चलता।

राजा ने कहा था—अजी ओ मितवा राजा, भास्कर किसे कहते हैं, जानते हो? जो मूर्ति बनाते हैं। कल रात वह आ गया। काले पत्थर की मूर्ति बनाएगा वासुदेव की। चलो, उससे तुम्हारी जान-पहचान करा दूँ। तुम उसे मूर्ति के बारे में कुछ बता सकोगे।

राजा की जिरह से लाचार होकर एक दिन जरा ने कह दिया था कि उसने दो-एक बार दूर से उन्हें देखा था।

राजा ने कहा था—बस, हो गया। जिसने कभी नहीं देखा, वह जब मूर्ति गढ़ने का साहस कर रहा है तो तुम्हारे लिए उसे मदद करना कठिन नहीं होगा।

लाचार जरा को राजी होना पड़ा।

जरा मूर्तिकार से बातें कर रहा था कि इतने में अमात्य ने आकर निवेदन किया—महाराज, वे दो क़ैदी जो भाग गये थे, पकड़ लिये गये।

—कहाँ पकड़े गये?

—महाराज, वे दोनों विदेशी हैं। इधर की राह-बाट का उन्हें पता नहीं। इधर-उधर पहाड़ में भटकते हुए भूख से सूखकर भीख माँगने के लिए देवतली गाँव में गये थे। उस गाँव में महाराज के बहुत से अनुचर रहते हैं। उन्हीं में से एक ने उन्हें पहचाना। और यहाँ ख़बर भेजी। यहाँ से सैनिक गये और उन्हें पकड़कर ले आये हैं।

—भागने की शायद उनमें सामर्थ्य नहीं थी।

—महाराजा का अनुमान सही है। उन्हें देखकर ऐसा लगता है, पकड़ाई में आ जाने से वे जैसे कृतार्थ हो गये हों।

—ख़ैर, जब वे पकड़ लिये गये, तो उनपर ज़्यादा जुल्म न हो। पहले खिला-पिलाकर उन्हें चंगा करो, फिर दूसरी बात। हाँ, यह बताओ, ये दोनों लड़ाई में क़ैद किये गये हैं या बाज़ार से ख़रीदे गये हैं?

—इन दोनों को तक्षशिला के बाज़ार से ख़रीद कर लाया गया था।

—वहाँ तो बड़ा कड़ा दाम लेते हैं।

—जी महाराज। और इन दोनों का जैसा नाम है वैसा ही गुण।

कौतूहल से राजा ने पूछा—जैसा नाम वैसा गुण? मतलब?

—जी, एक का नाम नरक है, दूसरे का असुर।

ये दोनों नाम जरा के कानों को गरम सलाखों जैसे लगे—अभी वह मूर्तिकार से बात करने में मगन था। उसका चेहरा बदरंग हो गया। राजा और अमात्य उन दोनों के बारे में बातें करने में मशगूल थे, इसलिए जरा के उस परिवर्तन का उन्हें ख़याल नहीं हुआ।

नरक और असुर जरा के उस महान अपराध के गवाह, उसके सारे अपकर्मों के संगी। उन्होंने ज़बान खोली नहीं कि जरा की सारी कलई खुल जाएगी। उनके दोष की तुलना में जरा का दोष पहाड़-सा था। और, वही जरा आज राजप्रसाद पा रहा है। और वे दोनों कोड़े खा रहे हैं! जरा अब मन को स्थिर नहीं रख पा रहा था। किसी तरह से बचकर लौट आया। वह समझ गया, उसके जीवन का एक और संकट आ पहुँचा है। वह एकान्त में इससे छुटकारे का उपाय सोचना चाहता था। या तो छुटकारा या जो लिखा है। नियति का स्रोत दुर्वार है।

12

दो दिन के बाद।

जरा के ये दो दिन डरते हुए बीते—डर और दुश्चिन्ता में। उसने सोचा, बदक़िस्मती सत्तू बाँधकर उसके पीछे पड़ी है, वरना यह कौन जानता था कि नरक और असुर यहाँ हैं! ये दोनों उसके सारे किये-कराये के गवाह और सहयोगी हैं। सुमन्तनगर और नरेन्द्रनगर में राजा का आदर पाने से उसे यह ख़याल हो आया था कि पीछे पड़े दुर्भाग्य से वह बच निकला। अब जाना कि वह ख़याल ग़लत था। पक्के शिकारी जरा के लिए यह घटना अजानी नहीं। पालतू कुत्ते ने हिरन का पीछा किया, दोनों आगे-पीछे ख़ूब दौड़ रहें हैं कि कुत्ता ठिठक पड़ता है। हिरन की गन्ध को वह खो बैठा। मगर उससे जो हिरन का पिण्ड छूट जाता है, सो नहीं। फिर उसकी गन्ध से वह उसके पीछे दौड़ता है। यहाँ भी वही हाल। आदमी दुर्भाग्य का शिकार है।

दो दिनों तक जब कोई अशुभ घटना नहीं घटी, तो जरा ने समझा, उन लोगों को यह पता नहीं है कि जरा यहाँ है। जाने भी कैसे? जानने की कोई वजह नहीं थी। निहायत ही काकताली से यदि उनसे भेंट हो जाए! बहरहाल वह ताल पर नहीं बैठने की ठाने हुए है।

जरा कैसे जानता कि उन्हीं लोगों ने पहले यह अनुमान किया था कि कबूतर को ऐसे मारना जरा की करतूत हो सकती है। उसके बाद लड़ाई छिड़ गयी। वे दोनों भाग गये। इसीलिए लड़ाई का नतीज़ा और क़ैद होकर जरा का यहाँ आना उन्हें मालूम नहीं हो सका। लेकिन ज़्यादा दिनों के लिए नहीं।

उस दिन जरा सुबाला के यहाँ गया था। सुबाला एकाएक पूछ बैठी—तुम जब पहले आते थे, तो पाप-पुण्य की बात करते थे, दामी कपड़े पहनने से वह सब भूल गये क्या?

जरा को ऐसे सवाल की उम्मीद न थी। उसके मुँह से इसका जवाब नहीं फूटा। उसे चुप देखकर सुबाला ने कहा—तो समझ ही गये होंगे कि पाप-पुण्य नाम की कोई चीज़ नहीं है। आदमी की जब हालत या मन ख़राब होता है, तभी ये जंजाल दिमाग़ में उगते हैं।

अब की जरा को जवाब सूझा। बोला—तब तो राजाओं के लिए शायद पाप-पुण्य नहीं है।

—क्यों? राजभवन की छत पर क्या कभी पीपल का पेड़ नहीं उगता है?

राजाओं का मन भी तो विशेष ख़राब हो सकता है।

—तो तुम्हारी राय तो सुनूँ?

—कितनी बार तो कह चुकी, जो सीधी राह नहीं चलते, उन्हीं के दिमाग़ में ऐसे फ़ुज़ूल के घास-पात उगते हैं।

—लेकिन सुबाला, राह लम्बी हो, तो सब तो सीधी नहीं हो सकती!

—क्या पता भैया! अपने गाँव में हम कुछ लोग जो हैं, उनके दिमाग़ में यह सब बला नहीं है।

—यानी तुम लोग सुखी हो।

—और क्या, दुख क्यों हो?

—नहीं सुबाला, दुख है, पाप है। नहीं है कहकर साँप के ज़हर को उड़ा नहीं दिया जा सकता।

तुमने अगर पाप किया है, तो ऐसे सुख से कैसे हो?

—आज हूँ। कल नहीं रह सकता हूँ।—इतना कहकर जरा ने विदाई ली और पहाड़ी रास्ते पर चढ़ने लगा। बग़ल की पगडण्डी से मज़दूर लोग माथे पर पत्थर का ढोका लिये ऊपर चढ़ रहे थे। जरा यदि अपने ही मन में डूबा नहीं होता, तो वह देखने से देख सकता था कि उस दल के दो आदमी उसे देखकर चौंके और ठिठक गये। जरा को देखकर उन दोनों ने आपस में आँखों इशारा किया। शिकारी की नाक में खोये हुए शिकार की गन्ध फिर से आयी।

चिन्ता के सागर में चेतना की नाव ज़रा ही देर हुई कि डूब गयी। जरा गहरी नींद में था। ऐसे समय दो आदमी आकर उसके सिरहाने में खड़े हुए। धुँधलके में उनकी शक्ल ज़्यादा दिखाई नहीं पड़ रही थी। झरोखे की राह आकाश का जो थोड़ा-सा प्रकाश आ रहा था, उसमें एक बार एक हथियार झकमका उठा। किर्च हो सकती है। उन दोनों ने इशारे से कुछ बातें कीं। शायद मारना चाहते हों। इतने में जाग कर जरा उठ बैठा।

—कौन हो तुम लोग? क्या चाहते हो? इतनी रात को यहाँ किसलिए?

इतने सवालों का जवाब क्या एक साथ दिया जा सकता है? आवाज़ तो पहचानी सी है!

जब आवाज़ पहचान रहा है, तो वे दोनों अनपहचाने नहीं रह सकते।

—कौन? नरक और असुर हो?

—हाँ राजा, एक साथ नरकासुर। नरेन्द्रनगर राज द्वन्द्व समास कहते हैं।

दूसरे ने कहा—अब हमारे दो राजा हैं। नरेन्द्रनगरराज और अपनी जमात के राजा। किसे मान कर चलें, यही जानने को आये हैं। अब समझ गये कि हम क्या चाहते हैं?

नरक ने कहा—रात को क्यों आये हैं, यह समझने में कष्ट नहीं होगा। दिन में दस जने के सामने हमारी घनिष्ठता ज़ाहिर होने से क्या, वह तुम्हारे लिए गौरव

का होता?

—क्यों नहीं?

—तुम अब राज अमात्य हो और हम हैं मुजरिम।

असुर ने कहा—सो चाहे जो कहो, गौरव ज़्यादा हम लोगों ने ही दिया था। वहाँ तुम राजा थे, यहाँ राज अमात्य हो।

—इतनी रात को मज़ाक़ छोड़ो। क्या चाहते हो, सो कहो?

—क़ैदी क्या चाहता है? मुक्ति।

—मैं उसका क्या कर सकता हूँ?

—कहते क्या हो, राजा! अभी तो तुम राजा की आँखों की पुतली हो! राजा को रानी नहीं है, नहीं तो उसके भी वैसे ही कुछ होते। तुम ज़रा-सा इशारा कर दो तो राजा ख़ुशी-ख़ुशी हमें छोड़ देंगे।

—एक बार तो मुक्ति पाकर गये थे। लौट क्यों आये?

—नसीब में राजा का दर्शन होना लिखा था।

—लेकिन तुम लोगों के छुटकारे के लिए मैं कहने जाऊँ?

—अपने मंगल के लिए। नहीं तो अमंगल होगा।

—अमंगल कैसा?

—मौत हो सकती है।

—राजा के आदेश से?

—हमारे ही हाथों होने में क्या रोक है?—यह कहकर उसने किर्च दिखायी। जरा ने कहा—मर ही जाऊँगा तो तुम लोगों के छूटने का इशारा कैसे करूँगा?

—अब कही बात! रास्ते पर आओ, राजा! हमें छुटकारा दिला दो। हम अपने देश चले जाएँ। कोई जान नहीं पाएगा कि वासुदेव के हत्यारे तुम हो।

—यहाँ बैठकर वासुदेव की मूर्ति गढ़ाने में मदद दो, मूर्ति की प्रतिष्ठा करो, और क्या, उसी के पास अपनी भी एक मूर्ति खड़ी कर दो।

यह कहकर नरक हँस उठा।

जरा सोचने लगा, उफ़्, कैसी नारकीय हँसी! यह हँसी तो मानो खट्टास को भी मात करती है।

—और, राजा से यदि न कहें?

—तो लाचार हो हमें कहना पड़ेगा। वासुदेव के भक्त राजा ज़रूर ही वासुदेव के हत्यारे को माफ़ नहीं करेंगे।

—मुज़रिम की बात पर राजा विश्वास क्यों करेंगे?

—कौस्तुभ मणि वाला वह हार कहाँ रखा?

जरा को सीमन्तिनी की याद आ गयी, बोला—वह और चाहे जहाँ हो, मेरे पास

नहीं है।

वासुदेव को मारने का वही ख़ास चिह्न है। उसके नहीं रहने से वे दोनों ज़रा मायूस से हुए।

अब जरा बोला—यदि उस अपराध में मैं तुम्हें ही अपराधी बनाऊँ?

—राजा फिर भी हमारा विश्वास करेंगे।

—क्यों?

—एक से दो गवाह का पलड़ा भारी होता है।

असुर ने कहा—रात बीत चली, राजा। प्रीत पर चोट न करो। राजा से कहकर हमें छुट्टी दिलाओ, या चलो, हम तीनों ही भाग चलें।

मैं इन दो में से एक के लिए भी तैयार नहीं।—जरा ने दृढ़ता से कहा।

तो फिर लो—कहकर नरक ने हठात् हमला कर दिया। किर्च उसके हाथ में ही थी। जरा उछलकर उठा और तलवार, जो दीवार से लटकी थी, उतार ली। नरकासुर का ख़याल था, रात को सोते समय जरा को निहत्था पाया जाएगा। ऐसा सोचना अस्वाभाविक नहीं था। लेकिन जरा कभी बिना हथियार के नहीं रहता था। राजपुरी के लोगों का उसके प्रति द्वेष है, यह नरेन्द्रनगर के राजा समझ गये थे। उन्हीं की सलाह से जरा सदा सशस्त्र रहता था।

जरा तलवार चलाने में माहिर है, यह बात असुर और नरक नहीं जानते थे। उनकी धारणा थी, व्याध का बेटा है, सिर्फ़ तीर-धनुष चलाना ही जानता है। अभी तलवार से उसकी पटुता देखकर वे दंग रह गये, मगर अब पीछे हटने का उपाय नहीं था।

गहरी रात के उस अँधेरे में असुर और जरा जान की बाजी लगाकर लड़ने लगे। असुर ने देखा, नरक एक-एक पाँव करके पीछे हट रहा है। हाल बुरा है। एक बहुत बड़ी असुविधा यह भी थी कि इस घर की उन्हें ठीक-ठीक जानकारी नहीं थी। लम्बाई-चौड़ाई, ऊँचाई-नीचाई—कुछ भी पता नहीं था। उस दिन जरा को देखकर एकान्त में उससे बात करने की उनकी इच्छा हुई थी। मौक़े की ताक में था। आज ही साँझ को उन्हें उसके सोने के कमरे का पता चला था। गहरी रात को जब राजपुरी में सन्नाटा छा गया, तो वे लोग आ धमके।

जरा समझ गया था, हथियारबन्द एक ही आदमी है—इसीलिए वह निडर होकर लड़ रहा था। नरक निरा अपटु नहीं था, पर वह जरा का पार नहीं पा रहा था। द्वन्द्व युद्ध जल्द ही समाप्त हो गया। नरक की कमज़ोरी का लाभ उठाकर उसने उसकी छाती में तलवार पूरी भोंक दी। अस्फुट आर्तनाद करके वह गिर पड़ा। दो-चार बार एड़ी-चोटी हिला और फिर निश्चेष्ट हो गया।

असुर ने उसके हाथ से गिरी तलवार उठा ली। तब तक जरा ने उस पर चोट

की। दायें हाथ के साथ ही उसकी तलवार ज़मीन पर गिर पड़ी। वह चीख़ता हुआ घर से भागा। जरा सोचने लगा कि क्या करे, तब तक असुर की चीख उसके कानों में पहुँची। वह घोषणा कर रहा था।—सब लोग आओ, वासुदेव के हत्यारे को पकड़ो, जल्दी आओ। ज़रा भी देर हुई कि वह भाग निकलेगा।

जरा इस घोषणा के लिए तैयार नहीं था। उसने सोचा, उसे इसी पल अपना भावी कार्यक्रम तय कर लेना होगा। लोग-बाग आ जाएँगे तो ख़ैर नहीं है। वह बिना कुछ बूझे-सूझे पुरी की प्राचीर को लाँघ गया। उसके बाद अँधेरे में खो गया। यह सब लमहे में हो गया। उस समय तक भी असुर की चीख़ धीमी-सी उसके कानों आ रही थी।

पहाड़ की राह-बाट जरा को मालूम थी। पहाड़ से उतरकर खरश्रुति नदी को पार करके वह पत्थरतोड़ गाँव के कोने से दौड़ रहा था। एक बार सुबाला की कुटिया धुँधली-सी उसे जैसे झलकी। वह बेतहाशा दौड़ रहा था, अँधेरे में दिशा का पता होना सम्भव नहीं। वह सब दिन में देखा जाएगा। अभी नरेन्द्रनगर और उसके बीच की दूरी जितनी बढ़े, उतना ही सुरक्षित होगा वह। मन्त्र से खेदी हुई प्रेतात्मा की तरह भाग रहा था वह।

जीवन गुरुजी की पाठशाला में हठात् जागकर गुरुजी ने बेंत की छड़ी उठाकर छात्रों के प्रति ध्यान दिया।

चौथा खण्ड

दौड़, दौड़ और दौड़—खरश्रुति की उपत्यका पार करके सुबाला के गाँव को दायें छोड़ उस पहाड़ पर चढ़कर दे दौड़। राह का भी अन्त नहीं। आदमी का कलेजा और मांसपेशी, किसे पता था कि उसमें ऐसी असीम शक्ति है।

आसमान में इंजोरिया चतुर्थी का चाँद। उसने आज जैसे प्रण किया हो कि आसमान और ज़मीन की किसी भी जगह को, किसी भी छेद, किसी भी गुहा-गह्वर को वह अँधेरा नहीं रहने देगा। सब कुछ दिन जैसा स्पष्ट और उज्ज्वल। सामने का रास्ता मरे हुए अजगर-सा पड़ा। उसी रास्ते से जरा भागा जा रहा था। पाँव छिल गये थे, कपड़ा फट गया था—माथे की पगड़ी जाने कहाँ कब किस पेड़ से अटकी रह गयी! पंजरे के अन्दर कलेजे में हथौड़ियाँ पिट रही थीं, किसी भी क्षण हड्डी-पंजरा टूट जाएगा। अब नहीं चलता। दम मारने के लिए वह जरा रुका। दायीं ओर की चट्टान के सहारे खड़ा हो गया। बैठने की हिम्मत नहीं हो रही थी, शायद कहीं खड़ा न हो सके! और कुछ नहीं, नरेन्द्रनगर से काफ़ी दूर निकल जाना चाहता था वह।

यह देखने के लिए उसने पीछे मुड़कर ताका कि कितनी दूर आया। इतनी देर के बाद वह पहली बार ताका। ताकते ही वह आतंक से सिहर उठा, यह क्या! वह रहा नरेन्द्रनगर। हाथ बढ़ाते ही मानो छू सकता हो। तब क्या वह इतनी देर तक एक ही जगह का चक्कर काटकर मरता रहा या कि नरेन्द्रनगर ही उसका पीछा करता चला आया! पहाड़ अचल है, नगर अचल—आज एकाएक वे सबल कैसे हो गये! किस मन्त्र से! जरा अपनेआप में होता, तो वह समझता कि पहाड़ और नगर जहाँ के तहाँ हैं। एक तो पहाड़ी प्रदेश की आबहवा स्वच्छ, तिस पर खिली हुई चाँदनी—इसी से दूर इतना निकट लग रहा है। सहसा उसे लगा, कुछ कोलाहल-सा हो रहा है, लोग जैसे उसका पीछा कर रहे हों! नहीं, अब एक पल नहीं रुकना। उसने फिर दौड़ना शुरू कर दिया।

कोलाहल हो रहा था, लेकिन मनुष्य का नहीं। पहाड़ के बायें बड़ी गहरी खाई थी, उस खाई में झरना बह रहा था। यही झरना उपत्यका में उतरने पर खरश्रुति हो गयी है। रात के सन्नाटे में झरना की वही आवाज़ डरे हुए जरा को पीछा करते हुए

लोगों के कोलाहल-सी लग रही थी। दबे गले से वे बोल कौन रहे हैं! पेड़ों के पत्तों की खसखसाहट। किन्तु समझे कौन! समझने की वह मानसिक स्थिति किसे थी! अचानक मारे गये नरक का आर्तनाद उसके कानों में आया—भाई असुर, राजमहल में ख़बर कर दो। और इसके साथ ही असुर का वह ज़ोरों से चिल्लाना—अजी ओ, तुम लोग जागो। वासुदेव का हत्यारा भागा। यह मन का विकार नहीं था, कानों की भूल नहीं थी—साफ़, सजीव सत्य था। हाय रे जरा, कान और मन क्या अलग होते हैं! मन जो सुनाता है, कान वही सुनता है। पर मन में आया कैसे? अजी, मन में ही तो ब्रह्माण्ड है। जरा को स्वाभाविक स्थिति में भी यह सोचने की शक्ति नहीं थी, अभी तो वह पूरा विकारग्रस्त था।

जरा ने सोचा, नगर उसके पीछे दौड़े, रुक जाए, यह सम्भव नहीं है। हाँ, राजा के कर्मचारी उसका पीछा कर सकते हैं। हाँ, वही हुआ है। उसे याद आया, कल पूर्णिमा है। नये मन्दिर में वासुदेव की प्रतिष्ठा होगी। ठीक उसके पहले दिन यदि यह पता चले कि वासुदेव का हत्यारा राजपुरी में है, और सिर्फ़ है ही नहीं, वह राजा का प्रियपात्र है—इसलिए कि वह वासुदेव के देश का है, वासुदेव को उसने अपनी आँखों देखा है।—

ऐसे में वही आदमी अगर वह नराधम साबित हो, तो राजा के मन में बड़ी तीख़ी प्रतिक्रिया होगी। उनकी ओर से भागे हुए उस अपराधी को पकड़ मँगाने की कोशिश में कोई कोर-कसर नहीं रखी जाएगी। इन्हीं चिन्ताओं ने जरा के मन में यह ख़ौफ़ भर दिया कि यह कोलाहल उसका पीछा करनेवालों का है। वह फिर दौड़ने लगा।

कब तक दौड़ा! दौड़कर कितनी दूर आया! देश-काल का उसे ज्ञान ही नहीं था। ऐसी हालत में किसी को भी नहीं रहता। खेदा जानेवाला शिकार बीच-बीच में पीछे पलटकर जैसे शिकारी की दूरी का अन्दाज़ करना चाहता है, जरा ने उसी तरह से पीछे पलटकर देखा। ग़ज़ब! कहाँ है नरेन्द्रनगर, कहाँ है कोलाहल। गहरी रात, एकान्त, सुनसान। सब सोया हुआ! यह क्या हो गया। राजपुरी के लोग कहाँ गये! उनका वह कोलाहल कहाँ गया! सब भ्रम? बात दरअसल यह थी कि दौड़ते-दौड़ते जरा ने मोड़ लिया और झरना भी उस खाई से दूसरी ओर चला गया। और, इधर के पहाड़ों पर पेड़-पौधे भी कम हैं। लिहाज़ा नरेन्द्रनगर, लोगों की हलचल, दबे गलों की फुसफुसाहट—सब ग़ायब हो गयी। अब वह कुछ निश्चिन्त होकर एक पत्थर पर बैठा। बैठा और कब जो सो गया, कुछ पता नहीं।

उसकी नींद खुली, तो बहुत पहले ही भोर हो चुकी थी। सूरज पहले यहीं के आसमान में—सामने खड़े दो-एक आदमी, जिनकी शक्लें चीन्ही-चीन्ही सी, उनकी आँखों में भी पहचान की आभा।

दोनों तरफ़ के लोग कुछ देर तक एक-दूसरे को देखते रहे, फिर उन दो

आदमियों ने ही पहले बात की—आप? यहाँ इस हालत में क्यों?

दिन की रोशनी में जरा ने यहीं पहली बार अपनी हालत देखी। पैरों में जूते नहीं, बदन पर अँगरखा नहीं, बदन जगह-जगह छिला हुआ—कुल मिलाकर अभागे की जो दशा हो सकती है। जरा ने कहा—मैंने तो तुम लोगों को नहीं पहचाना?

—हम लोग आपको ख़ूब पहचानते हैं। आप महाराजा के पार्षद हैं।

जरा की आँखों ने पूछा—मैंने तो नहीं पहचाना!

आँखों के इस प्रश्न का उत्तर मुँह ने दिया। बोला—हम लोग राजा के यहाँ काम करते हैं। हमारा गाँव भीखनटोली पास ही है। हम सब रोज़ जाते-चले आते हैं।

वे जब तक बोल रहे थे, जरा समय के अनुकूल उत्तर ढूँढ़ रहा था। अब उसने कहा—कुछ पूछो मत भाई, कल बड़ी अच्छी चाँदनी रात देखी। सोचा, शिकार में निकलूँ। निकल तो पड़ा, पर उसके बाद ही गड़बड़ी शुरू हुई। एक तो रात का समय, फिर कभी इस तरफ़ आया नहीं। भटक गया। किधर जा रहा हूँ, यह समझ नहीं पाकर मैंने घोड़े को बाँधा। देखने के लिए दो क़दम बढ़ा कि अचानक एक ही साथ तीन लुटेरों ने धावा बोल दिया। देर तक उनसे जूझा। वे तीन आदमी और मैं अकेला। देखो न, क्या गत बन गयी...

जरा ने अपने जख़्म दिखाये। कहा—पगड़ी, अँगरखा, यह सब तो गया ही, वे कमबख़्त दक्षिण में घोड़ा भी लेकर चलते बने। मैं सुस्ताने के लिए ज़रा बैठा कि नींद आ गयी।

सारा क़िस्सा सुनकर उन दोनों ने कहा—अब करना क्या है, हम लोगों के साथ लौट चलिए।

उनमें से एक ने कहा—ये पहाड़ चोर डकैतों के अड्डे हैं। राहजनी में कितने बेचारों की जो जानें गयी हैं, ठिकाना नहीं। जो भी हो, वासुदेव की कृपा से आप बच गये, यही ग़नीमत है।

जरा ने संक्षेप में कहा—हाँ भैया, बच गया।

उन लोगों ने कहा—अब बैठे रहने से लाभ नहीं। हमारे साथ चलिए।

जरा ने कहा—तुम लोग आगे बढ़ो। मैं और थोड़ा सुस्ताकर आता हूँ।

जाते-जाते उन लोगों ने कहा—हम लोग जाकर वहाँ ख़बर कर देते हैं, घोड़ा भेज देंगे।

जरा मना करना चाह रहा था कि तब तक वे लोग एक मोड़ में ओझल हो गये। जरा ने देखा, यहाँ अब एक क्षण भी नहीं रुकना। और, इस रास्ते से भी जाना ठीक नहीं। वह ख़ूब समझ रहा था कि वासुदेव के हत्यारे को पकड़ने के लिए राजा कुछ उठा नहीं रखेंगे।

जिस पहाड़ के कोने पर जरा बैठा था, उसकी चोटी पर चढ़कर खड़े होते ही

उसकी आँखों के सामने एक ऐसा दृश्य दिखाई दिया, जिसका देखना तो दूर, उसने कभी कल्पना भी नहीं की थी। उत्तर-दक्खिन, पूरब-पश्चिम जहाँ तक भी आँखें जा रही थीं—चूँकि पहाड़ पर खड़ा था, इसलिए बड़ी दूर तक नज़र आ रहा था—पहाड़ और पहाड़, छोटे-बड़े, मझोले पहाड़ों की लहर-सी लहरा गयी थी। उन लहरों के बीच-बीच में खेत, पतला-सा झरना, कहीं एकाध बस्ती। बायीं ओर पहाड़ से जो बस्ती तिर्यक्-सी लटक रही है, वही शायद भीखनटोली है।

जरा यद्यपि पहाड़ी देश का नहीं है, लेकिन इतने दिनों पहाड़ों की जो जानकारी उसे हुई है, उससे उसने यह समझ लिया है कि भागने वाले को अगर थोड़ी भी बुद्धि हो, तो पहाड़ में, जंगलों में उसे पकड़ना असम्भव चाहे न हो, बहुत ही कठिन ज़रूर है। पहाड़ी रास्ते में तमाम घोड़े नहीं जा सकते लिहाज़ा पीछा करनेवालों को पैरों का ही सहारा लेना पड़ेगा। इसमें दोनों बराबर ही हैं। और यदि बात बिगड़ती नज़र आए तो एक से दूसरे पहाड़ में जाने में क्या देर लगती है! छिपने के लिए माँद या गुफ़ाओं की तो कमी ही नहीं। उसने सोचा, आने दो राजा के लोगों को। लोग आएँगे, इसमें उसे सन्देह नहीं था।

सुबह की रोशनी में उसे कुछ हिम्मत हो आयी थी, पर भूख-प्यास कब छोड़ने वाली थी! पास ही एक झरना दीखा। पहले तो उसने भरपेट पानी पीया। फिर उसके निर्मल शीतल जल में स्नान किया। इस बीच भूख जाग पड़ी। पर क्या खाए!

बहुतों का ख़याल है, पुराकाल में ऋषि-मुनि लोग जंगल के फल-मूल खाकर रहा करते थे। यह लेकिन बिलकुल ग़लत है। वन में हर्र-बहेड़ा, आँवला, जंगली बेर, ख़जूर आदि कुछ फल होते ज़रूर हैं, मगर वह सब खाकर जिया नहीं जा सकता। वन में जन्तुओं का मांस आसानी से मिल जाता है। एक जंगल में खत्म हो जाए, तो दूसरे में चले जाने से काम चल जाता है। सुस्वादु और सुखाद्य जितने भी फल-मूल हैं, अनाज हैं, वे सब मनुष्य के बहुत दिनों की खेती के परिश्रम से हुए हैं। तपोवन में मात्र नीवार शस्य होता है। यह धान की जात का है। इससे ऋषि-मुनि का काम चल सकता है, गृहस्थों का नहीं। यहाँ तक कि राशन की दुकानों में भी नहीं! ग़रज यह कि उन दिनों तपोवन का जीवन कुछ सुख का जीवन नहीं था, कम से कम खाद्य के लिहाज़ से। इस बात को जंगली जरा से ज़्यादा कोई नहीं जानता। इसीलिए उसने असम्भव की आशा नहीं की। सामने तीता-कड़वा, जो भी दो-चार फल मिल गये, उन्हीं को गले के नीचे उतारा और एक झाड़ी की छाँव में बैठ गया। फिर वही सब दुख हरने वाली नींद।

पूरी सचेतनता और गहरी सुषुप्ति के बीच ज़मीन की एक चौड़ी टुकड़ी है। उसे स्वप्नलोक कहा जा सकता है। जरा का मन उस समय वहीं विचर रहा था। वह शपथ खाकर बता नहीं सकेगा कि वह सपना देख रहा था कि वास्तविक घटना। परन्तु

अभिज्ञता झूठी नहीं। घुड़सवारों का एक दल हवा-सा दौड़ा आ रहा था, उनके साथ कुछ शिकारी कुत्ते। कभी सपना-सा लगता, कभी सत्य—उनकी हलचल सुनाई दे रही थी, घोड़ों की टापों की आवाज़ आ रही थी। बिलकुल साफ़। सपना इतना प्रत्यक्ष थोड़े ही होता है! धीरे-धीरे वे लोग क़रीब आ गये। जरा जहाँ पर था, वहाँ से पाँच कोस पर। इस बार अचानक उसकी तन्द्रा टूट गयी—वो रहे वे लोग! तब तो यह सपना नहीं है! जरा ने देखा, आठ-दस घुड़सवार, उनके कन्धों पर धनुष और तूणीर। किसी के हाथ में भाला, किसी के तलवार। उसके दिमाग़ में बिजली-सी यह बात कौंध गयी, यह राजा के उन दो कर्मचारियों की करतूत है। उन लोगों ने जाकर ख़बर दी और राजपुरी के सैनिक उसको पकड़ने के लिए आये। इसमें अब शुबहा क्या है! वह झट उठा और पहाड़ के ऊपर की ओर दौड़ पड़ा।

पहाड़ी प्रदेश का नहीं होते हुए भी इन कई महीनों में पहाड़ पर चढ़ना-उतरना, पहाड़ की प्रकृति को उसने समझा है। पहाड़ के ऊपर चढ़ना आसान नहीं है। उससे तो अच्छा है वह तेज़ी से दौड़े। पहाड़ के ऊपर उठते ही राजा के अनुचरों ने उसे देख लिया। 'वह रहा वह! भाग रहा है!' एक ही साथ कई तीर उसके आसपास आकर गिरे। 'खबरदार, मार मत डालना। राजा ने उसे ज़िन्दा ही पकड़ लाने को कहा है।'

यह किसका गला है? और किसका, असुर का। यह गला उसका खूब पहचाना हुआ है। जरा ने सोच लिया, उसे अब ज़िन्दा कोई नहीं पकड़ सकता। उसे अफ़सोस हुआ कि हाथ में तीर-धनुष नहीं है, नहीं तो अकेले ही इन कइयों को साफ़ कर देता।

फिर वही दौड़ और दौड़। इस बार सीधे रास्ते से नहीं, पहाड़ की बड़ी-बड़ी चट्टानों की आड़ से—कभी उछलकर, कभी माथा झुकाकर, कभी अचानक मुड़ कर—पहाड़ी बकरे से भी तेज़, निश्चित, ज़्यादा अनसिखुए पैरों से। एक-एक बार पीछे पलटकर देखता, वे लोग कितनी दूर पर हैं। नहीं, दूरी क्रमशः कम होती आ रही है। इस तरह से चलने से तो वे सिर पर आ रहेंगे। कान खड़े किये, जीभ निकालकर माटी सूँघते हुए कुत्ते भी आ रहे हैं। जरा समझ गया, अब बचना मुश्किल है। ऐसे में हठात् उसे याद आ गयी—किसी देवी-देवता की नहीं, जिसे उसने अपने हाथों मारा था, बल्कि उस जरती की। अब तो जान गयी रे, जरती! एक ऊँचे पत्थर से ताक लगाकर वह कूद पड़ा। असुर अवाक् हो गया, यह आदमी गया कहाँ? महज़ दस हाथ की दूरी पर था और एकबारगी लापता! भोजबाज़ी हो गयी। इन्द्रजाल! माटी में धँस गया कि हवा में मिल गया! नहीं, जरा का कहीं पता नहीं।

और लोग भी असुर के पास आ खड़े हुए। आपस में पूछताछ करने लगे—गया कहाँ! हवा में खो गया कि माटी में मिल गया।

असुर के मुँह से बोली नहीं फूटी। वह यही कहने लगा—वही तो!

कल रात उसने चीख़-पुकार कर सारे समाज को जगाया और सच्ची घटना बतायी। कहा—वासुदेव के भक्तो, सुनो! उसी ने वासुदेव की हत्या की है। इस हत्या के आगे नरक का मरना इतना ही तुच्छ था कि किसी ने देखकर भी नहीं देखा।

सवेरे नरेन्द्रनगर के राजा ने सुना, कहा—जैसे भी हो, उसे पकड़कर लाओ। भागने मत देना।

मगर वह है कहाँ? किधर गया? इतने में भीखनटोली के उन लोगों ने बताया—जरा को उन लोगों ने वहाँ देखा।

राजा ने आदेश दिया—फ़ौरन पीछा करो! पकड़कर लाना ही पड़ेगा! असुर, भीखनटोली के वे दोनों तथा और भी कई लोग जरा की खोज में दौड़ पड़े। लेकिन तब तक और भी समय जा चुका था, जरा और भी आगे निकल गया। जरा के अचानक ग़ायब हो जाने से जब वे लोग अवाक् खड़े थे तो तीसरा पहर हो रहा था। पहाड़ पर भोर की रोशनी और साँझ का अँधेरा दोनों ही ज़्यादा जल्दी आता है। क्या किया जाए, वे लोग जब तक यह सोचने लगे, अँधेरा तब तक गाढ़ा हो आया। उन लोगों के आश्चर्य की सीमा नहीं रही।

2

जरा तो उन लोगों से भी ज़्यादा हैरान रह गया! सोचने लगा, यह हुआ क्या! एकाएक वह माटी में धँस गया कि किसी गुफा में आ पहुँचा! माटी में धँसा तो साँस कैसे ले रहा है? और यदि गुफा हो, तो उसमें घुसा कैसे? माटी के नीचे हो या गुफा के अन्दर—दोनों में एक बात का मेल था। वह था अँधेरा लेकिन आया कैसे! लेकिन इतना ज़्यादा सोचने की मन की स्थिति नहीं थी उसकी। गिरें चाहे मरें—इस तरह से दौड़ रहा था वह--फिर भी उसे याद आया, इस अगम अँधेरे में बैठकर याद आया, पीछा करनेवालों से बचने के लिए जब वह मुड़ना चाह रहा था, तब पीछे से किसी के खींचने जैसा अनुभव हुआ था। उस समय सोचा, पेड़ के डाल-पत्ते होंगे। उसके बाद कुछ देर तक सुध-बुध नहीं थी, उसके बाद घनघोर अन्धकार। माटी के नीचे कि गुफा में।

बैठकर जब वह सुस्ताने लगा और इस आश्चर्य को पचाने की चेष्टा करने लगा, तो पास ही अँधेरे से उसके कानों में अस्फुट किन्तु अजीब-सी आवाज़ आयी—हँ-हँ, हँ-हँ, हँ-हँ! यह फिर क्या है? अ.दमी तो ज़रूर नहीं है। आदमी इस तरह की आवाज़ नहीं करता। कोई जानवर होग । बहुत सम्भव है, कोई बूढ़ा जंगली बकरा हो, पास ही कहीं धौंक रहा हो। उसने वन में ही ऐसा देखा है। आते-आते वह आवाज़ क़रीब

एक हाथ के फासले पर आ गयी।

—हँ-हँ, हँ-हँ। क्या सोच रहे हो?

यह तो आदमी का गला। साहस करके जरा ने पूछा—प्रभो, आप?

—तुमने क्या सोचा था, यह बताओ।

जरा ने जवाब नहीं दिया।

—बोलो न। शर्म काहे की! बूढ़ा बकरा सोचा था न?

जरा ने वास्तव में वही सोचा था, पर मुँह पर वह कहा तो नहीं जा सकता। चुप रह गया।

—अजी, कह ही दो, हर्ज़ क्या है?

जरा ने कहा—आपने कैसे जाना प्रभु?

—और-और लोग कहते हैं, इसीलिए जाना।

जरा को अब हिम्मत हुई। पूछा—आप तो आदमी की तरह बोल रहे हैं, मगर वैसी अजीब आवाज़ क्यों निकालते हैं?

—क्यों निकालते हैं? अपनी शक्ल से मेल रखने के लिए। मेरा चेहरा देखोगे तो समझ जाओगे, मेरे लिए वैसी अजीब आवाज़ ही स्वाभाविक है। मगर आदमी की तरह जो बोलता हूँ, वह पूरब के संस्कार से।

जरा कुछ भी नहीं समझ सका। इतना ज़रूर समझा, कुछ बोलना ज़रूरी है। बोला—आपका दर्शन कब मिलेगा, प्रभु?

—समझ गया, मेरा चेहरा देखकर अपना सन्देह मिटाना चाहते हो। वह अभी ही देख पाओगे। ज़रा देर इन्तज़ार करो। वे लोग दूर चले जाएँ। अभी आस-पास ही हैं। वे सोच रहे हैं, तुम कहीं पास ही छिपे हुए हो। अब उनके राजा के बाप की भी मजाल नहीं कि तुम्हें ढूँढ़ निकालें—तुम्हें बिलकुल गुफा-घर में छिपा दिया है!

—आपने कैसे जाना प्रभु?

उत्तर देने के बजाय प्रभु ने वैसी ही 'हँ-हँ, हँ-हँ' आवाज़ की।

ज़रा देर के बाद उस रहस्यमय आदमी ने कहा—लो, अब चाँद की रोशनी में मेरा चाँद-मुख देखो—यह कहकर उसने पत्थर की दीवार में धक्का मारा। एक पत्थर खिसक गया। पत्थर के हटते ही एक अँजुली चाँदनी आकर उस आदमी के चेहरे पर पड़ी। वह चेहरा देखकर जरा अवाक् हो गया।

बड़ा ही भयंकर चेहरा खट्टास का! वह चेहरा देखने से कलेजा दहल उठता है! देखने वाला सोचता है, कब भागे। इस चेहरे का साँचा ही अलग। रहस्यमय कहना ही ठीक होगा। वह चेहरा मानो देखने वाले को देखकर व्यंग्य करता हो—देखकर हँसी भी आती है, दया भी। चेहरा सूखकर सूखे हर्रे-सा हो गया है, ठोड़ी पर थोड़ी सी कच्ची-पक्की दाढ़ी। आँखें छोटी, पैनी और चमकती हुई। जरा को लगा, आदमी होते

हुए भी मानो जंगली बकरे से कहीं मेल है।

—क्यों, देख लिया न?

जरा ने पूछा—प्रभो, आपको पुकारूँगा क्या कहकर?

—सब लोग जो कहकर पुकारते हैं—छागर्षि।

जरा समझ नहीं सका। जरा की हालत समझकर वह बोला—पेट में शायद ढू-ढू है। टोल-चतुष्पाठी से शायद जन्म से ही वैर रहा।

अप्रतिभ हो जरा बोला—प्रभु, मैं मूरख-गँवार, पढ़ना-लिखना क्या जानूँ?

—अच्छा ही किया है। पढ़-लिखकर जो मूर्ख होते हैं, उनकी मिसाल नहीं। घर कहाँ है? इधर के नहीं हो, यह तो मैं तुम्हारा चेहरा देखकर ही समझ रहा हूँ।

जरा ने कहा—दक्षिण देश में।

—पेशा क्या है?

जरा ने कहा—व्याध हूँ।

चौंककर उस आदमी ने कहा—घर दक्षिण देश में, पेशा व्याधगिरी! वाह, वाह! सुनते ही चरणों की धूल लेने को जी चाहता है।

जरा तो अवाक्। मूढ़ की नाईं ताकता रहा।

—अरे, यह नहीं समझा? तुम्हारे ही जात-बिरादर के किसी के तीर से वह कमबख़्त कालान्तक साधनोचित धाम को चला गया।

जरा सोचने लगा, अरे! इस सुदूर पहाड़ी अंचल में पहाड़ की कन्दरा तक भी वह समाचार पहुँच गया है!

—नहीं समझा? मैं वसुदेव का बेटा वासुदेव की मृत्यु की बात कर रहा हूँ। देखा नहीं तुमने, किस चतुराई से उसने लड़ाई मचाकर अठारह अक्षौहिणी बेचारे लोगों की जान ले ली! इसका गुरु तो वही कमबख़्त है। वैसा ही सबक़ भी मिला। एक कमबख़्त व्याध के हाथों मारा गया।

—आप यह क्या कह रहे हैं, प्रभो! वह तो साक्षात् भगवान हैं। नरेन्द्रनगर में आज उनकी मूर्ति प्रतिष्ठित हो रही है मन्दिर में।

—बड़ा स्वाभाविक है यह। कमबख़्त राजाओं का काम ही है आदमी मारना। तो आदमी मारने वालों के उस सरदार के प्रति उनकी भक्ति नहीं होगी तो किस पर होगी? ख़ैर, यह सब नहीं समझोगे। तुम्हारी बुद्धि की दौड़ मैंने जान ली।

प्रसंग बदल जाने से खुश होकर जरा ने पूछा—आपको क्या कहकर पुकारूँगा, प्रभु!

—कह तो दिया छागर्षि। छाग और ऋषि की सन्धि से होता है छागर्षि। और समास से, ख़ैर इसे छोड़ो, समास समझाने में छः महीने लगेंगे।...हँ-हँ, हँ-हँ, हँ-हँ!

जरा ने संकोच से कहा—उस नाम से भला पुकारा जा सकता है।

—अजी, यह तो फिर भी संस्कृत भाषा है। देव भाषा के नाम पर कितने कदन्न पार हो जाते हैं। इधर के लोग मुझे सीधे ही बकरा, बकरा ऋषि, जंगली बकरा, पहाड़ी बकरा, कितने ही ऐसे नाम से पुकारते हैं।

—आप नाराज़ नहीं होते?

नाराज़ होने से कैसे काम चलेगा? वे लोग मेरी रोज़ी चलाते हैं, थोड़ा मज़ाक़ नहीं करेंगे?

उसके बाद तुरन्त पूछा—मुँह तो सूखकर सोंठ हो गया है। खाया कब था?

अभी तक उत्तेजना से जरा भूख-प्यास भूल गया था। भोजन के नाम से अब भूख की आग लहक उठी। बोला—कल रात को।

—तब तो भूख लगी ही होगी। देखूँ, कुछ है कि नहीं। मेरे साथ आओ।

दो-चार क़दम बढ़ते ही मुड़ना पड़ा। वहाँ बड़ा घना अँधेरा था।

—कुछ देख जो नहीं पा रहा हूँ प्रभु!

—मेरा हाथ पकड़ो। मेरे साथ और ही है। मैं अँधेरे में जैसा देख पाता हूँ, वैसा रोशनी में नहीं। समझा नहीं, चालीस साल से इस ग़ुफा में हूँ। निकला नहीं। अँधेरा अन्धा गया है।

—निकलते नहीं तो मुझे बचाया कैसे?

—उसके लिए निकलने की क्या ज़रूरत। वह जो पत्थर है न, जिसे हटाते ही चाँदनी घुस आयी। उसी को हटाकर आदमियों का रंग-रहस्य देखा करता हूँ। उस समय घोड़ों की जो टापें सुनीं, मैंने पत्थर को हटाया। हटाते ही देखा, वे लोग तुम्हें पकड़ लेंगे। बस झट खींच लिया और पत्थर को फिर उसी तरह से ठेल दिया। वे कमबख़्त कुछ देर तक इधर-उधर भटककर लौट गये। वे ज़रूर ही नरेन्द्रनगर के थे, है न?

—जी।

—मगर तुम पर इतने दयालु क्यों? लो खाते-खाते बातें करो।

उसने बजरे की कई रोटियाँ, साग और चटनी दी। मिट्टी के कुरबे में पीने को पानी दिया।

जरा हड़बड़ाकर भकोसने लगा। वही सूखी रोटियाँ उसे अमृत-सी लग रही थीं। भूख का अन्न अमृत होता है। विलास का गरल।

—जरा ने कहा—मैं राजा के रोष में पड़ा हूँ, प्रभु।

—वह तो समझ ही रहा हूँ भैया। घुड़सवारों से पीछा कराके कोई दूल्हा नहीं खोजता, यह तो सभी जानते हैं। लेकिन पूछता हूँ, एकाएक राजा को रोष क्यों हुआ?

एकाएक राजा की कृपा मिली थी, उसी का उलटा एकाएक रोष मिला।

—ठीक है। यह सहज ही समझने योग्य है। अब इस अचानक प्रसाद और

अचानक रोष का कारण तो बताओ।

जरा ने कहा—राजा वासुदेव का भक्त है।

—यह मैंने सुना है।

—मैं वासुदेव के देश का हूँ, यह जानकर मुझपर प्रसन्न हुए।

—तुम वासुदेव के देश के हो!—छागर्षि चौंके—यह बात तो तुमने नहीं बतायी?

—बताया न, दक्षिण देश का हूँ।

—हाँ। द्वारका यहाँ से दक्षिण में है। लेकिन दक्षिण में और भी तो देश हैं। कैसे समझूँ कि तुम द्वारका के हो?

—आप वासुदेव से बिगड़े हुए हैं, इसीलिए नहीं बताया।

—अब तर्क से मजबूर हो गये कहने को—क्यों?

जरा चुप रहा।

—हाँ, तो रोष का कारण?

—राजा के एक प्रियपात्र को मैंने मार डाला।

—क्यों भला?

—उसने मुझ पर हमला किया था।

—आततायी का वध करना तो अपराध नहीं है!

—वह बात बताने का मौक़ा कहाँ मिला?

असल में सही घटना बताने की जरा को हिम्मत नहीं पड़ी। छागर्षि ने कहा—ये बातें रहने दो। अब खाओ।

जरा का खाना खत्म हो चुका था।

छागर्षि ने कहा—इस गुहा के अन्तिम ओर एक झरना है, मैं वहीं से पानी लेता हूँ।

—मैं तो कुछ भी नहीं देख पा रहा हूँ। आप कैसे देख रहे हैं?

—मैं चालीस साल से इस गुफा में रह जो रहा हूँ। आँखें अँधेरे की ऐसी आदी हो गयी हैं कि मैं सहज ही देख पाता हूँ। अब बल्कि रोशनी में ही तकलीफ़ होती है। इसीलिए दिनभर पत्थर से गुफा के मुँह को बन्द रखता हूँ। हवा भरती है। चाँद की रोशनी भी आती है। मगर आज ज़्यादा देर तक चाँदनी नहीं मिलेगी। आज चन्द्रग्रहण है—एकबारगी पूर्ण ग्रास। ग्रहण का नाम सुनते ही जरा का अस्तित्व तक काँप उठा। सर्दियों के अन्त में जैसे साँप जागता है। पुरानी स्मृति जाग उठी। वह मूढ़ की भाँति रटने लगा—गरहन, गरहन। वही तो!

ग्रहण सुनकर अवाक् क्यों हो गये? ग्रहण कभी देखा नहीं है क्या? उस सवाल का जवाब न देकर जरा ने पूछा—भूकम्प भी होता है?

—अकसर होता है। पहाड़ी-प्रदेश की यह ख़ासियत है।

—अच्छा प्रभु, समुद्र नहीं बढ़ आता है?

—समुद्र यहाँ कहाँ? पागल हो गये क्या? अच्छा भैया, चालाकी से मेरा नाम तो जान लिया, अब अपना नाम तो बताओ। सर्वनाम से कब तक चलाया जाय?

—प्रभु, मेरा नाम जरा व्याध है।

—ख़ासा नाम है तो! जरा व्याध। यह नाम किसने रखा था? देखता हूँ, तुम्हारे माँ-बाप तत्त्वदर्शी थे। जरा व्याध! जरा तो व्याध ही है। उसके बाण से सबको निहत होना ही पड़ेगा।

छागर्षि की ये बातें जितनी जरा के लिए नहीं, उतनी अपने लिए थीं। मानो उसने जीवन-रहस्य को एक सूत्र रूप में पाया। जरा व्याध यानी जरा व्याधि।

जरा को शंका हो आयी। क्या जाने किस स्मृति के खिंचाव से कौन-सा गुप्त रहस्य खुल पड़े! इसीलिए उसने प्रसंग बदल देने की आशा में पूछा—प्रभु, आप इस गुफा में चालीस साल से अकेले क्यों रह रहे हैं?

—हूँ-हूँ, हूँ-हूँ। वह लम्बी कथा है। तुम नहीं समझोगे। पेट में विद्या रहे बिना वह बात समझ में नहीं आ सकती।

समझा देने से ज़रूर समझूँगा।

—नहीं, तो भी नहीं समझोगे। बत्ती में तेल रहने से रोशनी जलायी जाती है। तुम्हारे घर में वह तेल ही तो नहीं है।

छागर्षि समझा सकता है, जरा समझ नहीं सका।

—तो सुनो, बताऊँ। बहुत से विषय हैं, जिन्हें समझने के लिए शुरू में थोड़ा ज्ञान होना ज़रूरी। तुममें शुरू के उस ज्ञान की ही कमी है। लेकिन इतना जान लो कि आदमी से मेरी बनी नहीं।

—क्यों प्रभु?

—घटना सुन लो। तत्त्व समझने की कोशिश मत करना। मैं अमरावती राज्य का राजा था। धन-जन, स्त्री-पुत्र, सैन्य-सामन्त, रूप-यौवन, किसी बात की कमी नहीं थी मुझे। सभी मेरी जयजयकार करते थे। मैं सोचता था, वे मुझे ही चाहते हैं। लेकिन धीरे-धीरे मैंने समझा, लोग मेरे रूप, धन, यौवन, शक्ति की जयकार करते हैं, वह जयजयकार मेरे लिए नहीं है। मेरी धारणा बे-बुनियादी नहीं है, यह साबित होने में देर नहीं लगी। दारुपत्तन के राजा ने मेरा राज्य जीतकर मुझे निकाल बाहर कर दिया। राज्य छोड़कर भागते हुए सुना, वैसी ही जयजयकार हो रही है—मगर मेरे लिए नहीं, अब विजयी राजा के लिए। मैंने सोचा, तो धन, राज्य, रूप, यौवन, शक्ति का यही मूल्य है, यही प्रकृति, यही परिणाम। फिर तो हूँ-हूँ-हूँ-हूँ। मैंने क्या किया, कह सकते हो?

जरा के चुप रह जाने से साबित हो गया कि वह नहीं समझ सका।

—राज्य छोड़कर निकल पड़ा। मेरी पत्नी, मेरे पुत्र कोई साथ नहीं आये। लिहाज़ा अकेला। यह अच्छा ही हुआ। किसी की ज़िम्मेदारी नहीं रही। मुझे भी कोई दया नहीं। लोग ग़रीब को भीख देते हैं, संन्यासी को भीख देते हैं। राज से वंचित हुए राजा को भीख कौन दे? बल्कि सभी जैसे खुश ही हुए। लोगों का कुछ ऐसा भाव क्यों, निकल गयी न शेख़ी? राजा बनकर ख़ूब तो लोगों पर छड़ी चमकाया करते थे। अब लो—'हाय अन्न' कहकर राह की ठोकरें खाते फिरो। दो-चार दिन में लोगों का मनोभाव समझ गया। जनपद छोड़कर जंगल में चला आया। उस समय भोजन हो गया पेड़ों का फल, पीने को नदी का पानी। धीरे-धीरे इस पहाड़ी प्रदेश में आ निकला। यहाँ दूर-दूर पर पहाड़ियों की छोटी-छोटी बस्तियाँ। नीची ज़मीन पर खेती, पहाड़ पर बकरों के झुण्ड। बकरे पहाड़ियों की सबसे बड़ी दौलत हैं। बकरियों से दूध मिलता है, मांस मिलता है, बोझ की ढुलाई चलती है, उनकी खाल के जूते बनते हैं, जिनके बिना पहाड़ पर चलना ही मुश्किल है। क्यों जी, सुन रहे हो कि सो गये?

—नहीं बाबा, सुन रहा हूँ।

—हाँ, मन लगाकर सुनो। एक दिन भूख-प्यास से छटपटाकर इस पहाड़ के पास सो गया। नींद ज़रा पतली हुई कि लगा भूख पेट में आरा चला रही है। कहाँ जाऊँ क्या खाऊँ—सोचने लगा, न हो तो पहाड़ पर से कूदकर जान दे दूँ कि सारी जलन ही जुड़ा जाए। आँखें खोलने की ख़ास इच्छा नहीं थी, मगर आँखें बन्द किये भी कब तक रहा जाए? नज़र खोलकर देखा, एक बकरी मेरे पास खड़ी है। दूध के भार से उसका थन लटक आया है। मुझे आँखें खोलते देख उसने आगे बढ़कर मेरी ओर अपने थन को बढ़ा दिया। मुझे लगा, यह मेरी किसी जनम की माँ है। बच्चे की भूख को समझकर मेरे पास आ गयी है। मैंने लेटे ही लेटे उसके थन से दूध पिया। मेरी भूख मिट गयी। बकरी गाँव की ओर चली गयी। माता का वही दूध पीकर मुझे नया जीवन मिला। सुन रहे हो न?

—जी हाँ।

—देख लो, कैसी कहानी बनायी। कभी अगर लोकालय की ओर गया तो एक छाग-पुराण लिखकर अठारह पुराण में जोड़ दूँगा।

—सो क्यों?

—ख़्वाहमख़्वाह सवाल न करो। ध्यान से सुनते जाओ। मुझे ऐसा लगा कि वह बकरी मुझे दूध पिलाने के लिए फिर आएगी। इसलिए मैं वहीं रह गया। और मैंने देखा, ठीक ही वह सवेरे आ गयी। मैंने लेटकर माँ का दूध भरपेट पिया। बड़े हो जाने पर माँ के दूध का स्वाद तो याद नहीं रहता है। सोचा, ऐसा ही अमृत-सा होता होगा। उसके बाद वह बकरी माँ रोज़ ही अपनी मानव-सन्तान को दोनों जून दूध पिला जाया करने लगी। सोचा, मैं उसका मेमना क्यों न हुआ! पहाड़ों पर घूमा करता, तलहटी

की हरी-हरी घास खाता, भूख लगती तो भरपेट दूध पीता। सो नहीं होकर, हाय, मैं मरने को आदमी क्यों बनने गया? उस पर भी राजा! पूर्व जन्म में अनेक नरहत्याएँ, ब्रह्महत्याएँ करने पर ही कोई राजा होता है। ख़ैर जाने दो ये बेकार की बातें। अब काम की बातें सुनो। लगातार बकरी का दूध पीते रहने से मैंने देखा, मेरे गले में बकरे की आवाज़ आने लगी है। हूँ-हूँ-हूँ-हूँ-हूँ-हूँ! क्यों! एक दिन एक जलाशय में पानी पीने गया तो देखकर अवाक्! वाह! शक्ल में बकरे का भाव आ गया है। बकरे-सी दाढ़ी, वैसा ही मुँह, वैसी ही आँखें—आवाज़ तो हूबहू वही। इस बीच हो क्या गया कि पहाड़ियों ने देख लिया, बकरी रोज़ मुझे दूध पिला जाया करती है। मेरी शक्ल और आवाज पर भी ग़ौर किया! उन सरल पहाड़ियों को यह विश्वास हो गया कि मैं छाग-जाति का देवता हूँ। दया करके मैंने दर्शन दिया है। उन्हें यह यक़ीन हो गया कि मैं जब तक यहाँ रहूँगा, उन लोगों के मवेशियों का कल्याण होगा—महामारी से वे नहीं मरेंगे, जानवर उनको नहीं खाएँगे। इसलिए मुझको ख़ुश रखने के लिए वे लोग रोज़ ही बाजरे की रोटी, शाक, चटनी, लड्डू आदि भोग चढ़ाने लगे। भोजन की चिन्ता मेरी जाती रही।

अब तक जरा चुपचाप यह अजीब कहानी सुन रहा था। अब बोला—प्रभु, इससे तो यह पता चला कि आदमी में दया-माया है।

—राम कहो! मुझे उन्होंने आदमी समझा होता तो भोग थोड़े ही चढ़ाते! और स्वार्थ जो था! स्वार्थ का दान वेतन होता है। उसे दया माया क्यों कहते हो? उन्हीं लोगों ने मुझे यह गुफा दिखा दी। अब यहीं जम गया हूँ। दोनों जून भोग चढ़ता है। कभी-कभी मुँह निकालकर दर्शन देता हूँ, हूँ-हूँ की छाग तान छेड़ता हूँ। यहीं हूँ यहीं रहूँगा और यहीं मरूँगा। अगले जनम में मेमना होकर जन्म लूँगा, इन पहाड़ियों की चोटियों पर कूदता फिरूँगा।

—प्रभु, क्षम कीजिएगा, कथावाचक से मैंने सुना है, जिन्होंने बकरों को बनाया है, आदमी को भी उन्होंने ही बनाया है।

—वह सब फ़ुज़ूल की बातें छोड़ो। विधाता से भी भूल होती है। छाग तक ही आकर रुक जाते तो ठीक था। यह आदमी किसलिए?

—मैंने सुना है, आदमी ही सबसे श्रेष्ठ सृष्टि है।

—बेशक श्रेष्ठ है, मगर दोषों में। छाग की रिरंसा, कुत्तों का जाति-द्वेष, बकरे की शठता, भेड़ों की भीरुता, बन्दर की अनुकरणप्रियता, साँप की प्रतिहिंसा—इन सबके मेल की मूर्ति है मनुष्य। दूसरा और कोई जीव है, जो उपकार करनेवाले का अपकार करता है? और कोई प्राणी है, जो नाखून और दाँत को नाकाफ़ी समझ कर नरमेधी हथियारों का आविष्कार करके अपने को कृतार्थ मानता है? और कोई जीव था भोजन देने वाले के हाथ को काट खाता है? लेकिन बात क्या है, जानते हो?

अब ज़्यादा देर नहीं है। विधाता की भूल को सुधारने का भार आदमी ने खुद पर ले लिया है। यदुवंश का इतिहास ही सारी मनुष्य जाति का शीघ्र आने वाला इतिहास है। विधाता जब मारना चाहते हैं, तो मारने की तकलीफ़ खुद नहीं उठाते, मारने वाले के हाथों हथियार देते हैं। वासुदेव पर मुझे महज़ इसीलिए गुस्सा है कि उन्होंने कौरव, पाण्डव, यदुवंश का जब नाश ही किया, तो बाक़ी को क्यों रहने दिया? सारांश यह कि आदमी से मेरी नहीं पटी, इसीलिए आदमी को मैंने अजात कर दिया। समझा कुछ? हूँ-हूँ,-हूँ-हूँ, हूँ-हूँ!

जरा ने कहा—प्रभु, जब आप आदमी से इतने नाराज़ हैं, तो मुझ पर आपकी ऐसी कृपा क्यों?

—वही तो सोच रहा हूँ। अन्दर कुछ कच्चा रह गया है शायद। लेकिन ज़्यादा नहीं। तुम कल सवेरे ही यहाँ से रुख़सत हो जाओ। अभी अब सो जाओ, बहुत रात हो चुकी।

फिर कहा—वह पत्थर खुला ही हुआ है। रात को खुला ही रहता है। उसी से आती हुई चाँदनी को देखकर सो जाओ। मैं उस कोने में सोता हूँ। मुझे रोशनी बरदाश्त नहीं होती।

छागर्षि अँधेरे में ग़ायब हो गया।

जरा उस फाँक से आसमान की ओर ताकते हुए लेट गया, लेकिन नींद नहीं आयी, उसके बदले उसके सारे मन को घेर कर चिन्ताएँ मकड़ी का जाला बुनने लगीं। तमाम सन्नाटा। केवल गुफा के किस अँधेरे से रह-रहकर हूँ-हूँ-हूँ-हूँ की आवाज़ आती रही।

पत्थर की फाँक से चाँद की कुछ गोलाई नज़र आ रही थी। जरा उसी तरफ़ ताकता रहा। बीच-बीच में निशाचर चिड़ियों की चीख़ कान में आती, सोयी चिड़ियों के पंखों की फड़फड़ाहट और जानवरों का गर्जन। इस अन्तिम आवाज़ से वह ख़ूब ही परिचित है। कभी इन्हीं जानवरों की तलाश में वह घूमा करता था। हिरन की चीख़, बाघ की हुंकार, भालू की हँसी-सी चीख़, जंगली कुत्ते का भौंकना—यह सारा कुछ उसका पहचाना हुआ है। इस पहाड़ में आख़िर इतने जन्तु हैं! यद्यपि दिन के समय वह कुछ भी नहीं समझ पाया। दिन भर वे कहाँ रहते हैं? कुछ ही देर में वह अपने मन को लिये उसी माँद में आ गया। गोया वह कोई चिड़िया हो, लेकिन बसेरे में तो चैन नहीं है, रह-रह कर मन पंख फड़फड़ा उठता है। उसकी आँखें आसमान की ओर थीं, मन कोटर में।

मन में दुख का ढेला गिरा, चिन्ता की लहरें बढ़ती हुई परिधि में चारों ओर फैल गयीं, उनकी गति की कोई सीमा नहीं। इन कई महीनों का उसका अनुभव उन तरंगों के आघात से पत्ते की नाव की तरह काँपता रहा। वह अचूक तीर का मारना, जरती

की मौत, मदिरा के यहाँ जाना, जंगल की ओर प्रस्थान, खट्टास के चंगुल में पड़ना, फन्दा लगाकर ख़ुदकुशी की कोशिश, राज्याभिषेक, यदुवंशियों का पीछा करना, हमला और क़ैदी बनना, तक्षशिला का बाज़ार, सुमन्तनगर, नरेन्द्रनगर, नरक को मारकर भागना और अन्त में छाग-ऋषि की यह गुफा। इनमें से कोई एक भी घटना नाव को भटका देने के लिए काफ़ी है। और इतनी-इतनी घटनाओं की लहरों की चोट खाकर वह अभी तक ज़िन्दा है—उसके अचरज की सीमा नहीं थी। सुमन्तनगर और नरेन्द्रनगर के राजमहल ने उसके मन में यह धारणा पैदा कर दी थी कि पाप अलीक है—क्योंकि पाप का नतीजा तो सुख नहीं हो सकता। तो फिर वह इतना सुखी क्यों है, क्यों है उसके नसीब में इतना सुख! खट्टास ने तब तो उसे ग़लत नहीं समझाया है कि तुमने हत्या करके पाप नहीं किया है, हत्या से पाप नहीं होता। और हत्या भी उसने कुछ कम तो नहीं की हैं। वासुदेव, जरती, सुमन्तराज और मदिरा, उसके बाद नरक। बहुतेरी हत्याएँ। तुरन्त ही ख़याल हो आया, यदि उसकी बात ठीक है, तो वह फिर दुख में क्यों पड़ा? कुछ समझ में नहीं आता। और तभी पत्थरतोड़ गाँव की सुबाला का प्रश्न याद आया—पाप किसे कहते हैं? वे लोग तो पाप नाम की किसी चीज़ को नहीं जानते! बड़े मज़े में हैं वे। सोचा, तो वही दुख में क्यों? इस 'क्यों' का कोई सदुत्तर नहीं। बात असल यह है कि इसका उचित उत्तर देने की क्षमता जरा को नहीं है। वह घटनाओं का खिलौना है, घटनाओं का विचारक नहीं।

जरा कोई तात्त्विक नहीं कि जीवन के सभी बिखरे सूत्रों को जोड़कर किसी सिद्धान्त तक पहुँचे जैसा कि छागर्षि पहुँचा है, वह चाहे कितना ही भ्रान्त क्यों न हो। वह तो फटे पाल, टूटी पतवार, खेवैयाविहीन वह नाव है जो हवा और पानी की साजिश में पड़ गया है। जब दुख की धारा में जा पड़ता है, तब सोचता है कि दुख ही जीवन का नियम है; और जब सुख की लहरों के ऊपर आ जाता है, तो सोचता है, दुख कुछ नहीं। यह जीवन सुखमय है इतने पर भी एक मोटी बात उसकी समझ में आती है कि जब से उसने तीर से वासुदेव की हत्या की है, तभी से उसके जीवन में दुर्गति, सुख-दुख के उतार-चढ़ाव की शुरुआत हुई है। पता नहीं भविष्य में और क्या-क्या है! अब कहाँ जाए, क्या करे, कोई पता नहीं। इतना ही जानता है कि यह वर्तमान का क्षण भर उसके हाथ में है। इतना भर ही जिसका सहारा हो, उस जैसा अभागा कौन है?

कितनी ही बार उसने सोचा कि उस मूल घटना को वह भूल जाएगा, हरगिज़ उसे अपने मन में नहीं आने देगा। लेकिन जब भी वह अपने मन के अन्दर झाँकता, उसे दिखाई देता कि बायें चरण से पद्मराग वर्ण लहू की एक रेखा निकल रही है, कोमल दूब की कान्तिवाला शरीर निढाल पड़ा है।—दायाँ हाथ उठाकर एक बार उसने क्या तो जताया, अभय की सान्त्वना कि और कुछ! वैसे ही लाल टुकटुक होठ, वही

निमीलित आँखें, वैसा ही प्रशस्त ललाट। नः, वह अब ये बातें हरगिज़ नहीं सोचेगा। मगर क्या मजाल? मन में वह पत्थर में गुफ-सा गया है—चाँद की गोलाई में वही शान्त, स्निग्ध, सौम्य! अरे, चाँद एकाएक म्लान क्यों हो गया? चाँद की रोशनी पर धीरे-धीरे वह कैसी छाया पड़ रही है? वह फिर क्या अनुभव करने लगा—पीठ के नीचे का पत्थर हिलने क्यों लगा? यह गुर-गुर की दबी आवाज़ काहे की हो रही है? वह चीख़कर उछल पड़ा—गरहन, भूकम्प, समन्दर का गरजन। लगातार वह यही तीन शब्द चीख़ता रहा—गरहन, भूकम्प, समुद्र!

—हूँ-हूँ-हूँ-हूँ-हूँ-हूँ, इतनी रात गये यह क्या हो रहा है?

—प्रभु, गरहन, भूकम्प, समुद्र! ठीक उसी दिन की तरह।

—किस दिन की तरह?

वह सवाल का जवाब न देकर बोल उठा—वह देखिए प्रभु, आकाश अन्धकार हो गया, धरती अँगड़ाई ले रही है, समुद्र हाँ किये दौड़ा आ रहा है। ठीक उसी दिन की तरह।

—किस दिन की तरह कह रहे हो, नहीं जानता। मगर तिथि के मुताबिक़ चन्द्रग्रहण तो हुआ ही करता है। और पहाड़ी हलक़े में भूकम्प तो रोज़मर्रे की बात है। लेकिन समुद्र कहाँ है? वह तो तुम्हारे दक्षिण देश में है, यहाँ से पाँच सौ योजन दूर।

जरा के मन में वास्तव और कल्पना का विभ्रम हो गया है। उस दिन डरी हुई हालत में जो कुछ उसने कल्पना में देखा था, जो कुछ अनुभव किया था, आज वास्तव में वैसा देख रहा है, अनुभव कर रहा है। इस घटना के आकस्मिक आघात से बीच के कई महीने, बीच की सारी घटनाएँ लुप्त हो गयीं। वह फिर वासुदेव की हत्या की उसी घड़ी में आ खड़ा हुआ है। उसके जी में आया, यहाँ से दौड़कर भाग जाए, जैसा कि उस दिन भागा था। लेकिन आगे किधर से? गुफा का रास्ता तो उसे मालूम ही नहीं। इसीलिए वह लगातार चीखता रहा—प्रभु, वह देखिए! फिर आ रहा है। मुझे निगल जाएगा।

छागर्षि ने कहा—सब लोग मुझको देखकर अवाक् होते हैं, तुमने तो मुझे भी अवाक् कर दिया जी! हुआ क्या था, सो तो कहो। उस दिन, उस दिन कह रहे हो, किस दिन? क्या किया था?

—प्रभु मैं महापापी हूँ।

—अरे बाबा, जब आदमी होकर पैदा हुए हो तो पापी तो होना ही पड़ेगा। जन्म लेना ही तो पाप है। खोलकर बताओ।

—बाबा, मैं महादुखी हूँ।

—वह तो देख ही रहा हूँ। सुखी होते तो जंगल-पहाड़ों में क्यों मारे-मारे फिरते?

मेरी ही दशा देखो न!

—बाबा, आप तो पापी नहीं हैं।

—किसने कहा कि पापी नहीं हूँ? जिसे आदमियों से नहीं पटी, आदमी जिसे फूटी आँखों नहीं सुहाया, वह अगर पापी नहीं, तो पापी कौन है?

—लेकिन बाबा, मैं तो महापातकी हूँ।

—तुमने तो बेहद परेशान किया। पाप जिसे कहते हैं, पातक भी उसी को कहते हैं। लेकिन वह पातक है क्या? ब्रह्महत्या, पिता की हत्या, गो-हत्या या क्या, खोलकर तो बताओ।

—उस दिन भी गरहन से आसमान ऐसा ही अँधेरा हो गया था, धरती काँप-काँप उठी थी, समुद्र उमड़ आया था।

—सब कुछ तो समझा, मगर उस दिन हुआ क्या था?

लेकिन जरा के मुँह से किसी भी तरह से किये पाप की बात नहीं निकली। पाप घृणा की वस्तु है, इसका प्रधान प्रमाण यही है कि महापापी भी अपने कुकर्म को छिपाता है। चोर चोरी को बड़ा काम बताता है, ख़ूनी हत्या को कहता है कण्ठच्छेद। नामान्तर से मानो रूपान्तर हो जाता है।

जरा कुछ बोला नहीं, तीर खाये हिरन की तरह वह पड़ा-पड़ा छटपटाता रहा। केवल यही बोला—मैंने ख़ून किया है, मैंने उसका ख़ून किया है।

—अरे बाबा, आज सारे भारत में ऐसा कौन आदमी है, जिसका ख़ून करने से ऐसी आत्मग्लानि हो सकती है, यह मैं नहीं समझ पाता। बहुतेरे लोग जिसे भगवान मानते हैं, मैंने यदि उसकी भी हत्या की होती, तो इतनी आत्मग्लानि होती, ऐसा नहीं लगता।

छागर्षि की बात सुनकर जरा फुक्का फाड़कर रो उठा—प्रभु, मैंने उसी की हत्या की है। हिरन के धोखे तीर से उसी को मार डाला। यह कहकर वह पत्थर पर सिर मारने लगा।

उसकी इस स्वीकारोक्ति से छागर्षि को काठ मार गया—वासुदेव को मारनेवाला यह आदमी है! कहता क्या है? किसी के प्रति जो उसे ख़ास श्रद्धा थी, ऐसी बात नहीं। साधारणतया वह मानव-द्वेषी था। लेकिन वासुदेव के बारे में वह कुछ तय नहीं कर पाया था। कभी सोचता, वह कालान्तक है; कुरु, पांचाल, यदुवंश आदि को ध्वंस करने के लिए ही पैदा हुआ था। फिर सोचता, उसने जब इतना कुछ किया ही, तो बाक़ी कुछ को क्यों छोड़ गया? परशुराम ने दुनिया को क्षत्रियहीन किया था, यह न हो तो मानवहीन कर जाता। कभी सोचता, अवतार है; कभी सोचता, परले सिरे का धोखेबाज़। कभी सोचता कृष्णस्तु भगवान, और कभी शठ, कपटी, लम्पट। जो भी सोचे चाहे, इसमें छागर्षि को सन्देह नहीं था कि आदमी वह असाधारण था।

लोगों के मुँह से उसने सुना था, वासुदेव ने देह रख दी। लेकिन देह उसने इस आदमी का तीर खाकर रखी, इसकी कल्पना भी नहीं कर सका था। देखा, पाँव के पास वह मरते हुए पशु की तरह तिलमिला रहा है। छागर्षि का अचरज मात्रा से इतना ही बाहर हो गया था कि ज़रा देर के लिए वह छागभाषा का मुद्रादोष हूँ-हूँ भी भूल गया।

छाग-ऋषि के मुँह से हुँ-हुँ नहीं सुनकर जरा को शंका हुई—न जाने उसके लिए अब क्या हुक्म हो। उसे लगा, अभी तो मनुष्य मात्र ही उसका विचारक है। उसके पैरों से लिपटकर उसने पूछा—बाबा, अब मेरी क्या गति होगी?

—क्या पता, कुछ समझ नहीं पा रहा हूँ। तुम महापापी हो कि पुण्यात्मा, नरक के कीड़े हो या स्वर्ग के देवता, भारत के कलंक हो कि उद्धार करनेवाले, तुम्हें शाप दूँ, कि सिर पर उठाकर नाचूँ, कुछ भी समझ नहीं पाता।

जरा के मुँह से एक ही रट लगी थी—मेरी क्या गति होगी बाबा, मेरी क्या गति होगी।

छागर्षि ने कहा—आगे बढ़कर देखो हाथ जुड़े हैं।

कुछ समझ नहीं पाकर अबोध पशु जैसे अपने मालिक के मुँह की ओर ताकने लगता है, उसने भी वैसे ही ताका। गाल से होकर आँसू बह रहा था। लेकिन छागर्षि ने वह देखा नहीं। देखता भी तो उसका अर्थ समझ पाता क्या? इस एकान्त गुहावासी को आज चालीस साल से आँखों का पानी आँखों देखना नसीब नहीं हुआ है।

—किधर बढ़े बाबा? किसके हाथ जुड़े हैं?

—अरे, कहने का मतलब नहीं समझा? भीख देने की जब ख़्वाहिश या जुर्रत नहीं होती तो गृहस्थ भिखमंगे से कहता है—आगे जाओ, हाथ बन्द है। मेरा भी वही मतलब था। तुम्हारी समस्या को हल करने की सामर्थ्य मुझमें नहीं है। इसीलिए कहता हूँ आगे देखो।

—किधर को बढ़ूँ? जरा ने पूछा।

—दिशा की भी कोई कमी पड़ी है? यह पहाड़ वास्तव में हिमालय नहीं है, लेकिन इसे हिमालय की शाखा-प्रशाखा कह सकते हो। उत्तर-पूरब में जी चाहे जहाँ तक चले जाओ, लौहित्य तक की हज़ार योजन की दूरी में हिमालय है। और अगर पहाड़ से समतल भूमि पर उतरो, तो हज़ारों-हज़ार योजन तक भारतवर्ष फैला हुआ है। केवल खोज लेने की बात है। पाप के बारे में भी यही बात है। पाप से छुटकारे का रहस्य भी इस महादेश में, इस पर्वतमाला में निहित है। कितने जो ऋषि-मुनि, ज्ञानी-गुणी, योगी-तपस्वी पड़े हैं, उनकी संख्या कोई नहीं जानता। जाओ, आगे बढ़ो। सबके हाथ बन्द ही होंगे, ऐसी बात नहीं। कोई न कोई तुम्हारी मुक्ति का उपाय जानते होंगे।

जरा ने कहा—रास्ते का तो अन्त नहीं है।

—अजी, यही तो सहूलियत है। अन्त नहीं है, इसीलिए तो कभी अन्त नहीं

होगा। कहीं न कहीं पता मिल जाएगा।

जरा को ढाढस नहीं हुआ। वह सिर ठोंकता ही रहा।

—वह क्या कर रहे हो?

—मरने की कोशिश कर रहा हूँ।

—अरे मूरख, मरकर कोई मुक्ति नहीं पाता। नाहक़ ही सिर ठोंकने से भी मुक्ति नहीं मिलेगी।

—प्रभु इतना बड़ा पाप भी कभी किसी ने किया है?

—कह तो चुका, कि तुम पापी हो कि पुण्यवान, इस विषय में मैं निस्सन्देह नहीं हूँ।

—मुझे भी कोई पुण्यवान कहेगा, यह भी सम्भव है!

—यह दुनिया बड़ी अनोखी है जरा, यहाँ शायद वह भी सम्भव है। देख नहीं रहे हो, मेरा ही तो सन्देह नहीं जा रहा है।

इतने में बाहर हूँ-हूँ-हूँ-हूँ की आवाज़ सुनाई दी। छागर्षि ने कहा—मेरी बकरी माँ मुझे दूध पिलाने को आ गयी। तुम रहोगे तो वह डर जाएगी। तुम अब भाग जाओ।

बाहर फिर हूँ-हूँ-हूँ-हूँ-हूँ-हूँ। छागर्षि ने अन्दर से वही आवाज़ की। आवाज़ की कि तुरन्त एक जंगली बकरी उछलकर अन्दर आ गयी। छागर्षि लेट गया। बकरी उसके मुँह के पास आकर खड़ी हो गयी। मुँह से उसका दूध पीते हुए वह हाथ से बार-बार जरा को चले जाने का इशारा करता रहा। लाचार जरा गुफा से बाहर निकल गया।

3

जरा ने चलना शुरू किया। रास्ता, रास्ता और रास्ता। इस दुनिया में सबकुछ अन्त होने वाला है, एक रास्ता ही अन्तहीन है, अनादि भी। रास्ता घर-घर पहुँचा देता है, खुद कहीं नहीं पहुँचता। जंगल, पहाड़, खेत-बैहार, नगर-जनपद, कुछ भी बाधा नहीं दे पाते, नद-नदी, झरना-झील, कुछ भी उसके लिए रोक नहीं। कहीं पतले फ़ीते जैसा, कहीं महीन धागे जैसा, कहीं केवल छोटे बड़े उपखण्डों से चिह्नित दूर-दूर—अन्तहीन। पौराणिकों ने जो अनन्त साँप की कल्पना की है, यह शायद उसी का कोई होगा। और सबसे रहस्यमय है पहाड़ी रास्ता। दूर से लगता है, वहाँ ख़त्म होकर शून्य से मिल गया है, मगर पास जाने पर पता चलता है, पहाड़ को घेरे फिर वही रास्ता। उपत्यका के सबसे नीचे जो झरना बहता है, उसी के किनारे से लगा चलता है—रास्ता

और झरने में अन्तहीन प्रतियोगिता है। अन्त तक यह दिखाई पड़ता है कि झरना भी एक दूसरे झरने से मिलकर ख़त्म हो गया, रास्ता चलता ही रहा। नदी? रास्ता उससे भी जीत गया है। नदी की चोटी है, संगम है, लेकिन रास्ते का? नदी में नाव के चलने का चिह्न नहीं रहता। रास्ते पर भी रहता है क्या? दिन में हज़ारों राहगीरों के पैरों की छाप धूल के साथ उड़कर कहाँ खो जाती है—सवेरे रास्ता फिर वैसा ही छापहीन, अकलंक। तुम्हें शोक-ताप है, तो रास्ते पर आकर खड़े हो जाओ, सब भुला देगा। सुख और आनन्द से अधीर हो रहे हो? रास्ते पर आकर खड़े होओ, देखोगे, उनकी वह क़ीमत नहीं रह गयी। तुम अगर अकेले हो, पथ तुम्हें साथ देगा; तुम यदि संगी-सहित हो, पथ तुम्हें एकान्त देगा। तुम अगर पुण्यवान हो, तो रास्ते से तुम्हें वही शान्ति मिलेगी, जो प्रत्येक पुण्य का लक्ष्य है। और तुम अगर पापी हो तो नदी जैसे जमे हुए कचरों को धोकर साफ़ कर देती है, वैसे ही रास्ता भी तुम्हारे पाप के भार को मिटाकर तुम्हें मुक्ति की ओर ले जाएगा। क़दमों से रास्ते की माला जपते चलो।

जरा चला।

इतने दिनों तक जरा मनुष्य समाज में था, अब निरा अकेला। उसने अँधेरी गुफा के निर्वासित छाग-ऋषि में निस्संगता की मूर्ति देखी। अकेलेपन से उसे अब डर नहीं रहा। दिन में राह चलता, रात में राह पर सोता। कभी कोई गुफा मिलती तो धन्य मानता। भोजन? बीच-बीच में पहाड़ियों की बस्तियाँ। वे लोग राहगीरों को दो रोटी, थोड़ा-सा शाक देने को पुण्य मानते हैं। जिस दिन रास्ते में गाँव नहीं मिलता तो पेड़ के फल तो हैं ही। किसी दिन अगर वह भी मयस्सर नहीं होता तो फ़ाक़ा। उसकी सारी कमियों को मिटाती हुई साथ-साथ झरना-धारा चल रही है। उसे उस अमृत वारि से कौन वंचित कर सकता है।

छागर्षि का परामर्श हर पल उसके मन में गूँज रहा था—आगे बढ़ो, हाथ बन्द है। लेकिन वह कैसे समझे कि किसका हाथ भरा-पूरा है, कौन उसे उसकी कामना की वस्तु दे सकता है? वह सदा मन में रटता रहता, मैं पापी हूँ, मेरी क्या गति होगी? कहाँ, कभी तो ऐसे किसी पर नज़र नहीं पड़ती, जिसके सामने हाथ फैलाया जा सकता है! सब तो उसी जैसा प्रार्थी ही लगता। एक दिन उसने देखा, रास्ते कि किनारे एक बुजुर्ग आदमी सुस्ता रहा है। सोचा, साधु-संन्यासी होगा। उसके पास जाकर प्रणाम करके वह बोला—बाबा, मैं महापापी हूँ, मेरी क्या गति होगी?

उस आदमी ने हँसकर कहा—शक्ल से मैं तुम्हें साधु-संन्यासी सा लगा! नहीं भैया, मैं व्यवसायी हूँ। कल रात लुटेरों ने मेरे सब माल-असबाब लूट लिये। मैं यहाँ सुस्ता रहा हूँ। तुम्हारे सवाल का मैं क्या जवाब दे सकता हूँ?

जरा अवाक् होकर सोचने लगा, पहाड़ में भी व्यवसायी हैं, लुटेरे हैं! अवाक् होकर

वह फिर चलने लगा।

एक और दिन का अनुभव याद आते ही उसे हँसी आ जाती है, यद्यपि अन्त तक बात घातक हो सकती थी। साँझ होने-होने को थी। ऐसे समय उसने देखा, रास्ते के किनारे पेड़ के नीचे कुछ लोग काला कम्बल बदन पर डाले गोलाकर बैठे हैं। उसे ख़याल हुआ, तीर्थयात्री साधु-लोग होंगे। रात के लिए पड़ाव डाल दिया है। सोचा, अच्छा ही हुआ, इनके साथ रहने को मिल जाएगा और साधुओं से उसके प्रश्न का उत्तर मिल जाएगा। वह रास्ता छोड़कर धीरे-धीरे उसी ओर बढ़ा, जब वह ख़ूब क़रीब जा पहुँचा, पैरों की आहट हुई होगी शायद, तो साधुओं में से एक ने उलटकर उसकी ओर देखा। उसने भी देखा और उलटे पाँव भागकर सड़क पर पहुँचकर बैठ पड़ा। हाँफने लगा। साधु नहीं, भालुओं की टोली थी। सोचा, ज़रा ही देर में चरम गति हो जाती। बाद में इसे सोचकर वह हँसा, मगर उस समय बदन की कँपकँपी नहीं गयी।

जरा के चलने का अन्त नहीं। सवेरे सूरज को देखकर वह दिशा का ठिकाना कर लेता। पूरब की ओर हिमालय, दक्षिण में भारतवर्ष। बहरहाल उसका गन्तव्य इन्हीं दो दिशाओं में था। शाखा-प्रशाखा को छोड़कर ख़ास हिमालय तक पहुँचना होगा। छागर्षि से उसने सुना था, सारी जिज्ञासाओं का समाधान वहीं है। उसी अगम खान से रत्न निकालने की आशा में शुरू से आज तक ऋषि-मुनि, योगी-तपस्वियों की वहाँ भीड़ है। याद आया, द्वारका में रहते हुए ही उसने सुना था, पाण्डवगण महाप्रस्थान करेंगे। वह भी तो इसी हिमालय की ओर। यह आदि बूढ़ा सबके सभी प्रश्नों का उत्तर जानता है, एक उसी के प्रश्न का उत्तर क्या उसका अजाना होगा! मैं पापी हूँ मेरी क्या गति होगी?

जरा को समय की मात्रा का ज्ञान नहीं रहा। सूरज के उगने से दिन, डूबने से रात, बस इतना ही उसे मालूम है, सप्ताह, महीना, बरस, यह सब उसके मन से खो गया है। एक दिन एक जलाशय में नहाने को उतरा तो अपनी परछाईं देखकर वह चौंक उठा। यह इतने लम्बे बाल, इतनी लम्बी दाढ़ी किसकी है? तब तो बहुत बरस बीत गये! शायद चार-पाँच बरस! इतने दिन हो गये और उसके प्रश्न का उत्तर नहीं मिला? इतने दिनों में भी एक भी ऐसा आदमी नहीं मिला, जिसका हाथ पूर्ण हो! संसार में क्या तब सभी का हाथ बँधा है? हताश होकर वह माटी पर बैठ पड़ा।

जरा चलता ही चला। कभी उपत्यका, कभी अधित्यका। कभी मैदान, कभी तलहटी। कभी चढ़ाई, कभी उतराई। कभी जनपद, कभी बियाबान, ऐसे कितने दृश्य और दृश्यान्तर। अपने को भूलकर चला सो चल ही रहा है। लेकिन दृश्यपट चाहे जैसा भी हो, उसके मुँह में बोली वही एक ही—मैं पापी हूँ। मेरी क्या गति होगी? पापी की क्या मुक्ति नहीं होती? रास्ते में जिससे भी भेंट हो, राजा या चरवाहा, वासुदेव तो दोनों ही थे, पूछता—मेरी क्या गति होगी!

वे सब समझ नहीं पाते। अवाक् होकर अपनी राह लग जाते। रास्ते में जो मिल जाता, साधु या पाखण्डी, वह पूछता, पापी की क्या मुक्ति नहीं होती? कोई स्नेह की और कोई सन्देह की नज़रों से देखकर चला जाता। कोई बावरा कहता, कोई पगला, कोई कहता लौंडा, कोई महात्मा। लेकिन असली बात का जवाब नहीं देता।

एक दिन वह एक पहाड़ी गाँव में जा निकला। वहाँ उस दिन कोई त्योहार चल रहा था। जटा और मूँछ-दाढ़ी वाले जरा को उन लोगों ने आदर से बिठाया। खाने को ऐसी चीज़ दी, जो ज़माने से उसे मयस्सर न हुई थी। विदाई के समय एक धोती और पशमीने की एक चादर दी। इन दोनों चीज़ों की सख़्त ज़रूरत थी। उसके कपड़े लाज और शीत-ताप बचाने योग्य नहीं रह गये थे। लेकिन इन तीन में से किसी का भी ज्ञान नहीं था उसे। विदा होते समय उसने एक बूढ़े आदमी से पूछा—बाबा, मैं पापी हूँ, मेरी क्या गति होगी?

उस आदमी ने कहा—साधु जी, आप जैसे आदमी अगर पापी हों, तो हम गृहस्थों के पाप का अन्त है क्या? आपकी नाव में छेद हो गया है और हमारी नाव तो बहुत पहले ही बेकार हो चुकी है।

—तो फिर चल कैसे रही है?

—इसे क्या चलना कहते हैं? यह तो डूब जाना हुआ।

—तो, इतनी हँसी, गीत, धूमधाम कैसी?

—आप से क्या कहूँ, साधु जी, यह मरने वालों का विकार है।

जरा ने व्याकुल होकर पूछा—आख़िर मैं अपनी समस्या का हल कहाँ पाऊँगा?

—वह कैसे कहूँ, बाबा! लेकिन यों जानिए, परमात्मा की कृपा हो तो ज़रूर ही हल निकलेगा। आप आगे बढ़िए!

जरा ने वही पुराना जवाब सुना, आगे देखो, हाथ जुड़ा है। सोचा, हाथ जुड़े क्यों न होंगे। हाथ तो सुख के उपकरणों से भरे हैं। वह फिर बढ़ चला।

उस दिन उसने सुबह जब चलना शुरू किया, कुहासा फटा नहीं था। इन जगहों में सुबह रोज़ ही कुहरा होता है। उस धुँधलके में किससे तो धक्का लगा। जरा बोल उठा—बाबा, मैं पापी हूँ। मेरी क्या गति होगी! और समय उसने देखा है, सवाल सुनकर लोग कतरा कर चल देते हैं। इस बार वह कतराया नहीं। जरा और वह आमने-सामने खड़ा रह गया। बाबा, पापी की क्या मुक्ति नहीं होती? कुहरा फट गया, तो उसने देखा, वह धक्का एक पत्थर से लगा था। सोचा, हरज क्या है। कभी पत्थर तोड़कर ही तो नृसिंह रूप में भगवान प्रकट हुए थे। वह सौभाग्य क्या मुझे नहीं होगा! मैं क्या हिरण्यकशि ु से भी गया-बीता हूँ? जरा फिर चलने लगा।

एक दिन उसने नदी तट र देखा, झरना वहाँ एकाएक चौड़ा होकर नदी बन गया है—एक साधु बैठे हैं। उन्हें प्रणाम करके उसने वही चिरन्तन प्रश्न किया—बाबा,

पापी की क्या मुक्ति नहीं होती? उसे ग़ौर से देखकर साधु ने कहा—बैठो। जरा को आशा हुई । आज तक तो उसे बैठने के लिए किसी ने नहीं कहा। साधु जी ने एक छोटा-सा चिलम भरकर उसकी ओर बढ़ाते हुए कहा—बेटा, पिओ। तुम्हें मुक्ति मिल जाएगी।

जरा ने कहा—आप पहले प्रसाद तो कर दीजिए!

साधु ने एक कश लगाकर चिलम उसको दी।

जरा बचपन से ही गाँजा-भंग आदि सभी नशा में पारंगत था। मगर यह कैसा पहाड़ी गाँजा, मेरे बाप, एक ही दम लगाकर तीन दिन तक बदहोश! तीन दिन तीन रात के बाद जब उसने आँखें खोलीं, साधु ने पूछा—क्यों बेटा, शान्ति मिली?

जरा ने कहा—बेहोश था तो शान्ति थी। अब फिर अशान्ति।

साधु ने कहा—संसार में शान्ति कहाँ है बेटे! यह संसार पाप का आगार है। मुक्ति कहो कि शान्ति—सब इसी में है। यह कहकर उसने गाँजे का चिलम दिखा दिया।

जरा ने पूछा—तो फिर हिमालय में हज़ारों-हज़ार योगी, ऋषि-मुनियों की भीड़ क्यों? गाँजा तो दुनिया में भी मिलता है।

—मिलता क्यों नहीं, लेकिन क़ीमत देकर। मगर हिमालय में जहाँ देखो वहीं फला है। महज़ तोड़ लेने की ज़रूरत है। तिस पर देवलोक के इस गाँजे का फल तो तुम्हें हाथोंहाथ मिल गया। दैवी गुण।

—सो तो मिला बाबा, लेकिन मुझे असली समाधान तो नहीं मिला। यह मुक्ति क्षणिक है। मैं स्थायी मुक्ति चाहता हूँ।

इस पर साधु ने कहा—आगे बढ़ जा। और कुछ ही दूर जाने पर हिमालय का आरम्भ हो जाता है। वहाँ सबसे पहले किन्नर राज्य मिलेगा। वहीं तुझे स्थायी मुक्ति मिलेगी।—यह कहकर साधु ने अस्थायी मुक्ति का द्वार उस चिलम की ओर ध्यान दिया। आशा की उमंग से जरा तेज़ी के साथ किन्नर राज्य की ओर चल पड़ा।

कई दिनों तक चलते रहने के बाद जरा ने समझा—जरा जैसे आप अपने में डूबे हुए आदमी के लिए भी समझना सहज हुआ कि आबहवा में परिवर्तन होने लगा है। अब चढ़ाई ज़्यादा खड़ी है, उतराई ज़्यादा ढालू; उपत्यकाएँ घनी, चोटियाँ ज़्यादा ऊँची; दिन अब उतना गरम नहीं, रात अधिक ठण्डी; जब-तब कुहरे से सारा कुछ ढक जाता है, बादलों का दल नीचे से पहाड़ पर से ऊपर को उठता है; आसमान जब साफ़ रहता है तो तारों में चमक कितनी होती है। पहाड़ पर सीधे सुन्दर पेड़ क़तारों में एकबारगी चोटी तक पहुँच गये हैं। देवदारु, चीड़ आदि कुछेक को छोड़कर बाकी पेड़-पौधे उसके लिए अनजाने हैं। और उपत्यका में जो घनी हरी घास है, उनका रंग ऐसा गाढ़ा, ऐसा नया है कि लगता है, बैठते ही कपड़े पर छाप लग जाएगी।

जरा की आँखें कुछ दिनों से पहाड़ों की आदी हो गयी थीं, फिर भी यह दृश्य उसके लिए नया था। यह पहाड़ नहीं, पर्वत है।

इतने दिनों तक जरा जिन पहाड़ों में घूमा वे सब हिमालय की शाखा-प्रशाखा तो हैं पर उसका गृहीरूप है। जरा अब जहाँ पहुँचा है, वहाँ हिमालय गृहत्यागी है, महायोगी। हिमालय के अगम, अजेय, दुर्गम, तुषार-शृंगों को देखकर ही क्या पुराने लोगों ने धूर्जटी की कल्पना की थी। और उमा? वह तो नवीन कोमल तटिनी-तरल शस्यश्यामला उपत्यकाएँ हैं। उपत्यका, अधित्यका, ऊँचे शिखर और सघन जंगल ने सट-सटकर जिस विषम सौन्दर्य की सृष्टि की है, यह निश्चित रूप से कौन कह सकता है कि हरगौरी की कल्पना के मूल में वही नहीं है? हिमालय की एक-एक चोटी स्वर्ग पर चढ़ने की एक-एक सीढ़ी है। यहाँ के जल में, फूल-फल में आयु है, अमृत है। अमृत मुक्ति का सोपान है। जरा आज वहीं पहुँचा है।

अब तक मानो वह एक थकावट से लड़ता हुआ चल रहा था। पाँव उसे नहीं, उसी को पाँवों को घसीटकर ले जाना पड़ता था। अब मानो उसके न दिखनेवाले पंख उग आये हैं जो उसे उड़ाये लिये जा रहे हैं। यहाँ की हवा में उसे एक ऐसा भरोसा मिला कि लगा, मोड़ घूमते ही जैसे मुक्ति मिलेगी। किन्तु मूर्ख जरा को मालूम नहीं था कि धूर्जटी के तपोवन के पहरेदार हैं नन्दी-भृंगी। नन्दी का उत्तरदायित्व है शासन, भृंगी का त्रासन। एक सोने की छड़ी उठाता है, दूसरा तरह-तरह के भय दिखाकर आगन्तुक को बाज़ आने पर मजबूर करता है। इन दोनों से छुटकारा मिले, तभी उस सीमा में प्रवेश कर सकता है, तभी शान्ति, आनन्द और मुक्ति मिल सकती है। ये तीनों ब्रह्मा, विष्णु, महेश की विभूति हैं।

खड़ी चढ़ाई पर चढ़ते-चढ़ते जब उसने समझा कि और भी चढ़ना होगा तो अचानक देखा चढ़ाई को, सबसे ऊँची जगह बिलकुल समतल होकर चोटियों के दिगन्त तक फैल गयी है। जरा एक अधित्यका में जा पहुँचा–जिसे साधु ने किन्नर राज्य बताया था।

ऊँचे पहाड़ों पर समतल भूमि देखकर जरा चकित हो गया था–उसके बाद जब उसने देखा कि वह एक समतल नगर है–सुन्दर इमारतें हैं, बग़ीचे हैं, बाज़ार है, फ़ौहारा है, सफ़ेद पत्थर से बँधा घाटवाला सरोवर है, सरोवर में लाल नीले कमल खिले हैं, रास्ते के दोनों ओर मौलसिरी, शिरीष, चम्पा, कामिनी फूलों के पेड़ हैं, फिर तो उसके अचरज की कोई सीमा ही नहीं रही। अचरज और भी चरम पर पहुँचा। जब नगर के अधिवासियों को देखा। सभी तरुण और तरुणी। शिशु, बालक-बालिका, किशोरी भी हैं, मगर वे भी तरुणाई की कली ही हैं। खिलते ही तरुण! बूढ़ा उसे वहाँ एक भी नज़र नहीं आया। कुरूप या अंग-भंगवाला भी कोई नहीं दीखा। रूप और जवानी मानो इस राज्य की नियति हो। उसी क्षण उसे साधु की दी हुई दिलासा याद

आयी। हाँ, पाप की मुक्ति, पापी की शान्ति यहाँ मिल भी सकती है।

वह वहाँ से आगे बढ़कर सरोवर के घाट पर पहुँचा। देखा, कई तरुणियाँ बिलकुल नंगी पानी में तैर रही हैं। पन्ने के रंग के पानी ने ज़रा भी आवरण का काम नहीं किया। दूसरी कई युवतियाँ अनसँवरे कपड़ों में घाट पर बैठी सोने के ढेले से पाँव माँज रही थीं। कोई सोने के आईने में मुँह देख रही थी, कोई कजरारे मेघों से केशों को खोलकर तेल लगा रही थी, जिसकी खुशबू से जगह महमहा रही थी। वह खुशबू इतनी दूर आकर जरा की नाक को लग रही थी। उसे किसी ने देखा या नहीं वह समझ नहीं सका, और देखा भी हो तो उन तरुणियों में कोई विकार या जिज्ञासा नहीं जगी। कुछ दूर हटकर उसने जी भर पानी पिया। लगा, यह पानी नहीं, अमृत है। उसने अमृत कभी पिया ज़रूर नहीं, लेकिन शायद ऐसा ही होता होगा।

एक वीथिका से आगे की ओर चला। रास्ते के एक ओर वकुल, शिरीष, चम्पा, दूसरी ओर कदम, शेफाली, लोध्र के पेड़। बाग़ में मल्लिका, यूथी, चमेली, कुन्द... भिन्न-भिन्न ऋतुओं के फूल खिले हुए हैं। ऐसा तो उसने कहीं भी नहीं देखा। लेकिन पहले कभी किन्नर राज्य भी तो नहीं आया! इतने में उसकी नज़र पड़ी—सोने की तीन प्रतिमाओं जैसी, शुभ्र तुषार पर सूरज की किरणों की आभा जैसा उनका रंग उसकी ओर आ रही हैं।

हिम्मत बटोरकर जरा ने उनसे पूछा—यह क्या किन्नर राज्य है?

एक तरुणी ने कहा—हाँ।

उसके व्यवहार में लज्जा और संकोच का लेश भी नहीं था। ख़ूब सम्भव वह दो शब्द नहीं, उन दो भावों से भी उनका परिचय नहीं।

एक ने पूछा—तुम तो विदेशी से लग रहे हो। कहाँ से आ रहे हो?

जरा ने कहा—...बहुत...बहुत दूर से। यहाँ पहुँचने में बड़े दिन लग गये।

—देश छोड़कर यहाँ क्यों आये?

—वह बड़ी लम्बी बात है। सुनने से कोई लाभ नहीं। मैं देश-देश, पहाड़-पर्वतों में घूमता फिर रहा हूँ मुक्ति की आशा से। मैं पापी हूँ, महापापी, मेरी क्या गति होगी, तुम लोग बता सकती हो?

तीसरी ने कहा—इस प्रदेश में ऐसी बात यही पहली बार सुनने में आयी।

जरा ने आश्चर्य से पूछा—अच्छा! पाप-पुण्य यह सब तुम लोगों ने नहीं सुना है?

उसे सुबाला की याद आयी। वह भी तो इसी तरह चौंक उठी थी।

तरुणियों में से एक ने कहा—ये शब्द हमारे यहाँ नहीं चलते। पाप-पुण्य किसे कहते हैं?

—अच्छा, मैं समझा देता हूँ। यों समझो कि एक आदमी को मार डाला। आदमी

को मारना महापाप है।

—लेकिन एकाएक आदमी को मारेंगे ही क्यों?

—लोभ से समझ लो।

एक ने कहा—लोभ क्यों होगा?

जरा ने कहा—उसके धन-रत्न ले लेने का लोभ।

उन लोगों ने कहा—हमारे यहाँ बे-शुमार धनरत्न है। मगर वह किसी का अपना नहीं है।

तो?—जरा ने आश्चर्य से पूछा।

—तो फिर क्या! जिसे जो चाहिए, वह ले लेता है।

—कोई रोकथाम नहीं करता?

—कौन करेगा रोकथाम? हमारे यहाँ राजा नहीं है, शासन नहीं है—उन सबके बिना ही हम लोगों का चलता है।

—ख़ैर, धनरत्न की छोड़ो। समझो कि किसी को बहुत ही अच्छा महल है—उस महल के ही लोभ से उसे मार डाला!

—भई परदेसी, इस देश में तो सारे ही महल सुन्दर हैं, वह सब भी किसी की व्यक्तिगत सम्पत्ति नहीं। जो जहाँ चाहता है, रहता है।

जरा ने कहा—महल की भी छोड़ो। किसी के सुन्दरी स्त्री है, उस स्त्री के लोभ से ही उसके पति को मार डाला!

इस बात पर सुन्दरियाँ हँस उठीं, बोलीं—देख ही रहे हो, यहाँ की स्त्रियाँ और पुरुष—सभी सुन्दर हैं। लेकिन उनमें भी व्यक्तिगत सम्बन्ध नहीं है।

—वह क्या, तुम लोगों में विवाह की प्रथा नहीं है।

—नहीं। लोग जी चाहे जिसके साथ रहते हैं। अच्छा नहीं लगता है, तो किसी और के साथ रहने लगते हैं।

जरा ने पूछा—उनके बालबच्चे होते हैं, तब?

—बाल-बच्चे तो होते ही हैं। पर वे भी किसी के अपने नहीं होते।

—तो फिर किसके!

—सभी इस किन्नर राज्य के नागरिक होते हैं। थोड़ी उम्र हुई कि वे सब जी चाहे, जहाँ विचरण करते हैं।

अचरज के धक्के से जरा की बोलती बन्द हो गयी। इतने में तरुणियों में से एक ने ज़ोर से आवाज़ दी—तुहिन, इधर आओ।

जरा ने देखा—उसकी बुलाहट से एक ख़ूबसूरत जवान आया। वह क़रीब आ गया, तो तरुणी बोली—सुनो, आज रात तुम मेरे साथ रहना।

तुहिन नाम के उस युवक ने कहा—नवीना, तुम्हारे पास रह पाता तो ख़ुशी होती,

लेकिन मैंने तो पहले ही आरती को वचन दे दिया है। आज भर के लिए तुम किसी और को कहो न।

—ठीक है। न होगा तो गन्धर्व से कहूँगी।

उनकी बातें सुनकर जरा सोचने लगा, ये सब बावरे तो नहीं।

अब तुहिन की नज़र जरा पर पड़ी। बोला—इस आदमी को तो पहले कभी नहीं देखा।

नवीना ने कहा—परदेसी है।

—यहाँ क्यों आया?

—यह पाप से मुक्ति पाने के लिए भटक रहा है।

तुहिन ने कहा—यानी कि दिमाग़ ख़राब है।

जरा से चुप नहीं रहा गया, बोला—किसका दिमाग़ ख़राब है? मेरा कि तुम लोगों का?

कैसे?—तुहिन ने पूछा।

—कैसे क्या? मैं देख रहा हूँ, तुम्हारे यहाँ नीति-नियम, विवेक, धर्म, राज-शासन, कुछ भी नहीं है।

तुहिन ने कहा—वास्तव में यहाँ वह सबकुछ भी नहीं है। फिर भी देखो, सब कुछ मज़े में चल रहा है।

जरा ने कहा—अभी तो मज़े में चल रहा है। जवानी में ऐसा ही लगता है। लेकिन उमर होने पर देखोगे...

टोककर तुहिन ने कहा—उमर तो हम लोगों की कम कुछ नहीं है। मेरी उमर डेढ़ सौ साल है और इन सुन्दरियों की भी सवा सौ, एक सौ तीस साल के लगभग होगी।

--फ़ुज़ूल की बातें! तुम्हारी उमर ज़्यादा से ज़्यादा पच्चीस-तीस होगी और इन तरुणियों की पच्चीस से ज़्यादा तो हो ही नहीं सकती।

—तुमसे हमें झूठ कहने की क्या पड़ी है?

जरा ने कहा—तब तो देखता हूँ, तुम सब सदाबहार हो!

—देर से ही सही, दुरुस्त समझा। किन्नर राज्य में चिरयौवन ही है।

—यह सम्भव कैसे हुआ?

—बड़ी आसानी से। अभी-अभी तो तुम हैरान हुए थे कि हमारे यहाँ किसी का शासन नहीं है, न राजा का न समाज का। वह सब बेशक नहीं है। पर एक शासन है, वह है स्वभाव का।

—यह फिर क्या होता है?

—स्वभाव को अगर विधाता का दिया रास्ता मिले, कोई रोक-टोक न रहे, कोई

अड़ंगा न लगाए तो आदमी सदा ही आनन्द से रहे। और जो सदानन्द हो, उसके लिए जरा-मरण क्या! वह तो चिरयौवन होगा, चिरजीवी।

जरा चौंका–कह क्या रहे हो? तुम लोगों की मृत्यु नहीं होती?

–नहीं, हम मरने क्यों लगे? क्यों बूढ़े हों हम?

–बूढ़े इसलिए होगे, क्योंकि आधि-व्याधि, जरा सदा उसके रस को सोखता रहता है। आदमी की क्या मज़ाल है कि वह चिरयौवन और चिरजीवी हो!

–यह तुम लोगों के देश की रीति हो सकती है। तुम लोग स्वभाव के पथ पर ध्यान-धारणा, पाप-पुण्य, नीति-विवेक, स्वर्ग-नरक, परकाल, ईश्वर आदि को खींच लाये हो। इसीलिए स्वभाव विधि के निर्धारित पथ को न पाकर सूखकर मरता है या कभी बाढ़ ले आता है। तुम लोग लूले, कुबड़े, रोगी, दुबले, बूढ़े हो पड़ते हो। मरण तो अच्छा है, इन सबों से मुक्त कर देता है।

–स्वभाव का नियम से क्या मतलब है?

–बड़ा ही आसान है यह। जो जी चाहे, प्राण जो चाहे, इन्द्रियाँ जिस होकर जाना चाहें, उनपर रोक मत लगाओ। मन स्त्री को चाहता है, भोग करो। अच्छा खाना चाहता है, खाओ। धन-दौलत चाहता है, भोगो। नाच-गान विलास चाहता है–वही करो। देखोगे, जरा-मृत्यु, दुख-पाप पास नहीं फटकेंगे।

हताश होकर जरा माथे पर हाथ रखकर एक पत्थर पर बैठकर अपने आप बोलने लगा, तब तो लगता है, इनके पास मुक्ति का उपाय नहीं मिलेगा। ये लोग स्वभाव से मुक्त जीव हैं, बन्धन को माने बिना मुक्ति का उपाय कैसे जान सकता है! साधु जी ने ग़लत बताया।

तुहिन ने पूछा–किस साधु ने तुम्हें क्या बताया, नहीं जानता; कोई भी साधु-संन्यासी हमारे देश के तौर-तरीक़ों को नहीं जानता है। सच पूछो, तो यहाँ वे आ ही नहीं सकते। तुम कैसे आ पहुँचे हो, मैं समझ नहीं पा रहा हूँ।

जरा ने कहा–तुम लोगों के तौर-तरीक़े तुम्हारे ही रहें। मैं सोच रहा हूँ कि मेरी क्या गति होगी!

–देखो परदेसी, तुम्हारी गति की बात वही बता सकेंगे, जो उसी राह के राही हैं। यह किन्नर राज्य आधि-व्याधि, जरा-मरण से रहित चिरयौवन का आनन्दमय देश है!

जरा ने अपने लिए ही कहा–धरती पर ऐसा भी देश है, नहीं जानता था।

–तुम्हारी बात एक हिसाब से सही है। यह राज्य पृथ्वी के अन्तर्गत नहीं है। यह राज्य पृथ्वी और स्वर्ग के बीचोंबीच है। यहाँ से एक धाप आगे बढ़ते ही नन्दनलोक है।

–तो तुम लोग एक डग बढ़कर वहीं क्यों नहीं जाते?–जरा ने पूछा।

—मनुष्य देहधारियों के लिए वहाँ जाने की गुंजाइश नहीं। सुना है, महाराजा युधिष्ठिर सशरीर वहाँ जाएँगे।

—तुम लोग युधिष्ठिर को जानते हो, देख रहा हूँ। तब तो वासुदेव का नाम ज़रूर ही सुना होगा?

तुहिन ने कहा—अजी क्या बात करते हो! उनका नाम किसने नहीं सुना? लेकिन हम लोग वासुदेव के भक्त नहीं हैं। हमारे आराध्य हैं ब्रज के कृष्ण, जो सदा आनन्दमय चिरकिशोर हैं।

—मगर तुमने तो बताया, तुम लोग ईश्वर को नहीं मानते?

—किसने कहा, नहीं मानते हैं? हम मानते हैं कि भगवान हैं। हैं तो हैं। उसके लिए हम उतनी मग़ज़पच्ची नहीं करते।

—तो फिर कृष्ण को क्यों मानते हो?

—मानता हूँ, सखा के नाते। बन्धु के नाते। वह हमारे आनन्द के संगी हैं, इस नाते। भगवान के नाते नहीं।

—मैं तो तुम लोगों का रवैया ख़ाक भी नहीं समझ पा रहा हूँ। कृष्ण को मानते हो, वासुदेव को नहीं। ये दोनों क्या दो हैं?

—भई परदेसी, सहज बात को सहज ढंग से नहीं समझने की तुम्हारी आदत हो गयी है। वह जिस रूप में अपने सखाओं को, गोपियों को, ब्रजवासियों को आनन्द दिया करते थे, हम उनके उस चिरकिशोर रूप को मानते हैं। वासुदेव के रूप में तो वह आनन्दमय नहीं हैं। उस रूप में तो उन्होंने भारतवर्ष के राष्ट्रीय धनुष पर प्रत्यंचा चढ़ायी, वीरों में श्रेष्ठ हुए, शास्त्रों के स्रष्टा बने। तब वे प्रधान नायक, राष्ट्रपति, विश्वमूर्ति बन गये। उनके उस विश्वरूप को देखकर महावीर अर्जुन तक डर गये थे। उन्होंने कृष्ण से प्रार्थना की कि हे प्रभो! इस विश्वरूप को छोड़कर सखा रूप में दर्शन दो। फिर भी तुम्हें बताऊँ, वह रूप मर्त्य के लोगों का है, जिनकी संख्या असंख्य है, जो उस असंख्य के नाग-पाश से मुक्ति पाना चाहते हैं।

तुहिन को रोककर नवीना ने पूछा—सुनो, बेचारे का नहाना-खाना नहीं हुआ है। तुम इसकी व्यवस्था कर दो।

जरा ने कहा—इसकी फ़िक्र मत करो। मैंने उस सरोवर का पानी पिया है। वह पानी तो नहीं, अमृत है। उससे भूख-प्यास दोनों ही मिट गयी हैं। अब मुझे विदा दो।

—कहाँ जाओगे?

—रास्ता जहाँ ले जाएगा।

—रास्ते को क्या तुम्हारी मुक्ति का पता है?

—नहीं है शायद। लेकिन मेरे लिए रास्ते के सिवा दूसरा चारा क्या है? रास्ते

में घूमते-घूमते ही ज़िन्दगी बिता दूँगा, शायद कभी कोई वैसा आदमी मिल जाए! वैसे किसी को जानते हो तुम लोग?

तुहिन ने कहा—मैंने सुना है, हिमालय में कहीं पर आश्रम बनाकर चारुवाक ऋषि रहते हैं। यदि नसीब में होगा, तो उनके दर्शन पाओगे। वह शायद तुम्हारी प्रार्थना का उत्तर दे भी सकते हैं।

—क्या नाम बताया, फिर से कहो तो?

—ऋषि चारुवाक।[1]

—चारुवाक! न, अब भूल नहीं होगी।—जरा विदा होकर चल पड़ा।

जरा के जाने से चिरानन्द लोक से जैसे राहु की छाया हट गयी।

4

फिर वही रास्ते पर। इसे रास्ता कहना भाषा का दुरुपयोग है। खड़े पहाड़ की कन्धा-ऊँचाई तक चलने वालों के पाँवों का एक निशान पड़ गया है। उस पर किसी प्रकार से एक आदमी चल सकता है। दूसरी तरफ़ से कोई आ पड़े तो आफ़त। उनमें से एक को पहाड़ के पेड़-पौधों को पकड़कर दूसरे को जगह देनी पड़ती है। दायीं ओर पहाड़ एकबारगी आकाश तक ऊपर उठ गया है; उस पर वनस्पति की अक्षौहिणी; वनस्पतियों से लिपटी मोटी-मोटी लताएँ; अनचीन्हे फूलों पर अनजाने पतंगों की चुहल; उस जंगल में ज़रूर ही अनजाने जानवर होंगे। बिलकुल सन्नाटा, लेकिन मौन नहीं। कैसी तो एक गम्-गम् ध्वनि उठ रही थी। प्राचीनों ने शायद इसी को ओंकार शब्द कहा है। और, उधर बायीं ओर, बहुत ही नीचे, पहाड़-बराबर एक महीन सादा सूता—उसके दोनों ओर के सखुए-देवदारु के छोटे-छोटे दीखते पेड़ उपत्यका के घनेपन की याद दिलाते हैं।

सब जगह पा-पा चलने लायक़ पगडण्डी भी होती, तो बात थी, बहुत से रास्ते की निशानी भी नहीं—चट्टान पड़ी है। वही शायद रास्ता है। पाँवों के दबाव से एक ढोका लुढ़क पड़े तो गिरना निश्चित है और फिर हड्डी-मांस का नाम-निशान नहीं रहेगा। नीचे जो मांसभक्षी पक्षी उड़ रहे हैं, उन्हें भोजन मिल जाएगा। उपत्यका के

---

1. महाभारत में है, दुर्योधन के एक मित्र थे चार्वाक। इस वाक्य विशारद दार्शनिक को एक प्रकार से मिथ्यातार्किक कहना अन्याय न होगा। वह वेदविरोधी थे, इसलिए वेदवादी ऋषियों ने उन्हें चार्वाक राक्षस कहा है। बहुत सम्भव है, चार्वाक शब्द चारुवाक का संक्षिप्त रूप है। यदि ऐसा हो तो लगता है, उनका वाक्य बहुतों को अच्छा लगता था। शायद चारुवाक, चार्वाक् शब्द में यह इतिहास लुप्त होकर रह गया है। 'महाभारत का समाज' (पृ. 652)—श्री सुखमय भट्टाचार्य, शास्त्री, सप्ततीर्थ।

उस पार पहाड़ का फिर वैसा ही दृश्य। आज दिनभर में जरा को एक भी पहाड़ी गाँव नहीं दिखाई पड़ा। कल एक पहाड़ी गाँव में पनाह मिल गयी थी—साधु समझकर गाँववालों ने उसे भोजन और बरामदे पर रात बिताने दिया था। आज दिनभर अन्न नसीब नहीं। जरा इसका आदी हो चुका है। रात जो कहीं आश्रय मिलेगा, इसकी भी उम्मीद नहीं थी। वह इसका भी आदी हो चुका है। लेकिन बैठने के लिए तो कम से कम कोई जगह चाहिए। इस रास्ते की बारीक सुतली पर बैठना तो दूर की बात, हर कहीं पाँव धरने की भी गुंजाइश नहीं।

दिन भर में कहीं किसी राही पर नज़र नहीं पड़ी। वह किसी से पूछ भी नहीं पाया कि उसकी क्या गति होगी! वह सिर्फ़ मन ही मन जपता जा रहा था, मैं पापी हूँ। मेरी क्या गति होगी! ऐन इसी वक़्त एक मोड़ मिला। उस मोड़ पर घूमते ही एक समतल-सी जगह दिखाई पड़ी। पेड़-पौधे भी वहाँ कम थे। अब ऐसे आकस्मिक दृश्यान्तर से उसे आश्चर्य नहीं होता। पहाड़ में सबकुछ अनसोचा-सा है, औचक। उसके पाँव अब बढ़ नहीं रहे थे। वह एक पेड़ तले बैठ गया। बैठना था कि नींद आ गयी। नींद खुली तो देखा, आसमान रोशनी से हँस उठा है और उसके सामने हाथ जोड़े कई पहाड़ी स्त्री-पुरुष खड़े हैं—पायँ लागौं बाबा।

उनसे अपना पिण्ड छुड़ाने के लिए जरा ने कहा—भैया, मैं कोई साधु-संन्यासी नहीं, मैं पापी हूँ, महापापी।

इसका नतीजा लेकिन उलटा निकला। ये सीधे-सादे पहाड़ी लोग यह सोचते हैं कि जो सच्चे साधु होते हैं, वे आसानी से स्वयं को ज़ाहिर नहीं करना चाहते; तरह-तरह के बहाने बनाकर निकल जाते हैं।

उन लोगों ने कहा--बाबा, दुनियादार लोग पापी-तापी हो सकते हैं। आप जैसे संसार छोड़ने वाले पापी क्यों होने लगे।

जरा को ऐसा अनुभव पहले भी हो चुका है। वह जानता है कि अपने आप को दोषी बताकर ऐसे भक्तों से पिण्ड नहीं छुड़ाया जा सकता। इसलिए उसने चुप्पी साध ा ली। उससे उन गृहस्थों की भक्ति और भी बढ़ गयी। इतने में एक आदमी एक लोटा दूध और थोड़े से अखरोट लेकर आया। साधु के पैरों के पास उसे रखकर उन्हें प्रणाम किया। जरा ने सोचा, अगर ये चीज़ें उन्हें लौटा दें तो उनकी भक्ति इस हद तक बढ़ जाएगी कि जान पर आ पड़ेगी। इसके सिवा कल फ़ाक़ाकशी गयी। इतना कमज़ोर हो गया था वह कि उसे भोजन की ज़रूरत ही थी। उसने दूध पी लिया। कई अखरोट तोड़कर खा लिये, जो बचे उन्हें उन लोगों में बाँट दिया। वे लोग उसे प्रसाद समझकर सिर से लगाकर अपने घर लौट गये।

जरा की देश-काल की स्मृति जाती रही थी। नरेन्द्रनगर छोड़े कितने दिन हुए, याद नहीं। वह गोया पिछले जनम की बात हो। किन्नरराज को कब छोड़ा! कभी

लगता, दो-चार दिन पहले; कभी लगता, बहुत-बहुत पहले। और स्थान? यह कौन-सा स्थान है, नहीं जानता। कहाँ जा रहा है, नहीं जानता। देश का भ्रम, दिशा का भ्रम। लेकिन ऐसा उसने होने नहीं दिया। हर रोज़ सवेरे सूरज को उगते देखकर घड़ी मिलाने की तरह दिशा ठीक कर लेता। छागर्षि ने कहा था—पूरब जाना, दक्खिन जाना। पूरब में हिमालय है, दक्खिन में भारतवर्ष। उत्तर या पश्चिम मत जाना। जरा पूरब को जा रहा है। बीच-बीच में किसी पहाड़ी नदी में नहाते समय अपनी दाढ़ी और बाल की लम्बाई देखकर वह समझ सकता था कि उसके सिर पर से बड़ा लम्बा समय निकल गया। जाने कितने दिन! पता नहीं। नरेन्द्रनगर में उसे दाढ़ी नहीं थी। बाल भी छोटे-छोटे थे। अब दाढ़ी छाती तक लटक आयी है, बाल पीठ तक। दाढ़ी-मूँछ की उस घनी झाड़ी की ओट उसे अपना मुँह दिख गया। दोनों में कितना फ़र्क़! हाँ, कपाल पर, गाल पर दुख-कष्ट ने अपनी छाप ज़रूर छोड़ दी है, पर जवानी को नहीं हटा सका है। उमर भी कितनी होगी उसकी, बहुत ज़्यादा तो दो-बीस। बल्कि इससे कुछ कम ही होगी। मूँछ-दाढ़ी का सफ़ाया करा ले तो जवानी निखर उठेगी। उसी समय उसे किन्नर राज्य के युवक-युवतियों का स्मरण हो आया।

जरा सोचने लगा, बुद्धू समझकर उन लोगों ने उसे चकमा तो नहीं दे दिया! कहा क्या कि छोरे की उमर डेढ़ सौ और छोकरियों की सवा सौ साल है। उस देश में बूढ़े लोग नहीं हैं, यानी पकी मूँछ-दाढ़ी वाले झुकी कमर के आदमी नहीं हैं, यह तो मैंने अपनी ही आँखों देखा। और यह सदा जवानी क्या तो स्वभाव पर संयम का लगाम नहीं लगाने का फल है। वह कहं उठता, सब...लेकिन उसी समय उसे याद आया, जो देखा, जो सुना, उसे झूठ कैसे कहे! छोरे ने आते ही आम रास्ते पर तीनों छोकरियों को चूम लिया और बुलावा किस आसानी से नकारा गया। उन लोगों ने तो साफ़ ही कहा कि प्रवृत्ति के प्रवाह में धर्मनीति, विवेक, आचार आदि के ढोके डालने से ही बाढ़ आती है; उसी से जवानी, आनन्द, स्पृहा असमय में ही बैठ जाती है। न, वे लोग बड़े सुख से हैं। उसके अनजान में ही एक लम्बा निःश्वास निकल पड़ा। वह दर-दर मारा-मारा फिर रहा है! मुक्ति की खोज में। न, वे लोग बड़े सुख से हैं।

ऐसे में उसे खट्टास और उसकी जमात की याद आ गयी। वे लोग भी तो ख़ूब सुखी थे। धर्मनीति और विवेक के लिए छाती पीटकर हाय-हाय नहीं करते थे। बीच में से उसकी यह दशा क्यों हो गयी। दो ओर सुख की समानान्तर तीरभूमि और बीच में वह दुख की घूर्णी में ऊब-डूब कर रहा है। किन्नरराज्य के उस युवक ने किसी ऋषि का नाम बताया था—चारुवाक या क्या तो! कहीं वह नाम भूल न जाए, इसलिए बार-बार मन ही मन उच्चारण करता था, एकाध बार शायद ज़ोर से बोल उठा था।

—क्यों, बाबा जी, सवेरे ही सवेरे उस कुलच्छन का नाम क्यों ले रहे हो?

जरा चौंका, देखा, उसकी बग़ल में एक दूसरा संन्यासी आकर बैठा है! हिमालय तो संन्यासियों का राज्य है।

जरा ने पूछा—आप कब आ गये? कहाँ रहते हैं?

आगन्तुक ने ज़रा खीजकर कहा—अभी-अभी आया। और, स्वयं संन्यासी होकर आप नहीं जानते हैं कि कहाँ रहता हूँ। संन्यासी के लिए जहाँ रात वहीं ठिकाना। आपके प्रश्न का उत्तर मिल गया न? अब आप मेरे प्रश्न का उत्तर दें तो —सवेरे ही सवेरे आप उस पाषण्ड का नाम क्यों ले रहे थे?

—क्यों, उसमें दोष क्या है?

—सवेरे पाषण्ड का नाम करने से दोष क्या है?

—पाषण्ड है, यही दोष?

आगन्तुक ने कहा—अजी, वह तो महाषण्ड है!

—पाषण्ड! महाषण्ड! अजी, मैंने सुना वह ऋषि हैं।

—वह कमबख़्त अगर ऋषि हो, तो जंगल के सारे भालू ही ऋषि हैं। मगर यह नाम कहाँ मिल गया?

जरा ने बताया—किन्नर राज्य में।

—ओ, तो वहाँ से भी हो आया गया है! तब तो नरक का दरवाज़ा देख ही चुके, अब क्या ख़ास नरक देखने की इच्छा है?

जरा ने कहा—साधु जी, मैं तो कुछ समझ नहीं पा रहा हूँ कि आप उन्हें पाषण्ड क्यों कहते हैं?

—पहले यह सुनूँ कि उस कमबख़्त से ज़रूरत क्या है?

जरा ने कहा—मैं महापापी हूँ। मुक्ति की खोज में निकला हूँ। किन्नर राज्य के लोगों ने बताया—मुक्ति का पता चारुवाक ऋषि जानते हैं।

—ऋषि चारुवाक। कमबख़्त राक्षस चार्वाक है।

—राक्षस क्यों, आदमी खाते हैं?

—आदमी नहीं खाता है, खाता है उसका दिमाग़ और लोक-परलोक।

जरा ने कहा—मुझे तो उन दो में से कोई भी नहीं है।

—माथा तो है न। अब से वह भी नदारद हो जाएगा।

—साधु जी, मुझे माथे से क्या लेना-देना! मुक्ति के सिवा मैं और कुछ नहीं चाहता।

—सो मुक्ति तो वह देगा। कुछ युवतियाँ जुटा देगा, उसके साथ खीर, पीठा, पुरोडास और कुरबा-कुरबा माध्वी। फिर मुक्ति पाये बिना उपाय क्या?

—कह क्या रहे हैं आप! वह ऋषि हैं।

—अजी, ऋषि हैं, जभी तो कह रहा हूँ। एक ऋषि विश्वामित्र, एक पराशर और

एक ऋषि वेदव्यास। इनके कलंक से कान रखना मुहाल।

उसके सन्तोष के लिए जरा ने कहा—साधु जी, आप भी तो एक ऋषि हैं!

—रे-रे कमबख़्त! मैं ऋषि हूँ?—यह कहकर जरा के सिर को निशाना बनाकर उसने हाथ का डण्डा उठाया।

जरा थोड़ा हट आया, बोला—माफ़ कीजिए, मैं नहीं जानता था कि आप क्या हैं।

आगन्तुक ने कहा—मैं मुनि हूँ। मौन रहना ही हमारा धर्म है। मौन के साथ अक्रोध, क्षमा, तितिक्षा।

मुनि धर्म का जलता उदाहरण देखकर उनके मुनिपने पर सन्देह नहीं रहा। वह विनय के साथ बोला—प्रभु, अभी तक पहचान नहीं पाया था, ग़लती हो गयी। अब अगर आप चारुवाक ऋषि का आश्रम जानते हों, तो दया करके बता दें।

जाते-जाते मुनि ने कहा—नहीं जानता हूँ।

उसके बाद लौटकर कहा—जानता हूँ, किन्तु बताऊँगा नहीं।

मुनि तेज़ी से चला गया। जरा काठ का मारा-सा खड़ा रह गया।

5

जरा जब चार्वाक ऋषि के आश्रम में पहुँचा तो साँझ हो चुकी थी। आश्रम में पहुँचते ही एक तरुण शिष्य ने उसकी अगवानी की। पाँव धोने को पानी दिया। बोला—आर्य, अभी आप विश्राम करें। कल सवेरे आपको आश्रम-गुरु के पास ले जाऊँगा।

जरा ने कहा—वत्स, मैं सचमुच ही बहुत थका हुआ हूँ। मुझे विश्राम करने की बड़ी आवश्यकता है।

शिष्य ने कहा—जी, वह तो स्वाभाविक है। हिमालय की इस दुर्गम अधित्यका में पहुँचने के लिए बड़ा लम्बा रास्ता तय करना पड़ता है। आप मेरे साथ आइए।

उसके पीछे-पीछे चलते हुए जरा ने देखा, सरल, देवदारु आदि पेड़ों की छाया में छोटी-छोटी कुटिया हैं, हर कुटिया में प्रदीप जल रहा है। आश्रम का परिवेश स्वच्छ-सुन्दर। सबकुछ झक-झक। और उस स्निग्ध शीतल आबहवा में व्याप्त एक निविड़ शान्ति। बड़ा अच्छा लगा उसे।

शिष्य उसे एक कुटिया में ले गया। पत्थर के फ़र्श पर दो कम्बल डाल दिये। बोला—आप बैठिए। कुछ ही देर के बाद भोजन का समय होगा। तब आपको भोजनशाला में ले चलूँगा।

जरा ने कहा—वत्स, तुम्हारे स्वागत-सत्कार से मुझे बड़ी खुशी हुई। तुम्हें आशीर्वाद देता हूँ।

जरा बैठा तो वह भी कुछ दूर पर बैठ गया। जरा ने कहा—वत्स, तुम उस ठण्डे फ़र्श पर क्यों बैठे? आकर इस कम्बल पर बैठो।

शिष्य ने कहा—आर्य, अतिथि के समान आसन पर बैठना उचित नहीं है। मैं यहाँ पर बहुत ठीक हूँ।

जरा ने पूछा—तुम्हारा नाम क्या है?

—मेरा नाम है अरणी।

—अरणी! बड़ा अच्छा-सा नाम है!

अरणी ने हँसकर उत्तर दिया—आर्य, सिर्फ़ मेरा नाम ही नहीं, हमारे यहाँ सब कुछ सुन्दर है। कल भोर के प्रकाश में देखकर आप सन्तुष्ट होंगे।

जरा ने पूछा—तुम लोग यहाँ किस देवता के उपासक हो?

उत्तर मिला—आर्य, हम किसी देवता के उपासक नहीं। हम व्रात्य हैं।

जरा ने यह शब्द कभी नहीं सुना था। पूछा—इसका मतलब?

—हम लोग चूँकि देवोपासक नहीं हैं, इसलिए वेदवादी ऋषि-मुनि हमें व्रात्य यानी व्रतभ्रष्ट या पतित कहते हैं। उन लोगों ने हम लोगों को पाँत से अलग कर रखा है।

जरा ने पूछा—शायद इसीलिए तुम लोगों का आश्रय इस दुर्गम में है।

—नहीं आर्य, वास्तव में इसलिए नहीं। यह स्थान सुन्दर है, स्वस्थ है—नगर की हलचल से दूर है इसलिए साधना के लिए अच्छा है।

जरा ने कहा—तुमने अभी-अभी कहा, तुम लोग किसी देवता की उपासना नहीं करते, तो फिर साधना कैसी? किसकी साधना?

अरणी ने कहा—किसी की साधना नहीं। हम सब जीवन की साधना करते हैं। हम जीवन-साधक हैं।

—बात तो मैं समझ नहीं सका वत्स, समझा दो।

—आर्य, यह आपने बड़ा कठिन प्रश्न किया। मैं आपको समझा सकूँ, इतनी क्षमता मुझमें नहीं है। कल आप आश्रम-गुरु से पूछकर जान सकेंगे।

इतने में शंख बज उठा।

जरा ने पूछा—यह शंख किस मन्दिर में बजा?

शिष्य ने कहा—किसी मन्दिर में नहीं। किन्तु जब मन्दिर शब्द आया, तो कहा जा सकता है, भोजन-मन्दिर में।—यह कहकर वह मुस्कराया।

उसके बाद बोला—उठिए। भोजनशाला की ओर चलें।

अरणी के पीछे-पीछे जरा भोजनशाला में पहुँचा, देखा, दो लम्बी पाँतों में कुशासन

पर खाने वाले बैठे हैं। प्रत्येक के पास एक लोटा पानी, सामने पत्थर की थाली में पुरोडास, शाक। पत्थर के कटोरे में मांस और खीर। इस लम्बी पाँत के एकान्त में एक विभूति वाले कान्तिमय पुरुष बैठे थे। उन्होंने कहा—आर्यगण, अब भोजन आरम्भ कीजिए।

अरणी नये अतिथि को अपने पास ही बैठाये हुए था। जरा ने समझा, इनका मत-पथ चाहे जो भी हो, ये लोग खाते-पीते अच्छा हैं। उसी क्षण याद आ गया, ये लोग जीवन-साधक हैं। बेशक, जीवन-साधना के लायक़ खाद्य-पदार्थ है। नरेन्द्रनगर छोड़ने के बाद से ऐसा अच्छा भोजन जरा को नसीब नहीं हुआ। ज़्यादातर अखाद्य और कुखाद्य ही मयस्सर हुआ। इसलिए वह जो चाव से खाएगा, इसमें सन्देह क्या! लेकिन अचरज और कुखाद्य की बात यह थी कि खाने में सबको समान चाव था। जरा सोचने लगा, तो क्या ये सब भी उसी की तरह मुसाफ़िर हैं क्या! नहीं, सो तो नहीं। अरणी से उसने सुना था, उस दिन अतिथियों की संख्या ज़्यादा थी। दोपहर में भी संख्या इतनी ही थी। कई घण्टे के अन्दर ही भूख के इस सजीव रूप को देखकर उसने समझा, इनकी जठराग्नि कुछ ज़ोरदार है। और हो भी क्यों नहीं! हिमालय की हवा और पानी—दोनों ही स्वास्थ्यकर हैं।

भूख थोड़ी मिटी तो जरा ने ग़ौर किया, अब तक केवल पुरोडास और मांस पर ही पड़े थे सब। एक पाँत में, जिसमें वह खुद बैठा था, खाने वाले लोग मूँछ-दाढ़ी वाले थे। बहुतों की दाढ़ी जरा की दाढ़ी से भी लम्बी थी। दूसरी पंक्ति में युवकगण थे। उनकी दाढ़ी-मूँछें घुटी हुई। दमकता हुआ मुखमण्डल। अरणी ने उसके कान में कहा—इस पाँत में आये हुए अतिथि हैं और सामने की पाँत में आश्रमिक और जिन्होंने भोजन करने का अनुरोध किया है, वे हैं आश्रमगुरु चार्वाक। जरा ने श्रद्धा भरे विस्मय से देखा, तो यही जाने-माने, बहुनन्दित और बहुनिन्दित ऋषि चार्वाक हैं! कहाँ, इनमें तो ऋषि के योग्य कुछ भी नहीं। मूँछ-दाढ़ी घटापटा। ये फिर कैसे ऋषि हैं।

जरा ने पूछा—इतने अतिथि क्या रोज़ ही आते हैं?

अरणी ने कहा—अतिथि तो रोज़ ही आते हैं, पर आज संख्या अधिक है।

—कोई पर्व है क्या?

—नहीं आर्य, कल एक वाद-विवाद होगा।

—किस विषय पर?

अरणी ने कहा—ये सारे अतिथि वेदवादी हैं, यानी आत्मा, ईश्वर, परकाल, आदि मानते हैं। हम नहीं मानते। दोनों में इसी पर तर्क होगा।

जरा ने पूछा—तुम लोग क्या पाप-पुण्य नहीं मानते?

—पाप-पुण्य से ऊपर एक अवस्था है। हम उसे मानते हैं?

—कौन-सी अवस्था?

—आनन्द। हमारी यह जीवन-साधना आनन्द को पाने के लिए है।

—सुना है, वेदवादी लोग भी आनन्द को मानते हैं।

—मानते हैं, लेकिन उनसे हमारे पन्थ का बड़ा भेद है। आर्य, इस विषय की व्याख्या का मैं अनधिकारी हूँ। आज रात भर के लिए धीरज धरिए, कल की विचार-सभा में सब जान सकेंगे।

इस बीच भोजन-आचमन समाप्त करके सब अपनी-अपनी कुटिया में पधारे। जरा आकर लेटा कि सो गया।

जो जरा तीर-धनुष लेकर शिकार के लिए जंगलों की ख़ाक छाना करता था, जिसने वासुदेव की हत्या की, मदिरा के यहाँ जाकर शराब पीकर जो नशेबाज़ी करता था—उस जरा में और आज के जरा में बड़ा अन्तर था। सुमन्तनगर और नरेन्द्रनगर के जरा ने बहुत-सी भलमनसी, राजकीय आचार-विचार सीखा था—फिर भी आज का यह जरा वह जरा नहीं है। उसके बाद दुख, पछतावा, कष्ट, ताड़ना, संकट-विपद् के बहुत बरस बीते उसके। साधु की संगति की, असाधु की संगति की; बाघ के सामने आया, भालुओं के पाले पड़ा, किन्नर राज्य को देखा। इसी तरह दुख के ताप में तपते-तपते वह धीरे-धीरे पक गया। पोथीगत विद्या नहीं होने के बावजूद ज्ञान का जो सार है, भले-बुरे का जो विचार है, उसकी थोड़ी-बहुत क्षमता हुई है उसे। वेद-पुराण का तात्त्विक ज्ञान नहीं होते हुए भी उसने व्यावहारिक ज्ञान प्राप्त किया है। ज्ञानियों की बात वह समझ सकता है, गो कि वह स्वयं ज्ञानी या पण्डित नहीं है। और सबसे बड़ी बात यह कि जहाज़ी कम्पास का काँटा सदा उत्तर ही की ओर रहता है, उसी तरह से उसका मन अपने अभीष्ट की ओर ही एकाग्र है। पाप से मुक्ति कैसे मिले! यही कामना लिये जब वह सवेरे विचार-सभा में जाकर बैठा, तो देखा, दोनों तरफ़ के पण्डितों ने पाण्डित्य की रुई धुनकर चारों तरफ़ अँधेरा कर दिया है। केवल आश्रमगुरु चार्वाक प्रसन्न और मौन थे।

दोनों पक्षों में तर्क किस तरह का हो रहा था, यह समझाना हो तो आधुनिक रण-कौशल से उसकी तुलना करनी होगी—उसकी दूसरी कोई तुलना तो नहीं नज़र आती। लड़ाई की शुरूआत में ही दोनों पक्ष तोपों से गोले बरसाना शुरू कर देते हैं। गोले बरसाने का मतलब यह कि दुश्मन को घायल करके पस्त-हिम्मत कर दें। उसके बाद जैसी ज़रूरत हो, पैदल सिपाहियों या घुड़सवारों को आगे बढ़ाएँ। यहाँ भी क़रीब-क़रीब वही हो रहा था। तोपों के गोले के बदले कठिन-से-कठिन संस्कृत श्लोकों की झड़ी। जरा में संस्कृत समझने की जुर्रत नहीं थी। इसलिए वह चुप और गम्भीर होकर बैठा रहा। कुछ देर के बाद जब दोनों तरफ़ के हमलावर थक गये, तो

दाढ़ी वाले एक वेदवादी ने कहा—हे चार्वाक राक्षस, यदि तुममें यह साध्य हो तो साबित करो कि आत्मा, ईश्वर और परकाल नहीं है।

उसकी अनार्य जैसी बात सुनकर एक चार्वाकपन्थी ने कहा—आश्रम गुरु का अपमान हम नहीं सहेंगे। भद्रता से बोलिए।

उस दाढ़ी वाले ने कहा—अनार्य के साथ भद्रता की आवश्यकता नहीं।

शिष्य ने कहा—वे अनार्य हैं, यह प्रमाणित करना होगा।

वेदवादी ब्राह्मण ने कहा—प्रमाण और भद्रता अवान्तर है। युद्ध में जीत हो जाने के बाद महाराजा युधिष्ठिर जब सिंहासन पर बैठे, तो इस अशिष्ट आदमी ने सभा में जाकर वहाँ इकट्ठे हुए ब्राह्मणों के आशीर्वचन की उपेक्षा करके उन्हें धिक्कारा था।[1]

शिष्य ने जवाब दिया—असंख्य अपने जनों और असहाय प्रजा की जान के बदले मिलने वाला सिंहासन सज्जन के धिक्कार योग्य है।

उसके जवाब में वेदवादी ब्राह्मण लोग ज़ोरों से हँस पड़े। बोले—धर्मयुद्ध में बेटे को मारना पाप नहीं है, बल्कि दुश्मन को नहीं मारना ही पाप है। यह स्वयं भगवान श्रीकृष्ण ने गीता में समझा दिया है।

उनकी इस बात पर इधर के लोगों ने कहा—आप लोग बे-सिर-पैर की बात कर रहे हैं। कृष्ण तक तो मानने को हम राजी हैं, पर वह भगवान थे, इसका प्रमाण नहीं है।

एक वेदवादी ने कहा—अन्धे के लिए यह संसार ही प्रमाण से परे है।

—अन्धा आदमी तो जगत को नहीं देख पाकर भी उसका स्पर्श कर पाता है, उसका स्वाद ले सकता है, मगर आपमें से किन ने भगवान को प्रत्यक्ष किया है, सो कहिए।

—आँखों से न दीखते हुए भी वह मानस में प्रत्यक्ष हैं।

—वह प्रत्यक्षता आपके लिए सच हो सकती है, और लोग क्यों मानेंगे?

वेदवादियों ने कहा—आप लोग क्या मानते हैं, यह कहिए?

—जो प्रत्यक्ष है, जो पंचेन्द्रियों से जाना जा सकता है, हम उसी को मानते हैं। इसके अलावा जो है, प्रमाण के अभाव में उसका अस्तित्व नहीं है।

—तब तो आप आत्मा को नहीं मानते, क्योंकि वह प्रत्यक्ष नहीं है।

—बेशक नहीं मानते हैं।

—फिर तो आप ईश्वर, परकाल, धर्म, विवेक, कुछ भी नहीं मानते?

उन लोगों ने क़बूल किया कि हाँ, नहीं मानते। उन लोगों ने यह भी

---

1. महाभारत कालीन समाज, पृ. 652

कहा—ईश्वर, परकाल, धर्म-जैसी अलीक बातें राजाओं की प्रेरणा ये षड्यन्त्रकारी पराये अन्न पर पलनेवाले ब्राह्मणों की कल्पना है। वह एक प्रकार का मानसिक मद्य है। मदिरा पिलाकर जनसाधारण को बदहोश-सा करके रखा गया है।

—आख़िर क्यों?—एक वेदवादी ब्राह्मण ने पूछा।

—इसलिए कि जनता बेख़बर पड़ी रहे, राजा के चंगुल से अपने हक़ को छीन न ले।

—ख़ैर। आपकी बात सच भी हो, तो इसमें ब्राह्मणों को क्या लाभ है?

—लाभ है राजा की कृपा।

—ब्राह्मण लोग निहायत मामूली जीवन बिताने के आदी हैं। थोड़ा-सा अरवा चावल और घी से ज़्यादा कुछ की उन्हें ज़रूरत नहीं पड़ती, फिर वे ग़लत ढंग से राजा की दया की भीख क्यों लेना चाहेंगे?

—नहीं तो उतना भी तो नहीं मिलने को है! परजीवी, परायों के आश्रित, पराये अन्न पर पलनेवालों को और क्या उपाय है!

—ये सारी दलीलें अर्वाचीन जैसी हैं, इन पर अर्वाचीन लोग ही मुग्ध हो सकते हैं। अच्छा, यह कहिए, आप लोग तो आत्मा, ईश्वर, परकाल—कुछ भी नहीं मानते। तो फिर आपके जीवन का उद्देश्य क्या है?

इधर के एक ने कहा—सुख पाना।

—सुख पाना तो परकालवादियों का भी उद्देश्य है, फिर फ़र्क़?

—फ़र्क़ पन्थ का है, साधना की रीति का है।

सबने देखा कि आश्रमगुरु अब तक चुपचाप सुन रहे थे। अब वह बोल उठे—वेदवादियों से हमारा यानी लोकायतों का उद्देश्य का अन्तर नहीं है, अन्तर है उस लक्ष्य तक पहुँचने के उपाय का।

सभी वेदवादियों ने चँवर जैसी लम्बी दाढ़ी हिलाते हुए कहा—ज़रा और स्पष्ट करके कहिए।

तथास्तु—कहकर चार्वाक ने शुरू किया—आप लोगों ने तप, तितिक्षा, कृच्छ्र साधना से जीवन को काँटों से भर रखा है। उपवास, अनिद्रा, भोगराहित्य से अपने आप को कष्ट देते हैं, इसलिए कि आप लोगों का यह ख़याल है, उन सब प्रक्रियाओं से सुख मिलेगा। लेकिन सैकड़े में निन्यानबे लोग वैसी अमेध्य प्रक्रियाओं से किसी तरह से जीते भर हैं, सुख उन्हें नसीब नहीं होता।

ब्राह्मणों ने कहा—यहाँ न मिले, परलोक में मिलता है।

चार्वाक ने कहा—परलोक भी है, यह तो साबित नहीं हुआ है। और तर्कों के नाते परलोक को मान भी लें, फिर भी जीत हम लोगों की ही होती है।

—कैसे?—वेदवादी ने पूछा।

—हम लोग इस लोक में हाथों-हाथ सुख पा लेते हैं, अनिश्चित परलोक के लिए उसे रख नहीं छोड़ते।

ब्राह्मणों ने कहा—आपने हमारे साधन-पन्थ की बात तो कही, अब अपने साधन-पन्थ की कहें, सुनें हम।

—बेशक!—कहकर चार्वाक ने फिर आरम्भ किया—जीवन को वंचित न करो। पाँचों इन्द्रियों को उनका अपना भोग दो—हाथोंहाथ सुख मिलेगा। जीभ अच्छा खाना चाहती है, खाने दो उसे। नाक सुगन्ध चाहती है, फूल और सुगन्ध से अपने घर को सजाये रखो; कान मधुर स्वर के प्यासे हैं, उन्हें मीठे गीत सुनने दो; त्वक् नारी के कोमल स्पर्श को लालायित है, सुन्दरी युवतियों का उपभोग करो—हमारी साधना यही है। लोग अगर इस रास्ते से चलें, तो जरा-मरण से रहित चिरपुण्य-लोक में विराज सकते हैं। हिमालय में बहुत सारे किन्नर राज्य हैं, आप उनको देख आइए।

उसके बाद उन्होंने वेदज्ञ ब्राह्मणों से पूछा—महाशय जी, मेरी क्या अवस्था होगी, आप अन्दाज़ लगा सकते हैं?

एक ने उन्हें ख़ूब ग़ौर से देखकर कहा—जैसा हट्टा-कट्टा देख रहा हूँ, चालीस से ज़्यादा नहीं होगी।

चार्वाक ने कहा—मेरी उम्र दो हज़ार साल की है। कम-से-कम और भी दो हज़ार साल मैं जिऊँगा। शायद हो कि चिरजीवी ही होऊँ। क्या अब मैं पूछ सकता हूँ कि आप में से जो सबसे बड़े-बूढ़े हैं, उनकी उम्र क्या है?

ऐसे आकस्मिक प्रश्न से ब्राह्मण लोग अकचका गये। कुछ देर तक उन लोगों ने आपस में पूछा-पाछी की। फिर कहा—हम लोगों में जो सबसे बड़े हैं, वे हैं ये उद्दालक ऋषि। इनकी उम्र चौरासी साल है।

—तो स्वयं सोच देखिए वेदज्ञ महाशयो, ग़लत रास्ता अख़्तियार करने की वजह से ही आप लोग सूखकर चमगादड़ जैसे हो गये हैं। मेरे इन सौम्य शिष्यों में से सबसे छोटे की भी उम्र चौरासी साल से ज़्यादा है। ये सभी भोगी हैं, सुखी हैं, इनकी कामना पूरी हुई है।

एक वेदज्ञ ने कहा—महाशय, लगातार भोग करते रहने से इन्द्रियाँ शिथिल हो पड़ती हैं। धीरे-धीरे पेट की बीमारी, अग्निमन्दता, ध्वजभंग होता है। रोग और बुढ़ापा मृत्यु का अग्रदूत बनकर आता है, वैसे में सुख का सपना क्या?

चार्वाक ने कहा—आप लोग भूल करते हैं। ज़रूरत से ज़्यादा भोग से ही ये सारे उत्पात होते हैं। ज़रूरत से ज़्यादा भोग के कारण अग्निवर्ण बरबाद हुआ था, ज़रूरत से ज़्यादा भोग के कारण ही चन्द्रमा को क्षय रोग हुआ। भोग और अतिभोग में आकाश-पाताल का अन्तर है। खुद को ही देखिए न, कृच्छ्र साधन की अति से आप लोग सूखकर सोंठ-से हो गये हैं। 'सर्वमत्यन्तगर्हितम्'। अगर आप लोग और भी

अनुस्वार-विसर्ग वाले वाक्य सुनना चाहते हों तो कहूँ—'हृदि सन्तोषमास्थाय सुखार्थी संयतो भवेत्'। विचार करके नियमित भोग कीजिए, इसी जीवन में परम सुख पाइएगा। नाहक़ ही अपने आप कष्ट देने के लिए ईश्वर-फीश्वर, परकाल-फरकाल की कल्पना की ज़रूरत ही नहीं होगी।

चार्वाक की दलील में सूराख़ चाहे जितने हों, उन सूराख़ों को समझने जैसी अक्ल वेदवादियों में नहीं थी। मगर फिर भी वे टूट सकते थे, झुक नहीं सकते थे।

एक ने पूछा—ठीक है, माना कि ईश्वर, परकाल आदि नहीं हैं—लेकिन इस जड़ जगत् में चेतनता कैसे आयी?

चार्वाक ने कहा—स्वतन्त्र किसी चैतन्य स्वरूप की कल्पना करने की ज़रूरत नहीं है। चैतन्य दरअसल जल का ही विकार है। मसलन् तन्दुल, गुड़ आदि द्रव्यों के कल्क मिलने से दो ही तीन दिन में उसमें मादकता आ जाती है, उसी तरह से यथा-यथा मिले पंचभूत से ही चैतन्य की सृष्टि होती है। दो लकड़ियों की आपस की रगड़ से आग पैदा होती है, आग आख़िर लकड़ी का ही तो अवस्थान्तर है। अयस्कान्तमणि जैसे लोहे को चलाता है, वैसे ही उत्पन्न चैतन्य इन्द्रियों को चलाता है। मगर इतनी बातों की ज़रूरत भी क्या, भोग की वस्तुओं के भोग के लिए शरीर के अतिरिक्त अन्य जीव को मानने की ज़रूरत नहीं है। लिहाज़ा चैतन्य जड़ में ही मौजूद है।

चार्वाक की व्याख्या को सुनकर वेदवादी कुछ देर तक चुप रहे, उसके बाद एक ही साथ बोल उठे—इस पाप आलोचना को धिक्कार है। इस नरक जैसी जगह में आधे तिल बराबर क्षण भी ठहरना उचित नहीं है।

वे लोग उठ खड़े हुए। चार्वाक को बुरा-भला कहते हुए चल पड़े—चार्वाक के आग्रह-अनुरोध से वे डिगे नहीं।

जरा अब तक एक ओर बैठा सब देख-सुन रहा था। कुछ समझ रहा था, कुछ नहीं। सबके चले जाने के बाद चूँकि वही अकेला दाढ़ीवाला बच गया, इसलिए चार्वाक की नज़र उस पर पड़ी। चार्वाक ने कहा—महाशय जी, आपको धन्यवाद है कि आप वेदवादियों के साथ उठकर चले नहीं गये। आप कृपा कर के आश्रम का आतिथ्य स्वीकार करें।

जरा के कुछ कहने से पहले ही अरणी ने उसके बारे में बताया। कहा—ये कल रात आपके दर्शन के लिए आये हैं।

चार्वाक ने कहा—सुनकर बड़ी ख़ुशी हुई। मैं आपकी क्या सेवा कर सकता हूँ?

जरा ने हाथ जोड़कर कहा—प्रभु, मैं मूरख हूँ। मेरा पेशा व्याध का है। शास्त्र मैं नहीं जानता। अभी जो आलोचनाएँ हो रही थीं, मैंने उनका बहुत थोड़ा ही समझा। मैं जड़वादी, चैतन्यवादी—कोई वादी नहीं। आप सुख के साधक हैं और मैं बड़ा ही

दुखी आदमी हूँ।

चार्वाक ने आत्मीयता से पूछा—आपको क्या दुख है?

—प्रभु, मैं महापापी हूँ। उसी पाप का छुटकारा पाने के उपाय की खोज में मैं देश-देशान्तर की ख़ाक छानता फिर रहा हूँ। मैंने सुना है, हिमालय भारत की सारी समस्याओं का समाधान है। सभी तर्कों की मीमांसा है, सभी खोजों का अन्तिम लक्ष्य है। इसीलिए मैं यहाँ आया हूँ कि यदि मेरी कोई गति हो जाए!

जरा की बात सुनकर चार्वाक सिर झुकाकर चुप हो गये। उत्तर की आशा में जरा हाथ जोड़े उन्मुख हो रहा। बड़ी देर तक दो में से किसी के मुँह से कोई बात नहीं फूटी। आख़िर मुँह उठाकर चार्वाक ने कहा—आर्य, आपने लोकायत तत्त्व के मर्म पर चोट की है।

जरा ने डरते हुए पूछा—क्यों प्रभु?

चार्वाक ने कहा—दुनिया में सभी सुख चाहते हैं। हर कोई सुख की खोज में मेरे पास आता है। आज तक पाप से मुक्ति पाने की आशा में मेरे पास कोई नहीं आया है, इसलिए मुझे ऐसे मसले के सामने पड़ने का कभी मौक़ा नहीं आया। यही पहला अवसर है। आज इस समस्या के सामने आने पर मैंने समझा, मेरे तत्त्व में ऐसा कोई उपाय नहीं है; जो दुखी के दुख को दूर करे, पापी को पाप से मुक्त करे।

उनकी बात पर जरा के एक दीर्घ निःश्वास निकला। चार्वाक के लिए वह भी अजाना न रहा। उन्होंने कहा—पाप-ताप-दुख से ऊपर सुखलोक है। लोकायत तत्त्व उसी सुख की खोज रखता है। यह तत्त्व स्वस्थता दे सकता है, रोग से मुक्ति नहीं दे सकता। स्वभावतया मैंने सुख पाने के उपायों का आविष्कार किया है और सोचा है, इस संसार को मैं सुखमय करूँगा, लेकिन मैंने यह कभी नहीं सोचा कि दुखी को, पापी को किस उपाय से सुखलोक तक उठाया जा सकता है। इसलिए आर्य, आपकी प्रार्थना का मैं क्या उत्तर दूँ, यह मुझे ढूँढ़े नहीं मिल रहा है। लेकिन इससे मैंने इतना समझा कि लोकायत तत्त्व की क्षमता सब तरह की सिद्धि देने वाली नहीं है—इसकी एक सीमा है। लिहाज़ा, मैं स्वीकार करता हूँ कि आपकी गति के बारे में निर्देश देने की शक्ति मुझमें नहीं है।

चार्वाक की ऐसी सरल स्वीकारोक्ति सुनकर जरा सिर झुकाकर आँसू बहाने लगा। इतने में एक आदमी आया। उसे देखकर ख़ुशी से चार्वाक ने कहा—मित्र आनन्द, बड़े दिनों के बाद तुम्हारा दर्शन पाकर बड़ी ख़ुशी हुई। आओ, मेरे पास बैठो।

जरा ने देखा, आगन्तुक इन आश्रमिकों की नाईं चिर तरुण नहीं है। उसके शरीर पर उम्र के नाखून की खरोंच है। उम्र क़रीब पचास की होगी।

चार्वाक ने पूछा—तुम्हें तो घूमने-फिरने की आदत है। कहो—इस बार कहाँ से आ रहे हो?

आनन्द ने कहा—तुम्हारा कहना सत्य है। देश-देश में घूमते रहने में ही मुझे ख़ुशी होती है। मैं ज़्यादा दिनों तक किसी एक जगह स्थिर नहीं रह सकता।

—सो तो जानता हूँ। मगर इस बार कुछ दिनों तक यहाँ रहो।

आनन्द ने यह स्वीकार किया कि उसे इस समय विश्राम की आवश्यकता है। बोला—कुछ दिनों तक रहूँगा। लेकिन कब तक, यह नहीं कह सकता। नियति का इशारा मिलते ही फिर मुझे रास्ते पर निकल पड़ना होगा।

—वह बाद की बात है। अभी बताओ, कहाँ से आना हो रहा है?

आनन्द ने कहा—अभी सीधे इन्द्रप्रस्थ से आ रहा हूँ।

—इन्द्रप्रस्थ से! आग्रह के साथ चार्वाक ने दोहराया—वहाँ की क्या ख़बर है बताओ।

—ख़बर बहुत है। द्वारका में सारा यदुवंश आपस में लड़कर समाप्त हो गया। बलभद्र और वासुदेव ने देह रख दी। पाँचों पाण्डव और द्रौपदी ने महाप्रस्थान के पथ पर यात्रा शुरू कर दी है।

चार्वाक ने पूछा—यह सब कितने दिनों की बात है?

—बहुत दिनों की ही हो गयी। सात-आठ साल के लगभग।

—ऐं! इतने दिन हो गये! हम लोगों को तो कुछ भी मालूम नहीं।

—मालूम कैसे हो? तुम्हारा आश्रय हिमालय की दुर्गम उपत्यका में सुखलोक में है। दुनिया का दुख यहाँ आ नहीं सकता। प्रवेश-निषेध। भाई चार्वाक, दुखों के महासमुद्र के बीच सुख के इस छोटे से टापू के बनाने से किसे क्या लाभ है? इस टापू में कितने लोगों को जगह मिल सकेगी?

—नाव के डूबने पर तैरती हुई लकड़ी पर जिन कई लोगों को जगह मिल जाए, वही लाभ है। सब डूब मरें इसके बजाय जो ही बच जाएँ!

कुछ देर चुप रहकर चार्वाक ने फिर कहा—भाई आनन्द, लेकिन तुम्हारी बात का मूल्य मैंने अभी-अभी समझा है। तुम्हारे आने के थोड़ी ही देर पहले इन आर्य ने (मुँह झुकाये हुए जरा को दिखाते हुए) मुझसे पाप की मुक्ति का उपाय पूछा था।

—तुमने क्या जवाब दिया?

—मैंने कहा—इसका जवाब देना मेरी शक्ति से बाहर है। मैंने आज अपने लोकायत तत्त्व की सीमा को समझा। इस विषय पर तुमसे इसके बाद आलोचना करूँगा, इन आर्य से भी बाद में बातें होंगी। अभी यह कहो कि अनगिनती लोगों के लहू बहाकर जीते हुए पाण्डव साम्राज्य का क्या समाचार है?

—वह समाचार न सुनना ही ठीक है।

—ऐसा क्यों कह रहे हो आनन्द?

—नाम का साम्राज्य है, काम में अराजकता। अजी, समन्दर कहने को, मिलने

को चुल्लू भर पानी नहीं।

सुनकर चार्वाक और जरा—दोनों ही जने उत्सुक हो उठे। चार्वाक खुलकर, किन्तु जरा मन ही मन।

—खोलकर बताओ आनन्द।

आनन्द कहने लगा—कलेजा जब कमज़ोर हो जाता है, देह के सीमान्त तक लहू नहीं पहुँच पाता। शरीर में बुढ़ापा और मृत्यु का आभास दिखाई देने लगता है। पाण्डवों के साम्राज्य में भी आज वही प्रक्रिया शुरू हो गयी है। एक ओर तो बाहरी दुश्मनों के हमले होने लगे हैं, दूसरी ओर उसी के साथ प्रजा का विद्रोह। इसे सँभाल सके, ऐसी शक्ति किस राजा में है! राजा दुर्बल है, घटनाओं का दास। आदेश निकलता है, वह सरहद तक पहुँच नहीं पाता, और पहुँचता भी है तो सामन्त और राजकर्मचारी उसको अनसुना करके मनमानी करता है।

—आख़िर उनकी इच्छा क्या है?

—सब की एक ही इच्छा है, साम्राज्य के टुकड़े-टुकड़े करके अपना-अपना राज्य क़ायम करें। ऐसे में एक की इच्छा से दूसरे की इच्छा की ठन जाती है। प्रजा मौक़ा जैसा देखती है, किसी एक ओर हो जाती है, कमज़ोर पीसे जाते हैं। बहुत से लोग समझते हैं, काम यह ग़लत है। लेकिन समझने से क्या होता है! सिर्फ़ अपनी जान बचाने के लिए किसी के साथ हो जाने को मजबूर होना पड़ता है। भाई चार्वाक, पाण्डवों के साम्राज्य में आज किसी के धन की, जान की ख़ैर नहीं है। जिस किसी भी दिन, जिस किसी भी क्षण, जिस किसी भी कारण से, जिस किसी की जान जा सकती है। अभी ऐसी ही स्थिति हो गयी है।

चार्वाक ने चुप होकर सब सुना, फिर कहा—देश के सारे दीये एक-एक करके बुझ गये।

आनन्द ने कहा—ज़्यादा तो कुरुक्षेत्र के झपेटे में गया, उसके बाद वासुदेव के तिरोधान और अन्त में पाण्डवों के महाप्रस्थान से सब गया।

—सबसे दमकता चिराग़ वासुदेव के साथ गुल हो गया!

आनन्द ने मौन रकहर समर्थन किया। चार्वाक ने कहा—मैंने सुना, वासुदेव ने एक व्याध के तीर से देह रखी।

—मैंने भी ऐसा ही सुना है चार्वाक। मैं सोच ही नहीं पाता कि वह व्याध आख़िर वासुदेव को क्यों मारने गया!

चार्वाक ने कहा—हो सकता है, अनजान में मारा हो।

—यह भी सम्भव है भला! पता नहीं, उस अभागे के मन में कैसी आत्मग्लानि हो रही है, पता नहीं, क्या नतीजा हुआ उसका। इसकी खोज-ख़बर ही किसे है!

चार्वाक ज़रा देर चुप रहकर बोले—आनन्द, हमारे सामने ये जो सज्जन बैठे हैं,

ये पाप की ग्लानि से घर-संसार छोड़कर मुक्ति की खोज में दर-दर भटक रहे हैं। इन्होंने कौन-सा पाप किया है, नहीं जानता। लेकिन ऐसा बड़ा पाप भी क्या होगा! एक मामूली से पाप से अगर इतनी ग्लानि हो, तो वासुदेव की हत्या के पाप से उस व्याध के मन में न जाने कौन-सा दावानल जल रहा है।

—मेरा ख़याल है, आत्महत्या करके उसने अपनी सारी जलन बुझा ली होगी।

—उस पाप की ग्लानि क्या एक जीवन में दूर होने की है!

—चार्वाक ! तुम्हारे मुँह से यह क्या सुना! तुम तो परकाल नहीं मानते।

—मैं नहीं मानता हूँ, ठीक है। पर वह तो मानता है। बहुत से विषय हैं, जो मानने न मानने पर निर्भर करते हैं।

इसके बाद चार्वाक ने जरा से कहा—आर्य, अब चलिए, नहाने-खाने की तैयारी करें। साँझ को फिर आपसे बातें होंगी।

6

साँझ को जरा और चार्वाक में बातें हो रही थीं। वहाँ दूसरा कोई नहीं था।

चार्वाक ने कहा—आर्य, मुझसे आपके अभीष्ट की सिद्धि नहीं हुई। पाप से मुक्ति दिलाने की बात मेरे तत्त्व से परे है। लेकिन आपसे मैं लाभान्वित हुआ।

चार्वाक के ऐसा कहने से जरा शर्मिन्दा हुआ। बोला—आप ऐसा न कहें। इससे मेरा पाप और बढ़ेगा।

—सच बोलने से पाप क्यों बढ़ेगा? और मेरा यह कहना कठोर सत्य है।

—क्यों, प्रभु?—जरा ने पूछा।

—इसलिए कि आपकी समस्या के सामने आकर मैंने समझा, लोकायत तत्त्व छिद्रविहीन नहीं है। वेदवादी लोग यदि भ्रान्त हैं, तो लोकायत तत्त्व भी अभ्रान्त नहीं हैं। वेद के बताये पन्थ यदि सुख नहीं दे सकते तो यह लोकायत पन्थ भी दुख दूर करने में समर्थ नहीं है। लोग कभी न कभी किसी न किसी अवस्था में पाप करेंगे ही। उस पाप से मुक्त होने का अगर उपाय न रहे, तब तो जीवन असह्य हो उठेगा।

—सचमुच ही क्या मुक्ति का कोई रास्ता नहीं है, प्रभो!

—है ज़रूर, लेकिन उसे वेदज्ञ और लोकायत लोग नहीं जानते।

—तो फिर पापी की गति क्या होगी, प्रभु?

—यही प्रश्न तो आज सारे दिन मैं अपनेआप से पूछता रहा।

—उत्तर?

—नहीं मिला—चार्वाक ने कहा।

—तो?

—हताश होने की बात नहीं है, आर्य। मैं नहीं जानता हूँ, पर कोई न कोई अवश्य जानते होंगे।

—आप जैसे ज्ञानी ही जब नहीं जानते—

चार्वाक ने उसे अपनी बात पूरी करने का मौक़ा नहीं दिया। बोले—मैंने ज्ञान की साधना नहीं की है, मैं सिर्फ़ आनन्द-रस पान करने में तन्मय था। आज आपके प्रश्न से मैंने समझा, जीवन का एक अँधेरा अंग है। अब तक उसका पता नहीं था, अब से वही चेष्टा करूँगा। जानता हूँ, उसका परिणाम क्या है? मैंने जो कृत्रिम सुखलोक का निर्माण किया है, उसमें कलि प्रवेश करेगा।

—और उसका नतीजा?

—उसका नतीजा होगा, पत्ते सूख जाएँगे, फूल झड़ गिरेंगे, फल ज़हरीला होगा।

जरा ने अफ़सोस के साथ कहा—मैंने आकर यह अनर्थ किया।

—बिल्कुल नहीं। आपने आकर मेरी नज़र उस ओर फेर दी, जिस ओर को आज तक मैं अस्वीकार करता रहा। वेदवादी लोग हमारी हँसी उड़ाते हुए कहते हैं, हमारा मूल मन्त्र है, जब तक जियो, सुख से जियो, क़र्ज करके भी ख़ूब खाओ-पियो, क्योंकि भस्म हो जाने के बाद यह शरीर फिर नहीं लौटता।

जला हुआ शरीर फिर लौटता है या नहीं, नहीं मालूम, पर आपको देखकर यह जाना कि शरीर के राख होने से पहले भी आदमी पल-पल दग्ध हो सकता है। आपको नमस्कार है। रात हो गयी विश्राम कीजिए।

जरा ने कहा—प्रभु, मैं अभी ही विदा माँगे लेता हूँ। भोर होते-होते मैं फिर राह की पनाह लूँगा।

—कौन कह सकता है, शायद हो कि रास्ते में ही आपको अपना अभीष्ट मिल जाए!—यह कहकर चार्वाक ऋषि चले गये।

इसके बाद भी क्या जरा को भ्रम होना सम्भव था? उसे आनन्द की बात याद आयी, जो उसने सवेरे कही थी—अभी देश में पूरी तरह अराजकता है। साधु दुखी हैं, असाधु प्रबल। राजा अवज्ञात, राज-कर्मचारी—अपनी सोचने वाले। बाहरी दुश्मन आ गये हैं, घर के दुश्मन उठ खड़े हुए हैं। अराजकता और किसे कहते हैं! उसे लगा, उसके हृदय की भी वही हालत है। अराजक, अराजक घोर अराजक, ऊपर से अन्धकार। बत्तियाँ एक-एक कर नहीं बुझीं, एक सत्यानाशी झोंके से सबसे चमकता हुआ आलोक ही बुझ गया।

और क़िस्मत का कठोर व्यंग्य—साधारण पापी को यदि ऐसी आत्मग्लानि होती हो, तो न जाने वासुदेव के हत्यारे की ग्लानि कितनी जलनमयी होगी! चार्वाक ने

कहा था। काश, उन्हें पता होता, वह नराधम उस समय उनके ही सामने बैठा था! तब तो जाने क्या घट जाता! पता नहीं क्यों, हठात् उसे हँसी आ गयी। वह हहा-हहा हँस उठा। उसके बाद वह 'हहा' हाय-हाय में बदल गया और हँसी गलकर दोनों आँखों में आँसू हो गयी। तब उसने प्रचण्ड इच्छा शक्ति से हँसी रुदन को एक ही जुए में जोतकर आर्तनाद शुरू किया—वासुदेव, वासुदेव, रक्षा करो। अपने हत्यारे को केवल तुम्हीं बचा सकते हो। वासुदेव! वासुदेव!

7

दूसरे दिन तड़के ही चार्वाक-आश्रम से निकलकर जरा उपत्यका के जंगल में उतरने लगा। उपत्यका के दूसरी ओर जो पहाड़ दिखाई दे रहा था उसी को पार करने से दक्षिण का रास्ता मिलेगा। जरा ने अरणी से पूछकर रास्ते के बारे में जान लिया था। अरणी ने बता दिया था, उस पहाड़ का नाम है पाँचचुल्ली। उसके बाद दो रास्ते मिलेंगे, एक सीधे उत्तर को गया है। दूसरा पूरब की ओर कुछ दूर जाकर दक्षिण की ओर गया है। उत्तर का रास्ता उत्तर कुरु को गया है, दक्षिण का भारतवर्ष। आपको वही रास्ता पकड़ना है और याद रखना होगा कि आप पश्चिम से जा रहे हैं। जरा ने उसे बताया था कि मैं भारतवर्ष जाना चाहता हूँ।

उपत्यका में उतरकर एक नदी मिली। इतने दिनों में जरा ने समझ लिया है कि उपत्यका के माने ही नदी होगी। पतली या चौड़ी, यही जो भेद हो। यह नदी पतली थी। उसने यह भी समझ लिया था कि नदी और पहाड़ में ख़ूब लुकाछिपी चलती है। पहाड़ नदियों को बन्द कर लेना चाहते हैं, नदियाँ हरगिज़ उनकी पकड़ में नहीं आना चाहतीं। नदी के किनारे बैठकर जरा ने जी भर पानी पी लिया। पहाड़ों के इन कुछ महीनों के अनुभव से उसने समझ लिया है, ऐसे रास्तों में पानी को ही भोजन मानकर पीना चाहिए, खाने को कुछ मिल जाए तो मिल जाए। नदी के उस पार जाकर पाँचचुल्ली पहाड़ पर चढ़ने से पहले उसने एक बार उलटकर चार्वाक आश्रम की चोटी को देख लिया। उसे पिछली रात चार्वाक ने जो स्वीकार किया, उसकी याद आ गयी।

चार्वाक ने कहा था—मैं सुख दे सकता हूँ, दुख दूर करने का उपाय मुझे नहीं मालूम है। यद्यपि छागर्षि ने कहा था—संसार में सुख नाम की कोई चीज़ नहीं है, दुख का अभाव ही कभी सुख-सा लगता है। जैसे पहाड़ पर यह समतल भूमि। पहाड़ का कोई भूखण्ड समतल नहीं, पहाड़ की कमी ही कहीं-कहीं समतल सी लगती है। लोगों ने उसका नाम रखा है उपत्यका। जरा सुख नहीं चाहता, वह चाहता है पाप

से मुक्ति। पाप का परिणाम तो दुख है। चार्वाक और छागर्षि, दोनों ही उसे उपाय बताने में असमर्थ रहे। वह समझ नहीं पा रहा था कि अब उसे क्या करना चाहिए। चलते-चलते पैरों को चलने की आदत-सी हो गयी थी। उसी आदत से वह राह चलता था। उसने सोच लिया था कि ऐसे ही चलते-चलते किसी दिन कहीं औंधे गिरकर उसकी जीवन-लीला समाप्त हो जाएगी। सोचा, अच्छा ही होगा; पाप-पुण्य, सुख-दुख की इस दुविधा से जान बच जाएगी।

जरा का ख़याल था, दोपहर में ही वह पहाड़ को पार कर लेगा, पर दोपहरी ढल गयी। उसने देखा, अभी भी काफ़ी रास्ता तय करने को पड़ा है। पहाड़ और स्त्री, ये दोनों बहुत क़रीब दीखते हुए भी असल में बहुत दूर के होते हैं। इतनी दूर तक वह आया, मगर रास्ते में एक भी राहगीर उसे नहीं मिला। ऐसा सूना और सूखा पहाड़ उसने इसके पहले नहीं देखा। साँझ को पाँव जब बहुत थके-से लगे तो एक गुफा पर नज़र पड़ी। उसी गुफा में उसने रात बिता दी। भोर में उठकर एक छोटी-सी चोटी को पार करते ही उसे जो दृश्य दिखाई दिया, वैसा दृश्य उसने इसके पहले कभी नहीं देखा।

उत्तर की ओर आकाश का—जहाँ तक दीख रहा था—पश्चिम की हद से पूरब के सीमान्त तक दिखाई दे रहा था—उसने देखा, सादी तरंगें चुपचाप उठती-गिरती हैं। जैसे श्वेत शिखरों की क़तार हो। लोगों की ज़बानी उसने कुरुक्षेत्र की लड़ाई का हाल सुना था, सारे भारतवर्ष में वह हाल किसने नहीं सुना—सुना था कि कौरव पाण्डवों के ऊँचे-नीचे सफ़ेद शिविरों में सारा कुरुजांगल समा गया था। वह हैरान होकर ताकता रहा। लेकिन उस समय तक भी उसे यह पता नहीं था कि यह तो अचरज का 'अ आ क ख' है। उस सादे पट पर रंग की एक बिजली खेल गयी, गाढ़े से गाढ़े लाल से लेकर फीका से फीका बैंगनी रंग। और रंग जो इतना चंचल होता है, यह किसे पता था! अभी जहाँ पर लाल था पीला हो गया, जहाँ बैंगनी था वहाँ नारंगी। पल-पल रंगों की यह अदला-बदली! एक बार किसी त्यौहार के मौक़े पर वह राजा के यहाँ नाच देखने गया था। महफ़िल में बीस-पच्चीस सुन्दरियाँ नाच रही थीं, उनके घाघरे, अँगिया, ओढ़नी में नाच की तालों पर और फानूस की बत्तियों में उसने रंगों की ऐसी ही बहार देखी थी। आँख जम भी नहीं पायी कि रंग बदल गया। हिरन के लहू का लाल, आँखों का सादा, रोओं का मटमैला, रीढ़ का पाटल रंग—रंग वह जानता ही कितने है! लेकिन यहाँ तो रंगों की गिनती ही नहीं! कब तक एकटक देखता रहा, ख़याल नहीं; हठात् आपे में आया तो देखा, नाच ख़त्म करके नाचने वालियाँ कब जाने ग़ायब हो चुकी हैं। देखा कि वह बैठा हुआ है। खड़ा था; कब बैठ गया, नहीं मालूम। समझ गया, यह सदा तुषार का देश है, जिसके उत्तर में उत्तर-कुरु है।

इस आश्चर्य से पिण्ड छूटा तो उठ खड़ा हुआ। देखा, दक्षिण की ओर से पहाड़ी बकरियों की एक लम्बी-सी क़तार आ रही है। उन सबकी पीठ पर बोझ है। बीच-बीच में उनके मालिक या रखवाले हैं। रास्ता छोड़कर जरा एक ओर को खड़ा हो गया। पर वे और आगे नहीं बढ़े। जरा एक समतल स्थान पर खड़ा था। वहीं पर आकर विदेशी व्यापारियों ने बकरियों की पीठ पर से बोझा उतारा। दुतकार पाकर बकरियाँ पहाड़ पर चढ़ने लगीं। नन्हे-नन्हे उद्भिद्। ऐसे उद्भिद् भी हैं, जिन पर जरा की निगाह नहीं पड़ी थी।

व्यापारियों ने गठरी खोलकर मोटी-मोटी रोटियाँ और चटनी निकाली और गपशप करते हुए खाने लगे।

इतने में उनमें से एक की नज़र जरा पर पड़ी। उसने उसे निकट आने का इशारा किया। आने पर पूछा—राहगीर हो?

जरा ने कहा—हाँ जी।

दूसरे ने उसकी लम्बी दाढ़ी और मैले कपड़े देखकर पूछा—संन्यासी?

इस सवाल का वह क्या जवाब देता, सिर्फ़ अपने कपाल पर हाथ रख दिया।

व्यापारियों ने उसे बिठाकर कुछ रोटियाँ और चटनी दी, कहा—साधु जी, खा लो और इस रास्ते में कहीं कुछ नहीं मिलेगा।

जरा ने बताया कि वह दक्खिन की ओर जाएगा।

—कहाँ?

—भारतवर्ष। तुम लोग कहाँ जाओगे?

उन लोगों ने बताया—उनका देश इस पहाड़ के उस पार है।

हैरान होकर जरा ने पूछा—उस पहाड़ को पार कैसे करोगे। बर्फ़ ही बर्फ़ तो है!

एक ने कहा—सो तो है, लेकिन उसी में रास्ता है, नीची ज़मीन है, झरना है, गाँव भी है।

इतनी देर में जरा ने ग़ौर किया—उन लोगों की नाक, आँख, कपाल कुछ और ही तरह का है। इसमें तो सन्देह नहीं कि विदेशी हैं। पूछा—तुम लोगों ने हमारे देश की भाषा कैसे जानी?

—दिनों से हम लोग व्यापार के सिलसिले में जाते-आते रहते हैं, इसी से सीख गया हूँ। देश की भाषा जाने बिना भला व्यापार किया जा सकता है!

—काहे का व्यवसाय है?—जरा ने पूछा।

एक ने कहा—यहाँ से ऊनी कपड़े ले जाता हूँ। वहाँ से सूती कपड़े लाता हूँ।

—सूती कपड़े से जाड़ा कटता है?

—हमारे बदन पर सूती ही कपड़े हैं। लेकिन अब इन्हें बदलकर ऊनी पहनेंगे।

एक ने कहा—हमारे यहाँ से सूती कपड़े कम्बोज, गान्धार—जाने कहाँ-कहाँ जाते

हैं।

—तुम लोग फिर कब लौटोगे?

—अब शायद जल्दी नहीं लौटेंगे।

—क्यों?

—क्यों का क्या कहें, साधु जी, देश में राजा न हो तो व्यापार में रस नहीं रहता।

—राजा नहीं है, यह क्या कहते हो?

—जी, नाम के तो हैं काम के नहीं।

एक दूसरे ने कहा—राजा हो ही नहीं, वह भी एक क़िस्म का हो। यहाँ तो हर कोई राजा है!

आनन्द की ज़बानी जरा ने कुछ-कुछ सुना था, फिर भी और जानने के लिए पूछा—हर कोई राजा? यह कैसी बात हुई?

—देखो न, साधु जी, हमारे माल असबाब तीन-तीन बार लुट गये।

—सब लुट गये?—जरा अवाक् हो गया।

उस आदमी ने कहा—भारतवर्ष धर्म का देश है, साधु-संन्यासियों का देश है। यहाँ तो लोग लूटते नहीं, दान लेते हैं।

देश की निन्दा से कुछ खीजकर जरा ने कहा—यदि दान किया हो, तो फिर दुख की क्या बात है?

—साधु जी, दान क्या कुछ इच्छा से किया? दान के नाम पर जो हाथ बढ़ाते हैं, उनके हाथ में जब तीर-धनुष, भाला-हँसिया देखते हैं, तो लाचार दान करना ही पड़ता है।

एक ने उसी बात को खींचकर कहा—उनके जाते ही दूसरा दल आया; दल ने कहा—उन लोगों को उतना दिया, हम लोगों को पाँच बकरियाँ दो। उनके हाथ में भी हथियार थे। मजबूरन देना ही पड़ा।

तीसरे ने कहा—देखते ही देखते तीसरा दल आ पहुँचा। बोला—माल और बकरियाँ तो दे दीं, अब आप लोगों के अँगरखे की जेब में जो है, सो हमें दे दीजिए। माँग हथियारों के साथ थी, लिहाज़ा दाता बनना पड़ा। और साधु जी, उन लोगों को इतना अता-पता कहाँ से होता है! कैसे जाना कि हमारी जेब में पाँच मुहरें हैं।

जरा ने कहा—ग़रीब हैं, दाने मयस्सर नहीं, इसी से ऐसा करते हैं।

टोककर एक व्यापारी ने कहा—नहीं बाबा, मैं तीस वर्षों से आया-जाया करता हूँ। यहाँ के ग़रीबों को लूट-पाट, चोरी-डकैती करते नहीं देखा है। दूसरे देश के ग़रीब लोग डाकू होते हैं, लुटेरे होते हैं। इस देश के धनी लोग और भी धनी होने के लिए, भले लोग भद्रता का साज-सरंजाम जुटाने के लिए, शिक्षित लोग नया दृष्टान्त पेश करने के लिए चोरी करते हैं, डकैती करते हैं, यद्यपि नाम दान और उपहार का देते

हैं। साधु जी, वे यदि देश को प्यार करते होते तो अपनी चोरी-डकैती का बोझा ग़रीब-दुखियों के मत्थे नहीं मढ़ते। नहीं बाबा, अब इस देश में नहीं आएँगे।

आनन्द से जरा ने जो कुछ सुना था, उसकी विस्तार से जानकारी मिली।

व्यापारियों ने रातभर वहाँ आराम किया। सवेरे सूती कपड़े के ऊपर ऊनी कपड़ा पहनकर वे उत्तर की ओर रवाना हो गये। जाते वक़्त उन लोगों ने जरा को कई चपातियाँ और थोड़ी-सी चटनी दी। कहा—साधु जी, रास्ते में इसे खाना। बद्रीनाथ पहुँचने से पहले कुछ भी नहीं मिलेगा।

व्यापारियों के जाते हुए दल को देखकर एक निःश्वास छोड़ते हुए जरा दक्खिन की ओर चल पड़ा।

8

दिनों तक बर्फ़ के राज्य में चलते-चलते जरा को लगा, इस रास्ते का कहीं अन्त नहीं है। कभी ऐसा भी जी में आया कि वह रास्ता भूल बैठा है। असम्भव भी क्या, जिधर देखो—बर्फ़ ही बर्फ़, ऐसे में रास्ता भूल जाए तो क्या ताज्जुब! सुबह जिस दिन सूरज उगता, वह दिशा ठीक कर लेता। सब दिन सूरज के दर्शन भी नहीं होते। जहाँ तक नज़र जाती सफ़ेद ही सफ़ेद, यहाँ तक कि आसमान भी सफ़ेद। बीच-बीच में बर्फ़ीली आँधी उठती, तो जान जाने की नौबत। लेकिन जिसके नसीब का दुख भोगना समाप्त नहीं हुआ हो, उसे मारे, यह मजाल किसकी है!

उस दिन सवेरे चलते-चलते एकाएक दूर पहाड़ पर एक काला-सा बिन्दु दिखाई दिया। भ्रम तो नहीं है आँखों का? नहीं-नहीं, भ्रम इतनी देर तक नहीं रह सकता और फिर वह काला धीरे-धीरे स्पष्ट होने लगा। जरा उसी काले बिन्दु की ओर नज़र रखकर आगे बढ़ने लगा। पहाड़ के ढाल से उतरने लगा। इतनी देर बाद उस काले बिन्दु ने एक मन्दिर का आकार लिया। वही शायद बद्रीनाथ का मन्दिर है। कुछ और आगे बढ़ा तो मन्दिर के आस-पास और भी काले बिन्दु-से हिलते नज़र आये। ये सब क्या हैं आख़िर! आदमी! कुछ ही क्षण में मन्दिर के पास जा पहुँचा।

आख़िर वह एक काले मन्दिर के प्रांगण में जाकर खड़ा हुआ। देखा, कुछ लोग अन्दर जा रहे हैं, कुछ बाहर निकल रहे हैं। घण्टे की ध्वनि, धूप की गन्ध और धुआँ। पास ही कुछ दुकान वाले फूल, बेल के पत्ते, चन्दन आदि बेच रहे थे। उसे साधु समझकर एक पण्डे ने कहा—जाओ साधु बाबा, दर्शन कर लो। वह धड़कते दिल से मन्दिर के अन्दर गया। सोने की बेदी थी, लेकिन सूनी पड़ी थी वह वेदी।

देवता कहाँ गये? मगर यह क्या, यात्री लोग प्रणाम किसे कर रहे हैं, प्रदक्षिणा किसकी कर रहे हैं, अंजलि किसे चढ़ा रहे हैं? उसने पूछा—देवता कहाँ हैं?

देवता कहाँ हैं? सबने हैरान होकर उसकी ओर ताका—यह आदमी पूछ क्या रहा? एक पण्डे ने तुरत गरदन पर हाथ रखकर उसे मन्दिर से बाहर निकाल दिया। एक ने कहा—यह आदमी ढोंगी है। किसी ने म्लेच्छ कहा, किसी ने पापी। लेकिन ये सारी बातें उसके कानों नहीं पहुँचीं! पण्डे के धक्के से एक पत्थर से लगकर उसका सिर फूट गया। ख़ून बहने लगा। उसे पीड़ा नहीं महसूस हुई। उसके कान में सिर्फ़ गूँजता रहा—पापी, घोरपापी, महापातकी!

एकान्त में जाकर बैठकर सोचने लगा—पापी है, इसमें सन्देह क्या! पापी है, इसीलिए देवता ने उसे दर्शन नहीं दिये। सोचने लगा—देवता क्या सिर्फ़ पुण्यवानों के ही लिए हैं, तो फिर पापियों का उद्धार कौन करेगा? आदमी से नहीं बना, देवता ने भी दर्शन नहीं दिये—मतलब यह कि उसकी अब मुक्ति नहीं होगी, गति नहीं होगी। दोनों घुटनों में उसने मुँह गाड़ लिया, लहू की धारा और आँसू की धारा मिल गयी। एकाध बूँद उसके मुँह में भी पड़ी—दोनों का स्वाद लोना।

उसने अपनी पीठ पर अचानक स्पर्श का अनुभव किया। पलटकर देखा, एक कंकाल-सा हाथ और उस हाथ की मालकिन एक बुढ़िया जिसका शरीर पहाड़ की एक माँद में था। केवल मुँह झाँक रहा था। और वह हाथ बाहर था। भय और आश्चर्य से उसके मुँह से आवाज़ नहीं निकली। किस तरह से बात करना शुरू करे? उसकी इस दुविधा को मेटते हुए बुढ़िया ही पहले बोली—बेटे, मन में पाप है, इसीलिए देवता ने दर्शन नहीं दिये। अफ़सोस मत करो, समय पर दर्शन मिलेगा।

—तुमने इतना कैसे जाना, बूढ़ी अम्मा?

—जरा बात सुन लो इसकी! अजी, मैं यहाँ बैठी-बैठी सब देख रही हूँ, सब सुन रही हूँ।

जरा ने दुख के साथ कहा—और सबने देखा, सिर्फ़ मेरे ही लिए यह दण्ड?

वह बोली—सबने देखा?

—हाँ। कोई तो नहीं कह रहा है कि नहीं देखा।

—बेटे, वे सारे लोग मन के साथ आँख-मिचौनी खेल रहे हैं। तुम ख़ूब समझ लो, बहुतों को देवता के दर्शन नहीं मिले। मगर बात क्या है, जानते हो? दर्शन नहीं मिला कहने से ही लोग पापी कहेंगे, इसीलिए चुप रह जाते हैं। और कोई-कोई सुनी-सुनाई कहता है, अहा, क्या देखा! चतुर्भुज विष्णु मूर्ति!

जरा ने पूछा—तुमने दर्शन पाया है, बूढ़ी अम्मा?

—अपने मुँह से कहना नहीं चाहिए, बेटा! मगर यह कह सकती हूँ कि शुरू में उन्होंने दर्शन नहीं दिये।

—क्यों?

—क्यों क्या, ज़रूर पाप था।

—तुम क्या पाप करोगी, बूढ़ी अम्मा?

—सुन लो बात, ज़रा! पाप क्या किसी अकेले आदमी का हिस्सा है! जाने-अनजाने पाप सब करते ही हैं।

—बिना जाने करे, वह भी पाप?

—और क्या! देखो न, एक ही दिन में मेरा पति-पूत चल बसा, रात में मेरा घर जल गया। वह मेरे पाप से नहीं हुआ तो और किसके पाप से?

—तब तुमने क्या किया?

—मैं रोने लगी। एक साधु ने कहा—माँ जी, रोने से क्या होता है? आँसू से पाप नहीं धुलता।

तब मैंने पूछा—तो क्या करूँ, बाबा?

—पाप-पुण्य के मालिक को जाकर पकड़ो।

—वे रहते कहाँ हैं, मैंने फिर पूछा।

साधु ने कहा—बदरीनाथ जाओ। वहाँ वे चतुर्भुज विष्णु रूप में विराजते हैं।

मैंने कहा—किसके साथ जाऊँ, बाबा इतनी दूर है?

जरा ने टोका—तुम्हारा घर कहाँ था, बूढ़ी अम्मा?

—कावेरी नदी के किनारे, चोलों के देश में।

—वह तो बड़ी दूर है।

उस बात का कोई जवाब न देकर बुढ़िया बोली—साधु ने कहा, किसके साथ क्या जाना, अपने मन के साथ जाओ। मन को यहाँ छोड़कर सिर्फ़ देह को लेकर जाने से नहीं होगा।

मैंने कहा, ग़रीबन हूँ बाबा, गाड़ी-घोड़ा तो नहीं है।

—होता ही तो क्या था! गाड़ी पर चढ़कर जाओगी राजा के पास? हिमाकत भी तो कम नहीं!

—तो?

गण्डी खींचते हुए जाओ!

—उसमें तो बरसों लग जाएँगे।

—लगा तो क्या हुआ? तीरथ के रास्ते में मर जाने से भी तीरथ का पुण्य होता है।

जरा ने पूछा—तो गण्डी खींचती हुई आयीं?

—हाँ, बेटा।

—कितने साल लगे?

—सो तो नहीं बता सकती। इतना ही कह सकती हूँ, युवती थी, तब चली थी और अब बूढ़ी हो गयी तो पहुँची।

—दर्शन मिले?

—नहीं बेटा।

—कहती क्या हो बूढ़ी अम्मा! इतनी तकलीफ़ उठायी, फिर भी दर्शन नहीं मिले!

—दर्शन देते कैसे वे? मन तो तब भी पीछे ही पड़ा रह गया था।

—बड़े कठिन देवता हैं तो।

—कठिन तो होंगे ही। पत्थर के बने हैं न!—बुढ़िया बोली।

—तो कब दर्शन मिला?

—अब मैं यों ही मन्दिर नहीं जाती। यहीं बैठी रहती हूँ।

—क्यों?

—इस डर से कि दर्शन हों न हों।

—तो फिर कैसे दर्शन मिला?

—एक दिन उन्होंने सपने में कहा—अरी ओ बूढ़ी, तेरे लिए मैं कब तक बैठा रहूँगा। एक दिन आकर मुझे दर्शन दे जा।

—तुम दर्शन दोगी!—जरा चौंक उठा।

—मैंने वही तो पूछा था। तो बोले क्या, जानते हो? कहा, माँ ही क्या सदा बच्चे को देखती रहेगी? बच्चे को क्या कभी माँ को देखने की इच्छा नहीं होती! जल्दी आ जा बूढ़ी।

—बूढ़ी अम्मा, तुम बड़ी ख़ुशक़िस्मत हो।—जरा ने हाथ बढ़ाकर उसके पैरों की धूलि ली। और कहा—तुम्हारी बात से भरोसा हो रहा है कि मैं भी दर्शन पाऊँगा।

—ज़रूर पाओगे बेटे! हाँ, जरा सख़्त होकर रहना होगा। पत्थर के देवता पत्थर की बड़ी क़दर करते हैं।

—लेकिन, बूढ़ी अम्मा, मैं तो घोर पापी हूँ।

—पाप का छोटा बड़ा क्या होता है, बेटा! छोटे साँप का ज़हर क्या कम होता है?

—मैंने जो वासुदेव के साथ अपराध किया है, बूढ़ी अम्मा!

—फिर तो बेटे, तुम्हारी दवा इस दवाख़ाने में नहीं है।

—यह क्या कह रही हो बूढ़ी अम्मा? मैंने सुना है, जो वासुदेव हैं, वही तो विष्णु हैं।

—वह तो हैं। लेकिन बात यों है, सभी पानी एक होते हुए भी कुएँ के पानी का गुण नदी के पानी में नहीं होता। मेरे गाँव में एक कुआँ था। उसका पानी मात्र पानी नहीं, दवा था। जाने कहाँ-कहाँ के लोग आकर उसका पानी पी जाते थे।

हताश होकर जरा ने कहा—आठ-दस साल से जाने कितने देशों में, कितने पहाड़ों में भटका, कितने ज्ञानी-गुणियों के पास गया। आख़िर बड़ी आशा लेकर यहाँ आया। अब कहती हो, यहाँ नहीं होगा।

—मैं क्या करूँ, बेटा! तुम्हारी दवा जिस दवाख़ाने में है, वहाँ तो जाना होगा!

—वह फिर कहाँ है?

—तुमने अगर वासुदेव के प्रति अपराध किया है, तो तुम्हें वृन्दावन जाना होगा। वह तो अपनी लीला वहीं कर गये हैं न!

रात भर जरा बूढ़ी अम्मा की बात सोचता रहा। ग़ज़ब है! आठ-दस साल पहाड़-पर्वतों की ख़ाक छानी, ज्ञानी-गुणी, योगी-तपस्वी की शरण में गये, मगर कोई उपाय नहीं बता सका कि पापी की मुक्ति किस उपाय से होगी? किसी ने सीधे ही कह दिया, नहीं जानता; किसी ने शास्त्रों के जटिल-जाल सुनाये; केवल चार्वाक ने ही कहा—मैं सुख की खोज जानता हूँ, दुख दूर करने का उपाय मुझे नहीं मालूम। उन सबों की तुलना में यह बुढ़िया काला अक्षर भैंस बराबर है, गँवार है। आख़िर उसी से एक रास्ते का संकेत मिला! बुढ़िया की कितनी ही बातें उसे याद आतीं। वह बोली थी—बेटे, पूर्णावतार के सिवा तुम्हारा दुख कौन दूर करेगा? कहा था, तुमने यदि पूर्णावतार के प्रति अपराध किया है, तो मात्र वही तुम्हारा पाप धो सकते हैं—जिस साँप ने काटा है, वहीं साँप तुम्हारा ज़हर उतारेगा।

जरा ने पूर्णावतार शब्द इससे पहले नहीं सुना। वासुदेव के सिलसिले में अवतार शब्द सुना था। उसने उसका मतलब देवता या भगवान समझ लिया था। लेकिन पूर्णावतार क्या है! पूर्णावतार कौन है! उसने बुढ़िया से पूछा था। वह बोली—पूर्णावतार पूर्णावतार है, जैसे चाँद का पूर्णावतार : पूर्णिमा का चाँद!

जरा ने सोचा, यह तो उपमा हुई, अर्थ तो नहीं हुआ। बुढ़िया ने वृन्दावन जाने को कहा था, वहाँ पूर्णावतार लीला कर रहे हैं। ख़ैर वह वहीं जाएगा। देखे, वहाँ के आदमी, कुछ बता सकते हैं या नहीं। उसने यह भी सोचा, जाते हुए रास्ते में जो साधु-संन्यासी मिलेंगे, उनसे वह पूछेगा कि पूर्णावतार किसे कहते हैं? जब सिर्फ़ वे ही पाप से मुक्त कर सकते हैं तो यह जानना होगा कि पूर्णावतार है कौन?

सुबह वह बूढ़ी से विदा हुआ और दक्खिन की ओर चला। पहाड़ पर से समतल पर उतरने के बाद ही तो वृन्दावन का रास्ता है। चढ़ाई-उतराई पार करके, पहाड़ के आँके-बाँके रास्ते से चल रहा है सो चल ही रहा है। अब उसका लक्ष्य निश्चित था। रास्ते में तमाम राहगीर, तीर्थयात्री, लकड़हारे। नहीं, ये लोग पूर्णावतार को कैसे जानेंगे! कई दिन चलने के बाद उसने भागीरथी का किनारा पकड़ा। दोनों ओर खड़े पहाड़, बीच की सँकरी गहराई में गरजती हुई दौड़ी जा रही है भागीरथी।

पहाड़ के एक मोड़ के बाद उसने देखा, एक अकेला आदमी तेज़ी से चला आ

रहा है। उसे लगा, यह और-और लोगों से कुछ भिन्न है। लम्बे क़द के बुज़ुर्ग सज्जन। पहनावे की धोती का एक छोर बदन पर लिपटा, हाथ में शरीर जितनी लम्बी लाठी, आँखें रास्ते पर गड़ीं, ठोढ़ी पर दृढ़ संकल्प की घोषणा! वह राही और निकट आया तो दिखाई पड़ा, उसके पीछे एक काला कुत्ता है। दुबला-सा। वह कुत्ता उसी साधु का है या रास्ते का कोई कुत्ता पीछे लग गया है! जरा को लगा, पता नहीं ये साधु कहाँ जा रहे हैं, मगर पूर्णावतार का पता यह दे भी सकते हैं। साधु और क़रीब आया तो हाथ जोड़कर वह राह रोके खड़ा हो गया। साधु रुके नहीं, किन्तु आँखों में जिज्ञासा जागी।

जरा ने करुण होकर पूछा—बाबा, पूर्णावतार का पता कहाँ चलेगा?

उन्हीं की खोज में तो जा रहा हूँ।—कहते-कहते साधु बढ़ गया, तनिक देर भी न रुका।

जरा ने उलटकर देखा, पल में वह पहाड़ के मोड़ में ओझल हो गये। वह कुत्ता भी। जरा सिर पर हाथ रखकर बैठ गया—जब ऐसे असाधारण साधु भी पूर्णावतार की ही खोज में निकले हैं, तो उसके जैसे पापी को क्या उम्मीद हो सकती है! उसे साधु से बहुत कुछ पूछने की इच्छा थी, मगर न तो साधु पलभर को ठहरा, न ही उसने इसकी ओर ताका। ऐसे-ऐसे साधु भी यदि जिज्ञासु ही हों तो उसकी जिज्ञासा का उत्तर कौन देगा? लेकिन बैठने से तो काम नहीं चलने का। उसे वृन्दावन पहुँचना ही है। बुढ़िया ने बताया था अन्तिम भरोसा वहीं है।

9

और आख़िर वह वृन्दावन पहुँचा। समतल भूमि पर पहुँचने से पहले पहाड़ों में आठ-दस वर्षों तक जैसी एक घुटन महसूस होती रही थी, वह मानो जाती रही। उसमें समझने की जुर्रत होती, तो वह समझता, समतलवासियों को समतल में ही चैन मिलता है। समतल के प्रभाव से हो या नहीं, व्रजमण्डल में प्रवेश करते ही उसका सर्वांग जैसे जुड़ा गया। यमुना के शीतल जल में स्नान करके वह एक पेड़ की छाया में बैठा। इतने में एक व्रजांगना ने आकर उसके हाथ में कुछ खाने की चीज़ दी।

—मुझे क्यों बहन?

उस स्त्री ने कहा—व्रज में नहाने के बाद कोई भूखा नहीं रहता!

—मगर मुझे तो तुम पहचानती नहीं हो।

—व्रजमण्डल में कोई किसी का अनपहचाना नहीं। सभी या तो उनके सखा हैं

या सखी।

किसके?—जरा ने पूछा।

—पूर्णावतार के।

किसका कहा?—जरा ने चौंककर पूछा।

—पूर्णावतार के।

आशा-सने अकुलाये स्वर में जरा बोल उठा—मैं तो उन्हीं की खोज में आया हूँ।

व्रजांगना ने उसके पास बैठकर स्नेह से कहा—यहाँ उनकी खोज नहीं करनी पड़ती, वही सबकी खोज करते फिरते हैं।

—खोज करते फिरते हैं? क्यों?

—लीला करने के लिए।

जरा को बूढ़ी अम्मा की बात याद आयी। बुढ़िया ने तो सच ही कहा था कि वह वृन्दावन में लीला कर गये हैं।

जरा ने कहा—लेकिन मैं तो पापी हूँ, बहन!

—फिर तो तुम्हें वह सबसे पहले खोज निकालेंगे।

जरा ने फिर कहा—मैं तो महापापी हूँ।

—तब तो तुम्हें जरा भी देर नहीं, बस समझो कि वह मिले।

—कहाँ हैं वे?

—हर कहीं। यहाँ के आकाश-बतास, लता-पेड़, खेत-मैदान—कहाँ नहीं हैं?

—मन्दिर में?

—ठीक है। वहाँ देखना चाहोगे, वहाँ भी दर्शन देंगे वह।

—किससे पूछूँगा?

—जिसे भी चाहो। यहाँ की चिड़िया भी उनका नाम लिये बिना दाना नहीं चुगती।

—क्या नाम है उनका?

—हज़ार नाम हैं उनके। जो-जो चाहता है, कहता है। हम सब उन्हें कृष्ण वासुदेव कहते हैं।

जरा के हाथ से छूटकर भोजन गिर गया।

व्रजांगना ने भोजन उठाकर उसके मुँह में डाल दिया। मगर उस समय खाता कौन है? जरा तो मूर्च्छित होकर गिर पड़ा।

होश में आया तो देखा, उसका सिर उस स्त्री की गोदी में है और वह पत्तों से विजना डुला रही है। उसने पूछा—मैं क्या बेहोश होकर गिर पड़ा था?

वह स्त्री स्नेह से उसके बालों में उँगली फेर रही थी। बोली—यहाँ आये हो, अब होश होगा।

—मुझे कैसे होश होगा। मैं मूर्ख हूँ।

—तब तो ज्ञान होने में कोई बाधा ही नहीं है।

—सो कैसे?

—सादे पट पर ही तो तसवीर ठीक उतरती है। जो ज्ञानी हैं, उनके मन में तो बहुत छः-पाँच होता है। वहाँ तसवीर उतारने में सब गड़बड़ हो जाता है।

जरा हैरान रह गया। पूछा—ये बातें तुम्हें किसने सिखायीं?

—किसी ने नहीं। मन को सादा रखने से बात अपने आप आ जाती है। भरे घड़े को तो भरा नहीं जा सकता, खाली घड़े को रखो तो जैसे भर उठता है।

—ये बातें तो रानियों जैसी हैं।

वह स्त्री हँस पड़ी, बोली—होगी।

वह हँसी देखकर जरा का मन अतीत में गोता लगा गया, याद आया—ऐसी हँसी कहीं देखी है। वह सोचने की कोशिश करने लगा।

—क्या सोच रहे हो?—व्रजांगना ने पूछा।

—सोच रहा हूँ, ऐसी हँसी मैंने कहीं देखी है।

वह फिर हँसी। बोली—हँसी का भी क्या स्थान-काल होता है?

—पात्र-पात्री तो हो सकता है!

—तुमने भी तो बात करना ख़ूब सीखा है! किसने सिखाया?

—जरा ने एक ही शब्द में जवाब दिया—दुख ने।

—दुख को हँसी का क्या मालूम?

—कहती क्या हो बहन, दुख की शक्ति में ही तो हँसी के मोती होते हैं।

—इतना दुख काहे का?

—पापी को दुख की क्या कमी। पाप हो तो दुख है।

—तो यह क्यों नहीं सोचते, मैं भी पापिन हूँ?

—तब तो कृष्ण वासुदेव ने तुम पर दया की होगी?

—पाप मुँह से कैसे बताऊँ? फिर गम्भीर क्यों हो गये?

—उस हँसी के इतिहास को सोचने की कोशिश कर रहा हूँ।

—वह कोशिश फिर करना। अभी उठोगे?

—कहाँ जाऊँगा?

—तो क्या नदी तट पर ही पड़े रहोगे?

जरा ने जवाब नहीं दिया। अनमना-सा हो रहा। एकाएक उसे लगा, यह भी सम्भव है! यह हँसी वह जिसके होठों देखा करता था उसे भी उसने बहुत पहले खुद ही मार डाला है। तो? ऐसी हँसी क्या दो जने नहीं हँसते? फिर भी गोया इसमें और उस हँसी में फ़र्क़ है। वह हँसी पत्थर में मिला सोना थी, और यह निखरा सोना है।

दोनों ही सोना। तभी यह ख़याल आया, संसार में सोना क्या एक से ज़्यादा टुकड़ों में नहीं होना चाहिए! उसकी चिन्ता के सूत्र में कैसी तो गाँठें पड़ गयीं।

उसे वैसा ही देखकर व्रजांगना ने पूछा—मुझे क्या पहचान नहीं सके जरा?

जरा चौंका, बोला—जरा! यह नाम किसने कहा?

—मैंने।

—तुमने? तुम कौन हो?

—कभी जिसका नाम मदिरा था, मैं वही अभागिन हूँ।

—तुम मदिरा हो?

—अब मैं मदिरा नहीं, व्रजांगना हूँ।

—कुछ समझ नहीं पा रहा हूँ मैं।

—तुम्हारी तो यह सदा की आदत है। किसी भी तरह से कुछ समझ नहीं सकते। कम से कम शुरू में।

दंग होकर जरा ने कहा—लेकिन तुमको तो मैंने अपने हाथ से मारा था।

—तभी तो जन्मांतर में मेरा नाम व्रजांगना हुआ है।

—मज़ाक़ छोड़ो। खोलकर सब बताओ। मेरा सिर चकरा रहा है।

—समझ गयी, मेरी गोदी में मूर्च्छित होने का शौक़ हुआ है। मगर मूर्च्छित होने की क्या पड़ी है। यों ही मेरी गोदी में सिर रखकर लेटो न! मैं फिर से विजना डुला दूँ। इससे तो अच्छा है, मेरे साथ चलो।

—कहाँ?

—मठ में।

—किसके मठ में?

—व्रजांगनाओं के मठ में?

—वहाँ मुझे जाने क्यों देंगी वे?

—तुम वहाँ क्या जाओगे, पास ही व्रजबालों का मठ है।

—वहीं मेरे लिए क्यों जगह होगी?

—क्यों नहीं होगी। यहाँ सभी या तो व्रजांगना हैं या व्रजबाल। सभी या तो सखा होते हैं या सखी।

—किसके?

—पूर्णावतार कृष्ण-वासुदेव के।

—मदिरा, तुम्हें तो मेरा सारा इतिहास मालूम है, फिर भी कह रही हो, वहाँ मेरे लिए जगह होगी?

—हाँ, तो भी कह रही हूँ। लो, उठो—उसने हाथ पकड़कर खींचा।

जरा उठ खड़ा हुआ। पूछा—अपना इतिहास कब बताओगी?

—समय आएगा तो कहूँगी।

—वह समय कब आएगा?

—जब असमय नहीं होगा। वह देखो, हमारा मठ दिखाई दे रहा है। मेरे पीछे-पीछे आओ।

10

सिर पर हाथ रखे जरा बैठा था। उसके दोनों गालों से होकर आँसू ढुलक रहा था। बग़ल में मदिरा बैठी थी। मदिरा अप्रतिभ होते हुए भी दुखित नहीं थी। सारी बातें बतानी हों तो असली बातें छोड़ी नहीं जा सकतीं। दुख जहाँ अनिवार्य है, वहाँ उसे दूर करने का कौन-सा उपाय है?

—क्यों जरा, क्या हो गया? बात आठ-दस साल पहले की है। अब उसके लिए दुख करने से क्या लाभ है?

—काल के विचार से बात आठ-दस साल की हो सकती है, पर मेरे मन के विचार से तो यह अभी-अभी घटी।

—तुम्हारे दुख की वजह क्या है, सुनूँ मैं। मुझे नहीं मार पाये इसका दुख कि रानी सीमन्तिनी को मार दिया, इसका दुख?

जरा ने कहा—दोनों। लेकिन मैं तुमसे पूछता हूँ मदिरा, इन बातों को सुनकर तुम्हें तकलीफ़ नहीं होती?

—बीते जनम की घटना से सुख-दुख का भी कोई अनुभव करता है? मैंने तो कितनी बार कहा—मदिरा मर गयी। इस जन्म में वह व्रजांगना है।

—लेकिन मैं तो वही जरा हूँ।

—वही तो मैं देख रही हूँ, वैसे ही नासमझ, वैसे ही गँवार। मेरा ख़याल था, इतने दिनों तक पहाड़-पर्वतों में भटककर, एक के बाद दूसरी आफ़त की मार खाकर तुम्हें चेत हुआ है।

—छोड़ो। उपदेश रहने दो।

—मूरख को उपदेश के सिवा और क्या दूँ? अब आँखों के आँसू पोंछकर सारी घटनाओं को सुलझाकर कहो।

जरा ने कहा—तुमने यह क्यों कहा था कि रानी मुझ पर फ़िदा है?

—मैंने ग़लत नहीं कहा था। उस समय वैसा ही लगा था। पापी का मन हर जगह पाप की ही छाप देखता है। दो दिन बीते नहीं कि मैं जान गयी, रानी

सीमन्तिनी सती-साध्वी है, पतिपरायणा है।

—जान गयी तो तुमने मेरे भ्रम को क्यों नहीं तोड़ा?

—बाप रे, तब मेरी ख़ैर थी भला! उस समय तो तुम फूलकर कुप्पा हो गये थे, रानी की माला मिली थी, उन्हें उपहार देने के लिए तुमने मुझे कौस्तुभ मणि का हार दिया, ऐसी हालत में मैं कहीं यह कह देती कि मैंने ग़लत समझा था, तो तुम क्या करते, यह तो कहो?

जरा ने कहा—गला घोंटकर मार डालता।

—तो सोच देखो। इसीलिए मैंने समझा, इस बेवक़ूफ़ को ज़रा घपला दिया जाए। इसके सिवा और भी एक कारण था—

—और क्या कारण था?

—सुनकर यक़ीन करोगे?

—यक़ीन करने लायक़ होगा, तो ज़रूर करूँगा।

—यक़ीन करने लायक़ नहीं है।

—फिर भी सुनूँ।—जरा ने माँग की।

—मैं तुम्हें प्यार करती थी, लेकिन उस समय तो तुम रानी के लिए पागल हो रहे थे। इसीलिए मैं कहानी रचती गयी। मैंने कहा कि राजा मुझ पर मोहित हैं। रात को मुझे अपनी फुलबगिया में ले जाते हैं। उसके बाद जब तुमसे मालूम हुआ कि तुम उस फुलबगिया को देख आये, तो मैंने कह दिया, अब वह मुझे वहाँ नहीं ले जाते। हम लोगों का मिलन अब राजभवन में ही होता है।

—उसी बात पर विश्वास करके ही तो मैंने तुम्हें मारना चाहा था।

—क्यों, मारने से क्या लाभ होता?

जरा ने कहा—पता नहीं, मेरी इस बात का विश्वास करोगी कि नहीं।

—विश्वास करने योग्य होगा तो ज़रूर करूँगी।

—नहीं, विश्वास करने योग्य नहीं है।

—तो भी सुनूँ।

—तुम पर राजा आसक्त हैं, यह सुना तो समझा, मैं तुम्हें प्यार करता हूँ।

मदिरा का चेहरा खिल पड़ा।

जरा कहता गया—मैंने समझा कि राजा के शिकंजे से तुम्हें छीन सकना सम्भव नहीं है। इसीलिए जब देखा कि तुम दोनों आलिंगन में बँधे हो, मैंने एक ही तीर से दोनों को आर-पार छेद दिया। किसे पता था कि सती-साध्वी रानी और देवता समान राजा मरे! इतने पर भी मैं अगर अभागा न होऊँ तो अभागा कौन है?

उसके बाद जरा की नज़र मदिरा के चेहरे पर पड़ी। उसने देखा, वहाँ पर परिवर्तन हो गया है। उसमें उसने नेपथ्य के आदमी को देखा। बोल उठा—मदिरा,

तुम अभी भी मुझे प्यार करती हो?

मदिरा ने निर्विकार भाव से कहा—व्रजांगनाओं को कृष्ण के सिवा और किसी को प्यार नहीं करना चाहिए।

—झूठ है। तुम्हारी आँखें कह रही हैं, तुम्हारा चेहरा कह रहा है, तुम्हारा अंग-अंग कह रहा है, फिर भी कह रही हो, और किसी को प्यार नहीं करना चाहिए?

मदिरा ने फिर और भी अधिक अविचलित स्वर में कहा—फ़िज़ूल की बातें रहने दो। इन कई सालों में क्या गुजरा, यह बताओ।

आख़िर जरा कहने लगा—

रात को मैं राजभवन की दीवार पर पहरा दे रहा था। सबको यह पता था कि भोर की तरफ़ हमला होगा। इसीलिए मैंने बड़ी सतर्कता रखी थी। ऐसे में देखा, राजमहल के तिमंज़ले पर राजा किसी स्त्री को गले लगाकर खड़े हैं। वह स्त्री दिखाई नहीं पड़ रही थी। मैंने समझा, वह स्त्री तुम हो।

मदिरा ने टोककर कहा—यही एक बात कितनी बार सुनूँगी! उसके बाद क्या हुआ, कहो।

इस पर जरा ने सुमन्तनगर की हार, लूट-पाट, अपना क़ैद होना, नरेन्द्रनगर पहुँचना, वहाँ सुख के हिंडोले पर झूलने की बात एक-एक करके बतायी। इसी तरह से पहाड़ों में भाग जाना, छागर्षि से भेंट, किन्नर राज्य के अनुभव; चार्वाक ऋषि के आश्रम में जाना, एक साधु के दर्शन होना, जिसके पीछे एक कुत्ता था, फिर बदरीनाथ और बूढ़ी अम्मा की बात—सब बताया।

मदिरा तन्मय होकर सुनती रही।

जरा ने कहा—अब तुम पर जो बीती, वह बताओ।

वह बोली—मेरी बातें हैं तो दुख की, मगर उसमें घटनाओं की ऐसी विविधता नहीं है।

—फिर तो कहने में ज़्यादा देर नहीं लगेगी, कहो।

वह बोली—राजमहल में जब लूट-पाट होने लगी, तो एक सैनिक मुझे पकड़कर सेनापति के पास ले गया। मुझे देखकर सेनापति ने कहा—बुरी नहीं है। जो सैनिक मुझे पकड़कर ले गया था, वह उनकी बात सुनकर बोला—तो इसे आपके लिए रख देता हूँ। सेनापति ने कहा—नहीं। अभी मुझे पैसे की ज़रूरत है। इसे तक्षशिला के बाज़ार में ले जाओ। काफ़ी क़ीमत पर बेचना।

मदिरा कहती गयी—तक्षशिला के बाज़ार में मथुरा के एक वणिक् ने मुझे ख़रीदा और मथुरा ले आया। बाद में मैंने सुना, उसका नाम मथुरादास है। वहाँ ले जाते ही गोलमाल शुरू हुआ।

—कैसा गोलमाल?—जरा ने उत्सुकता से पूछा।

मथुरादास की निगाह मेरे शरीर पर थी, पर कोठी में उसकी नज़र कौस्तुभमणि वाले हार पर पड़ गयी। बनिया सयाना होता है। उसने समझा, नारी-तन जितना ही मोहक क्यों न हो, टिकाऊ नहीं होता, लेकिन यह हार सदा रहेगा। मैंने जब भाँप लिया कि सेठ उस हार को हथियाने के चक्कर में है, तो एक दिन मैं वृन्दावन भाग आयी।

—हार अपने साथ लेकर भागीं?

—और नहीं तो क्या, उसे उपहार में दे आती?

—उसे क्या पता नहीं है कि तुम यहाँ आ गयी हो?

—पता नहीं है भला!

—तो वह आया क्यों नहीं? मथुरा से वृन्दावन बित्ते भर की तो दूरी है!

—आया था।

—आकर क्या बोला?

—क्या बोला? स्त्रियों को फ़ुसलाने के लिए पुरुषों को जितनी भी मीठी-मीठी बातें आती हैं, सब कहीं।

—तो तुम गयी क्यों नहीं?

—पागल हुए हो! दुनिया में जितना भी अपराध होता है, वह या तो स्त्री के लिए या तो धन के लिए। बहुत बाद एक ही साथ दोनों के लिए। मैंने यह समझा था, इसीलिए नहीं गयी।

—वह ज़बरदस्ती भी तो कर सकता था?

—बन पाता तो बेशक करता, मगर मुमकिन नहीं था।

—क्यों?

—कंस के नतीजे को मथुरा के लोग भूल नहीं पाये थे। इसलिए व्रजवासियों पर ज़ुल्म करने की उन्हें हिम्मत नहीं थी। इसके सिवा नहीं जाने का एक और भी कारण था।

—और क्या कारण था?—जरा ने पूछा।

—व्रजेश्वर ने मुझपर कृपा की।

—दो ही दिन में?

—मैंने तो पहले ही बताया, पापियों पर उनकी नज़र रहती ही है। सुना नहीं है, साधुओं को वह सात जनम घुमाते हैं, पापी तीन ही जनम में उनके दर्शन पाता है?

—तब तो मुझे भी आशा है।

—ऐसी-वैसी आशा! जैसा पाप है तुम्हारा, तुम एक ही जन्म में उनकी कृपा पाओगे। अभी तो कह रही हूँ, चलो, आज शाम को आरती के समय उनके दर्शन

कर आएँ।

जरा ने कहा—आज रहने दो।

—क्यों, रहने क्यों दिया जाए। धूल भरे पाँवों देवता का दर्शन करना चाहिए।

—मदिरा, मेरे तो सारे शरीर में धूल है। धोने से भी नहीं जाएगी।

—वही तो भरोसा है। हमारे व्रजेश्वर तो खिलाड़ियों के सरदार हैं। दिनभर व्रजबालाओं के साथ घाट-वाट में ऊधम मचाये रहते हैं, बदन पर धूल नहीं लगेगी भला!

मदिरा ने कहा—चलो, मन्दिर चलें।

जरा ने कहा—आज छोड़ो।

इसी तरह से आज-कल करके जरा टालता रहा, मन्दिर नहीं जाना चाहता। कभी अकेले और कभी मदिरा के साथ घूम-घूमकर श्रीधाम का दर्शन करता। एक दिन तैरकर दोनों यमुना के उस पार जाकर गोकुल देख आये। मदिरा ने नाव पर चलने को कहा था।

जरा ने कहा—नहीं। तैरकर चलें। यमुना का जल तन में लगे।

एक दिन गिरि-गोवर्द्धन पर चढ़ा। घाट-वाट, बाग़-विहार कुछ भी अनदेखा नहीं रहा। घूमते-घूमते एक दिन जरा ने कहा—मदिरा, उस वन को तो नहीं देखा। चलो, चलें।

जरा मदिरा के साथ वन में गया। ज़्यादातर तमाल के पेड़, कदम्ब और हार सिंगार के भी। बहुत-बड़ा तो नहीं था, लेकिन् उसे बग़ीचा नहीं कहा जा सकता, वन ही था। वैसी ही शीतल छाया थी वहाँ, उतना ही घना अँधेरा।

जरा ने कहा—मदिरा, वन में दिन में भी मानो रात का एक टुकड़ा हो! रात में न जाने कैसी गहरी माया होती होगी!

—बेशक होती है! मगर भूलकर भी कभी रात में यहाँ न आना।

—क्यों? मैं तो रात में आकर देख जाने की सोच रहा था।

मदिरा ने ख़बरदार कर दिया—यह काम हरगिज़ मत करना। इसका नाम है निकुंजवन। यहाँ रात को व्रजेश्वर आकर गोपियों के साथ विहार करते हैं। वैसे समय वहाँ यदि कोई जाता है, या तो पागल हो जाता है, या मारा जाता है।

जरा को हैरानी हुई। मदिरा समझ नहीं पा रही थी कि जरा आख़िर मन्दिर क्यों नहीं जाना चाहता। उसके समझने की बात भी नहीं थी। जरा के मन की बात अकेले जरा ही जानता था। जरा को यह आशंका थी, बद्रीनाथ की तरह भगवान अगर यहाँ भी दया न करें, दर्शन न दें। फिर तो दुनिया में कहीं भी खड़े होने की जगह नहीं रहेगी। बूढ़ी अम्मा ने बताया था—वृन्दावन में पूर्णावतार हैं। वही पूर्णावतार यदि निर्दयी हो गये, तब तो भरोसे की कोई किरण ही नहीं रह जाती। वैसे में पाप ज्यों

का त्यों रह जाएगा। मुक्ति का दरवाज़ा सदा के लिए बन्द हो जाएगा। फिर क्या गति होगी! लेकिन उस दिन शाम को मदिरा ने हरगिज़ नहीं माना। उसे ज़बरदस्ती मन्दिर ले गयी। शंख-घण्टा, धूप-बाती की बड़ी धूम। पुरोहित पंच-प्रदीप से आरती कर रहा था। क़तारों में खड़ी नर-नारियाँ। हाथ जोड़े। आँखों में आँसू! जरा ने आग्रह के साथ ताककर देखा, रत्न की वेदी सूनी पड़ी थी। सही स्थिति समझने में उसे कुछ देर लगी। जरा को पल में ही लगा, उस जगह के आगे-पीछे, ऊपर-नीचे, इहलोक-परलोक में कहीं कोई आश्रय नहीं है। वह अनन्त शून्य में गिरता ही चला जा रहा है। जरा की मुक्ति नहीं, सद्गति नहीं, परित्राण नहीं। वह रोकर वहाँ से भाग गया।

रात को मदिरा उसे ढूँढ़ती रह गयी, वह कहीं नहीं मिला। दूसरे दिन सवेरे ढूँढ़ते-ढूँढ़ते वह निकुंज वन के एक किनारे मूर्च्छित पाया गया।

11

मदिरा ने उसका सिर अपनी गोदी में उठा लिया। हवा करती हुई उसका नाम ले-लेकर पुकारने लगी। कुछ देर में उसे होश आया। उसने इधर-उधर ताका। देखा, सिरहाने में मदिरा बैठी है। देखा, लेकिन बोला नहीं। सुग्गे की तरह टुकुर-टुकुर ताकता रहा।

मदिरा ने पूछा—तुम यहाँ कब आ गये? मन्दिर से तुम कब चुपके से खिसक पड़े, मैं जान नहीं सकी। मठ में लौटकर तुम्हें नहीं पाया। सारी रात ढूँढ़ती फिरी। सवेरे अचानक ख़याल आया, ग़ज़ब! कहीं निकुंज वन की ओर तो नहीं चला गया! दौड़ी आयी। जो सोचा था, वही हुआ। व्रजेश्वर की कृपा से जान बच गयी, यही बहुत है!

जरा उठकर बैठा, बोला—जान ही जाती तो ऐसा क्या हर्ज़ होता!

—क्यों, जीवन से इतनी वितृष्णा क्यों, भाई?

—तृष्णा नहीं मिटे तो वितृष्णा।

—हुआ क्या है, सो कहो न।

—कहने की तो कोई बात नहीं है, मदिरा। तुम सबने श्रीमूर्ति देखी, आँसू बहाया! मैंने देखा कि वेदी शून्य पड़ी है।

—क्यों? रंगनाथ ने तुम्हें दर्शन नहीं दिये?

—कहाँ दिये। आख़िर सोचा, निकुंजवन जाऊँगा। रात को या तो उनको देखूँगा। या जान ही जाएगी।

—हाय राम! मैंने तो तुमसे कहा था कि रात को वहाँ जाने से जान जाती है।

—यह भी तो कहा था कि वह रात में वहाँ आया करते हैं।

—यह तो सभी जानते हैं।

—जभी तो आया।—उसके बाद एकाएक बिगड़कर बोला—दर्शन नहीं देंगे, ठट्ठा है! आज दस साल हो गये, जंगल-पहाड़ों में मारा-मारा फिर रहा हूँ, और उन्हें मज़ा मिल रहा है! एक बार उन्होंने बदरीनाथ में अँगूठा दिखाया। अब यहाँ भी!

—क्या करोगे। उनकी दया हुए बिना तो दर्शन नहीं मिलते।

—वह तो समझा, लेकिन दया क्यों नहीं होगी। अब लग रहा है, तीर से मारा था, सो ठीक ही किया था। जो चाहिए थी, वही सज़ा मिली थी।

मदिरा ने हथेली से उसका मुँह दबा दिया—छिः, ऐसा नहीं कहते।

—क्यों नहीं कहना चाहिए, यह बताओ। सब उनकी तारीफ़ के गीत गाते फिरें, केवल यही चाहिए। मेरे मुँह है, मैं कहूँगा। देखता हूँ, वह क्या कर लेते हैं। इन कई वर्षों में मेरी जो गत की है, उससे ज़्यादा और क्या करेंगे?

—जान तो जा सकती थी?

—जभी तुम्हारे ब्रजेश्वर जी की कीरत पूरी हो जाती। यह ख़ूब जानो मदिरा, जरा को प्राणों का मोह नहीं है।

ये सब बातें फिर होंगी, अभी चलो तो।—यह कहकर मदिरा उसे खींचकर मठ में ले आयी।

तीसरे पहर मदिरा ने पूछा—वहाँ जाकर तुमने क्या देखा?

—कुछ भी नहीं। निकुंजवन के पास पहुँचते ही सुना, वहाँ सैकड़ों झींगुर झनकार रहे हैं। कान लगाकर सुना—नहीं, झींगुरों की नहीं, नूपुरों की झनकार है और अनेक स्त्रियों के गले से संगीत झड़ रहा है। सोचा, तब तो बात ग़लत नहीं है, ब्रजेश्वर प्रकट हुए हैं, गोपियाँ उन्हें घेरकर नाच-गा रही हैं। यही मौक़ा है, यह सोचकर मैं दौड़ा। उसके बाद कुछ भी याद नहीं है।

—तब तो उन्होंने तुम पर दया की है।

—वैसी खुदरा दया का भिखमंगा यह जरा नहीं है। पूर्णावतार से पूरी दया अदा करके तब छोड़ूँगा। मैं दया का भिखारी नहीं, दावेदार हूँ। उन्होंने मेरा सर्वस लिया और दया की कौड़ी देकर मुझे फुसला लेंगे, मैं ऐसे बाप का बेटा नहीं हूँ।

—मूर्च्छा की हालत में तुमने कुछ देखा नहीं?

उस हालत में क्या देखता?—उसके बाद जरा देर चुप रहकर बोला—हाँ, एक सपना ज़रूर देखा था।

—क्या सपना?

—देखा कि तीर से एक हिरन को मारा। वह हिरन सारे वन का चक्कर काटकर

अपनी जगह पर आकर मरा।

मदिरा ने बड़ी देर तक सोचकर कहा—सपने का मतलब कुछ समझा?

—सपने का मतलब फिर क्या!

—अजी, भगवान सपने के इशारे से बोलते हैं। मुझे लगता है, तुम वही तीर खाये हुए हिरन हो। जंगल पहाड़ में अकुलाये दौड़ते फिर रहे हो। तुम्हें अपनी जगह पर जाना होगा, वहीं तुम्हारी मुक्ति का उपाय मिलेगा।

जरा ने व्यंग्य किया—देखता हूँ, व्रजधाम में गाँजा चलता है!

—नहीं, यह गाँजा-भंग की बात नहीं। व्रजेश्वर का इशारा व्रजवासी समझ सकते हैं। तुम द्वारका वापस जाने के लिए तैयार हो जाओ।

—द्वारका तो अब समुद्र हो गया है।

—नारायण तो आदिकाल में समुद्र में ही थे। वह तुम्हें वहीं दर्शन देंगे। तुम्हारा यह चक्कर वहीं पूरा होगा। हाँ, एक बात और। जाते समय कौस्तुभ मणि का हार लेते जाना।

—तुम भी चलो न मदिरा।

—नहीं भाई, मैंने अपना मन-प्राण व्रजेश्वर के पाँवों सौंप दिया है। व्रजमण्डल से बाहर जाने का मेरे लिए कोई उपाय नहीं ।

—लेकिन वह कौस्तुभ मणि वहाँ किसे दूँगा?

—समुद्र के पानी में डाल देना। उनको मिल जाएगा।

—ख़ैर, जाऊँगा। लेकिन वहाँ भी उनकी दया न मिली तो?

—मिलेगी ही।

दूसरे दिन जरा चलने को तैयार हुआ। मदिरा ने उसे कौस्तुभ मणि का हार दिया। कहा—होशियारी से रखना, देश में अब अराजकता है।

—मेरे मन से भी ज़्यादा? मेरे साथ चलो न मदिरा!

मदिरा बोली—नहीं भाई, व्रजांगना का मन व्रजेश्वर के चरणों में है। उसे कहीं जाने का उपाय नहीं।

जरा विदा हुआ। यमुना पार करके चलने लगा। जब तक वह आँखों से ओझल नहीं हो गया, मदिरा देखती रही। उसके बाद एक दीर्घ निःश्वास फेंककर दोनों गालों पर आँसू की बूँदें लेकर लौट आयी। हाय रे व्रजेश्वर का मन!

पाँचवाँ खण्ड

यमुना पार करके पश्चिम की ओर चलते हुए जरा ने महसूस किया, राह के संकट के बारे में मदिरा ने जो कहा था वह अक्षर-अक्षर सत्य है। प्रत्यक्ष अनुभव से यह लगा, मदिरा सारा वास्तविक ब्यौरा नहीं जानती थी। वह सवेरे चला था। दोपहर होते-होते कई लोगों ने आकर उसे घेरा—बाबाजी, जा कहाँ रहे हो?

जरा ने कहा—मैं संन्यासी हूँ। तीर्थ को जा रहा हूँ।

उन लोगों ने कहा—ठीक है। दक्षिणा देते जाओ। हम तीरथ के पण्डा हैं।

जरा ने कहा—भैया, संन्यासी आदमी के पास पैसा कहाँ?

जवाब मिला—दक्षिणा के बिना देवता दर्शन क्यों देने लगे?

—भक्ति से क्या देवता का दर्शन नहीं मिलता?

जरा की बात सुनकर वे लोग ठठाकर हँस पड़े।

एक ने कहा—हम यह कैसे जानें कि तुम्हारी दाढ़ी और जटा नक़ली नहीं हैं? बहुत-से तो संन्यासी बनकर दक्षिणा बचाकर चल देते हैं।

एक दूसरे ने कहा—इतनी पूछताछ से क्या मतलब? जाँचकर ही देख लें।—उसने जरा की दाढ़ी-जटा खींचनी शुरू कर दी।

—नहीं, इसकी दाढ़ी-जटा तो असली ही लगती है। जाओ बेटे, ख़ूब बचे!

इतने में दल के एक ने कहा—बाबाजी, तुम्हारे गले की उस शौक़ीन थैली में क्या है, देखूँ तो ज़रा।

जरा ने कहा—उसमें जप की माला है।

—फिर भी देखें न। बहुतों की माला में सोना-दाना भी रहता है।

—मैं भिखमंगा आदमी सोना-दाना कहाँ मेरे पास?

—फिर भी देख लेने में क्या हरज है? उसने उसके गले से थैली उतार ली। तलाशी लेकर हताश होकर बोला—नहीं, कुछ नक़ली पत्थर हैं!

माला वापस देते हुए उसे एक धक्का देकर कहा—तेरा काफ़ी वक़्त बरबाद किया। अब तेज़ी से चल दे।

जरा गिरते-गिरते बच गया। क़दम बढ़ाकर चलने लगा। मुड़कर ताका नहीं।

अब उसे याद आया, मदिरा ने उसे यह तरकीब क्यों बतायी थी। कौस्तुभ मणि का हार उसे देते हुए कहा—राह-बाट की जो हालत है। इन दिनों तुम इस हार को लेकर पहुँच भी पाओगे, ऐसा नहीं लगता।

जरा ने असहाय की नाईं पूछा—तो?

—कोई तरकीब आख़िर करनी होगी।

मदिरा ने हार में कुछ छोटे-छोटे नक़ली पत्थर पिरो दिये और कौस्तुभ मणि को कीच में लिपटाकर ऐसा कर दिया कि उसकी दमक दब गयी। वह माला जप की मामूली माला जैसी ही बन गयी।

जरा ने पूछा—ऐसा क्यों कर दिया?

मदिरा बोली—यह तुम्हें राह में समझ में आएगा।

सच ही, अब जरा की समझ में आया।

मदिरा ने उसे और भी सलाहें दी थीं, होशियार कर दिया था। कहा था—चर्मवती (चम्बल) नदी को पार करते ही देखोगे कि हर आदमी तुम्हारा दुश्मन है। मत्स्य देश की यही हालत है। उसके बाद जब मालव देश (मालवा) पहुँचोगे, तब के लिए मैं क्या कहूँ, भगवान वासुदेव तुम्हें बचाएँ, यही कह सकती हूँ।

जरा ने कहा—वह तो है ही। फिर भी कुछ बता दो।

देर तक सोचकर मदिरा बोली—बड़े-बड़े नगरों से बचकर ही चलना। रात के समय जंगल में रहना, किसी चट्टी में मत ठहरना। और किसी राहगीर से मिताई मत करना।

जरा ने अचरज से पूछा—ऐसा क्यों कह रही हो?

—जानती हूँ मैं, इसीलिए कह रही हूँ। आज इस व्रजमण्डल को छोड़कर सारा देश चोर-डाकुओं का बसेरा बन गया है।

—और राजा?

—राजा अभी चोर-डाकुओं का सरदार है। इस समय लोगों ने यह ढूँढ़ निकाला है कि खेती-बारी के बजाय चोरी-डकैती, राहज़नी में कहीं ज़्यादा लाभ है। और जो लोग खेती करते हैं, वह कर नहीं देते।

—क्यों?

—क्योंकि लुटेरे खेत से फ़सल काट ले जाते हैं। लगान कहाँ से दें?

—राजा कड़ाई क्यों नहीं करते?

—अरे बेवक़ूफ़, यह क्यों नहीं समझते कि लगान नहीं पाने से राजा और भिखारी में फ़र्क़ क्या रह जाता है! पेट के लिए इसीलिए राजा लोग चोर-डाकुओं का सरदार बन गये हैं। अभी राजा की राजागिरी चोरी-डकैती से मिलनेवाले हिस्से पर है।

जरा ने कहा—मैंने सुना, इन्द्रप्रस्थ में अभी महाराजा युधिष्ठिर के पोते राज्य कर

रहे हैं। वे क्यों नहीं शासन करते?

—दुख की बात तुम्हें क्या बताऊँ, इन्द्रप्रस्थनगर से बाहर उनकी कुछ नहीं चलती। राजा के कर्मचारी चोर-डाकुओं से मिलकर अपनी रोज़ी-रोटी चलाते हैं। महाराजा परीक्षित की समझो, एक प्रकार से एकादशी चल रही है।

यह सबकुछ सुनकर जरा दंग रह गया। उसके मुँह से कोई बात नहीं निकली। थोड़ी देर बाद बोला—दस साल तक मैं हिमालय के जंगल-पहाड़ों में घूमता रहा मदिरा, वहाँ तो इससे कहीं सुरक्षित दशा है।

—क्यों न होगी, वहाँ आदमी कहाँ हैं?

—आदमी ऐसा हैवान है?—जरा बोल उठा।

—मानुस कहो कि वनमानुस, कोई एतराज नहीं करूँगा।

जरा ने कहा—अच्छा, मुझे एक बात समझा दो। दस साल पहले जब मैं द्वारका छोड़कर चला था, तब भी तो देश की ऐसी दयनीय दशा नहीं थी!

—इतना भी नहीं समझा! उस समय तक अट्टालिका जो खड़ी थी, गरचे वासुदेव ने देह रखी, यदुवंश ध्वंस हो गया, पाण्डव लोग महाप्रस्थान के लिए तैयार थे—फिर भी अट्टालिका गिर नहीं पड़ी थी। उसके बाद पिछले दस वर्षों में अट्टालिका के गिर पड़ने से सब जैसा-तैसा हो गया।

जरा चुप रहा। मदिरा बोली—क्या सोचने लगे?

—देश की बात।

—देश के बारे में सोचने का तुम्हें-हमें क्या अधिकार है? जहाँ स्वयं वासुदेव और पाण्डवगण नाकामयाब रहे, वहाँ हम-तुम किस खेत की मूली हैं!

जरा फिर चुप हो गया। मदिरा बोली—क्या हो गया?

जरा ने कहा—पूर्णावतार वासुदेव ही अगर असफल रहे, तो भरोसा फिर कहाँ?

जरा की इस बात का उत्तर मदिरा को न मिला। जरा बोला—बोलो?

—बोलूँ क्या! तुम्हारे प्रश्न का उत्तर दूँ, इतना ज्ञान मुझे नहीं है। सच ही तो है, जब पूर्णावतार ही असफल रहे तो मनुष्य किस भरोसे जिए?

—मदिरा, तुम तो जानती हो, मैं मूरख-गँवार व्याध हूँ। तिस पर जिससे बड़ा दूसरा पाप नहीं, वह पाप किया है। पापी की मुक्ति कहाँ है, इस खोज में दस साल तक पहाड़ों की ख़ाक छानता रहा। मुक्ति की खोज तो नहीं मिली, पर बहुत से ज्ञानी-गुणी, योगी-तपस्वी के दर्शन मिले। उनके उपदेशों से आज तुम्हारे कहे को मिलाकर मैं मानो समझ रहा हूँ, पृर्णावतार अपने हाथ और क़लम से कुछ नहीं करते। यह देखो न, कुरुक्षेत्र की लड़ाई में सबने हथियार सँभाला, लेकिन उन्होंने हथियार के बदले घोड़े की लगाम थामी। उसके बाद आँखों के सामने यदुवंश को ध्वंस होते देखकर भी उन्होंने अपनी करनी उँगली भी नहीं उठायी। इसी से लगता है, पूर्णावतार

आप कुछ नहीं करते—दृष्टान्त-स्वरूप आविर्भूत होकर वह सारे मानव-समाज को पूर्णावतारत्व के पथ पर चलने को कहते हैं। दरअसल पूर्णावतार निरर्थक नहीं हुए, निरर्थक हुए हैं आदमी।

मदिरा को सपने में भी आशा नहीं थी कि वह जरा के मुँह से ऐसे गम्भीर तत्त्व की बात सुनेगी। वह झट कुछ बोल नहीं पायी। उसके बाद अचानक उठकर उसने जरा के पैरों की धूलि ली, बोली—जरा, तुम तो मुक्त पुरुष हो।

जरा हड़बड़ाकर हट गया, बोला—मदिरा, यह क्या किया तुमने! तुमने यह क्या किया? व्रजांगना होकर तुमने इस महापापी के पैर छुए! लेकिन एक ही भरोसा है, जिसने चरम पाप कर लिया है, उसका पाप और क्या बढ़ेगा? नहीं, मदिरा, मैं मुक्त पुरुष नहीं, मैं मुक्ति का अन्वेषक हूँ।

मदिरा ने कहा—जहाँ जा रहे हो, मुक्ति वहीं मिलेगी। मुक्तिदाता तुम्हें बुला रहे हैं। तुम्हें जब तक मुक्ति न दे लें, उनकी अपनी मुक्ति भी तो नहीं है। यह ज़रूर जान लो कि वह तुम्हारी प्रतीक्षा कर रहे हैं।

जरा चल पड़ा। मदिरा ने उसे सब समझाया, सब बताया, सिर्फ़ एक ही बात के लिए उसे सावधान करना वह भूल गयी थी—नहीं, भूल नहीं गयी थी, लेकिन जो विषय उसे असम्भव-सा लगा था, वही कहने की उसने ज़रूरत नहीं समझी थी।

2

सेठ मथुराप्रसाद कौस्तुभ मणि के लोभ को छोड़ नहीं सका था। बल्कि मदिरा जो उसे लेकर वृन्दावन भाग गयी, तो उसके प्रति उसका आकर्षण और भी ज़बरदस्त हो गया। उसे किस तरह से हासिल किया जाए, यही उसके दिन का ध्यान और रात का सपना बन गया। मदिरा एक महज़ मामूली स्त्री थी। कमज़ोर भी। लिहाज़ा आदमी भेजकर उसे लुटवा लेना कोई कठिन काम नहीं था। कठिन तो नहीं था, लेकिन असम्भव था। मथुरा के क्या मर्द और क्या औरतें, सबका यही संस्कार था कि वृन्दावन जाकर हमला करना नहीं चल सकता। वही जो एक बार वृन्दावन के किशोर वीर ने कंस का काम तमाम कर दिया था, उसकी याद उनके मन में बनी रहती थी। आज वह वीर वृन्दावन में नहीं है, मथुरा में नहीं है, उसने दुनिया ही छोड़ दी तो क्या हुआ? संस्कार जो कभी मरता नहीं। इसलिए ज़ोर-जुल्म नहीं चलने का। सो उस चीज़ को कैसे अपनी मुट्ठी में लाए, मथुराप्रसाद इसका उपाय सोचा करता था।

मदिरा को उसके रूप के मोह से वह तक्षशिला के बाज़ार से काफ़ी ऊँचा दाम देकर ख़रीद लाया था। मथुरा आकर उसने उसके लिए नगर के छोर की उपवन वाटिका में रहने का ठीक कर दिया। मदिरा को इस तरह से ज़िन्दगी बिताने की आदत थी। उसने यहाँ भी एतराज़ नहीं किया। रात के समय जब मथुराप्रसाद आया, तो सबसे पहले उसे वही अलौकिक रत्न दिखाई पड़ा। देखा और पहले ही दर्शन में प्रेम हो गया। नारी का मोह रत्न के मोह में बदल गया। मदिरा की चतुर आँखें ताड़ गयीं, मथुराप्रसाद के लिए अब उससे ज़्यादा उस मणि का आकर्षण है। कौन-सी नारी भला अपने प्रति यह लापरवाही बरदाश्त कर सकती है। पल में उसका मन बिगड़ गया। सोच लिया न, इस खूसट को वह हरगिज़ देह-दान नहीं करेगी। उसके ऐसे दृढ़ संकल्प की ज़रूरत नहीं थी, क्योंकि उस समय मदिरा मथुराप्रसाद की नज़रों में तुच्छ हो गयी थी।

मदिरा की इस विमुखता का और भी कुछ कारण था। मणि के इस हार में वासुदेव की स्मृति जड़ी हुई है, और उसे क्या तो वह एक ऐसे कामुक के गले में डालेगी! हो सकता है, कभी लोभ के ऐसे किसी क्षण में यह उसे किसी बाज़ारू औरत के गले में डाल देगा। उसने यह पहले ही सोच लिया था कि यह हार जिसका है, वह उसी को लौटा देगी। द्वारका जाना अगर बिलकुल ही मुमकिन न हो तो, पास ही में तो वृन्दावन है। वहाँ उन्होंने बाल-लीला की थी। यह मणिहार किसका है, किसने दिया था, कहाँ मिला, कितनी क़ीमत है—इन्हीं बातों की पूछताछ में वह रात निकल गयी। मथुराप्रसाद समझ गया, मदिरा इस रत्न को आसानी से बेहाथ नहीं होने देगी। यह भी समझा कि यह स्त्री आसान नहीं है। मथुराप्रसाद ने समझा, मैं भी कुछ ऐसा-वैसा आदमी नहीं हूँ। छल से हो, बल से हो, कौशल से हो—यह चीज़ लेकर ही रहूँगा। हाँ, कुछ समय लगेगा। इस सत्य को मदिरा ने भी समझा था। इसलिए उसने समय ही नहीं दिया, दूसरे ही दिन वह उस हार को लेकर वृन्दावन भाग आयी। मथुराप्रसाद के दिमाग़ में यह बात आयी ही नहीं कि ऐसा होगा, वरना वह पहरा बिठा देता।

वृन्दावन आने पर एक हमउम्र व्रजांगना से उसकी जान-पहचान हुई। मदिरा ने उससे कहा—मैं मथुरा के सेठ मथुराप्रसाद के यहाँ से भाग कर आयी हूँ। मुझे आश्रय चाहिए।

उस स्त्री ने कहा—अरी बहना, यहाँ बेखटके रहो; वृन्दावन आकर हमला करने की हिम्मत किसी को नहीं है। कम से कम मथुरावालों को तो नहीं ही है। यहाँ व्रजेश्वर सबके रक्षक हैं।

मदिरा उसी मठ में गयी, जहाँ वह स्त्री रहती थी। उसके घर की ताक़ में उसने उस हार को छिपा कर रखा। किसी पर विश्वास करके वह यह बात बता नहीं सकी।

उसके बाद दस साल निकल गये। शुरू में जो एक भगोड़ी स्त्री थी, अन्त में वह कृष्णगत प्राण ब्रजांगना बन गयी।

मथुराप्रसाद को सब पता था, पर कुछ करने का उपाय नहीं था। इन दस वर्षों में उसके और-और इन्द्रिय शिथिल हो गये थे, लेकिन लोभ बढ़ गया था। सच पूछिए, तो लोभ कोई ख़ास इन्द्रिय का नहीं इसीलिए उमर के साथ वह बढ़ जाता है। स्वभाव से लोभी मथुराप्रसाद के लिए यह लोभ एक बेसब्र ख़्वाहिश बन गया था। वह सदा इसकी ताक में रहा।

उसके दो विश्वासी सहचर थे—ब्रजप्रसाद और वृजनाथ। उसके सभी कुकर्मों के सहायक थे वे। जैसा मालिक, वैसा अनुचर। दोनों ही कलि के चर, कोई भी ऐसा काम नहीं था, जो वे नहीं कर सकते थे। मथुराप्रसाद के इशारे से वे दोनों छाया की तरह मदिरा के आसपास ही रहा करते थे। सारा अतापता रखते थे। मालिक को बताया करते थे कि वह हार बेहाथ नहीं हुआ है। वृन्दावन में किसी को भी आने-जाने में रोक-टोक नहीं। लेकिन ज़ोर-ज़ुल्म का साहस किसी को नहीं था। मदिरा को आँखों-आँखों रखते हुए दस बरस निकल गये।

एक दिन उन दोनों ने मालिक को बताया—बहरहाल एक जटा-दाढ़ी वाला संन्यासी आया है। उससे मदिरा की कुछ ज़्यादा घनिष्ठता है। देख-सुनकर लगता है, उन दोनों में पुराना परिचय है। मथुराप्रसाद ने हुक्म दिया, अब उस पर कड़ी निगरानी रखो। वह कमबख़्त संन्यासी जिसमें उस मणि को हथिया न ले या यह दईमारी औरत उसे इस संन्यासी के हाथों चुपके से हटा न दे। उस दईमारी के लिए असम्भव कुछ भी नहीं है, नहीं तो इतने सुन्दर बाग़-महल को छोड़कर वह मठ में जाकर रहती! गहनों के बदले में बदन में चन्दन-तिलक लगाती है और शराब के बदले पीती क्या है, तो चरणामृत! अनुचरों ने कहा—हुज़ूर का अगर हुक्म हो तो मणि के साथ उस औरत को भी इस बाग़-महल में लाकर रख दें। यह बात सुनते ही मथुराप्रसाद ने दोनों कानों में उँगली डालकर अपने कपाल से हाथ लगाया—आख़िर क्या कंस की तरह जान से हाथ धोए!

वृजनाथ और ब्रजप्रसाद पक्के गुप्तचर थे। वह एक-एक बात की ख़बर रखते थे। इस बीच उन लोगों ने इस-उस बहाने जरा से जान-पहचान कर ली थी। यह भी जान लिया कि जरा जल्द ही द्वारका चला जाएगा। मदिरा उन दोनों को पहचानती न थी, इसलिए उनपर कोई सन्देह नहीं हुआ। और, रवाना होने से पहले जब उसने जरा के गले में एक रेशमी थैली लटकाकर कहा—जरा, इसमें तुम्हारी जप की माला रही, होशियारी से रखना, तो उन अनुचरों ने यह सब देखा। वे ताड़ गये कि वह मणि इसी उपाय से ग़ायब किया जा रहा है। उन लोगों ने तुरत जाकर सेठ को ख़बर दी।

मथुराप्रसाद ने जो सुना तो उसने दोनों अनुचरों को हथियारों से लैस किया, राह ख़र्च के लिए काफ़ी रक़म दी, और घोड़ों पर उन्हें रवाना कर दिया। कह दिया, उस आदमी का पीछा करना। वह जब मालवदेश में पहुँचे तो छल-बल-कौशल से थैली समेत वह हार हथियाकर चले आना। देश में अराजकता है। ख़ून-ख़राबी, राहज़नी रोज़मर्रे की बात है। यह हरकत किसने की, कोई नहीं जान पाएगा। यह भी कह दिया, वह हार मिलेगा तो तुम्हें जागीर दूँगा।

वे दोनों मालिक को हाथ जोड़कर निकल पड़े। थोड़ी देर में सेठ के जी में आया, क्या पता, कहीं यही कमबख़्त उसे हज़म कर जाएँ। इसलिए वह ख़ुद भी हथियारों से लैस होकर घोड़े पर सवार हो उनके पीछे-पीछे चला। गुप्तचर के ऊपर गुप्तचर। अनुचरों से थोड़ी दूरी रखते हुए भेष बदलकर स्वयं मालिक भी चला। मालिक और गुप्तचर का सम्बन्ध सदा विश्वास के मान पर ही टिका रहता है।

ये बातें मदिरा के जानने की न थीं। और, दस साल पहले के मथुराप्रसाद के उस लोभ का विवरण अब उसके मन में एक पुराना इतिहास भर रह गया था। उसे उसकी ओर से कोई ख़तरा नहीं था, इसलिए उसने जरा को इसके लिए सतर्क करने की ज़रूरत नहीं समझी थी। लेकिन इतना ज़रूर कह दिया था, साधु-संन्यासी देखकर ही ज़्यादा मिलना-जुलना मत, क्योंकि बहुत बार चोर-छिछोरे उसी बाने में धोखे से अपना काम बजा लेते हैं। और कौस्तुभ मणि की बात साधु हो कि असाधु, किसी से भी न कहना।

3

सारा देश ही अराजक हो रहा था, लेकिन उसी में अगर तर और तम बताना हो, तो चर्मवती और नर्मदा के बीच के भूभाग को ही बताना होगा। इस इलाक़े का एक-एक आदमी छिछोरा है। जो दुर्बल हैं, शक्ति के अभाव में वे चोर और ठग हैं; और जो प्रबल हैं वे सब लुटेरे और डकैत हैं। हर गाँव समाजविरोधियों का अड्डा, ऐसे समाजविरोधियों को आश्रय और प्रश्रय देने वाला। इधर क़िले-क़िले में विरोध और दंगा, वैसी ही स्थिति में अपनी-अपनी रुचि और स्वार्थ के हिसाब से आसपास के लोग जिस किसी पक्ष का साथ देते। स्वार्थ में ज़रा आँच आयी नहीं कि दल-बदलू बन जाने में कोई हिचक नहीं। इस भूभाग के जंगलों में जो जानवर हैं, वे आदमी के डर से सन्त्रस्त। दल से बाहर रहने वाले सज्जनों को जान बचाना मुश्किल। लाचारी में जान बचाने के लिए वे किसी न किसी दल में शामिल हो जाने को मज़बूर

होते। अन्त तक यह हालत हुई कि ठग बीनने में गाँव उजाड़। निरीह सज्जन कोई रहा ही नहीं। विदेशी व्यापारी इस तरफ़ ख़ास नहीं आते, ग़लती से आ निकलते तो जान से हाथ धो बैठते। साधु-संन्यासी बहुत हद तक सुरक्षित थे, लेकिन पूर्णतया नहीं। जरा के प्रति उनका जो व्यवहार हुआ, इसी से साबित है। जरा उसी रास्ते से जा रहा था, इसलिए कि दूसरा कोई रास्ता नहीं था। मथुरा से द्वारका जाने का वही एक रास्ता। जरा शास्त्र का जानकार होता तो 'दुर्गमपथस्तत् कवयो वदन्ति' का नया अर्थ लगा सकता था।

जितना सम्भव था, वह पथ और पथिक से बचकर चलता था। खाना ज़्यादातर वनफल और कन्द। कभी लाचारी में गाँव के क़रीब से गुज़रना पड़ता तो सहृदय गृहस्थ बाजरे की रोटी और चटनी देते। पीने को नदी या झरने का पानी। किसी-किसी गाँव में लोगों ने रात को कभी ठहरने का आग्रह किया, थके-हारे जरा को आराम भी ज़रूरी था, फिर भी उसने टाला। बताया, मुझे जल्दी है।

रास्ता चौड़ा, यद्यपि मरम्मत नहीं होने से बीच-बीच में टूट गया है। पाँच छह कोस के फ़ासले पर राहगीरों के लिए चट्टी की व्यवस्था। मदिरा ने ख़ास तौर से इन सबसे बचने की सलाह दी थी। असल में राहियों के अता-पता की ये सब घाटियाँ थीं। राहगीर एक से दूसरी चट्टी पर पहुँचने के पहले ही उसका हुलिया वहाँ पहुँच जाता। जरा दो-चार बार लुटेरों के चक्कर में पड़ चुका था, पर उसे संन्यासी समझकर दाढ़ी-बाल खींचतान के बाद ही छुटकारा मिल गया। वह दिन को चलता और रात होने पर सड़क से हटकर किसी पेड़तले ठहर जाता। इस तरह काली सिन्धु नदी को पार कर लेने के बाद उसे भरोसा हुआ कि अब शायद द्वारका तक पहुँच भी सकता है।

जरा यदि अपने ही आप में डूबकर नहीं चलता होता, तो उसे पता चलता कि उससे कुछ ही हटकर दो घुड़सवार उसके पीछे लगे चल रहे हैं। वृजनाथ और व्रजप्रसाद अनुभवी आदमी थे। वे चाहते तो किसी भी क्षण जरा को मौत के घाट उतारकर उस रत्न को हथिया ले सकते थे। लेकिन इस काम के बाधक उनके अनुभव थे। वे ख़ूब जानते थे कि जैसे ही राहज़नी होगी, चारों ओर से लोग दौड़ पड़ेंगे, वैसे में लूट के माल को बेहाथ होने में क्या लगता है? पहले के अनुभव से वे जानते हैं कि सूने दिखने वाले मैदान सूने नहीं हैं, सम्भव-असम्भव, सभी स्थानों में लोग ताक़ लगाये बैठे हैं; शिकार की गन्ध मिलते ही वे निकल आते हैं। इसलिए होशियारी से काम लेना चाहिए। रात-दिन जरा को अपनी नज़रों में रखते हुए वे पीछा करते जा रहे थे।

कई दिन पहले सुबह उन लोगों ने देखा कि जरा को एक हमसफ़र जुट गया है। उसका भी बाना संन्यासी का।

वृजनाथ ने कहा—अरे भाई, यह क्या हो गया, एक से दो जो हो गया।

व्रजप्रसाद ने कहा—वही तो देख रहा हूँ। शंका हो रही है, वह कमबख़्त भी हम लोगों की तरह शिकार की ही टोह में है।

—वेश जो संन्यासी का है।

—भाई व्रजप्रसाद, यह तो सोच देखो, हम लोगों ने कितनी बार इस बाने में अपना काम बनाया है।

—बात तो बजा है। लेकिन अगर और भी संगी जुट जाएँ तब तो शिकार करना तो असम्भव हो जाएगा।

—देखा ही जाए न, कहाँ तक क्या होता है!—वृजनाथ ने कहा।

मथुराप्रसाद जी से सुना नहीं है 'क्षेत्रे कर्म विधीयते'। झोप समझकर कोप।

जरा को नज़र से बाहर नहीं करके एक जगह उन लोगों ने भोजन और विश्राम कर लिया।

एक दिन सुबह जागकर जरा ने देखा, कुछ ही दूरी पर राजपथ के पास एक चट्टी है। पीने के पानी की खोज में वह वहाँ गया। देखा, एक संन्यासी है। बोला—संन्यासी जी प्रणाम।

वह आदमी संकोच के साथ बोला—साधु जी, मैं संन्यासी नहीं हूँ।

जरा ने पूछा—तो दाढ़ी, बाल संन्यासी जैसे क्यों हैं?

उस आदमी ने हँसकर जवाब दिया—साधु जी, यह क्या किसी ज्ञानी जैसी बात हुई! बाल-दाढ़ी तो क्या संन्यासी, क्या गृहस्थ सबके बढ़ती है। रास्ते में कहीं बनाने का मौक़ा नहीं मिला, सो कुछ बढ़ गयी है। उनका कोई दोष नहीं। और यह भेष। बिना भेख के भीख नहीं मिलती। साधु जी, मैं गृहस्थ हूँ।

जरा ने कहा—मुझको बार-बार साधु न कहें। मैं घोर पापी हूँ, महापापी। मैं अगर साधु होऊँ, तो असाधु कौन है?

—ख़ैर, साधु न ही कहा, बाबा कहने में ज़रूर कोई दोष नहीं है, यद्यपि आपकी उमर मुझसे बहुत कम है।

—फिर तो आप भी कहना ठीक नहीं। मुझे 'तुम' ही कहिए, यही निवेदन है।

—ख़ैर, वही कहूँगा। आप कहना शिष्टता है, और तुममें आत्मीयता। तो जा कहाँ रहे हो?

जरा ने कहा—इस पापी मुँह से कैसे कहूँ?

पूछनेवाले ने हँसकर कहा—वाह, जवाब तो साधु-संन्यासी जैसा हुआ।

—आप कहाँ जा रहे हैं?

—फ़िलहाल अमर कण्टक। सामने ही है। बस और कई दिनों का रास्ता।

जरा ने हताश होकर कहा—मेरे सामने तो अभी बड़ा लम्बा रास्ता है।

—यह तो ख़ुशी की बात है। राह चलने जैसा आनन्द और है क्या?

—रास्ते में चोर-डाकू, दगेबाज़ों का दल है।

—आज ये कहाँ नहीं हैं बाबा। लेकिन वे लोग हमारा क्या लेंगे? तुम्हारे गले में जप की माला की थैली है, मेरे गले की थैली में शालग्राम शिला।

जरा ने कहा—आपको अगर मैं ठाकुर कहा करूँ?

—ठीक ही है। ठाकुर कहो, प्रभु कहो, बाबाजी कहो—मुझे किसी में भी आपत्ति नहीं है।

—तो वही कहूँ। दुख की कथा आप से मैं क्या कहूँ। इसी बीच तीन-चार बार मेरी दाढ़ी-जटा की जाँच की जा चुकी है।

—सोचता है, कहीं बना हुआ संन्यासी तो नहीं है।

—जी ठाकुर, आपने कैसे जाना?

—वह जाँच मुझ पर भी चल चुकी है। मैंने कहा—भाइयो, इन दाढ़ी वालों पर मुझे कोई ममता नहीं है। कोई उस्तुरा दो, साफ़ किये देता हूँ। इस पर उन्होंने कहा कि क्या जानते हो?

—क्या कहा ठाकुर?

—कहा, हम लोग क्या नाई हैं?

मैंने कहा—राम कहो, नाई बाल-दाढ़ी देखकर ही समझ जाता है। उसे खींचतान करके देखने की ज़रूरत नहीं होती। तुम्हारे गले की थैली में क्या है? शालिग्राम शिला। मैंने कहा—मानो तो शालिग्राम, नहीं तो पत्थर। यह जो सुना तो वे लोग बोल उठे—अरे चल-चल, नाहक़ ही समय बरबाद हो रहा है। यह कमबख़्त असली संन्यासी है। मैंने कहा—तुम सब ठगे गये हो भैया, मैं संन्यासी नहीं, घरबारवाला हूँ। सुनकर वे बोले—तो घरबार है कहाँ? मैंने कहा—मैं कोई घोंघा तो हूँ नहीं कि घर को पीठ पर लादे फिरूँ! मेरी बात सुनकर वह सब इतना झुँझलाये कि बिना बोले ही चल दिये।

जरा ने कहा—ठाकुर, आपको साथी पाकर मन का बल कुछ बढ़ा।

—सिर्फ़ मन का बल बढ़ने से ही तो नहीं होता, तन का बल बढ़ना भी ज़रूरी है। लो, यह रोटी और चटनी खाओ। वह देखो, घड़े में पानी है।

दोनों ने एक साथ बैठकर खाया-पिया। ठीक उसी समय वृजनाथ और व्रजप्रसाद क़रीब ही पेड़ तले बैठे भोजन और आराम करे रहे थे। उन्हें ख़बर होती, तो देख पाते कि उनसे कुछ पीछे और एक घुड़सवार आराम कर रहा है। उसका घोड़ा पास ही बँधा है।

जरा को यह आदमी अच्छा लगा। साधु है, लेकिन भेख और आडम्बर नहीं। गहरी बात हँसकर कही जा सकती है, गम्भीरता की ज़रूरत नहीं होती, जरा ने यही

पहले देखा। वह देश-देश में घूमा किया, देखा है कि साधु लोग हँसना नहीं चाहते। छागर्षि बीच-बीच में हँसता ज़रूर था, लेकिन वह हँसी गोया आरा चलने की आवाज़ हो। डर से रोंगटे खड़े हो जाते। लगता, जैसे वह काट खाएगा। उसने सोचा, जितनी दूर तक सम्भव हो, इसके साथ ही जाया जाए।

दोनों जने अगल-बग़ल चल रहे थे। सफ़ेद धूलवाली राह। दोनों ओर बड़े-बड़े गाछों की क़तार–धूप में ताप से बचकर चलने में तकलीफ़ नहीं होती। जरा ने कहा–ठाकुर, मैं पापी हूँ, बहुत बड़ा पापी।

ठाकुर ने संक्षेप में कहा–पापी कौन नहीं है?

जरा ने कहा–मेरे जैसा कोई नहीं।

–तुम तो उसी से बच गये, भैया!

–सो क्या ठाकुर?

–आदमी अपने पाप को छोटा करके देखता है, या उसका दायित्व दूसरे के मत्थे मढ़कर अपने आप को हलका समझता है।

–मैं तो पाप के भार से क्रमशः डूबता जा रहा हूँ। आज दस साल हो गये, मैं इसलिए पहाड़-पर्वतों और जंगलों में मारा-मारा फिरता रहा कि इस पाप से किस तरह से छुटकारा पाया जाए। कितने साधु-संन्यासी और योगी-तपस्वी से भेंट हुई। मेरा प्रश्न सुनकर उन लोगों ने शास्त्र सुना दिया। लेकिन बाबा, तसवीर में पानी देखने से तो प्यास नहीं मिटती! इधर साँझ जो हो आयी।

ठाकुर ने कहा–तब तुम्हारी मुक्ति भी क़रीब आ गयी।

–क्या, मेरी मौत के बाद?

–बाद क्यों, पहले ही।

–कुछ समझ नहीं पा रहा हूँ बाबा!

–तो फिर तुम्हें समझा दूँ। नदी में मल्लाह सब नाव से पार किया करते हैं, देखा है न!

जरा ने सिर हिलाकर हामी भरी।

मल्लाह घर से घाट आते समय अपने छोटे बच्चे को साथ लिये आता है। उसे कोई खिलौना देकर बिठाये रखता है। कहता है–बैठे-बैठे यहीं खेलो बेटे, इधर-उधर मत जाना। उसके बाद दिन भर वह लोगों को पार करता रहता है, कितने गाँवों के कितने लोगों को इस पार–उस पार करता है। मल्लाह बीच-बीच में ताककर देखता रहता है, बच्चा क्या कर रहा है। हाँ, वह ठीक अपनी जगह पर बैठा खेल रहा है। उसके बाद जब बेर डूब जाती है, साँझ घनी हो आती है, पार जाने वाले लोग नहीं रह जाते, तब आख़िरी खेप में मल्लाह बच्चे को लेकर घर लौट आता है। वह निरा अपना है न, इसीलिए उसे इन्तजार में रखता है। समझे भैया, तुम उनके अपने हो,

इसीलिए उन्होंने तुम्हें रोककर रखा है। ऐसा सौभाग्य कितनों को होता है।

मूरख होते हुए भी जरा ने समझा, यह शास्त्र का वचन नहीं, जीवन का अनुभव है। वह भगवान का अपना-सा है, इसीलिए उसके पार होने में देर हो रही है। आज तक किसी ने उसे इस तरह से तो नहीं समझाया! उसने पूछा—ठाकुर, अपनी कोशिश से पाप से मुक्ति मिल सकती है क्या?

ठाकुर ने कहा—मिलती भी है, नहीं भी।

—वह क्या?

—अरे बाबा, तुम्हारी हमारी ऐसी क्या शक्ति है कि पाप के भार से मुक्त हो सकें। लेकिन कोशिश तो कर सकते हैं। हम लोग कोशिश करते हैं और वह देखते रहते हैं। जब उन्हें यह समझ में आता है कि यह आदमी जी-जान से कोशिश कर रहा है, फिर भी पार नहीं पा रहा है, तो वह आगे बढ़कर कुछ भार ठेलकर गिरा देते हैं। बोझ को बहुत-कुछ हलका कर देते हैं—जभी तो मुक्ति सम्भव होती है।

जरा के लिए ये बातें भी नयी थीं।

ठाकुर कहता गया—तुम्हारी अकुलाहट देखकर मुझे लग रहा है कि उनका आसन टला है। तुम्हारा भार उतारने को वह आ रहे हैं।

अकुलाकर जरा ने पूछा—कब आकर पहुँचेंगे वह?

ठाकुर ने हँसकर कहा—वह जब लौट जाते हैं, तब समझ में आता है कि वह आये थे।

—अब तो इन्तज़ार नहीं कर पा रहा हूँ बाबा!

—तो फिर समझ लो कि वह भी अब इन्तज़ार नहीं कर पा रहे हैं।

—उनकी दया क्या सबके लिए ऐसी ही होती है?

—और क्या सिर्फ़ तुम्हारे लिए? भैया, आदमी के लिए मैं-तुम वह होता है, उनके लिए सभी 'वह' है। सबको पार किये बिना उन्हें छुट्टी नहीं।

ऐसे ही सवाल-जवाब में उनकी राह कटने लगी। पैदल, घुड़सवार, पालकी, सम्पन्न लोग, भिखमंगा—जाने-आने वालों का अन्त नहीं। इस इलाक़े में सब सपाट है, जंगल पहाड़ की रुकावट नहीं। बीच-बीच में छोटी-बड़ी चट्टी। चलते हुए फिर जरा के मुँह में प्रश्न जागा—ठाकुर, आप तो गृहस्थ हैं, तब तो आपका घर ज़रूर है?

—ज़रूर। घर है। घरनी है। पलनेवाले लोग हैं।

जरा ने पूछा—बाल-बच्चे?

—किसी के बाल-बच्चे ज़रूर।

—यानी कि कहीं से उठाकर लाये हुए?

—हाँ जी हाँ। रास्ते से उठाकर लाये हुए कुत्ते के तीन लँगड़े पिल्ले, दो बकरियाँ, कुछ मैना, सुआ।

अचरज से जरा ने पूछा—इन्हीं पर आपकी गृहस्थी है?

—और क्या? इनकी ज़िम्मेदारी क्या बाल-बच्चों की ज़िम्मेदारी से कुछ कम है? बच्चे बड़े होते हैं तो उनकी बोली समझ में आती है। ये तो सदा के बेज़ुबान हैं।

—तो फिर इनके मन की बात आप समझते कैसे हैं?

—प्रेम से। विधाता ने भाषा से पहले प्रेम की सृष्टि की है।

—तो आपको ठाकुर, इन्होंने ही माया के बन्धन में बाँधा है।

—मैंने भी उन्हें बाँधा है। वे खुले ही रहते हैं भागते नहीं।

—लेकिन सुग्गा तो पोस नहीं मानता है, ठाकुर!

—पिंजड़े में रखते हैं, इसीलिए नहीं मानते। खुले रहें, तो क्यों भागेंगे?

—इतने-इतने पशु-पंछियों में बीच-बीच में झगड़ा नहीं होता?

—होता है। आख़िर आदमी का साथ मिला है न!—कहकर वह हँसने लगे। जरा भी हँसने लगा।

ठाकुर ने कहा—चलो, आज इस हाट में ही रात बितायी जाए।

—कोई आफ़त-मुसीबत।

—चट्टी होती तो मुसीबत का ख़तरा था। लेकिन इस उजड़ी हुई हाट में कौन आएगा! हफ़्ते में एक बार पैठ लगती है, उसके बाद ये झोंपड़े यों ही पड़े रहते हैं। चोर-डकैत अन्दाज़ से हमला कर के अपनी शक्ति को बेकार नहीं गँवाते।

दोनों ने आख़िर वहीं रहने की तैयारी की। ठाकुर ने अपने झोले से कुछ चपातियाँ और अचार निकाला। इनारे में पानी था।

ठाकुर ने कहा—देख लो, मैं गृहस्थ हूँ कि नहीं! दो दिन का खाना साथ लिये बग़ैर नहीं चलता।

खा-पीकर जब दोनों जने अगल-बग़ल लेटे, तो बाहर पूनो की चाँदनी से दिशाओं का कोना-कोना उजागर हो रहा था—जैसे और बूँदभर ज़्यादा हो तो छलक पड़ेगा, ऐसा लबालब।

ठाकुर ने स्नेह से कहा—अब बेखटके सो जाओ। उसके बाद ही वह हँसकर बोले—'भोजनं स्यात् यत्र तत्र शयनं हट्टमन्दिरे'—आज महाजन के इस वाक्य के हम जलते हुए उदाहरण हैं।

ठाकुर जिस समय जरा को निर्भय सोने को कह रहे थे, ठीक उसी समय हाट से कुछ ही दूर पर बरगद की छाँव में दो घुड़सवार खड़े थे। और, उससे भी कुछ दूर पर सादी धूलवाली राह पर एक तीसरे घुड़सवार की परछाईं पड़ रही थी।

4

आधी रात। वृजनाथ और व्रजप्रसाद पेड़ की डाल में घोड़ों को बाँधकर धीरे-धीरे उस चलिये की ओर बढ़े। सवेरे से ही उन लोगों ने देखा, उनके शिकार के साथ एक संन्यासी और जुट आया है। इसलिए उन लोगों ने सोच लिया कि आज ही तत काम बना लेना होगा। और भी संन्यासियों के जुटने में क्या देर लगती है। तादाद में ये ज़्यादा हो जाएँगे तो काम बनाने में कठिनाई होगी। भरोसा एक ही है कि ये संन्यासी निहत्थे हैं। निहत्थे हैं लेकिन हैं मज़बूत। सलिए इनके सोते में ही क़िला फ़तह करना ठीक है। मथुराप्रसाद ने कह रखा, जहाँ तक बने, जान से मारने की कोशिश मत करना। हाँ, वे अगर बल-प्रयोग करें तो तुम लोग भी करना। वैसे में मारा जाएगा तो तुम लोगों पर साधु की हत्या का दोष नहीं लगेगा।

दोनों जने दबे पाँवों झोंपड़े के पास जा खड़े हुए। कान लगाकर सुन लिया, बातचीत नहीं हो रही थी। उसके बाद नाक बजने की आवाज़ सुनकर निश्चिन्त हो गये कि ये बेख़बर सो रहे हैं। वृजनाथ ने इशारे से व्रजप्रसाद को बाहर रहने के लिए कहा। आप अन्दर गया। बाहर जैसी रोशनी थी, भीतर वैसा ही अँधेरा। थोड़ी देर में जब उसकी आँखें अँधेरे में अभ्यस्त हो गयीं, उसने देखा, दोनों संन्यासी ज़मीन पर अगल-बग़ल सो रहे हैं। वृन्दावन में ही उसने देखा था, वह हार (प्रभु ने वैसा ही बताया था) संन्यासी के गले की थैली में है। गले का वह धागा काटने के लिए वह एक तेज़ छुरी अपने साथ ले आया था। पाँव दबाये वह आगे बढ़ा। इस बार वह एक बहुत बड़ी भूल कर बैठा। जो कोई भी करता। उसने जरा के गले की थैली को काटने के बदले दूसरे संन्यासी के गले की थैली को काटा। दोनों पास ही पास सोये थे। दोनों के ही लम्बे-लम्बे बाल थे, दाढ़ी थी। फिर, अँधेरा था। ऐसे में भूल हो जाना स्वाभाविक था। थैली को हाथ में लेकर देखा, ख़ासी भारी है। सोचा, धनी बनिया मथुराप्रसाद को छोटी चीज़ पर लोभ क्यों होने लगा, बाहर आकर इशारे से व्रजप्रसाद को बताया, काम बन गया। दोनों चुपचाप बरगद की ओर लौटे। घोड़े पर मथुरा लौटना होगा।

झोंपड़े से बरगद की दूरी बहुत तो दो रस्सी होगी। इतनी ही दूर जाते-जाते वृजनाथ के मनस्तत्व में विप्लव हो गया और उस विप्लव का कर्ता स्वयं शैतान की गति मनोरथ की होती है। उसने सोचा, इस अमूल्य हार की चोरी का पाप उसे लगे और उसका सुफल भोग करे मथुराप्रसाद! यह है नैतिक अधिकार। मालिक उसे बहुत ज़्यादा देगा तो पचास या सौ स्वर्ण-मुद्रा देगा। जितना भी दे, उसका आधा फिर व्रजप्रसाद को देना होगा। व्रजप्रसाद ने क्या किया और मालिक ने तो कुछ भी नहीं किया–वह तो मथुरा में आराम की नींद सो रहा है। उसके जी में आया, जब पाप

उसने किया, तो उसका सुफल भी उसी का होना चाहिए। ज़रूरत पड़ती तो बेचारे संन्यासी की जान लेनी पड़ती, उस पाप को तो उसने अपने माथे पर पेशगी ही चढ़ा लिया। जब पाप ही किया, तो उसकी कमाई भी उसी की होनी चाहिए। नहीं, यह मालिक को हरगिज़ नहीं दिया जाएगा। ऐसा करना हो तो ब्रजप्रसाद को हिस्सा देना होगा। लेकिन उसमें भी बड़ी अड़चन है, क्या जाने वह कमबख़्त राज़ी भी होगा या नहीं। लूट के माल के बँटवारे में बहुत बार झगड़ा-लड़ाई होती है। उससे भेद खुल जाता है। हिस्से से सन्तुष्ट नहीं होने पर वह मालिक को कह दे सकता है। तब क्या होगा! और, ब्रजप्रसाद ने किया भी तो कुछ नहीं है। चोरी उसने की। ज़रूरत पड़ती तो संन्यासी को मारता वही—उस पाप का भागी ब्रजप्रसाद थोड़े ही होता! तो फिर इस हार का हिस्सा ही वह क्यों पाएगा? लेकिन उसे चकमा देने का क्या उपाय है! इतने में शैतान का इशारा तुरत उसके मन में कौंध गया। उसने हाथ से टटोलकर देखा, तलवार ठीक जगह पर है।

मणि-माणिक, हीरा-पन्ना, चुन्नी-मरकत—यह सभी पत्थर हैं। रास्तों के इन पत्थरों से उनका अन्तर मन के अन्तर के सिवा और कुछ नहीं। इनका उपयोग खाने में नहीं होता, न ही घर बनाने के काम आते हैं ये। फिर भी इन पत्थरों को पाने के लिए आदमी कौन-सा पाप, कौन-सी मशक्कत नहीं करता है! अन्न पानी विधाता की सृष्टि है, और यह मणि-माणिक शैतान की। ऐसे सैकड़े-नब्बे मामलों में इशारा शैतान का ही होता है। यहाँ भी जीत उसी की हुई। ब्रजप्रसाद घोड़े को खोलकर चढ़ने ही जा रहा था कि औचक ही वृजनाथ ने तलवार निकालकर उसकी गरदन उतारकर माटी पर गिरा दी और फ़ौरन अपने घोड़े पर सवार होकर वह मथुरा की उलटी ओर चल पड़ा। एक बार पीछे पलटकर देख लिया, कोई पीछा तो नहीं कर रहा है। कौन करता पीछा! एक जो आदमी कर सकता था, वह तो दो टुकड़ा होकर पड़ा था। तो भी शंका थी। इसी को शायद भूत का डर कहते हैं।

होशियार घोड़ा। तेज़ी से भाग रहा था। सादी धूल के रास्ते पर पेड़ों की छाया के समानान्तर काली-काली धारी। वृजनाथ ने अचानक ही मन में एक प्रकार के अनोखे उल्लास का अनुभव किया। वह क्या उस तेज़ गति की प्रेरणा से अथवा कुशलता के साथ किये हुए पाप की कामयाबी से या भावी ऐश्वर्य की मरीचिका के प्रलोभन से! पाप के आरम्भ में बड़ा सुख होता है।

इतने में उसे लगा, पीछे से घोड़े की टापों की आवाज़ आ रही है। फिर लगा, यह उसी के घोड़े की टापों की प्रतिध्वनि है। लेकिन प्रतिध्वनि धीरे-धीरे साफ़ और निकटतर आने लगी। वास्तव में क्या है, प्रतिध्वनि की थाह के लिए घोड़ा उसने रोका। लेकिन नहीं, आवाज़ तो नहीं रुकी। ध्वनि न रहे और प्रतिध्वनि हो, ऐसा तो नहीं होता! तब उसने पीछे मुड़कर देखा। देखा, दूर पर सादे रास्ते पर कोई काली-

सी चीज़ है। उसने घोड़े को तुरत दुगुनी चाल से दौड़ाया। कोई उसका पीछा कर रहा है या यों ही अपने काम से जाने वाला कोई घुड़सवार है! जो भी हो, इतनी रात गये ऐसे आने वाले घुड़सवार का विश्वास क्या! घोड़ा तीर की गति से भाग रहा था। और वृजनाथ बीच-बीच में उलटकर उसकी दूरी को देख लेता था।

भेष बदले हुए मथुराप्रसाद अनुचरों का सारा रवैया देख रहा था। उसने देखा, दोनों ने घोड़े को बाँधा और कुटिया की ओर बढ़े। ग़ौर से देखा कि दोनों फिर पेड़ तले लौट आये। यह भी देखा कि दो के बदले एक ने ही घोड़े को दौड़ाया, वह भी उलटी दिशा में। दूसरे आदमी का क्या हुआ? दूसरे का घोड़ा मथुरा की ओर न जाकर दूसरी ओर क्यों चला? आगा-पीछा करते हुए मथुराप्रसाद बरगद के नीचे पहुँचा। देखा, एक आदमी का गला और धड़ अलग-अलग पड़ा है। तो यह मरा दो में से कौन? इतने में हवा के झोंके से पत्ते हट गये। चाँदनी आयी। पता चल गया कि मरा हुआ आदमी व्रजप्रसाद है। मथुराप्रसाद बुनियादी पापी था। उसने लमहे में समझ लिया कि बात क्या हुई। मणिहार लेकर वृजनाथ व्रजप्रसाद को मारकर चम्पत हो जाने की कोशिश में है। सोचा, कमबख़्त शैतान है। शैतान न सही, शैतान का अनुचर तो बेशक है। और, उसने तुरन्त उसके पीछे अपने घोड़े को दौड़ाया। मथुराप्रसाद मँजा हुआ घुड़सवार था, घोड़ा भी सुशिक्षित था।

दोनों ही घोड़े एक से तेज़, दोनों ही घुड़सवार एक से कुशल। नक्षत्र की गति से दौड़ रहे थे। एक दौड़ा जा रहा था लोभ से, दूसरा लोभ की व्यर्थता की प्रतिहिंसा से। चाल तेज़ से तेज़ होती जा रही थी। सफ़ेद सड़क पर छाया की धारियाँ भी तेज़ी से पड़ रही थीं। ऐसा लग रहा था कि सारा रास्ता ही धारीदार है। फिर ऐसा भी लग रहा था कि सारा रास्ता ही सादा है। भागनेवाले और पीछा करनेवाले की दूरी धीरे-धीरे कम होने लगी। रात का सन्नाटा, सुनसान रास्ता—सिर्फ़ आठ टापों की आवाज़। एक लेकिन आठ गुनी ज़्यादा।

वृजनाथ ने देखा—पीछा करनेवाला जो भी हो, चाहे उसकी नज़र इस रत्न पर ही है। इसे पाने से वह लौट ज़रूर ही जाएगा। इसलिए उसने थैली फेंक दी। लेकिन वह मथुराप्रसाद को दिखाई नहीं दिया। उसकी नज़र तो विश्वासघातक अनुचर पर ही गड़ी थी। पल में दोनों पास-पास हो गये। वृजनाथ ने घोड़े के मुँह को फेर दिया, पहचान नहीं सका कि यह मेरा मालिक है। दूर से ही उसे बेध डालने के लिए उसने भाला ताना। मथुराप्रसाद झोंक को सँभाल नहीं सका। वह भाले पर आ रहा। भाला छाती के आर-पार हो गया। लेकिन घोड़ा तब तक पास आ गया। लड़खड़ाकर घोड़ा पर से गिरने के पहले मथुराप्रसाद ने तलवार के एक वार से वृजनाथ का काम तमाम कर दिया।

5

ब्राह्ममुहूर्त में अपने इष्टदेवता को याद करते हुए संन्यासी ठाकुर जाग पड़े। जरा भी उठ बैठा। जरा ने उनकी छाती की ओर ताककर कहा—ठाकुर, आपकी शालग्राम शिला कहाँ गयी?

ठाकुर चौंके। अपनी छाती की ओर ताका। बोले—वही तो, थैली नहीं। उसकी डोरी आधी लटक रही है। लगता है, रात में काटकर कोई ले गया। जाने दो, तुम्हारी जपमाला वाली थैली मगर जहाँ की तहाँ है।

जरा को यह समझने में नाम की भी देर न हुई कि थैली को जो भी काटकर ले गया हो चाहे, असल में उसकी निगाह उसी की थैली पर थी। अँधेरे में ठीक अन्दाज़ नहीं लगा पाकर ग़लती से शालग्रामशिला वाली थैली को काट ले गया। उसने यह भी समझा, जिसने काटा है, उसे ख़ूब मालूम है कि जरा की थैली में कौन सा अनमोल रतन है। कौन है आख़िर वह? उसने जाना कैसे?

ठाकुर ने कहा—अब सोचने से कोई लाभ नहीं है भैया, जिसने भी लिया है, उसने पत्थर का टुकड़ा ही लिया है। मगर मैं यह सोच रहा हूँ कि एकाएक ऐसा कौन भक्त टपक पड़ा, जिसकी नज़र उस शालग्रामशिला पर थी!

जरा के सामने यह रहस्य साफ़ हो गया था, इसलिए उसे कुछ बोलना नहीं था। उसने बहुत बार सोचा था कि ठाकुर से वह अपने पाप का रूप कहेगा, कई बार उसकी भूमिका भी बाँधी थी, लेकिन ठाकुर ने उत्साह नहीं दिया।

जरा ने कहा था—ठाकुर, मेरे जी में हो रहा है कि आपको सब खोलकर कहूँ। उससे मेरे जी का भार कुछ हलका होगा।

ठाकुर ने कहा—भैया, आदमी की क्या मुराद है कि वह पाप का भार हलका करे। यह तो एक अन्तर्यामी ही कर सकते हैं। और, उन्हें कहो चाहे न कहो, वह तो सबकुछ जानते ही हैं। मुँह से कहने से क्या बोझ हलका होता है भैया!

जरा ने पूछा—तो?

ठाकुर ने कहा—मन के कहने पर। तुम्हारा मन आज दस साल से उनके कानों रोज़-रोज़ कहता चला आ रहा है।

जरा सोच नहीं सका कि इस पर क्या कहे।

ठाकुर ने कहा—चलो भैया, अब बैठे रहने से कोई लाभ नहीं। नित्य-क्रिया से निवृत्त होकर हम रवाना हो पड़ें।

—लेकिन आपकी नित्य की पूजा की शिला?

—फिर से मिल जाएगी। मैं तो अमरकण्टक जा रहा हूँ, नर्मदा के उद्गम स्थान पर। वहाँ की नदी में शालग्रामशिला मिलती है। यह भी वहीं से ले आया था।

इतने में ठाकुर को स्मरण हो आया, कल सोते हुए उनके कानों घोड़े की टाप सुनाई पड़ी थी, मगर वह सपना था या वास्तविक घटना थी, समझ नहीं सके। अब उन्हें लगा, घोड़े की उन टापों से इस शालग्रामशिला के सोने का मानो सम्बन्ध है। लेकिन शालग्राम के लिए घुड़सवार को लोभ कैसा! हीरा-मोती होता, तो बात भी थी।

उनके अन्तिम कई शब्द शायद ज़ोर से निकल पड़े थे, जरा चौंक उठा। तो क्या ठाकुर ने कुछ सन्देह किया है?

लेकिन वह सन्देह मिटाते हुए ठाकुर ने कहा—ऐसे नासमझ लोग भी दुनिया में हैं, जो संन्यासी की थैली में राजा के ऐश्वर्य की कल्पना करते हैं।

दोनों रास्ते पर निकल पड़े। ठाकुर ने कहा—ऐसा लगता है, कल शाम तक हम अवन्ती नगरी पहुँच जाएँगे। वहाँ महाकालेश्वर महादेव का दर्शन करके मैं अमरकण्टक की ओर चला जाऊँगा, तुम अपनी राह चले जाना।

जरा ने कहा—इधर की राह-बाट आपकी सब जानी हुई लगती है।

—अजीब बात है! जानी नहीं होगी। साल में छः महीने तो मैं घूमता ही फिरता हूँ।

जरा ने पूछा—तीर्थ के लिए?

—प्रकट रूप में वही समझो। मन की बात तो मन के मालिक ही जानते हैं।

जरा ने कहा—जाने से पहले कहते जाइए ठाकुर कि मेरी क्या मुक्ति नहीं होगी? होगी, तो किस उपाय से? बाबा, मैं ज्ञानी नहीं हूँ, पण्डित नहीं हूँ, जप-तप, ध्यान-धारणा, कुछ भी नहीं जानता। आज दस साल से तीर खाये हिरन की नाईं पहाड़-पर्वतों, जंगल-जनपदों में दौड़ता फिर रहा हूँ। ऐसा कोई तीरथ नहीं, जहाँ नहीं गया, कितने ही ऋषि-मुनि, योगी-तपस्वी से पूछा—मगर वहाँ, कोई तो नहीं बता सका। सबने एक ही बात कही, हाथ बँधे हैं, आगे जाओ। किसी और से पूछ देखो।

उसके बाद बड़े ही निराश और कातर स्वर से कहा—और कितनी दूर जाऊँ बाबा, कहाँ जाऊँ, किससे पूछूँ? आपको पाकर मन को बल मिला था, अब आप भी छोड़कर चले जा रहे हैं।

उसकी व्याकुलता को देखकर संन्यासी को पीड़ा हुई। कहा—भैया, तुम्हारे इतने दुख, इतने पछतावे से भी अगर उनका आसन नहीं टला, तो उनका दयामय नाम जो व्यर्थ हो जाएगा। ऐसा हो ही नहीं सकता। तुम जहाँ जा रहे हो, जाओ। तुम्हारी मनोकामना वहीं पूरी होगी।

—पूर्णावतार कौन हैं ठाकुर? मैंने सुना है, मेरी गति एकमात्र वही कर सकते हैं!

यह प्रसंग और आगे नहीं बढ़ सका। एकाएक दोनों की नज़र ठाकुर की उस ग़ायब हुई थैली पर पड़ी। ठाकुर ने थैली को उठाकर देखा, शालग्राम ज्यों के त्यों हैं।

उन्होंने शिला को सिर से लगाया। बोले—किसी ने हीरा-मोती समझकर चुराया था, देखा कि पत्थर है, तो फेंक गया।

—कहते क्या हैं बाबा, शालग्राम पत्थर हैं।

—जो नहीं मानते, उनके लिए पत्थर के सिवा और क्या है?

ठाकुर ने फिर एक बार उसे सिर से लगाकर गले में लटका लिया। वे दोनों और कुछ दूर बढ़े तो देखा, रास्ते पर दो लाशें पड़ी हैं। दोनों ही उनके अनजाने।

—ये कौन हैं ठाकुर?

—अब तो दो लाशें कह लो।

—ये यहाँ क्यों मरे पड़े हैं?

—भैया, तुम्हारे इस सवाल के जवाब में इतना ही कह सकता हूँ कि आजकल घर से रास्ते पर ही ज़्यादा लोग मरते हैं।

—क्यों?

अराजकता का यही तौर है। समाज जब स्वस्थ रहता है, तो आदमी अपनी उमर भर जी कर घर में मरता है। अस्वस्थ समाज में आदमी घर लौटने का मौक़ा नहीं पाता। कोई रास्ते में मरता है, कोई द्वार पर।

जरा ने पूछा—देश की यह हालत सुधरेगी नहीं क्या?

—यदि देश अपनी उन्नति न चाहे, तो कैसे सुधरेगी?

—ऐसी अराजकता क्या कोई चाहता है?

—बेशक। नहीं तो ऐसा होता क्यों है?

—लेकिन लोग ऐसा चाहते क्यों हैं, यह नहीं समझ पाता।

—मतलब कि तुम अराजकता नहीं चाहते।

—मेरे जैसे हज़ारों-हज़ार लोग हैं ठाकुर!

—हज़ारों-हज़ार नहीं, लाखों-लाख।

—तो फिर?

—जो लोग शान्तिप्रिय हैं, वे संगठित नहीं हैं। दूसरी ओर जो लोग अराजकता चाहते हैं, उन्होंने व्यूह रच रखा है। इसीलिए शान्तिकामी सताये जाते हैं। वे सोचते हैं, हम अपनी जान तो बचाएँ। और प्रजा की रक्षा करना राजा का कर्तव्य है। उन्हें यह नहीं मालूम है कि राजा नहीं है या है तो असहाय है।

—राजा न रहें, दलपति तो हैं?

—ये अपने दल के लिए हैं, तुम्हारे-मेरे लिए नहीं। या यों कहो, होते हुए भी दलपति नहीं हैं।

—यह कैसी बात हुई?

—शुरू में दल के लोग दलपति के मातहत रहते हैं, लेकिन वे जैसे ही समझ

लेते हैं कि दलपति उन्हीं सबकी शक्ति से शक्तिमान है कि वे उसके शासन से बाहर चले जाते हैं। वैसे में दलपति ही दल के अधीन हो पड़ता है। दल के लोग जो जी चाहे, करते हैं, दलपति कहता है—हाँ-हाँ, ठीक ही किया है, न कहे तो दलपति नाम भी तो नहीं रह जाता। उधर देखो, कसा-कसाया एक घोड़ा है। इन्हीं दो में से किसी का होगा।

इसी तरह की बातें करते और पग-पग पर अराजकता के लक्षण देखते हुए वे बढ़ते गये।

—वह देखो बाबा, रास्ते में दायीं ओर एक जली हुई बस्ती है।

—आग लगी होगी, लगता है।

—उससे तो यह कहो कि आग लगायी गयी होगी।

—क्यों? किसने आग लगायी?

—अभी-भी ऐसा सवाल कर रहे हो? आगे चलो, और भी देखोगे। वह देखो, दो जने ऊँटों का झुण्ड लिये चले जा रहे हैं।

—ख़रीदा होगा।

—नहीं। ख़रीदना-बेचना आजकल उठ गया है। लूटपाट होती है। ज़रा क़दम बढ़ाकर चलो, नहीं तो कल अवन्ती नहीं पहुँच सकोगे।

दोनों ने चाल तेज़ कर दी।

दूसरे दिन अवन्ती नगर पहुँचने में साँझ हो गयी। और भी पहले पहुँचना चाहिए था। लेकिन बीच में दो जगह दंगा मचा हुआ था, घूमकर आना पड़ा। अवन्ती नगर का सिंहद्वार साँझ को बन्द हो जाता है। ठाकुर को यह डर हो रहा था कहीं रात बाहर न बितानी पड़े। लेकिन पहुँचकर देखा, सिंहद्वार खुला पड़ा है। न सन्तरी है, न पहरेदार। अन्दर घुसते ही जरा ठोकर खाकर गिर ही जाता।

—क्या हुआ, भैया?

—ठोकर लग गयी ठाकुर।

दोनों ने देखा—अँधेरे रास्ते पर दो आदमी पड़े हुए हैं।

जरा ने पूछा—ऐसी कुबेर को ये यहाँ सो क्यों रहे हैं?

—इनकी यह नींद अब नहीं टूटेगी। और अब किसकी घड़ी आ गयी है, इसका क्या ठिकाना!

—ये मारे गये हैं क्या?

ठाकुर की पैनी नज़रों ने देख लिया था कि एक की छाती में और दूसरे की पीठ में छुरा भोंका हुआ है।

—इन्हें किसने मारा, बाबा?

—हो सकता है, आपस में एक ने दूसरे का ख़ून किया है, या फिर कोई इन्हें

मारकर यहाँ डाल गया है।

—दाह-संस्कार तक नहीं किया!

—दाह-संस्कार की ज़िम्मेदारी क्या हत्यारे की है? चलो, अभी महाकाल के मन्दिर की ओर चलें। आरती का समय हो गया है।

चलते-चलते जरा ने कहा—देश में ख़ून का जो रवैया चल रहा है बाबा, उससे यह लगता है कि कुछ दिनों में देश ख़ाली हो जाएगा।

—ईश्वर की शायद यही इच्छा है। देखो, पुराने ज़माने में विधाता इस उद्देश्य से परशुराम-जैसे अवतार को भेजते थे। बाद में उन्होंने देखा कि इसमें बड़ा झमेला है, इसलिए उन्होंने अब नया तरीक़ा अपनाया है। उन्हें जब किसी समाज का नाश करने की इच्छा होती है, तो उन्हीं लोगों के हाथों हथियार दे देते हैं। वे लोग स्वयं एक-दूसरे को मारकर विधाता की ज़िम्मेदारी को निबाहते हैं।

जरा ने पूछा—विधाता को ऐसी कठोर इच्छा क्यों होती है?

—समाज में घुन लग जाय तो उसे हटा देना ज़रूरी हो जाता है, नहीं तो उस घुन के तमाम फैलने का ख़तरा रहता है। देखा नहीं तुमने, वासुदेव ने किस तरह से यदुवंश के नाश की भूमिका बनायी। वह चाहते तो क्या उन्हें बचा नहीं सकते थे।

—बचाया क्यों नहीं? मैंने सुना है, वे साक्षात् भगवान थे।

—इसीलिए नहीं बचाया। भगवान अपने विधान को नहीं टालते।

जरा ने किसी तरह से अपने-आप को सँभालकर पूछा—मैंने सुना, वह किसी व्याध के हाथों मारे गये, यह क्यों बाबा?

—तुमने जो नहीं सुना है, अब वह भी सुन लो। वह व्याध वासुदेव का सौतेला भाई था। सो उन्होंने जिस रास्ते से यदुवंश को भेजा, उसी रास्ते से ख़ुद भी गये। विधान बनानेवाला स्वयं विधान का घात नहीं करता।

अबकी जरा ने पूछा—उस व्याध का क्या हुआ?

—ठीक-ठीक किसी को मालूम नहीं है। लेकिन उसके लिए दो रास्ते हैं—या तो वह नित नये कुकर्म की गहरी से गहरी खाई में डूबेगा या पछतावे की आग में तप-तपकर निर्मल होकर मुक्ति पाएगा।

—बाबा के कहने का क्या मतलब है? ऐसे महापापी की भी मुक्ति हो सकती है?

—वासुदेव की कृपा से कुछ भी असम्भव नहीं है।

महाकाल की अरणी देखकर दोनों ने अतिथिशाला में आश्रय लिया। खा-पीकर सो गये।

आधी रात को ज़ोरों का हो-हल्ला मचा। दोनों की नींद खुल गयी। माजरा क्या

है, यह जानने के लिए वे बाहर निकले। देखा, नगर के उत्तर की ओर आग जल रही है। जिनके घर-बार जल रहे थे, वे जी-जान लेकर भाग रहे थे। और बहुत सम्भव है, जिन लोगों ने आग लगायी थी, उन लोगों ने लूट-पाट शुरू कर दी है। यह घटना कैसे घटी, यह जानने के लिए ठाकुर किसी आदमी की तलाश में थे। तब तक उन्होंने महाकाल के पुरोहित को सामने देखा। पूछा—ठाकुर जी, यह आग कैसे लगी?

उसने कहा—संन्यासी जी, आग अपने-आप नहीं लगती, लगायी जाती है।

—क्यों लगायी आख़िर?

—यह तो वही जानते हैं, जिन्होंने लगायी है।

—वे कौन लोग हैं?

—उन्हें सभी जानते हैं।

—जानते हैं तो फिर रोकते क्यों नहीं?

—अजी, उनके भी तो आख़िर घर-द्वार है!

ठाकुर ने कहा—तोष की इस नीति से आख़िरकार वही क्या बच पाएँगे?

—नहीं बच पाएँगे, यह उन्हें मालूम है।

—फिर?

—हर कोई मगर का खाद्य जुटाते हैं, इस आशा में कि उसे आख़िर में खाएँ।

—राजा की सेना क्या करती है?

—उन्हें लूट का हिस्सा मिलता है। इस हंगामे में जाने से उसे क्या लाभ? महीने के अन्त में मिलने वाली तनख़्वाह में कमी-बेशी न होगी।

—और राजा क्या करते हैं?

—शायद हो कि उनके भण्डार में भी लूट का हिस्सा पहुँचता है। यह सब चर्चा छोड़िए संन्यासी जी, इस नगर में जो निरीह हैं, वे ही सबसे ज़्यादा मुसीबत में हैं। कौन किसकी सुने, स्वयं महाकाल भी नहीं बचा सकते।

—आपने बिलकुल सही बात कही, भले लोगों का समय गया। नाना देशों का भ्रमण करके मैंने समझा कि या तो लुटेरे या दंगाइयों के दल में मिलना होगा या मरना होगा। इन दो के सिवा तीसरा कोई रास्ता नहीं।

संन्यासी को सहृदय समझकर पुरोहित ने धीरे से कहना शुरू किया—बहुत सही कहा आपने। आज उत्तर टोले में आग लगी है, इसलिए उन्हें आप निरीह न समझें, उन्हीं लोगों ने कल दक्षिण टोले में आग लगायी थी। आज यह उसका बदला है।

—ऐसी अदला-बदली चलती रही, तो सारा नगर ही तबाह हो जाएगा। तब?

—क्यों, आस-पास में क्या और जनपद नहीं हैं?

अब तक जरा चुपचाप सुन रहा था। अब वह बोल उठा—ठाकुर, इससे तो हिमालय का जंगल ख़तरे से ख़ाली था।

उसकी बात सुनकर पुरोहित ने कहा—जंगल में जानवर रहते हैं। उनके उत्पात का रूप जाना हुआ है। यह तो आदमी का समाज है।

—बाबा, आज नगर से रास्ता सुरक्षित है, रास्ते से भी जंगल।

पुरोहित ने कहा—संन्यासी जी, आप लोग विदेशी-से लगते हैं। मैं अर्ज़ करूँ, आप को जहाँ जाना है, आज रात में ही चल दीजिए। नहीं तो हो सकता है, कल सवेरे सन्तरी आप लोगों को क़ैद कर लें।

—हम लोगों को क्यों क़ैद करेंगे?—जरा ने पूछा।

—आप लोग भले मानस हैं और विदेशी हैं। वे लोग कहेंगे कि आप लोग अवन्तीपुरी के शत्रुओं के चर के रूप में आये और आकर यह हरकत की। उस दिन ऐसी ही बेबुनियाद शिकायत से दो विदेशियों की जान गयी।

ठाकुर ने कहा—चलो भैया, पुरोहित जी की सलाह माननी चाहिए।

उन दोनों ने उसी समय पुरोहित को नमस्कार किया, क्षिप्रा नदी के घुटनों-पानी को पार कर के राजपथ पर पहुँच गये। ठाकुर ने कहा—भैया, सूर्योदय को अब देर नहीं है। मैं अब अमरकण्टक के लिए दक्षिण की ओर चलूँगा। तुम कौन से तीरथ को जाओगे, जान सकता हूँ मैं?

जरा ने कहा—द्वारका जाने की इच्छा है।

—बड़ी अच्छी इच्छा है भैया, जाओ। वासुदेव तुम्हारी मनोकामना पूरी करेंगे।

—आपसे फिर क्या भेंट नहीं होगी ठाकुर?

—कौन कह सकता है कि नहीं होगी! यह पृथ्वी जितनी विशाल है, उतनी ही छोटी। मेरी भी द्वारका जाने की इच्छा है।

—ठाकुर, ये कई दिन आपके साथ था तो मन को बल मिला था, आशा मिली थी। अब बहुत असहाय अनुभव कर रहा हूँ स्वयं को।

—डरने की बात नहीं भैया, तुम अपने लक्ष्य की ओर जाओ। फिर ज़रूर ही भेंट होगी।

—यही जिसमें हो बाबा, ऐसा ही हो।

एक-दूसरे से विदा होकर दोनों दो ओर चल दिये।

पूरब आकाश में शुक्र तारा उग आया था।

6

अनाड़ी आदमी केले के पेड़ के सहारे मज़े में तैरता रहता है, गाछ के एकाएक हट जाने से वह जैसा निरुपाय समझने लगता है अपने को, जरा की ठीक वही हालत

हुई। वृन्दावन में मदिरा और रास्ते में संन्यासी जी के साहचर्य से मन में शान्ति न पाते हुए भी जरा को चैन-सा लग रहा था, जिस चैन की अनुभूति उसे पिछले दस वर्षों में कभी नहीं हुई। मदिरा का स्नेह और उसके साथ जगह का महातम, संन्यासी जी के सद्जीवन का स्पर्श और उसी के साथ यह रोज़-रोज़ का चलना—इसने उसके मन में गढ़ी हुई ग्लानि को बहुत हद तक भुला दिया था। पाप और दुख, मुक्ति और सद्गति आदि दुश्चिन्ताओं के झूले पर झूलते-झूलते वह थक गया था। बहुत बार उसने सोचा कि आत्महत्या करके इन सारी समस्याओं का जड़ से अन्त कर दे, लेकिन मरने से नरक होगा, इस आशंका ने उसे उस कोशिश से बचाया।

लेकिन वृन्दावन आने पर घटनाक्रम से उसे मदिरा से भेंट हो जाने पर मन में आशा की दुबली किरण फूटी। मदिरा-जैसी एक वारांगना को अगर शान्ति मिली, तो उसी को क्यों नहीं मिलेगी! मदिरा के मुक़ाबले उसके पाप का बोझा बेशक बहुत भारी था, लेकिन उसका दुख भी बड़ा दुस्सह था। उससे क्या जलकर वह बोझा कुछ हलका नहीं हुआ होगा।

नरेन्द्रनगर से भागने के बाद जिस अनोखे अनुभव की धूप-छाँह को उसने पार किया, उसे सोचने पर उसके आश्चर्य की सीमा नहीं रहती। छागर्षि, किन्नर राज्य, चार्वाक आश्रम, हिमालय के सुनसान पथ पर लाठी लिये महज़ एक कुत्ते के साथ अकेला एक राही, बदरीनाथ में सूने मन्दिर का दर्शन, गुफ़ा की वह बूढ़ी अम्मा—अनुभव का इतना वैचित्र्य क्या किसी एक आदमी के जीवन में आया है कभी! पाप से मुक्ति पाने का उपाय कोई नहीं जानता; सदाबहार किन्नर राज्य को पाप शब्द ही नहीं मालूम; महाज्ञानी चार्वाक आनन्द के भण्डारी हैं, लेकिन वह दुख से बचने का उपाय नहीं जानते—और, उस एकाकी पथिक ने पूछने पर बताया वह मुक्ति के उपाय की ही खोज में निकले हैं। जरा के जी में आया था कि उन्हीं के साथ जाए, वह भी तो मुक्ति की ही खोज में निकला है, लेकिन जब तक वह कुछ तय कर पाए उसके पहले ही वह पथिक पहाड़ के एक मोड़ में ओझल हो गये—आगे बढ़कर देखने का साहस उसे नहीं हुआ।

वह जिज्ञासा का दीया लिये हर के द्वार पर गया, दीये में लौ कोई नहीं जला सका। केवल बूढ़ी अम्मा, काला अक्षर भैंस बराबर उस बुढ़िया ने एक बार जोत की चिनगी जलायी थी—दीया तो उससे नहीं जला, लेकिन समझ में आया कि बिलकुल हताश होने का समय अभी नहीं आया है। उसी के कहने पर वह वृन्दावन आया। वहाँ भी तो लेकिन मन्दिर सूना ही मिला। उसे ठीक-ठीक याद नहीं, किसने तो उसके मन में यह बात गड़ा दी थी कि पूर्णावतार के सिवा और कोई उसे मुक्ति नहीं दे सकेगा। लेकिन कोई यह नहीं समझा सका कि पूर्णावतार है कौन? अवतार से पूर्णावतार का भेद क्या है? हो सकता है, संन्यासी जी इस समस्या का हल बता सकते

थे। बात जरा ने चलायी थी, किन्तु ऐन वक़्त पर रास्ते में लाश पड़ी दिख गयी, बात वहीं की वहीं रह गयी।

जरा ने सोच रखा था, अवन्तीपुरी में जब रात को एकान्त में रहेंगे तो इस प्रसंग की मीमांसा उनसे करा लेगा। मगर वहाँ जो अराजकता थी कि आधी रात को ही भाग खड़ा होना पड़ा। संन्यासीजी अमरकण्टक गये। जरा को भी जी में हो आया था, वह भी जाए। पर संन्यासीजी ने वैसा प्रोत्साहित नहीं किया। फिर कौस्तुभ मणि को जल्दी-से-जल्दी समुद्र में फेंकना था। कितनों के कितने लोभ से मदिरा उसे बचाती आयी और रास्ते में लुटते-लुटते भी वह मणि बच गया। नहीं, अब इसे पास में रखना ख़तरे से ख़ाली नहीं है। उसने जल्दी-जल्दी डग बढ़ाना शुरू किया।

लेकिन क़दम बढ़े भी क्या! ऐसा ऊँचा-नीचा, रूखा, ताँबे-जैसा भूखण्ड पहले कभी भी उसके देखने में नहीं आया। और रास्ता! आदमी और पशुओं के चलने से एक लकीर-सी पड़ गयी है। लोग उसी को रास्ता कहते हैं। छाँहवाले पेड़ों का नाम नहीं। पेड़ों के नाम पर झरबेरी और खजूर। इसके सिवा बेहिसाब काँटों से भरी झाड़ियाँ, जिसका नाम जरा को मालूम नहीं। उसने जान लिया था कि द्वारका अवन्ती से पश्चिम में है। उसी हिसाब से वह पश्चिम की ओर जा रहा था। तिस पर रास्ता ऐसा सुनसान कि न आदमी न आदमज़ाद। ज़रूरत हो तो किसी से कुछ पूछा भी नहीं जा सकता।

—ऐ भैया, यही रास्ता द्वारका को जाता है न? जरा ने लम्बी लाठीवाले एक लम्बे आदमी से पूछा।

सुनकर वह आदमी बड़ी देर तक जरा की ओर ताकता रहा, उसके बाद हँसकर बोला—वह दाढ़ी-बाल अगर नक़ली न हों तो शायद पहुँच भी जाओ! हाँ, रास्ता तो द्वारका को यही गया है।

—ऐसी बात क्यों कह रहे हो भाई?

—आगे बढ़ने पर खुद ही समझोगे।

—क्यों, डाकू हैं?

—डाकू आज कौन नहीं है। रात को मैं भी डकैती करता हूँ।

उसकी इस साफ़ बात से जरा अवाक् हो गया। पूछा—और दिन में क्या करते हो भैया?

—जो करते देख रहे हो। दिन में जिन राहगीरों को राह बताया करता हूँ, रात को उन्हीं के सिर पर यह लाठी—कहकर उसने लाठी की ऐसी एक अदा की, जिसका एक ही मतलब होता है।

—तब तो लगता है, रात को पाने से मुझे भी मारोगे?

—नहीं, तुम्हारे बाल, तुम्हारी दाढ़ी असली लगती है। साधु संन्यासी को हम कुछ

नहीं कहते!

—तुम लोग क्या बाल-दाढ़ी से साधु-संन्यासी समझते हो?

—और किस चीज़ से समझें। अन्दर-अन्दर तो सब साले गुण्डे हैं।

—ख़ैर, चलता हूँ।—जरा ने तेज़ी से क़दम बढ़ाया। ऐसे आदमी के पास ज़्यादा देर ठहरना ठीक नहीं। जितनी लम्बी लाठी और जिस तर्ज़ की मूँछ है, रात का काम दिन ही में करे तो कौन रोकता है? लेकिन हाँ, उसके बाल-दाढ़ी नक़ली नहीं हैं।

सूरज जब सिर के ऊपर आ गया तो जरा को ज़ोरों की प्यास लगी। आस-पास न तो कहीं कोई गाँव था, न नदी-नाला। इतने में उसकी नज़र पड़ी, कुछ ही दूर पर एक चरवाहा गाय चरा रहा है। उससे पूछा—भई, यह बताओ, यहाँ कहीं नदी या झरना है?

सुनते ही वह चरवाहा त्रिभंग होकर खड़ा हो गया और अपने पैने को मुरली की तरह आड़े-आड़े मुँह के पास लाकर ज़ोर से गा उठा : 'यमुना के तीरे गैया चरावे, मीठी तान सुनावे।'

उसका ढंग-ढर्रा देखकर जरा तो दंग रह गया। गाना बन्द हुआ तो पूछा—मैंने पानी माँगा और तुमने गाना शुरू कर दिया, बात क्या है?

—क्यों, मेरे गीत में ही तो यमुना है। जो चाहे जितना पानी पी लो।

उसके बाद वह हँसकर बोला—आज रात हमारे यहाँ रास है। मैं कृष्ण बनूँगा। उसी का ज़रा अभ्यास कर लिया—मौक़ा मिल गया न! पानी पीना है तो मेरे साथ चलो।

जरा उसके साथ गया। तीन-चार रस्सी जाने के बाद उसने देखा, एक ऊँट इनारे के चारों ओर घूम-घूमकर पानी खींच रहा है। वह पानी पतले नाले से खेत में जा रहा है।

—लो, पी लो।—यह कहकर उस छोकरे ने ऊँट को रोका। मिट्टी के एक बरतन में पानी लेकर जरा को दिया। जरा ने पेट भरकर पानी पिया। आह! कितना शीतल, कितना स्वच्छ! पाताल से निकल रहा है न।

—नहा लो न भैया। ऐसा पानी फिर आस-पास कहीं नहीं पाओगे।

दूसरी बार कहने की ज़रूरत नहीं थी। जरा ने बदन को शीतल करके स्नान कर लिया। नहाना हो गया तो छोकरे ने कहा—नहाने के बाद खाना। पूछता हूँ, खाओगे क्या?

जरा को लगा, लड़का मज़ाक़िया है। बोला—हवा-बतास।

—बतास नहीं, बताशा। उसके साथ दही-चूड़ा। मेरे घर चलो। साधु-भोजन कराके आज कुछ ऊपरी पुण्य कमाऊँगा।

भूख से जरा की आँखें जल रही थीं। ना-नू किये बिना ही वह उसके साथ गया।

घर पहुँचते ही छोकरे के साथ जरा को देखकर उसकी बूढ़ी माँ धाढ़ें मारकर रो पड़ी।–रे पंचा, आज भुला-फुसलाकर एक संन्यासी को ले आये हो। तुम लोगों के पाप के भार से माता वसुमती धँस जाएँगी।

पंचा ने अप्रतिभ होकर कहा–पाप का भार हलका करने के लिए ही इन्हें ले आया हूँ। संन्यासी-भोजन करा के पुण्य करो।

–जरा समझ नहीं सका, मामला क्या है। पाप ही क्यों और पुण्य ही क्यों?

–तो ले, झटपट खिलाकर विदा कर दे। तेरे भैया वग़ैरह लौटेंगे तो ख़ैर नहीं रहेगी। वे लोग तो ऐसे ख़ूँख़ार हैं कि साधु-संन्यासी, ब्राह्मण, कुछ भी नहीं मानते।

–आओ बाबा, बैठ जाओ।–पंचा ने कहा।

पंचा की माँ ने सखुए के पत्ते पर दही-चूड़ा-गुड़ दे दिया था। लोटे में पानी। जरा कुछ कहे बिना ही खाने लगा। बूढ़ी जिसमें न सुन पाए; उसने इस ढंग से पंचा से पूछा–तुम्हारी माँ क्या कह रही थी?

पंचा ने आँख के इशारे से वह प्रसंग छोड़ देने को कहा। प्रकट में कहा–खाओ, वह फिर होगा।

जरा खा चुका। उसने बूढ़ी से विदाई ली। पंचा ने कहा–चलो, तुम्हें कुछ दूर तक पहुँचा आऊँ।

उसकी माँ ने कहा–देखना, तेरे भैया के सामने न पड़ जाए! अरे किसे छोड़कर किसकी कहूँ–एकबारगी गाँव के बाहर ले जाकर छोड़ दिया।

थोड़ी दूर आगे जाकर जरा ने पूछा–भाई पंचा बात क्या है, सो कहो?

–समझ नहीं सके। हर गाँव में कोई परदेसी आता है, तो वह मारा जाता है।

–क्यों?

–क्यों क्या? यही गाँववालों का पेशा है। अच्छी आमदनी होती है। कल भी तीन आदमी का सफ़ाया हुआ है।

–तुम्हारे भैया?

–मेरे सात भैया हैं। उन तीन में से दो को उन्हीं लोगों ने मार डाला था। रुपये के बँटवारे के लिए। उसके बाद आपस में मारपीट हो गयी।

–क्यों?

–जोड़े का बँटवारा ठीक होता है। लेकिन तीन, पाँच, सात–ये बेजोड़ अंक बड़े बेहूदे होते हैं। हिस्से की हद में नहीं आते।

जरा ने कहा–तुम्हें लेने से आठ हो जाता। मज़े में मिल जाता।

–मैं उस दल में नहीं हूँ।

–इस दैत्यपुरी में तुम प्रह्लाद क्यों हो गये?

–लगता है, रासमण्डली में कृष्ण बनते-बनते मन में कुछ दया-माया उपजा है।

उसके मन की और भी बात जानने के लिए जरा ने कहा—कृष्ण क्या दयामय हैं?

जवाब मिला—वाह बाबाजी, इधर तो कहा कि द्वारका जा रहे हो और पूछ रहे हो, कृष्ण क्या दयामय हैं?

—यह किसने कहा कि मैं तीरथ के लिए द्वारका जा रहा हूँ?

—ओ, समझ गया—पंचा ने कहा, तब ज़रूर मछली मारने जा रहे हो। लेकिन वह तुम्हारे बस की नहीं।

—क्यों भला?

—वह कुछ नदी, नाला, पोखरा नहीं है।

—तो क्या है?

—जाओ न, जाते ही देख लोगे। लेकिन हाँ, सावधान किये देता हूँ, रास्ते में किसी गाँव में मत ठहरना।

—उसकी फ़िक्र न करो। मैं पेड़ तले रहूँगा।

—उससे भी अच्छा है, यदि पेड़ के ऊपर रहो। अच्छा-सा घना पेड़ चुन लेना।

उसकी सलाह सुनकर जरा हँस पड़ा।

—हँसने की बात नहीं है बाबा जी, याद रखना।

—नहीं भूलूँगा—यह कहकर उससे विदा होकर जरा चलने लगा। पंचा गाने लगा : 'यमुना के तीरे गैया चरावे, मीठी तान सुनावे!' आज रात उसे कृष्ण की भूमिका करनी थी।

जरा बड़ी दूर तक निकल आया, फिर भी उसके कानों में गीत की वह कड़ी और सुर बजता रहा। वह सोचने लगा, इतनी दूर पर यह उस बालक का कोमल कण्ठ सुनाई पड़ रहा है कि वह सुर वह अपने ही मन में ले आया है—उसी को सुन रहा है! सोचने लगा, यह सिर्फ़ रासलीला का अभ्यास है कि उस गीत में उस अबोध बालक ने ऐसा कुछ पाया है, जिसे वह हरग़िज भूल नहीं पा रहा है। उन सात डकैतों का भाई बराबर लीला में कृष्ण बनते-बनते अपना बुनियादी पेशा छोड़ बैठा है और मन ही मन यमुना के तीर पर गौएँ चरा रहा है। और, यह मीठा गीत सुन पा रहा है। और यह जरा ऐसा अभागा है कि सशरीर ऐन उस यमुनातट पर गया, लेकिन न तो उसे शान्ति मिली, न ही मिला मधुर संगीत का आभास।

उस दिन वह मदिरा के मना करने के बावजूद जान हथेली पर लेकर निकुंजवन में गया था। मन में संकल्प कर लिया था, या तो दर्शन पाऊँगा या मौत होगी मेरी! लेकिन न तो दर्शन मिले, न ही हुई मृत्यु। कि उसे उसी समय याद आया, आख़िर वह मूर्च्छित क्यों हो गया! हो सकता है, मूर्च्छा के इशारे से वासुदेव ने उसे यह जतला दिया हो कि रे मूरख, तेरी मुक्ति नहीं। इतने दिनों तक तूने वासुदेव रूप में जिसका

मनन किया है, तेरी मुक्ति उसी के पीठस्थान में तेरी प्रतीक्षा कर रही है। मन में इस बात के आते ही उसने कैसी तो एक प्रसन्नता का अनुभव किया, मानो उसके शरीर से सारा रक्त-मांस झड़ गया, उसने एक अशरीरी रूप पा लिया। आशा और आश्वासन से वह और भी तेज़ चलने लगा।

उसके हिसाब से दिन की गिनती फिर गिर गयी, जैसे कि हिमालय में ग़ायब हो गयी थी। कितने दिन बीते, कितनी रातें ग़ुजरीं, कुछ याद नहीं रहा। चक्का अस्त हुआ। वह पश्चिम दिशा का ख़याल करके उसी ओर चला। कितनी बार सूरज उगता, सूरज डूबता, जरा के लेकिन चलने का अन्त नहीं। आख़िर एक दिन रात के पहले पहर में वह एक पहाड़ के नीचे पहुँचा। इतना थका हुआ था कि पहाड़ को पार करने की शक्ति नहीं थी। सवेरे के इन्तजार में वह वहीं पहाड़ के नीचे सो गया। कल सवेरे पहाड़ को पार करके फिर चलना शुरू करेगा।

7

भोर को जरा ने पहाड़ पर चढ़ना शुरू किया। कुछ ही देर में वह उसकी चोटी पर पहुँच गया। वहाँ पहुँचते ही उसकी आँखों के सामने जो दृश्य दिखाई दिया, वह अकल्पित था। उसे दिखाई दिया, जहाँ तक आँखें जा रही हैं, समुद्र ही समुद्र है। यहाँ समुद्र कहाँ से आया! सामने तो कोई रास्ता ही नहीं, जाए किधर से! सारे रास्तों को लीलकर विशाल समुद्र सोया हुआ है। गाढ़ा नीला पानी, नन्हे शिशु के धड़कते कलेजे की तरह धीरे-धीरे काँप रहा है। तट के पास समुद्र का पानी जैसा हरा होता है, यहाँ वैसा बिलकुल नहीं। गहरे समुद्र जैसा गहरा नीला पानी। वह निराश सा होकर बैठ पड़ा। अब क्या करे!

उसकी नज़र पड़ी, पहाड़ पर एक लकड़हारा लकड़ी काट रहा है। जरा ने उसके पास जाकर पूछा—भाई मेरे, यहाँ यदुवंशियों की राजधानी में जाने का रास्ता कहाँ है?

लकड़हारा उसकी बात से अवाक् रह गया। बोला—उनकी राजधानी तो यहीं थी।

—तो कहाँ है वह राजधानी?

लकड़हारे ने पानी में एक टुकड़ा लकड़ी डालकर कहा—यहाँ।

—मतलब?

—तुम विदेशी हो, क्यों?

जरा ने कहा—हाँ।

—इसीलिए। अजी वह राजधानी तो दस साल हुए, पानी में डूब गयी।

—अच्छा!—कहकर वह हताश होकर बैठ गया। तब तो उसकी सारी ही आशा उस समुद्र में डूब गयी। उसे याद आया, खट्टास के साथ जब वह जा रहा था, तो ऐसी अफ़वाह उसके कानों पहुँची थी, मगर विश्वास नहीं हुआ था। उसने फिर पूछा—भाई मेरे, यहाँ के सारे लोग-बाग कहाँ गये?

—जिनसे बन पड़ा, वे भाग गये। जिनसे न बना, वे सब मगर आदि जल-जन्तु के पेट में गये।

तो उपाय?—यह बात लकड़हारे से नहीं, उसने अपने आप से पूछी। लकड़हारे ने कहा—उपाय क्या है! जहाँ से आये हो, वहाँ लौट जाओ या इस पानी में कूद पड़ो—मगर के पेट में जाओ। शायद हो कि वहीं भेंट भी हो जाए।—यह कहकर वह हँसा।

जरा ने देखा, उसके मोटे होठों पर हँसी लहरा रही है। लकड़हारा अपने काम में लग गया। जरा सिर थामे बैठा रहा। उसके मन में मोटे-पतले धागे की बुनाई चल रही थी, लेकिन जरा को इस का ज़रा भी पता नहीं था। आदमी अगर अपने मन की सारी गतिविधि को जान पाता, तो उसकी ज़िन्दगी दूभर हो जाती।

जरा सोच रहा था, तब तो पाप से उसको मुक्ति नहीं मिली! उसे मदिरा की बात याद आयी। मदिरा भी नहीं जानती थी कि यदुवंशियों की राजधानी समुद्र में डूब गयी है। उसने उसके पहले ही राजधानी छोड़ दी थी। जरा ने उसकी कही बात याद की। वह बोली थी—भाई जरा, कृष्ण वासुदेव ने यहाँ भी तुम्हारी मनोकामना पूरी नहीं की, इसलिए तुम्हें लौटना होगा। वह जहाँ पर तुम्हारे तीर से मारे गये थे, वहीं पर तुम्हारी मनोकामना पूरी करेंगे। परन्तु यहाँ तो अपार समुद्र लहरा रहा है।

वेला ज़्यादा हो आयी। सूरज का ताप तेज़ हो आया। जरा को लेकिन इसका ख़याल ही नहीं। उसकी ऐसी ही मूढ़ अवस्था हो गयी थी कि यह कहना भी ग़लत होगा, वह कुछ सोच रहा है। सोचने की शक्ति ही जाती रही थी उसकी। उसके मन की हालत बिलकुल अराजक थी, जैसी अराजक अवस्था आज देश की थी। देश में जैसी मार-पीट, ख़ून-ख़राबी चल रहा था, बेवजह, बेमानी...उसके मन में भी ठीक वही दशा चल रही थी। एक कह रहा था—अरे गँवार, तूने पाप करके ऐसे दुर्लभ मानव-जन्म को बरबाद किया; इतना सारा ऐश्वर्य उसका कुछ भी नहीं भोगा। यह मोटे धागे की बुनाई थी। पतले धागे की बुनाई बड़ी बारीक थी, लगभग न दिखाई पड़नेवाली, उसकी बात उलटी थी। पापी के नसीब में भोग क्या, सिर्फ़ दुर्भोग। छागर्षि का उदाहरण याद नहीं है, राजा का बेटा होते हुए भी वह गुफ़ा में क्यों रहता था! और चार्वाक ऋषि तो आनन्द में ही डूबा है, मगर दुख से मुक्ति के उपाय का पता नहीं। और पहाड़ी दर्रे में वह जो अकेला यात्री मिला था, लाठी हाथ में लिये—शायद

हो कि किसी राजा के ही लड़के हों, उन्होंने भी तो यह क़बूल किया कि पाप से मुक्ति का उपाय उन्हें नहीं मालूम। और तुझ जैसा महापापी तो इस दुनिया में पैदा ही नहीं हुआ, तूने तो साक्षात् पूर्णावतार की ही हत्या की। तेरी फिर मुक्ति क्या, तेरी सद्‍गति क्या। डूबकर मर जा, मर जा, उससे कम-से-कम इस यम-यन्त्रणा से रिहाई मिलेगी।

जरा अपने दोनों कानों से यह दो तरह की सलाह सुन रहा था। एक कह रहा था–अरे, भोग कर, भोग, अभी भी समय है, इन्द्रियाँ सतेज हैं। दूसरा कह रहा था–अभी भी तेरा प्रायश्चित्त पूरा नहीं हुआ। और भी दुख और भी दुर्दशा अभी तेरे कपाल में है। फिर सुना–देख लिया न, इतनी भाग-दौड़, इतना दुख-कष्ट, सब तेरा बेकार गया; कहाँ है तेरे यदुवंश की राजधानी! सब तो समुद्र में डूब गया। उसी के साथ तेरा आशा-भरोसा भी नहीं डूबा क्या! सोच देख, किन्नर राज्य में सबकुछ कैसा खुला-खुलाया है। सो नहीं, कहाँ मुक्ति है, कहाँ सद्‍गति है, इसके लिए तू कुत्ते की तरह दौड़ता हुआ मर रहा है। उसी समय फिर बड़ा ही धीमा एक स्वर सुनाई पड़ा, अरे ओ जरा, अभी भी तेरा चलना ख़त्म नहीं हुआ है। बैठा मत रह। उठ, चल दे। समुद्र? ऐसा समुद्र अब नहीं है जिसका कि तल न हो, ऐसा समुद्र अब नहीं है जिसका कि किनारा न हो। और, अगर नाव हो, तो अतल अपार की क्या परवा! कब तक वह वैसे जड़ की तरह बैठा था, उसे याद नहीं। अचानक पीठ पर एक आघात लगने से वह अपने-आप में आया। वह हिला नहीं कि एक कठखोद्दी चिड़िया डरकर उड़ गयी। उसे सूखी लकड़ी समझकर वह चिड़िया उस पर चोंच मार रही थी। वह उठ खड़ा हुआ।

अब उसने ग़ौर से देखा। कुछ ही दूर पर ज़मीन का एक टुकड़ा था। उस पर कुछ पेड़-पौधे भी थे। वह ज़मीन पहाड़ से ही लगी हुई थी। यानी पानी में उतरे बिना भी वहाँ जाया जा सकता था। यह सोचकर उसे आश्चर्य हुआ, अब तक उस पर नज़र क्यों नहीं पड़ी! सोचा, एक बार वहाँ जाया क्यों न जाए। देखूँ, क्या है वहाँ? वह उसी ओर को चला।

इससे पहले उसने एक काम किया। गले की थैली से कौस्तुभमणि के हार को निकाला। उसमें के नक़ली पत्थरों को निकालकर फेंक दिया। तदनन्तर समुद्र के पानी में कौस्तुभमणि को धोकर साफ़ कर लिया–सोने की सिकड़ी में वह उज्ज्वल रत्न झकमकाकर सूरज की किरणों से होड़ लेने लगा। उसे लगा, इसे अब छिपाने की कोई वजह नहीं। क्योंकि या तो यहीं उसकी मुक्ति होगी या मृत्यु होगी। बहुत सम्भव है मृत्यु ही होगी। तो, यदि वह मरे ही तो मैले रत्न को साथ क्यों ले जाएगा? जिसका यह रत्न उज्ज्वल है, उसी को लौटा देगा।

धीरे-धीरे पहाड़ के किनारे-किनारे चलते हुए वह उस सूखी ज़मीन पर पहुँच गया। देखा, सिर्फ़ पेड़-पौधे ही नहीं हैं, कुछ गाय-बकरियाँ भी चर रही हैं। एक

कुटिया भी दिखाई पड़ी। ऐसे सुनसान और अतल समुद्र में यहाँ कौन रहता है? या तो कोई साधु होगा या कोई लुटेरा। उसके लिए तो अभी दोनों ही बराबर थे। वह निडर होकर कुटिया की ओर बढ़ा। वहाँ पहुँचते ही उसे सुनाई पड़ा, आ गये भैया, मैंने कहा था न कि फिर भेंट होगी।

—अरे ठाकुर!—जरा ने प्रणाम किया।

प्रभुदयाल ने उसे छाती से लगा लिया। कहा—चलो, बैठें।

8

जरा ने कहा—ठाकुर, अब से आपको प्रभु कहा करूँगा।

—ठीक है भैया, वही कहा करना। वही तो मेरा नाम है।

जरा समझ नहीं सका।

—मेरा नाम प्रभुदयाल है। लोग मुझे प्रभु कहते हैं, कोई-कोई प्रभुजी।

—तो फिर मैं भी वही कहूँगा।

फिर बोला—प्रभु, यही आपकी कुटिया है?

—कुटिया क्यों कह रहे हो, महल कहो। महल कुछ ईंट-पत्थरों का तो नहीं बनता, वह बनता है मन के सन्तोष से। मैं अगर सन्तुष्ट होकर यहाँ रहूँ, तो यही मेरा महल है। इसके सिवा, जहाँ वासुदेव के चरणों की धूल पड़ी है, उससे अच्छा महल और कहाँ होगा?

—वासुदेव के चरणों की धूल? आपने क्या उन्हें देखा है प्रभु?

प्रभुदयाल ने हँसकर कहा—देखूँगा नहीं भला, यहीं तो वह रहते थे!

—इस समुद्र में!—जरा ने अचरज प्रकट किया।

—समुद्र ही कहें, तो अन्याय न होगा। सुना नहीं है, समुद्र में ही नारायण की अनन्त शय्या थी। लेकिन उस बात को छोड़ भी दें, यहाँ उनकी राजधानी जो थी!

—राजधानी थी तो अब कहाँ है—यह तो अतल समुद्र है!

—यज्ञ ख़त्म हो जाने पर यज्ञ के स्थान को पानी से डुबा देना पड़ता है। जिस कर्मयज्ञ के लिए वह आये थे, उनके पूरा होते ही सबकुछ को डुबाकर उन्होंने अपनी लीला समाप्त की।

—तब तो मेरा यहाँ आना बिलकुल बेकार गया!

—नहीं, पूरी तरह सफल हुआ भैया, उन्हें तुमने उनकी आदिशैया पर देखा!

व्याकुल होकर जरा ने कहा—कहाँ देख पाया प्रभुजी?

—और सभी को आँखों देखना पड़ता है। पूर्णावतार को देखने की इच्छा होने से ही उन्हें देखना हो जाता है। उनके दर्शन की ऐसी अकुलाहट तो मैंने और किसी में नहीं देखी, भैया!

—प्रभु, पूर्णावतार क्या है, यह तो आपने समझाया नहीं। उस दिन यह प्रसंग उठाया तो दब गया।

—अभी भी दबा ही रहे। समय पर बात होगी। पहले तुम्हारे खाने-पीने की व्यवस्था कर दूँ।

उन्होंने आवाज़ दी—काश्यप की माँ। इधर आओ। तुम्हारा एक और लड़का आया है।

पुकार सुनकर कुटिया के अन्दर से उमर की एक प्रौढ़ा पर भाव में तरुणी स्त्री बाहर निकल आयी—कहाँ बाबा?

प्रभुदयाल ने कहा—यह रहा।

जरा को देखकर प्रभुदयाल की स्त्री ने कहा—मेरा यह लड़का तो बिलकुल संन्यासी है।

—नहीं माँ, मैं घोर पापी हूँ, नराधम!—उसने उसके पैरों की धूलि ली।

—संन्यासी ने पाँव छुआ, जाने कितना पाप हुआ मुझे!

—माँ, आपको और बाबा को देखकर लगता है, पाप के आने का यहाँ रास्ता ही नहीं है।

—क्या यह कहना चाहते हो कि पापी के लिए है!—यह कहकर वह जी खोलकर हँस पड़े।

—प्राण खोलकर जो हँस सकता है, उसके मन में भला पाप जम सकता है! धारा के मुँह में कहीं कचरा जम पाता है!

—लो, अभी अपने संन्यासी बेटे के खाने का इन्तज़ाम करो।

—मेरे साथ आओ बेटे!

इतने में दो कुत्ते, उनमें से एक लँगड़ा, और दो-एक बकरियाँ आ पहुँचीं। एक बकरी ने उसका आँचल खींचना शुरू किया।

काश्यप की माँ बोल उठी—अरी, समझ गयी, समझ गयी। भूख लगी है। ज़रा सब्र करो, देती हूँ खाने को।

उसके बाद वह जरा से बोली—यही सब मेरे बाल-बच्चे हैं। एक और है, जगन्नाथ बूढ़ा, वही हम सबका भरण-पोषण करता है।

कुटिया के अन्दर गया तो देखा, वहाँ बरतन-भाँडा, खटिया, चौकी कुछ भी नहीं है। उसे अपने झोंपड़े की याद आयी। उस आफ़त की रात में जो कुटिया जल गयी थी, उसके बाद बह गयी। यह कुटिया तो उससे भी गयी-बीती है। फिर भी कुटिया

में रहने वालों के मन में शान्ति और सन्तोष की कमी नहीं है।

खाना खा चुका तो प्रभुदयाल जरा को समुद्र के किनारे ले जाकर एक चट्टान पर बैठा। जरा ने कहा—प्रभु जी, अब मुझ पर दया कीजिए, पूर्णावतार क्या होता है, मुझे समझा दीजिए।

प्रभुदयाल ने कहा—देखो भैया, पहाड़ की गोद में वह जो एक टुकड़ा ज़मीन दिखाई दे रही है, जहाँ एक आदमी हल से खेत जोत रहा है—

जरा ने कहा—जी हाँ, देख रहा हूँ।

—पूर्णावतार की पहली बात वही है। शुक्ला द्वितीया का चाँद जैसे कला-कला से पूर्ण होते-होते पूर्णतया राका में बदल जाता है, उसी तरह से मनुष्य की कला-कला में पूर्ण होते-होते पूर्णावतार परिपूर्णता लाभ करते हैं। भेद इतना ही है कि चाँद के सोलह कला होती है, पूर्णावतार की कला अनन्त है। जितने लोग, उतनी कला। भैया, हम-तुम सभी पूर्णावतार की खण्ड कला हैं।

—प्रभु, मेरे जैसा कलंकी भी क्या उस पूर्णावतार चन्द्रमा का अंश है?

—क्यों नहीं भैया, चाँद में क्या कलंक नहीं है?

—प्रभु, तो फिर रावण, कंस, हिरण्यकश्यप आदि भगवद्‌विरोधी—ये सब क्या हैं?

—पूर्ण चन्द्रमा को बीच-बीच में राहु ग्रास नहीं करता है? ये सब वही राहु हैं।

—इनकी सृष्टि फिर किसलिए?

—इनकी क्षणिकता दिखाने के ही लिए। देखो भैया, वह अनुगत भक्त के कलंक को सादर अपने हृदय में लेते हैं और चन्द्रग्रहण के दृष्टान्त से अभक्तों की नश्वरता दिखाते हैं।

—माफ़ कीजिएगा, मैं मन्दबुद्धि हूँ। मानव तो अनन्त काल तक जन्म लेता रहेगा, तब फिर अखण्ड कला से समन्वित पूर्णावतार चन्द्र पूर्णता कब पाएँगे? उस पूर्णावतार की पूर्णिमा कब होगी?

—यह तो बड़ा ही कठिन प्रश्न किया, भैया!

—आपके लिए भी कठिन है?

—मेरे लिए भी। फिर भी कहने की कोशिश करूँ। देखूँ, कहते बन पाता है कि नहीं। यह जो सारा मनुष्य समाज है—मरा हुआ, जन्मा या अजन्मा, अपने अनजानते वह उसी पूर्णता की ओर जा रहा है। पूर्णता की ओर यह बढ़ना ही पूर्णता है। तुम-हम कौन होते हैं, जो उस पूर्णिमा को प्रत्यक्ष करने का दम रखते हैं?

—तो फिर पूर्णावतार में भगवान का स्थान कहाँ है?

—तुममें, हममें भगवान का स्थान कहाँ है?

—कहाँ है?—जरा ने दोहराया।

—चाहे हृदय में हो, चाहे बुद्धि में हो, चाहे ब्रह्मरन्ध्र में हो, वह है ज़रूर। उसी समुदाय 'हैं' के समष्टिगत रूप में वह भी हैं, जिस दिन आदमी पूर्ण होगा, उसी दिन वह भी पूर्ण होंगे।

—प्रभु, मैंने सुना है, वह तो नित्य पूर्ण हैं।

—कुछ ग़लत नहीं सुना है, वह नित्य पूर्ण हैं।

—तो फिर अपूर्णता का यह भान क्यों?

—अब तुमने सही शब्द का उच्चारण किया है—भान ही है। तुम यह पूछना चाहते हो, जो नित्य पूर्ण हैं, उनमें यह अपूर्णता का भान क्यों है? अच्छा, यह तो बताओ, वासुदेव हस्तिना गये। वहाँ उन्होंने राजा-महाराजा का स्वागत-सत्कार स्वीकार न करके विदुर के यहाँ रूखा-सूखा भोजन क्यों किया?

—क्यों किया?

—इसलिए कि वह तो भक्तों के चाकर हैं। भक्तों को उत्साहित करना चाहते हैं। कहते हैं—'देखो, मैं भी तुम्हारे ही जैसा एक मामूली व्यक्ति हूँ' उन्हें पता है कि उनके ऐश्वर्यमय रूप को बरदाश्त करने की शक्ति मनुष्य में नहीं है। अर्जुन जैसा वीर और योगी भी उस रूप को नहीं सह सका। डरकर उसने अनुरोध किया था। प्रभु, अपने इस विश्वरूप को छोड़कर मुझे बन्धुरूप में दर्शन दीजिए। वह विदुर के यही रूखे-सूखे भोजन की प्रार्थना है। सुनो भैया, अपूर्णता का भान करके वह लोगों को पूर्णता की ओर आवाहन करते हैं। शिशु चलते-चलते गिर पड़ता है। उसे उत्साहित करने के लिए बाप भी जानकर बीच-बीच में गिर पड़ता है। ताकि शिशु का उत्साह न टूट जाए। अपने-आप को पूर्णता की ओर किये रहना ही पूर्णता है—जिसका शास्त्रीय नाम पूर्णावतार है। हतोत्साह होना ही गुड़-गोबर होना है। सदा चलते रहना चाहिए, रुकने से काम नहीं चलने का। और भी सुन लो, सत्ययुग में चार पाव गति है, त्रेता में तीन, द्वापर में दो और कलियुग में एक। गति की मन्थरता को देखकर आदमी कहीं थम न जाए, इसीलिए भगवान वासुदेव ने द्वापर और कलि के सन्धिकाल में जन्म लेकर मनुष्य के सामने परिपूर्णता का दृष्टान्त दिखा दिया है। पहले के युगों में जो सब अवतार हुए, उनके पूर्णावतार होने की ज़रूरत नहीं थी। उस समय गति प्रबल थी, मनुष्य भी चलनशील थे। कलि में कहीं उसका व्यतिक्रम हो, इसीलिए कलि के आरम्भ में उन्होंने पूर्णावतार के जन्म का दृष्टान्त दिखाया। चलना चाहिए भैया, चलते रहना चाहिए। किसी भी बाधा, किसी भी विपत्ति से रुक जाने से नहीं चलेगा। लेकिन सिर्फ़ देह का चलना ही काफ़ी नहीं है; मन, बुद्धि, हृदय—सबको साथ लेकर चलना चाहिए। उसी से पाप का क्षय होता है, उसी से पूर्णता की प्राप्ति होती है।

प्रभुदयाल रुक गये। जानकर ही रुके वह, ताकि जरा सारे विषय को हृदयंगम

कर सके। उसके बाद फिर, फिर शुरू किया उन्होंने—भैया, तुमने कौन-सा पाप किया है, नहीं जानता, जानना भी नहीं चाहता, मगर इतना जानता हूँ कि तुम जितना चले हो, चलने की राह में बाधा-विपत्ति के ऐरावत को तुमने ठेला है और तुम्हारे साथ-साथ तुम्हारा मन, तुम्हारी बुद्धि, तुम्हारा हृदय भी चला है, इससे तो तुम मामूली से पापी हो, इससे तो पापियों में अधम जरा व्याध को भी मुक्ति मिल जाती है।

स्तम्भित होकर जरा ने पूछा—क्या कहा, प्रभु? उस आदमी ने जिसने वासुदेव की हत्या की थी!

—चलने के वेग से इतने दिनों में वह पाप धुल-पुँछ गया है—बशर्ते कि वह वास्तव में तुम्हारी ही जैसी अकुलाहट लिये चलता रहे।

—यह आप सच कह रहे हैं, प्रभु?

—बिलकुल।

इस पर जरा ज़ोर से चीख़कर उनके पाँव पकड़कर सिर पीटते हुए कहने लगा—प्रभु, पापियों में अधम वह जरा मैं ही हूँ।

प्रभुदयाल ने उसे छाती से लगाकर कहा—भैया, तुम तो मुक्त-पुरुष हो। चलने की गंगाधारा में कब तुम्हारा पाप-ताप धुल-पुँछ गया है। पूर्णावतार की राह में तुम मुझसे एक क़दम आगे हो।

जरा को दिलासा नहीं हुई। वह उनके पाँवों-सिर कूटता रहा। बड़ी देर के बाद वह बोला—बाबा, मुझे यदि मुक्ति मिल गयी तो मेरे हृदय में इतना ताप क्यों है?

—इसलिए कि पारस पत्थर के स्पर्श से तुम्हारा लोहे का तावीज़ सोना हो गया है—तुम्हें यह देखने का अवसर नहीं मिला।

उसके बाद बोले—चलो, भैया, तुम्हें मुक्ति स्नान करा लाऊँ। जहाँ पर जिस महानीम पेड़ के नीचे उन्होंने अपनी लीला समाप्त की थी, वह जगह, वह पेड़ आज भी अक्षय है—शायद इसीलिए कि तुम कभी लौटो! मेरे साथ चलो।

जरा मन्त्रचालित की नाईं प्रभुदयाल के पीछे-पीछे चलने लगा।

9

समुद्र के प्लावन से यदुवंशियों की राजधानी पूरी की पूरी डूब गयी, साबित रह गये दो ऊँचे भूखण्ड—एक प्रभुदयाल का निवास, दूसरा वह स्थान जहाँ वासुदेव मारे गये थे। जरती प्रभुदयाल की कुटिया में रहती थी। जिस पेड़ के नीचे लेटकर वासुदेव मरे थे, बीच-बीच में वहाँ जाकर प्रणाम कर आया करती थी। एक दिन उसके जी में

आया, यहीं एक कुटिया बनाकर क्यों न रहें? उसने अपनी इच्छा प्रभुदयाल से कही। प्रभुदयाल और काश्यप की माँ ने पहले तो एतराज़ किया, उसके बाद उसके मन की दशा को समझकर अनुमति दे दी। उन्हीं लोगों ने झोंपड़ा खड़ा कर दिया, खाना-पीना भी उसका वही लोग जुटाते थे—इस जलमरु में जरती को कहाँ क्या मिलता!

जरती रात-दिन उसी पेड़ तले पड़ी रहती। पति के पाप को क्षमा कर देने के लिए वासुदेव से प्रार्थना करती रहती। उसे यह विश्वास था कि जरा जीवित है। इसका एक प्रधान कारण था कि प्रभुजी ने उसे आश्वासन दिया था। धीरे-धीरे माटी से उसने वासुदेव की एक मूर्ति बनायी। झड़ी-पानी में वह मूर्ति नष्ट न हो, इसलिए उस पर उसने एक छौनी डाल दी। काम उसे बस एक ही था—वासुदेव की पूजा और आराधना। बीच-बीच में प्रभुदयाल और उनकी स्त्री वहाँ जाया करते थे। उसकी पूजा में वे साथ दिया करते थे। प्रभुजी कहा करते—बिटिया, जरा जितना ही पापी क्यों न हो, तुम उसका प्रायश्चित्त कर रही हो, उसे भला मुक्ति मिले बिना रह सकती है!

जरती ने पूछा—उनसे क्या अब कभी भेंट नहीं होगी, बाबा? प्रभु ने कहा—वह कहाँ है, यह मैं नहीं जानता। लेकिन जाने क्यों मुझे ऐसा लगता है कि अन्त तक वह लौटकर यहाँ ज़रूर आएगा। डूबता हुआ आदमी तिनके को भी पकड़ता है—प्रभुदयाल की दिलासा तो नाव थी। जरती को भरोसा हुआ। आख़िर एक दिन उसका आश्वास विश्वास बन गया। आख़िर दस साल गुज़रे।

जरती की आराधना से जरा पापमुक्त हुआ कि नहीं, नहीं जानता, लेकिन उसके शरीर में, मन में बड़ा परिवर्तन आ गया। प्रौढ़ा जरती अभी देवी-सी लग रही थी, देवकान्ति, एक स्निग्ध आभा। उसकी सारी देह से एक पवित्रता छिटक रही थी। यह मानो इस युग की तपलीन उमा हो! उसके सौन्दर्य की ओर देखने से आँखें आप ही आप झुक आतीं। और मन का परिवर्तन! वह तो इतनी आसानी से समझने की चीज़ नहीं। फिर भी समझने में देर नहीं लगती, क्योंकि देह का सौन्दर्य तो मन के सौन्दर्य का ही रूप है! जिसका मन सुन्दर है, उसकी देह असुन्दर नहीं हो सकती। जिसका मन पवित्र हो, उसके शरीर के अपवित्र होने की बात कहाँ? फूल बाहर-भीतर से सुन्दर होता है, इसीलिए वह देवता को चढ़ता है! पूरे चाँद की निखरी हुई चाँदनी से आकाश छलक रहा था, समुद्र भी। प्रभुदयाल और जरा जरती के आश्रम को जा रहे थे। जरती उस जगह को वासुदेव का आश्रम कहती थी। जरा पूछ रहा था—प्रभु, अभी-अभी आपने कहा, कलियुग की गति एक पाव है, स्थिति तीन पाव, यह भी कहा कि धर्म और पुण्य उसी गति की प्रतिक्रिया है। लेकिन बाबा, देश में आज जो सार्वजनीन क्रिया चल रही है अराजकता की—उससे तो नहीं लगता कि धर्म का

एक पाव भी बाक़ी है।

प्रभुजी ने कहा—देखो, धर्म और पुण्य अभी भी हैं, लेकिन उस एक पाव से ज़्यादा नहीं, क्योंकि कलि में गति अभी एक पाव है। ऐसी अराजकता, मार-पीट, ख़ून-ख़राबी जो चल रही है, वह सब वही एक पाव गति है। इसी से यह साबित होता है कि आदमी अभी भी गतिमान है, लेकिन यदि वे ग़लत रास्ता पकड़ लें या सँकरी राह पर सभी एक साथ चलना शुरू कर दें, फिर तो ठेलाठेली, धक्कम-धुक्की ही होगी। उसी को तो अराजकता कहते हैं।

जरा अवाक् सुनता रहा। सोचने लगा, ग़ज़ब है, ऐसी कठोर अव्यवस्था में ही ठाकुर आशा की किरण देख पाते हैं। सोचा, साधु पुरुष की आँखों की बनावट ही और होती है! फिर पूछा—कब और कैसे इसका अन्त होगा?

—अन्त? चक्रावर्तन पूरा होने से ही अन्त होगा।

—जरा समझ नहीं सका, चक्रावर्तन क्या होता है।

प्रभुदयाल ने कहा—कलि के अन्त में एक समय आएगा, जब यह पाव गति भी नहीं रह जाएगी। वैसे में चराचर और यह मनुष्य समाज भी स्थविर हो जाएगा, गतिशून्य होगा। और तब...जरा ने दोहराया—तब...तब वासुकि अपना सिर हिलाएँगे, प्रचलित सारी व्यवस्थाएँ उलट-पुलट हो जाएँगी, विधाता अपनी सृष्टि को उलटकर फिर से सजाएँगे। हमारे शास्त्रों में इसी को मन्वन्तर कहा गया है; कल्पान्त महाप्रलय, कहा गया है। राजनीतिक गण इसे महाविप्लव कहते हैं। उसी समय पूरा होगा यह चक्रावर्तन, फिर से सत्ययुग का आरम्भ होगा, जिसकी गति चार पाव होगी। पूछोगे, ऐसा क्यों होता है? मक्खन निकालने के लिए दही को मथना पड़ता है। जो सरोवर कभी अमृत नीर का आधार था, वह पंक कुण्ड बन जाता है। वैसे में उसके कीचड़ को निकालने की ज़रूरत पड़ती है—झकोरे से जाने कितने युगों का कचरा उभर आता है। विधाता बीच-बीच में विश्व-सरोवर का पंकोद्धार करते हैं। लो, आ ही पहुँचे। वह देखो, पेड़ के नीचे कुटिया में वासुदेव की मूर्ति है।

जरा ने एक क्षण में उस मूर्ति को देखकर कहा—प्रभु, उनका कौस्तुभमणि कई हाथों से घूमकर मेरे पास आ पहुँचा है। इसी को छीनने के लिए उस चट्टी में हम लोगों पर हमला हुआ था—अब मैं यह जिनकी वस्तु है, उन्हीं को अर्पित करूँगा। लेकिन ठाकुर, लगता है, यहाँ तो रोज़ पूजा-अर्चना होती है। कौन करता है।

प्रभुदयाल ने सोचा, पहले ही जरती का नाम बता देना ठीक नहीं होगा। इसीलिए कहा—एक भक्त है।

उस समय जरती पास के तालाब से पानी लाने गयी थी। इसीलिए वे एक-दूसरे को देख नहीं सके। जरा कौस्तुभमणि के हार को लेकर जैसे ही आगे बढ़ा कि ऐन वक़्त पर पानी लेकर जरती आ पहुँची। प्रभुदयाल ने कहा—वह भक्त यही है।

जरा पहचान नहीं सका। कैसे पहचाने? एक दिन उसने अपने ही हाथों जिसे मारा, उसके अस्तित्व की कल्पना भी कैसे की जा सकती है! लेकिन दस साल के परिवर्तन के बावजूद जरती ने उसे पल में पहचान लिया। व्याकुल होकर बोल उठी—जरा, तुम आये हो! तुम! मैं जानती थी कि तुम ज़रूर आओगे। कल रात वासुदेव ने सपने में मुझे बता दिया।

छिपाने की अब ज़रूरत नहीं थी। प्रभुदयाल ने कहा—जरा, यही जरती है। वह मरी नहीं, वासुदेव की कृपा से वह बच गयी थी।

लेकिन इसमें, वासुदेव की वही मूर्ति, वही जरती, वही स्थान, वही काल, वही पूर्णिमा का चाँद—सबने मिलकर जरा के जीवन में एक अभावित घटना घटायी। जरती के सम्बोधन का उत्तर न देकर वह चीख़ उठा—यह क्या? चाँद में 'गरहन' क्यों लगा, चारों तरफ़ अँधेरा छा गया, आसमान में इतना उल्कापात क्यों हो रहा है! यह क्या, पाँव के नीचे की धरती क्यों काँप रही है! वही तो, समुद्र उफनता चला आ रहा है! रक्षा करो, वासुदेव, रक्षा करो!

जरती बोल उठी—ठाकुर, यह क्या!

प्रभुदयाल भी नहीं समझ सका, अचानक यह परिवर्तन क्यों हुआ?

—अरे, रे, जरा! उधर कहाँ चले? उधर मत जाओ, मत जाओ, वहाँ समुद्र की थाह नहीं है।—जरती चिल्ला उठी।

—रक्षा करो, वासुदेव, रक्षा करो!—चीख़ता हुआ जरा समुद्र की ओर भागा जा रहा था।

—ठाकुर पकड़िए, पकड़िए उसे!—जरती और प्रभुदयाल उसके पीछे-पीछे दौड़े। लेकिन उन लोगों के पहुँचने से पहले ही अकुलाकर 'वासुदेव' कहता हुआ जरा ज्वार के उन्मत्त जल में कूद पड़ा।

जरती लौट पड़ी। पूछा—प्रभु, यह क्या हुआ?

प्रभुदयाल ने कहा—दुख न करो, बिटिया! मुक्त पुरुषों के लिए जीवन और मृत्यु बराबर है। जरा मुक्त पुरुष है।

तीर खायी हिरनी की तरह तड़पती हुई जरती बोली, वह बोली क्या थी, रोना था—प्रभु, मुझे मुक्त पुरुष की ज़रूरत नहीं, मुझे तो पापी-तापी नराधम जरा ही चाहिए, मुक्त-पुरुष को लेकर मैं क्या करूँगी?

प्रभुदयाल ने दिलासा देकर कहा—बिटिया, दस साल की साधना का क्या यही नतीजा है!

—प्रभु, मैंने क्या वासुदेव की साधना की है? मन ही मन सोचा तो वही, लेकिन उस समय किसे पता था कि कब अपने अनजाने में मैंने वासुदेव की जगह जरा को बिठाया है। मैंने तो उनसे पाप की मुक्ति नहीं माँगी थी, मैंने तो पाप के पंक में डूबे

हुए जरा को माँगा था। प्रभु, आज तक आप ही अपने को ठगती रही, शायद उसी की यह सज़ा वासुदेव ने दी। मैं पाकर भी उसे नहीं रख सकी, हाथ में पाकर भी खो दिया। अब मेरे जीवन का कौन-सा सहारा रहा! अब मैं क्या लेकर जीऊँगी?

—चलो फिर साधना में बैठें।

क्षिप्त-सी होकर जरती ने कहा—जिज्ञासा और उत्तर के बीच-बीच के स्वर में—काहे की साधना? अब साधना किसलिए?

प्रभुदयाल ने कहा—पाप से मुक्ति के लिए। हम सभी जरा हैं, हम सभी आदर्श के घातक हैं। वह बात शायद जरती के कानों भी न पहुँची। वह मणिहीन फणि जैसी लोट-लोटकर तड़पती हुई सिर धुनने लगी। कदाचित् प्रभुदयाल का कहना उसके कानों में नहीं गया, या मन को नहीं जँचा—स्यात् दोनों ही स्थितियाँ हुई हों।

□□□